Das Thoma-Buch

D1987200

SERIE PIPER
Band 641

Zu diesem Buch

Aus Selbstzeugnissen Thomas, aus seinen Werken und mit einer Fülle von Fotos, Faksimiles und Illustrationen läßt dieser Band ein lebendiges Bild des wohl bedeutendsten bayerischen Dichters unseres Jahrhunderts entstehen, der inzwischen schon längst eine Vielzahl von Freunden und Bewunderern auch nördlich der Donau gefunden hat. Auszüge aus seinen »Erinnerungen« geben einen stimmungsvollen Überblick über sein Leben, über das, was er zu seinen Werken zu sagen wußte, informieren ausgewählte Stellen aus seiner Korrespondenz, und den Hauptteil des Buches machen natürlich seine Werke selbst aus – von den berühmten »Lausbubengeschichten« über Proben seiner Volksstücke, seiner Bauerngeschichten bis hin zu seinen Gedichten.

Richard Lemp, geboren 1917 in München, verwaltet seit 1959 den Nachlaß Ludwig Thomas und hat sich durch zahlreiche Veröffentlichungen als einer der profundesten Kenner des Werkes hervorgetan.

DAS THOMA-BUCH

Von und über Ludwig Thoma
in Texten und Bildern

Herausgegeben von Richard Lemp
Mit 55 Zeichnungen,
43 Fotos und 9 Faksimiles

Piper
München Zürich

Die Veröffentlichung der Fotos und Faksimiles
erfolgte mit freundlicher Genehmigung der
Handschriftenabteilung der Stadtbibliothek München

In gleicher Ausstattung liegen in der Serie Piper außerdem vor:
Das Valentin-Buch (SP 370)
Das Morgenstern-Buch (SP 452)
Das Kästner-Buch (SP 477)

ISBN 3-492-10641-2
Neuausgabe 1986 von
»Das große Ludwig Thoma Buch«
2. Auflage, 32.–41. Tausend November 1986
(1. Auflage, 1.–10. Tausend dieser Ausgabe)
© R. Piper GmbH & Co. KG, München 1974, 1986
Umschlag: Federico Luci,
unter Verwendung einer Karikatur von Th. Th. Heine
(© VG Bild-Kunst, Bonn 1986)
Satz: Kösel, Kempten
Druck und Bindung: Clausen & Bosse, Leck
Printed in Germany

Inhalt

Vorbemerkung des Herausgebers 7
Ludwig Thoma. *Eine Festrede von Hermann Proebst* 9
Aus Erinnerungen 27
Die Halsenbuben 33
Aus Erinnerungen 42
Meine erste Liebe. *Aus:* Lausbubengeschichten 48
Hauptmann Semmelmaier. *Aus:* Tante Frieda 56
Aus Erinnerungen 74
Mondnacht am Chiemsee 89
Der heilige Hies 91
Aus Erinnerungen 112
Studenten-Abschied 116
Aus Erinnerungen 117
Anfänge 118
Aus Erinnerungen 131
Aus Agricola 134
Brief an Dr. Michael Georg Conrad 174
Hochzeit 178
Albert Langen 275
Die Thronstütze 285
Auf der Birsch 286
An alle, die uns gratulieren 287
Jägerfreude 288
Im Manöver 289

Münchner Karneval 290
Brief eines bayerischen Landtagsabgeordneten 297
Bayerische Bauern 303
An die Sittlichkeitsprediger in Köln am Rheine 308
Brief an seine spätere Frau Marion aus dem Gefängnis Stadelheim 311
Die Reden Kaiser Wilhelms II. 315
Aus einem Brief an Konrad Haußmann 338
Der Wittiber 341
Aus einem Brief an Konrad Haußmann 348
Aus einem Brief an Maidi von Liebermann 349
Magdalena 353
Aus Briefen an Maidi von Liebermann 422
Onkel Peppi 425
Aus Briefen an Maidi von Liebermann 455
Meinem liebsten Mädel 456
Aus Briefen an Dr. Josef Hofmiller 458
Kaspar Lorinser 463
Aus einem Brief an Dr. Josef Hofmiller 493
Aus einem Brief an Käthe Hübner 495
Aus einem Brief an Fürst G. von Donnersmarck 495
Ludwig Thoma: Leben und Werk. 498

Vorbemerkung des Herausgebers

Ludwig Thoma, dem Paul Heyse, der Nestor der Münchner Dichter um die Jahrhundertwende, einmal sagte, er sei »als Altbayer der erste und einzige, der vollständig einen bis dahin ungehobenen Schatz gehoben hätte, und als Repräsentant der anscheinend so schwerfälligen und wuchtigen Rasse doch wieder von einer unglaublichen Leichtigkeit im Schaffen«, hatte an seinem Lebensende eine reiche Ernte eingebracht. Vierzig Bücher waren von ihm erschienen, 684 Beiträge in der satirischen Zeitschrift »Simplicissimus«, 103 Aufsätze in der von ihm mitbegründeten Halbmonatsschrift »März« und 125 derb-politische Artikel im »Miesbacher Anzeiger«. Manch Wertvolles, wie etwa das »Stadelheimer Tagebuch«, fand erst in der posthumen Gesamtausgabe von 1922 den Weg zum Leser. Seitdem ist die Auflagenhöhe der Werke, die bei Thomas Tod an der Halbmillionengrenze lag, ständig gestiegen. Einzelausgaben und Auswahlbände erschienen Jahr für Jahr und die beiden Gesamtausgaben der letzten Zeit haben eine Vollständigkeit des Werks erreicht, die nicht mehr überboten werden kann.

Das große Ludwig Thoma Buch geht nun einen neuen Weg: Wir lassen Ludwig Thoma selbst den Leser durch eine Auswahl führen, die wir aus seinem Werk getroffen haben.

Aus den »Erinnerungen«, die der Dichter in der Zeit tiefster seelischer Not, zwischen 1917 und 1919, geschrieben hat, wurde ein knappes, stimmungsvolles Lebensbild zusammengestellt, das

Ludwig Thoma von der Kinderzeit in der Vorderriß bis in seine Dachauer Amtsjahre begleitet.

Der Essay »Albert Langen« aus dem Band »Leute, die ich kannte«, schildert die Zeit des Redakteurs Dr. Thoma am »Simplicissimus« und ausgewählte Briefstellen berichten vom Schaffen des Dichters.

Die Selbstzeugnisse wechseln sich ab mit dichterischen Werken. Die Auswahl will die Vielfalt in Ludwig Thomas Schaffen – Lyrik, Erzählung, Satire, Drama und Roman – mit seinen schönsten Beispielen vorstellen.

Von der Wilderergeschichte »Die Halsenbuben« über die »Lausbubengeschichten« und den »Heiligen Hies«, den »Anfängen« der Rechtsanwaltszeit in Dachau, die Thoma in die Welt des »Agricola« führte, den satirischen Beiträgen in »Simplicissimus« und »März«, bis hin zum Roman »Der Wittiber«, dem Volksstück »Magdalena« und der Novelle »Onkel Peppi« spannt sich der Bogen, der mit dem Fragment gebliebenen Roman »Kaspar Lorinser« endet. Ein kleines Gedicht »Meinem liebsten Mädel«, Maidi von Liebermann gewidmet, zeigt Ludwig Thoma am Ende seines Lebens in tiefster Resignation.

Eine ausführliche Chronik vom Leben und Werk Ludwig Thomas und eine reiche Illustrierung runden den Band ab.

Ludwig Thoma

Eine Festrede von Hermann Proebst, gehalten am 22. Januar 1967 anläßlich des 100. Geburtstages von Ludwig Thoma in den Münchener Kammerspielen

Es gehört zu der unwiderstehlichen Eigenart unseres Ludwig Thoma, daß er alle, die über ihn schreiben oder reden, immer noch dazu zwingt, ihn selber zu zitieren. Ich möchte da keine Ausnahme machen, sondern mich zur Thoma gemäßen Einstimmung gleichfalls eines Zitats bedienen. Wenn Stammtischfreunde sich anschickten, ihn auf seinen Geburtstag zu laden, pflegte er zu sagen: »Ja, mir war's gnua, so a dumme Feierei.« Und er fügte hinzu, wenn die Zahlen sich runden, dann sei das etwas ganz Äußerliches, solang es nicht zu einem Familienfest reicht. Tatsächlich verbrachte er seinen Fünfzigsten mit einem Jagdspezl auf der einsamsten Hütte und freute sich diebisch bei dem Gedanken, daß nun zu München einige städtisch gekleidete Personen, womöglich in Lackschuhen, aber jedenfalls mit langen Gesichtern um die festlich geschmückte Tafel sitzen würden.

Er *saß* überhaupt nicht gern, wo es feierlich zuging. Er *hockte* dann schon lieber, wenn er abends um neun Uhr, müde wie ein Ackergaul, das Geistreichsein aufgab und etwas Lustiges reden hörte, bis er einschlief. Dieses harmlose Quatschen, so sagte er, bei dem sich auch das Maul halten läßt, täte gut. Das schweigende Zuhören und aufmerksame Beobachten gehörte schließlich zu seiner Arbeitsmethode. Nie hatte er die Lehre vergessen, die ihm jener alte Bauer gab, der in seine Anwaltskanzlei in Dachau hereinschaute, um den neugebackenen Advokaten zu beschnüffeln. Thoma wollte sich Notizen machen, weil er interessant fand, was da erzählt wurde, aber der Alte fuhr sogleich dazwischen und schrie: »Na, na, net schreib'n!« Ja freilich, Geschriebenes kann man schwer rückgängig machen. Und wenn etwas »advokatisch« wird, dann ist es auch schon ungemütlich.

Nun wäre es hinwiederum falsch, sich Thoma als ungeselligen Schweiger vorzustellen. Zwar ist es wahr, daß er dem berühmten Bauerndoktor Heim sogar eine herzlich gemeinte Einladung zu Weihnachten abschlug, jedoch die Begründung verrät, daß ihm da nur ein durch den frühen Tod der über alles geliebten Mutter verstörter Familiensinn in die Quere kam. Er müsse, so schrieb er an Doktor Heim, ganz allein neben dem Christbaum sitzen, denn wenn er dann schmauchend die brennenden Lichter anschaue, sei es ihm immer, als ob sein Vater, der Herr Oberförster, und die Frau Mutter dazuträten, wie einst im Forsthaus von Vorderriß, droben im Isarwinkel. Es war schon so, wie er später einmal schrieb, daß er sein ganzes Leben lang an feinen Fäden riß, die ihn noch immer mit seiner Kindheit im Märchenwald verbanden.

Gesellig war er dennoch im höchsten Maße, nur weiß man halt nicht genau, wieviel er sich jeweils daraus machte. Eugen Roth erzählt die Anekdote von einem Faschingsfest, wie seine Mutter zusammen mit Thoma von der Galerie herab dem Spiel zusah, das drunten im Saal aufgeführt wurde. Sie sagt: »Geh zua, den Schmarrn brauchen wir uns doch net anschaun.« Worauf er sich gehorsam zum Gehen wendet und sagt: »Hast recht« – ohne ein Wort darüber zu verlieren, daß jenes Festspiel von ihm war. Das bringt einen auf den Gedanken, daß er mit jenem kühlen, rechnenden Sachverstand, den nicht alle seine Bewunderer gleich zu entdecken vermochten, recht genau zu unterscheiden wußte, was für ihn und sein Werk, an dem er unablässig arbeitete, wichtig war und was nicht.

Die Wirkung des Nachruhms, welchen Thoma errang, scheint einem zyklischen Gesetz zu unterliegen. Immer »wenn die Zahlen sich runden«, dann werden Geschichtlein, Briefe und Anekdoten zu Bergen gehäuft, alte und manchmal auch etliche neue. Zwischen den Jubiläen aber gibt es weite Strecken, auf denen sein Name als derjenige eines originellen Dialektdichters verhallt, indessen seine harmlosen oder oft unzulässig verharmlosten Stücke wackeren Volksschauspielern überlassen bleiben. Das mag an der Art bestimmter Erinnerungen liegen, die bei festlichen Gelegenheiten mit Vorliebe ausgegraben werden. Gewiß, man vernimmt es gern, wie die Schar der Münchner Freunde zu Ostern auf der Tuften einzog, unter Anführung des unvergeßlichen Gustl Waldau, der fröhlich krähte »Herbsteln tuats, die Haselnuß' san zeiti«. Oder wie zu Silvester die vom Punsch rosig angehauchten Gäste in den Freudenruf »Ah« ausbrachen ob der gelungenen Überraschung, wenn der an Knallfröschen und andern Feuerwerkskörpern früh geschulte Ludwig Thoma die mächtige verschneite Tanne vor dem Haus über und über mit leuchtenden Kerzen besteckt hatte. Oder wie in St. Quirin der Kiem Pauli die Zither schlug und gleich einem schmeichelnden Troubadour dem qualmenden Doktor kecke Gstanzln ins Ohr sang, während vom See die helle Tenorstimme des Leo Slezak heraufschmetterte, der vor Stolz geschwellt gerade sein neues Motorboot ausprobierte. Das alles ist schön und anheimelnd, so zwischen Gugelhupf und Herzsolo, aber heißt es nicht auch, Thoma habe doch nur einen einzigen Freund gehabt, den von ihm zuerst erkannten und voll gewürdigten Künstler Ignaz Taschner?

Wer über Thoma reden will, begibt sich in eine Gefahr, die jeder kennen sollte, der mit Altbaiern »leben muß«. Da ist viel von dem, was Psychologen und Analytiker sagen, zwar richtig, aber doch nicht ganz. Und anderes mag falsch sein, obgleich auch wieder ein Körnchen Wahrheit darin steckt. Noch dazu sind Auslegungen der wechselnden Mode unterworfen. Da gab es eine Zeit, wo alles aus derber Urwüchsigkeit erklärt wurde, aus einer bis zur Grobheit gesteigerten, unverblümten Geradheit, die gar keine Hinterlist nicht kennt. Als ob nicht Thoma selber im »Ruepp« dem Bürgermeister ausdrücklich seine Hochachtung bezeugte, weil dieser bei den Lügen des heruntergekommenen Bauern durchaus »seine hinteren Gedanken« im Kopf hat und sie wohlweislich auch dort behält. Heutzutage ist man eher auf Weichheit gestimmt und weiß nicht genug zu preisen, was für eine zarte, empfindsame Seele der gutherzige, leutscheue Thoma vor der rauhen Welt bewahren mußte. Als ob ihm nicht die harten Kerle imponiert hätten, von denen er sagte, »wer aber Bauern schildern will, muß zu allererst die starke Aktion vermeiden. Noch die Tragik des Sterbens fassen sie als das Selbstverständliche auf, welches Interesse nur insoweit hat, als geschäftliche Dinge damit verbunden sind«. Er tat sich was darauf zugute, daß bei ihm die Bauern geradeso sterben wie beim hochgeschätzten russischen Grafen Tolstoi. Und erwiderte er nicht ungerührt, als er die Tausender für seinen »Andreas Vöst« in die Rocktasche schob, auf den Seufzer des Verlagskaufmanns, das sei aber viel, viel Geld: »War a viel Arbeit.«

Als der Knabe nach dem Tod des Vaters zu einem Onkel, dem Geometer Paulus, nach Landstuhl kam, schrieben ihm die pfälzischen Lehrer ins Schulzeugnis: »In seinem Charakter liegt etwas Durchtriebenes. Bei Tadel und Strafe zeigt er eine für seine Jahre ungewöhnliche Kälte und hartnäckige, trotzige Unempfindlichkeit.« Auch daran wird etwas gewesen sein. Am Ende sollten wir halt dessen eingedenk bleiben, daß eine Art von allgemeiner Relativitätstheorie in Bayern vorhanden war, ehe dergleichen von der Wissenschaft entdeckt worden ist; so wie man von den Chinesen sagt, sie seien Cartesianer gewesen, noch vor den Franzosen. Es ist dieses humorvolle Bewußtsein, daß ma halt bloß lachen müßt', wenn trotzdem alles a wengl anders wär'. Wer so rasch und leichthändig Umfängliches vor sich hinschafft wie Thoma – und mehr denn zwanzig Jahre hatte er dazu nicht Zeit –, der setzt sich allerlei Mißverständnissen aus. Eines davon, das sich am hartnäckigsten hält, ist das Klischee vom Bauernmaler, der aus einer besonders drolligen Stammeseigenart hervorgekommen sei. Was das betrifft, so möchte ich nur mit einer dem Archiv entrissenen Rezension der ersten Aufführung von »Magdalena« im Stuttgarter Hoftheater bekannt machen. Sie erschien im Oktober 1912 und stammt von Georg Queri, den Thoma gern mochte. Da hieß es: »Es gibt einen Fluch der Tradition. Wären vor dem ›Fuhrmann Henschel‹ schlesische Bauerntruppen in die Welt gastieren gegangen, dann hätte man aus dem Drama Gerhart Hauptmanns keine Sensation gewonnen. Es wäre schematisch heruntergespielt worden. Umgekehrt: Hätte Thoma seine ›Magdalena‹ im schlesischen Dialekt geschrieben, dann wäre sie mit dem für neue Bühnenoffenbarungen vorgeschriebenen heiligen Ernst behandelt worden. So wie die unendlich vielen Familienblattromane den Charakter des Altbaiern in schwerster Form mißhandelt haben, so haben die ›Oberbairischen Volksstücke‹ den Dialekt, die Stoffe und die Menschen diskreditiert und zähe Vorurteile geschaffen, die nur ganz langsam wieder aufzulösen sind. – Das Publikum weigert sich, das zu vergessen, was man ihm nun seit den fünfziger Jahren an Bajuwarentum unablässig eingepaukt hat. Die etwelchen Winkel der deutschsprechenden Welt, in die noch kein Schuhplattler, keine Jodlerin und kein Bauerntheater eindrang, sind zum mindesten von den Familienblättern zur Erkenntnis oberbairischer Undinge, Unmenschen und Unsitten gepreßt worden.«

Thoma hat sich gegen dieses Mißverständnis, welches Queri geißelte, auf seine Weise gewehrt. Teils durch verachtungsvolles Schweigen, teils durch kräftige Gegenhiebe, wie zum Beispiel in der unter dem Titel »Oberlehrer« veröffentlichten Satire auf jenen Professor Meyer, welcher Wilhelm Raabe übers Grab hinaus abzuwerten trachtete. Nachdem Thoma die bissige Frage

aufgeworfen hatte, ob Raabe da noch irgendeine Chance blieb, »bei mehr Fleiß und Sammlung« die Note eins bis zwei oder eher zwei bis eins zu erreichen, schließt er bündig, es überkomme ihn wie zur Zwetschgenzeit, er hebe den Finger und sage: »Herr Professor, ich bitte um die Erlaubnis, hinausgehen zu dürfen.« Thoma, der die sogenannten »trockenen Erzähler« vor allem schätzte, setzte sich hier gegen eine landläufige Geringschätzung zur Wehr, die auf ihn zurückwirkte. Möglicherweise machte es trotzdem auf ihn wenig Eindruck, wenn Alfred Kerr in Berlin der Wahrheit näherkam, indem er zur »Magdalena« sagte, Thoma habe in der äußersten Einfachheit auch das Überschüssige, was den Meister macht, das Wunderbare, und vor den Bauern sei er gar nicht satirisch, sondern homerisch. Worüber eigentlich nicht zu lachen wäre.
Das ist nämlich ein weiteres Mißverständnis, worin manche Leute den Dichter als Spaßmacher und Gaudiburschen begreifen. Die Versuchung liegt nahe, ihn so zu beurteilen, weil an den Berichten über manche ausgelassenen Streiche nicht zu zweifeln ist. Wenn etwa Theodor Heuss in den »Vorspielen des Lebens« aus seiner Münchner Studentenzeit erzählt, wie er zu einem Fest des Simplicissimus ging, wo Ludwig Thoma am Ende eines von ihm verfaßten Kriegervereinsstücks im Lebenden Bild erschien, in der Maske Bismarcks, und dazu der Zeichner Thöny als Kronprinz von Preußen. Alle im Saal hätten Tränen gelacht. Und man weiß ja, wie von den »Drei Rosen« über das »Bratwurstglöckl« bis zum »Franziskaner« ein ansteckend wirkendes Gelächter umlief, wenn die Mannsbilder den neuen Simpl von Tisch zu Tisch reichten und die Köpfe zusammensteckten über einem jener gepfefferten Gedichte, die Thoma als Peter Schlemihl unterschrieb. Es war ein Lachen, das befreiend hätte wirken können, in einer Demokratie. Unter den damaligen Verhältnissen kam es bloß zum Dampfablassen, worauf weiter nichts Nennenswertes geschah. Es waren Einladungen zum Räsonieren und Aufmucken, aber

dabei blieb es. Die Leute amüsierten sich und duckten sich dann wieder. Thoma, der dies wohl erkannte, kämpfte bald mit seinen Zweifeln, und später bekannte er, das Dreinschlagen und Maulaufreißen wie zu Peter Schlemihls Zeiten sei nun seine Sache nicht mehr; vielleicht habe manches eher geschadet als genützt. Ihm selber war es ja nie genug, die Menschen nur zum Lachen zu bringen. Er wünschte durchaus auch, bewirken zu können, daß den arglos leichtfertig oder dumpf dahinlebenden Menschen das Lachen wieder verging, sobald es sich um ernste Dinge drehte.

Thoma erfuhr die Grenzen der Wirksamkeit des Satirikers, und die Einsicht fiel ihm nicht einmal schwer, weil der eigentliche Antrieb zum Schreiben eben doch vorwiegend künstlerischer Natur war. Schon 1897, als er, des Formelkrams der Juristerei und des Zweikampfs mit dem bürokratischen Schlendrian überdrüssig, den Rechtsanwaltsberuf an den Nagel hängte, um zum »Simplicissimus« zu gehen – ein abenteuerlicher Entschluß in damaliger Zeit –, schrieb er: von Überschwenglichkeiten geheilt und von Vorurteilen befreit, empfinde er, wie seine Freude am Künstlerischen immer mehr erstarke. Und dem Verleger Albert Langen versicherte er: »Ich trage das Gefühl in mir, daß unser Werkeltagsleben und die Äußerlichkeit, die Phrasierung unserer gesellschaftlichen Moral so unendlich viel Humor in sich birgt, daß hier wahre Schätze zu heben sind.« Wir alle wissen, *wie* er sie zu heben verstand. Aber da gab es kritische Zeitgenossen, die sagten, daß Thoma mehr ist, als er gilt, sei sicher, nur daß eben viele bedauerlicherweise nichts davon erführen, und das komme allein daher, daß er einen weithin unbekannten Dialekt bevorzugt habe. Hier scheint mir abermals ein Mißverständnis vorzuliegen. Meine Großmutter, die aus dem Stiftsland von Waldsassen stammte, pflegte mir, wenn sie gut gelaunt war, plattdeutsche Gedichte von Klaus Groth vorzulesen oder noch lieber Fritz Reuter, »Dorchläuchting« etwa, und ich kann nie vergessen, wie sie sich jedesmal an der wehmütig komischen Geschichte vom armen Lehrbuben ergötzte, der auf den Speicher schlich, um seine trockene Kartoffel just auf der Stelle eines Balkens zu reiben, wo in besseren Zeiten der »swiedische Hiering« gelegen hatte. Sie muß wohl ein Gefühl für die eigentümliche Ausdruckskraft gehabt haben, die einer alten Stammessprache innewohnt und die es mit sich bringt, daß man mit ihr gerade die Dinge, die menschlich zählen, genauer und zugleich schwebender, gewaltiger und dabei doch feiner sagen kann.

Überdies hat Thoma ja nicht *einen* Dialekt vorgefunden, dessen er sich kurzerhand bediente. Er selber hat einmal etwas übermütig aufgetrumpft, er werde noch den Zola übertreffen, denn der könne doch bloß die Natur abschreiben, und das sei noch nichts. Nein, er, der die Formen und Farben vieler Dialekte säuberlich zu unterscheiden wußte, entwickelte einen sechsten Sinn für deren Eigenarten und machte diese zu einem Studium. Er hatte Wörterbücher vieler Mundarten stets zur Hand. Nicht nur, daß er einmal chiemgauisch und dann wieder dachauerisch oder niederbayrisch schrieb; aus Berlin, wo es ihm gut gefiel, sandte er Postkarten: »Oller Junge, mich jet es jut«; an Freund Köbes schrieb er »kölsch«, und das Schwäbische hatte es ihm schon überhaupt angetan. So war er darin ein rechter Virtuose, und als solcher schuf er sich aus dem vorgefundenen Material der oberdeutsch-altbairischen Stammessprache ein eigenes Instrument, auf dem keiner so zu spielen vermochte wie er. Beinah ist man versucht zu sagen, er musizierte darauf; denn in einem gewissen Sinne steht er näher bei Max Reger und Richard Strauss – mit denen er übrigens weitschichtig verwandt gewesen sein soll – oder auch bei Carl Orff, näher jedenfalls denn zum zeitgenössischen Literaturbetrieb. So wäre die Behauptung nicht einmal übertrieben, er habe der altbairischen Mundart einen dem Plattdeutschen vergleichbaren Rang zurückgewonnen oder sogar erst verschafft, der verlorenzugehen drohte, als bei uns der

»Stadtfrack« schon nicht mehr verstehen konnte, was die »Gscherten« untereinander redeten. Es handelt sich also hier weniger um Dialekt als um eine neue Dimension der Mehrsprachigkeit. Daraus erklärt sich eine eigentümliche Distanz, die Thoma manchmal wahrte; wenn er sich etwa weigerte, für Oberammergau einen Prolog im Dialekt zu schreiben. Denn, so gab er zu bedenken, der Bauer liebe seinen Dialekt nicht eigentlich, er gebrauche ihn bloß. Wenn es ernst oder feierlich werde, strenge er sich an zur Hochsprache. Vielleicht würde Thoma heute sagen, daß die Bauern sogar am Lateinischen in der Liturgie hängen, nach der altbairischen Devise: »Vastehn dean ma net oiss, aber hörn dean ma's gern.«

Weil Thoma sein Instrument so souverän beherrschte, gelangen ihm solch einmalige Prägungen, die wie eine Melodie im Ohr bleiben. Als Theodor Heuss daran ging, seine Jugenderinnerungen zu Papier zu bringen, machte ihn seine Frau, wie er gestand, »mit einsichtiger Pädagogik« aufmerksam, daß ja die Lausbuben-Geschichten nun eben schon geschrieben seien. Und die Warnung sei nicht ohne Wirkung geblieben, sie habe »manche Renommierlust abgebremst«. Während hier das unerreichbare Vorbild eine Wiederholung verbot, blieb in einem andern Falle nur noch Nachahmung übrig; ich meine die Filser-Briefe. Diese zwerchfellerschütternde Satire ist wie ein Kostüm, das sich heute noch spottlustige Leute überziehen, wenn sie ihren Ärger oder Zorn so richtig austoben möchten. Sie setzen gleichsam Thomas Filser-Maske auf, und das wirkt immer; nur daß die zeitlos gültige Gegenwärtigkeit des Originals dabei niemals übertroffen wird.

Der Sicherheit des sprachlichen Formsinns scheint ein allgemeines künstlerisches Qualitätsgefühl zu entsprechen. Man muß nur die Briefe an den Verleger Langen lesen, um staunend gewahr zu werden, wie Thoma bei seinen sehr bestimmten Ratschlägen den Wert, die Stärken wie die Schwächen der Zeichner des »Simplicissimus« und der »Jugend« ganz richtig beurteilte, häufig abweichend vom populären, gängigen Geschmack. Auch sollte nicht vergessen werden, daß er es war, der Langen einen Wink gab, da komme manchmal einer junger Mann in bairischer Infanterie-Uniform gemessenen Schrittes zur Redaktion des »März« und gebe Manuskripte ab; das sei einer, der an einem Roman schriebe; den müsse man sich unbedingt sichern. Der junge Infanterist war Thomas Mann, sein Roman die »Buddenbrooks«. Und dies geschah, als Hesse und andere meinten, Mann sei zu ironisch. Übrigens hatte Thoma auch die erste der unheimlichen Geschichten von Gustav Meyrink veröffentlicht, sie hieß: »Der heiße Soldat«.

Der »März« war als politisch-literarische Zeitschrift gegründet worden, um dem »Simplicissimus« im Kampf gegen Wilhelminismus und Spießbürgerei einen schwergewichtigen Beistand zu geben. Der unentbehrlichste Mann für dieses Unternehmen, Ludwig Thoma, saß allerdings in Stadelheim, und da man seine Mitarbeit an der ersten Nummer nicht missen wollte, schmuggelte man mit Äpfeln und Zigarren, schön geviertelt, jene Reclam-Heftchen ins Gefängnis, welche die Reden Kaiser Wilhelms II. enthielten. Thoma sprang sofort darauf an, denn sein Urzorn ging ja auf das Jahr des Sturzes von Bismarck zurück und Wilhelm war schlechthin der Feind. So verdankte man dem Konflikt mit Majestät, Staatsautorität und herrschender Gesellschaft nicht nur das Stadelheimer Tagebuch, sondern auch den rasanten Beginn einer Zeitschrift, die ohne diesen durch die Wand rennenden Bajuwaren vielleicht wirklich das geworden wäre, was später Literaturhistoriker darin zu erblicken vermeinten, nämlich eine der Zeitschriften des neuromantisch verklärten Naturalismus, wie »Bergstadt«, »Der Türmer« oder »Das Land«.

Es mutet uns heute seltsam an, daß der andere Herausgeber des »März« der Dichter Hermann Hesse war. Gegensätzlichere Naturen kann man sich kaum vorstellen, und tatsächlich verraten

auch die von Heuss später mitgeteilten Briefe, daß zwischen dem feinsinnigen Hesse, der Glasperlenspiele in sich trug, und dem ihm nicht ganz geheueren bajuwarischen Urtalent manches unausgesprochen blieb, was nicht gut gegangen war. Nicht weniger befremdlich dünkt uns die Aufeinanderfolge zweier so wesensverschiedener leitender Redakteure wie Wilhelm Herzog und Theodor Heuss. Und doch wurden sie beide von Ludwig Thoma angeworben. Der zornige Prophet kommenden Unheils, Wilhelm Herzog aus Berlin, war Thoma dadurch aufgefallen, daß er die avantgardistische Zeitschrift »Pan« durch Kühnheit und ohne viel Rücksicht auf künstlerische Formfragen zu internationaler Geltung gebracht hatte. Ein Schuß Modernität und eine Prise Expressionismus schienen Thoma willkommen. Herzog erzählte, wie er überrumpelt wurde. Er war in den »Franziskaner« bestellt worden, wo Thoma der Tischrunde präsidierte und ziemlich barsch erklärte, ein neuer Redakteur müsse her oder die Zeitschrift möge sterben. Als Herzog beteuerte, er sitze über seiner Heine-Biographie und alle seine Bücher lägen noch in Paris, brummte Thoma: »Dann hol'ns halt Ihre Bücher her.« Und ehe sich's der achtundzwanzigjährige Herzog versah, war er mit sechshundert Mark Gehalt angestellt. Als Heuss ihn Jahre später ablöste, sprach Herzog nur noch vom »Märzchen von Heilbronn«. Dem in seinem Falle etwas gewalttätigen Thoma jedoch bewahrte er, ungeachtet aller politischen Irrungen und Wirrungen, ein respektvolles Angedenken.
Die »März«-Episode zeigt uns, daß Thoma nicht nur ein honorarheischender Publizist gewesen ist. Er war auch eine durchaus regentenhaft herrschende Figur, eine Graue Eminenz im liberalen Lager, ein geheimer Generalstabschef im Weltanschauungsgetümmel. So wie er seinen bestimmenden Einfluß auf Albert Langen auszuüben wußte, so regierte er auch in das Verlagshaus Knorr & Hirth gänzlich ungeniert hinein. Wer's nicht glaubt, der möge sich diesen bisher unveröffentlichten Brief zu Gemüte

führen, den mir Kollege Dr. Müller-Meiningen jr. anvertraute. Er ist an seinen Vater, den Reichstagsabgeordneten und dann auch bayerischen Justizminister Dr. Müller-Meiningen, gerichtet. Thoma beantwortet einen Brief des sehr verehrten Herrn Oberlandesgerichtsrats: »... Ja freilich, die hundsmiserable Leitung der ›Neuesten Nachrichten‹ war mir seit Jahr und Tag eine sehr ernste Angelegenheit, die mich stark beunruhigt hat. Ich habe Hirth offen gesagt, daß ich die Lage des Liberalismus in Bayern in erster Linie dem Mangel einer gut und fest geleiteten Presse zuschreibe. Ich bin nicht ganz unschuldig am Scheiden des schlitzohrigen Spitzbuben Soundso (er nennt ihn später Filucius), und was ich tun konnte, um Hirth davon zu überzeugen, daß der Kerl ein Unglück sei, das habe ich getan. Vor Monaten schlug ich Hirth unsern Doktor Heuss vor, und er ging darauf ein. Leider hat Heuss nicht angenommen. Ich habe ihm von Rom aus noch einmal geschrieben...« Und so geht es weiter, und abgesehen davon, daß wir auf diese Weise erfahren, daß Theodor Heuss beinahe Chefredakteur der »Münchner Neuesten Nachrichten« geworden wäre, versichert uns Thoma noch öfter, daß er nichts sehnlicher wünsche, als den Augiasstall einer Zeitung auszuräumen, die er schon nicht mehr Kuhhaut, sondern nur noch Saublatt nennt, und der er zutraut, sie werde sich dem nächstbesten »Konzernherrn an den Hals werfen«.

Wir sehen also, auf der Höhe seiner Schaffenskraft entbrennt Thoma in heißer Liebe zur Politik. Es ist und bleibt eine sehr unglückliche. Schon Herzog hatte sich darüber gewundert, wie kindergläubig der sonst so kritische Mann die Autorität des Reichstagsabgeordneten Dr. Konrad Haußmann beim »März« hochzuhalten versuchte, weil er offenbar überzeugt war, aus jener in Württemberg unvermeidlichen liberalen Dynastie könnten allemal nur geniale Politiker kommen. Und ach, später, nach dem Sündenfall in die Vaterlandspartei, meinte er ja auch, in den blaublitzenden Augen des Großadmirals von Tirpitz eine

Verheißung besserer Tage zu erblicken. Die Erforscher der Zeitgeschichte mögen versuchen, den tückisch falschen Fährten nachzugehen, auf denen Thoma sich vollends und heillos in der politischen Landschaft verirrt hat. Wenn sie erklären können, warum dieser scharf beobachtende, blitzgescheite Mann plötzlich wie in Panik die Seiten wechselte, aus einem Pazifisten zu einem Hurrapatrioten wurde, und dann, immer wilder um sich schlagend, mit aller Welt sich anlegte, vom linken Bauernbund bis zu den konservativen Föderalisten – wenn die Historiker das alles erklären können, dann leisten sie einen wertvollen Beitrag zur Erhellung des noch dunklen Zusammenhangs zwischen der Leidensgeschichte der Demokratie in Deutschland seit einem geschlagenen Jahrhundert und unserem allgemeinen politischen Unglück. Einstweilen möchte ich nur vermuten, daß dieser Bub aus dem Försterhaus, dem es gefiel, eine Zeitlang wie ein Bohemien zu leben, doch zu sehr *neben* der Gesellschaft stand, die er zur Zielscheibe seines Spottes oder Zornes machte, als daß er sich mit ihr eins gefühlt hätte. Als er nun aber begann, sich mit ihr zu identifizieren, auf eine gleichsam nachholintensiv patriotische Weise, brach diese Welt vor seinen erschreckten Augen auch schon zusammen. Und jetzt begehrte er inständig, nicht schuld daran zu sein. Wenn andere nun sagten, auch er habe »an der Zersetzung von Fundamenten des kaiserlichen Deutschlands mitgewirkt«, dann wies er das im stillen Kämmerlein nicht mehr von sich; denn er war ja nicht nur jähzornig, gemütsbewegt und manchmal fuchsteufelswild, sondern auch skrupelhaft.

Leicht ist es nicht, zu begreifen, wie ein solch freier Geist, den es in die Nähe von Maximilian Harden und von Tucholsky getrieben hatte, eines Tages auf den »Miesbacher Anzeiger« buchstäblich zurückgreift, um diesen den darob verblüfften Kampfgenossen von einst ingrimmig um die Ohren zu schlagen. Ein Rest von Rätselhaftigkeit wird da wohl immer bleiben. Ich habe nur ganz unverbindlich meine eigene Theorie anzubieten, eine kelto-bajuwarische sozusagen. Die Kelten, wie man weiß, bewohnten einst vom hohen Norden bis nach Illyrien und Thrakien breite Zonen in ganz Europa. Sie lebten in vielen Staaten, die sie vorübergehend auch beherrschten, aber keiner hat sie überdauert. Alle sind zugrunde gegangen, wenn wir vom Spätentwickler Irland absehen. Was von ihnen übrigblieb, das sind Kunstfertigkeiten, das ist Musikalität, Freude an der Selbstdarstellung, tänzerisch dynamisches Temperament und – verhältnismäßige Taubheit auf dem politischen Gehörgang. Was nun die Altbaiern angeht, so haben sie, meine ich, ziemlich viel Keltisches, insofern ihnen etwa ein herzoglicher Landpfleger vollauf genügen würde, um ihr Bedürfnis nach Staat und Bürokratie zu befriedigen. Für sie bräuchte es das alles nicht zu geben, was sie da unter der energischen Anleitung von pfälzischen und fränkischen Staatsdienern sich einüben lassen mußten. Und keltisch ist auch, daß sie Politik, sofern schon eine sein muß, am ehesten noch als ein Mordstheater begreifen, wo die Spektakel gewittergleich vorüberziehen, immer gefolgt von lieblichem Vogelgezwitscher wie in Beethovens Pastorale, worauf dann wieder Frieden ist im Lande, ganz als wie vorher.

Aber mir soll keiner kommen und etwas von Einfachheit erzählen. Für Thoma war Einfachheit ein schwer erarbeitetes Kunstprodukt. Ich hätte es auch kaum gewagt, der Einladung des Herrn Oberbürgermeisters zu folgen und hier in diesem Theater den Namen Ludwig Thoma eitel zu nennen, hätte ich von seiner Ära und Aura nicht einen Hauch wenigstens noch verspürt. Ich sage das nicht, weil meine leicht zu beunruhigende Tante mich des öfteren aussandte, um zu erkunden, ob eine gewisse Aussicht bestünde, daß ihr angetrauter Ehegemahl demnächst vielleicht einmal nach Hause kommen werde. Dieser, mein Onkel und Vormund nämlich, hatte sich schon in Dachau beim Scheibenschießen mit Thoma angespezelt, und die Kumpanei wurde in München fortgesetzt; meist beim Tarock, im »Stellwagen« oder bei einem anderen Stammtisch. Da habe ich Thoma aus der Froschperspektive betrachten können, wie er breit und wuchtig hockte, das Gesicht von der Bozener Pfeife durchbohrt, Wolken von Latakiatabak um sich hüllend, mit ruhig, aber dennoch flink über die Karten wandernden Augen hinter seinem geränderten Zwicker. Nein, viel wichtiger erscheint mir jener unauslöschliche Eindruck, den auf mich, der ich kaum über den Tisch sehen konnte, die Debatten daheim gemacht hatten. Wenn die Erwachsenen, ermattet vom Schmausen, die Serviettetücher vom Hals zogen, wandten sie sich immer wiederkehrenden Gegenständen der Unterhaltung zu. Das war zuerst der zu beklagende Mangel an Abwechslung im Hinblick auf die Fleischsorten und deren unverschämt teuere Preise. Dann kam die Versicherung, daß es so unmöglich weitergehen könne. Und zum dritten hieß es dann schon: »Also, der Thoma hat g'sagt...« Worauf die Familie sich spaltete. Mein Onkel, ein Beamter, aufgewachsen in einer seit Max II. vorherrschenden Tradition des behördlich genehmigten Liberalismus, hielt sich an Peter Schlemihl und Josef Filser. Offenbar empfand er eine unbändige Freude, wenn der Thoma es wieder dem Präsidenten von Orterer gab, so als wäre dies eine Wiedergutmachung für selbst erlittene Unbill. Die Tante fand das beinah' polizeiwidrig und für einen Beamten der kgl. Hauptstaatsschuldentilgungsverwaltung gefährlich. Sie wollte nur Unterhaltung für die Sommerfrische gelten lassen, wie »Altaich« zum Beispiel. Meine Großmutter schüttelte dazu den Kopf und meinte, »Agricola«, das sei schon das einzig Wahre. Wie oft sah ich den sorgsam gehüteten Band im grauen Kalikoleinen auf ihrem Schoß, wenn sie mit ihren achtzig Jahren ohne Brille zum soundsovielten Male darin las. Von alldem wollte meine Mutter nun ganz und gar nichts wissen. Die Bauern glaubte sie zur Genüge zu kennen, Satire hielt sie für aufgesetzt und wirkungslos, Unterhaltung für unnütze Zeitverschwendung, überlegene Ironie konnte ihr schon deshalb nicht imponieren,

weil sie selber reichlich davon besaß. Sie fragte immer, was kommt dabei heraus, inwiefern wird die Welt verändert, werden die Menschen dadurch besser. »Magdalena« war schon eher ihr Fall, »Der Wittiber« auch und alles, was ganz ernst auf den sozialkritischen Nerv ging. Nun ja, meine gute Großmutter hat ja auch noch für den Hindenburg gebetet, damit er Deutschland retten könne, während meine Mutter ihr sagte, bet' Du nur, damit er nicht einmal gar Deutschlands Unglück wird. Da schrieben wir schon 1917, Ludwig Thomas Krisenjahr.
Merkwürdig, nicht wahr, jedem hatte Thoma etwas gegeben, aber jeder hatte auch etwas gegen ihn. Mein Onkel zum Beispiel wurde grantig, als er merkte, daß Thoma nicht mehr zum »anderen Standpunkt« stehen wollte, als jener dem Bauernführer Dr. Heim auseinandersetzte, daß er den religiösen Momenten nicht aus rationalistischen Beweggründen, die ihm fremd seien, aus dem Weg gegangen wäre, sondern nur deshalb, weil er es habe machen wollen wie die Bauern, denen die Erfüllung der religiösen Pflichten zwar selbstverständlich sei, die aber nie davon sprächen. Jene Weihnachtslegende in sechs Gesängen, die Thoma als Beweis an Dr. Heim geschickt hatte, konnte den erzliberalen Onkel nur befremden. Die Großmutter aber freute sich: »Siehgst as, hab' i do recht g'habt, heimlich is der Thoma halt doch a frommer Mensch.« Worauf meine Mutter spottete: als ob wir nicht alle wüßten, daß bei uns noch durch den schönsten weißesten Chorrock dieser Ministranten die alte heidnische Haut hindurchschaut. So habe ich in einer gewissermaßen zusammengesetzten Familie schon früh gelernt, daß auch dieser Thoma aus allerlei, ziemlich vielschichtig, zusammengesetzt gewesen sein muß. Deshalb wohl bin ich nicht der Richtige, um mit ihm zu rechten. Freilich auch darum nicht, weil ich gerade an den kraftvollen Persönlichkeiten der älteren Generationen eine Übermacht starker Gemütsbewegung bemerkt habe, von der man sich kaum mehr eine Vorstellung zu machen vermag. Heute

sieht man selten einen Menschen weinen, weil Zorn ihn überwältigt oder vor Indignation, wie man früher sagte. Heute erscheint alles aufs Mittelmäßige abgeschliffen, wie die Jahreszeiten. Damals aber konnte man gestandene Männer wie tot umfallen sehen, wenn ihnen das Herz vor Empörung bis in die Kehle sprang. Alterieren nannte man dieses heftige Aus-der-Haut-Fahren, welches Ärger, Kummer, Wut und Verzweiflung in sich schließen konnte. Und Ludwig Thoma war einer, der oft und leicht einen Anlaß fand, um mit Inbrunst sich zu alterieren. Ich denke am liebsten an den Thoma, der mit der Weihnachtslegende vieles hinter sich gebracht hat, mit diesem reinen Kunstwerk, an dem er seine Sprachschöpferkraft noch einmal so meisterlich erprobte, daß nun unsere oberdeutsche Literatur vom Wessobrunner Gebet bis zur »Heiligen Nacht« reicht; an den Thoma, der »das Aktuelle« als seine eigentliche Gefahr erkannt hat und der mit sich ins reine gekommen ist, der wieder den Kopf durch die Lodenkotze steckt und durch den Schnee stapft, sinnend, ob er noch seinen Grünen Heinrich schreiben wird und den Kaspar Lorinser vielleicht, den ihm Freund Hofmiller damals ausgeredet hat. Ausgetobt, aber nicht abgekämpft, fügt er sich in die Stille, welche die Kunst wie die Natur braucht, um wachsen zu können. Während er dahinwandert, versunken in den Anblick der Lichter um den Tegernsee, fällt ihm ein Wort dazu ein, über die Vergänglichkeit des irdischen Daseins und was vom Leben übrigbleibt. Er weiß nicht gleich, ist es aus Jenny Treibel oder aus Effi Briest, jedenfalls ist es von seinem geliebten Fontane. Ja, Theodor Fontane, das ist auch so ein alter Wein, der immer besser wird. Denken mit dem Herzen, das hat er von ihm gelernt und von Jeremias Gotthelf und Wilhelm Raabe und Charles Dickens und von manchem andern. Fünf Ringe hat nun sein Lebensbaum schon angesetzt; die Bauern- und Kleinstadtgeschichten, die Zeitungsglossen, die Theaterstücke, das Buch »Erinnerungen« und die unzählbaren Briefe.

Das sind lauter Selbstbiographien. Am Ende will noch ein köstlicher Ring vielleicht sich schließen mit einem großen Gesellschaftsroman? Es hat nicht sollen sein. Aber, was für ein Baum ist es doch geworden. Da steht er vor uns am hundertsten Geburtstag, als hätte es ihn schon immer gegeben, als wollte er immer noch weiterwachsen. Er steht da, um es mit einer oft wiederkehrenden Schlußwendung in der »Heiligen Nacht« zu sagen: Wia ma'n halt so kennt.

Aus

Erinnerungen

Im Januar 1867 besuchte meine Mutter ihre Schwester Marie Lang in Oberammergau, um im Verlegerhause ihre Niederkunft abzuwarten, denn sie getraute sich nicht, in der Riß zu bleiben, weitab von jeder Hilfe, die bei starkem Schneefalle überhaupt nicht erreichbar gewesen wäre.

Geburtshaus in Oberammergau

Am 21. Januar gegen Mittag kam ich zur Welt, und meine Verwandten erzählten mir, ich hätte gerade, als sie von der Schule heimkamen, so laut geschrieen, daß sie mich schon auf der Straße hörten.

Meine ersten Erinnerungen knüpften sich an das einsame Forsthaus, an den geheimnisreichen Wald, der dicht daneben lag, an die kleine Kapelle, deren Decke ein blauer, mit vergoldeten Sternen übersäter Himmel war.

Wenn man an heißen Tagen dort eintrat, umfing einen erfrischende Kühle und eine Stille, die noch stärker wirkte, weil das gleichmäßige Rauschen der Isar deutlich heraufftönte.

Hinterm Hause war unter einem schattigen Ahorn der lustig plätschernde Brunnen ganz besonders merkwürdig und anziehend für uns, weil in seinem Granter gefangene Äschen und Forellen herumschwammen, die sich nie erwischen ließen, so oft man auch nach ihnen haschte.

Das Forsthaus in der Vorderriß

Der Vater

Die Mutter

Drunten am Flusse kreischte eine Holzsäge, biß sich gellend in dicke Stämme ein und fraß sich durch, oder ging im gleichen Takte auf und ab.

Ich betrachtete das Haus und die hoch aufgeschichteten Bretterlager von oben herab mit scheuer Angst, denn es war uns Kindern strenge verboten, hinunterzugehen, und als ich doch einmal neugierig über den Bachsteg geschritten war, kriegte ich vom Vater, der mich erblickt hatte, die ersten Hiebe.

Noch etwas Merkwürdiges und die Phantasie Erregendes waren die rauchenden Kohlenmeiler, gerade unterm Hause, an denen rußige Männer auf und ab kletterten und mit langen Stangen herumhantierten. Hinter Rauch und Qualm leuchtete oft eine feurige Glut auf, aber trotz der Scheu, die uns der Anblick einflößte, trieben wir uns gerne bei den Kohlenbrennern herum, die in kleinen Blockhütten hausten, auf offenem Herde über prasselndem Feuer ihren Schmarren kochten und die Kleinen, die mit neugierigen Augen in den dunkeln Raum starrten, davon versuchen ließen.

Wieder andere gefährlich aussehende Riesen, die große Wasserstiefel an den Füßen trugen, fügten Baumstämme mit eisernen Klammern aneinander; wenn sie, ihre Äxte geschultert, dicke

Seile darum geschlungen, in unser Haus kamen und sich im Hausflöz an die Tische setzten, hielt ich die bärtigen Flößer für wilde Männer und traute ihnen schreckliche Dinge zu.

Sie waren aber recht zutunlich und boten uns Kindern Brotbrocken an, die sie zuerst ins Bier eingetaucht hatten; allmählich gewöhnten wir uns an sie, und es mußte uns sehr streng verboten werden, im Flöz bei den Tischen herumzustehen.

Unsere besonderen Freunde waren die Jäger. Fast alle gaben sich mit uns ab, keiner aber verstand es besser, unsere Herzen zu gewinnen, wie der Lenggrieser Thomas Bauer, der immer helfen konnte, wenn ein Spielzeug zerbrochen war, und der nie ungeduldig wurde, so oft wir auch mit Bitten zu ihm kamen.

Kohlenmeiler bei der Vorderriß. Titelblatt zu »Erinnerungen«

Gewiß waren die Geschichten, die uns Viktor erzählte, wunderschön, aber was waren sie gegen die Erlebnisse, die unser Bauer droben im Walde mit Zwergen und Berggeistern gehabt hatte! Wenn er vom Pürschgang heimkam, sprangen wir ihm entgegen und staunten ihn an, wenn er einen erlegten Hirsch oder einen

Gambsbock brachte, und immer hatte er was für uns, eine seltsam geformte Wurzel, einen Baumschwamm oder eine Pfeife, die er unterwegs aus einer Rinde zurechtgemacht hatte.
In seinem Jägerstübchen war er nie vor uns sicher; kaum hatte er es sich auf seinem Kanapee gemütlich gemacht und seine Pfeife angebrannt, dann trippelten kleine Füße über die Stiege herauf und polterten gegen die Türe, deren Klinke nicht zu erreichen war.
Es half ihm nichts, er mußte die Quälgeister einlassen und viele Fragen beantworten, ob er den Zwergkönig mit dem langen Bart und dem spitzen Hut gesehen habe, und ob die Gambs mit den goldenen Krickeln noch auf dem Scharfreiter herumspringe.
Er mußte uns vormachen, wie die Gambsböcke blädern, und auf dem Schnecken, wie die Hirsche im Herbst schreien, und wenn er sein Gewehr zerlegte oder eine Uhr reparierte oder einen Gambsbart faßte, schauten neugierige Kinderaugen dem Tausendkünstler zu.
Vertrauen und Neigung hingen sich so fest an den Mann, daß er uns allen als Sinnbild und Verkörperung des stillen Glückes galt, das wir in der Riß gefunden hatten.
Die Wilderer trieben in jener Zeit ein arges Unwesen im Isartal. Manches Ereignis ist von den Zeitungen berichtet, auch romantisch aufgeputzt worden, und der »Dammei« in Tölz, der die Kämpfe der Wildbratschützen besang, hatte reichlich Arbeit.
Die Verwegensten waren die Lenggrieser, Wackersberger und Jachenauer; als besonders reich an Listen galten die Tiroler aus der Scharnitz.
Es mußten schneidige Jäger sein, die gegen sie aufkommen wollten, und man fand sie unter den Einheimischen, die selber gewildert hatten, bevor sie in den Dienst traten.
Ich habe nie gehört, daß einer untreu gewesen wäre, wohl aber weiß ich, daß der eine und andere beim Zusammentreffen mit den alten Kameraden sein Leben lassen mußte.

Diese Dinge entbehrten für die Beteiligten ganz und gar des Reizes, den sie für Fernstehende hatten; es ging dabei rauher zu, als es sich ein freundlicher, vom Schimmer der Romantik angeregter Leser vorstellen mochte.

Einer von meines Vaters Jagdgehilfen, der Bartl, ein braver, bildschöner Bursche, wurde aus dem Hinterhalt auf wenige Schritte Entfernung niedergeschossen.

Ein Jachenauer, der unter den Wilderern war und die Tat, wie man erzählte, verhindern wollte, wurde später Jagdgehilfe und fand einen schlimmen Tod auf der Benediktenwand; er wurde schwer verwundet mit Steinen zugedeckt und kam so jämmerlich um.

Ein Sagknecht aus der Jachenau, der den Bartl erschossen haben soll – bewiesen konnte es nicht werden –, traf nicht lange nachher wieder mit den Jägern zusammen und wurde schwer verwundet. Er kam mit dem Leben davon, verlor aber das Gehör.

In ihrer Art berühmt geworden ist die Floßfahrt der Wilderer im Jahre 1869, von der man sich heute noch im Oberland viel erzählt.

»Jäger« von Ernst Fröhlich aus »Münchner Bilderbogen«

Die Halsenbuben

Erstabdruck: Süddeutsche Monatshefte. Jg. 3 (1906), H. 1

Beim Halsen heißt ein schöner Hof in Lenggries. In den sechziger Jahren hauste darauf der Quirinus Gerold mit seinem Weibe und zwei Söhnen.

Er war ein wohlhabender Mann, dem bares Geld im Kasten lag und der wohl an vierzig Stück Jungvieh zu den Almen trieb.

Seine Söhne, der Halsen-Toni und der Blasi, waren im ganzen Isartale bekannt wegen ihrer Kraft und Verwegenheit.

Sie waren von gutem Schlage, hochgewachsene und breitbrustige Burschen. Und flink und lustig dazu. Es hätte ihnen jeder eine vergnügliche Zukunft voraussagen mögen; sie ist ihnen aber nicht geworden.

Denn alle zwei sind in jungen Jahren gefallen von Jägershand, und sie starben im grünen Walde.

Zuerst der Blasi. Das war im Jahre 1869 gegen den Herbst zu.

Da ist den Jägern in der Vorder-Riß eine Botschaft zugekommen, daß zur Nachtzeit ein Floß mit Wilderern und ihrer Beute die Isar herunterkommen werde.

Wie es auf den Abend zuging, sind die Jagdgehilfen von ihren Reviergängen heimgekommen und haben sich recht auffällig in der Wirtsstube des Forsthauses bei Essen und Trinken gütlich getan.

Denn es waren, wie immer, Flößer und Holzknechte als Gäste da, und vielleicht die meisten von ihnen waren Spießgesellen der Wilddiebe.

Darum haben sich die Jäger nichts merken lassen.

Nach ein paar Stunden sind sie einzeln aufgebrochen und haben sich freundlich Gute Nacht gewunschen, als wolle sich jeder friedlich aufs Ohr legen.

Auch die Flößer und Holzknechte haben sich entfernt; sie gingen in die Sägmühle, wo sie auf dem Heu übernachten wollten.

Die Lichter in der Wirtsstube sind ausgelöscht worden, und das Forsthaus lag still und verschlafen in der finsteren Nacht.

Hinter einem Fenster des oberen Stockes brannte noch ein kleines Licht.

Denn die Frau Oberförster lag gerade um dieselbige Zeit in den Wehen, und die Tölzer Hebamme wachte bei ihr.

Hie und da steckte der lange Oberförster seinen Kopf zur Türe herein und fragte mit leiser Stimme, wie es um die Frau stünde. Er machte ein ernstes Gesicht, denn diese Nacht quälten ihn manche Sorgen.

Wenn ihn die Hebamme beruhigte, ging er mit langen Schritten an das Gangfenster und lugte scharf in die Nacht hinaus.

Er sah etwas Dunkles auf der abschüssigen Wiese, die gegen die Isar hinunterführt. Das bewegte sich rasch und verschwand.

Einer von den Jagdgehilfen, die sich vorsichtig an den Fluß pürschten.

Eine Stunde und mehr verstrich.

Es war eine feierliche Stille, wie immer in dieser Einsamkeit.

Man hörte nichts als das Rauschen des Wassers.

Da blitzte auf einmal in der Sägemühle ein Licht auf und verschwand wieder, kam noch zweimal und erlosch.

Das war ein Zeichen, und alle scharfen Jägeraugen, die an der Isar wachten, erkannten es.

Einen Büchsenschuß oder zwei flußaufwärts liegt ein einsamer Bauernhof. Man heißt es beim Ochsensitzer.

Da wurde jetzt auch ein Fenster hell, dreimal in gleichen Abständen.

»Bande, verfluchte!« brummte der Jagdgehilfe Glasl, der keine hundert Schritte davon entfernt hinter einer Fichte stand.

»I hab's wohl g'wißt, daß de wieder dabei san.«

Und er horchte angestrengt in die Nacht hinaus.

Es war nichts zu hören, und lange war auch nichts zu sehen.

Da kam der Mond über die Berge herüber. Sein flimmerndes Licht fiel auf den Fluß, und immer länger dehnte sich der glitzernde Streifen aus, und er ging in die Breite, bis zuletzt das ganze Tal angefüllt war von seinem Glanze.

Und jetzt konnte man einen Schatten sehen, der in der Mitte des Flusses mit Schnelligkeit dahinglitt.

Das waren sie.

Glasl faßte sein Gewehr fester und zog den Hahn über.

Das Floß kam näher.

Man hörte das Eintauchen des großen Steuerruders, und eine verhaltene Stimme rief:

»Besser rechts halt'n, Dammerl! Besser rechts! Mir treib'n z' nah zuawi.«

Glasl ließ das Floß vorbeigleiten und stellte sich so, daß er gegen den Mond sah.

Die Umrisse der an den Rudern Stehenden hoben sich vom lichten Hintergrunde ab, und der Jagdgehilfe konnte mit einiger Genauigkeit das Visier nehmen.

Er zielte kurz und feuerte.

Knapp und scharf antwortete das Echo auf den Schuß, dann brach sich der Hall und grollte das Tal entlang. Und weckte den schlafenden Wald.

Wildtauben flogen auf und Krähen schimpften.

Vom Wasser her kam ein unterdrückter Schrei und ein kräftiger Fluch.

»'s werd eppa'r oan g'rissen hamm«, brummte der Glasl und schaute dem Floße nach.

Das fuhr mit unverminderter Schnelligkeit weiter.

Aber jetzt, ein, zwei, vier Schüsse; und wieder einer, und wieder ein paar.

Da blitzte es auf, dort brach ein Feuerstrahl aus dem Walde.

Ein paar Kugeln schlugen klatschend ins Wasser, aber andere trafen das Ziel.

»Wart's, Lumpen!« lachte der Glasl, »heunt habt's a schlecht's Wetter dawischt.« Und er schoß den zweiten Lauf ab.

Die Wilderer antworteten auch mit Pulver und Blei.

Aber sie schossen nur aufs Geratewohl, während sie selber ein gutes Ziel boten.

Dazu mußten sie achthaben auf die starke Strömung und die Felsblöcke, welche hier zahlreich aus dem Wasser ragen.

Sie hielten stark an das rechte Ufer hin und glitten unter der Brücke durch.

Wie das Floß nun in einer Linie mit der Sägmühle war, stellten die Jäger das Feuern ein.

Der Glasl Thomas hatte sein Gewehr wieder geladen und schlich von Baum zu Baum das Ufer abwärts.

Er gab wohl acht, daß er nicht in das Mondlicht hinaustrat, damit ihn kein spähendes Auge erblicken konnte.

Nach einiger Zeit machte er halt und ahmte den Ruf der Eule nach.

Ein ähnlicher Laut antwortete ihm, und bald stand er in guter Deckung neben dem Jagdgehilfen Florian Heiß.

»Kreuz Teufi!« sagte Glasl und lachte still in sich hinein. »Flori, dös mal is was ganga.«

»Net z'weni«, erwiderte Heiß. »Bei dein' erst'n Schuß hat's oan g'numma.«

»I hätt's aa g'moant.«

»Ganz g'wiß. I hab's g'sehg'n. Den Lackl am Ruader hint' hast 'nauf belzt.«

»Auf den hon i aa g'schossen«, sagte Glasl; »aber es wer'n no mehra troffen sei'.«

»Was laßt si sag'n? De Lump'n hamm viel Wildprat am Floß g'habt, und da wer'n sie si fleißi dahinter eini duckt hamm.«
»Mein zwoatn Schuß hab' i eahna da Längs nach eini pfiffa. Vielleicht hat der aa no a bissei was to.«
»Recht waar's scho«, gab Heiß zurück.
»Was tean mir jetzt?«
»Steh' bleib'n a Zeitlang, nacha pürsch'n mir uns hinterm Ochsensitzer umi, und gengan übern Steg. An der Bruck'n ob'n derf'n mir uns net sehg'n lassen.«
Sie blieben schweigend stehen.
Nach einer Weile stieß Glasl seinen Kameraden an.
»Da schaug abi!«
In der Sägmühle flammte ein Licht auf und erschien bald an dem einen, bald an dem anderen Fenster.
»In der Sag' sans wach wor'n«, flüsterte Heiß.
»De hamm heut no net g'schlafa, de Tropf'n«, erwiderte Glasl.
»Jetzt gengan mir.«
Sie pürschten leise weg in den Hochwald.

Im Forsthause war große Aufregung.
Die Schüsse hatten das Haus geweckt; die Dienstboten waren aufgestanden und hinausgeeilt. Im Krankenzimmer stellte sich die Hebamme erschrocken ans Fenster und horchte furchtsam auf den Lärm.
Die Frau Oberförster richtete sich unruhig im Bette auf.
»Was is? Was gibt's?« – »Nix, nix.«
»Hat's net geschossen?«
»Na, Frau Oberförster, da hamm S' Ihnen täuscht.«
Die Kranke ließ sich beschwichtigen; die müden Augen fielen ihr zu.
Da tönte wieder vom Flusse herauf ein scharfer Knall, und Schuß auf Schuß.
»Um Gottes willen!«

Die Kranke fuhr auf.
»Wo is mein Mann?«
»Regen S' Ihnen net auf, Frau Oberförster! Er is daheim. Er is halt im Bett.«
»Er is drunten!«
»Wo?«
»An der Isar. Ganz g'wiß, er is drunten!«
»Geh, geh! Was is denn?« sagte eine tiefe Stimme, und der Oberförster trat in das Zimmer.
»Bist da, Max? Gott sei Lob und Dank!«
Die Kranke streckte ihm ihre kleine, abgemagerte Hand entgegen, und ihre Augen leuchteten.
»Weil nur du da bist!«
»Aber was hast denn, Mamale?«
»Ich hab' so Angst g'habt. So Angst. Gelt, du gehst net weg?«
»I bleib scho bei dir.«
»Wer schießt denn da?«
»Ah, desweg'n brauchst dich net kümmern. Der Ochsensitzer hat si beschwert, daß die Hirsch'n alle Nacht in seiner Wiesen sind. Jetzt hab' i's heut vertreib'n lassen.«
»Max!« – »Was?«
»Warum bist du heut noch ganz anzog'n?«
»Der Kontrolleur von der Hinter-Riß war da. Mir sin a bissel länger sitzen blieb'n.«
»Jetzt gehst aber ins Bett? Gelt?«
»Ja, ich hab' Schlaf. Aber hast du kein' Angst mehr?«
»Nein.«
»Weg'n dem dummen Schießen?«
»Nein!«
»Ich hab' g'meint, sie vertreib'n de Hirsch a so. Ich hab' net denkt, daß g'schossen wer'n soll.«
»Das macht nix. Ich bin schon wieder ruhig.«
»Dann Gut' Nacht, Mamale!«

»Gut' Nacht, Max!«
Der Oberförster zog die Türe leise hinter sich zu und blieb horchend stehen.
Er schlich auf den Fußspitzen die Stiege hinunter und gab acht, daß keine Stufe knarrte.
An der Haustüre kam ihm ein Bursche entgegen.
»Herr Oberförster!«
»Red staad, Kerl!«
»Sie möcht'n in d' Sag abi kemma. Es is an Unglück g'schehg'n.«
»Wem?«
»A so halt.«
»Dös erzählst mir im 'nuntergehn. Komm no glei mit!«
»I möcht gern...«
»Nix. Du gehst mit mir! Mit meine Dienstbot'n hast du net z'reden!«
Sie schritten in die Nacht hinaus und gingen zur Säge hinunter.
Der Bursche voran.
»Also was is?« fragte der Oberförster.
»I hab' mir denkt, Sie wissen's scho.«
»Was soll ich wissen?«
»No ja. A so halt.«
»Wenn's d' net red'n magst, laß bleib'n. Hat di der Müller g'schickt?«
»Ja.«
Sie waren vor der Säge angekommen.
Die Haustüre stand offen, und aus einem Zimmer drang matter Lichtschein in den Gang hinaus.
Man hörte flüstern, dann setzten zwei weibliche Stimmen mit Beten ein.
Der Oberförster trat näher.
In der Mitte der Stube war auf zwei Stühlen die Leiche eines jungen Mannes aufgebahrt, der Kopf lag auf einem mit Heu ge-

füllten Sack gebettet.
Die erkalteten Hände hatte man zusammengelegt und darein ein kleines Kreuz gesteckt.
Es war ein unheimlicher Anblick in dem halbdunkeln Raume.
Der Oberförster sah auf das wachsgelbe Gesicht des Toten; es mochte hübsch und männlich gewesen sein; jetzt trug es die entstellenden Spuren eines gewaltsamen Endes und war schmerzlich verzogen.
»Wer is das, Mutter?« fragte der Oberförster.
»Der Halsenblasi, dem Halsen von Lenggries sein Ältester.«
»Wie kommt der zu euch?«
»Seine Kamerad'n hamm an abg'liefert.« – »Wann?«
»Voring. Mit'n Floß san s' kemma.«
»San s' no da?«
»Na, na! Sie san glei weiter g'fahr'n.«
»Warum hast du mich holen lassen?«
»Es is no oaner bei mir. Der brauchat a Hilf.«
Die Mutter deutete mit dem Daumen auf die Nebenstube.
Der Oberförster ging hinein.
Da lag ein Mann auf dem Boden, in eine grobe Kotze gehüllt; unter den Kopf hatte man ihm ein Kissen geschoben.
Er wandte sein blasses, von einem starken Bart umrahmtes Gesicht dem Eintretenden zu.
»Wo fehlt's?« fragte der Oberförster.
»Er ist schwar g'schossen oberm recht'n Knia«, sagte der Müller.
Und der Verwundete nickte zur Bestätigung.
»Is er verbund'n?«
»Sell wohl. Und an Einschuß hamm ma mit Pulver eig'rieb'n, daß 's Bluat'n aufg'hört hat.«
»Ja, der muß zum Doktor; so schnell wie möglich. I schick glei nach Lenggries.«
Der Verwundete schüttelte abwehrend den Kopf.
Dann sagte er mit schwacher Stimme:

»Vergelt's Gott, aber mir waar's liaba, wann's mi selber auf Lenggries bringet'n. Na waar i dahoam.«

»Ja, halt'st de Fahrt aus? Tuat's dir net z'weh?«

»Na; i halt's scho aus. I möcht hoam.«

»Er is jung verheiret«, sagte der Müller.

»Ich leih ihm mein Wag'n. Recht gern; ihr müaßt's 'n halt mit der Tragbahr zum Weg 'nauf bringen.«

»Jawohl, Herr Oberförster. Und Vergelt's Gott dafür.«

»Wer is denn der arme Teufel?«

»Der Hag'n-Anderl von Lenggries.«

»Er werd' hoffentli wieder g'sund wern«, sagte der lange Forstmann und nickte dem Verwundeten zu.

Der schaute ihm verwundert und dankbar nach.

So menschlich geht es nicht immer ab unter Todfeinden.

Ein paar Stunden später fuhr der Hag'n-Anderl in weiche Betten gehüllt und gegen die Kälte geschützt auf Lenggries zu.

Die Pferde gingen im Schritt, und der Knecht gab Obacht, daß der Wagen nicht über grobe Steine ging.

Hinterdrein kam ein anderes Fuhrwerk; ein Leiterwagen und darauf in Säcke eingenäht der Halsen-Blasi.

Und der hat kein Schütteln und Rütteln mehr gespürt.

Er ist mit vielen Ehren in Lenggries begraben worden; von weither sind die Leute zum Leichenbegängnis gekommen.

Es ist ihm nachgerühmt worden, daß er so oft auf freier Pürsche war und seine Büchse in allen Revieren ringsherum krachen ließ; und daß er nun starb wie ein rechter Wildschütz.

Die Burschen schworen, sie wollten es den Jägern heimzahlen; und der Bruder des Gefallenen, der Halsen-Toni, sagte, mehr wie *ein* Grüner müsse dafür hingelegt werden.

Er ist aber selber ein paar Jahre später von einer Kugel getroffen worden.

Das erzähle ich ein anderes Mal.

Aus
Erinnerungen

An derartige Geschehnisse habe ich kaum eine andere Erinnerung, als daß ich auch später noch unsere Jäger wie sagenhafte Helden bewunderte und ihr Tun und Wesen anstaunte.

Doch steht mir noch lebhaft im Gedächtnis, daß einmal an meinem Namenstag ein Wilderer gefangen eingebracht wurde; er saß im Hausflöz und ließ mich, als ich neugierig vor ihm stand, von der Maß Bier trinken, die man ihm gegeben hatte. Vielleicht bin ich dadurch zutraulicher geworden, jedenfalls schenkte er mir die geweihte Münze, die er an einer Schnur um den Hals trug. Er hatte sie vermutlich von den Franziskanern in der Hinter-Riß erhalten.

In diesem zutiefst ins Karwendelgebirge eingebetteten tirolischen Kloster versahen die Herren Patres ihr Amt noch in einer Art, die von jedem Zeitgeist unberührt geblieben war.

Der Bauer und der Hirte bewarben sich dort um einen wirksamen Viehsegen, um Schutz gegen Gefahr im Stall und auf den Almen, die Weiber kamen um Amulette, die sie vor häuslichen Unfällen und Krankheiten bewahren oder Gebresten heilen sollten; wo immer eine Bedrängnis des Lebens sich einstellte, suchte das Volk Rat und Hilfe bei den Jüngern des heiligen Franziskus.

Ihr unleugbares Verdienst, in dieser Einsamkeit, losgelöst von allen Freuden der Welt, ohne Scheu vor Beschwerden die Werke der Nächstenliebe zu pflegen, wird jeder gerne anerkennen.

Und etwas Rührendes hat es, eine Bevölkerung zu sehen, die in

urzeitlichen Zuständen, abgeschieden von den Hilfsmitteln, die moderne Einrichtungen gewähren, lebt und nur des einen Beistandes sicher ist, dem auch die Voreltern herzlich vertrauten.
So mag man es gelten lassen, daß auch der fromme Wildbratschütze sich in der Hinter-Riß den Kugelsegen holte, der ihn vor einem jähen Tod im Hochwald oder im Kar behüten mußte.
Das Kloster liegt zwei Wegstunden von dem Forsthause in Vorder-Riß entfernt.
An Sonntagen kam der Pater heraus und las in der Kapelle für

König Ludwig II.

Flößer, Jäger, Holzknechte und alle, die zu unserm Hause gehörten, die Messe.

Da geschah es zuweilen, daß vorne auf einem mit Samt ausgeschlagenen Betstuhle ein hochgewachsener Mann kniete, der sein Kreuz schlug und der Zeremonie andächtig folgte, wie der Sagknecht oder Kohlenbrenner, der durch ein paar Bänke von ihm getrennt war.

Wenn der Mann aufstand und die Kapelle verließ, ragte er über alle hinweg, auch über den langen Herrn Oberförster, der doch sechs Schuh und etliche Zoll maß.

Sein reiches, gewelltes Haar und ein Paar merkwürdige, schöne Augen fielen so auf, daß sie dem kleinen Buben, den man zu einem ehrerbietigen Gruß anhielt, in Erinnerung blieben.

Der Mann war König Ludwig II.

Er weilte allsommerlich sechs bis acht Wochen in der Vorder-Riß, und erst nach Erbauung des Schlosses Linderhof hat er darin eine Änderung getroffen.

Damals fühlte er sich wohl in dem bescheidenen Jagdhause, das sein Vater hatte errichten lassen, und er suchte nichts als Stille und Abgeschiedenheit.

Seine Freude an der Natur galt in meinem Elternhause wie bei allen Leuten in den Bergen als besonderer Beweis seines edlen Charakters, und niemandem fiel es ein, an krankhafte Erscheinungen zu glauben.

Der König schloß sich auch keineswegs auffallend vor jeder Begegnung mit Menschen ab, wenn er schon gegen manches empfindlich war.

Bei seinen kurzen Spaziergängen hatte er nichts dagegen, Leuten zu begegnen, die in den Wald gehörten, und zuweilen redete er einen Jäger an.

Jedenfalls hat er alle bei Namen gekannt und sich zuweilen nach ihnen erkundigt.

Aus späteren Erzählungen weiß ich, daß während seiner Anwe-

Ludwig Thoma mit seiner Schwester Louise

senheit in Hörweite kein Schuß fallen durfte; er wollte sich Tod und Vernichtung nicht in diesen Frieden hineindenken.
Daß er selten Besuche von hochstehenden oder offiziellen Persönlichkeiten empfing, ist bekannt, ebenso, daß er sich solchen Begegnungen durch schleunige Fahrten in die Berge entzog.

Hohenlohe vermerkt in seinen Denkwürdigkeiten häufig derartige Verstöße gegen die Etikette und schüttelt den Kopf darüber, wenn der König dem Prinzen Napoleon, dem Kronprinzen von Preußen und anderen ausweicht mit der schlichten Erklärung, er müsse Gebirgsluft atmen. Unterm 3. Juli 1869 schreibt Hohenlohe ins Tagebuch, der König sei »in die Riß entflohen, um der Ankunft des Kaisers von Österreich zu entgehen«.

Wenn es dabei diplomatische Schwierigkeiten ergab, dann wußte man jedenfalls in der Riß nichts davon; diese kleine Welt freute sich, wenn der König kam. Seine Ankunft erfolgte oft unvermutet und war erst wenige Stunden vorher durch einen Vorreiter angesagt.

Die Vorbereitungen mußten dann schnell geschehen. Der mit Kies belegte Platz vor dem Königshause wurde gesäubert, Girlanden und Kränze wurden gebunden, alles lief hin und her, war emsig und in Aufregung.

Es gab für uns Kinder viel zu schauen, wenn Küchen- und Proviantwägen und Hofequipagen voraus kamen, wenn Reiter, Köche, Lakaien diensteifrig und lärmend herumeilten, Befehle riefen und entgegennahmen, wenn so plötzlich ein fremdartiges Treiben die gewohnte Stille unterbrach.

Die Forstgehilfen und Jäger mit meinem Vater an der Spitze stellten sich auf; meine Mutter kam festtäglich gekleidet mit ihrem weiblichen Gefolge, und auch wir Kinder durften an dem Ereignis teilnehmen.

Das Gattertor flog auf, Vorreiter sprengten aus dem Walde heran, und dann kam in rascher Fahrt der Wagen, in dem der König saß, der freundlich grüßte und seine mit Bändern verzierte schottische Mütze abnahm.

Meine Mutter überreichte ihm einen Strauß Gartenblumen oder Alpenrosen, mein Vater trat neben sie, und in der lautlosen Stille hörte man ein leise geführtes Gespräch, kurze Fragen und kurze Antworten.

Dann fuhr der Wagen im Schritt am Hause vor, der König stieg aus und war bald, gefolgt von diensteifrigen Männern in blauen Uniformen, verschwunden.

In uns Kindern erregte die Ankunft des Königs stets die Hoffnung auf besondere Freuden, denn der freundliche Küchenmeister versäumte es nie, uns Zuckerbäckereien und Gefrorenes zu schenken, und das waren so seltene Dinge, daß sie uns lange als die Sinnbilder der königlichen Macht und Herrlichkeit galten.

Aus Erzählungen weiß ich, daß Ludwig II. schon damals an Schlaflosigkeit litt und oft die Nacht zum Tage machte.

Es konnte vorkommen, daß mein Vater aus dem Schlafe geweckt und zum König gerufen wurde, der sich bis in den frühen Morgen hinein mit ihm unterhielt und ihn nach allem möglichen fragte, vermutlich weniger, um sich zu unterrichten, als um die Stunden herumzubringen.

Wenn wir zu Bett gebracht wurden, zeigte uns die alte Viktor wohl auch die hell erleuchteten Fenster des Königshauses und erzählte uns, daß der arme König noch lange regieren müsse und sich nicht niederlegen dürfe.

Etliche Male wurden wir aufgeweckt und durften im dunklen Zimmer am Fenster stehen und schauen, wie drüben Fackeln aufloderten, ein Wagen vorfuhr und bald wie ein geheimnisvoller Spuk im Walde verschwand.

Viktor Pröbstl

Meine erste Liebe

Aus: Lausbubengeschichten. Aus meiner Jugend. Illustrationen von Olaf Gulbransson. 1905

An den Sonntagen durfte ich immer zu Herrn von Rupp kommen und bei ihm Mittag essen. Er war ein alter Jagdfreund von meinem Papa und hatte schon viele Hirsche bei uns geschossen. Es war sehr schön bei ihm. Er behandelte mich beinahe wie einen Herrn, und wenn das Essen vorbei war, gab er mir immer eine Zigarre und sagte: »Du kannst es schon vertragen. Dein Vater hat auch geraucht wie eine Lokomotive.« Da war ich sehr stolz.

Die Frau von Rupp war eine furchtbar noble Dame, und wenn sie redete, machte sie einen spitzigen Mund, damit es hochdeutsch wurde. Sie ermahnte mich immer, daß ich nicht Nägel beißen soll und eine gute Aussprache habe. Dann war noch eine Tochter da. Die war sehr schön und roch so gut. Sie gab nicht acht auf mich, weil ich erst vierzehn Jahre alt war, und redete immer von Tanzen und Konzert und einem gottvollen Sänger. Dazwischen erzählte sie, was in der Kriegsschule passiert war. Das hatte sie von den Fähnrichen gehört, die immer zu Besuch kamen und mit den Säbeln über die Stiege rasselten.

Ich dachte oft, wenn ich nur auch schon ein Offizier wäre, weil ich ihr dann vielleicht gefallen hätte, aber so behandelte sie mich wie einen dummen Buben und lachte immer dreckig, wenn ich eine Zigarre von ihrem Papa rauchte.

Das ärgerte mich oft, und ich unterdrückte meine Liebe zu ihr und dachte, wenn ich größer bin und als Offizier nach einem

Kriege heimkomme, würde sie vielleicht froh sein. Aber dann möchte ich nicht mehr. Sonst war es aber sehr nett bei Herrn von Rupp, und ich freute mich furchtbar auf jeden Sonntag und auf das Essen und auf die Zigarre.

Der Herr von Rupp kannte auch unsern Rektor und sprach öfter mit ihm, daß er mich gern in seiner Familie habe, und daß ich schon noch ein ordentlicher Jägersmann werde, wie mein Vater. Der Rektor muß mich aber nicht gelobt haben, denn Herr von Rupp sagte öfter zu mir: »Weiß der Teufel, was du treibst. Du mußt ein verdammter Holzfuchs sein, daß deine Professoren so auf dich loshacken. Mach es nur nicht zu arg.«

Da ist auf einmal etwas passiert. Das war so. Immer wenn ich um acht Uhr früh in die Klasse ging, kam die Tochter von unserem Hausmeister, weil sie in das Institut mußte.

Sie war sehr hübsch und hatte zwei große Zöpfe mit roten Bändern daran und schon einen Busen. Mein Freund Raithel sagte auch immer, daß sie gute Potenzen habe und ein feiner Backfisch sei.

Zuerst traute ich mich nicht, sie zu grüßen; aber einmal traute ich mich doch, und sie wurde ganz rot. Ich merkte auch, daß sie auf mich wartete, wenn ich später daran war. Sie blieb vor dem Hause stehen und schaute in den Buchbinderladen hinein, bis ich kam. Dann lachte sie freundlich, und ich nahm mir vor, sie anzureden.

Ich brachte es aber nicht fertig vor lauter Herzklopfen; einmal bin ich ganz nahe an sie hingegangen, aber wie ich dort war, räusperte ich bloß und grüßte. Ich war ganz heiser geworden und konnte nicht reden.

Der Raithel lachte mich aus und sagte, es sei doch gar nichts dabei, mit einem Backfisch anzubinden. Er könnte jeden Tag drei ansprechen, wenn er möchte, aber sie seien ihm alle zu dumm.

Ich dachte viel darüber nach, und wenn ich von ihr weg war, meinte ich auch, es sei ganz leicht. Sie war doch bloß die Tochter von einem Hausmeister, und ich war schon in der fünften Lateinklasse. Aber wenn ich sie sah, war es ganz merkwürdig und ging nicht. Da kam ich auf eine gute Idee. Ich schrieb einen Brief an sie, daß ich sie liebte, aber daß ich fürchte, sie wäre beleidigt, wenn ich sie anspreche und es ihr gestehe. Und sie sollte ihr Sacktuch in der Hand tragen und an den Mund führen, wenn es ihr recht wäre.

Den Brief steckte ich in meinen Caesar, De bello gallico, und ich wollte ihn hergeben, wenn ich sie in der Frühe wieder sah.

Aber das war noch schwerer.

Am ersten Tag probierte ich es gar nicht; dann am nächsten Tag hatte ich den Brief schon in der Hand, aber wie sie kam, steckte ich ihn schnell in die Tasche.

Raithel sagte mir, ich solle ihn einfach hergeben und fragen, ob sie ihn verloren habe. Das nahm ich mir fest vor, aber am nächsten Tag war ihre Freundin dabei, und da ging es wieder nicht.

Ich war ganz unglücklich und steckte den Brief wieder in meinen Cäsar.

Zur Strafe, weil ich so furchtsam war, gab ich mir das Ehrenwort, daß ich sie jetzt anreden und ihr alles sagen und noch dazu den Brief geben wolle.

Raithel sagte, ich müsse jetzt, weil ich sonst ein Schuft wäre. Ich sah es ein und war fest entschlossen.

Auf einmal wurde ich aufgerufen und sollte weiterfahren. Weil ich aber an die Marie gedacht hatte, wußte ich nicht einmal das Kapitel, wo wir standen, und da kriegte ich einen brennroten Kopf. Dem Professor fiel das auf, da er immer Verdacht gegen

mich hatte, und er ging auf mich zu.

Ich blätterte hastig herum und gab meinem Nachbar einen Tritt. »Wo stehen wir? Herrgottsakrament!« Der dumme Kerl flüsterte so leis, daß ich es nicht verstehen konnte, und der Professor war schon an meinem Platz. Da fiel auf einmal der Brief aus meinem Cäsar und lag am Boden.

Er war auf Rosapapier geschrieben und mit einem wohlriechenden Pulver bestreut.

Ich wollte schnell mit dem Fuße darauf treten, aber es ging nicht mehr. Der Professor bückte sich und hob ihn auf.

Zuerst sah er mich an und ließ seine Augen so weit heraushängen, daß man sie mit einer Schere hätte abschneiden können.

Dann sah er den Brief an und roch daran, und dann nahm er ihn langsam heraus. Dabei schaute er mich immer durchbohrender an, und man merkte, wie es ihn freute, daß er etwas erwischt hatte.

Er las zuerst laut vor der ganzen Klasse.

»Innig geliebtes Fräulein! Schon oft wollte ich mich Ihnen nahen, aber ich traute mich nicht, weil ich dachte, es könnte Sie beleidigen.«

Dann kam er an die Stelle vom Sacktuch, und da murmelte er bloß mehr, daß es die andern nicht hören konnten.

Und dann nickte er mit dem Kopfe auf und ab, und dann sagte er ganz langsam:

»Unglücklicher, gehe nach Hause. Du wirst das Weitere hören.«

Ich war so zornig, daß ich meine Bücher an die Wand schmeißen wollte, weil ich ein solcher Esel war. Aber ich dachte, daß mir doch nichts geschehen könnte. Es stand nichts Schlechtes in dem Brief; bloß daß ich verliebt war. Das geht doch den Professor nichts an.

Aber es kam ganz dick.

Am nächsten Tag mußte ich gleich zum Rektor. Der hatte sein großes Buch dabei, wo er alles hineinstenographierte, was ich sagte. Zuerst fragte er mich, an wen der Brief sei. Ich sagte, er sei an gar niemand. Ich hätte es bloß so geschrieben aus Spaß. Da sagte er, das sei eine infame Lüge, und ich wäre nicht bloß schlecht, sondern auch feig.

Da wurde ich zornig und sagte, daß in dem Briefe gar nichts Gemeines darin sei, und es wäre ein braves Mädchen. Da lachte er, daß man seine zwei gelben Stockzähne sah, weil ich mich verraten hatte. Und er fragte immer nach dem Namen. Jetzt war mir alles gleich, und ich sagte, daß kein anständiger Mann den Namen verrät, und ich täte es niemals. Da schaute er mich recht falsch an und schlug sein Buch zu. Dann sagte er: »Du bist eine verdorbene Pflanze in unserem Garten. Wir werden dich ausreißen. Dein Lügen hilft dir gar nichts; ich weiß recht wohl, an wen der Brief ist. Hinaus!«

Ich mußte in die Klasse zurückgehen, und am Nachmittag war Konferenz. Der Rektor und der Religionslehrer wollten mich dimittieren. Das hat mir der Pedell gesagt. Aber die andern halfen mir, und ich bekam acht Stunden Karzer.

Das hätte mir gar nichts gemacht, wenn nicht das andere gewesen wäre.

Ich kriegte einige Tage darauf einen Brief von meiner Mama. Da lag ein Brief von Herrn von Rupp bei, daß es ihm leid täte, aber er könne mich nicht mehr einladen, weil ihm der Rektor mitteilte, daß ich einen dummen Liebesbrief an seine Tochter geschrieben habe. Er mache sich nichts daraus, aber ich hätte sie doch kompromittiert. Und meine Mama schrieb, sie wüßte nicht, was noch aus mir wird.

Ich war ganz außer mir über die Schufterei; zuerst weinte ich, und dann wollte ich den Rektor zur Rede stellen; aber dann überlegte ich es und ging zu Herrn von Rupp.

Das Mädchen sagte, es sei niemand zu Hause, aber das war nicht wahr, weil ich heraußen die Stimme der Frau von Rupp gehört habe. Ich kam noch einmal, und da war Herr von Rupp da. Ich erzählte ihm alles ganz genau, aber wie ich fertig war, drückte er das linke Auge zu und sagte: »Du bist schon ein verdammter Holzfuchs. Es liegt mir ja gar nichts daran, aber meiner Frau.« Und dann gab er mir eine Zigarre und sagte, ich solle nun ganz ruhig heimgehen.

Er hat mir kein Wort geglaubt und hat mich nicht mehr eingeladen, weil man es nicht für möglich hält, daß ein Rektor lügt. Man meint immer, der Schüler lügt.

Ich habe mir das Ehrenwort gegeben, daß ich ihn durchhaue, wenn ich auf die Universität komme, den kommunen Schuften.

Ich bin lange nicht mehr lustig gewesen. Und einmal bin ich dem

Fräulein von Rupp begegnet. Sie ist mit ein paar Freundinnen gegangen, und da haben sie sich mit den Ellenbogen angestoßen und haben gelacht. Und sie haben sich noch umgedreht und immer wieder gelacht.

Wenn ich auf die Universität komme und Korpsstudent bin, und wenn sie mit mir tanzen wollen, lasse ich die Schneegänse einfach sitzen.

Das ist mir ganz Wurscht.

Das Forsthaus in Forstenried

Hauptmann Semmelmaier

Aus: Tante Frieda. Neue Lausbubengeschichten. Illustationen von Olaf Gulbransson. 1907

Es ist in der Zeitung gestanden, daß der Hauptmann Semmelmaier und seine Frau die ungeratenen Kinder auf den rechten Weg bringen und sie zu gute Schüler verwandeln, weil er ein Offizier war, und sie war eine Guwernante.

Da haben sie mich hingebracht. Meine Mutter hat nicht wollen, aber die andern haben gesagt, es ist ein Fingerzeig Gottes, und es ist das letzte Mittel, was man für mich hat. Da hat meine Mutter gesagt, in Gottes Namen, man muß es probieren, ob es vielleicht der Hauptmann Semmelmaier kann, und sie ist mit mir in die Stadt gefahren. Er wohnt in der Herrenstraße, und man muß vier Stiegen hinauf. Meine Mutter ist nach jeder Stiege hingestanden und hat ausgeschnauft und hat einen Seufzer gemacht. Sie hat gesagt, daß sie es nicht geglaubt hat, wo sie überall hingehen muß mit mir.

Und dann sind wir oben gewesen, und ich habe geläutet. Eine Magd hat aufgemacht, und sie hat mich angeschaut, wie die Leute immer schauen, wenn der Schandarm einen bringt. Aber sie hat uns in ein Zimmer geführt, wo wir haben warten gemußt. Auf einmal ist die Tür aufgegangen, und ein Mann und eine Frau ist gekommen. Der Mann war groß, und er hat einen Bauch gehabt, und sein Bart ist bis auf den Bauch gehängt, und seine Augen sind ganz rund gewesen, und er hat sie beim Reden furchtbar gekugelt, aber wenn er was Trauriges gesagt hat, da hat er die Deckel darüber fallen gelassen. Er hat ganz langsam geredet, und ein Wort hat lang gedauert, weil es durch die Nase gegangen ist, und sie war furchtbar groß. Er hat mir gar nicht gefallen, und die Frau hat mir aber auch nicht gefallen. Sie war ganz klein und mager, und ihre Nase war gelb, und ihre Augen sind schnell herumgegangen, und sie hat beim Reden den Mund bloß ein bißchen aufgemacht, und da hat es getan, als wenn es dazu pfeift.

Der Mann hat gesagt, er hat die Ehre mit die Frau Oberförster Thoma, nicht wahr? Meine Mutter hat gesagt, ja, und sie ist gekommen, weil der Herr Hauptmann so berühmt ist wegen seine Erziehungskunst, und sie hat schon geschrieben. Der Mann hat gesagt, er weiß alles, und dann hat er seine Hand auf meinen Kopf getan, und er hat gesagt, er muß also einen tüchtigen Menschen aus diesem Purschen machen, nicht wahr? Meine Mutter hat gesagt, man muß es probieren, und vielleicht geht es in Gottes Namen. Der Mann hat seine Augen gekugelt und hat gesagt, es geht. Und die Frau hat gesagt, sie haben schon hundertfünfzig Knaben verwandelt, und es sind viele dabei gewesen, wo man keine Hoffnung nicht mehr gehabt hat, und heute sind sie nützliche Menschen, zum Beispiel Assessor und Offizier und Studenten.

Da hat der Mann gesagt, es ist wunderbar, wie die Leute für ihn schwärmen, wenn sie verwandelt sind, und erst gestern ist ein Leutnant dagewesen, der gesagt hat, er verdankt ihm alles, was er geworden ist, und er ist jetzt Ulan. Meine Mutter hat gesagt, ich muß aufmerken und ich muß den Vorsatz nehmen, daß ich auch einmal komme und dem Herrn Hauptmann danke. Er kommt, hat der Mann gesagt; es gibt keinen Zweifel nicht, daß einmal die Tür aufgeht und ein ritterlicher Offizier geht herein und sagt, daß er der Ludwig Thoma ist und dem alten Semmelmaier die Hand drücken muß. In Gottes Namen, man muß es hoffen, hat meine Mutter gesagt, und sie glaubt es, weil er doch auch ein Offizier war. Da hat der Mann seinen Bart genommen, und er hat ihn in die Höhe getan, daß man einen Orden gesehen hat. Er hat mit dem Finger hingedeutet, und er hat gesagt, daß er ihn bekommen hat von seinem König, und daß er ihn verdient hat auf das Schlachtfeld von Wörth. Dann hat er seinen Bart wieder fallen gelassen. Und dann hat er gesagt, er muß gehen, weil der Graf Bentheim auf ihn wartet, und er hat ihn auch verwandelt. Meine Mutter hat gesagt, sie ist ganz froh, weil der Hauptmann ihr so viel Hoffnung macht, und sie ist dankbar. Der Mann hat die Deckel über seine Augen getan und hat gesagt, er will mich ansehen für seinen Sohn, und dann hat er wieder die Hand auf meinen Kopf gelegt, und er hat gesagt, daß der Tag kommt, wo der junge Mann dem alten Semmelmaier die Hand drückt. Und dann ist er gegangen.

Meine Mutter hat zu der Frau gesagt, sie hat gesehen, daß ich an die richtige Stelle bin und ein gutes Beispiel vor Augen habe. Und die Frau hat gesagt, es ist die Hauptsache, daß man Vertrauen hat, und sie bittet meine Mutter, daß sie ihr sagt, auf was man bei ihm Obacht geben muß. Da hat meine Mutter einen Seufzer gemacht, und sie hat gesagt, ich habe ein gutes Herz, aber ich bin ein bißchen zerstreut, und ich lerne nicht gern, und ich denke lieber an andere Sachen, und ich nehme mir immer alles Gute vor, aber ich tue es nicht.

Die Frau hat gesagt, es sind lauter Fehler, die ihr Mann kurieren kann; er hat ein eisernes Pflichtgefühl, und er bringt es in die Knaben hinein. Da hat meine Mutter gesagt, ich bin auch ein bißchen trotzig, und man kann mit der Güte bei mir viel mehr hineinbringen als mit der Strenge. Die Frau hat mit dem Kopf genickt und hat gesagt, daß ihr Mann die Güte auch kann. Die Knaben werden ganz weich, weil er so gut ist, und er sagt immer, er muß ihr Vater sein. Meine Mutter hat ihr die Hand gegeben und hat gesagt, sie bittet, daß die Frau auch die Mutter macht von mir. Die Frau hat gesagt, sie will es tun, und sie hat mich ins Gesicht gestreichelt, aber es war ekelhaft, weil ihre Finger

ganz kalt und naß sind. Dann sind wir in der Wohnung herumgegangen, und sie hat meiner Mutter gezeigt, wo mein Zimmer ist. Es ist schön gewesen, und es war eine Bücherstelle da und ein Schreibtisch und ein Schrank und ein Bett. Das Fenster war groß, und man hat viele Häuser gesehen. Meine Mutter hat gesagt, daß es so hell und reinlich ist, und da kann ich furchtbar studieren, und ich soll nicht zu oft bei dem Fenster hinausschauen, und ich muß Ordnung haben im Schrank und auf dem Tisch, und wenn ich vielleicht recht fleißig bin, darf ich wieder heim. Ich habe gedacht, ich will so tun, als wenn ich gleich verwandelt bin, daß ich bald fort darf, denn ich habe schon Heimweh gehabt, und die Frau hat mir gar nicht gefallen. Meine Mutter hat gefragt, ob noch andere Knaben da sind. Die Frau hat gesagt, es sind zwei Baron und drei andere da, und vielleicht kommt noch ein Graf, und zwei sind jetzt das dritte Jahr da und sind beinah fertig gemacht, aber die anderen drei sind erst ein Jahr in der Arbeit, und man sieht aber schon die Verwandlung. Bloß einer ist widersetzig, und ihr Mann muß oft bei der Nacht aufwachen und nachdenken, wie er ihn verbessert. Und sie muß mich warnen, daß ich keine Freundschaft mit ihm mache. Er heißt Max, und sein Vater war ein Leutnant, der im Krieg totgeschossen worden ist. Da hat meine Mutter zu mir gesagt, ich muß dankbar sein für diese Belehrung, und ich muß folgen und bloß Freundschaft haben mit den Braven. Und dann hat sie gebittet, daß ich heute noch bei ihr bleiben darf, aber morgen früh bringt sie mich her, und mein Koffer kommt auch. Wir sind gegangen, und meine Mutter hat auf der Stiege gesagt, sie muß glauben, daß ich jetzt ein anderer Mensch werde durch den Hauptmann Semmelmaier, und wenn er es nicht kann, wo er es doch bei so viele kann, dann weiß sie keinen mehr. Ich bin mit meiner Mutter in der Stadt herum, weil sie Sachen gekauft hat, und wenn ein Student gegangen ist, hat meine Mutter gesagt, ich muß mir vornehmen, daß ich auch einer werde. Aber dann ist eine Musik gekommen mit Soldaten, und nach der Musik ist ein Offizier gegangen, der hat einen Säbel in der Hand gehabt. Da hat meine Mutter gesagt, wenn ich dem Semmelmaier folge, dann darf ich auch einmal mit der Musik marschieren, und ich soll einen Vorsatz machen. Am Nachmittag hat sie einen Besuch gemacht beim Oberförster Heiß. Der hat ganz weit draußen gewohnt, und sein Haus ist in einem Garten gestanden, da war es so schön, als wie bei uns. Ein Dackel hat gebellt, und im Hausgang hat man schon den Tabak gerochen, und im Zimmer waren viele Geweihe aufgehängt. Der Heiß hat sich gefreut, daß wir da sind, und die Frau Heiß hat einen Kaffee und Kuchen gebracht, und sie haben mit meiner Mutter geredet, wie es früher gewesen ist, wo mein Vater noch gelebt hat, und er war der beste Freund vom Heiß, und sie sind immer beieinander gewesen. Und da hat der Heiß mit der Pfeife zu mir gedeutet, und er hat gesagt, ich muß auch im Wald leben, weil ich aus einem Fuchsbau bin, und ob ich will. Ich habe gesagt, ich will es am liebsten. Aber meine Mutter hat wieder einen Seufzer gemacht, und sie hat gesagt, daß ich nicht studieren mag. Der Heiß hat gerufen: halloh, soviel muß ich schon lernen, daß ich Förster werde, und es ist nicht viel. Er hat gefragt, wo ich jetzt bin. Meine Mutter hat es ihm erzählt, daß ich daheim in der Lateinschule gewesen bin und nichts gelernt habe, und daß die Verwandten sagen, sie ist schuld, weil sie nicht streng ist, und jetzt hat sie mich zum Hauptmann Semmelmaier gebracht, der die Schüler so gut verwandeln kann, und morgen muß ich hin. Der Heiß hat gelacht, und er hat gesagt, er hat es noch gar nicht gehört, daß ein Hauptmann so gut paßt für einen Lehrer. Meine Mutter hat gesagt, er ist kein Lehrer nicht, sondern er gibt für die Knaben das eiserne Pflichtgefühl, und seine Frau ist eine Guwernante, wo man die Manieren lernt. Der Heiß hat in die Pfeife hineingeblasen, und er hat furchtbar geraucht, und dann hat er gefragt, wie der Hauptmann sich schreibt, weil er seinen Namen nicht gleich verstanden hat. Er heißt Semmelmaier, hat meine Mutter gesagt. Der Heiß hat die Pfeife aus dem Mund getan und hat immer gesagt: Semmelmaier, Semmelmaier. Meine Mutter hat gefragt, ob er ihn kennt. Da hat der Heiß gesagt, er weiß es nicht, ob er es ist, aber im Krieg war ein Leutnant bei ihm, der hat Josef Semmelmaier geheißen, und er war so dumm, daß ihn die Soldaten den Hornpepi geheißen haben, und er hat sich immer versteckt, wenn es geschossen hat. Der Heiß hat gesagt, er hofft, daß es nicht der nämliche ist. Es ist gewiß nicht der nämliche, hat meine Mutter gesagt, denn unser Hauptmann Semmelmaier ist gescheit, und alle Leute loben ihn, und sie danken dem lieben Gott, daß sie bei ihm gewesen sind, und ich muß gegen ihn Ehrfurcht haben.

Da hat der Heiß gesagt, vielleicht ist er gar nicht der Hornpepi. Nach dem Kaffee sind wir gegangen, und auf dem Weg hat meine Mutter zu mir gesagt, ich darf nicht glauben, daß der Semmelmaier der Hornpepi ist, und sie hat den Heiß gern, weil er ein Freund von meinem Vater gewesen ist, aber er ist ein Jäger, und die Jäger machen oft solche Späße, die für einen Knaben nicht passen. Ich hab gedacht, ich glaube schon, daß der Semmelmaier der Hornpepi ist, weil er die Augen so kugelt, aber ich habe nichts gesagt. Am andern Tag sind wir wieder zum Semmelmaier, und meine Mutter hat zu ihr gesagt, sie übergibt mich in die Hände von ihr, und meine Wäsche ist ordentlich beisammen. Und zum Semmelmaier hat sie gesagt, sie muß jetzt viele Hoffnung durch ihn haben. Er hat ihr seine Hand gegeben und hat auf die Decke geschaut, und er hat gesagt, er tut, was die Menschenkraft kann, und der liebe Gott muß ihn segnen. Meine Mutter hat geweint, wie sie fort ist, und sie hat mir einen Kuß gegeben, und wie sie schon auf der Stiege war, hat sie sich umgedreht, und sie hat gesagt, sie geht mit Freuden, weil sie weiß, daß ich verwandelt werde. Ich bin allein umgekehrt, und da habe ich aber furchtbar Heimweh gekriegt, und ich habe gedacht, wenn ich daheim immer fleißig war, muß ich jetzt nicht bei fremde Leute sein. Die Frau war gleich nicht mehr so freundlich, wie ich allein war. Sie hat mich in ein Zimmer geführt, das bloß ein Fenster in den Gang hatte, und es war nicht hell. Ich habe gesagt, ich will in das Zimmer, wo wir gestern gewesen sind. Da hat sie gesagt, ich muß jetzt da bleiben, weil in das andere Zimmer ein Graf kommt, aber später kriege ich vielleicht ein anderes.

Ich habe nichts mehr gesagt, weil ich so traurig gewesen bin, und ich habe meine Sachen ausgepackt und habe immer die Kleider angeschaut, wo ich daheim damit herumgegangen bin. Und da ist mir eingefallen, wie es schön war, und ich habe geweint, bis ich zum Essen gegangen bin. Es sind drei Knaben dagewesen und der Semmelmaier und sie.

Der Semmelmaier ist aufgestanden, und er hat ein Gebet gesagt, daß wir Gott bitten, er muß die Mahlzeit segnen. Es war aber bloß Reis in der Milch, und ich mag ihn nicht.
Ich habe immer geschaut, wie die drei Knaben sind. Einer hat rote Haare gehabt und Sommersprossen und hat Wendelin geheißen, und er hat mir nicht gefallen. Der andere hat die Haare ganz hineingepappt gehabt, und er hat die Augen immer auf den Boden getan. Das war der Alfons, und er hat mir auch nicht gefallen. Aber noch einer ist dagewesen, der hat lustig zu mir geschaut und hat gelacht; er hat Max geheißen. Ich habe gedacht, ob ich sie hinschmeißen kann, und ich habe es gleich gesehen, daß es keine Kunst ist bei dem Wendelin und bei dem Alfons. Aber der Max war so groß wie ich, und er hat stark ausgeschaut.
Der Semmelmaier hat gesagt, er muß mich als ein neues Mitglied von der Anstalt vorstellen, und er muß die anderen ermahnen, daß sie mir ein gutes Beispiel geben, und er muß mich ermahnen, daß ich dem guten Beispiel folge.
Und sie hat gesagt, ich muß den Reis nicht herumrühren, sondern ich muß ihn essen, oder ob ich vielleicht heiklig bin.

Die Tante Frieda

Ich habe gesagt, ich mag keinen Reis nicht gern.
Sie hat gesagt, es gibt kein Mögen nicht, die Knaben müssen essen, was sie kriegen. Der Semmelmaier hat gesagt, daß der Reis nahrhaft ist, und in Asien leben alle Leute davon, und die Völker, wo man Fleisch ißt, sind keine guten Soldaten nicht, als wie die andern, wo man bloß Reis kriegt. Aber er hat einen Braten gehabt und Kartoffelsalat.
Nach dem Essen hat er wieder gebetet, daß man Gott dankt für alles, was er beschert hat.
Und dann ist er gegangen. Wir sind auch hinaus, weil wir ein bißchen auf die Straße haben dürfen. Auf der Stiege hat der Max zu mir gesagt, ich soll mit ihm gehen, und nicht mit die andern. Das habe ich getan. Wir sind gegangen, bis wir auf eine Wiese gekommen sind. Da haben wir uns auf eine Bank gesetzt, und der Max hat gefragt, wer mein Vater ist.
Ich habe gesagt, er ist tot, aber er war ein Oberförster. Da hat er gesagt, daß sein Vater ein Leutnant war, und er ist auch tot, weil ihn die Franzosen geschossen haben.
Er hat gesagt, ich soll probieren, ob ich seinen Arm biegen kann. Es ist nicht gegangen, aber er hat meinen Arm auch nicht biegen können. Da ist er über die Bank gesprungen und hat gesagt, ich soll es nachmachen. Ich habe es ganz leicht gekonnt, und er hat gefragt, ob ich vielleicht auf die Hände gehen kann. Ich habe es ihm gezeigt, und ich habe ein Rad geschlagen.
Da hat er gesagt, ich gefalle ihm gut, und ich muß zu ihm helfen. Ich habe gesagt, daß er mir gleich gefallen hat, und ich habe schon gedacht, daß er so ist, weil die Frau Semmelmaier gesagt hat, ich darf keine Freundschaft mit ihm nicht haben.
Er hat gesagt, sie ist eine geizige und gemeine Frau, welche nichts Gescheites zum Essen hergibt, und sie will von die Knaben sparen.
Ich habe gefragt, wie er ist.
Der Max hat gesagt, der Semmelmaier ist dumm, und er küm-

mert sich gar nicht um einen; bloß wenn die Eltern da sind, macht er solche Lügen, als wenn er uns erzieht.
Ich habe gesagt, daß er zu meiner Mutter erzählt hat, daß die Leute kommen und ihm danken, wenn sie Offiziere geworden sind.
Der Max hat gesagt, daß er es immer erzählt, und die Eltern glauben es. Aber wenn man drei Wochen da ist, merkt es jeder, daß er bloß schwindelt.
Da habe ich ihm erzählt, was der Heiß gesagt hat, vom Hornpepi. Der Max hat furchtbar gelacht, und er hat gesagt, daß der Semmelmaier Josef heißt, und er ist es ganz gewiß.
Und dann hat er zu mir gesagt, ich muß Obacht geben auf den Alfons und den Wendelin. Sie verschuften ihn und sagen alles, was sie hören, und er hat gesagt, wir müssen zusammenhalten. Er ist so froh, daß einer da ist, der ihm gefallt.
Wie ich schon ein Monat da war, habe ich gesehen, daß es mir beim Semmelmaier gar nicht gefallt. Sie hat uns furchtbar wenig zum Essen gegeben, und wenn ich gesagt habe, daß es mich hungert, dann hat er geredet, und er hat gesagt, er weiß nicht, wie es mit Deutschland noch gehen muß, wenn die Jugend so ungenügsam ist. Er hat drei Tage nichts gegessen und getrunken, wie er im Krieg war, und am vierten Tag hat es auch kein Fleisch gegeben, sondern bloß Pulver und Blei, aber er hat sich nichts daraus gemacht, weil er das Vaterland liebt. Und wenn die Jugend immer essen will, muß es schlecht gehen mit Deutschland.
Und dann ist er wieder fortgegangen ins Wirtshaus. Er kauft sich lauter Bier von dem Geld, was er leider von unsere Eltern kriegt, und es ist auch nicht wahr gewesen, daß er acht gibt auf uns. Er hat gar nicht gewußt, ob wir lernen, und bloß, wenn man eingesperrt worden ist, und er hat einen Strafzettel unterschreiben müssen, hat er so getan, als wenn er sich darum kümmert. Wenn auf dem Strafzettel gestanden ist, daß man wegen Ungezogenheit zwei Stunden kriegt, hat er immer gefragt, was eine Ungezo-

genheit ist. Er hat gesagt, er kennt es nicht; es hat keine Ungezogenheit nicht gegeben, wie er studiert hat; er hat es nie nicht gewußt, wie man eine Ungezogenheit macht, und warum man eine macht, und man kann doch leben ohne eine Ungezogenheit.

Er hat immer ganz lang gepredigt, und der Max hat gesagt, es ist die größte Freude vom Semmelmaier, wenn er gegen uns soviel reden darf, weil er gegen die Frau immer still sein muß.

An jedem Donnerstag haben wir bloß eine Brennsuppe gekriegt, und der Semmelmaier hat gesagt, er probiert uns, ob wir Spartaner sind.

Wir sind aber keine Spartaner nicht, und es hat mich immer so gehungert, und da habe ich es heim geschrieben. Meine Mutter hat gleich eine Antwort gegeben. Sie hat geschrieben, sie mag keine Heimlichkeiten nicht dulden, und sie hat dem Semmelmaier meine Klage geschrieben, und vielleicht weiß er nicht, daß ich einen so großen Appetit habe. Der Semmelmaier hat den Brief schon gehabt, und in der Frühe hat er mich gerufen. Da ist er im Zimmer gestanden, und sie ist auf dem Kanapee gesessen.

Sie hat mich gleich angeschrien, warum ich so lüge und schreibe, daß ich hungern muß. Ich habe gesagt, das ist keine Lüge nicht, und ich habe Hunger, und wenn ich bloß eine Brennsuppe kriege, kann ich nicht satt sein. Sie hat geschrien, ich bin frech, und sie hat es gleich gedacht, daß ich frech bin, weil man es mir ansieht, und weil ich gleich so befreundet gewesen bin mit dem Max, und ich schreibe zu meiner Mutter solche Lügen, daß ihr Haus verdächtig ist, als ob die Knaben hungern müssen. Ich habe gesagt, es ist wahr, daß ich Hunger habe, und ich darf es sagen.
Da hat sie zum Semmelmaier geschrien, daß er reden muß zu diesem gemeinen Knaben, der das Haus verdächtigt.
Der Semmelmaier ist ganz nah zu mir gegangen und hat langsam gesagt, ich muß ihn anschauen.
Ich habe ihn angeschaut.
Da hat er seinen Bart in die Höhe getan und hat mit dem Finger auf den Orden gezeigt, und er hat mich gefragt, was das ist.
Ich habe gesagt, es ist Messing.
Er hat die Augen furchtbar gekugelt und hat gesagt, es ist eine Auszeichnung von dem höchsten Kriegsherrn, und ob ich glaube, daß man es kriegt, wenn man heimliche Briefe schreibt über Brennsuppen. Man kriegt es nicht dafür, sondern man muß ein Spartaner sein und eine Entbehrung machen und schwitzen und frieren und den Tod im Angesicht haben. Dann kriegt man es, weil man ein tapferer Spartaner ist, und er muß die Jugend erziehen, daß sie auch einmal die Auszeichnung kriegt, und wir müssen am Donnerstag die Brennsuppe essen, weil es eine Vorübung ist für den Krieg. Er hat gesagt, er möchte uns alle Tage einen Nierenbraten geben, und er möchte Freude haben, wenn wir recht viel essen, aber er darf es nicht, weil wir dann keine Spartaner nicht werden, sondern bloß Jünglinge mit Genußsucht. Und er muß es meiner Mutter schreiben, daß er keine Garantie nicht für mich geben kann, wenn ich lauter Nierenbraten essen will. Da hat sie geschrien, daß sie auch schreibt, daß

ich ein frecher Knabe bin, der Lügen macht und das Haus verdächtigt.

Ich bin gegangen, aber bei der Tür hat mir der Semmelmaier noch gerufen, daß ich denken muß, er will uns für die Auszeichnung erziehen.

Ich war furchtbar zornig, und ich habe es dem Max erzählt, und er ist auch zornig geworden. Aber bald habe ich einen Brief von meiner Mutter gekriegt, da ist darin gestanden, daß ihr der Herr Hauptmann alles erklärt hat, und es ist keine Sparsamkeit nicht, wenn wir Brennsuppe essen müssen, sondern es ist eine Erziehung, und ich darf mich nicht beschweren, sondern ich muß froh sein, daß ich bei einem Mann bin, der mich zu einem Spartaner verwandelt. Aber wenn ich wirklich so Hunger habe, gibt sie mir ein bißchen Taschengeld, und ich darf mir vielleicht manchmal eine Wurst kaufen, aber keine Süßigkeiten, und ich muß immer denken, daß ich einmal ein tapferer Offizier werde, wie der Semmelmaier, und ich muß recht lernen. Es sind drei Mark im Papier eingewickelt gewesen. Der Max hat den Brief gelesen, und er hat gesagt, er weiß es schon, man kann nichts machen, weil seine Mutter auch immer die Sprüche vom Semmelmaier glaubt, und sie denkt auch, man darf einem Knaben nicht recht geben.

Aber da ist eine Woche vergangen, und es ist etwas passiert, weil ich drei Mark gehabt habe. Ich und der Max haben oft auf die Leute geschmissen mit kleine Steine, wenn sie nicht hergeschaut haben. Wenn es Kartoffeln gegeben hat beim Semmelmaier, haben wir oft einen eingesteckt, und auf dem Weg ins Gymnasium haben wir ihn auf eine Droschke geschmissen oder auf einen Mann, der eine Kiste auf dem Buckel getragen hat. Und die Kartoffeln haben gespritzt, und die Leute sind furchtbar zornig gewesen. Sie haben nicht gewußt, wo es her kommt, und wir sind schon lange davon gelaufen, bis sie es gemerkt haben.

Aber jetzt hat der Max gesagt, weil ich drei Mark habe, müssen

wir Eier kaufen; und wir möchten viel mehr Spaß haben, wenn wir mit die Eier schmeißen, weil es dann ganz gelb herunter rinnt.
Ich habe gesagt, das ist wahr, und wir haben jetzt immer Eier gekauft, wenn wir aus dem Gymnasium sind. Wir haben es entdeckt, daß kein Fenster nicht kaputt geht, wenn man es mit dem Ei trifft. Es platscht, und die Leute unten lachen, weil es so gelb ist, und die Leute oben reißen das Fenster auf und schimpfen furchtbar. Aber es geht nicht kaputt.
Wenn man eine Droschke hinten trifft, weiß es der Kutscher nicht, und er fahrt weiter und schaut immer, warum die Leute so lachen, bis er es merkt, und da steigt er herunter und schaut es an, und wenn einer im Wagen sitzt, kommt er auch heraus und tut sich wundern. Aber wenn man einen Mann trifft, der eine Kiste auf dem Buckel tragt, der hört es gleich, wie es platscht, und er bleibt stehen und laßt die Kiste herunter, und dann schimpft er furchtbar. Es ist der größte Spaß, mit die Eier schmeißen. Da haben sie uns aber erwischt. Eigentlich haben sie uns nicht erwischt, sondern der Alfons hat uns verschuftet.
Wir haben immer nach der Klasse für den Semmelmaier die Zeitung holen müssen bei einem Zeitungskiosk.
Da ist ein Mann darin gesessen, der ist gegen die Knaben sehr grob. Wenn man ein bißchen stark an das Fenster klopft, sagt er, daß man ein Flegel ist und ein Lausbub und eine Rotznase. Das ist gemein. In dem Kiosk ist hinten eine Türe, aber sonst kann er nirgends heraus. Da ist mir etwas eingefallen, wie man ihn ärgern kann, und ich habe es dem Max gesagt, wie wir es machen. Wir sind hingegangen, und ich habe mich hinten aufgestellt, wo die Tür gewesen ist, und habe ein Ei in der Hand gehabt. Aber der Max ist vorn hingegangen, als ob er die Zeitung verlangt. Er hat mit der Faust an das Fenster hingehaut, daß der Mann ganz wild gewesen ist, und er hat das Fenster aufgerissen. Aber da hat der Max hineingespuckt, daß der Mann im

Gesicht naß war. Und er ist ganz geschwind aufgesprungen und ist bei der Tür heraus, daß er ihn erwischt. Aber da habe ich schon gepaßt darauf, und wie die Tür aufgegangen ist, habe ich das Ei hingeschmissen, daß es gespritzt ist, und es hat ihn erwischt, und er hat nicht gewußt, ob er mir nachlaufen muß oder dem Max, und wir sind alle zwei davon, bis er es gewußt hat.
Wir sind nicht weit gelaufen und haben die Zeitung woanders geholt, und dann sind wir heim.

Nach dem Essen ist der Max ins Bett gegangen, und ich auch. Der Alfons ist im Zimmer geblieben, aber ich habe nichts gedacht. Aber wie ich noch nicht eingeschlafen war, ist auf einmal meine Tür aufgegangen, und es war ein Licht da. Ich habe hingeblinzelt, und es war der Semmelmaier und sie. Ich habe aber getan, als wenn ich schlafe, und wie der Semmelmaier auf mich geleuchtet hat, habe ich die Augen nicht aufgemacht. Er hat lange auf mich geleuchtet, und auf einmal hat er gesagt: »Lauspube!« und er ist gegangen, und bei der Tür ist er stehengeblieben und hat gesagt: »müserabliger!« Und sie hat gesagt: »Ich weiß es ganz gewiß, daß er die Eier von mir gestohlen hat, und jetzt weiß ich, wo immer meine Eier hinkommen.« Am andern Tag in der Früh haben sie mich in ihr Zimmer gerufen, und der Semmelmaier hat gesagt, ich muß alles gestehen, sonst hat er keine Erbarmnis nicht mehr, und ob ich es gestehen will.

Ich habe gefragt, was.

Sie hat vom Kanapee gerufen: »Lügner!« und er hat gefragt: »Wie viele Eier hast du gestohlen?«

Ich habe gefragt, wo.

Da hat sie gerufen: »In der Speise aus dem großen Korb.«

Ich habe gesagt, ich habe noch nie kein Ei nicht gestohlen, und ich lasse es mir nicht gefallen, daß man sagt, ich stehle.

Da hat er gefragt, mit was für einem Ei ich den Zeitungsmann geschmissen habe.

Da habe ich gesagt, ich weiß nichts von keinem Zeitungsmann.

Er hat gesagt, so, das muß er aufschreiben. Und er hat in seinem Notizbuch geschrieben, und dann hat er es vorgelesen: »Er weiß nichts von keinem Zeitungsmann.«

Dann hat er gefragt, ob ich vielleicht einen Hühnerhof habe.

Ich habe gesagt, ich habe keinen.

Er hat es wieder geschrieben und hat gesagt, man muß jetzt einen Zeugen nehmen. Da hat sie gerufen: »Alfons!« Und der Alfons ist hereingekommen.

Der Semmelmaier hat zu ihm gesagt, daß er ein deutscher Knabe ist, die niemals nicht lügen, und er soll es erzählen. Der Alfons hat auf den Boden geschaut und hat es erzählt, daß ich und der Max zu dem Zeitungsmann sind, und der Max war vorn, und ich war hinten, und auf einmal ist der Mann heraus, und ich habe ein

Ei geschmissen. Der Semmelmaier hat den Bleistift mit der Zunge naß gemacht und hat gefragt, ob der Zeuge vielleicht lügt.
Ich habe gesagt, es ist wahr, daß ich geschmissen habe. Aber ich habe das Ei gekauft, weil mir meine Mutter drei Mark geschickt hat.
Der Semmelmaier hat gelacht, ha ha! Und er hat zu ihr gesagt, daß er die Hälfte schon herausgebracht hat.
Ich habe gesagt, der Max weiß es, weil er dabei war, wie ich das Ei gekauft habe.
Da ist sie gegangen und hat den Max geholt.
Der Semmelmaier hat zu ihm gesagt, der Max ist der Sohn von einem Offizier, und er weiß, daß man erschossen wird, wenn man lügt, und ob er nichts gehört hat von Eier, die geschmissen werden.
Der Max hat gleich gemerkt, daß uns der Alfons verschuftet hat, und er hat gesagt, er weiß es, daß man die Eier schmeißt.
Der Semmelmaier hat es geschrieben, und dann hat er gefragt, wo man die Eier herkriegt.
Der Max hat gesagt, man kauft sie im Milchladen.
Ich habe gesagt, daß der Semmelmaier sagt, ich habe sie gestohlen. Der Max hat gesagt, es ist nicht wahr. Wir haben sie mitsammen gekauft.
Sie hat vom Kanapee gerufen, die Purschen helfen zusammen, und sie weiß es gewiß, daß ich ihr dreißig Eier gestohlen habe.
Der Semmelmaier hat gesagt, man muß ruhig sein, weil er ein Urteil macht, und er hat in seinem Buch geschrieben.
Dann ist er aufgestanden und hat es vorgelesen, daß er noch einmal verzeiht und dem Gymnasium nichts sagt, weil der Max dabei ist, und er ist der Sohn von einem toten Offizier, der das Schlachtfeld bedeckt hat, aber meine Mutter muß dreißig Eier zahlen, und er schreibt es ihr.
Sie hat gerufen, man muß unerbittlich sein und sie anzeigen.
Aber der Semmelmaier hat den Kopf geschüttelt und hat gesagt,

er kann es nicht, weil er immer an den geschossenen Kameraden denkt. Und dann haben wir hinaus müssen.

Ich habe vor lauter Zorn geweint, weil meine Mutter dreißig Eier zahlen muß, und ich habe gesagt, ich muß den Alfons hauen, bis ich nicht mehr kann.

Der Max hat gesagt, es geht nicht, weil er uns am Gymnasium verschuftet, aber er weiß was gegen den Semmelmaier.

Wir kaufen eine Rakete, und wir lassen sie bei der Nacht im Semmelmaier sein Zimmer hinein. Es muß ein furchtbarer Spaß werden, wenn die Rakete herumfahrt und nicht hinaus kann und es tut, als wenn der Feind schießt, und man kann sehen, wie er tapfer ist.

Ich habe den Max gebittet, daß ich die Rakete anzünden darf, und ich kann es nicht mehr erwarten.

Aus

Erinnerungen

Ich war der Obhut zweier Onkel anvertraut, die, so entfernt verwandt sie auch mit uns waren, doch nach Sitte und Brauch so genannt wurden. Sie hatten zusammen eine kleine Wohnung in der Frauenstraße inne; der eine, pensionierter Postsekretär, war mit der Schwester des andern, eines pensionierten Premierleutnants, verheiratet. Diese, die gute alte Tante Minna, war der Mittelpunkt des Hausstandes, die Friedensbringerin bei allen auftauchenden Differenzen zwischen den Herren und nebenher eine altbayrische Chronik. Ihre Geschichten gingen zurück in die zwanziger und dreißiger Jahre und spielten in Freising und Altmünchen. Sie erzählte gerne und sehr anschaulich und kannte die städtischen Familien, dazu auch eine erkleckliche Zahl bayrischer Staatsdiener, von denen sie allerlei Menschliches wußte, das im Gegensatze zu etwa vorhandenem Staatshochmute stehen durfte.

Wenn der Onkel Postsekretär abends, wie es seine Gewohnheit war, den »Münchner Boten« vorlas und mit einem Blaustift ärgerliche Nachrichten zornig anstrich, dann unterbrach Tante Minna nicht selten die Vorlesung mit einer Anekdote über einen Gewaltigen in Bayern. »Der brauchet sich auch net so aufmanndeln...« Damit begann sie gewöhnlich die Erzählung, und dann folgte die Geschichte eines Begebnisses, in dem der hohe Herr schlecht abgeschnitten hatte.

Das konnte oft bis in die frühe Jugend des Getadelten zurückreichen, denn die Tante hatte ein unerbittliches Gedächtnis. Dabei war sie heiter, wohlwollend und herzensgut und sah aus wie ein altes Münchner Bild, mit ihren in der Mitte gescheitelten Haaren, auf denen eine kleine Florhaube saß. Sie hielt den kleinen, aber behäbigen Haushalt in bester Ordnung und ließ in ihrer heiteren und doch resoluten Art keine Verstimmung andauern, die sich zuweilen einstellte, denn die zwei Onkels repräsentierten zwei verschiedene Welten. Der Postsekretär hatte – schon anfangs der dreißiger Jahre – in München Jura studiert, war aber vor dem Examen zur Post gegangen und hatte zuletzt als Sekretär in Regensburg amtiert. Der Premierleutnant hatte

Tante Minna, Onkel Joseph und Onkel Wilhelm

die Feldzüge mitgemacht, war nach siebzig krank geworden und hatte den Dienst quittiert.

Vorne, wo Onkel Joseph, der Sekretär, sein Zimmer hatte, war's ganz altbayrisch, partikularistisch, katholisch. Sechsundsechzig und was nachher kam, Reichsgründung, Liberalismus um und um, Kulturkampf, alles wurde als Untergang der guten, alten Zeit betrachtet. Hier bildeten Kindererinnerungen an Max Joseph, der das Söhnchen des Burghauser Landrichters getätschelt hatte, das Allerheiligste, und eine Studentenerinnerung an Ludwig I., der den Kandidaten Joseph Maier im Englischen Garten angesprochen hatte, konnte durch keine neudeutsche Großtat in den Schatten gestellt werden.

Wenn aber das »Regensburger Morgenblatt«, das auch abends vorgelesen wurde, einen schmerzlichen Seufzer über Falk, Lutz oder Bismarck brachte, fuhr der angenetzte Blaustift gröblich übers Papier. Da konnte es dann auch Pausen geben, und zwischen zwei Schlucken aus der Sternecker-Maß setzte es ingrimmige Worte über respektabelste Persönlichkeiten ab, bis Tante Minna fand, daß es nun genug wäre und daß man weiterlesen sollte.

Im Zimmer rückwärts, wo Onkel Wilhelm hauste, lebten die Erinnerungen an Wörth, Sedan und Orleans, hier herrschten Freude am neuen Reiche und temperierter Liberalismus.

Freilich war's auch recht gut altbayrisch, und in heroische Töne vom wiedererstandenen Kaisertum mischten sich die anheimelnden Klänge aus dem alten Bockkeller, aus lustigen Münchner Tagen, wo der Herr Leutnant Paulus mit dem Maler Schleich und anderen Künstlern selig und fröhlich war. Im allgemeinen vermieden es die zwei Antipoden, besonders in meiner Anwesenheit, auf strittige Fragen zu kommen; wenn's doch geschah, war der Angreifer immer der Herr Postsekretär, der auch vor mir weder seine noch seines Gegners Würde zu wahren beflissen war.

Zuweilen streckte er, wenn ihm etwas mißfiel, heimlich, aber

unmenschlich lang seine Zunge hinterm Maßkrug heraus und schnitt Gesichter.
Ich kann mich nicht erinnern, daß ihn der alte Offizier einmal bei der Kinderei ertappt hätte, und ich hütete mich wohl, den prächtigen Onkel, der so wundervolle Grimassen machen konnte, durch dummes Lachen zu verraten.
Trotz dieses Kleinkrieges vertrugen sich die beiden Herren recht gut, und wenn die Sprache auf vergangene Zeiten kam, fingen sie miteinander zu schwärmen an vom Schleibinger-Bräu und vom Schwaigertheater, vom sagenhaft guten Bier und von billigen Kalbshaxen, und sie waren sich darüber einig, daß im Kulinarischen und im Trinkbaren das goldene Zeitalter doch vor der Kapitulation von Sedan geherrscht hatte. Und das versöhnte die Gegensätze.
Waren damals eigentlich andere, mildere Sommertage wie jetzt? Mir kommt's so vor, als hätte es bei weitem nicht so oft geregnet, denn viele Tage hintereinander gab es Hitzvakanzen, und wochenlang gingen wir jeden Abend auf den Bierkeller.
Onkel Wilhelm war nicht dabei; er blieb entweder zu Hause, oder er war um die Zeit schon in Prien zur Erholung. Reisen war nicht Sache des Herrn Postsekretärs. Nördlich ist er nicht über Regensburg hinausgekommen, aber auch nach Süden zog ihn sein Herz nicht, und es genügte ihm, wenn er an föhnigen Tagen vom Fenster aus die lange Kette der Alpen sah.
Das ging damals noch.
Vom rückwärts gelegenen Zimmer aus sah man über einen breiten Bach hinweg die Höhen am rechten Isarufer, darüber hinaus aber die Salzburger und Chiemgauer Berge.
Am Bache unten lag das freundliche Häuschen eines bekannten Musikers, mitten in einem hübschen Garten. Jetzt ist der Bach überwölbt, die Aussicht von einer öden Reihe hoher Mietskasernen versperrt, und wo die gepflegten Rosen des Musikers blühten, sind gepflasterte Höfe, darüber Küchenaltane, auf denen

man Teppiche ausklopft. Ein Stück Altmünchen nach dem andern wurde dem Verkehr, dem großstädtischen Bedürfnisse, dem Zeitgeist oder richtiger der Spekulation geopfert.
Seit Mitte der achtziger Jahre haben Gründer und Bauschwindler ihr Unwesen treiben dürfen, haben ganze Stadtviertel von schlecht gebauten, häßlichen Häusern errichtet, und keine vorausschauende Politik hat sie daran gehindert. In meiner Schulzeit lag vor dem Siegestor ein behäbiges Dorf mit einer netten Kirche; heute dehnen sich dort fade Straßen in die Länge, die genau so aussehen wie überall, wo sich das Emporblühen in Geschmacklosigkeit ausdrückt.
Damals lagen noch die Flöße vor dem »Grünen Baum«, der behaglichsten Wirtschaft Münchens, und weiter unten an der Brücke lag die Klarermühle, in der die Säge kreischte wie irgendwo im Oberland. Jetzt gähnt uns eine Steinwüste an, Haus neben Haus und eine Kirche aus dem Anker-Steinbaukasten. Die Klarermühle mußte verschwinden, denn sie paßte so gar nicht ins Großstadtbild; sie hatte, und das ist nun einmal das Schlimmste, Eigenart, erinnerte an bescheidene Zeiten, wo München in seiner äußeren Erscheinung wie in Handel und Gewerbe zu dem rassigen Landesteile gehörte, dessen Mittelpunkt es war.
Dem Manne, der München zur schönsten Stadt Deutschlands gemacht hat, ist das Sägewerk vor der Brücke nicht peinlich aufgefallen, und im »Grünen Baum« hat Ludwig I. öfters zugesprochen, aber die neue Zeit, die für amerikanische Snobs Jahrmärkte abhielt, ihnen eine Originalität vorschwindelte, von der sie sich losgesagt hatte, die konnte es nicht weltstädtisch genug kriegen. Ich habe in meiner Jugend noch so viel von der lieben, alten Zeit gesehen, daß ich mich ärgern darf über die protzigen Kaffee- und Bierpaläste, über die Gotik des Rathauses und die Niedlichkeit des Glockenspiels und über so vieles andere, was unserem München seine Eigenart genommen hat, um es als Schablonengroßstadt herzurichten.

Wenn ich Onkel Joseph an einem Sonntagvormittag auf seinem Spaziergang durch die Stadt begleiten durfte, machte er mich überall auf verschwundene Herrlichkeiten aufmerksam.
Da war einmal dies, und da war einmal das gewesen, und es klang immer wehmütig, wie der Anfang eines Märchens.
Selten oder vielleicht nie handelte es sich um die großen Erinnerungen, sondern um die kleinen, die wirklich Beziehungen zum Leben des einzelnen haben. Da war einmal die Schranne abgehalten worden, und was hatte sich für ein Leben gerührt, wenn die Bauern anfuhren, Wagen an Wagen, und ihre Säcke aufstellten, wenn Markthelfer und Händler durcheinander liefen, wenn geboten und gefeilscht und zuletzt im »Ewigen Licht« oder beim »Donisl« oder im »Goldenen Lamm« neben der Hauptwache der Handel bei einem guten Trunk abgeschlossen wurde!
Kaffee tranken die Schrannenleute beim Kreckel; die Frauenzimmer aber, die auf dem Kräutelmarkt oder, wie es bald vornehmer geheißen hat, auf dem Viktualienmarkt ihre Einkäufe machten, kehrten beim Greiderer oder beim Goldner ein.
Wer es nobel geben wollte und gerne ein gutes Glas Wein trank, ging zum Schimon in die Kaufingergasse, der in dem Durchhause seine große Lokalität hatte.
Ja, wie gemütlich und lebhaft es dort zugegangen war! Offiziere, Künstler, Beamte, Bürger, auch Frauen aller Stände, alles durcheinander im schönen Verein, und überall ruhige Heiterkeit, wie es unter anständigen Leuten sein mußte, die einen edlen Tropfen liebten und das wüste Geplärr nicht brauchten und nicht machten. Wie viele anheimelnde Namen sagte mir der Onkel, der fast jeden mit einem Seufzer begleitete! Da waren der Mohrenköpflwirt am Saumarkt, der Melber in der Weinstraße, der Krapfenbräu am Färbergraben, der Fischerwirt neben der Synagoge, der Haarpuderwirt in der Sendlingerstraße und dort auch der Stiefelwirt, der Rosenwirt am Rindermarkt, der »Schwarze Adler«, der »Goldne Hirsch« und der »Goldne Bär« und in der Neuhau-

serstraße der »Goldne Storch«, wo Stellwagen und Boten von überall her gerne einkehrten.
Das klang anders wie die armselige Internationalität der heutigen Firmen, die dem Snob sagt, daß er auch in München den hübschen Zug der Nachäfferei und des Aufgebens aller Bodenständigkeit findet.
Dagegen sicher nicht mehr die schmackhafte Spezialität der guten Dinge, die klug verteilt hier im Derberen, dort im Feineren zu finden war.
Aber die schönste Entwicklung hat der brave Herr Postsekretär nicht mehr erlebt; er sah nur die Anfänge dazu und starb noch, bevor man zwischen Marmorsäulen unter überladenen Stuckdecken eine Tasse Kaffee trank und sich einbilden konnte, in einem Bahnhofe oder in einem Tempel zu hocken.
Das blieb dem eingefleischten Altmünchner erspart.

Die Pflicht zu meiner Erziehung nahm Onkel Wilhelm wie etwas Selbstverständliches oder seinem militärischen Charakter Zukommendes auf sich, und meine Mutter, die sich vom soldatischen Wesen die besten Erfolge versprechen mochte, war damit sehr einverstanden. Ich glaube nicht, daß der Herr Postsekretär eifersüchtig oder gekränkt war, aber er zeigte zuweilen mit Zitaten aus Klassikern, daß seine Kenntnisse solider waren als die »des Soldatenschädels«.
Der Oberleutnant wiederum wollte den Schein wahren, als ob er alle Gebiete des Wissens beherrschte, und ließ im Gespräche mit seinem Schwager Bemerkungen über Unterrichtsgegenstände fallen, die sein Vertrautsein mit ihnen beweisen sollten.
Das führte bloß dazu, daß Onkel Joseph heimlich die Augen rollte und hinterm Maßkrug die Zunge herausstreckte, wenn der Krieger, der nach einigen Jahren Lateinschule Regimentskadett geworden war, bedenkliche Blößen zeigte.
Mein Onkel Wilhelm war das Urbild des altbayrischen Offiziers

von Anno dazumal, als es noch keinen preußischen Einschlag gab.

Ritterlich und ehrenhaft, bescheiden nach den recht kleinen Verhältnissen lebend, aber doch gesellig und ganz und gar nicht auf Kasinoton gestimmt, rauhschalig und stets bemüht, die angeborene Gutmütigkeit hinter Derbheit zu verstecken, freimütig und nicht gerade sehr ehrgeizig. Dazu mit einem wachen Sinn für gutes Essen und gutes Bier begabt, natürlich ein leidenschaftlicher Vorkämpfer des Altbayerntums gegen fränkische und pfälzische Fadessen und Anmaßungen. Wenn der dicke Bader Maier aus der Zweibrückenstraße kam, um meinen Onkel zu rasieren, hörte ich vieles, was mir ein Bild von der alten Zeit gab.

Die beiden duzten sich, da sie, der eine als Korporal und Feldwebel, der andere als Kadett, im gleichen Regiment gedient hatten. Da gab es Erinnerungen an Erlebnisse und an alte Kameraden, von denen manche etliche Sprossen höher auf der militärischen Leiter gestiegen waren, da gab es Erinnerungen an kriegerische Abenteuer, denn auch der schnaufende und schwitzende Bader Maier war Anno 66 in der Gegend von Würzburg in Weindörfern gelegen, und immer gab es seliges Erinnern an Eß- und Trinkbares, an sagenhafte Leberknödel, die ein Feldwebel besser wie jede Köchin zubereitet hatte, an Kartoffelsalate oder an Schweinernes mit bayrischen Rüben, für die ein jetziger Major das feinste Rezept besessen hatte.

Der Bader besonders war nur mit kulinarischen Andenken an den Bruderkrieg behaftet, und wenn er auch sonst nicht viel Gutes an den Franken gefunden hatte, ihre Preßsäcke und Schwartenmägen hatten ihm doch Ehrfurcht eingeflößt.

Ich saß am Tisch, und indes ich zu arbeiten schien, horchte ich aufmerksam zu, voll Erwartung, von diesen lebenden Zeugen etwas über Schlachtenlärm und Getümmel zu hören, aber es kam nichts als Berichte über Zutaten zu geräucherten Blut- und Leberwürsten, in denen auch die Rheinpfalz Großes geleistet hatte, als der Gefreite Maier unter General Taxis als Strafbayer dort geweilt hatte. Ich konnte also meinen Hunger nach lebendiger Geschichte nicht stillen, allein vielleicht wuchs in mir heimlich das Verständnis für altbayrische Lebensfreude.

Wie man es von ihm erhofft hatte, verhielt sich Onkel Wilhelm gegen mich als soldatischer Vorgesetzter, der keine Respektlosigkeit und nichts Saloppes duldete und, wenn er schon einmal lobte, auf die Anerkennung stets eine scharfe Mahnung folgen ließ.

Die Überwachung meiner Arbeit, die zu seinem Pflichtenkreise gehörte, bereitete ihm Schwierigkeiten, über die er sich nicht ganz ehrlich wegsetzte.

Da ich seine Schwäche schnell durchschaut hatte, legte ich ihm manches Problem vor und hatte meinen Spaß daran, wie er den Zwicker aufsetzte und sich in den Text einer Stelle in Cornelius Nepos oder Cäsar zu vertiefen schien, um zuletzt zu entscheiden, sie sei gar nicht so schwer, ich solle nur ordentlich nachdenken und selber die Lösung finden.

Nicht selten hielt er Ansprachen an mich, in denen er mich als beinahe reif gelten ließ und mir die Ehrenstandpunkte klarmachte.

So sehr mir das gefiel, war meine Neigung zu Kindereien doch viel zu lebhaft, als daß ich mich als werdender Mann benommen hätte, und das nahm er stets übel, sah eine Woche lang über mich weg und erwiderte meinen Gruß mit abweisender Kälte.

Ich wartete meine Zeit ab und fand das Mittel, ihn zu beschwichtigen, indem ich ihn über gelehrte Dinge respektvollst zu Rate zog.

Sein Kopfleiden fesselte ihn den ganzen Winter über ans Zimmer, und ich mußte für ihn aus der Lindauerschen Leihbibliothek häufig Bücher holen.

Das kleine Fräulein hinter dem Ladentische, ich glaube eine Irländerin, besaß meine ganze Bewunderung, wenn es in gebrochenem Deutsch über jedes verlangte Buch Urteile abgab. Es schien wirklich alles gelesen zu haben.

Ich selber war lesewütig und benützte jede Gelegenheit, Romane zu verschlingen. Ich las auf der Straße und hatte daheim oft unterm Schulbuche einen Schmöker liegen.

Ich habe Gutes und Schlechtes wahllos gelesen, neben Dickens, Gotthelf, Keller auch ganz seichtes Zeug, und es ist mir wie den Konditorlehrlingen ergangen, die sich am Überflusse das Naschen abgewöhnen.

Ich hörte nach und nach auf, an süßlichen und gespreizten Romanen Gefallen zu finden, und wurde mit der Zeit sogar recht empfindlich gegen gedruckte Unwahrheit.

Aber ich möchte doch die Kur nicht allen empfehlen.

Im Mai oder zu Anfang Juni ging Onkel Wilhelm aufs Land, und dann begann für mich eine Zeit genußreicher Ungebundenheit.

Der Herr Postsekretär war kein strenger Stellvertreter; übrigens starb er bald so ruhig und gelassen, wie er gelebt hatte.

Tante Minna aber konnte kaum Aufsicht üben, und so mußte man schon das meiste meinem eigenen Ernste überlassen.

Es ging schlecht und recht.

Der beste Antrieb war die Aussicht auf die selige Vakanz, die damals merkwürdigerweise und weil Zopfigkeit immer hartnäkkig ist, nach den heißesten Tagen am 8. August begann.

Es bedeutete offenbar eine ungeheure Umwälzung, die noch jahrelang vorbereitet und erwogen werden mußte, sie schon am 15. Juli anfangen zu lassen. Aber auch so, wie sie waren, brachten mir die Ferien eine Fülle ungetrübter Freuden. In Prien am Chiemsee hatte meine Mutter ein Gasthaus gepachtet, die »Kampenwand«, und ich durfte die Knabenjahre, wie ehedem die Kinderzeit, auf dem Lande verbringen.

Der Chiemsee! Wenn ich die Augen schließe und, sei es, wo immer, Wasser an Schiffsplanken plätschern höre, erwacht in

mir die Erinnerung an die Jugendzeit, an Stunden, die ich im Kahn verträumte, den See rundum und den Himmel über mir.
Ich sehe die stille Insel, von der die feierlichen Glockenklänge herüberklingen, ich höre den Kahn auf feinem Kiese knirschen, springe heraus und stehe wieder unter den alten Linden, von wo aus der Blick über die blaue Flut hinüber nach den Chiemgauer und Salzburger Bergen schweift. Ich gehe an der Klostermauer entlang und sitze am Ufer, wo Frieden und Feierabend sich tiefer ins Herz senken als irgendwo in der Welt, ich gehe zu den niederen Fischerhütten und sehe zu, wie man die Netze aufhängt und die Arbeit für den kommenden Tag bereitet.
Ein abgeschiedenes Stück Erde und ein versunkenes Glück in Jugend und Sorglosigkeit!
Aber doch! Dieses Glück gab es einmal, es erfüllte das Herz des Knaben mit Heimatliebe und wirkte lange nach.

Der Gasthof »Zur Kampenwand« in Prien

In der efeuumrankten Wirtsstube auf der Fraueninsel habe ich oft ehrfürchtig die Bände der Künstlerchronik durchgeblättert und gesehen, wie diese friedliche Schönheit um mich herum auf bedeutende Menschen Eindruck gemacht hatte.
In den Gedichten war viel die Rede vom Chieminseeo, von Werinher und Irmingard, und diese Romantik der Scheffel- und Stielerzeit begeisterte mich zu den ersten Versen, die ich, allerdings viel später, auf blaue Flut und Klosterfrieden dichtete.

Der See war der schönste Tummelplatz für einen gesunden Buben, und ich brachte jeden Tag, den ich loskam, darauf zu. Die ängstlichen Bedenken meiner Mutter wurden durch den Westernacher Franz, der meinem Rudern das beste Zeugnis ausstellte, beseitigt.
Allerdings, andere Befürchtungen schwanden nie ganz, und besonders meine älteste Schwester sah mir immer mit Sorge nach und empfing mich mit Mißtrauen.
Sie ahnte, daß die schönen Obstanlagen auf der Herreninsel einen starken Reiz auf mich ausüben mußten, und daß ein Pirat immer in Versuchung war, sich auf der Krautinsel Rettiche zum Brot zu holen.
An der Hachel, einer Stelle, die man nach Kirchturm und Baumwipfeln bestimmen konnte, wenn man das Geheimnis wußte, gab es schwere Bürschlinge, die an regnerischen Tagen gut bissen, und die Fischerei war um so prächtiger, weil sie verboten war.
Dies und noch mehr hatte meine Schwester vor Augen, und als heiratsfähiges Mädchen kümmerte sie sich um die Reputation der Familie.
Ich ersparte ihr die Schande des Ertapptwerdens, obwohl mancher Verdacht auf mich fiel.
Daß mir der Westernacher als fünfzehnjährigem Buben Passagiere zur Überfahrt auf die Inseln anvertraute, galt mir als hohe Auszeichnung, und wenn mich die fremden Gäste für einen

Schifferjungen hielten, war mein Glück vollständig, und ich war bemüht, den Eindruck zu befestigen.
Ab und zu hielt sich auch eine Dame zu meiner großen Befriedigung darüber auf, daß mir eine Pfeife im Maul baumelte.
Daran war vornehmlich der alte Bosch schuld, der mein Lehrmeister im Rauchen war.
Ich mußte für ihn Zigarrenstummel in unserer Wirtschaft sammeln, die er auf dem Herd dörrte und dann in einer Kaffeemühle zerrieb. So gewannen wir unseren Tabak. Daneben rauchten wir ungarischen in blauen Paketen, Varinas mit den drei griechischen Palikaren als Warenzeichen und den Schwarzen Reiter, Kornährentabak, der aus der Pfeife herauswuchs, zischte und lieblich roch. Ich saß oft beim Bosch; an schlechten Tagen in der niederen Stube, an schönen Abenden auf der Bank vorm Haus, und er teilte mir seine Ansichten über alles Geschehen auf dieser Welt mit.
Sie waren recht verschieden von den allgemein gültigen, und wenn sie nicht samt und sonders richtig waren, so waren sie doch auf Grund eigenen Nachdenkens und tüftelnder Bauernschlauheit gefunden, und darum ganz gewiß anregender als alle gedruckten Zeitungsmeinungen.
Zu mir hatte der Alte Zuneigung gefaßt, die auf innigem Vertrauen beruhte.
Er lebte in dauernder Feindschaft mit dem Bauern, der ihm den Austrag reichen mußte, und da seine eigene Kraft nicht mehr ausreichte, mußte ich die Bosheiten ausüben, die zum Wachhalten eines gediegenen Ärgers notwendig waren.
Ich erledigte die Aufgaben mit Geschick und erwarb mir die Zufriedenheit des braven Bosch.
Manchmal besuchten ihn zwei Leidensgenossen, Austrägler, die in benachbarten Häusern lebten, und dann sangen sie zu dritt mit dünnen Kopfstimmen alte Lieder.
Eines handelt vom Rückzug aus Rußland.

Mutter Thoma mit ihren Kindern

Ich habe später den Versuch gemacht, den Text zu erhalten, aber von den Alten lebte längst keiner mehr, und so blieben meine Nachforschungen vergeblich.

Tür an Tür mit dem alten Bosch wohnte ein ausgedienter Zimmermann, der Martin, der Leitern machte, Sägen feilte, die Bauern rasierte, Uhren richtete und als Viehdoktor in Ansehen stand. Er hatte einem Hausierer eine Bibel abgekauft, vermutlich aus keinem anderen Grunde, als weil die Geistlichkeit vor dem heiligen Buche warnte und es nicht dulden wollte.

Martin saß oft mit einer großen Hornbrille auf der Nase vor dem dickleibigen Exemplar und versuchte herauszufinden, wo denn eigentlich die geistliche Obrigkeit der Schuh drückte. Ich

glaube nicht, daß er darauf gekommen ist, aber es paßte ihm gut, daß er infolge seiner verbotenen Studien bei den Bauern für einen Mann galt, der geheimes Wissen besäße.
Im Pfarrhof erhielt man natürlich auch Kenntnis davon, aber der alte Geistliche Rat Hefter kannte seine Pappenheimer und wußte, daß Zureden nichts helfen und das Ärgernis nur vergrößern konnte.
Wenn er dem Bibelforscher auf der Straße begegnete, sagte er bloß: »O mei, Martin, du werst aa alle Tag dümmer...« Das sprach sich herum und nützte mehr wie Eifer und heftiges Schelten.
Der Geistliche Rat war noch aus der alten Schule; ein gemütlicher, behäbiger Mann, Verehrer einer trefflichen Küche, eines guten Trunkes und Freund aller Menschen, die ihre Ruhe haben wollten und ihn selber in Ruhe ließen.
Seine volkstümlichen Predigten waren berühmt, und mancher Sommergast ging in die Kirche, um zu hören, wie der alte Herr im breitesten Dialekt mit fetter Stimme seinen Bauern das Evangelium auslegte.
Damals war es guter Brauch, daß die Studenten nach beendetem Schuljahre im Pfarrhofe ihre Aufwartung machten und die Zeugnisse vorwiesen.
Am ersten Feriensonntag traten wir zu fünf oder sechs vor den Geistlichen Rat, der uns fröhlich begrüßte und ein mildes Wort für minder gute Noten hatte.
»Macht nichts«, sagte er. »Für an Dreier muß ma auch was leist'n, wenn's nur koa Vierer net is. Es is allaweil um an Grad bessa, und überhaupts koane Gelehrt'n wollt's ja ihr gar net wer'n...«
Wir hatten einen unter uns, einen Häuslerssohn aus der Umgegend, der immer glanzvolle Zeugnisse mitbrachte, und es wollte den andern wie mir scheinen, daß ihn der Herr Rat mit Mißtrauen, ja mit einer gewissen Abneigung betrachtete. Seine Lauf-

bahn ist übrigens weder so glänzend, wie seine Lehrer vermuteten, noch so schlimm, wie vielleicht der alte Herr besorgte, verlaufen; er ist Landpfarrer geworden und hat seine Talente vergraben.

Mondnacht am Chiemsee

Aus einem Notizbuch des cand. jur.
L. Th. Erlangen, 1889/90

Gespensterhaft die Berge ragen.
Weit über sie mit bleichem Schein,
Von raschen Wolken tief umzogen,
Schaut silberhell der Mond herein.

Der See erglänzt von seinen Strahlen,
Die spielen glänzend drüber her,
Als tanzten Nixen ihren Reigen
Auf leichtbewegtem Wellenmeer.

Am Ufer durch die hohe Buche
Mit leisem Hauch der Nachtwind zieht,
Und in den Zweigen tönt ein Flüstern
Geheimnisvoll, fast wie ein Lied.

Ich bin allein. Und wonnetrunken
Ergeb ich mich der stillen Pracht.
Und meine Brust durchbebt der Zauber
Der feierlichen Sommernacht.

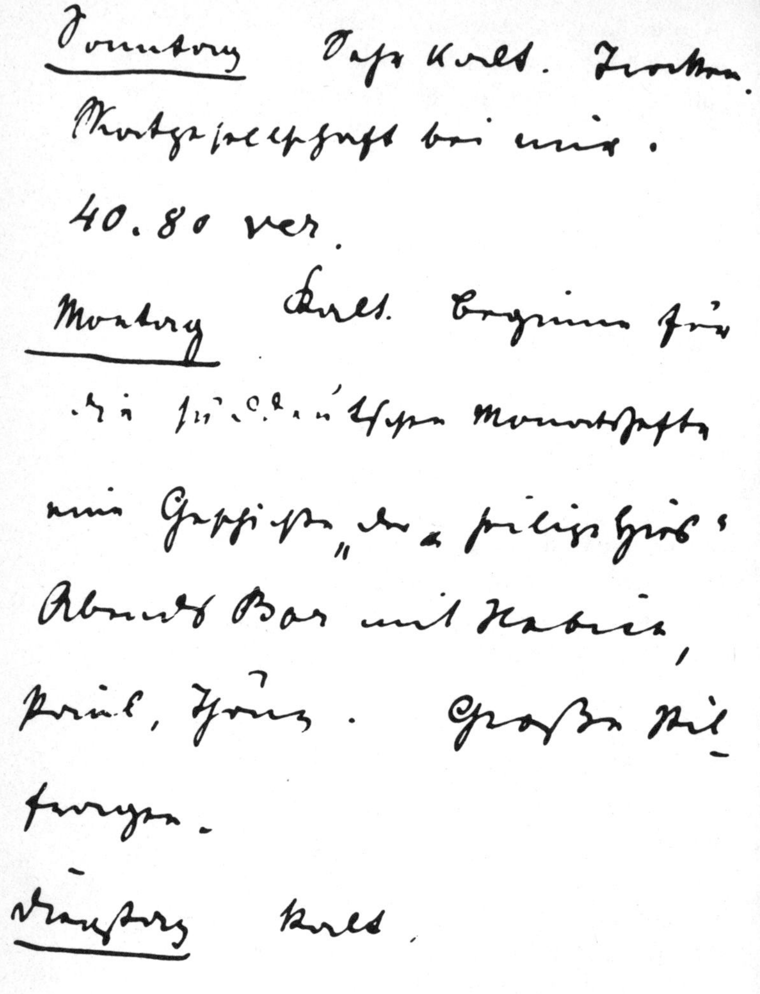

Aus dem Tagebuch 1903

Der heilige Hies

Merkwürdige Schicksale des hochwürdigen Herrn Mathias Fottner von Ainhofen, Studiosi, Soldaten und späterhin Pfarrherrn von Rappertswyl. Zeichnungen von Ignatius Taschner. 1904

Wer sechs Roß im Stall stehen hat, ist ein Bauer und sitzt im Wirtshaus beim Bürgermeister und beim Ausschuß. Wenn er das Maul auftut und über die schlechten Zeiten und über die Steuern schimpft, gibt man acht auf ihn, und die kleinen Leute erzählen noch am andern Tag, daß gestern der Harlanger, oder wie er sonst heißt, einmal richtig seine Meinung gesagt hat.

Wer fünf Roß und weniger hat, ist ein Gütler und schimpft auch. Aber es hat nicht das Gewicht und ist nicht wert, daß man es weitergibt. Wer aber kein Roß hat und seinen Pflug von ein paar magern Ochsen ziehen läßt, der ist ein Häusler und muß das Maul halten. Im Wirtshaus, in der Gemeindeversammlung und überall. Seine Meinung ist für gar nichts, und kein richtiger Bauernmensch paßt auf den Fretter auf.

Der Besitzer vom Schuhwastlanwesen, Haus Nummer acht in Ainhofen, mit Namens Georg Fottner, war ein Häusler. Und ein recht armseliger noch dazu. Ochsen hat er einen gehabt, Kühe recht wenig, aber einen Haufen Kinder. Vier Madeln und drei Buben; macht sieben nach Adam Riese, und wenn das Essen kaum für die zwei Alten langte, brauchte es gut rechnen und dividieren, daß die Jungen auch noch was kriegten.

Aber auf dem Lande ist noch keiner verhungert, und auch beim Schuhwastl brachten sie ihre Kinder durch. War eines nur erst acht oder neun Jahre alt, dann konnte es schon ein wenig was verdienen, und vor aus nach der Schulzeit hatte es keine Gefahr mehr.

Die Madeln gingen frühzeitig in Dienst, von den Buben blieb der ältere, der Schorschl, daheim, der zweite, Vitus mit Namen, kam zum Schullerbauern, und der dritte – von dem will ich euch erzählen.

Mathias hat er geheißen und kam lange nach dem sechsten Kinde auf die Welt, und recht unverhofft.

Der Fottner war damals schon fünfzig Jahre alt, und sein Weib stand in den Vierzigern. Da hätte es nach der Meinung aller Bekannten recht wohl unterbleiben können, daß sie zu den sechsen noch ein siebentes Kind kriegten.

Dieses war in den ersten Lebensjahren schwächlich und kleber beisammen; seine Eltern meinten oft, es hätte den Anschein, als sei es nicht gesund und würde bald ein Englein im Himmel. Das geschah aber nicht; der Mathias gedieh, wurde späterhin Pfarrer und wog in der Blüte seines Lebens dritthalbe Zentner, und kein Pfund weniger.

Zum geistlichen Beruf kam er unversehens und durch nichts anderes als die Gewissensbisse des oberen Brücklbauern von Ainhofen.

Der hatte viel Geld, keine Kinder und eine schwere Sünde auf dem Herzen, die ihn bedrückte. Vor Jahren hatte er in einem Prozeß mit seinem Nachbarn falsch geschworen und dadurch gewonnen.

Er machte sich zuerst wenig daraus, denn er hatte vorsichtigerweise beim Schwören die Finger der linken Hand nach unten gehalten. Die ehrwürdige Tradition sagt, daß auf diese Art der Schwur von oben nach unten durch den Körper hindurch in den Boden fährt und als ein kalter Eid keinen Schaden tun kann.

Aber der Brücklbauer war ein zaghafter Mensch, und wie er älter wurde, sinnierte er viel über die Geschichte nach und beschloß, den Schaden gutzumachen. Das heißt, nicht den Schaden,

den der Nachbar erlitten hatte, sondern die Nachteile, welche seine eigene unsterbliche Seele nehmen konnte.

Weil man nichts Gewisses weiß, und weil vielleicht der allmächtige Richter über den kalten Eid anders dachte und sich nicht an die Ainhofener Tradition hielt.

Also überlegte er, was und wieviel er geben müsse, damit die Rechnung stimme und seine Schlechtigkeit mit seinem Verdienst gleich aufgehe.

Das war nicht einfach und leicht, denn niemand konnte ihm sagen, mit soundso viel Messen bist du quitt, und es war möglich, daß er sich bloß um eine verzählte und alles verlor.

Der Brücklbauer war bei seinen irdischen Geschäften nie dumm gewesen und hatte oft zuwenig, aber nie zuviel hergegeben.

Bei diesem himmlischen Handel aber dachte er, das Mehr sei besser, und da er schon öfter in der Zeitung gelesen hatte, daß nichts eine bessere Anwartschaft auf das Jenseits gäbe, als Mithilfe zur Abstellung des Priestermangels, so beschloß er, auf eigne Kosten und ganz allein einen Buben auf das geistliche Fach studieren zu lassen.

Seine Wahl fiel auf Mathias Fottner, und das reute ihn noch oft.

Er hätte es sich besser überlegen sollen, wie es mit den geistigen Gaben des Schuhwastlbuben beschaffen war.

Und er hätte sich viel Verdruß und viel Angst erspart, wenn er sich Zeit gelassen und einen andern ausgesucht hätte.

Es pressierte ihm zu stark, und weil der Lehrer nicht dagegen redete und der alte Fottner gleich mit Freuden einschlug, war es ihm recht.

Er nahm sich wohl ein Beispiel ab am Ainhofer Pfarrer und meinte, was der könne, müßt nicht schwer zum Lernen sein.

Nun war der Mathias nicht geradenwegs dumm; aber er hatte keinen guten Kopf zum Lernen, und seine Freude daran war auch nicht unmäßig.

Als man ihm sagte, daß er geistlich werden sollte, war er einverstanden damit, denn er begriff zuallererst, daß er alsdann mehr essen und weniger arbeiten könne.

So kam er also nach Freising in die Lateinschule. Die ersten drei Jahre ging es. Nicht glänzend, aber so, daß er sein Zeugnis im Pfarrhof herzeigen konnte, wenn er in der Vakanz heimkam.

Und wenn der Herr Pfarrer las, daß der Schüler Mathias Fottner bei mäßigem Talente und Fleiße genügende Fortschritte gemacht habe, dann sagte er jedesmal mit seiner fetten Stimme: »Magnos progressus fecisti, discipule!«

Der Mathias verstand es nicht; sein Vater, welcher daneben stand, auch nicht, aber danach fragte der Pfarrer nicht.

Er sagte es nur wegen der Reputation und damit gewisse Zweif-

ler sahen, daß er ein gelehrter Herr sei.
Wenn man in Ainhofen darüber redete und sich erzählte, daß der Fottner Hies schon Lateinisch könne wie ein Alter, dann freute sich niemand stärker wie der Brücklbauer.
Das ist begreiflich. Denn er hatte auf die Gelehrsamkeit des Schuhwastlbuben spekuliert und beobachtete dieselbe mit gespannter Aufmerksamkeit, wie eine andre Sache, in die er sein Geld hineinsteckte.
Er freute sich also im allgemeinen, und ganz besonders, als Hies im dritten Jahre mit einer Brille auf der Nase heimkam und schier ein geistliches Ansehen hatte.
Das gefiel ihm schon ausnehmend, und er fragte den Lehrer, ob in Anbetracht dieses Umstandes, und weil der Hies doch Lateinisch könne – mehr, als man für das Meßlesen braucht – ob es da nicht möglich sei, daß die Zeit abgekürzt werde.
Als ihm der Lehrer sagte, solche Ausnahmen könnten nicht gemacht werden, fand er es begreiflich; aber wie der Schulmeister versuchte, ihm die Gründe zu erklären, daß ein Pfarrer nicht bloß das Meßlesen auswendig lernen, sondern noch mehr können müsse, wegen der allgemeinen Bildung und überhaupt, da schüttelte der Brücklbauer den Kopf und lachte ein wenig. So dumm war er nicht, daß er das glaubte. Zu was tät einer mehr lernen müssen, als was er braucht? Ha?
Aber die Sache war halt so, daß die Professer in Freising den Hies recht lang behalten wollten, weil sie Geld damit verdienten.
In diesem Glauben wurde er sehr bestärkt, als der Schüler Mathias Fottner in der vierten Lateinklasse sitzenbleiben mußte. Wegen dem Griechischen. Weil er das Griechische nicht lernen konnte.
Also hat man es deutlich gesehen, denn jetzt fragt der Brücklbauer einen Menschen, zu was braucht ein Pfarrer Griechisch können, wenn Amt und Meß auf lateinisch gehalten werden?

Das mußten schon ganz feine sein, die Herren in Freising, recht abdrehte Spitzbuben. Er hatte einen mentischen Zorn auf sie, denn dem Schuhwastlbuben konnte er keine Schuld geben.
Der Hies sagte zu ihm, er hätte es nie anders gedacht und gewußt, als daß er auf das studieren müsse, was der Pfarrer von Ainhofen könne. Den habe er aber seiner Lebtag nie was Griechisches sagen hören, und deswegen sei er auf so was nicht gefaßt gewesen.
Dagegen ließ sich nichts einwenden; auf der Seite vom Hies war der Handel richtig und in Ordnung. Die Lumperei steckte bei den andern, in Freising drinnen. Der Brücklbauer ging zum Pfarrer und beschwerte sich.
Aber da hilft einer dem andern, und der Bauer ist allemal der Ausgeschmierte. Der Pfarrer lachte zuerst und sagte, das sei einmal so Gesetz, und er habe es auch lernen müssen; wie aber der Brücklbauer daran zweifelte und meinte, wenn das wahr sei, dann sollte der Pfarrer einmal auf griechisch zelebrieren, er zahle, was es koste, da wurde der Hochwürdige grob und hieß den Brücklbauern einen ausgeschämten Mistlackl. Weil er um eine richtige Antwort verlegen war, verstehst?
Jetzt lag die Sache so, daß der Brücklbauer überlegen mußte, ob er es noch einmal mit dem Hies probieren oder einen andern nach Freising schicken sollte, der sich von vornherein auf das Griechische einließ.
Wenn er das letztere tat, hernach dauerte es wieder um drei Jahre länger, und das Geld für den Schuhwastlbuben war völlig verloren. Und außerdem konnte kein Mensch wissen, ob sie in Freising nicht wieder was andres erfinden würden, wenn sie den neuen Studenten mit dem Griechischen nicht fangen könnten. Deswegen entschloß er sich, den Hies die Sache noch einmal probieren zu lassen, und ermahnte ihn, daß er sich halt recht einspreizen sollte.
Das tat der Fottner zwar nicht, denn er war kein Freund von der mühsamen Kopfarbeit, aber sein Professor war selber ein

Geistlicher und wußte, daß die Diener Gottes auch ohne Gelehrsamkeit amtieren können. Deswegen wollte er nicht aus lauter Pflichteifer dem Hies Schaden zufügen und ließ ihn das zweite Jahr mit christlicher Barmherzigkeit vorrücken.

Der Hies kam als Schüler der fünften Lateinklasse heim und sah aus wie ein richtiger Student.
Er zählte bereits siebenzehn Jahre und war körperlich sehr entwickelt.
Den Kooperator von Aufhausen überragte er um Haupteslänge, und alle seine Gliedmaßen waren grob und ungeschlacht. Auch verlor er zu der selbigen Zeit seine Knabenstimme und nahm einen rauhen Baß an.
Wenn er mit seinen Studienfreunden, dem Josef Scharl von Pettenbach und dem Martin Zollbrecht von Glonn, zusammenkam, dann zeigte es sich, daß er weitaus am meisten trinken konnte und im Bierkomment schon gute Kenntnisse hatte.
Er besaß ein lebhaftes Standesgefühl und sang mit seinen Kommilitonen die Studentenlieder als »Vom hoh'n Olymp herab ward uns die Freude« oder »Drum Brüderchen e-her-go bibaha-mus!« so kraftvoll und laut, daß der Brücklbauer am Nebentische über die studentische Bildung des Schuhwastlbuben erstaunte.
Und als der Hies seinen Besuch im Pfarrhofe machte, bat er nicht wie in früheren Jahren die Köchin, sie möchte ihn anmelden, sondern er überreichte ihr eine Visitenkarte, auf welcher mit säuberlichen Buchstaben stand:

Mathias Fottner
stud. litt. et art.

Heißt studiosus litterarum et artium, ein Beflissener der schönen Wissenschaften und Künste.
Der alte Fottner war stolz auf seinen Sohn, auf dem schon jetzt der Abglanz seiner künftigen Würde ruhte, der vom Pfarrer zum Essen eingeladen wurde, der mit dem Kooperator spazierenging und mit dem Lehrer und dem Stationskommandanten tarockte.
Und der Brücklbauer war es auch zufrieden, wenn er schon hier und da den Aufwand des Herrn Studenten etwas groß fand. Aber er sagte nichts, denn er fürchtete, daß er zuletzt noch aus-

lassen könnte, wenn er ihm gar zu wenig Hafer vorschütten würde. So verlebte Hies eine lustige Vakanz und zog neugestärkt im Oktober nach Freising.

Leider ging er einer trüben Zeit entgegen. Der Ordinarius der fünften Klasse war ein unangenehmer Mensch: streng und recht bissig und spöttisch dazu.

Wie er das erstemal den himmellangen Bauernmenschen sah, der sich in den Schulbänken wunderlich genug ausnahm, lachte er und fragte ihn, ob er auch am Geiste so hoch über seine Mitschüler hinausrage. Daß dies nicht der Fall war, konnte kein Geheimnis bleiben, und dann nahmen die Spötteleien kein Ende.

Anfangs gab sich der Professor noch Mühe, Funken aus dem Stein zu schlagen; wie er es aber nicht fertig brachte, gab er die Hoffnung bald genug auf.

Dem Mathias Fottner war es ganz recht, als man seine Meinung über den Gallischen Krieg des Gajus Julius Cäsar nicht mehr einholte und die griechischen Zeitwörter ohne seine Mitwirkung konjugierte.

Er lachte gutmütig, wenn in seinen Schulaufgaben jedes Wort rot unterstrichen war, und er wunderte sich über den Ehrgeiz der kleinen Burschen vor und neben ihm, die miteinander stritten, ob etwas falsch oder recht sei.

Aber freilich, bei einer solchen Gesinnung war das Ende leicht zu erraten, und im August stand der Brücklbauer vor der nämlichen Wahl wie zwei Jahre vorher, ob er sein Vertrauen auf den Schuhwastlbuben aufrechthalten sollte oder nicht.

Das heißt, er hatte eigentlich die Wahl nicht mehr, denn jetzt, nach sechs Jahren, konnte er nicht mehr gut ein neues Experiment mit einem andern machen.

Also tröstete er sich mit dem Gedanken, daß ein gutes Roß zweimal zieht, und biß in den sauren Apfel.

Das Gesicht hat er dabei wohl verzogen, und seine Freude am Hies war um ein schönes Stück kleiner geworden; es regten sich arge Zweifel in seinem Herzen, ob aus dem langen Goliath ein richtiger Pfarrer werden könnte.

Seine üble Laune war aber nicht ansteckend, wenigstens nicht für den Herrn Mathias Fottner.

Dieser war während der Vakanz ein guter Gast in allen Wirtshäusern auf drei Stunden im Umkreis; und wenn ihm auswärts das Geld ausging, dann bedachte er, daß neben jeder Kirche ein Pfarrhof steht, ging hinein und bat um ein Viatikum, wie es ihm zukam als studioso litterarum, einem Beflissenen der schönen Künste und Wissenschaften.

Dabei traf er wohl hier und da einen jungen Kooperator, Neomysten oder Alumnus, welcher mit ihm Freisinger Erinnerungen austauschte und nach der zehnten Halben Bier in die schönen Lieder einstimmte: »Vom hoh'n Olymp herab ward uns die Freude« und »Brüderchen, er-her-go bi-ba-hamus!«

Als er im Oktober wiederum in seiner Bildungsstätte eintraf, war sein Kopf um ein gutes dicker, sein Baß erheblich tiefer, aber sonst blieb alles beim alten.

Den Gajus Julius Cäsar hatte er in der Zwischenzeit nicht lieben und die griechischen Zeitwörter nicht schätzen lernen; sein Professor war so zuwider wie früher, und das Schlußresultat war nach Ablauf des Jahres wiederum, daß der Hies nicht aufsteigen durfte. Zugleich wurde ihm eröffnet, daß er das zulässige Alter überschritten habe und nicht noch einmal kommen dürfe. Jetzt war Dreck Trumpf.

Jetzt hatten alle das Nachsehen; der alte Fottner, welcher so stolz war, der Wirt, welcher sich schon auf die Primiz gefreut hatte, und die katholische Kirche, der diese stattliche Säule verlorenging.

Aber am meisten der obere Brücklbauer von Ainhofen, dem das ganze Geschäft mit unserm Herrgott verdorben war. Kreuzteufel, da sollst nicht wütig werden und fluchen!

Sieben lange Jahre hatte er brav zahlen müssen, nichts wie zahlen, und nicht wenig; das dürft ihr glauben. Man sah es dem Schuhwastlbuben von weitem an, daß er in keinem schlechten Futter gestanden hatte. Und alles war umsonst; auf dem himmlischen Konto des Brücklbauern stand immer noch der kalte Eid, aber kein bissel was auf der Gegenrechnung.

Denn das war doch nicht denkbar, daß unser Herrgott die studentische Bildung des Hies sich als Bene aufrechnen ließ.

So eine miserablige, ausgemachte Lumperei muß noch nie dagewesen sein, solange die Welt steht!

Diesmal ging die Wut des Brücklbauern nicht bloß gegen die Freisinger Professoren; der Pfarrer hatte ihn aufgeklärt, daß es beim Hies überall gefehlt habe, ausgenommen das Tarocken und Biertrinken. Der Haderlump, der nichtsnutzige!

Jetzt lief er in Ainhofen herum, mit der Brillen auf der Nasen und einem Bauch, der nicht schlecht war. Er sah aus wie noch mal ein richtiger Kooperator, der schon morgen das Meßlesen anfängt. Derweil war er nichts, absolut gar nichts.

Der einzige, der bei diesen Schicksalsschlägen ruhig blieb, war der ehemalige stud. litt. Mathias Fottner.

Hätte er länger und mehr studiert gehabt, dann möchte ich glauben, daß er diese Seelenruhe von den sieben Weisen des Altertums gelernt habe.

So muß ich annehmen, daß sie ihm angeboren war.

Er hatte sich wohl keinen klassischen Bildungsschatz für sein künftiges Leben erworben, aber er rechnete so, daß ihm für alle Fälle sieben fette Jahre beschieden waren, die ihm keiner mehr wegnehmen konnte. Auch der Brücklbauer nicht mit seiner Wut.

Zu was soll der Mensch sich mit Gedanken an die Zukunft abmartern? Die Vergangenheit ist auch was wert, noch dazu so eine lustige, wie die im heimlichen Kneipzimmer des Sternbräu gewesen war! Wo er mit seinen Kommilitonen beisammen saß und nach und nach die Fertigkeit erlangt hatte, eine Maß Bier ohne Absetzen auszutrinken.

Wo er alle feinen Lieder des Kommersbuches gesungen hatte, das »Crambambuli« und das »Bier la la«, und nicht zu vergessen das ewig schöne »Drum Brüderchen, er-her-go bi-ba-hamus!«

Solche Erinnerungen bilden auch einen Schatz für das Leben; und wenn es die luftgeselchten Bauernrammel in Ainhofen auch nicht verstehen, lustig war es doch!

Und gar so schlecht konnte auch die Zukunft nicht werden.

Vorerst entschloß er sich, zum Militär zu gehen; seine drei Jahre mußte er doch abdienen, und da war es besser, wenn er sich gleich jetzt meldete. Auf die Weise ging er dem Brücklbauern aus dem Weg und hatte seine Ruhe. Er stellte sich beim Leibregiment und wurde angenommen.

Und wenn der Brücklbauer wollte, konnte er jetzt in München vom Hofgarten aus den Flügelmann der zweiten Kompagnie mit Stolz betrachten.

Der Kopf, der so dick und rot aus dem Uniformkragen ragte, der war auf seine Kosten herausgefressen, und wenn er auch gut anzusehen gewesen wäre über dem schwarzen Talar mit der Tonsur hinten drauf, so mußte doch jeder gerechte Mensch zugeben, daß er auch so nicht schlecht aussah über den weißen Litzen und der blitzblauen Uniform.

Freilich, gottgefällig war der jetzige Beruf des Schuhwastlbuben nicht; aber ihm selber gefiel er.

Die Kost war nicht schlecht, und die Einjährigen zahlten dem langen Kerl gern eine Maß Bier, wenn er sich als Kommilitone vorstellte und sich rühmte, daß er nicht der Schlechteste gewesen sei, wenn die Herren confratres eine kleine Saufmette hielten.

Und weil er sich auch bei den Leibesübungen anstellig zeigte, errang er die Gunst des Herrn Hauptmanns und wurde schon nach acht Monaten wohlbestallter Unteroffizier.

Das wäre nun alles recht und schön gewesen, und die ganze Menschheit, eingeschlossen die zu Ainhofen, hätte mit dem Le-

bensschicksale des Mathias Fottner zufrieden sein können.
Aber im Herzen des Brücklbauern saß ein Wurm.
Der fraß an ihm und ließ ihm keine Ruhe bei Tag und Nacht.
Wenn andern Menschen alle Aussichten verlorengehen, dann binden sie seufzend einen schweren Stein an ihre Hoffnungen und versenken sie in das Meer der Vergessenheit.
Ein zählebiger Bauer handelt nicht so; der überlegt sich noch immer, ob er nicht einen Teil zu retten vermag, wenn er das Ganze nicht haben kann.
Und wie sich die ärgste Wut des Brücklbauern gelegt hatte, fing er wieder an zu sinnieren und Pläne zu schmieden.
Weil es sich aber um eine Sache der Gelehrsamkeit handelte, war er sich selber nicht gescheit genug; er beschloß deswegen, gleich in die rechte Schmiede zu gehen und bei einem Pfarrer um Rat zu fragen.
Dem Ainhofener traute er nicht; von damals her, wo er ihm wegen dem Griechischen so aufgelegte Lügen erzählt hatte.
Aber in Sünzhausen, vier Wegstunden entfernt, saß einer, der hochwürdige Herr Josef Schuhbauer, zu dem man Vertrauen fassen konnte.
Das war ein ganz feiner; ein Abgeordneter im Landtag, dreimal so katholisch wie die andern Seelenhirten und ein hitziger Streithammel, der die Liberalen auf dem Kraut fraß und den Ministern die gröbsten Tänze aufspielte, bis er endlich die einträglichste Pfarrei im ganzen Bistum erhielt. Zu dem ging er, denn der wußte ganz gewiß ein Mittel dafür, daß ein so robuster Lackl, wie Mathias Fottner war, der Kirche nicht verloren ging.
Also fragte er ihn, ob man nicht das Gymnasium in Freising mit einem ordentlichen Stück Geld abschmieren könnte, oder den Bischof, oder sonst wen.
»Ein verdienstliches Werk ist es immer«, sagte der hochwürdige Herr Schuhbauer, »wenn man sein Geld für katholische Zwecke anlegt, aber in dem Fall hilft es nicht viel, denn das Reifezeugnis

für die Universität kriegt man bloß durch eine Prüfung. Wenigstens solang die weltliche Macht – leider Gottes – in die Schulbildung noch was dreinzureden hat. Aber was anderes geht, Brücklbauer«, sagte er, »wenn du den Fottner Hies durchaus geistlich haben willst. Da ist in Rom ein Collegium Germanicum, in welchem deutsche Jünglinge ausgebildet werden von den Jesuiten. Die nehmen es sehr genau mit dem Glauben, aber wegen der Bildung, da drücken sie ein Aug zu, im Interesse des Glaubens.«

»Hm«, meinte der Brücklbauer, »ob aber die Messen, die wo so einer lest, der wo aus Rom kommt, die nämliche Kraft haben?«

»Ehender noch eine größere, wenn das überhaupts möglich wär«, sagte der Hochwürdige, »denn, Brücklbauer, du darfst nicht vergessen, daß die Schul in Rom ganz in der Näh vom Heiligen Vater ist.«

»Ob sie aber da auch das Griechische und solchene Schwindelsachen verlangen?«

»Nur scheinshalber. Durchfallen tut deswegen keiner, wenn er fest im Glauben ist und seine Sach in Richtigkeit und Ordnung zahlt. Aber, Brücklbauer, bei uns in Deutschland kann der Mathias Fottner nicht Pfarrer werden.«

»Ja, warum nachher net?«

»Weil die Malefizpreußen ein Gesetz dagegen gemacht haben.«

»Dös san aber scho wirkli schlechte Menschen.«

»Da hast recht; noch viel schlechter, als du glaubst. Der Fottner würde halt wahrscheinlich ein Missionar werden müssen. Das müßte dich mit Freude erfüllen, denn das ist schier noch verdienstlicher, als wenn er bei uns Pfarrer wird.«

»Is dös aber aa g'wiß? Net, daß i no mal de großen Ausgaben hätt', und es waar bloß a halbete Sach.«

»Es ist gewiß und unbestreitbar, denn immer waren die Glaubensboten am höchsten geehrt.« Der Brücklbauer war glücklich und ging kreuzfidel von Sünzhausen heim. Jetzt mußte noch

alles recht werden, und sein Plan ging ihm hinaus.
Die sollten schauen in Freising, wenn der Schuhwastlhies trotz alledem noch ein geistlicher Herr wurde, oder gleich gar ein Glaubensbote, der die Hindianer bekehrt und dem seine Messen noch mehr gelten. Und die Ainhofener, die ihn jetzt alleweil im Wirtshaus fragten, was sein lateinischer Unteroffizier mache, die sollten die Augen noch aufreißen.
Gleich am nächsten Tag fuhr er nach München. Keine Freude ist vollkommen, und die Palme des Sieges ist niemalen mit leichter Mühe zu erringen.
Das erfuhr der Brücklbauer, als er dem königlichen Unteroffizier Mathias Fottner seinen Plan mitteilte.
Dieser erklärte rundweg, daß er weder studieren noch zu den Hindianern gehen wolle.
Als ihm der Alte vorstellte, daß er ganz wenig studieren müsse, meinte er, gar nichts sei noch besser, und als der Brücklbauer ihm hoch und teuer versicherte, daß er ein Heiliger würde, genau so wie die gipsernen Manner in der Ainhofener Kirche, gab er zur Antwort, daß ihm das ganz Wurscht sei.
Es half alles nichts. Der Brücklbauer mußte abziehen, unverrichteter Dinge und mit seinem alten, beißenden Wurm im Herzen. Trotzdem, er gab die Hoffnung nicht auf, er steckte sich hinter den alten Fottner und versprach ihm die schönsten Sachen für seinen Hies.
Lange war es umsonst, aber nach etwa zwei Jahren griff der Himmel selber ein und schuf eine günstige Wendung.
Der Hauptmann der zweiten Kompagnie des Königlichen Infanterie-Leibregiments wurde Major. An seine Stelle trat ein giftiger Herr, welcher Mannschaft und Unteroffiziere gleichermaßen schuriegelte und dadurch ein Werkzeug der Kirche wurde.
Denn Mathias Fottner entschloß sich, als er zum zweiten Male mit Mittelarrest bestraft wurde, fernerhin nicht länger zu dienen und seine Absichten auf Kapitulation gänzlich aufzugeben. Ge-

rade in dieser Zeit erhielt er einen Brief von seinem Vater, welcher folgendermaßen lautete:

Lieber Hias!
Nach langem warden will ich Dir entlich Schreiben, das gesting der Brigglbauer wider da Gewest is und indem Du ein Heulicher werden kunzt und doch gar nichts zun lernen brauchsd als wiedasd nach Rom gest. lieber Hias, thus Dir gnau überlegen wanst Du Bfarrer wurzt bei die Hindianer aber die brims, die Brimins is beim Würth und intem der Brigglbauer sagt, er zalt Dir noch egsdra dreitausad March wannst firti bist. Lieber Hias, thus Dir fein gnau überlegen, was fir eine freute es War fir Deinen Vater. Düssen Brief habe ich Nicht geschriben. Die Zenzi hat es geschrieben. Ich muß mein schreiben schließen, denn das Licht hat nicht mehr gebrand. Under viele Grüße verbleibe ich Dein Dich liebender Vater. Gute Nacht! Schlaf wohl und Träume Süß. Auf wiedersehn macht Freude. Schreibe mihr sofort den ich kanz nicht mehr erwarten auf Andwort.

Der Brief tat seine Wirkung. Der Unteroffizier Fottner bedachte, daß es bei den geistlichen Herren in Rom nicht schlecht zu leben sei, jedenfalls besser, als in der Kaserne unter einem Hauptmann, der mit dem Arrest so freigebig war.
Also sagte er zu, und wie nach dem Manöver seine Dienstzeit abgelaufen war, ging er nach Ainhofen und ließ sich vom Brücklbauern das Versprechen wegen der dreitausend Mark schriftlich geben.
Als diese Sache in Ordnung war und er noch dazu ein schönes Reisegeld bekommen hatte, fuhr er nach Rom.
Sieben Jahre sah man ihn nicht wieder, sieben Jahre lebte er als Fottnerus Ainhofenensis im Germanischen Kolleg unter den milden Jesuiten, welche an diesem viereckigen Klotz aus Leibeskräften feilten und schliffen. Eine schöne Politur bekam er nicht,

aber die ehrwürdigen Väter dachten, für die Wilden langt es schon, und sagten ihm, daß die Kraft des Glaubens die Wissenschaft recht wohl ersetzen könne.
Mathias Fottnerus dachte auch was und sagte nichts.
Sieben Jahre saß der alte Schuhwastl in seinem Hause Nummer acht zu Ainhofen und freute sich über die künftige Heiligkeit seines Sohnes; sieben Jahre rechnete der Wirt im vorhinein aus, wieviele Hektoliter Bier bei einer schönen Primiz getrunken werden, und sieben Jahre lang ging der Brücklbauer alle Monate zum Expeditor nach Pettenbach und ließ eine Postanweisung abgehen nach *Roma, Collegio Germanico.*
Die Leute wurden alt und grau; bald war eine Hochzeit und bald ein Begräbnis; der Haberlschneider brannte ab, und der Kloiber kam auf die Gant. Die kleinen Ereignisse mehrten sich in Ainhofen wie die großen in der Welt.
Bis eines Tages der Pfarrer – der neue Pfarrer, denn der alte war vor drei Jahren gestorben – von der Kanzel verkündete, daß am 25. Juli, am Tage des heiligen Apostels Jacobus, der hochwürdige Primiziant Mathias Fottner seine erste heilige Messe in Ainhofen zelebrieren werde. Das war eine Aufregung und ein Staunen in der ganzen Gegend! In allen Wirtshäusern erzählte man davon, und der alte Brücklbauer, der, seit ihn der Schlag getroffen hatte, nur selten mehr ausging, hockte jetzt alle Tage in der Gaststube und gab die Trümpfe zurück, die er früher hatte einstecken müssen.
Acht Tage vor der Primiz kam Mathias Fottner an. Im geschmückten Wagen wurde er von der Bahnstation abgeholt, dreißig Burschen gaben ihm zu Pferd das Geleit.
Eine halbe Stunde von Ainhofen entfernt stand der erste Triumphbogen, der mit frischen Fichtenzweigen und blauweißen Fähnlein geschmückt war.
Am Eingange des Dorfes stand wieder einer, desgleichen in der Nähe des Wirtshauses. Vom Kirchturme wehte die gelbweiße

Fahne, die Böller krachten auf dem Hügel hinterhalb dem Stacklanwesen, und das Aufhausener Musikkorps ließ seine hellklingenden Weisen ertönen.

Da hielt der Wagen vor dem elterlichen Anwesen des Primizianten; Mathias Fottner stieg ab und erteilte seinem Vater, seiner Mutter und seinen Geschwistern den ersten Segen.

Ich muß sagen, er hatte ein geistliches Ansehen und Wesen. Seine Augen hatten einen sanften Blick, sein Kinn war bereits doppelt, und die Bewegungen seiner fetten Hände hatten etwas Abgerundetes, schier gar Zierliches.

Seine Sprache war schriftdeutsch, mit Betonung jeder Silbe; er sagte jetzt, daß er gesättiget sei und daß man ihm viele Liebe betätiget habe.

Von dem Flügelmanne der zweiten Kompagnie im königlichen Infanterie-Leibregimente war nichts mehr übrig als die lange Figur und die ungeschlachten Füße und Pratzen.

Seine Gesinnung war milde und liebreich. Er vergab allen, die ihn einstmals zur Sünde verführet hatten, er vergab seinen Eltern und Verwandten und Nachbarn, daß sie an ihm gezweifelt hatten, er vergab dem Brücklbauer, daß er ihm zornige Worte gesaget hatte, und er vergab allen alles. Und er sah erbarmungsvoll und mitleidig auf die Menschen herunter, welche dem Throne Gottes nicht so nahe standen wie er.

Während der Woche, die der Primiz voranging, schritt er von Haus zu Haus und segnete die Leute; auch den Brücklbauer, welcher von Stund an des festen Vertrauens war, daß er wegen dem kalten Eid mit unserm Herrgott quitt sei.

Die Primiz wurde mit seltener Pracht gefeiert; von weither kamen die Leute, denn der Segen eines neugeweihten Priesters hat eine besondere Kraft, und ein altes Sprichwort sagt, daß man sich gerne darum ein paar Stiefelsohlen durchgehen soll.

Die Festpredigt hielt der hochwürdige Herr Josef Schuhbauer, welcher schon seit Jahren geistlicher Rat und päpstlicher Hausprälat war.

Er erzählte der andächtigen Versammlung, in was für einen hohen, erhabenen, heiligen, allerheiligsten, allerseligsten Stand der junge Priester eintrete, und er rühmte ihn auf die überschwenglichste Weise. Denn das muß man wissen, daß Jesus Christus niemals so gelobt worden ist auf Erden, wie heute ein vier-

eckiger Primiziant gelobt wird.
Nach dem kirchlichen Feste kam das weltliche im Wirtshause, und man kann sich keine Vorstellung von der Großartigkeit machen.
Zwei Ochsen, drei Kühe, ein Stier, achtzehn Kälber, zwanzig Schweine hatte der Wirt geschlachtet; dazu mußten unzählige Gänse, Hühner und Enten das Leben lassen. Einundneunzig Hektoliter Bier wurden getrunken, fast vierzig mehr, als der Wirt gerechnet hatte.
Als während des Festmahls die Schüssel zum Einsammeln der Spenden herumgereicht wurde, flossen die Gaben so reichlich, daß für den Primizianten zweitausend Mark blieben.
Es war eine erhebende Feier.
Die Ainhofener glaubten, daß der neugeweihte Priester schon mit dem nächsten Schiff zu den wilden Hindianern fahren werde. Die alte Fottnerin weinte im voraus, und im ganzen Dorfe erzählte man sich von den Gefahren, welche die Glaubensboten erdulden müssen unter den Menschenfressern, die so einen Märtyrer hernehmen, ihm einen Spieß von vorn bis hinten durchziehen und hernach über dem Feuer langsam umdrehen, bis er schön braun wird.
Aber sie kannten den gefeierten Sohn Ainhofens, mit Namens Mathias Fottner, schlecht, wenn sie glaubten, daß er sich auf solche Sachen einlassen werde.
Der besaß jetzt ein Vermögen von fünftausend Mark; dreitausend vom Brücklbauern und zweitausend von der Primizspende her. Mit diesem Kapital ging er in die Schweiz und wurde Pfarrer im Graubündner Kanton. Da reden die Leute auch deutsch, und am Spieße braten sie bloß Hühner und Gäns, aber keine Glaubensboten.
Dort wirkte Fottner in Ruhe und Frieden und wog bald dritthalbe Zentner, kein Pfund weniger.
Für den Brücklbauern, der den Hies gerne als Heiligen gesehen

hätte, war das eine Enttäuschung.
Und für die Hindianer auch.
Denn die Aussicht wird ihnen nie mehr blühen, daß ein Unteroffizier vom Bayrischen Leibregiment als Missionar zu ihnen kommt.

Aus
Erinnerungen

Die Oberklasse des Gymnasiums besuchte ich in Landshut; ich wollte das Wohlwollen jenes Münchner Rektors nicht noch mehr herausfordern.
Die wohlhäbige Stadt, Mittelpunkt der reichsten Bauerngegend, in der eine starke Garnison lag und die ihre Tradition als ehemaliger Sitz der Landesuniversität noch bewahrte, gefiel mir sehr gut.
Die breite Altstadt mit ihren hochgiebligen Häusern und der mächtigen Martinskirche als Abschluß war die Hauptstraße, auf der nachmittags die Herren Offiziere, Beamten, Fähnriche und Gymnasiasten bummelten, um den zahlreichen hübschen Bürgertöchtern Beachtung zu schenken.
Vom Kollerbräu zum Dome hinauf, vom Dome zum Kollerbräu hinunter flanierte die Jugend, die in Uniform schon etwas vorstellte, und die andere, die mit Band und Mütze bald etwas vorstellen wollte, und sie grüßten, hier verwegen, dort schüchtern, die Weiblichkeit.
Ich war bei einer angesehenen Bürgerfamilie untergebracht und genoß zum ersten Male volle Freiheit in meinem Tun und Lassen.
Daß ich sie nicht mißbrauchte, rechnete mir der wohlwollende Rektor des Gymnasiums hoch an; er hatte mich mit einigem Mißtrauen empfangen und im Auge behalten, weil ihn der Münchner Kollege brieflich vor mir gewarnt hatte.

Ludwig Thoma mit seinen Mitabsolventen, Landshut 1886

Nach Umlauf einiger Monate rief er mich zu sich und fragte mich, was ich denn eigentlich an meinem früheren Gymnasium pekziert habe. Ich erzählte ihm frischweg das Schicksal meines verhinderten Liebesbriefes. Lächelnd hörte er mich an, und dann las er mir einige kräftige Stellen aus dem Briefe seines Kollegen vor.

»Was sagen Sie dazu?« fragte er mich.

Ohne langes Besinnen gab ich zur Antwort: »Wenn ich Rektor wäre, würde ich über einen Schüler keinen Brief schreiben.«

Er bewahrte mir sein Wohlwollen während des ganzen Jahres wie in der Schlußprüfung, und ich blieb ihm über das Gymnasium hinaus dankbar dafür; als Universitätsstudent besuchte ich ihn mehrmals, und er brachte das Gespräch gerne auf die resolute Antwort, die ich ihm damals gegeben hatte.

Im Juni meines letzten Schuljahres starb König Ludwig II.
Das Ereignis machte tiefen Eindruck, und er war echt, wie er sich in Schweigen und Niedergeschlagenheit zeigte.
Was später folgte, das Herumerzählen von Schauergeschichten, Tuscheln, Flüstern und Kokettieren mit Frondeurgelüsten, die doch nicht ernst gemeint waren, erregte in mir schon damals Zweifel in die Stärke populärer Stimmungen. Den gepreßten Bürgerherzen in Landshut tat die Kunde wohl, daß man aus irgendeinem Bräuhause einen vorher ordnungsmäßig verdroschenen preußischen Unteroffizier der Schweren Reiter hinausgeschmissen habe, weil er in unehrerbietigen Zweifeln befangen gewesen wäre.
Wenn nicht wahr, so gut erfunden. Denn wie ich an meinem Hausherrn sehen konnte, herrschte Befriedigung, daß sich die allgemeine Erregung, und zwar gegen Norden hin, Luft gemacht hatte.
Im August bestand ich die Schlußprüfung, die von Kennern für leichter als gewöhnlich erklärt wurde. Ich möchte nicht entscheiden, ob das stimmt; jedenfalls war man auch mit der Begründung bei der Hand.
In München hatte ein Prinz das Absolutorium zu bestehen, und dem hätte man es nicht zu schwer machen wollen.
Meinen Ansprüchen genügte die Prüfung, und zu meiner Freude genügte ich den Ansprüchen.
Ein seliger Vormittag, als wir unter dem Tore des Gymnasiums die Hüllen von den farbigen Mützen entfernten und nun mit leuchtenden Rotkappen durch die Stadt gingen.
Beim Abschiedskommerse hatte ich die Rede zu halten.
Meine Kommilitonen trauten mir nach etlichen dichterischen Versuchen, die ich hinter mir hatte, Erkleckliches zu, und an tüchtigen Redensarten von der Sonne der akademischen Freiheit hätte es auch nicht gefehlt, wenn ich nicht beim zweiten Satze steckengeblieben wäre.

Ich rang nach Worten, fand kein einziges und setzte mich unter peinvollem Schweigen hilflos nieder.
Ähnliches war nie geschehen, und ich glaube, daß es mir der Jahrgang lange nachgetragen hat.
Die Situation rettete aber mein verehrter Studienrektor, der sogleich aufstand und eine wohlgegliederte und durchdachte Rede an die abziehende Jugend hielt.
Manches kluge und manches schöne Wort aus den nun abgetanen Klassikern war darin verflochten, und ich sah freilich, wie man's hätte machen sollen.
Die Befriedigung über das ungewöhnliche Hervortreten des Rektors, die Freude an seinen Worten schwächten einigermaßen das Unbehagen, das ich verursacht hatte, ab.
Etliche Tage sangen und tranken wir noch in Landshut herum und kamen uns bedeutender und freier vor, wie jemals wieder im Leben.

Nunc est bibendum,
Nunc pede libero pulsanda tellus!

Damit ging es heim.
Meine Mutter war etliche Jahre vorher nach Traunstein übergesiedelt und hatte den Gasthof »Zur Post« in Pacht genommen.
So hatten nun die Bürger dieser Stadt Gelegenheit, mich in Farbenpracht mit dem pede libero stolzieren zu sehen und der braven Frau Oberförster zu dem Erfolge ihres Sohnes Glück zu wünschen.
Sie holte mich mit den Schwestern von der Bahn ab und war gerührt, mich an einem unter manchen Seufzern herbeigesehnten Ziele zu sehen.
Allzuviel konnte ich nicht erwidern, da ich vom bibendo stockheiser geworden war.
Die alte Viktor war etwas gekränkt, weil man sie als Hüterin des Hauses daheim gelassen hatte, und so drängte sie zuerst ihre

Gefühle zurück, um brummig zu sagen, ich sähe doch sehr versoffen aus.
Sie rang sich aber zur Freude durch und meinte, nun sei ich auf dem Wege zum Berufe meines Vaters und könne wohl gar noch Oberförster in der Vorder-Riß werden.

Studenten Abschied

Aus: Fliegende Blätter. Bd. 98, S. 100. 12. März 1893

Wie mir die alten Thürme dort
Zum Abschied freundlich winken!
Frau Wirthin, schnell das Glas gefüllt!
Ich muß noch eines trinken.

Das bring' ich dir, Studentenzeit,
Die, ach, so schnell vergangen!
Nach vieler Müh' ist's mir geglückt,
Ein Aemtlein zu erlangen.

Darf nimmer wieder auf Mensur,
Nicht jedes Mädchen küssen,
Und auch mein großes Pumpgenie
Wird nun verkümmern müssen.

Es muß wohl sein! Von heute ab
Beginnt ein and'res Treiben –
Doch diesen letzten Abschiedstrunk
Will ich noch – schuldig bleiben.

Ludwig Thoma als Student, 1888

Aus

Erinnerungen

...Ich kehrte nach München zurück, wo ich eine Konzipientenstelle bei einem Rechtsanwalt angenommen hatte.

Zweifel über das, was ich nun eigentlich tun sollte, drückten mich schwer; unselbständig bleiben, hieß Zeit verlieren, in der Hauptstadt eine Praxis eröffnen, war aussichtslos, und mir fehlten zum Abwarten alle Mittel; in Traunstein anzufangen, sagte mir auch nicht zu. So dachte ich bald an dies, bald an jenes, kam zu keinem Entschlusse und fühlte mich unglücklich.

An einem Augustabend fuhr ich mit einem Freunde nach Dachau, um von da weiter nach Schwabhausen zu gehen.

Wie wir den Berg hinaufkamen und der Marktplatz mit seinen Giebelhäusern recht feierabendlich vor mir lag, überkam mich eine starke Sehnsucht, in dieser Stille zu leben.

Und das Gefühl verstärkte sich, als ich andern Tags auf der Rückkehr wieder durch den Ort kam.

Ich besann mich nicht lange und kam um die Zulassung in Dachau ein.

Alte Herren und besorgte Freunde rieten mir ab, allein ich folgte dem plötzlichen Einfalle, und ich hatte es nicht zu bereuen.

Mit nicht ganz hundert Mark im Vermögen zog ich zwei Monate später im Hause eines Dachauer Schneidermeisters ein und war für den Ort und die Umgebung das sonderbare Exemplar des ersten ansässigen Advokaten. ...

Anfänge

Aus: Nachbarsleute. 1913

Da war ich also Rechtsanwalt in dem kleinen Orte D., und weil ich der erste war, der sich hierorts auf diese Weise sein Brot verdienen wollte, konnte ich nicht verlangen, daß alle Welt von meiner Bedeutung oder meinen Aussichten überzeugt war.

Der Schneidermeister, in dessen Hause ich eine Wohnung gemietet hatte, brachte mir ein stilles, aber inniges Mißtrauen entgegen, das wiederum nicht frei war von einem wohlwollenden Mitleid. Der Vorstand des Amtsgerichtes, dem ich mich sogleich vorstellte, strich seinen langen, grauen Schnurrbart und heftete seine scharfen Augen auf mich.

Dann sagte er nur: »So, Sie san der?«

Es war manches aus den Worten herauszulesen, nur keine freudige Zustimmung zu meinem Unternehmen.

Wenn ich über die Straße ging, merkte ich wohl, daß sich Leute nach mir umdrehten, und wenn ich auch nicht feinnervig war, merkte ich doch, daß sie sich frei von allem Respekt über meine mutmaßliche Zukunft unterhielten.

Am reichbesetzten Stammtische legten mir alle diese fest angestellten, besoldeten und pensionsberechtigten Männer Fragen vor, die ihre Überlegenheit ebenso wie ihre Zweifel dartaten.

Das alles entmutigte mich nicht, aber wenn ich heim kam und durch meine drei kärglich möblierten Zimmer ging, in denen die Schritte so stark widerhallten, dann packte mich doch ein Ge-

Ludwig Thoma auf dem Chiemsee bei Seebruck, 1891

fühl der Unsicherheit und der Vereinsamung.

Ich half mir auf meine Weise. Mit dem alten Zimmerstutzen meines Vaters schoß ich nach der Scheibe und vertrieb mir die langweiligsten Stunden.

Denn wenn ich mich an den Tisch setzte und etwa zu lesen versuchte, hörte ich mit einem Male diese Stille um mich, ich horchte auf sie, und sie klang mir brausend in die Ohren. Da fiel mir alles schwer aufs Herz, was einmal war und nie mehr sein würde, und ein Heimweh kam über mich nach lieben Menschen, nach Dingen und Zuständen, von denen ich für immer hatte Abschied nehmen müssen.

Das waren Trübseligkeiten, über die mir keine Arbeit weghalf, weil ich keine hatte.

Wenn ich die Treppe herunterstieg und in die Werkstatt meines Schneidermeisters einen Blick werfen konnte, beneidete ich die blassen, jungen Leute, die daraufIosnähten von Montag bis Samstag und jeden Feierabend und jeden Feiertag sich redlich verdienten.

Das sah anders aus als in meiner leeren Stube, an deren Wand zwecklos ein kleiner Tisch stand, auf dem ein Paket frischer Papierbogen lag neben dem nagelneuen Tintenfasse, den ungebrauchten Federhaltern und scharfgespitzten Bleistiften. Drei, vier lange Tage schlichen vorbei, ohne daß jemand zu mir gekommen wäre.

Der fragende Blick des Hausherrn wurde eindringlicher, die Bemerkungen am Stammtische wurden berechtigter, die Mienen aller mir begegnenden Spießbürger wurden höhnischer. Wie lange ich nachts mit offenen Augen im Bette lag und nun erst recht die brausende, tosende Stille um mich herum hörte!

Leute standen vor mir, die mich mit ernsten Augen anblickten und mir die Aussichtslosigkeit meines Versuches darlegten, Menschen, die ich liebte und denen ich auch etwas galt –, gegolten hatte.

Denn was war dann, wenn ich scheiterte und allen recht gab, die mir abgeraten hatten?

Es waren lange Nächte.

Gegenüber lag eine Schmiede, und vor Tagesanbruch klangen schon die Hammerschläge.

Da mußte ich aufstehen, zuschauen und mir immer wieder sagen, das sei Arbeit, Freude und Leben.

Am fünften Tage kroch mir schon die häßlichste Mutlosigkeit ans Herz.

Aufstehen und warten, in der Stube herumgehen und warten.
Den Zimmerstutzen hatte ich in eine Ecke gestellt.
Mir war gottsjämmerlich zumut. Mein ganzes Vermögen von achtzig Mark ging auf die Neige, und hier mit Schulden beginnen, wollte mir doch als Anfang vom Ende vorkommen.
Da! Nein, es war keine Täuschung, hell und durchdringend läutete die Glocke an meiner Wohnungstüre.
Ich eilte hinaus und öffnete.
Ein hochgewachsener, wohlbeleibter Mann mit einem mächtigen altbayrischen Knebelbart stand vor mir, und sein städtischer Anzug war für mich eine Enttäuschung, weil er so gar nicht wie ein prozessierender Ökonom aussah.
Aber vielleicht ein Gutsbesitzer, Pächter oder Verwalter? Das schien mir zweifelhaft. Eher konnte er ein behäbiger Bürger des Marktes sein, und ja, das würde wohl stimmen.
»Hab' ich die Ehr', den Herrn Rechtsanwalt...«
»Bitte, kommen Sie nur herein...«
Ich mußte so etwas von der einladenden Höflichkeit eines Friseurs, eines Zahnarztes, des Besitzers einer schlechtbesuchten Schaubude an mir haben.
Der Gast stand hoch und breit in meinem Zimmer und war sich, wie ich merken konnte, sogleich über die Situation klar.
»Aha!« sagte er, »–m–hm –– da is aber a bissel ––«
»Wie meinen Sie?«
»A bissel laar is.«
»Ich lasse mir meine Möbel erst nachkommen«, sagte ich. »In den ersten Tagen mochte ich natürlich nicht – –«
»Freili, natürli. Aba wo san denn de Büacha?«
»Die kommen auch nach.«
»M–hm – ja – ja. – I will Eahna was sag'n, Herr Dokta. Dös erste, was Sie hamm müass'n, san Büacha. Es is ja scho weg'n de Klient'n. Da wenn oana reikimmt zum Beispiel, nacha muaß's ausschaug'n da herin, als wia 'r in a alt'n Kanzlei. An dera Wand

da drüb'n, da müass'n lauta Büacha steh' und da herent, da müassen S' a so a Stellaschi mit Papier und Aktendeckel hamm. Derfen S' ma s' glaab'n, i hab scho mehra junge Herrn o'fanga sehgn...«

»Das kommt alles, aber mit was kann ich Ihnen dienen?«

»Mir? Dös wer i Eahna glei sag'n. I bin nämli der Vertreter von der Buchhandlung Maier – I. A. Maier & Sohn – Sie kennen ja die Firma?...«

Es war wieder eine Enttäuschung, und diesmal eine ziemlich starke.

»N ... nein...«, sagte ich.

»Dös wundert mi, aba mir lerna uns scho no bessa kenna«, antwortete er, und es strömte ein wirkliches und wohlwollendes Behagen von ihm aus. »Mir lerna uns no guat kenna. Nämli, unser Spezialität is ja, daß mir junge Herrn Rechtsanwält ausstaffiern, und i kann Eahna sag'n, i hab scho ziemli viel Herrn ausstaffiert. Lesen S' no...«

Er gab mir eine Karte.

I. A. Maier – Buchhandlung – Spezialität – Anlage von Bibliotheken für Herren Notare und Rechtsanwälte – An- und Verkauf von juristischen Bibliotheken – Kulante Gewährung von Teilzahlungen – usw.

»Seh'gn S', Herr Dokta, dös is dös, was Sie brauchan. De Wand da drüben, de muaß ganz zuadeckt sei mit lauta Büacha. Erschtens – er streckte den Daumen aus – brauchan Sie wirkliche juristische Büacha – dös kriag'n ma nacha – zwoatens – er gab den Zeigefinger dazu – brauchan Sie Entscheidunga – mir hamm antiquarisch a paar Sammlunga – drittens – und jetzt kam der Mittelfinger – drittens, da gibt's so Amtsblätter und alte Verordnungsblätter, de ja koan Wert nimmer hamm, aba de san hübsch groß, in blaue Pappadeckel ei'bund'n, und macha an recht'n Krawall, de nehman si großartig aus in der Kanzlei. De kriag'n S' von uns drein, an achtz'g Bänd für zwölf Markl...«

»Das ist alles recht schön, aber...«
»Nix aba!« Er sagte es energisch und jede Widerrede abschneidend. »Dös is dös, was Sie brauchan, Herr Dokta. Und jetzt schreib'n mir amal auf, was Sie für wirkliche Büacha hamm müss'n. Mit 'n Strafrecht fanga ma 'r o...«
Und er fing mit dem Strafrecht an und nannte im befehlenden Ton alle anderen im besten Ansehen stehenden Kommentare, schrieb sie mit der Füllfeder auf, fand immer noch ein Buch und gab es dazu, und erklärte endlich, daß mir nunmehr einigermaßen und fürs erste geholfen sei.
Alle Zahlungsbedenken schnitt er kurz ab, und erst, als er sein dickes Notizbuch in die Brusttasche und seine Füllfeder in die Westentasche gesteckt hatte, gab er den befehlshaberischen Ton auf und wurde wieder umgänglich.
»Soo«, sagte er gemütlich, »jetzat hamm ma 's, und Notabeni, i mach no mei Gratulation, daß Sie Eahna hier niederlassen hamm. De Gegend is guat, de Bauern streit'n gern, g'rafft werd aa no Gott sei Dank, da hat a junger Rechtsanwalt a ganz a schön's Feld der Betätigung, und jetzt bhüat Eahna Good!«
Er schied mit einem freundlichen Lächeln von mir, und seine Worte taten mir wohl. Nur allmählich wurde mir klar, daß diese Anschaffung auf Kredit meine Stellung nicht gerade gebessert und befestigt hatte.
Ein ereignisloser Tag, der nun folgte, und die Gewißheit, der ich entschlossen ins Gesicht sehen mußte, die Gewißheit, daß ich das nächste Mittagessen würde schuldig bleiben müssen, ließen mir die Bestellung einer Bibliothek als verbrecherische Torheit erscheinen.
Die Schneider nähten, die Schmiede hämmerten, der Rechtsanwalt schaute zum Fenster hinaus auf den Marktplatz.
Vor seinem Bäckerladen stand der dicke Herr Holdenried und stocherte in den Zähnen herum und gähnte und spuckte aus, und tat das alles mit Ruhe, wie sie eine gefestigte Sicherheit gibt.

Zwei Häuser weiter stand der Seiler Weiß auf dem Bürgersteig und zeigte ebenso aller Welt, die es wissen wollte, daß er sich satt gegessen hatte.
Sie riefen sich etwas zu und lachten, und Herr Holdenried ging ein paar Schritte hinauf, und Herr Weiß ging ein paar Schritte herunter, bis sie beisammen standen und offenbar von den gleichgültigsten Dingen miteinander redeten. Jeder stand würdig und breitbeinig und zahlungsfähig auf dem Pflaster, und jeder wußte, daß aus irgendeinem Fenster, oder aus mehreren Fenstern, neidische Blicke auf sie geworfen wurden. Und jeder wußte, daß er wie Vater und Vatersvater den Neid verdiente.
Ob je einer von diesen niederträchtigen Spießbürgern Sorgen getragen hatte, oder auch nur wußte, wie der Gedanke an morgen bleischwer auf dem Magen liegen konnte? Sie bliesen die Luft von sich und waren zufrieden mit sich und einer mit dem andern, und dann ging Herr Holdenried ein paar Schritte hinunter und Herr Weiß ein paar Schritte hinauf, und sie schloffen durch ihre Haustüren ins Behagen zurück.

Und es war doch wieder die Glocke! Es war gewiß und wahrhaftig wieder die Glocke! Ein kleiner, schmächtiger Mann stand vor der Türe. An seinen Stiefeln hing zäher Lehm, und ich sah wohl, daß er auf Feldwegen gegangen war, und in seinen Blicken lag etwas Unsicheres, Fragendes…
»Sind Sie der neue Herr…«
»Ja, jawohl, kommen Sie nur herein, bitte!«
Es klang immer noch wie die Einladung einer Schießbudenmadam, nur zögernder.
Und das war also ein Lehrer aus Irzenham, einem weit entlegenen Orte, der zu einem anderen Gerichte gehörte, aber der Herr Lehrer war etliche Stationen weit mit der Bahn gefahren, hier ausgestiegen, und nun eben, nun war er da.
Es handelte sich um eine Beleidigung. Eigentlich um eine un-

unterbrochene Reihe von Kränkungen, Beleidigungen und Ehrabschneidungen.
Man mußte weit zurückgreifen. Es handelte sich, wenn man es recht sagen wollte, um einen förmlichen Krieg zwischen Pfarrer und Lehrer, Sie wissen ja, wie das leider so häufig vorkommt...
Ob ich es wußte! Und ob ich nicht, was ich wußte, mit starken Worten sagte, mit Entrüstung, allgemeiner und gerade auf diesen Fall angewandter besonderer Entrüstung!
Wie konnte man einen Mann, der ... und wie konnte man einen Lehrer, dessen dornenvoller, verantwortungsreicher Beruf – – und so weiter –
Wie konnte man das?
Der Pfarrer hatte es gekonnt. Er hatte schon bald, nachdem der Herr Lehrer nach Irzenham versetzt worden war, begonnen, die Stellung des Mannes zu untergraben, ihn zu reizen, ihn zu verdächtigen, ihn herunterzusetzen –. Man mußte da weit zurückgreifen und die Irzenhamer Geschichte der letzten drei, vier Jahre kennenlernen, und dann wieder hier vorgreifend, dort Rückschlüsse ziehend, um, auch den schlechten Charakter des neugewählten Bürgermeisters so ganz begreifend, zu verstehen, warum und wieso die letzten Angriffe auf den Herrn Lehrer, dessen Ehefrau Amalie und wiederum deren Schwester Karoline von langer Hand vorbereitet und besonders giftig waren.
Man mußte weit zurückgreifen, und ob ich es gern tat!
Ob ich nicht politische Bemerkungen einfließen ließ und mich voll und ganz auf die Seite der Lehrer stellte, ganz allgemein aus Gesichtspunkten, die für jeden anständigen Menschen gelten mußten, die in jedem vernünftig geleiteten Staat, die in jeder ordentlich verwalteten Gemeinde überhaupt nicht in Frage kommen konnten!
Ob ich sie nicht mit juristischen Bemerkungen spickte!
Ob ich nicht selber von einer sittlichen Entrüstung durchbebt war!

Und ob ich nicht immer wieder betonte und feierlich versicherte, daß diese seit Jahren auf Irzenham drückende schwüle Temperatur bloß durch das Gewitter einer Gerichtsverhandlung gereinigt werden könne und müsse!

Ludwig Thomas Kanzlei und Wohnung in Dachau

Ja, ich hatte wirklich das Gefühl der Erleichterung, der Befriedigung, als es nun endlich feststand, daß ich als Kläger gegen den Pfarrer auftreten würde!
Es sollte dabei nichts verschwiegen werden.
Aber gewiß nichts!
Die Irzenhamer Geschichte der letzten vier Jahre sollte vor dem Forum der Öffentlichkeit aufgerollt und unter eine alle Winkel erhellende Beleuchtung gesetzt werden. Darauf konnte sich der Herr Lehrer verlassen.
Darauf konnte sich der Herr Lehrer, seine Ehefrau und deren Schwester Karoline unbedingt verlassen.
Die Vollmacht war unterschrieben. »Und ja, womit kann ich noch dienen?«
»Ich möchte«, sagte der ehrenwerte und in allen seinen Gefühlen heftig verletzte Mann, »ich möchte natürlich einen Vorschuß erlegen, aber ich habe leider nicht mehr als fünfzig Mark bei mir...«
Er zog einen reizenden, von der liebenden Hand der Ehefrau gestickten Geldbeutel hervor und nahm wundervoll klingende Goldstücke daraus...
Ich schwieg und sah ihm zu.
Ich dachte durchaus ernsthaft darüber nach, wie unsagbar roh man veranlagt sein mußte, wenn man diese Frau, welche die hübsche Geldbörse vermutlich zu Weihnachten gestickt hatte, kränken oder ihrer Schwester Karoline zu nahe treten konnte!
Der Lehrer faßte mein tiefsinniges Schweigen irrtümlich auf.
»Ich kann Ihnen ja noch einiges schicken, wenn das nicht genügt...«
»Es genügt«, sagte ich und ließ meine Gedanken nicht weiter abschweifen.
Er zählte das Geld auf den Tisch, ich schrieb mit scheinbarem Gleichmut eine Quittung, alles sah geschäftsmäßig und richtig aus, und er wollte nach höflichem Abschiede gehen.

Da drängte sich mir eine Frage auf die Lippen.

»Herr Lehrer, wie kommt das nun eigentlich? Ich meine, wie kommen Sie von Irzenham hierher und zu mir?«

»Hierher? Hm–m...«

»Sie haben wahrscheinlich meine Anzeige im Wochenblatt gelesen?«

»Nein ... eigentlich nicht...«

»Und wieso...?«

»Ich wollte nämlich nach München fahren und dort zu einem Anwalt gehen, aber in der Bahn ... wissen Sie ... da war ein Herr ... ein gebildeter Mann, so militärisch hat er ausgesehen...« Der Lehrer zwirbelte mit der Hand einen imaginären Schnurr- und Knebelbart...

»...wie ein alter Soldat und auch in der Sprechweise ... nicht wahr... Und ja, wir sind ins Gespräch gekommen, wie man eben eine Unterhaltung beginnt, und da erzählte ich dem Herrn von meinem Prozeß...«

»Richtig, dem Herrn erzählten Sie...«

»Daß ich nach München fahre, um einen Anwalt aufzusuchen, und da sagte er zu mir: Was wollen Sie denn in München? Wissen Sie denn nicht, daß ein ausgezeichneter Anwalt hier ist? Er meinte nämlich hier...« Der Lehrer machte eine Verbeugung.

»Bitte!« sagte ich ruhig.

»Ja, und der Herr erzählte von Ihnen in sehr schmeichelhafter Weise, und er sagte, es sei ein Glück, wenn sich in der Provinz so gute Anwälte niederlassen, Sie entschuldigen, Herr Doktor, wenn ich das so wiedererzähle, aber...«

»Bitte!« sagte ich ruhig.

»Sie müssen schon öfter für den Herrn Prozesse gewonnen haben?«

»Möglich«, log ich. »Momentan natürlich kann ich mich nicht erinnern...«

»Ein auffallend großer Mann mit einem militärischen Bart«,

wiederholte der Lehrer und zwirbelte einen unsichtbaren, martialischen Bart...

»Hm! Ich kann mir ungefähr denken...«

»Er war, wenn ich so sagen darf, sehr energisch. Wie der Zug hier anhielt, und ich ... Sie entschuldigen, Herr Doktor, weil ich Sie doch nicht kannte ... und ich wußte noch nicht, ob ich aussteigen sollte, da hat er mich gewissermaßen hinausgeschoben und hat mir meinen Mantel und meinen Regenschirm hinausgereicht und er sagte immer: Sie müssen zu dem Anwalt hier gehen. Das ist der rechte Mann für Sie, und er sagte: Sie werden mir ewig dankbar sein, denn sehen Sie, sagte er, in der Großstadt, da hat man nicht das Interesse und die Zeit, da werden Sie kurz abgefertigt, sagte er – und da ist der Zug schon weggefahren, und ich bin dagestanden. Ja, und der Herr hat noch zum Fenster herausgesehen und hat mir gewunken ... hm ... ja ... und da bin ich eben zu Ihnen gegangen ... und wenn ich so sagen darf, ich bin eigentlich froh...«

»Seien Sie unbesorgt, Herr Lehrer, ich werde energisch für Ihr Recht eintreten...«

»Ja, und wissen Sie, diese Äußerung gegen meine Schwägerin Karoline, die muß besonders hervorgehoben werden...«

»Sie *wird* hervorgehoben«, sagte ich mit starker Stimme, »wir wollen einmal sehen, ob der politische Fanatismus alles und jedes beschmutzen darf, wir wollen sehen, ob ... kurz und gut, Sie können beruhigt heimfahren.«

Die Augen des Lehrers leuchteten auf. Er bot mir die Hand und schüttelte sie und ging...

Ich nahm zu allererst die Goldstücke und ließ sie klirrend auf den Tisch fallen und wieder in den hohlen Händen aneinanderklingen. Ha! Ob ich mich an den Mann erinnerte, der einen so befehlenden Ton hatte, wenn er die Bestellung einer Bibliothek erzwang oder zaghafte Klienten zum richtigen Anwalt schickte?

Es sollte mehr solche Männer geben!

Ludwig Thoma
in einer Karikatur
von Bruno Paul

»Ja, meinLieber, wenn Ihr den Thatbestand nicht beschwören könnt, wird das die Gegenpartei thun, und dann verlieren wir.« – »Da brauchas koa Angst, Herr Afikat, dö san von unsern Dorf; da schwört niamand, weil's ganz Dorf Ehrverlust hat.«

Aus

Erinnerungen

...Von nun an ging's, wenn auch nicht über alle Maßen gut, doch ordentlich und so, daß ich nach einer Weile die alte Viktor einladen konnte, mir den Haushalt zu führen. Sie kam mit Freuden, und wenn's auch nicht beim Oberförster in der Vorder-Riß war, so war es doch im ersten selbständigen Hauswesen des Herrn Anwalts, den sie als Kind auf dem Arm getragen hatte.

Als »d' Frau Mutter« genoß sie Ansehen und Vertrauen bei allen Bauernweibern, die ein Anliegen zu mir führte, und die nach der Aussprache mit mir erst noch die richtige und ausgiebige mit ihr in der Küche abhielten.

Und jede brachte, wie es damals schöner Brauch war, etwas im Korbe mit, einen Gockel oder eine fette Ente oder in Blätter eingeschlagen frische Butter.

Ihre alte Tugend, tätigen Anteil am Leben zu nehmen, hatte Viktor nicht abgelegt, und sie kümmerte sich um Gang und Stand der Prozesse, besonders, wenn es eine ihrer Schutzbefohlenen recht dringlich gemacht hatte.

Eine besondere Freude war es ihr, wenn sie Klagen oder Erwiderungen abschreiben durfte.

Dann saß die Alte stundenlang an ihrem Schreibtische, ganz eingenommen von der Wichtigkeit ihrer Aufgabe und ihrem Anteile an meinen Erfolgen.

War ich bei Gericht und kam in meiner Abwesenheit ein Klient, so brauchte er nicht ohne Bescheid wegzugehen, denn Viktor nahm ihn ins Gebet, ließ sich seine Schmerzen vortragen und flößte ihm das Vertrauen ein, daß er an die rechte Schmiede gekommen sei. Wenn's irgend zu machen wäre, dann würde es der Herr Doktor machen, und meine Dachauer faßten schon gleich Zuversicht, weil »d' Frau Mutter« sie so gut angehört hatte.

Es war eine stille, liebe Zeit, ganz so, wie ich sie mir vorgestellt hatte an jenem ersten Abend, als ich die gepflasterte Gasse hinuntergegangen war an den Bürgern vorbei, die ausruhend vor den Haustüren saßen.

Hinter Dachau, dem das große Moos vorgelegen ist, dehnt sich ein welliges Hügelland von großer Fruchtbarkeit aus, in dem Dorf an Dorf bald zwischen Höhen, bald hinter Wäldern versteckt liegt.

Hier lebt ein tüchtiges Volk, das sich Rasse und Eigenart fast unberührt erhalten hat, und ich lernte verstehen, wie sein ganzes Denken und Handeln, wie alle seine Vorzüge begründet liegen in der Liebe zur Arbeit und in ihrer Wertschätzung.

Arbeit gibt ihrem Leben ausschließlich Inhalt, weiht ihre Gebräuche und Sitten, bestimmt einzig ihre Anschauungen über Menschen und Dinge.

Es liegt eine so tiefe, gesunde, verständige Sittlichkeit in dieser Lebensführung eines ganzen zahlreichen Standes, in dieser Auffassung von Recht und Unrecht, von Pflicht und Ehre, daß mir daneben die höhere Moral der Gebildeten recht verwaschen vorkam.

In dem, was Leute, die Redensarten und Empfindelei schätzen, als Rauheit, Derbheit, als Mangel an Kultur und Feinnervigkeit, als Urzuständliches betrachten wollten, trat mir ungeschriebene Gesetzmäßigkeit eines tüchtigen Sinnes entgegen. So, wie das Bauernvolk natürliches Geschehen hinnimmt, wie ruhig es sich über Krankheit und Sterben wegsetzt, wie es nur die Nützlichkeit des Daseins schätzt, zeigt es wahre Größe.

Und Klugheit darin, daß ihm nie Worte für Begriffe gelten.

Derb zugreifende altbayrische Lebensfreude, aufgeweckter Sinn, schlagfertiger Witz und eine Fülle von Talenten vervollständigen das Bild.

Im Verstehenlernen faßte ich Lust, dieses Leben zu schildern.

Auf einer Fahrt nach München kam mir ganz plötzlich der Gedanke, es ließe sich am Ende versuchen, etwas über die Bauern zu schreiben.

Daraus entstanden die Erzählungen, die zuerst im »Sammler«, später in einem Buche unter dem Titel »Agricola« erschienen sind. …

Ludwig Thoma, Adolf Hölzel, Bruno Paul

Aus

Agricola

Bauerngeschichten
Mit Zeichnungen von Adolf Hölzel und Bruno Paul. 1897

Einleitung

Ich will dich in das kleine Dorf führen, wo die Geschichten spielen. Du bist schon dort gewesen oder doch daran vorbeigefahren, aber du hast nicht acht darauf gehabt.
Denn wer die Gegend nur flüchtig sieht, mag sie wohl für reizlos halten; da eine Wiese, dort ein Feld, in weiter Ferne vielleicht ein Wald, aber immer das Nämliche und nichts Großartiges, was den Blick fesselt oder den Wunsch aufkommen läßt, anzuhalten und länger zu bleiben. Ja, vielleicht hast du im geheimen die Leute bemitleidet, die nicht wie du im schnellen Fluge durch diese Gegenden eilen dürfen, sondern darin bleiben müssen, viele Wochen und Jahre, ihr ganzes Leben lang.
Aber steig nur aus und geh mit mir dort auf den Hügel hinauf. Vielleicht findest du manches, was dir gefallen mag, und vielleicht nimmst du Anteil an denen, die hier ihre Freude suchen und ihre Arbeit tun.
So weit dein Blick reicht, wölbt sich ein Hügel hinter dem andern, alle bedeckt mit reichem Gottessegen, weit hinten verlieren sich die dunkelgelben Ähren im blauen Himmel. Nun beugen sie sich im leichten Winde und wiegen sich hin und her. Da kommen tiefe Schatten in das helle Gold, und es sieht so aus, als läge ein wogendes Meer zu deinen Füßen.
Und schau nur hin: als wüchs er aus den Garben heraus, lugt dort ein Kirchturm vor.
Wenn du scharfe Augen hast, kannst du sehen, wie sich daneben

ein leichter Rauch in der Luft verflüchtigt.
Das gibt uns anheimelnd Kunde, daß in der stillen Einsamkeit Menschen für ihr tägliches Brot sorgen.
Nun schreiten wir tüchtig aus und gehen darauf zu; an einem Weiher vorbei, in dem sich die gelben Halme und der Himmel darüber spiegeln, den Bach entlang, der sich bald in den Wiesen versteckt, bald lustig über glitzernde Kieselsteine plätschert, bis wir am Eingange des Dorfes stehen.
Da liegen nun die kleinen Häuser, in helles Licht getaucht, vor uns, und es mag dich ein eigenes friedliches Gefühl überkommen, wenn du denkst, daß auf dem kleinen, weltverlorenen Flecke Menschen ihr Leben zubringen, just so, wie es ihre Eltern und Ureltern taten.
Hier das sauber geweißte Schulhaus, drüben das stattliche Wirtsanwesen mit dem großen Hofe und dem lustig aufgeputzten Maibaume darin, weiter nach vorne auf einer Erhöhung die Kirche und der stille Friedhof.
Das ist die Welt.
Wünsche und Hoffnungen, Freud und Leid sind in den engen Raum gebannt; da spielen sie als Kinder und wachsen heran, da kämpfen sie mit der Sorge und werden alt.
Und wenn sie den Weg von der Schule zum Friedhof zurückgelegt haben, ist ihnen soviel geschehen wie denen, welche draußen in der Welt hassen und lieben.
Meinst du nicht, daß es sich verlohnen könnte, das kleine Leben kennen zu lernen?
Die Vorrede ist fast zu ernst für ein Buch, das lustig sein will.
Aber ich will im Nachstehenden dieses Leben schildern, und wenn ich dabei, so gut und schlecht es ging, den heiteren Ton anschlug, so hat mich die Meinung dazu gebracht, daß man die Sorgen der Werkeltage am besten trifft, wenn man sie mit Humor behandelt.
Ob es mir gelungen ist, weiß ich nicht. Doch das eine kann ich

versichern, daß mir bei dem Streben, wahr zu sein, die Absicht ferne gelegen hat, jemanden zu verspotten.

Agricola

Frei nach Tacitus »Germania«

Vor beinahe 1800 Jahren hat der berühmteste aller Geschichtsschreiber mit vielem Wohlwollen und ehrlicher Bewunderung unsere Vorfahren geschildert. Da es eine schöne und für die Nachwelt so wertvolle Aufgabe ist, situs gentium describere, Land und Leute zu beschreiben, so will ich versuchen, Sitten und Gebräuche der Nachkommen zu zeichnen. Aber nicht derer, welche untreu germanischer Sitte Städte bewohnen, sondern derer, welche ferne von ihnen die Felder bebauen. Daher auch der Titel der Schrift.

Die Ebene Germaniens vom Donaustrome bis zu den Alpen bewohnen die Bajuvaren. Ich halte sie für Ureinwohner dieses Landes, für »selbstgezügelte«, wie sie in ihrer Sprache sich heißen. Fremden Einwanderern ist es schwer, sich mit ihnen zu vermischen. Gewiß ist, daß sie nie mit den Autochthonen verwechselt werden können.

Da sich dieses germanische Volk nicht durch Eheverbindungen mit fremden Nationen vermischt, bildet es einen eigenen, sich selbst gleichen Stamm. Daher auch der nämliche Körperbau bei dieser zahlreichen Menschenmasse, dieselben ungewöhnlich ausgebildeten Hände und Füße, dieselbe harte, widerstandsfähige Kopfbildung. Wie die Vorfahren, sind sie zu stürmischem Angriff tauglich und gerne bereit. Für Strapazen und Mühseligkei-

ten haben sie große Ausdauer, nur Durst können sie nicht ertragen.
Das Land ist verschieden gestaltet. Wälder wechseln mit Getreidefeldern, Höhenzüge mit großen Ebenen. In der Nähe der größten Ansiedlung erstreckt sich ein großes Moos; hier hat sich der Stamm am reinsten erhalten.
Die Bajuvaren haben viel Getreide und Vieh; doch herrscht über den Wert dieser Dinge jetzt großer Streit. Das Geld haben sie schätzen gelernt. Sie lieben nicht nur die alten, längst bekannten Sorten, sondern auch sämtliche neue. Das Hausgeräte ist einfach. Besonders an den Gefäßen schätzen sie den Umfang höher als kunstfertige Arbeit.
Waffen. Kriegswesen. Waffen hat dieses Volk vielerlei; doch wird auch hierin mehr auf Tauglichkeit als auf Schönheit gesehen. Sehr verbreitet ist die kurze Stoßwaffe, welche jeder Mannbare in einer Falte der Kleidung trägt; ihr Gebrauch ist aber nicht freigegeben, vielmehr sucht die herrschende Obrigkeit in den Besitz derselben zu gelangen. In diesem Falle ersetzt sie der Volksgenosse stets durch eine neue.
Als Wurfgeschoß dient ein irdener Krug mit Henkel, der ihn auch zum Hiebe tauglich erscheinen läßt. An ihren Zusammenkunftsorten sucht bei ausbrechendem Kampfe jeder möglichst viele dieser Gefäße zu ergreifen und schleudert sie dann ungemein weit. Die meisten Bajuvaren führen eine Art Speere oder in ihrer Sprache Heimtreiber aus dem heimischen Haselnußholze, ohne Spitze, biegsam und für den Gebrauch sehr handlich. Wo diese Waffen fehlen, sucht jeder solche, die ihm der Zufall bietet. Ja, es werden zu diesem Zwecke sogar die Hausgeräte, wie Tische und Bänke, ihrer Stützen beraubt. Beliebt sind auch die Bestandteile der Gartenumfriedung. Vor dem Beginne des Kampfes wird der Schlachtgesang erhoben. Es ist nicht, als ob Menschenkehlen, sondern der Kriegsgeist also sänge. Sie suchen hauptsächlich wilde Töne zu erzielen und schließen die Augen,

als ob sie dadurch den Schall verstärken könnten. Sie kämpfen ohne überlegten Schlachtenplan; jeder an dem Platze, welchen er einnimmt. Der Schilde bedienen sie sich nicht. Als natürlicher Schutz gilt das Haupt, welches dem Angriffe des Feindes widersteht und den übrigen Körper schirmt. Manche bedienen sich desselben sogar zum Angriffe, wenn die übrigen Waffen versagen.

Der vornehmste Sporn zur Tapferkeit ist häufig die Anwesenheit der Familien und Sippschaften. Diese weilen in nächster Nähe ihrer Teuern und feuern sie mit ermunterndem Zurufe an. Die Schlacht beendet meist der Besitzer des Kampfplatzes, der hierzu eine auserlesene Schar befehligt.

Lebensweise im Frieden. Wenn sie nicht in den Krieg ziehen, kommen sie zu geselligen Trinkgelagen zusammen. Auch hier pflegen sie des Gesanges, der sich aber von dem Schlachtgeschrei wenig unterscheidet. Tag und Nacht durchzuzechen, gilt keinem als Schande. Versöhnung von Feinden, Abschluß von Eheverbindungen, der beliebte Tauschhandel mit Vieh und sogar die Wahl der Häuptlinge wird meist beim Becher beraten. Selten spricht einer allein, häufig alle zusammen.

Jeder legt ohne Rückhalt seine Meinung dar und hält daran fest.

Bei Verschiedenheit der Meinung obsiegt der mächtige Schall der Stimme, nicht die Kraft der Gründe. Am meisten liebt dieses einfache Volk die unbefangenen Scherze. Auch den anderen ist es nicht abgeneigt.

Der männlichen Jugend gilt als das höchste Fest die Wehrhaftmachung. Diese findet in den größeren Ansiedelungen statt, wo die Jünglinge in die Liste der Krieger eingetragen werden. Zu diesem Feste schmückt jeder die Kopfbedeckung mit wildem Gefieder. Die Gefolgschaft eines jeden Dorfes zieht dann mit furchterregendem Geschrei in die Stadt ein. Eine eigenartige Musik begleitet sie. Das Fest endet mit größeren Kämpfen. Denn ein stilles Leben liebt diese Nation nicht. Das Getränke der Bajuvaren ist ein brauner Saft aus Gerste und Hopfen. Häufig beklagen sie den schlechten Geschmack, niemals enthalten sie sich des Genusses. Ihre Kost ist einfach. Aus Mehl zubereitete Speisen nehmen sie in runder Form zu sich; die geringe Nährkraft ersetzen sie durch die große Menge. An einigen Tagen des Jahres essen sie geräuchertes Fleisch von Schweinen und beweisen hierbei geringe Mäßigkeit.

Prunkvolle Kleider tragen sie nicht. Auch sehen sie nicht darauf, daß diese die Formen schöner erscheinen lassen. Das Oberkleid des Mannes ist kurz und mit Münzen geziert. Das Unterkleid dagegen ist sehr lang, eng anliegend und reicht bis an die Mitte der Brust. Meist ist es aus Leder gefertigt, schützt gegen Hitze und Kälte und ist dem Luftzuge unzugänglich. Das Kleid des Weibes besteht in übereinandergelegten Säcken und läßt über die Schönheit der Körperbildung im unklaren. So wenig wie auf die äußere Schmückung legt dieses Volk auf die sonstige Pflege des Körpers übergroßes Gewicht. Bäder werden als weichlich verachtet. Die Seife ist selten. Der Gebrauch der Zahnbürste unbekannt.

Das Weib. Unähnlich hierin den Vorfahren, achtet dieses Volk den Rat der Weiber nicht und glaubt nicht an deren göttliches Wesen. Ihren Aussprüchen horchen sie nur ungern. Doch fehlt nicht alle Verehrung des Weibes. Zu den geselligen Zusammenkünften haben die Weiber Zutritt; ja, sie dürfen sogar mit den Männern aus einem Gefäße trinken. In dieser Gastfreundschaft herrscht eifriger Wettstreit. Auch tanzen die Jünglinge, welchen dies eine Lustbarkeit ist, mit ihnen umher. Bei dieser Übung beweisen sie mehr Fertigkeit als Anmut.

Eigentümlich ist die Art, wie sie sich zum Tanze paaren, sie beweist die Oberherrschaft des Mannes. Der Jüngling, welcher eine Stammesjungfrau gewählt hat, stößt einen grellen Pfiff aus und winkt ihr befehlend mit der Hand. Häufig hört man auch bei diesen Lustbarkeiten plötzlich den Kriegsruf ertönen. Den Weibern gilt es als ehrenvoll, wenn um ihretwillen der Kampf entbrennt. So ist auch die Werbung um sie oft mit Gefahren verknüpft. Haß der anderen, nächtlicher Überfall und Heimscheitelung bedrohen den Jüngling, welcher einer Volksgenossin zuliebe die Gehöfte aufsucht und Mauern erklettert.
Das ist's, was ich im allgemeinen von dieses Germanenvolkes Sitten erfahren habe.

»Lang die Pfanna aba, Nannl! hol's Mehl aus der Truchen und an Laib Schmalz!«
In der Kuchel steht die Bäuerin vor dem Herd; das Feuer wirft einen glutroten Schein auf ihr kugelrundes Gesicht; mit dem Kochlöffel taucht sie die Kücheln unter und wendet sie um; die Holzscheitel krachen, das Schmalz kocht und prasselt und spritzt.
Grad lustig is. Hint im Hof grunzt die Sau; der Bauer wetzt das Messer und probiert die Schneid', ob sie noch nicht fein genug ist. Der Vitus legt den Stecken in den Brunnentrog, daß er hart wird auf morgen; die Mariandl und die Creszenz laufen Stiegen auf, Stiegen ab, rennen aneinander und kriegen Lachkrämpf. In der Stuben drin probiert der Oberknecht zum dreißigstenmal auf der Ziehharmonika das Lied: »Mür kemmans vom Gä–bürg«, und der Großvater haut sich vor lauter Freud' eine Pris nach der andern auf den Daumennagel.
»Huiö! Morgen is Kirta!«
Das größte Fest im ganzen Jahr, auf das sich jeder Ehhalten, jeder Austrägler gewissenhaft vorsieht, wo das Essen notarisch gemacht ist und auf Grund rechtskräftiger Urkunden geschieht. Morgen gibt es G'selchtes und von »allem, was geschlachtet wird, zwei Pfund«. So ist's geschrieben worden, und so geschieht es; von seinem Recht geht kein richtiger Bauernmensch weg.
Ahnungsvoll dämmert der Morgen herauf. Heut' braucht der Bauer von seinen Dienstboten keinen einzigen zu wecken. Der erste ist der Oberknecht Hansgirgl: Er tut heut' ein übriges und wascht sich am Brunnen den *ganzen* Kopf, noch dazu mit der Seifen; dann fahrt er mit einer Art von Kamm durch die nassen Haare und zieht sich einen schönen Scheitel, wobei er in den

kleinen Handspiegel schaut, der auf dem Brunnenrand liegt. Jetzt spuckt er in die Händ, pappt sich zwei Kriegslocken bis an die Augenbrauen fest hin und fahrt dann mit dem Roßstriegel über das ganze Bild. Nun er fertig ist, stimmt er voll innerer Zufriedenheit ein Lied an:

Des Morgens, wenn – die Sonn' aufgeht
Und wenn das Gras – im Tau dasteht,
Dann treib' ich mei – ne Küh' dahin,
Dort wo ich ganz – alleine bin.

Er zieht den rechten Fuß in die Höh, patscht mit den Händen über dem Kopf zusammen und stoßt einen gellenden Pfiff aus, daß es kein Indianer besser kann.

In der Stuben trifft er die andern gerade so lustig und aufgeregt, wie er selbst ist. Die Weibsleute besonders können es kaum erwarten, daß fortgegangen wird. Jede hat schon den Korb auf dem Schoß und verdeckt das Strohgeflechte mit der linken Hand, während mit der rechten die Nudel eingetaucht wird. Da ist nichts zu bemerken von der bedächtigen Ruhe, mit der sonst die Kaffeesuppe ausgelöffelt wird. Ohne Unterschied des Ranges langt jedes hinein, ja, es kommt sogar vor, daß ausgesetzt wird, wenn z. B. die Nandel der Creszenz einen Renner gibt und alle zwei am Lachen und einem Trumm Nudel zu ersticken drohen. Bloß der Großvater paßt auf die Spaßetln nicht auf; das Getu ist ihm zuwider. Die jungen Leut' sind so dumm und wissen nicht, was gut ist. Er sitzt ganz dicht bei der Schüssel, schneidet schön stad ein Stück von dem vertragsmäßigen Geselchten nach dem andern ab und taucht es mit der Nudel in den Kaffee.

Was für ein schöner Tag heut ist! Die Sonne ist über den Nebel Herr geworden und hat ihn herunter gedrückt, daß er jetzt wie ein feiner Rauch über den Wiesen liegt; die Luft ist so klar, daß man weit und breit alle Kirchtürme sieht, und der vordere Wind geht frisch über die Stoppelfelder. Aus allen Häusern kommen die Leut' zum Kirchgang, auf allen Steigeln sieht man die schwarzseidenen Kopftücheln in der Sonne glänzen und die buntfarbigen Röcke. Ein recht friedsames Bild. Auch der Hansgirgl und der Vitus marschieren tapfer hinter ihren Weibsleuten daher.

»Moanst lei, Hansgirgl, daß heint die Kraglfinger beim Unterwirt san?«

»Ehender, wia nöt, Vitus.«

»Was moanst nacha? Epper is der Leixentoni aa dabei; auf den bin i scho lang häßlich.«

»Hinschaugn tean ma, des is meine Meinigung«, sagt der Hansgirgl. Und dem Vitus ist es recht; für was hätte er denn seinen Stecken im Wasser liegen lassen?

Nach der Kirche kriegen die Wirte ihr Recht. Alle Bänke sind gedrückt voll, und alleweil drucken wieder neue Gäst bei der Tür herein; der Wirt kommt nimmer aus dem Grüßen und Zutrinken heraus. »S'Good, Scheiblhuaba; aar auf da Höh? Ein paar Antenvierteln hätt i und a Gans. Aa, da Loibl is a do; für di hätt i a Schweiners oder a Nierenbratl. Was d' liaba magst! Wer schreit da hint! Ich siech enk scho, reißt's mi no nöt in da Mitt ausanand; ös kriegt's enkere Würscht scho.«

So hat er für jeden den richtigen Gruß und nach Stand und Vermögen das richtige Essen; er fragt nicht lang, was einer will. Wie ein Feldherr steht er da in dem Gewühl, das immer ärger wird. Die Fenster sind geschlossen; die Hitz wird immer ärger, und der Rauch streicht wie ein starker Herbstnebel in der Stuben herum. Immer lauter wird der Disputat über Gersten, Korn und Haber, über die Gäul und das Kühviech.

Beim Unterbräu geht es am lustigsten zu; da wird getanzt. Der Baß brummt und die Klankenetten pfeift; der Staub wirbelt auf, und so eintönig geht das Schleifen und Stampfen, als tät eine Maschine die Arbeit verrichten. Aus dem Dunst tauchen die rotglühenden Gesichter auf und verschwinden wieder; gesprochen wird nichts, man hört bloß Keuchen und Schnaufen, und ab und zu im Übermaß des Entzückens ein gellendes Schreien und Pfeifen.

Huiö, heut is Kirta!

Schaut's den Vitus an! Das ist der Allerrescheste. Mittendrin schmeißt er den Hut auf den Boden, schaut ihn stier an und tanzt um ihn herum wie ein Spielhahn. Den müßte der Buffalo Bill haben, wenn er ihn sehen tät, den ließ er nimmer aus. Und dabei weiß er es immer so einzurichten, daß er einem Kraglfinger auf die Zehen tritt. Das dauert nicht mehr lang, das tut kein gut. Richtig, jetzt rennt er dem Leixentoni seine Tänzerin um.

»Kannst net acht geben, damischer Tropf?«

»Auf kein Kraglfinger geb i net acht.«

»Was tuast net? Was hast g'sagt?«
»Geh her, wennst a Schneid hast!«
»Geh du her! I bin scho da.«
Höi Kraglfinger! Höi Guglfinger!
Und jetzt geht's los. Ein Schieben und Drängen, jeder Bursche nimmt Partei; die Mädel drücken sich zusammen wie eine Herd Gäns. Wütendes Schreien und Schimpfen; runter über die Stiegen, raus auf die Straß. Pitsch, Patsch; Pitsch, Patsch! Die Stadtleut' täten meinen, es wird Korn gedroschen, so hauen sich die Burschen mit den Gehsteckerln auf die Köpfe; weil keiner einen Hut auf hat, schnallt es so laut.
Die Dämmerung bricht herein; der festliche Tag geht zur Neige; auch das Schönste kann ja nicht ewig dauern.
Jetzt sieht man auf den Feldwegen schwankende Gestalten; da und dort lehnt einer am Zaun und führt tiefsinnige Gespräche mit sich selbst. Weiber führen ihre Gatten und sind ihnen Stab und Stütze; hie und da bricht wohl auch einer mit einem Wehelaut zusammen und rennt den Kopf in einen Scheerhaufen. Die Nacht bedeckt mit ihrem mitleidigen Schleier die traurigen Bilder.
In seiner Kammer liegt der Vitus mit drei frischen Löchern im Kopfe. Nebendran ächzt der Großvater in schwerer Bedrängnis. Er hat zwar das Geselchte und Schweinerne pflichtmäßig gegessen, aber von dem Kälbernen hat er nur fünf Vierlinge zusammengebracht. Das hat ihn abscheulich gift und auf das Krankenlager geworfen.
Jetzt hat der Bader gute Täg.

Die Fahnenweihe

Vorbereitung

Versprechen macht Halten. Deswegen will ich jetzt erzählen, wie der Kraglfinger Rauchklub seine Fahnenweihe abgehalten hat. Und zwar schön der Reihe nach.

Also eines Tages sagt der Postbote zum Badermeister Lippel: »Du, beim Postamt enten liegt schon seit drei Täg a Kisten für di umanand. Du sollst s' holen lassen, hat der Expeditor g'sagt.«

»A Kisten?« fragt der Lippel und legt den Finger an die Nase, »i hob do koane mödizünischen Instrumenter net b'schtellt? Jessas na«, sagt er, »dös is am End gar unser Fahn! Da muaß i aber glei nüber zum Hofbauer, daß er einspannt.«

Und eine Viertelstunde später sauste ein Wägerl mit dem Lippel und dem Hofbauern zum Dorf hinaus, daß die Stein geflogen und alle Hunde rebellisch geworden sind. »Da muaß oana schwar krank sei, weil da Bader gar so außi roast«, sagte die alte Bindenrin, welche das Fuhrwerk sah, und bekam ein recht großes Mitleid. Die zwei aber fuhren wie der leibhaftige Satan zum Postamte Huglfing und konnten es kaum erwarten, daß ihnen die Kiste ausgeliefert wurde.

Endlich kam sie und auf dem Deckel stand: Fahnenfabrik in Bonn a. Rh. »Hurraxdax! Pack's bei der Hax! Ham ma s' scho«, schrie der Hofbauer. »Woaßt was, Baderwaschel, dö Fahn tean ma glei außa und fahrn damit ins Höft, daß mir was gleich segn.«

»Na! Hofbauer«, erwiderte spinngiftig der Lippel, »dös gibt's net. So lang i der Vorstand bi, laß i einen solchenen Frevel net zua. Wenn dö Fahn zum erschtenmal öffentli enthüllt werd, muaß da Präsentiermarsch her und a Fahnajunker mit aner

Schärpen und weiße Handschuah. Dös kimmt net vor, daß an unser Ehrenbanner a jeder sei Pratzen hinwischt. Übrigens gib ich dir no lang koan Baderwaschel ab, daß d'as woaßt.«

»Gehö, nur net gar a so gach! I hab di net beleidingen wollen, Lippel. Aber mit der Fahnen, da kunnst recht hamm. Laß ma s' in da Kisten drin; deswegen könna ma do aufrebelln. I hol an Schneider Toni, der muaß mitfahrn und sei Zuichharmonika spüll'n.«

So geschah es. Auf dem Bocke saß der Toni und spielte ohne Aussetzen den Tölzer Schützenmarsch, und neben ihm pfiff und schnalzte der Hofbauer. Als sie beim Oberwirt ankamen, versammelte sich baldigst der Rauchklub, und es wurde im Vereinszimmer die Kiste geöffnet. Ein allgemeines Ah! ertönte, als die himmelblaue Fahne sichtbar wurde.

Sie war sehr schön, und – wie am darauffolgenden Samstag das Distriktsblatt meldete: »von blendendem Glanze, geschmackvoller Symbolik und kunstreichster Ausführung«. In dem blauen Felde kreuzten sich in Gold gestickt zwei Pfeifen, über denselben schwebte ein purpurroter Tabaksbeutel. Von Eichenlaub umrankt zeigte sich oben die Inschrift: »Rauchklub Kraglfing« und unten: »Eintracht wohnt in unsrer Mitte«. Zur Erhöhung der Pracht war in jedem Ecke ein silberner Stern mit Strahlen angebracht.

Nachdem sich die erste Aufregung gelegt hatte, wurde eine Generalversammlung abgehalten. In gehobener Stimmung schritt man zunächst zur Wahl des Fahnenjunkers. Sämtliche Stimmen – auch seine eigene – erhielt der Hofbauern-Nazi, welcher Umstand jedoch, wie ich hier gleich erwähnen will, beinahe das Fest verzögert hätte. Als sich nämlich der Nazi auf Befehl des Ausschusses weiße Handschuhe kaufen sollte, begegnete er den größten Schwierigkeiten, da alle Handschuhhändler in der Hauptstadt erklärten, eine solche Nummer existiere leider noch nicht.

Zum Glück für den Rauchklub und unsern Nazi sprang im letzten Augenblicke der Huglfinger Sattlermeister ein und sagte, er wolle die Geschichte probieren und die Handbekleidung aus Rindsleder verfertigen. Wie alles in der Welt sein Gutes hat, so zeigte sich auch späterhin die vermeintliche Kalamität als sehr vorteilhaft. Die gröbliche Beschaffenheit seiner Handschuhe war dem Nazi von großem Nutzen, wie wir später sehen werden.

Doch um wieder auf die Generalversammlung zu kommen: nach dem Fahnenjunker wurden die Ehrenjungfrauen gewählt, und sodann das Festkomitee, welches sofort seine Beratung begann. Ich bedauere lebhaft, daß ich nicht alle Vorschläge und Debatten mitteilen kann, aber es würde zu viel, und ich muß auch mein Papier sparen. Ich will nur berichten, daß sich eine große Redeschlacht entspann über die Frage, in welchem Wirtshause der Festakt stattfinden sollte. Und da man auf dem Lande das falsche Zartgefühl nicht so häufig findet, darf es niemand verwundern, daß sich die Wirte selbst lebhaft an der Streitfrage beteiligten. Wer weiß, was geschehen wäre, wenn nicht unser Freund, der Hofbauer, wieder einmal den Nagel auf den Kopf getroffen hätte.

»Jeder Wirt«, sagte er, »zahlt Steuern und möcht was verdienen; warum soll denn nachher grad oaner an Profit macha? Da gab's nix wia lauter Verdrießlichkeiten und das ganze Jahr tat ma anzwidert wern. Also mach ma die Sach kurz und gengan zu an *jeden.* An Vorabend halt ma beim Unterbräu an Früaschoppen, und 's Mahl beim Oberwirt, und auf den Nachmittag halt ma an Baal beim Lamplwirt. Da kimmt a jeder zu sein Sach.«

Damit war diese schwierige Frage gelöst; alles andere gab sich verhältnismäßig leicht. Die Fahnenweihe wurde angesetzt auf Sonntag über vierzehn Tage, damit jeder Zeit zur Vorbereitung hatte. Und sie wurde gut benützt. Die Mannerleut kamen jeden Abend im Wirtshause zusammen, um sich zu beraten; die jungen Burschen standen oft haufenweise beisammen, um sich heimlich zu besprechen, oder sie musterten daheim ihren Vorrat an Haselnußstecken und ergänzten ihn nach Bedarf.

Mit den Mädeln war es ganz aus; die Frauenzimmer haben bekanntlich alle miteinander eine Geheimsprache und können lachen, kein Mensch weiß warum. Wenn sie sich aber auf etwas freuen, haben sie völlig ein schieches Getu. Beim Beten fangen sie mittendrin das Kichern an, und wenn dann die Bäurin Ruh schaffen will, hält die ein oder ander ihr Trumm Hand vor den Mund und schluckt und gurgelt so lang, bis die ganz Herd hinausbrüllt und die Andacht gestört ist.

Beim Essen rennen sie einander mit den Ellenbogen an oder patschen die Löffel in die Suppe, und redest dann eine wegen ihrer Unart an, dann bleibt ihr vor lauter Lachen ein halbes Pfund Knödel im Hals stecken, und mußt froh sein, wenn sie nicht gleich gar erstickt. Kurzum, es weiß jeder, wie es die Frauenzimmer machen, und wenn ich sage, daß die vierzehn Tage in Kraglfing waren wie sonst die Woch vor der Kirchweih, dann langt es schon.

Doch das muß ich den Mädeln zur Ehre sagen, daß keine so tramhappet war wie – der Bader. Der Mensch war wie ausgewechselt, seitdem er als Festredner gewählt war. Wenn er im Wirtshaus saß, schaute er stundenlang in ein Eck und bewegte die Lippen, als wenn er Brevier beten müßt. Anreden hat ihn niemand dürfen, und wenn er abends spazieren ging, hat er sich die einsamsten Wege ausgesucht. Der Schäfer-Hansl hat ihn in einer Sandgrube gesehen, wie er ganz fürchtig mit den Armen herumschlegelte und bald stad, bald recht laut an die Wand hinredete. Mein Freund, der Förster, erzählte mir – und dann ist es gewiß wahr –, daß ihm drei Tage vor dem Feste eine spaßige Geschichte mit dem Bader untergekommen sei. »Wie ich zu unserem Herrn Medizinalrat in den Laden komm«, sagte er, »sitzt schon der Hiasbauer da und laßt sich seine polizeiwidrige Fassade abkratzen. Der Lippel hat ihn bei der Nasen, rasiert ihn aber net, sondern schaut in die Höh, als wenn er auf der Decken ganz was Besonders beobachten müßt. Der Hiasbauer, die ganze Visage voller Seifen, glotzt noch dümmer wie sonst, und schiegelt bald aufs Rasiermesser, bald auf die Decken. Endlich wird's ihm doch z'dumm und er brummt: ›Fang amol o, Bader.‹

Der Lippel fahrt z'samm, als wenn er aufwachen tät, und fangt langsam das Kratzen an. Er is aber no net mit der Hälft ferti, spinnt er scho wieder. Desmal schaut er gradaus und ziagt die Stirn z'samm, wia der Napoleon in der Schlacht. An Hiasbauern hat er alleweil no bei der Nasen. Auf oamal schreit er: ›Blicken wir hinauf, wo unser Banner rauscht‹, und dabei reißt er an Hiasbauern sein Vorsprung in d' Höh und deut' mit dem Rasiermesser wieder auf die Weißdecken.

›Auslassen, auslassen‹, jammert der Hiasbauer, traut si aber net

rühren von wegen dem Rasiermesser. Mi freut de Gaudi, und weil i außerdem dem schelchen Spitzbuam die Angst gönn, sag i: ›Was hast denn für a Gschroa, Hiasbauer, siegst net, daß da Herr Medizinalrat bloß zu deiner Unterhaltung deklamürt?‹ Indem besinnt sich der Lippel wieder und rasiert weiter. Wie er ihm grad an der Gurgel herumkitzelt, fangt er wieder an:
›Hochgeehrte Festversammlung! Es ist ein herzerhebendes, es ist ein schönes Fest, das uns vereint‹, und dabei ziagt er jetzt an Hiasbauern, der vor lauter Angst schwitzt, ein bissel gradaus, ›blicket auf die stolze Trophöe, die ich halte‹ ... ›Jessas na‹, winselt der Hiasbauer, ›laß mi a bißl aus, Lippl, i bitt di gar schö, i muaß niaßen.‹ Und wia 'n der Medizinalrat wirklich loslaßt, springt er auf, schmeißt an Stuhl um und naus beim Tempel. ›Baderwaschel, trapfter, damischer‹, hat er no g'schrian, und schö war's, wia sei G'sicht halbert rasiert und halbert voller Seifen war. ›Was hat denn der Mensch?‹ fragt der Lippel und schaut mi ganz verwundert an. ›Ja‹, sag i, ›der werd si halt auf zwoamal rasieren lassen wollen, damit 's net so viel kost. I wart aa, bis 's Fest vorbei is, sonst kunnten S' am End jetzt Eana ganze Red halten, und i hätt am Sunntag koan Spaß mehr.‹
Damit bin i gangen. Und i sag bloß, wenn die Fahnenweih net bald is, nachher hat's was mit dem Bader, und aa mit dem Hofbauer. In dem sein Haus is jetzt alle Tag Kirchweih. Der Alt übt si auf oa Klub- und zwoa Veteranareden ei, der Jung lernt 's Fahnenschwinga und probiert seine neue Handschuha. Gestern hat er dem Zeißler-Lenz a Schellen damit geben, daß er drei Zähn verloren hat. Aber bloß aus G'spaß.«
Der Förster hat vollauf recht gehabt. Die Aufregung ist in Kraglfing jeden Tag größer worden, und auch ihr, liebe Leser, werdet froh sein, wenn die Vorbereitung aufhört und das Fest anfangt. Ich auch.

»Seppl, tua no a Hand voll in Pöller nei und setz 's Kapsel auf! Hast as? So, und jetzt paß auf'n Peterl auf, wann er sein Huat in d' Höh schmeißt, na geht's los.«
»Ham ma's? Firti!«
Pum! Pum! Pum!
Im nämlichen Augenblick, wo droben auf der Kraglfinger Höh der Gemeindediener und Kanonier seine Pflicht tut, kommandiert herunten im Dorf der Herr Kapellmeister: »Ganzes Batallion, vorwärts maarsch!« und tschindadaradada, tschindadaradada geht der Tagrebell an. Das ist aber nicht wie in der Stadt, wo aus jedem Fenster ein verschlafenes Gesicht herausschaut und wieder verschwindet, wenn die Musik vorbeimarschiert ist. Da stehen schon die meisten Leut unter der Haustür und warten bloß aufs Mitgehen; wenn wirklich einer noch im Bett liegt, dann geht es heraus wie beim Feuerlärm. Waschen gibt's heut nicht in dem Fall und die nächsten fünfzig Schritt hat er die andern schon eingeholt.
Also lustig durchs Dorf, beim Lamplwirt vorbei, wo gerade eine Sau ihren letzten Schrei tut, und hinauf zum Oberwirt, dann wieder hinzruck, und so weiter, bis der C-Trompeter erklärt, jetzt sei ihm die Herumlauferei zu dumm und er tät nimmer mit. So bricht der große Festtag in Kraglfing an!
Allgemach wird es sieben Uhr.
Beim Gemeindehaus hat sich bereits das Komitee versammelt und wartet auf die einheimischen und auswärtigen Vereine. Der Hofbauer ist in hellichter Verzweiflung, weil er überall notwendig wär und sich doch nicht in drei Teil auseinanderreißen kann. »Wenn i nur wisset, wia i dös macha soll, Lippel«, sagt er. »Beim Lamplwirt warten die Veterana auf mi und beim Unterwirt die Feuerwehr. D' Veterana muaß i kummandieren, sunst kemman s' daher wia a Herd Schaf; bei der Feuerwehr bin i

schier gar no notwendiger, denn was taten dö ohne Spritzenkommandant? Und wenn i nöt da bin, wer begrüaßt nachher dö Verein? Du ko'st bloß dö Red, dö wo du auswendig gelernt hast, und dö liegt dir im Mogen wie a dreipfündiger Knödel, dös ko guat wer'n.«
Aber der Herr Medizinalrat schenkt ihm kein Obacht; er schaut mit ein Paar gläsernen Augen bloß alleweil auf die Kirchenuhr, und mit jedem Ruckerl, den der Zeiger macht, wirds ihm schlechter.
»Jetzt is schon simmi«, sagt er für sich hin, »um halb achti kemman dö Auswärtigen, in oana Stund muß ich mei Red halt'n. Auweh, auweh, i wollt, i lieget dahoam im Bett.«
»Hörst net«, fangt sein böses Gewissen, der Hofbauer, wieder an, »moanst vielleicht, wenn'st a G'sicht machst wia a verbrennte Wanzen, nachher traun si dö Verein net her? Was hast g'sagt?«...
»I wollt ... i wollt, mir hätt'n koa Fahn«, sagt der Lippel.
»So? Wer hat denn nachher die ärgsten Sprüch runterg'haut vom Ehrenbanner und Fahnajunker und Pratzen hinwischen? Woaßt wos, i geh jetzt zu meine Veterana, vo mir aus ko'st ins empfanga, wia's d' magst. Pfüat di!«
Und damit geht das dreifache Festkomitee, der Hofbauer, vom Gemeindehaus weg zum Lamplwirt, wo die Herren Kameraden bereits einen Eimer Bier und etliche Kränze Stockwürscht beiseite geschafft haben.
»Ah! der Herr Fürschtand! Aa scho da? Host do Zeit vor lauta Pfeiferlverein?«
Mit solchen Fragen wird er empfangen, aber das bringt ihn nicht aus der Ruhe. »Mi scheint«, sagt er, » i kimm alleweil no früh gnua zu die Würschthäut; was anders habt's a so nimmer übri lassen. Aber jetzt stellts enk auf, daß ma koa Zeit vertrag'n. An–trötten! Schtüll schtanden! Rechts um! Vorwärts maarsch!«
Der Polensepperl schlagt einen Wirbel, und dann geht es Schritt

und Tritt zum Gemeindehaus. Wie der Zug dort ankommt, schreit der Hofbauer wieder: »Pa-taljon haalt! Front!« Und dann geht er ernsthaft auf den Bader zu, legt zwei Finger an den Hut und sagt: »Zur Schtölle!« (Stelle)
»So«, meint der Lippel, »bist wieder do? Dös i g'scheid, d'Feuerwehr werd a glei do sei.«
Aber der Hofbauer rührt sich nicht und hat immer noch die Finger an der Hutkrempen. »Du muaßt an Verein begrüaßen«, pispert er.
»Ja so! S'Good, meine Herren! Es freut mi, daß S' do san. Dö andern wer'n aa nimmer lang aus sei.«

»A schöne Begrüaßung«, brummt der Hofbauer, aber es erbarmt ihn über den armen Bader und er tut, als sei alles in Ordnung. Deswegen winkt er dem Kapellmeister, der den Präsentiermarsch aufblasen läßt; drei Chargierte, der Fahnenjunker und zwei Begleiter, treten vor und nehmen bei dem Bader Aufstellung; die andern Herren Kameraden dürfen nach dem Kommando »rührt euch« Schmalzler schnupfen und einen Diskurs anfangen.
Gleich darauf kommt die Feuerwehr, ausgerüstet, als wenn es brennen tät. Bloß daß sie die Spritzen daheim gelassen haben. Diesmal übernimmt der Hofbauer die Begrüßung, und es klappt besser. Die Zeremonie ist noch nicht ganz fertig, da laufen schon die Schulbuben daher und schreien: »D'Huglfinga kemma«, »d'Zeidlhachinga kemma.« Beim Schulhaus herum zeigen sich die Fahnen, schmetternde Musik ertönt, der Hofbauer setzt sich in Positur: »Achtung! Präsentieret's G'währ! Halt! Schtüll schtanden! Front!« Ein Mordsspektakel, Präsentiermarsch, Kommando, einer brüllt lauter wie der andere; bloß der Bader ist mäuserlstill und macht ein Gesicht, als tät man ihm am ganzen Leib Schröpfköpf setzen.
Ich will es kurz machen und berichte nur, wer alles gekommen ist. Also zuerst die Huglfinger Veteranen, hernach die Zeidlfinger Veteranen. Dann die Zeidlhachinger Feuerwehr, die Hintermochinger Feuerwehr, der Gesellenverein von Kraßling, die Bachinger, Feichtelhauser, Simmertshofer, Grublinger, Roglinger Feuerwehren, die Watschenbacher, Bratlhauser, Obermoorer Veteranen, die Zimmerstutzenschützen von Glaching, Lackelhofen und Wutzling, und zuletzt der Aloisiusverein von Winzing, 17 Vereine mit 22 Fahnen, denn mehrere haben eine alte und eine neue gehabt. Nach dem Festprogramm mußte jetzt ein Zug arrangiert werden zum Lamplwirt, wo der Festplatz hergerichtet war und die feierliche Übergabe der Fahne durch die Ehrenjungfrauen erfolgen sollte. Das ist aber leichter gesagt als getan. Denn bis fünfhundert Mannerleut in Ordnung stehen und jeder Verein

einen Platz hat, der ihm paßt, nicht zu weit vorn und nicht zu weit hinten, geht es lang her.

Endlich war alles so weit, daß es losgehen konnte. An der Spitze marschierten die Ehrenjungfrauen, dann kam der Rauchklub, hinterdrein der neugewonnene Kartell- oder Bruderverein, die Zimmerstutzenschützen von Wutzling; die andern folgten in wohlbedachter Ordnung. Dreimal ging es um Kraglfing herum, dann hielt der Zug beim Lamplwirt. Auf dem Podium stellten sich die Ehrenjungfrauen in ihren frischgewaschenen weißen Kleidern auf; ihre Anführerin, die Hofbauern Cenzl, hielt das Band, welches die Frau Badermeisterin für die neue Fahne gestiftet hatte. So war alles bereit, und der feierliche Akt konnte beginnen.

Unter der Haustür des Lamplwirtes erschien der Nazi mit dem verhüllten Banner. Seine riesigen Hände krampften sich um den Schaft, seine Blicke waren nach vorne gerichtet, und er ging unter den Klängen des Mussinanmarsches auf das Podium so ängstlich zu, als trüge er einen ebenvollen Teller Suppe und dürfe kein Tröpferl verschütten. Weil er den Antritt nicht sah, kam er ins Stolpern und fiel streckterlängs auf das Podium hinauf. Zum Glück passierte der Fahne nichts; es war so Ärger und Schand genug für den Nazi, wie die dummen Leute lachten und schrien. Er putzte sich die Knie ab und merkte sich in der Geschwindigkeit ein paar Huglfinger, die am lautesten taten.

Allmählich wurde es wieder still, und man wartete darauf, was jetzt kommen würde.

Und lang kam gar nichts. Die am nächsten beim Podium standen, konnten sehen, wie der Hofbauer den Lippel am Ärmel zog und in ihn hineinredete; hie und da verstand man auch ein paar Brocken.

»Lippl, du kimmst dro. Mach, daß d' aufkimmst.«

»I ko net.«

»Du muaßt.«

»Na! Sag zu die Leut, ich bin krank worn, oder mir hat's d' Red verschlag'n. Mir is alles gleich.«
»Dös geht net. Da schaug zu deiner Frau num, de wart' aa scho auf di. Was moanst denn, daß de sagen tat?«
»Hofbauer, geht's gar net anderst?«
»Na, sag i, du muaßt dei Red halt'n.«
»In Gott's Nam!«
Und mit einem tiefen Seufzer, der bis zu hinterst aus dem Magen herauskommt, steigt der Bader auf das Podium.
Das Aussehen ist so, als müßt er seinem besten Freund die Leichenred halten, und könnt nicht anfangen vor lauter Wehmut und Trübsal.
»Hochansehnliche Festversammlung! Indem..., wo wir uns heite versammelt haben..., ja, gesammelt haben, ah..., indem daß wir ein Fest feiern. Es ist ein seltenes Fest, es ist ein erhabenes Fest, es ist ein großes Fest..., es ist ein Fest und eine erhabene Trophöe, die wo wir in Händen halten. Blicket hinauf, wo unser Rausch dem Banner folgt..., ah, wo unser Banner, wo der Rausch..., jetzt kon i nimmer...!«
Sternelement! Kreuzbirnbaum und Hollerstaud'n, ist das zuwider! Jetzt steht das Häuferl Elend da droben auf dem Podium und schnappt nach Luft wie ein geangelter Karpfen! Sonst hat er jeden Abend auf der Bierbank eine solche Bratlgoschen, daß man meint, er könnt alle Politiker niederreden, wann er bloß möcht, und jetzt blamiert er ganz Kraglfing und bringt nicht einmal die Pamperlred fertig. Was bloß die Auswärtigen daheim verzählen werden!
Aber gottlob, da steht schon der Helfer in der Not bei ihm, der Hofbauer. »Hochgeehrte Festversammlung«, schreit er, »liebe Gäste und Kameraden! Unserm Herrn Fürstand is a Malheur passiert; er hat mir gestern scho gesagt, daß er ein fettes Schweinern's derwischt hat und jetzt hat er a Fiaber kriagt. Aber dös macht nix. D' Hauptsach is die Meinigung, und dös, was er sagen

hat *wollen.* Und drum der Rauchklub soll leben; füfat hooch! hooch! hooch!«
Das soll dem Hofbauer in Wachs'l druckt werden, daß er die Geschichte noch so herausgerissen hat, das soll ihm schon keiner vergessen. Indes hat das Fest doch nach dem Programm weitergehen können; der Nazi enthüllt die Fahn, die Cenzl hängt das neue Band hin und halt dann die Fahn so lang, bis die Leixenbauern Nannl ihren Vers hergesagt hat.

Noch gleichet eier kleiner Kreis
Dem leicht bewegten schwachen Reis,
Doch wird er wachsen immerdar
Und größer werden Jahr für Jahr,
Wenn ihr, wie jetzt in Einigkeit,
Nur pfleget die Geselligkeit,
Drum, daß ihr immer tut desgleichen,
Des sei die neue Fahn ein Zeichen,
Weil Freindschaft steht auf dem Panür,
Drum leb der *Rauchklub* für und für.

Gemacht hat das Gedicht der Herr Hilfslehrer, und ich behaupte, daß es schön war. Auch muß ich sagen, daß die Nannl ihr Sach brav machte; sie legte jedesmal den Ton auf die letzte Silbe, damit man hören konnte, daß sich die Versl auch reimen, und mit der Hand fuhr sie so schön auf und ab, als tät sie G'sott schneiden. Den Zuhörern hat es gut gefallen, und jedenfalls wäre der Eindruck noch besser gewesen, wenn nicht viele Leute auf den Bader Obacht gegeben hätten, der seit einer Viertelstunde alleweil Leibschneiden markierte, damit jeder an seine Krankheit glauben möcht.
Mit der Nannl ihrem Gedicht war der Festakt beim Lamplwirt gar. Der Zug stellte sich wieder auf, nachdem der Nazi die Fahne von den Ehrenjungfrauen zurückbekommen hatte, und man marschierte lustig zur Kirche hinunter. Ich denk aber, wir

gehen nicht mit, weil doch noch mehreres zum Beschreiben ist, und schauen lieber zum Oberwirt hinauf, wo für den Frühschoppen und das Mahl schon alles hergerichtet ist. Der Saal ist bald betrachtet. Er schaut so farbenprächtig aus wie ein Karussell auf der Oktoberfestwiesen; lauter rote und blaue Tüchel hängen an der Wand, und zwischen zwei Fenstern ist allemal ein Spiegel. Die Fenster sind gut zugeschlossen, daß »der Sommerluft« nicht herein und der Fliegenschwarm nicht hinaus kann. Es ist deswegen schon jetzt recht angenehm warm im Tanzsaal. In fünf langen Reihen stehen die Tische, alle sauber gedeckt, was einen freundlichen Anblick gewährt.

In der Kuchel erfragen wir bei der Frau Wirtin, die einen brennroten Kopf auf hat und mit sehr vernehmlicher Stimme ihre Trabanten kommandiert, was es heut für gute Sachen gibt. Zum Frühschoppen: Züngerl mit Knödel, hernach Bratwürst und Stockwürst. Zum Mahl: Leberknödel, Gansjung, Rindfleisch, Gänse und Enten, hernach Schweinernes und Kälbernes, und zum Draufsetzen Schmalznudeln mit Sauerkraut.

»Moanen S', daß dös Menü g'langt?« fragt die Frau Wirtin, da hört man schon um das Eck herum einen schmetternden Marsch blasen. Das ruft in der Kuchel eine schreckhafte Aufregung hervor. »Cenzl, Gretl, Nannl, d' Würscht ei'toa! Moni, wo steckst denn? Den großen Hafen her! D'Würscht umrühren! D'Teller herrichten... Ratsch, pum! Jessas, Marei! jetzt laßt das Weibsbild einen Armvoll Teller fallen! Glaubst, i hab's g'stohlen?« ... Das Wasser zischt auf dem Herd, Dampfwolken steigen aus den Kesseln auf, Teller klirren, Befehle ertönen, und dazu blasen jetzt ohrenzerreißend die ersten Musiker schon im Hausgang. Immer neue Scharen drucken herein, und in kurzer Zeit ist der Saal gesteckt voll.

Die Kellnerinnen laufen hin und her, stellen da einen riesigen Hafen voll Züngerl hin, dort einen Schanzkorb voll Knödel, bringen im Geschwindschritt die gefüllten Krügel und Gläser,

hören da auf eine Frag, geben dort eine Antwort, kurz, eine Viertelstund lang ist alles in Aufregung und Bewegung, bis jene Ruhe eintritt, die bezeugt, daß gottlob jeder Gast sein Sach hat, und die nur von dem behaglichen Schlürfen und Löffelklappern unterbrochen wird.

In diese Idylle hinein blast auf einmal der C-Trompeter das bekannte Signal, und es erhebt sich am mittleren Tisch die lange Gestalt des Hofbauern, welcher die erste von seinen vorhabenden drei Reden losschießen will.

»Meine Herrna! Lübwerte Festgenossen! Wür kommen von einer erhebenden Feuer, und die zindenden Worte unseres Fürschtandes, des Herrn Lippl, sind noch in unserer Erinnerung. (Murmeln und Gelächter) Aber indem unser Fest so schön geworden ist, missen wür nachdenken, wer schuld daran ist. Das sünd die Verein, die wo mitgewürkt haben, das sünd die Gäste, die wo gekommen sünd. (Bravo!) Lübe Vereinsbrider! Das ist ein schönes Zeichen von Briderlichkeit, indem daß von weit her die Leut gekommen sünd, und das dürfen wir nicht vergessen, indem sie so große Opfer gebracht haben und heite noch bringen werden. (Bravo!) Die Fahnenweihe ist wie eine Kindstauf, wo die Hauptsach der Göd (Pate) ist. Unsere Göden, das sind die Gäst, und wür missen ihnen versprechen, daß wir brave Godeln sein wollen (Heiterkeit), jawohl! und daß wir überall hinkommen wollen, wo sie ein Fest feuern, und uns durch gar nichts abhalten lassen, indem, daß auch wir briderlich sind. (Bravo!) Lübe Vareinsbrider! Die Göden sollen leben hooch! hooch! hooch! Mit gedämpfter Schtümme hooch!«

Eine gute Red ist mehr wert als zehn Musikstück; sie macht mit einem Schlag eine freundliche Stimmung, und jeder wird lustig, wenn er sieht, daß das Richtige gesagt worden ist. Freilich meinen dann viele, sie müssen noch ein bisserl was dazu tun, damit ja nichts mehr fehlt, und deswegen kriegt überall, in Kraglfing so gut wie anderswo, eine gute Red so viele Junge. Wenn die Festgäste jedesmal das Essen aufgehört hätten, sobald der C-Trompeter verkündigte, daß wieder einem eine Red not sei, dann wären alle Schüsseln kalt geworden. Sie paßten nicht mehr auf und säbelten ruhig weiter, und so ist wohl manches richtige Wort vor Tellerklappern und Messerklirren überhört worden. Nach dem Hofbauern stand der Vorstand der Wutzlinger Schützen auf und feierte den jungen Verein, hernach kam der Feuerwehrkommandant von Zeidlhaching mit einem Hoch auf die Veteranenvereine, der Loibl von Watschenbach ließ dafür die Feuerwehr leben, und so ging es weiter, bis alle siebzehn Vereine wenigstens einmal zum Wort gekommen waren.

Dazwischen wurde auf das Trinken nicht vergessen, und als das Mahl seinem Ende zuging, war die Stimmung schon recht gehoben. Bald stand dort und da einer von seinem Platz auf, um am benachbarten Tisch einen Besuch zu machen und Bescheid zu trinken, alte Freunde rückten näher zusammen und begannen einen wichtigen Diskurs über das heurige Jahr und den miserabligen Wachstum, und an den Tischen, wo die Jungen saßen, probierte schon hie und da einer seine Singstimme. Die Temperatur war gut warm geworden, und an der Decke erstickten die Fliegen langsam im Zigarrenrauch.

Der letzte Gang war vorbei, die meisten hatten schon von dem Bratl nichts mehr gegessen, sondern ihr Teil säuberlich mit ein bissel Sauce und Salat eingewickelt für Weib und Kind; jetzt hieß es aufbrechen zum Lamplwirt, wo mit Gartenfest und Ball das Fest seinen Abschluß finden sollte. Die Jungen waren rasch verschwunden, mit Ausnahme der Fahnenträger, die sich jetzt über ihre bevorzugte Stellung ärgerten, weil sie nicht so schnell zu den Mädeln kommen konnten und langsam mit ihren Fahnen nachgehen mußten. Die Älteren blieben noch ein wenig beim Oberwirt sitzen; besonders der Bader konnte sich nicht entschließen, das Lokal zu verlassen; es grauste ihm ein bissel vor seiner besseren Hälfte wegen der Festrede, und um sich möglichst gut für daheim vorzubereiten, erklärte er jetzt seinen Tischnachbarn Art und Ursache seines Leidens.

»Also«, sagt er, »i steig aufs Podium, und wia 'r i mit'n rechten Fuaß nachtritt, spür i scho so a spassige ... wia muaß i glei sag'n ... so a, so a ... Ös versteht's mi scho...«

»Jawohl«, sagt der Hofbauer.

»Also i denk mir, auweh, Lippl, da hat's was, und richtig, wia 'r i 's Maul aufmach, is mir grad, als wenn ma oana mit an glühenden Eisenstangel in Mag'n neistechet und drahet 's drin a paarmal um... es hat mei ganze Geisteskraft dazu g'hört, daß i überhaupts red'n hab kinna, an anderer war umg'fallen...«

»Ah, ah, dös is a merkwürdige G'schicht«, sagt der Loibl von Winzing, »aba jetz is da wieda bessa...?«

»No, wia ma's nimmt«, meint der Lippel, »ma muaß halt an Energie hamm...«

»Aba dös Schweinerne, wo dir de Beschwerden g'macht hat«, fällt jetzt der Hofbauer ein, »dös hast do ziemli guat zuadeckt. Drei Paar Stockwürscht und von jedem Gang a halb's Pfund hat di wieder aufg'richt.«

»Gel«, schreit jetzt der Lippel, »gel, Hofbauer, du moanst, du bist jetzt da Grasober, weilst dei alte Veteranared aufg'warmt hast. So a Red ko oana mit dem größten Leibschneiden halt'n, da wer'n höchstens dö andern Leut krank, aba *mei* Red'...«

Wir wollen den Disputat, der immer heftiger wird, verlassen und auch schön langsam durch das Dorf zum Lamplwirt hinuntergehen. Die Fröhlichkeit im Garten bleibt nicht lange aus, denn die Mannerleut haben schon vom Mahl her angerauchte Köpfe, und die Weiberleut sind leicht zufrieden, wenn sie auch einmal beim Bier sitzen dürfen. Aus dem oberen Stockwerk des Wirtshauses rauscht die Tanzmusik; also ist da die Lustigkeit auch schon im Gang, sie entwickelt sich jetzt unten und oben gleichmäßig weiter.

Herunten wird die Unterhaltung mit jeder Viertelstunde lauter. Die Einigkeit in den Meinungen schwindet, und alte Feindseligkeiten werden aufgefrischt im Bierdusel.

»Moanst, i woaß net, daß d' im Auswarts (März) 's March verruckt host«, fangt einer an, »aber moring laß i de Feldg'schworna kemma, da werd si dei Schlechtigkeit ausweisen.«

»Wos hob i?«

»Jawohl host as. Und in Roan host eing'ackert. Aba jetzt kimm i dir advikatisch.«

»Seid's do staad, Leut! Zum Streiten seid's do heunt net do«, mahnt ein Vernünftiger ab und bewirkt für diesmal Ruhe.

Aber schon hört man unfreundliche Laute von einem andern Tisch her. »Wos bin i? Wos host g'sagt? A schlechta Mensch bin i?« – »Bst! Staad! d'Musik spielt.«

Noch hat sie Macht über die Gemüter und verkehrt den aufflammenden Zorn in Heiterkeit. Die männlichen Zuhörer begleiten mit Fingerschnackeln und Pfeifen den lustigen Marsch. Besonders der Loibl von Huglfing ist völlig ein Virtuos in der Kunst, denn er bringt auch die tiefen Töne fertig, indem er das Maul zuspitzt wie einen Schweinsrüssel und mit der Hand darauf schlagt.

Wer das Landleben nicht kennt, hätte jetzt meinen können, der Friede sei endgültig hergestellt, denn die Lustigkeit dauerte jetzt an und kam schon in das zweite Stadium, das Singen nämlich. In Gruppen zu drei und vier tut sich an jedem Tisch eine Sängergesellschaft zusammen. Einer schaut dem andern unverwandt auf den Mund, bis ein hoher Ton heraus muß; dann drückt jeder die Augen zu und schreit, so laut er kann. Von links und rechts, aus jedem Eck heraus johlt die Sängerschar, unaufhörlich und mit einem Eifer, als tät jeder ein Spielhonorar dafür kriegen. Der alte Pfundmaier von Huglfing ist ganz glückselig, weil ihn die andern an seinem Tisch vorsingen lassen, und einmal über das andermal sagt er:

»Ja, wann i no dreiß'g Jahr alt war! Do hob i g'sunga! Wie a Zeiserl! Aba es geht heint no. Paßt's auf, jetzt singa ma das Liad vom Jägersmann:

Es wollte ein Jägerlein jagen
Dreiviertel Stunden vor Tag,
Wohl in dem grünen Wald, jaaa! jaaa!
Wohl in dem grünen Wald!«

Das Lied hat sechzehn Strophen und braucht eine gute Stimm, denn bei dem »jaa« muß der Pfundmaier schreien, daß ihm die Augen naß werden. Aber er hat recht, es geht noch, und er singt den Schluß so laut wie den Anfang:

»Kein Kränzigen darfst du nicht tragen
Auf deinem goldenen Haar,

Ein Weißhäublein mußt du jetzt haben
Wie andere Jägersfraun, jaaa! jaaa!
Wie andere Jägersfraun.«

»Brafo! brafo, Pfundmoar! Setz no oas drauf!«

»Da Leberknödel und da Fastenknödel
Hamm sie mitanand z'trag'n,
Da hat da Leberknödel an Fastenknödel
Übern Tisch obi g'schlag'n.

Bitt di gor schea, bitt di gor schea,
Zoag mar an Weg an d'Mühl oi,
Kost net irr gea, kost net fei gea,
Wat no mitt'n an Boch oi.«

»Brafo! Jui! Da Pfundmoar soll leben!« Wie an dem Tisch, so geht es an allen anderen zu; immer lauter wird der Gesang, und immer schneller werden die Maßkrüge leer.
Wer sich auskennt, der weiß, daß die Luft jetzt mit Zündstoff geschwängert ist, und nicht umsonst geht der Wirt jetzt im Garten herum und gibt auf den kleinsten Streit scharf Obacht. Zwei Metzgerburschen stehen an der Bierschenke mit aufgekrempelten Ärmeln und warten auf den Befehl, daß sie einen hinauswerfen müssen. Da winkt der Wirt. »Halt, Loibl, was gibt's da? G'rafft werd nix.«
Der Loibl und sein Nachbar, der Reischlbauer, liegen sich aber schon in den Haaren, und jeder zieht aus Leibeskräften den Gegner bei der Stirnlocke hin und her. »Ausanand, sog i! Schorschl, tua s' aussi.« In einem Augenblick liegt der Loibl unter dem Tisch, und der Reischl wird aus dem Garten hinausgekugelt wie ein Bierbanzen.
Aber schon spektakelt es wieder ein paar Schritt weiter da-

neben. »Du Haderlump, du stehlst dei Sach, und i muaß ma's vodean! Du begehrst ja dei's Nächsten Guat!«

»Sag's no' mal«, schreit der andere. Diesmal macht die Kellnerin Frieden; sie haut mit dem Abwischhadern in den Tisch hinein, daß jeder von den zwei Streithanseln einen spanischen Nebel in das Gesicht bekommt, und nimmt ihnen resolut das Bier weg. Die Nachbarn legen sich dazwischen, und so gelingt es nochmal, die Ruhe herzustellen. Auf das offene Pulverfaß ist Wasser geschüttet. Der Wirt traut dem Landfrieden nicht mehr und geht an den Tisch, wo die Vorstandschaft und das Komitee sitzt.

»Hofbauer«, sagt er, »ös müßt's was toa, sunst hab i in oaner halben Stund koan ganzen Stuhl mehr. Am Tanzboden hab i scho fünf rausschmeißen lassen, und herunt fangen s' aa schon o. Schau no hi, do stengan scho enkere Burschen bei der Haustür beinand. Dös bedeut nix Guats.«

»Halt!« sagt der Bader, »dös wern ma glei hamm, dös mach i; i halt a Red...«

»Dös gibt's net«, fallt seine Frau ein, »du haltst gar nix als wia tag?...«

dei Maul. Moanst, i mag nomal so dasteh' wia heint vormit-

»Eine solchene Sprach verbitt i mir, was fallt denn dir ei? Vorstand bin i, und Punktum!«

»Oho!«

»Frau Lippel, lassen S' eahm sei Red halt'n«, interveniert der Hofbauer, »vielleicht gibt's a Gaudi, dös war dös beste Mittel.«

Die Gattin läßt sich endlich herbei, und ein paar Minuten später steht der Herr Lippel in seiner ganzen Größe auf dem Stuhl und wartet darauf, daß sich der Lärm legt. Nach vielen Bemühungen gelingt es den Musikern und den Komiteemitgliedern, die allgemeine Aufmerksamkeit auf den Redner zu lenken.

»Meine Herren«, beginnt dieser, »Hochansehnliche Föstversammlung! Indem ich umherblücke und indem ich den heintigen Tag anschaue, kommt es mir traurig vor, daß ein solchenes Fest

aufhören muß. Aber alles hat ein End, und dieses muß ich jetzt bereiten. Aber bevor wir allmählich auseinandergehen, schauen wir noch einmal zurück auf die Freiden, die wo wir gehabt haben. Und wir fragen uns zuerst, warum wir ein solches Fest und eine solchene Freid gehabt haben. Nur deswegen, weil wir uns alle lieb haben, weil Friede und Eintracht unter uns wohnen...«
Die letzten Worte verklingen in einem greulichen Lärm, der sich vom Tanzboden her erhebt. Fensterscheiben klirren, die Mädel

stoßen gellende Schreie aus, und über die Stiege herunter poltert und rumpelt unter wütenden Rufen ein dichtgedrängter Haufen. Kaum sind die vordersten im Garten angelangt, ertönt schon das verhängnisvolle Patschen und Klatschen, das jeder Eingeborene kennt. Vergeblich stürzt sich der Wirt mit seiner Hilfsschar unter sie; der Haufen wird immer größer, der Knäuel immer dichter. Der uralte Haß zwischen den Huglfingern und den Kraglfingern ist zum Ausbruch gekommen, und die Zeidlfinger benützen die günstige Gelegenheit, um an den Ansiedlern von Lackelhofen ihre Wut auszulassen. Und so auch die andern. Im Nu ist der Garten in einen Kampfplatz verwandelt. Durch Pfeifen und Zurufen finden sich die Dorfschaften zusammen, und nun beginnt eine homerische Schlacht.

Wütendes Schnaufen, Stampfen, Schreien; Tischfüße knaxen, Köpfe krachen, da und dort fliegen klirrend die Scherben von Krügen und Tellern. Im dichtesten Haufen ficht die streitbare Jugend; weiter abseits steht das ehrwürdige, aber doch kampfbegierige Alter und entsendet mit sicherer Hand die Wurfgeschosse. Der Hofbauern-Nazi hat seine Aufgabe erkannt; er ergreift die Fahne mit der Linken und stürzt sich in das Gewühl; seine ledernen Handschuhe erweisen sich ebenso tauglich zur Parade wie zum Hieb. Das flatternde Panier weist den Kraglfingern den Weg zur Ehre, und so wogt der Kampf hin und wieder.

Allmählich jedoch ermatten die Kräfte; immer mehr Kämpfer verlassen das Blachfeld, um an den Brunnen und in den Teichen des Dorfes die brennenden Wunden auszuwaschen. Jetzt gelingt es dem Wirt und der Gendarmerie, durchzudringen und die Völker zu trennen. Aber wie sieht der Festplatz in der Abenddämmerung aus!

Kein Tisch steht mehr auf seinen Füßen, kein Stuhl kann sich mehr gerade halten! Fetzen von Kleidungsstücken liegen auf dem Boden neben Hüten und ehemaligen Halstüchern; in den

Bierlachen liegen die Scherben der Maßkrüge, und da, wo der Kampf am heftigsten war, wo der Kies am stärksten aufgewühlt ist, liegt der zerbrochene Schaft und die zerstückelte Fahne des Rauchklubs Kraglfing.

Das Sterben

Es ist ein recht heißer Julitag.

Die Sonne brennt auf das weite Moos herunter, daß man die Luft wie über einem offenen Feuer zittern sieht.

Das kleine Häusel des Steffelbauern schaut in dem flimmernden Dunst noch unansehnlicher aus, und wer das braune Strohdach betrachtet, der könnte meinen, es sei gerade von der Sonne geröstet worden und werde beim Zusehen dunkler.

Die zwei Birnbäume vor dem Haus stehen so müde da, als möchten sie am liebsten einnicken bei der schwülen Hitze und dem eintönigen Summen der Fliegen.

Sonst ist nichts Lebendiges um das Haus, was ihnen die Zeit vertreiben könnte, denn es ist alles auf das Feld hinaus zum Einbringen. Oder doch nicht alles.

Im Austragstübel ist der alte Steffel und wartet auf das Sterben; und seine Bäurin, die Urschel, leistet ihm Gesellschaft.

Gestern noch, gegen den Abend zu, hat der Doktor vorgesprochen, und beim Gehen hat er gesagt, er wollt die Medizin herausschicken.

»Braucht's net«, hat der Steffel gemeint, »i woaß scho, es geht dahi.«

»No, no, Vater«, hat ihn der Doktor trösten wollen, »so schnell stirbt keiner, du mußt net am Leben verzagen.«

Aber der Steffel ist hartnäckig geblieben. »I kenn mi scho aus«, sagt er; »dös sagen S' bloß zu an jed'n. I g'spür's selber, morgen geht's auf die Letzt.«

Hernach haben die Weibsleut um den Pfarrer geschickt; der ist gekommen und hat ihm die Sterbsakramente gereicht.

Seitdem liegt der Steffel ruhig da und schaut zu der niederen Weißdecken hinauf.

Die Urschel sitzt am Fußende vom Bett und liest in dem großen schwarzen Gebetbuche die Bitten für einen Sterbenden.

Wie sie die Lippen bewegt und die Worte in sich hineinmurmelt, ist es das einzige Geräusch im Zimmer; sonst ist es so feierlich still wie vor dem Häusel.

Ein paar Sonnenstrahlen stehlen sich zwischen den Vorhängen zum Fenster herein und spielen über die blaugeblümte Bettdecke nach den gefalteten Händen des Steffel hin, als wollten sie ihm noch einen schönen Gruß bringen von draußen, wo sie so oft mit ihm beisammen waren im Winter und Sommer.

Und es mag sein, daß es der Sterbende auch so versteht, denn er streicht mit den Händen über die Stelle, wo der goldgelbe Schein auf dem Bett liegt.

Sind alleweil gute Kameraden gewesen, er und die Sonne, und hat ihn allemal gefreut, wenn sie auch noch so heruntergebrannt hat.

Sie hat ihm oft geholfen, das Heu einbringen, und hat ihm das Korn gereift und den Weizen.

Ob es drenten wohl auch so ist, daß sie einen rechtschaffenen Wachstum haben und Arbeit für ein paar starke Hände?

Wenn es dem Pfarrer nach geht, nicht; der hat ihm erzählt, daß droben die Engel den ganzen Tag Harfen spielen und Halleluja singen. Er hat es gut gemeint, aber dem Steffel war das kein rechter Trost. Vielleicht weiß es der Pfarrer nicht ganz genau, oder vielleicht machen sie bei den Bauernleuten eine Ausnahme?

Allzulang hält sich der Steffel nicht auf bei den überirdischen Dingen; er schaut wieder zur Decke hinauf, und die Sonnenstrahlen zittern von der Bettdecke weg auf das Kopftüchel der alten Urschel und auf das große schwarze Gebetbuch.

Mit einemmal bricht der Kranke das Schweigen, und indem er den Kopf herumdreht, sagt er:

»Bäuerin, 's Mahl halt's beim Unterwirt.«

»Ja«, sagt die Urschel und hört das Beten auf, »mi wern's beim Unterwirt halt'n.«

»Und daß von de Leichentrager a jeder seine zwoa Maß Bier kriagt, Bäurin, net, daß hinterdrei schlecht g'redt werd.«

»I will's achthaben«, sagt die Urschel.

»Beim Einsagen koan vagessen von der Freundschaft, daß 's a richtige Leich werd«, fahrt der Steffel fort, und wie er sieht, daß seine alte Bäuerin recht ernsthaft auf seine letzten Wünsche hört, kriegt er die tröstliche Überzeugung, daß seine letzte Sache auf der Welt mit Anstand und Ordnung abgemacht werden wird, und daß nichts fehlen wird, was einem ehrengeachteten Manne zukommt.

So viele Leute auch hinter seinem Sarge hergehen werden, es ist keiner darunter, der was Schlechtes von ihm behaupten kann; er ist keinem was schuldig geblieben, und jeder, der an seiner Grabstätt vorbei in die Kirche gehen wird, muß ihm das Weihwasser geben.

Und wie er sich das alles überlegt, sieht er sein ganzes Leben vor sich, als würd es vor ihm aufgeführt, und er wäre Zuschauer.

Arbeit und Lustbarkeit wechseln miteinander ab, aber dies erste kommt öfter an die Reihe; Fröhlichkeit und Sorgen, Jungsein und Altwerden, und zwischenhinein immer wieder das Trachten und Mühen für das Heimatl.

Der Steffel merkt gar nicht, was für eine lange Reise seine Gedanken machen, aber die Urschel merkt es, und sie zündet die Kerzen an, welche über dem Kopfende des Bettes auf dem Tische stehen. Die kleinen Lichter brennen farblos knisternd in die Höhe, und mit einemmal ist der Steffel am Ende seiner Reise angekommen; vor die Bilder schiebt sich eine große dunkle Wand, und die Urschel betet jetzt laut das Vaterunser für die hingeschiedenen Seelen im Fegfeuer.

Draußen ist es Abend geworden. – Die zwei Birnbäume sind aus ihrem bleiernen Schlafe aufgewacht und schauern in dem leichten Luftzuge zusammen; ihre Schatten strecken sich über den Hausanger und die Wiesen hinauf zu dem Wege, auf dem jetzt der hochgehäufte Erntewagen herunterkommt.

Brief an Dr. Michael Georg Conrad

München, 22. Nov. 1902

Lieber Herr Doktor,
heute las ich Ihre freundliche Besprechung meiner »Hochzeit« in den »Neuen Bühnen«. Ich muß mir etwas vom Herzen herunterschreiben.
Und zwar gerade, weil Sie aus meinem Buche eine Meinung über unsere Bauern gewannen, die ich Ihnen nicht ganz so lassen möchte.
Das ist aber rein persönlich, und ich bitte Sie, daß es unter uns bleibt.
Sie sagen: »Wohnen diese Dreckseelen ohne jegliche Regung etc. 1½ Stunden vor München?«
Also zuerst, es ist schlichte Wirklichkeit, so wahr als ich zu sehen, und was ich gesehen zu schildern vermag.
Trotzdem sage ich, daß ich diese Bauern gerne hab, und sehr hoch schätze.
Sie sind durchaus nicht ohne höhere menschliche Regung, sie sind nur anders als wir. Und ich sage, sie sind in vielen Dingen feiner, und es lohnt der Mühe, das nicht bloß zu sehen, sondern auch zu erklären:
Was sind denn *unsere* Ideale? Wir rempeln nie ärger aneinander, wir geraten nie in größere Gegensätze, als wenn wir unsere »Ideale« oder »höhere Regungen« austauschen wollen.
Nicht *ein* Ding, über das wir Kultivierten uns einig sind.

Staat, Ehre, Gesellschaft, Kunst etc. – wer könnte alle die Dinge nennen, über die zwei Menschen drei Meinungen haben?
Und, damit ich zur Sache komme, die Ehe, gerade die *Ehe.*
Wem ist sie ein Ideal? Wie viele sind es, die aus höheren Regungen heiraten? Wie vielen bleibt sie ein Ideal? Einer verschwindenden, glücklichen Minderheit. Selten ist Liebe, fast immer Vernunft das treibende Moment; die auf den Höhen der Menschheit stehen, zeigen uns das am meisten. Aber – das ist wohl das Typische der Kultur – wir zeigen das nicht, wir haben die Phrase, die Lüge, die Täuschung. Viele lügen sich selber an, – alle oder fast alle täuschen die Außenwelt.
Wir haben nicht den Mut der Wahrheit, wir haben die Phantasie.
Und der Bauer?
Er hat ein Ideal, das allen gemeinsam ist, über das kein Streit besteht, und bestehen kann. Es ist ein recht ernstes und nüchternes Ideal. Die Arbeit. Es wird nicht darüber gesprochen, denn sie ist das Selbstverständliche. Und sie füllt alles aus. Der Bauer streitet nicht um den Begriff der »Ehre«. Seine Ehre ist nichts Wesenloses, Spitzfindiges, Unerklärliches; es ist die Arbeit.
Nur Faulheit und schlechtes Wirtschaften schänden. Ich erlebte in Dachau eine wundervolle Episode. Ein Bauernknecht, ein recht gemeiner Tagdieb stand unter Anklage wegen Unterschlagung. Sein Bürgermeister stellte ihm das Zeugnis eines »Lumpen« aus. Der Amtsrichter fragt, wieso er zu dem schroffen Urteile komme. »Weil er Diebshände hat«, d. h. Hände ohne Schwielen.
Sagen Sie nicht, daß der Bauer kein erotisches Triebleben kennt. Er lebt sich ziemlich stark aus, als lediger Bursche. Da ist alles erlaubt, und zwar – hier können wir Kultivierten mit unseren verquickten Begriffen wieder lernen – dem Burschen so gut wie dem Mädel. Kinder kriegen ist keine Schande, es ist ein Beweis tüchtiger Gesundheit, und es ist etwas Natürliches. Dagegen ist es unerhört, daß ein Mädel mit seinem Körper Geld verdient,

statt zu arbeiten. Huren gibt es nicht.

Die Ehe. Die Ehe hat mit der Geschlechtsliebe nichts zu tun; sie ist ein ehrbares, nüchternes Ding und geschieht, weil der ererbte Boden wieder vererbt werden muß, und weil die Wirtschaft der Frau bedarf. Zwei Dinge sind notwendig, Geld und Arbeitsfreude.

Die Zwei führen kein Leben, das mit Überschwang beginnt und mit Ernüchterung endet. Sie führen ein hartes, reizloses Leben; sie gehen auf in der Pflicht, ehrbar und fleißig zu sein. Sie bleiben sich treu. Eheliche Untreue ist äußerst selten – aber nicht, weil sie es vor dem Altar gelobten, sondern weil es der Respekt verlangt.

Ein Bauer, der sich mit Dienstboten einläßt, hat keine Autorität, er ist ein schlechter Wirtschafter und darum in seiner Ehre gemindert.

Ich bin persönlich ein Feind des Wortes »Ideal«.

Idealisieren heißt angeblich verschönern und ist in Wahrheit nichts anderes als lügen. Darum bemühe ich mich, so gut ich kann, die Wirklichkeit nüchtern und klar zu schildern, und trotzdem, wiederhole ich, habe ich Respekt vor den Bauern.

Ihre Anhänglichkeit, ihre zähe Liebe zu Grund und Boden flößt mir trotz aller Mängel und Fehler und Roheiten, die damit verbunden sind, Respekt ein. Ich habe lange genug mit den Leuten gelebt, um zu wissen, wie notwendig dieses Kleben an der Scholle ist. Nur so ist der Ackerbau möglich, ein harter, fast trauriger Beruf, der die Menschen vor der Zeit alt und müde macht.

Und dann ist da etwas Großes.

Der Bauer entsagt freiwillig dem leidenschaftlich geliebten Besitze – in dem Augenblicke, wo er sich untüchtig zur Arbeit fühlt.

Sagen Sie mir ein Aequivalent aus unserem Kulturleben.

Und wie leicht, wie selbstverständlich, wie vernünftig stirbt der Bauer! Mancher, der oberflächlich urteilt, sieht darin Gefühllosigkeit. Wer schärfer hinschaut, weiß, daß hierin die unerbittliche Consequenz einer Weltanschauung liegt, welche die Daseinsberechtigung nur in der Arbeit sieht.

Brentano sagte einmal, dem Bauern fehle der Familiensinn. Ich habe selten etwas Ungerechteres gehört. Ihm fehlen nur die äußeren Formeln, die uns Alle bei gleichen Anlässen die gleichen Gefühle zeigen lassen.

In Wirklichkeit hat der Bauer eine tiefgewurzelte Ehrfurcht und Anhänglichkeit, an die Eltern, die Vorfahren und die ehrbare Verwandtschaft.

Und ehrbar sind sie alle, die gut gewirtschaftet haben, keine Schulden hinterließen und mit schwieligen Händen im Grabe liegen.

Das habe ich gerade Ihnen, hochverehrter Herr Doktor, schreiben wollen, weil mir an Ihrem Urteile liegt, und weil ich möchte, daß Sie mit mir diese dickfelligen und doch so feinen Kerls achten sollten.

Mit besten Grüßen Ihr Thoma

Ludwig Thoma beim Six-Bauern in Finsterwald

Hochzeit

Eine Bauerngeschichte. Illustrationen von Bruno Paul. 1902

Erstes Kapitel

Andreas Weidenschlager, dem Reischlbauern von Pellham sein Sohn, war jetzt geschlagene achtundzwanzig Jahre alt, und es schien Zeit, daß er den Hof übernehme. Mit dem alten Reischl ging es bedächtig abwärts. Seit dem Schlaganfall im vorigen Sommer war er von der Kraft gekommen, und zu allem Unglück ging ihm am Blasiustag das hintere Rad von einem Fuhrwerk über den Fuß. Er mußte drei Wochen im Bett liegen und hatte viel Zeit, über das nachzudenken, was jeder muß und was keinen freut: alt werden, mein' ich, und sterben.

Auf dem Land ist die Sache nicht so wie in der Stadt, wo die meisten bis zu allerletzt das Vermögen ängstlich beisammenhalten und denken: Wenn ich einmal tot bin, werden die Erben schon einig werden oder auch nicht. Ein Bauernmensch will noch zu Lebzeiten Ordnung haben und sehen, daß die Heimat in richtige Hände kommt. Die Geschlechter ziehen auf und gehen, aber der Hof bleibt. Er muß regiert werden, und es geht nicht, daß ein alter, kranker Mensch der Sach' vorsteht, der nicht mehr nachsehen kann zum Rechten und den Ehehalten (Dienstboten) ausgeliefert ist.

Ich glaub' nicht, daß der Reischlbauer sich die Gedanken alle so schön gesetzt hat, aber der Sinn war der nämliche. Und darum hielt er mit seiner Bäuerin eine verständige Zwiesprach. »Bäurin«, sagte er, »mi müassen übergeben. Es geaht gor nimmer anderst; des gibt's gor it, daß i no a mal wer'; wann mei Haxen guat is, kimmt wieda was anders.«

»Sell is scho wohr, wann mi 's richti bedenkt«, antwortete die alte Reischlin.

»Und nacha, amal muaß 's ja do sei«, sagte er wieder. »Siehgst, der Andrä geaht ja fleißi nach; aba es ist do was anders, wann er selber regiert. Bei de Deanstboten is ja sinscht der Reschpekt scho gor it a so vorhanden.«

»Und voraus mit die Weibsbilder«, gab die Bäuerin zurück, »do is ja ganz aus. I kon aa nimmer a so, wia 's is braucht, und d' Mariann tuat g'rad was gern mog. Erscht gesting hat s' der Bleß wieda koa Fuatta net vorgeben. Und mit die kloan Fackein gib sie si überhaupts glei gor it ab.«

»Es g'hört halt a junge Bäurin auf'n Hof.« – »A freili.«

»Woaßt was, Bäurin, auf Georgi übergeben mi. Derweil ko si der Andrä a Hochzeiterin finden, und bal nacha d' Heuarndt o'geht, san schon de Junga auf'n Hof. Is aa besser, als wann mi ins no furt fretten.«

»Mi is a lieber, Reischl, wann mi im Fruahjahr übergeben. Jetzt muaß halt der Andrä schaugen, daß er bald a Hochzeiterin zum Zeug bringt. Die welchene moanst, daß er heiraten soll?«

»In Pellham is koane, Bäurin; an Haberlbauer die sei kriagt net mehra als wia achttausad March, und des is net amal ganz g'wiß.«

»I ho mi scho denkt, Reischl, ob an Schloßbauern vo Vierkirchen sei zwoate Tochta net recht war. Do is fei a schön's Sach beinand und Bargeld.«

»An Schloßbauern a seinige Tochta? War net z'wider. Aba woaßt, vielleicht liaß si oane auftreiben, die wo no mehra hätt.«

Die Zwiesprach wurde unterbrochen, weil Andrä hereinkam. »S'Good«, sagte er und hing den Hut an den Nagel; dann klopfte er den Schnee von seinen Stiefeln und setzte sich auf die Ofenbank neben die Katze hin.

»Mi hamm grad vo dir g'redt, Andrä«, sagte der alte Reischl.

»So?«
»Ja.«
Andrä holte aus der Rocktasche eine Zigarre hervor, und weil die Blätter locker waren, fuhr er mit der Zunge daran auf und ab, bis sie hielten.
»Mi wern im Fruahjahr übergeben«, sagte der Alte.
»Des habt's scho oft g'sagt.«
»Ja, aba jetzt geaht's gor nimmer anderst. Der Muatter is aa recht, wann mi ins Austrag gengan.«
»Wann mi's richti bedenkt, is des des G'scheidtest«, bekräftigte die Reischlin.
»Es waar nimmer z'fruah. I geh jetzt scho auf'n Dreiß'ger hi«, sagte nach einer Weile Andrä und zog heftig an seiner Zigarre, welche nicht brennen wollte. In der Stube wurde es still; man hörte die Uhr ticken und das Feuer knistern. Die Katze rieb behaglich schnurrend ihren Kopf an der Ecke des Kachelofens.
»Sollt'st da halt g'schwind um a Hochzeiterin schaugen«, fing der Reischl wieder an.
»Mi hamm g'moant, an Schloßbauern vo Vierkirchen a seinige Tochta«, sagte die Reischlin und legte ein Buchenscheitl im Ofen nach.
»An Schloßbauern a seinige? Warum it? Mi is recht.«
»Ja, aba da Vater moant, vielleicht kunnst oane kriagen, die wo no mehra hätt'.«
»Sell waar no besser«, meinte Andrä und zündete zum viertenmal seinen Stummel an. »Is allemal besser mehra als wia weniger.«
»Moanst it, daß ma r' ebber an Feichtl fragen sollten?« fragte der Alte. – »An Feichtl?«
»Ja. Der kunnt ins leicht oane verraten. An Schneider Lenz vo Sünzing hat er a ganz a schware zuabracht. Bis vo der Hollerdau aufa.«
»Probier ma's. I tua eahm a Botschaft, daß er kimmt. I muaß a

so moring auf Watzling fahren, weil i vom Göschl a Fuhr Prügelholz kriag.«

So endete die Unterredung, in welcher beschlossen wurde, daß Andreas Weidenschlager in den Ehestand treten sollte. Am nächsten Tag begab sich der Heiratskandidat nach Watzling; er brachte zuerst sein Geschäft in Richtigkeit und ging dann bedächtig zu dem kleinen Hause, wo Nepomuk Feichtl wohnte.

Feichtl war Schäfer der drei Gemeinden Tiefenbach, Niederroth und Watzling und versah noch manches Geschäft nebenbei. Er hatte einen guten Kopf und dachte über viele Dinge nach, die anderen Leuten entgehen. Weil er von Jugend auf mit dem Vieh umging, erwarb er sich eine nicht geringe Kenntnis von den Gewohnheiten und Bedürfnissen desselben. So wurde er mit den Jahren ein tüchtiger Heilkünstler oder Pfuscher, wie die Doktores alle Leute nennen, die ihre Wissenschaft nicht aus den Büchern haben. Er übte nicht ohne Glück seine ärztlichen Funktionen auch bei den Menschen, und die meisten Leute aus den umliegenden Gegenden gingen erst dann zu dem staatlich approbierten Arzte, wenn Feichtl diesen letzten Schritt selbst anriet. Im Beschneiden der Hunde, Schweine und Hengste hatte Feichtl große Fertigkeit und schmälerte auch in dieser Beziehung die Einkünfte des Bezirkstierarztes, welcher sich darüber ärgerte.

Das alles genügte aber dem regen Erwerbssinn des Watzlinger Schäfers nicht. Er war Zeit seines Lebens weit herumgekommen und kannte alle Gemeinden von Wolnzach bis Dachau. Er konnte den Metzgern verraten, wo ein gutes Stück Vieh zu kaufen sei, den Güterschlächtern, wo es einen Hof zu zertrümmern gäbe, und den Leuten, welche sich verheiraten wollten oder mußten, wo sie das Richtige finden könnten. Sein Ruf als Schmuser war weit verbreitet und, wie ich mit Wahrheit behaupten kann, auch wohl begründet. Darum hatte der alte Reischl gleich an ihn gedacht, und darum begab sich jetzt der Andreas zu ihm in das kleine Häusl am äußersten Ende des Dorfes.

Feichtl war allein in der Stube und beschwichtigte den Schäferhund, welcher den eintretenden Bauernburschen anknurrte.
»S'Good, Feichtl!«
»S'Good, Andrä. Kimmst vo Pellham rüber?«
»Ja; i hon a G'schäft g'hot. Da Göschl hat mi a Fuhr Prügelholz vokaaft.«
»So, da Göschl? Bist it bald staad, Phyllax? Schinderviech miserabligs! Do gehst eina!«
»A schiachs Weda is heint«, fing Andreas wieder an.
»Ja; hot di da Wind recht herblasen, vo Pellham aufa?«
»Scho. Er geht a bissel schneidi.«
»I glaab dir's. De Kälten dauert aba nimma lang.«
»Moanst?«
»Ja; d'Scheermäus' graben auf. Da leint's auf.«
»Is besser aa, bal die G'frier amal weggeht.«
»Hat lang gnua herg'halten. Wie geaht's denn an Vata?«
»Geaht eahm scho wieda.«
»Da Knecht vom Unterbräu is eahm über'n Haxen übri g'fahren, gel?« – »Ja, am Blasitag.«
»Hab's an Dokta g'holt?«
»Na, er is selm kemma, weil er an Vatern z'Dachau drin glei vabunden hat.«
»Aha. Er werd eahm halt an Eis übri g'legt ham?«
»Ja. Mi hamm so an Sack kaaft, den hot er allaweil drauf hamm müassen.«
»Ganz richti. Wann er jetzt no an Wehdam (Wehtun) spürt, sollt' er sie a diam mit Franzbranntwei ei'reib'n, sagst eahm.«
»I wer's eahm sag'n.«
Es trat eine Pause ein.
Feichtl sah zum Fenster hinaus und sagte: »Da drent geht ja da Stanner Peter. Der werd bei'n Mesnerbauern g'wen sei wegen sein Prozeß. Sie wer'n sie vergleich'n, hon i vazählen hör'n.«
»So?« erwiderte Andreas, »an Vogleich macha s'? – Du, Feichtl,

i muaß di was frag'n.«

»I woaß scho.«

»Was woaßt?«

»Ja, wegen a' ra Hochzeiterin werst halt fragen.«

»Wia host jetzt du des derraten?«

»Des is net schwaar g'wen«, sagte Feichtl, »des hon i g'wißt, wia's bei der Tür rei bist. Du bist ledi, der Vater werd alt; jetzt werd da halt 's Heiraten not sei.«

»Allerdings; es is bereits a so. Woaßt ma koane, Feichtl?«

»Wissen? Ja, wissen tat i mehra.«

»Sagst ma halt oane.«

»Des geht net so g'schwind, Andrä, da muaß z'erscht i allerhand wissen.«

»Wos denn?«

»Z'allererscht muaß i wissen, wia viel i kriag, und nacha, wia viel du willst.«

»Mi lassen ins net a'schaug'n, Feichtl. Balst a richtige Hochzeiterin herbringst, lassen mi scho was springa. Muaßt it moan.«

»I glaab's gern, i glaab's gern. Aba woaßt, Andrä, i bin a so, daß i's gern g'nau woaß.«

»Muaßt halt amal was verlanga.«

»Ja. No, paß auf! Bal i dir oane zuabring, de wo fufzehtausad March kriagt, bar auf d' Hand, vastehst, nacha muaßt dreihundert Markl zahl'n.«

»Dreihundert March?«

»Ja.«

»Des is aba viel Geld, Feichtl.«

»Fufzehtausad March is aa koa Dreck.«

»Scho. Aba du host ja koan Arbet dabei. Du brauchst ja net viel mehra toa, als daß d' ma'r an Nama sagst.«

»Und du brauchst nix toa, als wia heiraten. Des is aa koa Arbet, und kriagst du fufzehtausad March. Aba balst net magst, laßt as bleib'n!«

»Zwoahundert waarn aa gnua, Feichtl, zwoahundert Markl.«

»Na, mei Liaba; nachlassen tua i nix.«

»Ja, is aba g'wiß, daß die fufzehtausad March auf d' Hand kriagt?«

»Für dös garantier i. Koan Pfennig weniga.«

»Also, nacha vo mir aus. Gelt scho. Bals a so is, wia's d'sagst, zahl i dreihundert Markl.«

Feichtl schlug in die dargebotene Hand, und das Geschäft war richtig. »I will dir was sag'n, Andrä«, fing der Schäfer wieder an, »i ho scho lang an Aug auf di g'habt. Balst net selber kemma waarst, hätt i vielleicht amol umig'schaugt auf Pellham. I woaß dir zwoa Hochzeiterinna, de wo akrat für di passen taten.« – »Zwoa?«

»Ja; da ko'st dir's außasuacha. De oane ist z'Hirtlbach, an Steffelbauern a seinige Tochta. De kriagt sechstausad March auf d' Hand und zehntausad March bleiben auf'n Hof. Bal da Alt übergibt, muaß di da Jung auszahl'n, oder du ko'st 'as liegen lassen auf zwoate Hypothek. D' Hypothek is guat, und vier Prozent Zinsen san dir g'wiß.«

»Sechstausad und zehntausad waren sechzehntausad March«, meinte Andrä.

»Ja, ausgerechnet sechzehtausad.«

»Des liaß si hören, Feichtl. Und wer is de ander?«

»De ander? De ist gor it weit weg. De is von Salvermoser z' Eielsriad. Der Vata is an letzt'n Hirg'scht g'storm, d' Muatta lebt in Austrag z' Unterbachern, und *sie* is seit ara zwoa Monat da herob'n z' Watzling, bei ihra Schwesta, da Schneiderbäurin. De hat Bargeld fufzehtausad March in Pfandbrief, weil da Hof von ihran Vata z'trümmert worn is, 's Geld is glei auszahlt worn.«

Andrä hatte aufmerksam zugehört und eine nachdenkliche Miene aufgesetzt. »Es san um tausad March weniga«, sagte er dann.

»Ganz richti«, erwiderte Feichtl.

»Aba ma kriag's glei auf d'Hand, brauch it lang umschneiden?« fragte Andrä.

»Do gibt's gor nix. Koa Hinum und koa Herum.«

»Hm. Bal i de oane nimm, de von Steffelbauern z' Hirtlbach, müaßten mi warten, aba vier Prozent traget's.«

»Allerdings.«

»Wann i aber fufzehtausad March gleich in da Hand hätt, kunnt i 's Abstandsgeld na auszahln, und kunnt ma no a fufzeha Tagwerk zum Hof zuawi kaafa.«

»Des is richti.«

»Woaßt was, Feichtl«, sagte Andrä resolut, »i nimm de Salvermoserin. Bargeld lacht.«

»Wia's d' moanst«, erwiderte Feichtl, »du hast d' Auswahl.«

»I bleib dabei. Wann kunnten mi denn de G'schicht richti macha?«

»Ja, bald. Sie muaß halt z'erscht enker Sach o'schaug'n. I wer ihr Botschaft toa, daß s' mit ihra Schwesta auf Pellham übri kimmt.«

»Is recht. Heunt hamm ma Deanstag, moring muaß i ins Holz aussi; am Donnerschtag? Na, halt, da kon i aa net. Epper am Freitag?«
»Am Freitag? Na, an an Freitag soll mi nix ofanga.«
»Also nacha soll s' am Samstag übri kemma? – Is recht, ja.«
»Es bleibt dabei. Balst d'as aba o'schaug'n willst, ko'st gnua umi geh zu'n Schneiderbauern.«
»Na, i mog it. Ausmacha kinna mi heut do nix, vor s' an Hof net g'sehg'n hat. Und Zeit hon i aa koane mehr. I ho mi schon lang gnua verhalten. Jetzt pfüat die Good, Feichtl!«
»Pfüat di Good, Andrä, und de dreihundert Markln kriag i am Tag nach der Hochzet.«
»Jawohl, feit si nix.«
Andrä verließ das Häusel und ging die Dorfstraße zurück. Als er beim Schneiderbauern vorbei kam, sah er eine Weibsperson über den Hof zum Kuhstall hingehen. »Epper is gor de Salvermoserin g'wen«, dachte er. Dann holte er aus der Rocktasche eine Zigarre hervor und eilte zum Wirtshaus, wo er sein Fuhrwerk eingestellt hatte.

Zweites Kapitel

Als Nepomuk Feichtl sich des anderen Tages rasierte, bedachte er bei sich die Aufgabe, welche ihm nunmehr oblag. Er hatte der ehrsamen Jungfrau Emerentia Salvermoser zu eröffnen, daß die Wahl des Andreas Weidenschlager, Reischlbauernsohnes von Pellham, auf keine Geringere als sie gefallen sei. Er hielt plötzlich mit dem Rasieren inne, drückte das linke Auge zu und stieß einen langgedehnten Pfiff aus. Es war ihm etwas eingefallen. Und sichtlich etwas Freudiges, denn seine Züge nahmen einen vergnügten Ausdruck an, als er vor sich hinsprach: »Hinganga zum Schneiderbauern is er net. I hab g'nau aufpaßt. Vielleicht riegelt si no was.« Er machte sich fertig und rief seiner Frau. »Stasi, paß auf'n Hund auf, daß er mir net nachlauft – do gehst nei, Phyllax, marsch die Katz! und tua mi d'Sau fuattern, i woaß net, wann i hoamkimm.«

Nach diesen Befehlen begab er sich fort, um den Hof des Schneiderbauern aufzusuchen. Da er jedoch ein Verächter fremder Neugierde war und vieles Fragen nicht liebte, ging er nicht gerade auf sein Ziel los, sondern schlug einen Haken links ab und kam von hinten in die Behausung der Emerentia Salvermoser.

Er traf zuerst die Schwester derselben, die Schneiderbäuerin.

»Was willst, Feichtl?« fragte sie. »Mi hamm do heunt koane Nudel bacha.«

»Woaß scho. Zwegen dem kimm i aa net. Aba an schön Flachs hätt i, lufttrocka und guat zum brecha, i gab'n billi her.«

»Mi braucha koan, Feichtl, mi ham selm gnua.«

»Ja, aba d'Schwesta möcht'n vielleicht; sie hat g'sagt, bal i oan übri hab, sollt i kemma.«

»So? Red'st halt mit ihr. Sie werd it weit sei; wart, i schrei ihr amal. Emerenz! Emerenz!«

Eine schrille Stimme antwortete vom hintern Ende des Hausganges her: »Wos geit's?«

Dann hörte man eine Türe öffnen und sah eine große vierschrötige Weibsperson in der Dämmerung auftauchen. Sie kam näher, wobei die schweren Holzpantoffeln einen ziemlichen Lärm auf den Steinfliesen verübten.

Wir haben Emerentia Salvermoser vor uns, ein stark gebautes, robustes Frauenzimmer; nicht schön, aber von rüstigen Manieren und lebhaften Bewegungen. Das Gesicht ist mit Sommersprossen bedeckt, besonders um die stumpfe, aufwärtsstehende Nase herum. In dem dürftigen braunen Haar, welches unordentlich in die Stirne hereinhängt, stecken ein paar Strohhalme, weil die Emerenz auf der Tenne war. Die großen, gut entwickelten Hände sind unter dem Schurz versteckt, aber nur so lange, bis Emerenz das Bedürfnis fühlt, mit dem Rücken der rechten Hand einige Male unter der Nase herumzufahren.

So sah die künftige Reischlbäuerin aus.

»Wos geit's?« fragte sie noch einmal, als sie näher gekommen war.

»Der Feichtl will di«, antwortete die Schwester, »weilst'n b'stellt hast, weg'n an Flachs.«

»I? I ho do koan Flachs it b'stellt?«

»Da Feichtl sagt's.«

»Do woaß i gor nix.« Hier unterbrach sich Emerenz, da sie bemerkte, wie ihr Feichtl heftig zublinzelte, – »oder wart«, fuhr sie mit großer Geistesgegenwart fort, »oder wart, g'sagt hob i scho amol wos von an Flachs, g'sagt hon i scho was, aba i woaß

nimma so g'nau, hon i oan b'stellt, oder hon i koan b'stellt, Feichtl?«

»Jo, Emerenz, woaßt as nimma«, sagte der Schäfer und zog die Augenbrauen bedeutungsvoll in die Höhe, »as vori Monat is g'wen. Du bist bei der Stanner Zenzl hiebei g'stanna, do hon i zu dir g'sagt, Emerenz, hon i g'sagt, balst an Flachs braucha kunnst, sog i, i kriag z'nachst an recht an billigen, hon i g'sagt. Und du hoscht nacha g'sagt, is scho recht, hoscht g'sagt. Woaßt as nimma?«

»Jetz fallt's mir schon ei«, log Emerenz, »an a'r 'an Montag is g'wen. I woaß no recht guat, weil i mit da Stanner Zenzl von der Tanzmusi g'redt hab. No, hoscht jetzt an Flachs?«

»Und was für an guaten! Kimm a bissel aussa, in Hausgang drin kost'n net a so sehg'n.«

Feichtl zog bei diesen Worten einen Bündel Flachs aus irgendeiner Tasche und ging voraus in das Freie. Emerenz folgte, und die Schneiderbäuerin, welche keinen Flachs brauchen konnte, ging wieder an ihre Arbeit in die Küche.

»Wos willst mi denn?« fragte Emerenz, als sie mit Feichtl im Hofe stand.

»Pst! Tua net so laut reden! Paß auf, Emerenz, hast as Heiraten net an Sinn?«

»An Sinn? Ja, an Sinn hätt i's scho.«

»I kunnt dir vielleicht an Hozeiter verraten.«

»So?« sagte die Salvermosertochter und schnupfte heftig auf, weil sie kein Sacktüchel dabei hatte, »so; wen denn nacha?«

»Ja, wen? Des is leicht g'fragt. Aba woaßt, Emerenz, ganz umasinscht möch i net arbeten. Ich möcht halt aa gern a bissel was dabei vodean.«

»Kost ja was verlanga, bal mi de Sach g'fallt.«

»G'fallen? G'fallen tat's dir guat, Emerenz, des sag dir i. A saubers Anwesen; fünfad'achtz'g To'werk Grund und neun To'werk Holz. Da Bodenzins is it z'viel und d'Schulden san ganz weni. A bissel a Kirchageld is drauf, und des ander will it viel hoaßen. Des waar g'rad recht für di, Emerenz.«

»Wann mi's bedenkt, is it schlecht«, meinte die Salvermosertochter.

»Und guat waar's aa«, fuhr der Feichtl fort, »balst wo eini heiraten tatst. Tuast allerweil d'Arbet für anderne Leut, und hoscht selm nix davo.«

»Des is wohr.«

»Wos is denn, wennst bei da Schwesta bist? Sie ko di guat braucha, schaug, aba du werst alt dabei, und bischt do net mehra, wia r'a Deanstbot.«

»Des is wohr.«

»I ho desweg'n nix sag'n mög'n vor da Schwesta. Dera is do net recht, balst weg kimmst.«

»Aufhalten ko's mi a net.«

»Allerdings, aba bal's in di eini bengst, des is aa z'wida. Das Reden hat koan Wert.«

»Des is wohr.«

»Und schaug, Emerenz. Eppas anderst's is do, balst in dein eig'na Sach hockst. Hat do an ganz andern Furm, net?«

»Sell is g'wiß.«

»Und nacha muaßt as richti o'schaug'n, Emerenz. Fünfad'achz'g To'werk Grund is it weni. Des mehra is Woaz und Habern, und des ander san guate Wiesen.«

»I sog it, daß's wenig is, Feichtl.«

»No, nacha kunnst aba hundert Markl spitzen, moanst it?«

»Auf des gang's mir it z'samm.«

»Gelt, sagst 'as selber, Emerenz, es is it z'viel volangt? Sieg'st as, des g'fallt mir, daß du des selm sagst.«

»Ja, aba bloß, bal mi's Sach g'fallt.«

»Sell is g'wiß. Paß auf, mi macha die G'schicht rechtsinni aus. Du zahlst mi hundert Markl an dem Tog, wo d'Übergab notarisch g'macht werd, vor da Hozet. Darnach, woaßt, geaht's nimma so guat, weil er nacha d'Hand auf'n Geld hot. Und du kost eahm do it glei sog'n, daß d'an Schmus zahl'n mußt. Is dir it recht a so?«

»An Tog, wo d'Übergab notarisch werd?«

»Ja, von Notari weg.«

»Is recht, Feichtl. Nacha san mir oani. Jetzt muaßt aba no sag'n, wer er is.«

»Freili; des is ja d'Hauptsach. Er is da Reischlbauernsohn vo Pellham; sei Vata will übergeb'n, weil er koan recht'n G'sund mehr hot.«

»So? Vo Pellham? Do bin i no nia drent g'wen. Es is it weit weg?«

»Zu'n Geh' guate anderthalbe Stund; hintahalb Sinzing liegt's.«

»Hintahalb Sinzing?«

»Ja. No, du werst as bald sehg'n. Mi müassen do umi, daß d'as Sach o'schaugst; wann hätt'st denn Zeit, Emerenz?«

»Mi is jeda Tog recht, Feichtl. Vo mir aus scho moring.«

»Herrschaftsaxen, pressiert's dir a so? Na, moring geht's net; do hon i a G'schäft; an Freita is aa nix; aba, paß auf, wann's dir recht is, nacha genga mir an Samstag. Mogst it?«

»Jo; i mog scho.«

»Wia is denn? Sag'st da Schneiderbäuerin nix, daß s' eppa mitgang?«

»Na, des tua i gor it. Wann's nix waar, hätt i g'rad a dumm's G'red hintadrei, und wann's was werd, derfragt sie's no früah gnua.«

»Do host recht, Emerenz. Do host du ganz recht. I bin aa 'r a so. I mog it, daß d'Leut alles wissen. Mi gengan alloa auf Pellham, vastehst? Du kost ja da Schneiderbäurin leicht was verzähln, net?«

»I paß gor it auf auf die. I sag ihr halt, daß i zu da Kottmaier Theres auf Tiefenbach umi geh.«

»Ganz richti, und bal's di jetzt fragt, warum daß d' so lang bei mir herausg'stanna bist, nacha sagst ihr, mi waar'n it handeloans worn.«

In diesem Augenblicke zeigte sich die Schneiderbäuerin im Türrahmen und rief mit gut vernehmbarer Stimme: »Emerenz! Kimmst denn gor nimma rei? Wo bleibst denn gor a so lang? Woaßt denn it, daß mi s'Knödelbrot schneiden müassen?«

»J – ja! Brauchst do it gor a so z'schrei. I kimm scho.«

Emerenz machte sich unwillig daran, in das Haus zu gehen. »Is ja wohr«, sagte sie noch ärgerlich, »koan Augenblick hast an Ruah«, und dann stieß sie mit dem Fuß einen Heurechen weg, der gerade vor ihr lag.
Feichtl ging noch einen Schritt hinter ihr drein und flüsterte ihr zu: »Also paß auf, am Samstag um halbi achti in da Fruah wart i bei'n Estererhölzl auf di«, und laut sagte er: »Pfüat di Good, Emerenz, vielleicht geaht an andersmal mehra G'schäft. Pfüat di Good, Schneidabäurin, dei Schwesta is grad so wia du. Is ihr aa alles z'teuer.«
»Is scho recht«, brummte die Bäuerin, »geh amal zua und halt ander Leut net vom Arbeten auf!«
Damit schritt sie in den Hausgang hinter der zürnenden Emerenz, welche wiederholt sagte: »Is ja wohr! brauchst do it gar a so z'schrei. I bi scho da.«

Drittes Kapitel

Der Watzlinger Schäfer hatte das Wetter gut vorausgesagt. In der Nacht vom Freitag auf den Samstag war Tauwetter eingetreten, und gegen den Morgen erhob sich ein starker Südwind, welcher mit dem Schnee geschwind aufräumte. Die Luft war klar, und man sah weit über die flachen Schneefelder hin, auf denen Dörfer und Wälder wie dunkle Flecken lagen. Die Berge waren ganz nahe herangerückt; ihre Formen hoben sich scharf umrissen vom Himmel ab, und man hätte glauben mögen, es seien nur ein paar Stunden zu gehen über die Hochebene weg zum Heimgarten oder zur Benediktenwand. Im Esterer Hölzl ging die Baumtraufe. Von den Ästen fielen die schweren Tropfen und verursachten ein eintöniges Geräusch, welches nur unterbrochen wurde, wenn der Wind die Bäume schärfer anfaßte und

sie so herschüttelte, daß ein ganzer Regenschauer mit einemmal niederging.
Hie und da rumpelte ein Hase aus dem Dickicht, weil ihm die Traufe zu stark auf den Balg ging, oder ein Reh sprang in weiten Sätzen auf das Feld hinaus. Nepomuk Feichtl beobachtete dies alles unter einer mächtigen Rottanne, deren Zweige ihm guten Schutz gegen die Nässe gewährten. Er sah scharf aus, das Straßel hinauf, welches von Watzling herführt. Endlich zeigte sich eine vermummte Gestalt, welche in langzügigen Schritten näher kam.
Es war eine Weibsperson, welche den Rock über den Kopf geschlagen hatte, und bei schärferem Hinschauen erkannte man jetzt, daß es Emerentia Salvermoser war. Feichtl trat aus seinem Verstecke heraus und begrüßte die Ankommende. »Guat'n Moring, Emerenz. I ho mi scho denkt, du host epper it auskinna dahoam.«
»Jo, auskinna hon i scho. Aba sie hat mi so lang aufg'halten; sie hätt wissen mögen, warum daß i des schö G'wand o'leg. Sie hot 's Frogn gar nimmer aufg'hört.«
»Wos hoscht nacha g'sagt?«
»Mi is lang nix eig'falln. Auf d'letzt hon i g'sagt, weil i do scho amol furt geah, möcht i gern beicht'n in Sinzing.«
»Des hoscht g'scheidt g'macht. Des werd's dir aa glaabt hamm?«
»I woaß it. Sie hot so g'spaßi dreig'schaugt. Aba mi is gleich. Bal sie's derfragt, liegt mi aa nix dro.«
»Do hoscht recht. Du brauchscht ja net aufpassen.«
»Bal's eppes werd, scho gor it.«
»Es werd scho was. Brauchscht di it kümmern, Emerenz, es werd scho was. Bal i des net g'wiß wissen tat, hätt i nix g'sagt zu dir. I hon a feine Nasen auf des.«
»Mi wern's scho sehg'n«, antwortete Emerenz und schritt bedächtig hinter Feichtl einher. Sie achtete wohl auf den Weg, der in dem Tauwetter sulzig geworden war und vermied, so gut es

ging, die größten Lacken. Darum kam längere Zeit kein rechtes Gespräch in Schwung. Als sie aber Sinzing erreichten, fühlte sich Feichtl verpflichtet, aus dem reichen Schatze seiner Landeskunde einiges zum besten zu geben. »Da hoaßt ma's beim Haberlschneider«, sagte er und zeigte mit dem Kopf auf das erste Haus rechts von der Straße; »der hot von Schwarzmaurer z'Niederroth oane aussag'heiret. Sie hot ehm zwoa Kinda bracht, nacha hot's auf oamol d' Sucht kriagt. I hon ihr aa nimma helfa kinna, 's Blut is z'weni g'wen. Sie is nacha g'storm, an Auswarts werd's a Johr. Er werd eahm wieda heiraten müassen. 's Sach is kloa, und Schuld'n san grad gnua vorhanden.« Emerenz schielte aus ihrem Kopftüchel hervor nach dem Bauernhofe, sagte aber nichts.

»Der Hof g'hört an Schuller Georg«, erklärte Feichtl beim dritten oder vierten Haus. »Vo dem is da ältest Bua z' Laufen; da Barthl, balst'n kennst.«

»I kenn eahm it.«

»Aber g'hört werst scho eppas hamm vo dera Rafferei z' Hirtlbach am Summa vorig's Johr?«

»Ja, i hon scho a mol was verzähl'n hören.«

»Do is an Schuller sei Barthl dabei g'wen, als Hauptradelsführer. Da Metzgerbauern Lenz is eahm a bissei z' fest am Maßkruag hikemma und is sechs Wocha lang im Krank'nhaus g'legen. An Barthl ham s' beim Landg'richt a vier Monat aufig'haut. Des is an alt'n Schuller anderst z'wida. Aba es is a mal so, de junga Kampeln müassen raffen, es geaht it anderst.«

»San halt Luada«, meinte Emerenz.

Unter solchen Gesprächen schritten sie durch Sinzing. Beim Wirtshaus hielt Feichtl ein wenig an. »Mogst koa Halbe Bier trink'n, Emerenz?«

»Na, es is mi no z' fruah.«

»Aba a Stockwurst waar it schlecht?«

»Na, i mog it. Es werd z' spot. Schaug ma, daß ma'r auf Pellham kemma.«

»Also geh ma zua. Aba schad is. Da Strixner macht feine Stockwürscht.«

»Ko scho sei; in Pellham werd's aa was geb'n.«

»Des scho; jetzt ham ma no leichte dreiviertel Stund zum Geh'!«

Beim letzten Haus wußte Feichtl wieder etwas zu erzählen.

»Des is beim Griabler. Der is auf da Gant, Emerenz, weil er an Bankzins it zahln ko. In a 'ra drei Wocha is d' Vosteigerung. I glaab aba, daß eahm sei Schwoga auf d' letzt do no a mol aushelft. Da Mo is fleißi, aba 's Wei taugt gor nix. De holt oa Maß Bier nach der andern bei'n Wirt drent, und jed'n Tog is s' bsuffa. Helfa tuat gor nix. Er hat s' scho so umanand g'schlag'n, daß s' ganz verzagt g'wen is. Aba an nächst'n Tog is des nämli g'wen. Jetz hot s' mit'n Schnaps o'gfangt, do werd's bal gor sei.«

»Is net schad drum«, sagte Emerenz.

»Ja g'wiß it. Wann s' nur g'rad vor a drei a vier Johr o'kratzt waar, nacha hätt' si da Griabler no helfa kinna. Jetz is nimma viel zu'n richten.«

»Des is allemal a Kreuz, bal sie nix is. Bei unsern Nachbarn z' Eielsriad is aa so oane g'wen; da Hof is alle Johr bessa z'ruckganga. I woaß it, ham's 'n no, oda is a scho vosteigert.«

»Do host recht, Emerenz; bal koa Zusammhalten net is auf an Hof, is glei vorbei. Gor aus bei de Zeiten. 's Troad hot koan Preis, de Deanstbot'n kosten so viel, daß 's ganz aus is' und d' Steuern wern allawei mehra. Da hoaßt's z'sammklauben, sinscht geaht's dahi.« – »Des hört mi heunt oft sag'n, Feichtl.«

»Es is aba 'r aa wohr. Es is nimma wie vor dreiß'g Johr, wo da Schaffel Woazen nach'n alten Geld achtadreiß'g und vierz'g Guld'n kost hat. – Do schaug hi, Emerenz, sieghst, do liegt Pellham.« Die Straße war ziemlich angestiegen, und sie hatten jetzt den Buckel eines Hügels erreicht, von dem aus sie in ein weites Tal hinabschauten. Gegen die Amper hinauf sahen sie ein freundliches Dorf. Um die Kirche mit ihrem schlanken, spitz auslaufenden Turm lagen etliche zwanzig Anwesen, die meisten recht behäbig und stattlich.

»Sieghst, des is Pellham«, wiederholte Feichtl, »und do, wo's d' hischaugst, von da Kircha a wengl rechts, der größer, des is an Reischl sei Hof.«

»Der schaugt sie aba groaß o«, meinte Emerenz.

»Der is aa net kloa. D' Hirwa is sauba beinand. I ho dir nix Schlecht's verrat'n«, sagte der Watzlinger Schäfer mit einer gewissen Befriedigung. Die beiden gingen frischer dahin und kamen bald nach Pellham vor die Gast- und Tafernwirtschaft des Martin Schinkel. Feichtl hielt es für gut, hier einzukehren und erst nach dem Imbiß zu überlegen, wie man die Sache weiterhin am besten mache. Sie betraten die Gaststube, in welcher nur wenige Leute saßen. Am Ofentische waren zwei Mannsbilder in halbstädtischen Anzügen, denen man gleich ansah, daß sie sich mit dem Viehhandel beschäftigten. Sie kannten unsern Feichtl und begrüßten ihn vertraulich, während sie die fremde Erscheinung der Emerentia Salvermoser mit prüfenden Blicken musterten. »Bist do, Spitzbuamschäfa?« sagte der eine.

»Was sagt denn dei Alte, balst du mit anderne Weibsbilder umanand laafst?« fragte der zweite und schob ihm sein Bierglas hin, damit er ihm Bescheid tue. Feichtl nahm die Scherze günstig auf. »Mi san de junga Weibsbilder halt aa liaba wia de alten«, sagte er und tat einen kräftigen Zug aus dem dargebotenen Glase. Er wischte sich mit dem Handrücken die Biertropfen aus dem Schnurrbart. »G'sundheit, Atzenhofer«, sagte er noch, »host was kaaft?«

»Ja, an Stier hol'n ma beim Spanninger. Sitz di a bissel her zu ins.«

Feichtl sah sich nach seiner Schutzbefohlenen um, die bereits an einem anderen Tische Platz genommen hatte.

»Es geaht it, Atzenhofer. Sie möcht alloa sei mit mir, weil ma 'r a G'spusi hamm mitanand«, sagte er und blinzelte lustig zur Emerenz hinüber.

»Des glaab i dir aufs erst'mal, du Bazi, du ganz schlechter«, schrie der Viehhändler und lachte über seinen Spaß, daß er krebsrot im Gesicht wurde.
Feichtl schob sich neben Emerenz auf die Bank.
»I kenn de zwo guat«, sagte er, »der oane is da Rottenfußer Kaspar von Aßbach, und der ander is der Atzenhofer vo Bruck. Mir hamm scho viel g'handelt mitanand. – Jetz b'stell'n ma'r ins aba was, Emerenz! Heda Wirtschaft, Herrschaftsackera, rührt si gor nix?«
An der Schenke erhob sich eine mürrisch aussehende, schlecht gekämmte Kellnerin. Sie strickte eifrig an einem langen wollenen Strumpfe und schickte sich erst zum Gehen an, als sie mit der angefangenen Nadel fertig war. Sie legte das Strickzeug vor sich hin und näherte sich langsam den neuen Gästen. »Wos mögt's denn?« fragte sie und stocherte mit einer Nadel in ihren Zähnen herum.
»Habt's was zu'm essen?« fragte Feichtl.
»Zu'n essen? Na, do hamm ma heunt no net viel.«
»Habt's koane Stockwürscht?«
»Na, Stockwürscht hamm ma koa, aba a paar Regensburger san no da von gestern, und an Emmentaler.«
»Koa Voressen net?«
»Jo, a Voressen is aa no da.«
»Nacha bringst ins zwoa, und a Bier möcht'n mir aa.«
»J – ja!« antwortete die Kellnerin, welche während der Zeit die Salvermoserin von oben bis unten abgemustert hatte. Dann kehrte sie um und schleifte langsam auf ihren abgetretenen Pantoffeln durch die Stube in die Schenke, aus der sie nach allerhand geheimnisvollen und langwierigen Hantierungen zwei schlecht aussehende, schaumlose Halbe Bier hervorbrachte. Hierauf zog sie das Fenster, welches in die Küche hinausging, in die Höhe und schrie mit schriller Stimme: »Zwoa Voressen kriag i.« Da sie annehmen konnte, daß ihr Befehl nicht übermäßig schnell

vollzogen wurde, setzte sie sich einstweilen wieder an ihren Platz und begann eine neue Nadel anzustricken.

Nach einer Weile klapperte das Küchenfenster und irgend jemand schrie:

»Kathi! Kathi!«

»J – ja!«

»'s Voressen is do.«

Die Kellnerin legte mißmutig ihren Strumpf beiseite, zog eine Haarnadel aus ihrem Hinterkopfe und begann wieder heftig in ihren Zähnen zu arbeiten. Als sie damit fertig war, versuchte sie die zwei Teller in die eine Hand und die Biergläser in die andere zu nehmen. Es ging aber nicht, und so mußte sie sich entschließen, den Weg zweimal zu machen.

Feichtl hieb kräftig ein, und auch Emerenz zeigte einen guten Appetit. Nach beendigter Mahlzeit griffen sie die Beratung auf, im Flüstertone, weil sie bemerkten, daß sowohl die Viehhändler als die Kellnerin angestrengt zu ihnen herüber horchten. »Wia macha mir's den, Emerenz?« wisperte Feichtl. »Es waar do guat, wann der Reischl a Botschaft hätt', daß mi kemma.«

»Besser waar's scho.«

»I hob mi denkt, ob mir vom Wirt wem umischicken; aba woaßt, Emerenz, dem müaßten mir an Nama sag'n, und nacha, der Wirt tat aa was spanna.«

»Na, des geaht it, Feichtl. Do is g'scheidter, mi macha eahm gor nix z'wissen.«

»Des is aa nix; do kennt er si net aus, bal mi kemma. Paß auf, des best is, z'erscht geh i zun Reischl umi, und nacha hol i di.« – »Ja, aba des spannen s' aa.«

»Na, na, mei Liabe; des ko i scho so macha, daß koa Mensch nix mirkt. Do is jetzt a so da Wirt. Der wird bal zu uns herkemma und möcht ins ausfrag'n. I laß 'n recht o'laffa, daß de andern aa hör'n.«

Die Vermutung Feichtls war richtig. Der Herr Wirt, ein rüstiger

Mann in vorgeschrittenen Jahren, aus dessen gesundem, rotem Gesicht ein Paar schlaue Augen herausschauten, begrüßte zuerst die zwei Viehhändler: »S'Good! Habt's den Stier kaaft vom Spanninger?«

»Ja. Mir san handelsoans worn.«

»Wie habt's 'n kriagt?«

»Sechshundertfufzeh.«

»Da habt's 'n aba billi. Der hot guat siebazeh Zentna.«

»Ja, des hat er scho.«

»Um des hätt'n i net hergeben. Fufzgi hätt i allemol volangt.«

»Freili! Was moanst denn? Bis mir den Stier z' Minka drin ham, is da Profit nimma groß.«

»Epper muaßt gor no d'raufzahl'n, Atzenhofer?«

»Ko leicht sei.«

»Ös Handler seid's alle mitanand Lumpen.«

»Aba d' Wirt net, gel? Do trink amol, vielleicht z'reißt di dei Plempl.«

Der Wirt tat Bescheid und ging dann an den Tisch hinüber, wo

Feichtl saß. »Bist heunt scho auf'n Weg?« fragte er und bot dem Schäfer eine Prise an. »Habt's a G'schäft mitanand?«

»Wer?« gab Feichtl zurück, während er schnupfte.

»Ös zwoa halt.«

»Mir zwoa? Na, mir ham ins grad auf'n Weg troffa, in Sinzing.«

»So? In Sinzing? Is sie vo Sinzing?«

»Na, sie is ... sie is, wo bischt jetzt her?« wandte sich Feichtl an seine Begleiterin.

»Vo Eielsriad«, antwortete Emerenz.

»Ja, vo Eielsriad is. Sie muaß an Vettern aufsucha in Hebertshausen drent. I hon ihr g'sagt, sie soll eikehren bei dir, weil s' no a guate Stund zu'n Geh' hot.«

»So? Auf Hebertshausen muaß? Und wos tuast 'n nacha du z' Pellham?«

»I?«

»Ja.«

»I muaß oan aufsucha, der wo mi hol'n hat lassen, weil eahm was feit.«

»Do bei uns? Wer is denn do krank worn? I woas gor neamd.«

»An Reischl san's do über'n Hax'n übrig'fahren.«

»Da Reischl? der is ja scho wieda g'sund.«

»Ganz g'sund werd er net sei, sinst hätt er mir nix z'wissen g'macht. Vielleicht braucht er a Salb'n zum Eischmieren.«

»Was i woaß, is da Hax'n wieda ganz guat.«

»Des wer i bald wissen«, sagte Feichtl, dem die Fragerei zuwider wurde, »i muaß a so glei umi dazu. Bleib du no a wengl do«, wandte er sich an Emerenz, »i wer it lang ausbleiben. Wann's dir recht is, geh i nacha no a bissel mit auf Hebertshausen zua. I wisset mir no a G'schäft, weil i do scho amol in dera Gegend bi.«

»Is recht. I wart auf di«, antwortete Emerenz, nahm ihren Handkorb auf den Schoß und sah geradeaus. Feichtl verließ die

Wirtsstube und ging eilig nach dem Reischlanwesen.

Andrä stand im Hofe und hatte einen Wortwechsel mit einem Knecht. Als er den Schäfer herankommen sah, ging er auf ihn zu.

»So a Loadschwanz, so a hundshäutener«, schalt er zurück. – »Laßt de ganz Nacht in Stall alle Fensta offen. Do wars a Wunda, bal alle Wocha a Roß de Kehl kriagt. I kunnt'n scho glei z'reißen, so an Herrgottsackerament. Muaß denn all's hi wern bei ins?! – Wos willst denn, Feichtl?« wandte er sich ungnädig an seinen Ehestifter.

»Sie is do, Andrä.«

»So? Jo, wo is denn? I siech's it.«

»Beim Wirt drent hockt s'. I hon mir denkt, i muaß dir's do z'erscht z'wissen macha, daß ma kemman.«

»Des hätt's it braucht. Sie soll halt umakemma. Bal's ihr g'fallt, is recht, und bal's ihr net g'fallt, is mir a gleich.«

»Du bist aba heunt guat aufg'legt.«

»Waar scho a Wunda; laßt mir der Bluatsmensch an Stall d' Fensta offa. Jetzt steht da Fuchs do und hat d' Kehl. Aba des sog i di«, schrie er zu dem Knecht hinüber, »dampfi wern bal mir's Roß tuat, nacha schneid i di vo da Mitt ausanand, du Siach, du ganz abscheulinga.«

»I schaug nacha dein Fuchs a wengl o, Andrä«, tröstete Feichtl, »wann er d' Kehl hot, werd er no lang it dampfi. Laßt'n halt an etla Täg steh und gibst eam an wengl Salz.«

»Laß'n in Stall steh. Freili, des is leicht g'redt, jetzt wo i a Holzfuhrwerk hätt.«

»Des dauert net lang, Andrä, balst'n eahm a Ruah loßt. Aba jetzt geh i wieda zu'n Wirt umi und hol' sie.«

»Is scho recht. Hol s' no.«

»Sagst as an Vatern und da Muatta, daß sie si glei auskennan, gel?«

»I sog's eahna scho.«

»Und paß auf, Andrä, von Schmus werd nix g'redt, vastehst?«
»Warum denn it?«
»I mog de Rederei net. Wann der Schneiderbauer des in d' Nasen kriagt, daß i mir dreihundert Markl vodeant hab dabei, nacha plärrt er's in alle Wirtschaften umanand. Is für di aa net guat.«
»Mir waar des ganz Wurscht. Aba bals dir liaba is, nacha sag i nix. D'Weiberleut brauchan a so net alles z'wissen.«
»Do host amal recht, Andrä. Also werd nix g'redt. Jetzt pfüat di!« Feichtl schlenkerte langsam zum Wirtshaus zurück, wo er Emerenz in der Gaststube antraf, wie er sie verlassen hatte, die Arme über dem Handkorb gekreuzt und geradeaus schauend.
»S'Good«, sagte er beim Eintreten, »jetzt kenna mir ins auf'n Weg macha, i bi firti mit mein' G'schäft.«
»Wie geaht's denn an Reischl?« fragte der Wirt.
»Guat geht's. Aba beißen tuat eahm da Hax'n no a wengl. I hob eahm a Salb'n geben zu'n Ei'reiben.« – »So?«
»Ja. Jetzt zahl'n ma, Kellnerin!« Kathi schleifte wieder langsam an den Tisch heran, öffnete ihre Geldtasche und fing das Rechnen an. »Also, was habt's g'habt? Zwoa Voressen, san zwanzgi, und vier Brot, san zwoaradreißgi, und zwoa Halbi Bier, san zwoarazwanzgi, san vierafufzg Pfenning.«
»Und zwoa Zigarr'n kost mir no bringa«, unterbrach sie Feichtl.
»Und zwoa Zigarr'n san zwölfi, san sechsasechzg Pfenning«, sagte Kathi und schnupfte heftig auf.
»Zahlst das derweil du?« fragte Feichtl.
»Ja, zahl'n tua i«, antwortete Emerenz und holte aus ihrem Korb den Geldbeutel hervor. Sie legte eine Mark hin. Kathi gab zunächst dreißig Pfennige zurück und wühlte dann lange in ihrer Geldtasche herum, ohne die vier Pfennige finden zu können. Endlich hatte sie dieselben und schob sie zögernd auf den Tisch. Emerenz nahm auch diese und beachtete nicht die verächtliche Miene der Kellnerin. Sie erhob sich und ging hart hinter Feichtl durch die Gaststube. An der Schenke ließ sich ihr

Begleiter die zwei Zigarren geben, welche Kathi aus der billigsten Kiste entnahm, und dann verließen die beiden das Haus.
Der Wirt stellte sich an das Fenster und sah ihnen nach. »Du Sepp«, wandte er sich an den Metzgerburschen, welcher bei den Viehhändlern Platz genommen hatte, »lauf amal außi und schaug, wo de zwoa hingengan. I trau mir z'wetten, daß da Feichtl an Schmus macht. A'g'logen hat er mi, des hon i g'nau kennt.«

Viertes Kapitel

Der Reischl, seine Bäuerin und Andrä hatten sich auf die Botschaft des Watzlinger Schäfers hin in der Stube versammelt. Die zwei Alten saßen auf der mit Leder gepolsterten Bank vor dem Tische; Andrä hatte sich auf seinen Stammplatz hinter den Ofen gemacht.
»D' Hauptsach is', daß mir a G'wißheit hamm, daß sie fufzehtausad March hot. An Feichtl alloa glaab i's net«, sagte der Reischlbauer.
»Sie muaß des Geld aufweisen; anders mog i net«, erwiderte Andrä.
Auch die Bäuerin mischte sich in dieses wichtige Gespräch. »Wann sie a Schwester is vo da Schneiderbäurin z'Watzling, nacha is scho a Vermögen do; aba ös hab's ganz recht, mir müaßen's g'nau wissen.«
Man hörte kräftige Tritte im Hausgange, die Türe ging auf, und herein trat Feichtl, hinter ihm mit gesenktem Kopfe Emerentia Salvermoser. »Gelob' sei Jesus Chrischtus!« sagte Feichtl. »In aller Ewigkeit, Amen!« antworteten die zwei Alten, während Andrä einige unverständliche Laute vor sich hinbrummte. Es trat eine Pause ein. Feichtl stellte seinen Stecken an die Wand,

und Emerenz schielte aus ihrem Kopftuche heraus nach dem Ofen hinüber. – »Setzt's enk a wengl her«, sagte der alte Reischl, »kemmt's heunt scho vo Watzling.«

»Ja«, antwortete Feichtl und schob der Emerenz einen Stuhl hin, während er selbst Platz nahm.

»Wia lang habt's denn braucht zu'n Umageh?« fragte der Reischlbauer wieder.

»Scharfi anderthalbi Stund«, sagte Feichtl.

»Anderthalbi Stund? Des braucht ma scho. Do seid's it schlecht ganga.«

»Mir ham scho guat auftreten müassen, goraus bei dem schlechten Weg.«

Die Unterhaltung kam wieder ins Stocken. Emerenz rückte an ihrem Kopftüchel und strich mit der Hand den Schurz glatt. Die Reischlbäuerin beobachtete sie genau, und auch Andrä blinzelte von der Ofenbank herüber.

»Jetz is auf oamal aper worn«, sagte Feichtl, dem das Stillschweigen nicht paßte.

»Ja, auf oamal«, gab der Reischl zurück, »da Bergwind raamt mit 'n Schnee auf.«

»Jetzt geaht's dahi mit 'n Dunga?«

»Ja, moring fanga m'r o.«

»Des is grad de recht Zeit; de G'frier is weg, und 's Schneewassa arbet an Boden auf.«

»An Sepp schick i moring auf d' Hergelbroaten außi, und i selm fahr zu'n Gallingerbüchi«, ließ sich jetzt Andrä vernehmen.

»Was nimmst denn für Roß?« fragte der Vater.

»I spann de zwoa Bräundl ei, da Sepp kriagt an Scheck und muaß an Ochsen dazua nehma. Da Fuchs muaß ja an etla Tag steh.« – »Des is a Kreuz, daß allbot was feit.«

»Da Hias gibt koan Obacht auf'n Stall. Der Krüppi tuat g'rad, was er mag.«

»Des is überhaupts a schlechter Roßknecht«, brummte der

Reischl, »i ho eahm zuag'schaugt de vori Woch, wia'r ins Holz außi g'fahrn is. Der ko ja net amol o'fahren. Da Handgaul springt eahm allaweil ins G'schirr und reißt den andern mit. I ho mi gift bei'n Zuaschaug'n.«

»Ja, mögt's denn nix z'essen?« fragte jetzt die Reischlbäuerin, welche allmählich auftaute. »Mi ham no a G'selchts.«

Emerenz tat hier zum erstenmal den Mund auf. »I mog durchaus gar nix«, sagte sie.

Die Reischlin ließ sich von ihrem freundlichen Vorhaben nicht abbringen. »A paar Nudeln mögt's allaweil«, meinte sie und ging zur Tür.

»A wengl a G'selchts derfst ins scho mitbringa, Bäurin«, rief ihr der Schäfer nach, »sie mog scho was, sie tuat grad a so.«

Die Bäuerin ging hinaus und kam nach kurzer Zeit mit gefüllten Tellern zurück. Die Nudeln waren schmackhaft geraten, und das selbst geräucherte Schweinefleisch bot einen lieblichen Anblick. Feichtl zog hinten aus der Tasche sein Messer hervor und schnitt sich ein ansehnliches Stück ab. Schmatzend und mit den vollen Backen kauend, sprach er seine rückhaltlose Anerkennung aus. »Is it schlecht; g'rod recht is. Wia lang hast d'as in da Sur g'habt?«

»In da Sur hon i's zwoa Wocha g'hatt und drei Wocha in Rauchfang«, erwiderte die Reischlin.

»Kranewitt san dabei, und a Knobla«, erklärte Feichtl befriedigt und säbelte sich einen neuen Flanken ab. Auch Emerenz ließ sich auf mehreres Zureden erweichen und schob in regelmäßigen Zwischenräumen bald ein Stück Nudel, bald etwas von dem Schweinernen in den Mund. »*Sie* is enk it bekannt?« fragte Feichtl und deutete mit dem Messer auf Emerenz.

»Na, mi hamm ins no nia g'sehg'n«, sagte die Reischlin. »Wia lang bist denn scho z'Watzling?« wandte sie sich an die Salvermoserin.

»In acht Wocha wer i drent sei«, antwortete Emerenz.

»Do glaab i's scho, daß i di no nia g'sehg'n ho. I bi sitter an letzt'n Kirta nimma auf Watzling umi kemma. Du bist a Schwester von da Schneiderbäurin, gel?« – »Ja, mi san Schwestern.«
»D'Schneiderbäurin kenn i scho. Sie hat amol a Mitterdirn eig'stellt, de zerscht bei'n ins war. Do hat's eppas geben, und do san mi z'sammkemma, i und d'Schneiderbäurin. Cenzi hat s' g'hoaßen, de Dirn.«
»D'Cenzi? De is auf Lia'meß aus'n Deanst.«
»So? Hot sie's bei da Schneiderbäurin aa net länger ausg'halten? Bei mir is sie mitten unter'n Johr davo. An Winta hon i s' eig'stellt; do is sie ganz lebfrisch g'wen, voraus wann s' a Mannsbild g'sehg'n hot; aba'r in Summa, wia d' Heuarndt o'ganga is, da hot s' alle Wocha an anderne Kranket g'hot. Sie is so viel blutarm, hat s' g'sagt, und de Bauernkoscht ko s' it a so vatrag'n, sagt s', weil sie amal in da Stodt drin deant hat, hat s' g'sagt. Und nacha is sie mitten bei der Arndt vierzeh Täg a's Krankahaus auf Dachau eini. Des sell is mi aba do scho z'dumm worn. Du lüaderlichs Wei'sbüld, hon i g'sagt, wos moanst denn du? sog i; an ganzen Winta hätt'st ins brav herg'fressen, hon i g'sagt, und an Summa tat'st di ins Bett legen? Warum bischt denn it krank, sag' i, bal a Mannsbild um an Weg is', du Loas, hon i g'sagt. Nacha hat sie mir 's Maul o'g'hängt und sagt, sie braucht si it a so herstellen lass'n, sie laßt si durchaus gar nix g'fall'n und sie geht. Geh zua, hon i g'sagt, is grad guat, balst drauß'd bist, du schelchauget's Weibsbild.«
Die Unterhaltung war bei diesem beliebten Gespräch ordentlich in Fluß gekommen, und Feichtl fand gute Gelegenheit, währenddessen mit dem Geselchten aufzuräumen. Erst als er fertig war, hielt er es für geboten, die Anwesenden wieder auf das eigentliche Ziel hinzulenken. Er reinigte sein Messer an einem Stück Brot, steckte es in die Scheide und fuhr sich dann mit der Hand einige Male über die fettig gewordenen Lippen. »Reischl«, fragte er dann, »bist du no nia z'Eielsriad g'wen?«

»Z'Eielsriad? Jo, do bin i a drei- a viermal g'wen. I hon amol an Heißen kaaft drent.«

»Host an Geitner it kennt? Sei Hof is do g'wen, glei wenn ma'r ins Dorf eini kimmt, rechts vo da Straßen. A großer Hof.«

»Bei'm Geitner hoaßt ma's? Freili hon i den Hof kennt. Do hob ja i den Heißen kaaft. Vor an acht a zeha Johr is des g'wen.«

»Des trifft si guat auf; sie is ja von Geitnerhof aussa«, sagte Feichtl und deutete mit dem Kopf wieder auf Emerenz hin.

»Von Geitnerhof is sie?« fragte der Reischlbauer zurück und zeigte jetzt lebhafteres Interesse.

»So, so, von Geitnerhof.«

»Salvermoser hat er si g'schrieben«, fuhr der Schäfer fort, »an letzt'n Summa hat'r an Hof vokaaft. Der Jud Wassermann hot'n eahm z'trümmert. An Hirgscht is nacha der alt Salvermoser g'stor'm.«

»So? Der Geitnerhof is z'trümmert; des hon i scho amal vozählen hör'n. Der werd aba kaam billi herganga sei.«

»Ja g'wiß net. Des ko'st dir leicht ausrechna. Vier Kinda san do g'wen, lauter Madeln, und a jede hot fufzehtausad March kriagt, wia der Alt g'storm is. Baar, weil der Jud beim Kaaf glei auszahlt hot.«

»Vier Kinda, und a jede fufzehtausad March. Des is a Geld.«
»Des is no net all's. De Wittib, de alt Salvermoserin, hot aa'r an Kindsteil kriagt, san no'mal fufzehtausad March.«
Die Anwesenden horchten gespannt auf die Ausführungen Feichtls; Emerenz hatte die Hände über ihrem Handkorb verschränkt und sah geradeaus.
»De alt Salvermoserin hat aa fufzehtausad kriagt?« fragte der Reischlbauer.
»Jawohl, an Kindsteil.«
»Ja, do erbt ja sie no'mal, bal de Alt stirbt?«
»Freili, vo Rechts weg'n an vierten Teil.«
»An vierten Teil? Vieri in fufzeh des geaht dreimal, bleib'n drei, san dreißgi und vieri in dreißgi geaht achtmal, na, geaht siebenmal, des san guating dreitausad sieb'nhundert March«, ließ sich jetzt Andrä von der Ofenbank her vernehmen.
»Es werd so eppas sei«, meinte Feichtl, »des hoaßt, es ko' aa sei, daß de Alt demselbigen mehra vermacht, bei dem s' an Austrag lebt.«
»Wo leb' sie denn?« fragte die Reischlin.
»Sie is auf Untabachern vazog'n, zu'n Kloiber, der wo de ältest Tochta hat.«
»Sie muaß aba it dort bleib'n, bal's it mog?«
»Na, na, sie ko' überall'n hi; da Kloiber werd ihr freili zuareden, daß s' bleibt, weil er eahm Hoffnung macht, daß er mehra kriagt.«
»Is des g'schrieben, daß de Alt mit ihran Geld toa ko, was sie mag?« fragte der Reischlbauer, »es kunnt in Testament aa verbriaft sei, wer des Geld zum kriag'n hot, bal sie stirbt.«
»Ja, des gibt's freili«, bestätigte Feichtl, »es kimmt halt d'rauf o, wia's g'schrieben steht. Hast du de Papierer net dabei, Emerenz?«
»Jo, i ho's mitg'numma«, antwortete die Salvermoserin und holte aus ihrem Korbe ein zusammengefaltetes, fettig glänzendes

Papier hervor. »Do ko'st as lesen«, sagte sie und schob es über den Tisch zum Feichtl hinüber.

»I ho mei Brillen it dabei«, bedauerte der Schäfer, »und ohne Aug'nglas, do geaht's halt gor nimma. Früherszeit hon i a jede Schrift lesen kinna, ganz frei, aba jetz wer i halt aa scho alt.«

»Mi geaht's grad a so«, sagte der Reischl, – »geh Andrä, les du, du ko'st besser umgeh' mit dem Sach.«

Es hätte der Aufforderung nicht bedurft, denn Andrä war schon längst an den Tisch herangetreten und sah über die Schulter des Feichtl weg mit vieler Neugierde in das Schriftstück hinein. »Tua's her«, sagte er und nahm dem Schäfer das Papier aus der Hand, »des wer'n ma scho no z'sammbringa.«

Er las, wie es schien, nicht ohne Anstrengung, aber doch ziemlich geläufig, indem er mit dem Finger nachfuhr und die Worte halblaut vor sich hinmurmelte. »I glaab, jetzt kimmt's«, sagte er, »'s steht do was.«

»Les halt vor«, drängte der Reischlbauer.

»Also .. do steaht .... die Witt .. Wittwe Geno .. Genofeva Salver .. mo .. ser ..«

»Des is d'Muatta«, sagte Emerenz.

»... Genofeva Salvermoser erhält laut der mehr ... mehrgeda... mehrgedachten letzt ... letztwilligen Verfü .. gung des Erb ... Erblassers einen vollen Kind .. Kindsteil, sohin wie jedes der ... sämtlichen oben ... oben angeführten vier ... Kinder die Summe von .. von fufzehtausad ... mit Worten fünf- .. fünfzehntausend Mark.«

»Also do is jetzt schriftli .. g'richtmaßi ..«, sagte Feichtl triumphierend und blinzelte zum Reischlbauer hinüber, »so is ganz richti .. wie jedes der vier Kinder fufzehtausad March, net wahr?«

»Wo steaht dös?« fragte der Alte vorsichtig.

»Do steaht's«, sagte Andrä und wiederholte dem Vater die Stelle, »wie jedes der sämtlichen oben angeführten vier Kinder die Summe von fufzehtausad March.«

»Oben angeführt? Do muaß also ihra Nama dabei steh bei de vier Kinda?« fragte Reischl, den Alter und Erfahrung vorsichtig gemacht hatten.

»Freili muaß sie dabei steh'«, erwiderte Andrä, »des wer'n ma glei hamm. Do steaht's scho ... es sind erschienen: .. viertens Emerentia Salvermoser, Tochter des .. Erb .. Erblassers.«

»Do feit sie durchaus gar nix«, fiel hier Feichtl ein, »bal i amal wos sag, nacha is g'sagt, des is so viel als wia g'schrieb'n. Do gib's gor nix.«

»No, ja!« sagte der Reischl, »und do steht nix, daß de Alt mit ihran Geld net toa ko, was s' mog?«

»Na, do is nix g'schrieben.«

»Wia alt is denn dei Muatta schon?« wandte sich die Reischlbäuerin an Emerenz.

»Mei Muatta? I woaß jetz glei gor it so g'nau. An achtasechzg, a siebaz'g Johr werd s' scho bald sei.«

»Do is s' aa nimmer jung; do is a jeder Tog g'schenkt. Is sie no g'sund beinand?«

»Jo, sie is ganz guat bei'n Zeug. Vor a zwoa Johr is sie it recht sauber g'wen, do is sie vier oder fünf Wocha bettlägerig g'wen. Da Feichtl hat ihr selbigsmal g'holfa.«

»Jo, da habt's Zeit g'habt, daß mi g'holt habt's«, sagte der Schäfer, »sie hot an kalt'n Trunk g'macht, und do is ihr zerscht 's Bluat g'froren, und nacha is 's ihr hitzi wor'n.«

»Wos is denn, magst de letzte Nudel nimmer essen?« fragte die Reischlbäuerin freundlich und schob der Emerenz den Teller zu.

»Na, jetzt mog i gar nix mehr.«

»Wia waar's denn, bal's jetzt an Hof a wengl o'schaug'n tat's?« fragte der Reischlbauer. »I muaß in da Stuben bleib'n, mit mein Hax'n kon i no net umanandalaafen, aba d'Bäurin geht mit und der Andrä.«

»Is recht, schaug'n ma a weng umanand«, erwiderte Feichtl und erhob sich. Die übrigen folgten seinem Beispiel und gingen, eines hinter dem anderen, aus der Stube.

Sie schritten über den Hof zum Stall hinüber. Voran gingen Andrä und Feichtl; die Reischlin und Emerenz folgten etwas langsamer, weil sie ihre Röcke behutsam in die Höhe hoben und nicht so achtlos durch die Pfützen traten wie die Mannsbilder.

Der Kuhstall war schön zum Ansehen. Es standen dreiundzwanzig Kühe darin; die meisten braun und weiß gefleckt, Pinzgauer Schlag, dann einige Miesbacher, und der Stolz der Reischlin, zwei große Simmentaler. »Des glaabst gor it, Emerenz«, sagte die Bäuerin, »was des für guate Milchküah sand. Siebazeh Liter an Tog, es is wohr und koa Lug it. No, sie stengan in guat'n Fuatta, Emerenz. I gib eahna lauta schö's Heu, koa sauer's gor it. Und Ruab'n gib i eahna aa net gern. Es kriagt de Milli an schlechter'n G'schmach.«

»Siebazeh Liter, des is aba scho a groaß Wort«, meinte Emerenz, »de besser vo da Schneiderbäurin gib vierzehni. Und des it leicht.«

»I glaab dir's gern. Dös werst aa koan Ort finden, daß wo in an Stall zwoa sellene Küah stengan. Balst as it glaabst, ko'st darnach de Dirn frag'n.«

»I glaab's a so, i ho g'rad g'moant«, sagte Emerenz.

»De Bleß muaßt o'schaug'n«, fuhr die Reischlin fort, »werst it leicht a schöner's Viech sehg'n kinna, aba a Luada is. De laßt sie gor it gern melcha; glei schlagt's hint aus; mi hat's amol so hintri g'feuert, daß i a halbe Stund ganz damisch g'wen bi. Und goraus, seit de Cenzi do is g'wen, do is gor nix mehr zu'n Richten. Mi wern's an Metzga geb'n und fuattern's no a drei Wocha.«

Emerenz schritt langsam neben der Reischlin her und horchte wohl auf, wenn diese bei den einzelnen Stücken etwas zu berichten wußte; sie sah mit Wohlgefallen auf die breitrückigen, gut gepflegten Tiere, welche auch sie neugierig betrachteten, indem

sie das Futter nachdenklich mit den Unterkiefern hin und her schoben.
Feichtl und Andrä standen am hinteren Ende des Stalles, wo sich fünf Schweine grunzend an den Verschlag drängten. »Was sagst denn jetzt?« fragte Feichtl, »is sie net a richtig's Weibsbild? G'fallt s' dir net?«
»Jo, sie is net uneben«, sagte Andrä ganz kurz.
»Und daß 's mit'n Geld sei Richtigkeit hot, des hast g'sehg'n?«
»Es schaugt si a so her.«
»Ja, do ko'st die drauf verlassen«, rühmte der Schäfer wieder, »bal i eppas net ganz g'wiß woaß, sog i nix. Bei dem G'schäft gib's koa Hinum und Herum; des muaß g'nau geh, sinscht hätt mi nix, als wia'r an Vadruß.« – »Ja, ja«, sagte Andrä.
»Du muaßt dei Sach kriag'n wie's recht is, und wia's ausg'macht is. Du laßt dir nix o'ziehag'n, und i laß mir aa nix o'ziehag'n vom Schmuserlohn, is it wohr?«
»Is scho recht, ja.«
»Mi freut's, bal's was werd, Andrä. Weil'st a richtige Frau kriagst, vastehst?«
»I vasteh di scho, Feichtl.«
Das Gespräch wurde durch das Herannahen der Frauenzimmer unterbrochen. Die Reischlin machte Emerenz auf die wohlgemästeten Schweine aufmerksam und wußte auch hier Bemerkenswertes zu erzählen. »De groaße dort hint«, sagte sie, »de hat auf Liameß zeha Fakein g'hot, und de ander aa, de wo rechts davo steht. I ho's alle zwoa auf Micheli zualassen.«
»Des is aa de besser Zeit«, erwiderte Emerenz, »auf des ham mi dahoam aa'r alleweil aufpaßt, daß de Fakein net an Winta kemma san; do koschten s' g'rad recht viel und bring'st as do it leicht durch.«
»Da hast ganz recht, Emerenz, da hast amol ganz recht, des g'freut mi, daß du des sagst. Auf Mariä Geburt oder auf Micheli laß i s' des erstemal zua, und da zwoate Wurf soll um Jakobi

rum kemma; do is no bessa, weil ma nacha de Fakein mit der Alt'n no auf's Feld außi bringa ko.«

»So moan's i aa«, wiederholte Emerenz.

Die Reischlin wurde sichtlich aufgeräumter und gesprächiger. »De rot Sau, wo's d'siehgst, de do links, mit dere hon i a Kreuz g'habt. De Cenzi hot net aufpaßt, wie s' g'worfen hot, und do hot s' de erst Nacht zwoa Fakein dadruckt, und bal i am andern Tag net dazua kimm, frißt s' die andern sauba z'samm.«

»Hamm de Fakein g'wiß recht scharfe Zähn g'habt?« fragte Emerenz.

»Freili. Des hat der Alt'n weh to, wia s' g'säugt hot. Bal ma'r Obacht gibt, ko ma leicht helfa; zwickt ma'r eahna halt de Zahnei ab, na is glei gar. Aba de Cenzi hat ja nix kennt, das Weibsbild, des ganz schlechte.«

Auf Antreiben Feichtls verließen die vier den Kuhstall; Andrä meinte, man solle jetzt die Pferde anschauen, aber am Hühnerstall konnte die Reischlin nicht achtlos vorbeigehen. »I ho vierasiebaz'g Henna, lauter guata Leghenna«, rühmte sie, »an vorigen Johr hon i a schön's Geld auf d' Seiten bracht mit die Oar. Da Bauer schimpft mi a diam, weil eahm d' Henna in Woaz einikemman, aba des g'fallt eahm do, bal der Handler vo Minka 's Geld aufzählt.«

»Jetzt geh no amol zua«, drängte Andrä, »bal du amol mit deine Henna ofangst, nacha werst gor nimma firti.«

»Geht 's no ös daweil in Roßstall«, erwiderte die Reischlin, »mi kemman scho nach. Woaßt, Emerenz«, fuhr sie fort, als die zwei langsam weiterschlenkerten, »mit die Mannsbilder ko'st do nix richten. De moana, grad dös hot an Wert, was eahna selm o'geht, des ander achten s' net. I sag 's oft zun Bauern, wia's d' no grad a so reden ko'st, sog i, den kloan Profit kennt's ös it, hab' i g'sagt. Bei enk muaß 's Sach do sei, Oar und Schmalz und a Butta, des is enk recht, sog i, aba was da für an Arbet dro hängt, daß all's richti beinand is, hab i g'sagt, des is ganz gleich. Da Hennastall, sog i allaweil, der braucht Vastand grad a so, als wia da Roßstall. Is it wohr, Emerenz?«

Die Salvermoserin schnupfte heftig auf und nickte zustimmend mit dem Kopfe. Währenddem waren sie auch am Roßstall angelangt, wo Andrä die Führung übernahm. »Roß hamm ma vieri«, sagte er, »de zwoa Braun stengan do, mit'n Scheck is da Knecht furtg'fahren, und der Fuchs, der wo do hinten steht, is mi krank wor'n.«

Feichtl war in den Stand hineingegangen und untersuchte das Pferd mit Kennermiene. »Machst a so, wia'r i g'sagt hab«, meinte er, »nacha hat sie de G'schicht bal g'hoben, es is it viel dro.«

Andrä brummte eine Erwiderung, und die Weiberleute verließen nach kurzem Aufenthalt den Stall; sie haben bekanntlich kein Verständnis und kein rechtes Interesse für die Gäule. Auch die Tenne wurde nur flüchtig gemustert; beim Durchschreiten sah man rechts und links die ansehnlichen Vorräte an Heu und Stroh, und Andrä bemerkte kurz angebunden, wie viele Zentner von jedem noch da seien. Man kam jetzt wieder in das Haus, und Andrä sowohl als Feichtl hielten es für angebracht, in die Stube zum alten Reischl zurückzukehren, währenddessen sich die Bäuerin anschickte, die Emerenz in ihr eigentlichstes Gebiet, in die Milchkammer, in die Vorratskammer und in die Küche zu führen. Die beiden Männer fühlten, daß sie hier bloß im Weg umgingen, und bezeigten keine Lust, die in solchen Dingen unvermeidliche Redseligkeit der Weiber auszuhalten. Feichtl setzte sich neben den Reischl hin, und Andrä begab sich wieder auf seinen Stammplatz zum Ofen. Der Schäfer unterbrach das Schweigen. »Habt's koan Schnaps?« fragte er. »I ho vo dem Schweinern a bissel z'viel dawischt.«

Der Reischl hinkte zum Wandschrank und holte eine Flasche hervor, die er gegen das Licht hielt. »A wengl a Zwetschgenwassa is no da«, sagte er und brachte dem Schäfer Flasche und

Glas. Feichtl schenkte ein, roch an dem Schnaps und machte einen kräftigen Zug. »Ah, des is a scharfa, der richt mi eiwendi z'samm. Sakera Hosenzwickel, des Schweinerne waar mir schier gar z'fett worn. No, wia g'fallt dir de Salvermoserin?« wandte er sich an den Alten. »Sie passet net schlecht auf'n Hof«, gab der Reischl zurück, und er nahm sich bedächtig eine Prise. Auch Feichtl langte in die Dose und sagte eifrig: »Ja g'wiß it, durchaus gor it, Reischl. Sie is wia g'macht für das Anwesen. Sie scheucht koan Arbet und kennt sie guat aus. Sie hätt a richtig's Regiment über de Ehhalten, weil sie's dohoam g'lernt hot. Dös is überhaupts schon a Vorteil.«

»Ja, ja, des is scho wohr.«

»Ja, g'wiß is wohr, wos bedeut denn dös, bal oane aus an kloan Sach außa kimmt. Dös werd nia nix, dös lernt sie net leicht. So oane ko nia net reigiern.«

»Ja, ja.«

»Und nacha, fufzehtausad March, des is aa koa Dreck. Baar auf d'Hand, braucht koa Künden und koa Betteln, was dös scho wert is!«

»Ja, ja.«

»Net, wia's oft is, wann ma' 's Geld lieg'n lassen muaß auf Hypothek? Aufsagen magst as it gern, weil glei da Vadruß do is, voraus heuntigen Tag's, wo ma si so schwaar tuat mit an Bankgeld. Und balst as net aufkünd'st, muaßt Angst ham, daß der ander schlecht haust und d' Hypothek alle Wocha schlechta werd.«

»Ja, ja, besser is scho, wann ma 's Geld baar auf d' Hand kriagt.«

»So is. Dös sagt a jeda, der wo was vasteht. Geh, schenk ma no mal an Schnaps ein, mit dem Schweinern kimm i gor it z'recht.« Reischl goß das Glas wieder voll, und Feichtl leerte es auf einen Zug. »Ah, ah«, machte er, »des is amal a Zwetschgenwassa, wia sa si g'hört, brenna wia da Teufi. So muaß 's sein.«

Er langte sich eine Zigarre aus der Rocktasche und begann zu rauchen. Da die andern zwei nichts sprachen, wurde es wieder still in der Stube. Dem Feichtl war die Schweigsamkeit zuwider. Er war schlau genug, zu erkennen, warum die zwei sich gar so zurückhaltend benahmen. Nicht, weil ihnen etwa die Partie mit der Salvermoserin nicht gefiel; in dem Punkt war Feichtl seiner Sache ganz sicher; in dem Augenblick, wo Emerenz schriftlich aufweisen konnte, daß sie die versprochene Summe besitze, wußte der Schäfer, daß es mit der Hochzeit seine Richtigkeit habe. Aber ein anderes war zu beachten. Jetzt, wo alles seinen geregelten Gang nehmen konnte, rührte sich in Andrä bereits die Reue, daß er den Schmuserlohn so hoch bemessen hatte. Er wollte den Schäfer merken lassen, daß seine Vermittlung recht überflüssig sei; vielleicht ließ sich daraus für später ein Vorteil ziehen, daß man bei der Zahlung was abzog, oder am Ende gar die Berechtigung der Forderung überhaupt abstreiten konnte. Daß der alte Reischl mithalf, schon jetzt die Verdienste des Vermittlers in den Schatten zu stellen, war selbstverständlich.
Feichtl war über dieses Verhalten keineswegs erstaunt. Seine Lebenserfahrung war nicht gering; er hatte schon manche Heirat vermittelt, aber niemals war es ihm geschehen, daß sein Honorar ohne Widerspruch mit freundlicher Miene ausbezahlt wurde. Darum also wußte er recht gut, welche Gefühle in den Herzen seiner beiden Zuhörer herrschten, und da er eine mitteilsame Natur war, rieb er ihnen diese Erkenntnis etwas unter die Nase.
»Gel, Reischl«, fragte er, »auf Rettenbach habt's ös net weit umi?«
»Rettenbach? Dös is gor it weit, höchstens a Stund. Willst du heunt no umi geh?«
»Na, i ho grad gmoant. Kennt's ös an Holzinger Jakob vo Rettenbach?«
»An Holzinger?«
»Ja, beim Häuslmichl hoaßt ma's, is enk dös net bekannt?«

»An Häuslmichl? – Freili kenn i den. Wos is damit?«
»Nix. I ho g'rad g'fragt. I kenn eahm aa.«
»So?«
»Ja; i hon an Prozeß g'habt damit.«
Mit dieser Mitteilung kitzelte der Schäfer den Reischl doch etwas heraus; er konnte sich noch so gleichgültig stellen, den Feichtl täuschte er damit nicht. »So, an Prozeß hast g'habt mit'n Häuslmichl?« fragte der Alte.
»Ja, vor a zwoa Jahr is g'wen. Z'Dachau.«
»Habt's enk beim Handeln z'kriagt?«
»Na. I hon eahm sei Heirat g'macht, und wia'r i den ausg'machten Schmus valangt hob, hätt er mir's o'streiten mög'n. Er hätt ohne mi aa g'heirat, hat er g'sagt, do hätt er mi gor it braucht dazua, sagt er. No, i hon it lang g'redt mit eahm, i bi zu'n Advikaten ganga, nacha hat si de G'schicht glei g'hoben.«
»So?«
»Ja. Den Prozeß hon i schnell g'wunna. Da Holzinger hätt alles mögliche daher bracht, aba do hat's nix geben. Der Oberamtsrichta vo Dachau hat'n glei z'sammpackt. Was, hat er g'sagt, zuerst vereinbaren Sie etwas mit diesem Manne, sagt er, und hinterher wollen Sie ihm den wohlverdienten Lohn streitig machen, hat er g'sagt. Das ist keine Art und Manier, sagt er, für einen Mann, der wo einmal sein Wort gegeben hat. Sie sollen Ihnen schämen, hat er g'sagt, daß Sie mit solchenen Ausflüchten vor Gericht kommen, sagt er. Da Holzinger hat anderst g'schaut, wia'r eahm d'Leviten g'lesen wor'n san. Aba grad recht is eahm g'schehg'n. Do hot er an Vadruß g'habt und an Haufa Kösten dazua. I hab's eahm glei g'sagt. Des is net der erscht Prozeß g'wen, den i g'wunna hab. I woaß, wia's G'setz is, und mehra will i net. Do is oana allemal vaspielt, wann er mit mir schtreiten will.«
Feichtl zündete sich die Zigarre wieder an, die ihm beim Erzählen ausgegangen war, und blinzelte zum Andrä hinüber, um die

Wirkung seiner Geschichte zu beobachten. Es war kein Zweifel, daß ihn die beiden hatten gehen hören, aber entweder waren sie von der Moral der Geschichte nicht berührt worden, oder sie verstanden es meisterlich, ihre Gemütsbewegung zu verbergen. Andrä schaute so gleichgültig wie vorher, und der Reischl hatte anscheinend jedes Interesse an dem Prozeß verloren. Der Schäfer überlegte sich, ob es nicht gut wäre, noch eine zweite Geschichte darauf zu setzen, doch da öffnete sich die Türe, und die Reischlin kam herein; hinter ihr die Emerenz.

»So, jetzt hamm ma all's o'g'schaugt«, sagte die Bäuerin.

»Hat ihr 's Sach g'fallen?« fragte Andrä aus der Ofenecke heraus. »I glaab scho, gel Emerenz?«

Die Salvermoserin fühlte, daß nunmehr die Entscheidung nahe, und verzog ihren Mund zu einem geschämigen Lächeln. »Mi hat's it schlecht g'fallen«, antwortete sie und sah dabei auf den Fußboden.

»Jo«, meinte Andrä, »indem, daß mi aa ganz recht waar, kunnten mi ja z'sammheiraten?« »Mi is scho recht«, sagte Emerenz; und dann holte sie umständlich aus ihrem Handkorb den Geldbeutel hervor, nahm einen Taler heraus und reichte ihn dem Andrä als Handgeld und zum Zeichen, daß der Vertrag in Ordnung sei. Feichtl patschte in die Hände und bezeigte eine Fröhlichkeit, die dem Ereignisse angemessen war und welche außerdem seine Person wieder etwas in den Vordergrund rückte. »So is recht! Dös lob i«, schrie er mit erhobener Stimme, »jetzt gibt's Hozetleut in Haus, Herrschaftsakera, dös is amal a Paar, wo a jeda a Freud hot.« Von den Anwesenden beteiligte sich niemand an seiner Lustigkeit, die Brautleute so wenig wie die zwei Alten, welche dem Vorgang ruhig zuschauten. Aber Feichtl ließ sich nicht irrmachen. »Siehgst, Emerenz«, schrie er, »i ho dir's g'sagt, do genga ma net umasinst her, zu'n Reischlhof. I mach mei Gratulation, de Jungfer Hozeiterin soll leben vivat hoch, und da Hozeiter daneben!«

»Is scho recht«, wehrte ihm Andrä ab, »gib no amal an Ruah, mi müassen ja no was ausmacha, mi kenna ja net dischkrieren, bal du a so schreist. Wos is denn?« wandte er sich an den Vater, »wann laß ma denn d'Übergab vabriafen?«

»Mi is gleich. Vo mir aus an Mieka* acht Täg.«

»Guat, also mach ma's glei aus. Auf'n Mieka in acht Täg genga ma zu'n Notari, bal's dir recht is, Emerenz?«

»Jo, mi is jeder Tag g'recht.«

»Freili«, mischte sich Feichtl ein, »da Mieka paßt mir aa guat, b'stellen mi ins bei'n Ziaglerbräu z'samm.«

»Bal'st aba aufg'halten bist, brauchst it z'kemma«, erwiderte ihm Andrä, »mi kennan de Sach alloa macha.«

»Na, na, i bi it aufg'halten, i ho leicht Zeit; i hätt a so a G'schäft z'Dachau drin. I geh wieda mit da Emerenz.«

»No ja, nacha kimmst halt, wennst moanst, du muaßt dabei sein.«

»I kimm scho, Andrä, ko'st di valassen drauf«, versicherte Feichtl sehr freundlich. »Aba jetzt genga ma, Emerenz«, fuhr er fort, »i moa, es waar Zeit.«

Die Salvermoserin rückte ihr Kopftuch zurecht und erklärte, daß sie gehen wolle. »Mogst it no was essen, Emerenz?« fragte die Reischlin.

»Na, i ho scho gnua. Pfüat enk Good.«

»Pfüat Good!«

»Und am Mieka in acht Täg kemma ma in Dachau z'samm«, rief ihr Andrä nach, als sie bereits die Stube verlassen hatte.

Feichtl verhielt sich noch ein wenig an der Tür. Er tauchte die Finger in den Weihwasserkessel und besprengte sich. »Der Herr segne unsern Ausgang!« sagte er mit tiefem Ernst, »adies beinand!«

»Geh zu'n Teufi, Haderlump miserabliger«, brummte Andrä vor

* *Mittwoch*

sich hin. Aber Feichtl hörte ihn nicht. Er ging gehobenen Gemütes neben Emerenz durch das Dorf, am Wirtshaus vorbei, unter dessen Türe Herr Martin Schinkel stand.
Der Schäfer lächelte, als er den Wirt sah und begrüßte ihn freundlich. Dieser hingegen rückte nur ein weniges an seiner Schlegelkappe und sprach vor sich hin: »I ho's ja g'wußt, daß der Bazi bei'm Schmusen war. Mi ko'st net o'lüag'n, Freunderl, do muaßt zeitiger aufsteh.«

Fünftes Kapitel

Es war Mittwoch und Schrannentag in Dachau. Vor dem Rathause standen Leiterwagen, hochgepackt mit Krautköpfen, die von Kauflustigen gemustert wurden. Da und dort sammelten sich Leute um einen Bauern, der seine Ferkel hereingebracht hatte und jetzt die quiekenden Viecher eines nach dem andern bei den Hinterbeinen faßte und zum Betrachten in die Höhe hob. Auf dem freien Platz vor der Marktwaage waren die Getreidesäcke in Reih und Glied aufgestellt. Hier herrschte das regste Leben. Händler und Bauern stritten sich um die Preise, zwanzig Pfennige hin und her für den Zentner. Die Käufer langten in die Säcke und holten eine Handvoll Gerste oder Weizen heraus, bliesen darauf, ließen sie langsam durch die Hände laufen und fingen dann wieder das Handeln an.
Den Schloßberg hinauf gingen viele Leute. Die einen sprachen im Bezirksamte vor und erkundigten sich nach dem Stande ihrer Angelegenheiten, die nach ihrer Meinung nun schon lange genug bei der königlichen Behörde »schwebten«. Andere besuchten den Herrn Rentamtmann und zählten in harten blanken Talern den Betrag der Steuern und Bodenzinse auf den Tisch; mancher tat es mit einem tiefen Seufzer und der aufrichtig gemeinten Bemer-

kung, daß es jammerschade sei um das schöne Geld.

Den größten Zuspruch hatte aber das auf dem Berg zu oberst gelegene Amtsgericht. Im Gerichtssaal drängten sich die Neugierigen, denen eine öffentliche Sitzung so viel Spaß bereitete wie ein Theater. Hie und da kam ein Bekannter aus der Umgegend zum Aufruf, und man hatte das Vergnügen, ab und zu etwas zu erfahren, was einem der Freund gewiß nicht anvertraut hätte. Auch die Advokaten, welche aus München herbeigeeilt waren, ermangelten nicht, die Lustbarkeit zu erhöhen. Sie überboten sich an Zungenfertigkeit und verstandesreicher Kenntnis der Gesetze. Die Zuhörer bewunderten solche Gaben, die ihnen selbst gänzlich fehlten, und schätzten prüfend den Wert jedes einzelnen Redners. Diese Aufmerksamkeit konnte von Nutzen sein, denn niemand weiß heute, ob er nicht morgen einen Prozeß hat und einen scharfen Vertreter braucht. – Der Amtssitz des königlichen Notars, welcher sich am unteren Ende des Marktes befindet, war heute gleichfalls sehr gut besucht. Die Herren Wassermann und Meyer Männlein hatten wieder ein großes Anwesen erworben, und die Nachbarn des Verkäufers kauften nun von ihnen die Grundstücke, welche sie vorher verschmäht hatten. Guter Handel gedeiht nicht ohne Streiten und Lärmen; das wußten Männlein und Wassermann aus ihrer langjährigen Praxis, und sie fühlten sich in ihrem Elemente, wenn recht heftige Reden gegen sie geführt wurden. Den gröblichsten Beleidigungen gewannen sie eine scherzhafte Seite ab, wenn dadurch der Handel vorwärts ging; manchmal freilich mußten sie ihr Ansehen wahren, wenn ein Schimpfwort zugleich die Absage bedeutete, oder wenn der Schimpfende als Zahler von minderem Werte war.

Wie zum Beispiel der Kleingütler Blasius Hörmann, welcher dreißig Dezimalen Wiesengrund behufs Abrundung erwerben wollte und sich äußerst ungebärdig benahm, als ihm der Preis genannt wurde. Wassermann hörte ihm zuerst mit mildem Lächeln zu, da er vermeinte, daß gerade diese Heftigkeit das beste Zeichen für die starke Kauflust des Gütlers sei. Als aber Blasius Hörmann immer halsstarriger und unfeiner wurde und zuletzt allen Ernstes versicherte, daß er mit so einem lausigen Halsabschneider durchaus gar nichts mehr zu tun haben wolle, da wurde auch Wassermann ungehalten.

»Wer bist du?« fragte er den schreienden Landmann. »Was glaubst du? Du bist mir zu wenig, daß ich mich abgebe mit dir.« Und als Wassermann sah, daß von den Anwesenden sich niemand für Blasius Hörmann erwärmte, fügte er bei: »Du bist mir überhaupt zu gemein.«

»Wos bin i, du Herrgottsakerament? Daß i di fei net glei niederschlag, du Blutsmensch.«

Hier legte sich der königliche Notar ins Mittel und erläuterte dem widerhaarigen Gütler, daß er sich nicht auf dem Lande bei den Saubauern befinde, und daß ein Amtszimmer nicht zu verwechseln sei mit einer Bierwirtschaft. Da Hörmann immer noch etwas zu entgegnen wußte und sich nicht einmal der staatlichen Autorität beugte, mußte er den Schauplatz verlassen. Er tat dies, indem er Herrn Wassermann noch einige Proben seiner Wertschätzung vorlegte. Allein dieser zeigte durch verächtliches Achselzucken, daß er den geringen Bildungsgrad des Beleidigers zu würdigen wisse, und sagte nur, als Hörmann bereits im Hausgange plärrte: »Es ist gut, daß er draus is. Er is ä Lümmel.«

Die Verhandlungen nahmen ihren lebhaften Fortgang; die Verkäufer sprachen auf die Bauern ein, die Schmuser drängten, der Notar gab seine Meinung dazu. Hie und da nahm Männlein einen Kauflustigen auf die Seite und raunte ihm geheimnisvoll ins Ohr: »Ich will dir was sagen, Wagenbauer, du kriegst das Tagwerk um dreißig Mark billiger – weil du's bist. Aber es wird nix mehr geredt.« Währenddem klopfte es heftig an der Tür; jemand probierte an der Klinke herum und stieß mit den Knien gegen die Füllung. »Was isch denn des wieder für a ung'hobelter

Gascht!« schrie der Notar, den die Verhandlungen in etwas gereizte Stimmung versetzt hatten.
Die Tür gab endlich dem Druck nach, und auf der Schwelle erschien unser Reischl, hinter ihm die Reischlin und Andrä, und über dessen Schulter hinweg sah man das schwarze Kopftüchel der Emerentia Salvermoser neben dem schlauen Gesicht des Schäfers Nepomuk Feichtl von Watzling.
»Wer seid 'r denn?« fragte der Notar den Reischlbauern mit gut vernehmbarer Stimme. »I? I bi da Reischl vo Pellham.«
»Ja, des mußt scho saga, des ka 'n i it schmecka. Zu was kommscht denn da rei? Willscht an Grundschtück kaufa?«
»Kaafen? Na, kaafen will i gar nix.«
»Für was schtehscht denn hernach do? He? Red a mal, mueß ma dir alles rausziaga?«
»An Übergab möcht ma vabriefen, und an Eh'vatrag.«
»Ja, was fallt d'r denn ei? Glaubscht du, i ka alles auf oimal macha? Glaubscht, i laß alles liega und schteah wega deiner Übergab?«
»Nacha kemma mir halt später, bal S' jetzt koa Zeit hamm.«
»Sei halt so guat, gel? Und jetz mach, daß d' raus kommscht, schteh it so oifältig her.«
»Bis wann soll ma kemma?«
»Frag it so saudumm, des ka i do it wissa, wenn i halt fertig bi, oi's nach dem andera.«
»Nacha kemma ma halt in a guaten Stund wieda her und schaug'n nach«, meinte Reischl gutmütig und zog die Türe zu. Die ganze Gesellschaft machte kehrt und trappte durch den Hausgang. Im Freien wurde beraten, was nunmehr zu tun sei.
Feichtl gab den Ausschlag. »Des G'scheidtest is«, sagte er, »mi gengan wieda zum Ziaglerbräu. Vor zwoa Stund werd's mit'n Vabriefen do nix. I kenn an Notari. Bal er so schreit, hat er viel Arbet.«
Das große Gastzimmer in der Zieglerbrauerei war dicht gefüllt.

Reischl wurde beim Eintreten von vielen Bekannten begrüßt und mußte fast an jedem Tisch Bescheid tun.

»Bist wieda auf da Höch? Kost do wieda füri mit dein Haxen?« wurde er gefragt; und er trank bei jedem und gab Auskunft über sein Befinden. Unterdes waren ein paar Plätze frei geworden, die Leute rückten zusammen, und unsere Gesellschaft konnte eng aufeinander gepreßt an einem Tisch Platz finden. Die Erscheinung der Emerenz erregte Aufsehen; viele drehten die Köpfe nach ihr um, und der Zanklbauer von Siegmertshausen wisperte dem Reischl ins Ohr: »Wos hoscht denn do für oane dabei?«

»Des is an Andrä sei Hochzeiterin.«

»Ah? Do bin i ja gor nix inne wor'n. Is jetzt scho zu'n Übergeb'n bei dir?« – »Ja; es is nimma z' fruah.«

»Do hoscht scho recht. Wo is denn sie her?«

»Vo Eielsriad. An Geitnerbauern a seinige Tochta.«

»Vo dem Geitner, der wo vorig's Johr g'schtorm is?«

»Ja, vo dem.«

»So, von Geitnerbauern is' sie?« wiederholte der Zankl und vertraute die Neuigkeit seinem Nachbar an, der sie gleich weiter gab. Nach Umlauf von einer Viertelstunde wußten es alle im Gastzimmer, daß der Reischl von Pellham übergebe, und daß der Andrä eine Geitnertochter von Eielsried heirate.

Der eine und andere von den Bekannten kam herüber und begrüßte das Brautpaar. »Also Andrä, i ho vanumma, du heirat'st jetzt. Des is recht. Do trink amal.« Andrä machte jedesmal einen kräftigen Zug und schob das Glas der Emerenz hin, die bescheiden nippte und sich dann mit der Hand den Mund abwischte. Manchmal versuchte einer auch die Emerenz in das Gespräch zu ziehen, indem er wohl sagte: »A sauberne Hozeiterin hoscht dir aba g'suacht; dera waar i aa net feind.« Die Salvermoserin wußte, daß man bei solchen Redensarten verschämt sein muß, und sah auf ihren Handkorb nieder, den sie auch heute dabei hatte.

Allmählich ließ die Aufmerksamkeit, die man dem Ereignis im Reischlhause gewidmet hatte, nach, und die Gespräche nahmen eine andere Wendung. Man unterhielt sich über den Gang der heutigen Schranne; daß sie gut gewesen und daß viel verkauft worden sei; man besprach die Preise, welche Weizen und Gerste gefunden hatten, und klagte über die geringe Höhe derselben. Manche berichteten über die Gerichtsverhandlungen, wieder andere begaben sich auf das Gebiet der Politik.

An seinem Tische führte Feichtl das große Wort. Die Aussicht auf die hundert Mark, welche er noch heute von der Salvermoserin erhalten sollte, stimmte ihn froh und gesprächig. Er verbreitete sich mit viel Sachkenntnis über die schlechten Zeiten und die Ursache des allgemeinen Niederganges. »Net wahr«, sagte er, »betracht ma's no, wia's der Fall is. Zerscht hot ma d' Arbet, daß ma de Kinda groß ziagt, und bal dir oaner in da Wirtschaft helfa kunnt, kimmt er zum Militari. Jetzt kost wieda zahl'n. An Buam muaßt Geld schicka, weil er do net leben ko als Soldat mit dem, was er als Löhnung kriagt; und nacha muaßt für eahm an Knecht eistellen, der an Haufa kost. Da werd 's Geld zwoamal hi. Und net, wia is mit die Steuern? Ollawei wern's mehra, ollawei finden s' wieda was Neu's, daß da Bauer zahl'n muaß. Neue Kanona, neue G'wehr, neue Banganett, grad wergeln tean s', und de Herrn, de wo in Reichstag drin san, dö sag'n zu all'n ja. Do san lauter Studierte drinn, de helfan z'samm'; wenn s' mitanand streiten, des is lauta Schwindel, lauta Kumedi, daß de dumma Leut d' Aug'n auswischen. Drum sag i dös, bal net mehra Bauern einikemman an Landtag, werd's nia nix.«

Das Thema war so beliebt, und Feichtl entwickelte eine so große Mundfertigkeit, daß selbst der Reischl und Andrä trotz ihrer aufkeimenden Abneigung beifällig zuhörten. Das spornte den Schäfer an, und er sprach noch manches treffende Wort über das Wapperlgesetz, über die Handelsverträge und über die einer gründlichen Besserung bedürftige Obrigkeit, bis Andrä sagte, es

wäre an der Zeit, wieder zum Notar hinunter zu gehen.
Sie brachen auf und trafen es diesmal besser. Wassermann und Männlein hatten ihre Geschäfte abgewickelt, so kamen sie gleich an die Reihe.
Der Herr Notar war besserer Laune als vorhin, und das war gut für beide Teile, denn die Verhandlungen, welche sich nunmehr zwischen den alten Reischlleuten und ihrem Sohne entwickelten, brauchten eine große Geduld. Die Summe, für welche der Hof abgetreten wurde, das Abstandsgeld, war schon vereinbart; zehntausend Mark, die mit vier Prozent verzinst werden mußten und auf Hypothek liegen blieben. Hierin ergaben sich keine Schwierigkeiten. Desto mehr aber bei der Vereinbarung über die jährlichen Austragsreichnisse und über die Inventarstücke, welche den Übergebern noch verbleiben sollten.
Der alte Reischl wollte für sich und seine Ehefrau drei Kleiderkästen, und dieses Verlangen erregte bei Andrä sofort lebhafte Entrüstung.
»Zu wos braucht's ös drei Kästen? Mit zwoa g'langt's ös leicht; dös teat's grad mit Fleiß, daß 's mi recht tratzen kinnt's.«

»Bal ma's net braucheten«, erwiderte der Reischl, »nacha taten mir's it valanga; des muaßt da mirka.«

»Ja, für was denn? Du bringst dei G'wand leicht in oan Kasten, und d' Muatta hat do aa koan solchen Aufwand.«

»Wos mi ham, des wissen mi, und wos mi braucha, des wissen mi aa.«

»No, no«, beschwichtigte der Notar, »nur it glei oba naus fahra, des hat koin Wert. Geht's denn gar it mit zwoi Käschta?«

»Na, es geaht it, und bal's gang, nacha möcht i net.«

»So muaßt reden«, fuhr Andrä los, »do siecht ma, wia's ös zwoa seid's. Is dös aa no a Wort, bal's gang, nacha möcht i it!«

»Deswegen brauchscht du it so z' plärra«, mengte sich der Notar wieder ein, »es isch amol der Vat'r. Und was liegt denn dra an oin Kaschta? Es isch do grad für so lang, wie die zwoi Alta leba.«

»Des is scho recht. Aba mi brauchan do aa was für insa G'wand. Nacha müaßen mir's Sach als a neua kaafa.«

»Des isch jetzt gleich. Jetzt isch gar mit dem Dischputira; mir schreiba drei Käschta. Also, was wollt'r no?«

Reischl gab seine Wünsche an. Zwei Truhen, die wo in der oberen Stube stehen, mit samt dem Inhalt, einen Tisch, eine Bank und zwei Stühle. Diese Forderungen gingen ohne längere Debatte durch. Es kamen weiter: ein kleiner Schlüsselkorb, vier Holzteller und zwei Schüsseln. Auch hierüber wurde nicht gestritten, obzwar Emerentia Salvermoser bemerkte, zwei Holzteller täten den nämlichen Dienst; als ihr aber die Reischlin die Frage vorlegte, ob das Sach schon ihr gehöre, lenkte sie ein und sagte, sie habe bloß gemeint. Beim nächsten Posten erhitzten sich die Gemüter wieder bedenklich. Reischl verlangte vier Bienenstöcke mit den Bienenschwärmen.

»Mehra wia vieri hamm ma ja gor it«, schrie Andrä.

»Des tuat ja nix«, erwiderte sein Vater, »wia'r i an Hof übernomma hab, is aa koaner do g'wen.«

»Dös beweist si gor nix, a jeda kaaft was zuawi zu'n Sach. Des Viech, was jetzt an Stall steht, is vor dreiß'g Jahren aa no net do g'wen. Dös kunnst' grod so guat sag'n.«
»Überhaupt's host du di mit de Impen nia o'geben mögen«, sagte der Alte bockbeinig.
»So? Alssammet hon i ja do scho it toa kinna, und bal i mi drum kümmert hätt, host mi it zuawi lassen.«
Der Notar wurde ärgerlich. »Da hört si aber verschied'nes auf«, sagte er, »warum habt'r denn des it dahoim ausg'macht? Da herin isch do koi Platz zum Schtreita. Wann'r so fortmacht, na hocka mir in sechs Schtund au no da.«
»I streit ja net«, erwiderte Andrä, »er soll halt it gar a so unverschämt sei.«
»Wos bin i? Du b'sinn di fei a wengl, hoscht g'hört?«
»Ruhe! Was isch denn des für an Art un Manier? Auf der Schtell halt'r 's Maul, ihr Sakerament! I will euch was saga: Koiner hat recht. Jeder laßt was nach, und jeder gibt was zua. Du« – wandte sich der Notar an den Alten – »nimmscht zwoi Schtöck, und du«, sagte er zum Andrä, »bischt au mit zwoi z'frieda. Halb und halb, so isch recht.«
»Für wos denn?« knurrte der Reischl. »Er hot si ja nia net mit die Impen o'geben.« – »Des is it wohr«, brüllte Andrä.
»Wos? Hoscht it g'sagt, mit de Malefizviecher is nix aufg'richt. Auf den Profit tat'st huasten? Hoscht des it g'sagt?«
»Maul halta! Ruhe!« schrie der Notar, »entwed'r – od'r! Entweder ihr macht die Sach fertig, od'r ihr geht naus. Na könnt'r im Wirtshaus schtreita. I schtell mi da it her für euch. Wollt'r halb und halb? Sonscht mach i Schluß.«
»Vo mir aus, soll er zwoa hamm«, brummte der Reischl, »aba des sag i dir glei, i kümmer mi gor nix drum. De verrecka dir g'schwind gnua.«
»Des wer mi nacha scho seh'gn«, meinte Andrä.
»Also fertig; zwoi Bienaschtöck sind g'schrieba. Sonscht wollt'r

nix mehr?«

»Na.«

»Dann könna mir fortfahra.« Im übrigen – diktierte der Notar seinem Schreiber – im übrigen sind mit übergeben alle Ein- und Zubehörungen, die Gesamtheit des Inventars an Haus- und Baumannsfahrnissen, das vorhandene Vieh, alle Ökonomiegerätschaften, alle Getreide-, Heu-, Stroh-, Futter-, Holz- und sonstigen Vorräte, die übrigen Mobilien, im Hause selbstverständlich auch alles, was wand-, band-, niet- und nagelfest ist. »Isch recht so?«

»Ja.«

»Na könna mer also zum Austrag schreita. I sag euch aba glei, daß 'r mir net wieder so wüscht tut und 's Protokolliera aufhaltet. I muaß heut au no zum Essa komma. Isch g'rad guet, daß mer davo reda«, fügte der Notar bei und rief zur Türe hinaus: »Bärbla! Bärbla!«

»Was gibt's?« rief eine weibliche Stimme.

»Bärbla! Sag d'r Frau, sie soll die Knödel it eilega, vor i's it sag. Es ka heut ziemli lang daura.«

Diese Meinung erwies sich als richtig. Die alten Leute hielten sich an den Grundsatz, daß hinterher die schönste Reue nichts hilft, und daß vorgetan und nachbedacht, schon manchen in groß Leid gebracht. Sie wollten ihr Gewisses haben, Punkt für Punkt, und dachten, je mehr man verlangt, desto leichter kann man herunter handeln. Andrä ließ es daran nicht fehlen; er feilschte um jede Kleinigkeit und verteidigte seine Stellung mit einer Geschicklichkeit, die den Eltern innerlich Bewunderung einflößte. Auch Emerenz gewann die tröstliche Überzeugung, daß ihr Zukünftiger sein Sach zusammenhalten werde, und in Feichtl stieg die Ahnung auf, daß er nicht ohne heiße Kämpfe in den Besitz des Schmuserlohnes gelangen werde. Schon gleich beim ersten Punkt gingen die Meinungen auseinander. Die Alten sollten die gleiche Kost wie die Jungen haben.

Das sei ihm zu ungenau abgefaßt, sagte der Reischl, denn »ma woaß nia, wi ma mitanand auskimmt, und bal oan de junga Leut tratzen möchten, nacha esseten s' liaba selba a Zeitlang recht schlecht und kunnten dös aa leichta aushalten als wia an alter Mensch«.

Andrä wies diese Verdächtigung zurück. »Du machst mi ja schlecht vor'n Herrn Notari. Bal ma di reden hört, nacha kunnt ma schon moan, wia'r abscheuli mir mitanand g'haust hätten. Hab dir i scho amol an unrechts Wort geben?«

»Des sell it, aba mi sagt g'rad. Mi woaß nia, was amal werd. Es san scho de beschten Freund ausanand kemma.«

»Ja, aber Reischl, was welle Sie denn eigetli?« fiel der Notar ein, »des isch do allaweil a Vertrauenssach, was Ihna die Bäurin für a Koscht macha werd. I kann do it an Speiszettel für alle Tag im Jahr protokolliera.«

»Dös braucht's it. Aba dös ko g'schrieben wer'n, daß mir alle Wocha drei Pfund Rindfleisch kriag'n müassen.«

»Du bist ja narrisch! Wo soll'n denn mir so viel Fleisch herbringa?« – »Beim Wirt kriagt ma's de ganz Wocha zum kaafa«, antwortete Reischl.

»Des war g'spassi«, schrie Andrä, »jetzt müaßt mi g'rad siaden und brot'n bei'n ins! Solang du auf'n Hof g'wen bischt, hat's dös it braucht. Mi hamm d' Schmalzkoscht g'habt, wia's da Brauch is, jetzt auf oamal war nix teuer und gut g'nua. Aba da bischt ganz g'stimmt, bal'st moanst, i setz mi an d' Schulden eini. Liaba mach i an Knecht meiner Lebtag.«

Der Notar mußte eingreifen; er brachte die Forderung auf ein Pfund herunter; als er damit fertig war, ging es über Milch und Eier los, über Nudeln und Brot, über die wöchentlich und die jährlich zu machenden Reichnisse, bis man endlich die Viktualien glücklich unter Dach und Fach gebracht hatte.

»Uff!« sagte der Notar, »do möcht m'r au lieber Holz hacka, als mit solche Büffel an Übergab protokolliera. Jetz isch zwölf

Uhr vorbei, und d'r Brata verbrennt mer, so g'wiß als wie was. So dicke Bauraschädel mueß it glei wieder wo geba. Also diktiera mir weiter, nächschte Zeil!« wandte er sich an den Schreiber. Die Übergeber bedingen sich als natürlichen Austrag auf Lebensdauer vom Anwesen aus folgende unentgeltliche Leistungen und Reichnisse: a) Die täglich ihrem Alter und ihren Gesundheitsverhältnissen entsprechende Kost über Tisch gemeinsam mit den Übernehmern, wobei ausdrücklich bedungen wird, daß die Übergeber wöchentlich ein Pfund Rindfleisch erhalten sollen und in Krankheitsfällen nötigenfalls auch eine leichter verdauliche Kost.

»Isch so recht?« fragte der Notar.

»Ja, so is ganz recht«, antwortete der Reischl.

»Gott sei Dank; da bin i aber herzli froh. Also weiter.«

Außerdem erhalten die Übergeber täglich b) das ganze Jahr hindurch von Georgi bis Michaeli zwei Liter gute Milch, die übrige Zeit einen Liter, c) täglich von Georgi bis Michaeli jeden Jahres ein Ei. Die übrige Zeit des Jahres fällt dieses Reichnis weg, d) jede Woche am Samstag zwei roggene Nudeln, e) zu jeder Backzeit einen weißen Laib Brot, f) an Weihnachten, Ostern, Pfingsten und Kirchweih je zwei Pfund nicht zu fettes Schweinefleisch, g) jährlich vier Hektoliter Korn, zwei Hektoliter Weizen, drei Ster einen Meter langes Scheitholz, drei Ster Prügel, einen Schab gehacktes Wied, zwölf Pfund Schmalz, zehn Pfund Kaffee, zehn Pfund Zucker, und jährlich den dritten Teil des im Anwesen gedeihenden Obstes, h) den Übergebern ist das ganze Jahr ein Schaf in Futter zu halten und gut zu verpflegen.

»Hamm mer jetz alles?« fragte der Notar wieder, »oder sollen no a paar Fressalien protokolliert werda?«

»Mehra woll'n mir net; dös is gnua«, antwortete Reischl zufrieden.

»No, i glaub's au; wenn 'r alles eßt, was g'schrieba schteht, na habt'r an guatn Maga, i gratulier. Jetzt kommet die Kleidungsschtück. Da möcht i mer aber ausbitten, daß 'r die saudumme Schtreiterei weglaßt. Des isch si an alter Brauch, was da oiner zum kriaga hat, daß m'r wirkli nix schwätze braucht.«

Unsere Bekannten ließen das alte Herkommen gelten und waren darum sogleich einig. Hiernach wurden dem Reischl geschrieben: jährlich zwei Hemden, ein Schaber, ein Paar Vorschuhe, ein Paar Pantoffel, alle zwei Jahr ein Paar neue Schaftstiefel. Und der Reischlin jährlich zwei Hemden, ein Paar Pantoffel, ein Paar Schuhe, zwei Schürzen, drei Kilo Flachs, alle zwei Jahre ein wollener Rock.

»No, seht 'r, es geht ja«, lobte der Notar, »wenn Vernunft und guater Will da isch, braucht's koi G'schichta. Wenn 'r z'erscht so g'scheit g'wesa wärt, könnt m'r jetzt alle Mittag macha. Jetzt woll'n m'r aber auf's End denka.«

Es kamen noch die Schlußbestimmungen, daß den Übergebern der unverwehrte Aufenthalt in der Wohnstube, die Mitbenützung der Küche und der freie Zugang zum Brunnen zustehen sollte, daß ihnen auf Verlangen die Kost in das Austragstübel verbracht werden müßte, und endlich, daß den Übergebern alle Reichnisse auf eine halbe Stunde Entfernung nachgebracht werden sollten, wenn sie infolge liebloser Behandlung nicht mehr auf dem Anwesen bleiben wollten. Damit war der Übergabevertrag fertiggestellt, und jedermann wird begreifen, daß der Herr Notar erleichtert aufschnaufte. Der Ehe- und Erbvertrag zwischen Andreas Weidenschlager und Emerentia Salvermoser war schnell gemacht. Die mitanwesende Braut wurde in den ferneren gemeinsamen Besitz des Anwesens eingewiesen und schloß allgemeine Gütergemeinschaft mit ihrem Zukünftigen. Alle Anwesenden setzten ihre Namen unter die Schriftstücke, auch Feichtl als Zeuge dafür, daß Emerentia Salvermoser diese und keine andere sei; dann verließen sie die Kanzlei und gingen in einer Reihe, die ganze Breite der Straße einnehmend, die Marktstraße wieder hinauf. Beim Goldarbeiter machten sie Halt, weil Andreas für sich und seine Braut die Eheringe kaufen mußte. Als auch dieses Geschäft abgetan war, tranken unsere Bekannten noch einige Halbe Bier beim Ziegler und vereinbarten, daß das Stuhlfest in vierzehn Tagen, die Hochzeit aber ein paar Wochen nach Ostern stattfinden sollte. Gegen Abend zu fuhren sie mit der Eisenbahn bis Esterhofen. Hier trennten sich Emerenz und Feichtl von den andern und gingen den direkten Weg nach Watzling. Der Schäfer hatte jetzt Gelegenheit, die Salvermoserin daran zu erinnern, daß seine hundert Mark fällig waren. Er machte auch keine längere Einleitung, sondern steuerte gerade auf sein Ziel los.

»Host 's Geld dabei, Emerenz?« fragte er. »Welches Geld?«

»No, du fragst aba g'spassig. Meine hundert Markl halt.«

»Ja so«, antwortete die Salvermoserin recht zögernd, »ja, i hob scho eppas dabei, aba so weit g'langt's it.«

»Net? Du host do g'wißt, wia ma's ausg'macht hamm, hundert Markl host ma g'hoaßen, an dem Tag, wo d'Übergab notarisch g'macht werd.«

»Ja, g'redt hamm ma schon davo«, sagte die Emerenz, »aba i hob it so viel Bargeld g'habt, und koa Papier hab i mir aa net wechseln woll'n, und nacha hob i mir denkt: hundert Markl, des is ja do oamal z'viel.«

»So? Du moanst, es is z'viel? Is des vielleicht it auftroffa, was i vasprocha hab? Hab i mi net rechtschaffa plagt? Hab i di net auf an Hof bracht, der wo 's Anschaug'n wert is?«

»No, no, gar a so plag'n hast di net müassen. Du bist halt oamal mit mir auf Pellham ganga, und heunt auf Dachau. Und z' Dachau hätt'n ma di eh net braucht.«

Feichtl beschloß, einen längeren Streit zu vermeiden. Er wußte, daß die Frauenzimmer halsstarriger werden, je länger sie reden.

»Wiaviel hast denn überhaupts bei dir?« fragte er kurz.

Emerenz blieb stehen und langte ihren Geldbeutel heraus. »Sechz'g Markl«, sagte sie, »mehra gor it.«

»Na, mei Liabe, so hamma net g'wett. Du tatst di ganz leicht. Des gibt's gor it.«
»Du host di ja it plagen müassen«, wiederholte Emerenz, »du bist g'rad oamal auf Pellham ganga. Und überhaupts hat de alt Reischlin mei Schwesta kennt. Do hätt'n mir gar koan Schmuser it braucht.«
»Aha«, sagte Feichtl und pfiff vor sich hin. »Bist du aa a solchene? Do bist aba z'spaat aufg'standen, mei Liabe. I will dir was sag'n. I mog koan Prozeß it. Wann i di verklag'n tat, nacha müassest du allesammet zahl'n. Aba balst schlau bist, reibst jetzt neunz'g Markl ei, nacha will i z'frieden sei.«
Emerenz verlegte sich auf's Handeln. Endlich ließ sie sich herbei, achtzig Mark zu geben, und der Schäfer war damit einverstanden. Die Salvermoserin zählte ihm zögernd und mit sichtlichem Bedauern den Betrag auf die Hand. »Des is ganz unverschämt«, sagte sie, »du host di net plagt. Du bist g'rad oamal auf Pellham ganga.«

Sechstes Kapitel

Dicht neben der Kirche steht der Pellhamer Pfarrhof. Ein stattliches Gebäude, zwei Stockwerke hoch, mit hellen Fenstern, hinter denen man schneeweiße Vorhänge sieht. Rings um das Haus liegt der Garten, welcher jetzt, im Vorfrühling, ein wohlgepflegtes Aussehen hatte. Schon gleich beim Eintreten erhielt man den Eindruck behäbiger Ruhe und Sauberkeit. Und dieses Gefühl verstärkte sich, wenn man den hochwürdigen Herrn Franziskus Xaverius Staudacher und seine Hausbesorgerin, Fräulein Juliana, erblickte. Der Pfarrer war ein rüstiger Mann in den fünfziger Jahren; aus dem frischen Gesichte, dessen Bäckchen einen rötlichen Glanz hatten, blickten gutmütige Augen;

das stark entwickelte Bäuchlein verriet, daß der geistliche Herr den Genüssen dieser Welt nicht gänzlich abgekehrt war. Fräulein Juliana aber bot vollends das Bild eines gesunden, rundlichen Mädchens. Obwohl sie dem Vierziger nicht mehr ferne stand, war ihr Anblick dennoch ein erfreulicher; an ihren reichlichen Formen war nichts Hartes und Eckiges. Ihre Bewegungen waren ruhig und gemessen, und sie entbehrten nicht einer gewissen Hoheit. Wie sie jetzt in der Küche stand, das Gesicht etwas erhitzt von der Arbeit und dem Herdfeuer, war sie wirklich eine appetitliche Person zu nennen.

Sie befand sich in eifrigem Gespräche mit der Ehefrau des Krämers Scharl, welche viel im Pfarrhofe verkehrte und stets allerlei über den Lebenswandel der Dorfbewohner zu berichten wußte.

»Denken S' Ihnen nur, Fräulein Julian«, sagte sie eben, »die Forchhamer Cenzi ist wieder da.«

»Die Forchhamer Cenzi? Die in der Stadt drin gedient hat?«

»Ja, die. Sie, die wenn S' heut g'sehen hätten, Fräulein Julian, in der Frühmeß. Nein, so was! Am Seitenaltar is s' g'standen. Ich hab g'rad mei Andacht verricht' und schau bloß amal ganz zufällig hin. Wer is denn jetzt das? hab ich mir denkt. Wissen S', Fräul'n Julian, ich hab s' gleich gar nicht mehr kennt zuerst; ein Moirékleid hat s' ang'habt, in der Mitt an Samtsgürtel, auf'n Hut hat s' eine Straußenfeder g'habt, und an Rock hat s' ein bißerl aufg'hoben, daß man die Zeugstieferl hat sehen können. Und wie sie sich umdraht, was siech i da? I hab g'meint, i muaß in Ohnmacht fallen, – Handschuh – denken S' Ihnen nur g'rad – Glacéhandschuh hat s' ang'habt – i bitt Ihnen um der Gotts willen, Fräulein Julian, ham S' scho amal so was g'hört, ein ganz an ordinärer Dienstbot und Glacéhandschuh? Nein, was man heuntzutag alles erleben muß, das is schon großartig! I sag's oft zu mei'n Mann, d'Welt kann nimmer lang steh'n, wenn alles verkehrt is.«

Fräulein Juliana hatte aufmerksam zugehört und durch Kopfschütteln ihre entrüstete Mißbilligung gezeigt. »Wie diese Mädchen sich nur nicht schämen!« sagte sie und stemmte ihren rundlichen Arm in die Seite.

»Ja, schämen!« rief die Scharl mit bitterem Hohn, »da kommeten Sie g'rad recht, Fräulein Julian, wenn Sie bei einer solchenen Person ein Schamg'fühl suchen. Die Zeiten sin vorüber, wo sich ein Dienstbot g'schämt hat; protzen tun s' jetzt, und groß tun. Wenn eine in der Stadt g'wesen is, meint s', es is nix mehr gut g'nug herauß bei den Bauern. A Stadtfräulein möcht jede spiel'n, wenn s' auch noch so a g'scheerte Moll'n is, nehmen S' mir's nicht übel, Fräulein Julian, aber es is ja wahr!«

»Leider, leider, Frau Scharl.«

»Und was sin die Folgen von einer solchenen Aufführung?« fuhr die Krämerin eifrig fort, »in der Stadt d'rin umeinanderschlampen, mit alle möglichen Mannsbilder rumfahren und z'letzt gar a Kind krieg'n, weiß niemand, woher – unser Herrgott verzeih mir die Sünd, aber ma muß's ja sagen!«

Fräulein Juliana sah etwas geschämig auf die Seite und murmelte: »Aber ich bitt' Ihnen, Frau Scharl!« – »No ja, is vielleicht net wahr? Was is denn g'wesen mit der Holzapfel Theres? Hat s' vielleicht nicht zwei Kinder der G'meinde ang'hängt? Das Weibsbild, das schlechte, hätt' i beinah g'sagt.«

»Allerdings, die Holzapfel ist eine verworfene Person.«

»Und so sin s' alle, glauben S' nur mir, Fräulein Julian, mit dem Hoffahrtsteufel geht's an, das andere kommt nach. No, zu meiner Zeit hätt' amal so ein Schlampen mit Glacéhandschuh rumlaufen sollen! Runter'zogen hätt' man s' ihr von die Pratzen – entschuldigen S', wenn i heftig werd – und hätt s' ihr a paarmal ums Maul g'haut, bloß damit s' g'wußt hätt, was sie is. Aber heut muß man sich alles g'fallen lassen, sogar in der Kirchen. Daß einem noch dazu die Andacht g'stört wird!«

»Haben Sie s' nicht ang'sprochen, Frau Scharl?«

»Ang'sprochen? Na! Da bin ich mir z'gut dazu! Aber ang'schaut hab ich s', daß sie sich auskennt hat. Ganz feuerrot is s' wor'n, und gleich is sie fort. Ich hab no a paar Vaterunser bet', und nachher hab ich mir denkt: gehst zu der Fräul'n Julian rüber und erzählst ihr's g'schwind!«

»Das is recht, Frau Scharl, jetzt bleiben Sie aber noch ein bissel da und trinken ein Gläsel Nußgeist.«

»Ich dank schön, Fräul'n Julian, aber ich sollt eigentli' heim; mein Mann wart' im Laden, und s' Fleisch muß ich zusetzen.«

»Das pressiert net so; bleiben S' nur.«

»Ja, aber...«

»Nix, probieren S' einmal den Nußgeist; er is nicht schlecht.«

Frau Scharl ließ sich erweichen; sie trank den Schnaps und pries die Vorzüge desselben mit höchst anerkennenden Worten. »Ausgezeichnet; der kann einem den Magen wieder einrichten, aber gelten's, Fräulein Julian, ich halt Ihnen von der Arbeit auf?«

»Durchaus net. Sie sehen ja, daß ich mich net stören lass'.«

Fräulein Juliana hatte eine Teigmasse auf das Nudelbrett gelegt und knetete eifrig daran herum. »Machen S' eine Mehlspeis für'n Herrn Pfarrer?« fragte Frau Scharl.

»Ja, an ausgezogenen Rahmstrudel; aber ich weiß net, heut wird mir der Teig net wie sonst. Ich glaub, es fehlt am Mehl.«

»Ham Sie 's vom Lechleitner?«

»Ja, ich bin sonst recht z'frieden damit.«

»So?« Frau Scharl legte einen eigentümlichen Ton in dieses »So« und hustete dann auffallend. Die rundliche Pfarrersköchin hielt mit dem Teigkneten ein und blickte fragend auf die Besucherin. Diese strich mit der rechten Hand ihren Rock glatt, sah zur Decke hinauf und dann zu Boden. »Ich weiß net, ob ich Ihnen was erzählen soll«, sagte sie plötzlich und ließ eine große Seelenqual merken.

»Aber, Frau Scharl. Sie werden mir's doch net verschweigen, wenn's was Wichtiges is?«

»Eigentli sollt ich's Ihnen sagen, Fräulein Julian, es wär mei

Pflicht, aber es tät Ihnen weh, und da laß ich's doch lieber bleiben. Nein, ich sag's net«, wiederholte die Krämerin resolut.
Fräulein Juliana ließ ihre Arbeit liegen und stellte sich vor die Krämerin hin. »Frau Scharl«, sagte sie eindringlich, »Sie haben was auf'm Herzen. Wenn Sie meine Freundin sind, dann müssen S' reden.«
Frau Scharl wurde immer verlegener und blickte hilflos in der Küche herum. Sie seufzte tief auf und dann begann sie stockend zu reden. »Auf'n Herzen? Ja, i hab was auf'n Herz'n, es tut mir förmli weh, daß Sie mit Ihrer Gutheit die Leut gar net kennen und net wissen, wie schlecht daß de Welt is. Sehen S', es hat mir an Stich geben, wie Sie voring g'sagt haben, daß Sie's Mehl beim Lechleitner holen. Sie unterstützen die Leut, die wo's nicht verdienen um Sie. Ich weiß ja, daß g'schrieben steht: ›Tuet Gutes denen, die euch hassen‹, aber all's, was recht is.«
»Aber ich versteh Ihnen gar net, Frau Scharl, i hab doch nie was g'habt mit die Lechleitner, und i kann mi net beklagen. Er is sehr freundli zu mir und sie auch.«
»Ja, des is ja g'rad die Gemeinheit. Ins G'sicht nei schön tun und hinterm Rücken hernach die abscheulichsten Sachen daher reden. Sie meinen halt, Fräul'n Julian, weil Sie selber eine edle Person sind, es müssen alle Leut a so sein. Da sind S' aber in einem großen Irrtum.«
»So reden S' doch, Frau Scharl, Sie spannen mich auf die Folter! Ich hab' den Leuten nie was in Weg g'legt. Und was können denn die über mich sagen?«
»Also gut, Fräul'n Julian, i will's Ihnen erzähl'n. I hab' zuerst nicht wollen, weil ich mir denkt hab', die Fräul'n Julian is so zartfühlend, daß ihr die Gemeinheit der Menschen einen wirklichen Schmerz bereiten tät. Aber, wenn ich die Sach' recht überleg', is es meine Schuldigkeit, Ihnen Aufklärung zu geben. Es is immer besser, ma weiß, wie ma dran is. Net wahr?«
»Freilich, Frau Scharl, glauben S' mir, ich bin Ihnen dankbar

dafür.«
»Sie müssen mir aber versprechen, daß Sie Ihnen nicht zu stark kränken d'rüber, Fräul'n Julian.«
»Kränken? O nein, was die bösen Leut' sagen, des geht nei und geht 'naus, des rührt mich gar net an. Erzählen S' nur!«
»Wissen S', Fräul'n Julian, ich hab's von der Pfaffinger Anna, die hat's selber g'hört, wie s' gestern s' Brot g'holt hat. Der Zollbrecht is im Zimmer neben dem Laden d'rin g'standen und hat mit'n Lechleitner dischkriert. Die Pfaffinger hat g'sagt, sie hätt eigentlich gar nicht Obacht geben, wenn s' nicht gar so g'lacht hätten. Des is ihr aber aufg'fallen, und noch dazu hat s' auf einmal Ihren Namen g'hört.«
»Mein Namen?«
»Ja, Fräul'n Julian. Passen S' nur auf! Sie hab'n von der Fastenzeit g'redt, und daß an Herrn Pfarrer hart ankommen werd, wenn er kein Fleisch kriegt und drei Tag lang Hecht'n und Karpf'n essen muß. Da hab'n sie sich recht spöttisch g'macht d'rüber, was des für eine Entsagung wär.«
»Das ist aber eine Gemeinheit!«
»Des Ärgere kommt no, Fräul'n Julian. Wie s' so g'lacht hamm, hat der Lechleitner g'sagt: ›O jegerl, a bisserl a Fleischspeis hat der Pfarrer trotz de Fasttäg. I glaub‹, hat er g'sagt, ›sei liebste Fleischspeis ist die Fräul'n Julian.‹«
Das Gesicht der Pfarrersköchin wurde von einer brennenden Röte überzogen, ihre gutmütigen Augen nahmen einen finsteren Ausdruck an, und ihre Stimme klang merkwürdig hart, als sie ihrer Entrüstung Worte verlieh. »Nein, so was! Eine solchene Verleumdung muß man sich gefallen lassen von einer solchenen Bagasch! Aber i werd's an Herrn Pfarrer sag'n. Auf der Stell geh i aus 'm Haus, wenn er mir kei Ruh verschafft vor de bos-haften Ehrabschneider. Nein, so was!« Und Fräulein Juliana machte es, wie alle Frauenzimmer, wenn sie sich nicht mehr helfen können. Sie setzte sich auf den Küchenschemel und fing got-

tesjämmerlich zu weinen an. Frau Scharl zeigte sich jetzt als menschenfreundliche Trösterin. »Aber Fräul'n Julian! Is das Ihr Versprechen, daß Sie Ihnen nicht kränken wer'n? Wenn ich das g'wußt hätt', nein, lieber hätt' ich mir die Zung' abbissen, als daß ich ein Wort g'sagt hätt.«

»Warum ärgern S' Ihnen denn so?« fuhr sie fort, als die Pfarrersköchin noch stärker schluchzte. »Sie kennen doch die Leut', wie sie sind. Da muß ma gar net aufpassen. Solchene Menschen sind ja viel zu gemein.«

Fräulein Juliana zog die Schürze von ihrem Gesichte weg und stieß ein paar Worte hervor. »Tag und Nacht ... plag i mi ... Nix is mir zu viel ... keine Arbeit ... und ... nacha muß man ... sich so was sag'n lassen! Hu .. hu .. hu....«

»Ja, aber Fräul'n Julian, Sie müssen doch denken, wer hat des g'sagt? Der Lechleitner! Des weiß ja das ganze Dorf, was der für eine Goschen hat. Dem is nix heilig. Und glauben tut er auch nix. Im ganzen Jahr geht er einmal zum Beichten und macht no schlechte Witz d'rüber und möcht anderne Leut spötteln, die wo frömmer sind. Schauen S', was hat er von mir g'sagt? Sei Magd hat mir's wieder verzählt. Weil i alle acht Tag die heilige Beicht verricht', hat er's Maul aufg'rissen: ›De werd schon wissen, warum s' in alle Beichtstühl rumkugelt‹, hat er g'sagt, ›de hat alle Wochen ihre sieben Todsünd'n beinander.‹ Schauen S', das is doch noch viel ärger, aber ich hab mir denkt, der Gerechte muß leiden, und unser Herrgott wird schon wissen, warum er das zulaßt, daß ein solcher ausg'schämter Haberfeldtreiber auf der Welt is. Da müssen S' Ihnen gar nix draus machen.«

Fräulein Juliana beruhigte sich langsam und wischte sich die verweinten Augen aus. Sie erklärte, daß sie am liebsten noch heute den hochwürdigen Herrn von der Verleumdung in Kenntnis setzen möchte, aber daß sie es unterlasse, weil er einen zu starken Schmerz empfinden würde. Frau Scharl bestärkte sie hierin und empfahl sich, indem sie noch öfter versicherte, daß sie lieber nichts gesagt hätte, wenn ihr nur das Gewissen eine Ruh gelassen hätte. Sie verließ den Pfarrhof mit dem freudigen Bewußtsein, daß ihre Worte nicht achtlos verhallt waren.

Fräulein Juliana blieb nicht lange allein mit ihrem Schmerze. Nach einer kurzen Weile trat Franziskus Xaverius Staudacher in die Küche ein und erkundigte sich teilnehmend nach den bevorstehenden Genüssen des Mittags. »Was hamm S' heut Gut's aufkocht, Juli?« fragte er und tätschelte mit vielem Wohlwollen die Wange seiner wertgeschätzten Hausbesorgerin. Diese berichtete und erntete insbesondere bei Erwähnung des Rahmstrudels lobende Anerkennung. Als Fräulein Julian wieder so recht die freundliche Gesinnung ihres Herrn vor Augen sah, fielen ihr unwillkürlich die rohen Worte des Bäckermeisters Lechleitner ein, und gegen ihren Willen füllten sich die Augen mit Wasser. Es waren aber nicht mehr Tränen des Zornes. Eine wehmütige, weiche Stimmung überkam sie und wurde immer mächtiger, je mehr sich der Pfarrer Mühe gab, zu beschwichtigen. Endlich nach langem, eindringlichem Fragen erfuhr der hochwürdige Herr, wessen ihn der verruchte Lästerer bezichtigt hatte.

Die Wirkung war jedoch keine niederschmetternde, und Fräulein Juliana, welche mit zaghafter Scheue auf den Gebieter blickte, sah mit Staunen, daß ein leichtes Schmunzeln um seine Lippen spielte. Und was sie hörte, war nicht weniger merkwürdig. »No, Juli«, sagte Franziskus Xaverius Staudacher, »daß des net wahr is, wissen wir zwei am besten. Aber«, fuhr er fort und dabei ging wieder ein schalkhaftes Lächeln über sein Antlitz, »aber mei liebe Juli, des größte Unglück wär des noch lang net.«

»Jessas Maria! Aber, Hochwürden!«

»No, was is da dabei? Des darf ma ja sagen. I mein natürli, wenn i net Geistlicher, sondern weltlichen Standes wär', net wahr? Dann könnt man ja die Sach noch überlegen«, sagte der joviale Pfarrer. Dann krümmte er Mittel- und Zeigefinger der rechten Hand und zwickte der errötenden Köchin in die Backen.

In diesem nicht ganz unverfänglichen Augenblicke fiel die Haustüre geräuschvoll ins Schloß, und man hörte schwere Tritte auf dem gepflasterten Gange. Der geistliche Herr verließ seine Hausverwalterin, welche nunmehr in gefaßter Stimmung ihre Arbeit wieder aufnahm, und erblickte im Hausflur vier Personen.

Es waren unsere Bekannten: Andreas Weidenschlager, seine Braut Emerentia Salvermoser, ferner die Ökonomen Johann Zollbrecht von Pellham und Kaspar Langenecker von ebenda. Der Pfarrer begrüßte sie kurz und hieß sie in sein Studierzimmer eintreten. »Aha«, sagte er, »des is ja der Reischl Andrä; du kommst zum Stuhlfest. Also das is die Braut?«

Emerenz sagte nichts, sondern hielt die Hand geschämig vor den Mund, was als Bestätigung gelten konnte.

»Und ihr zwei kommt's als Zeugen?« wandte sich der Pfarrer an die andern.

»Ja«, antwortete Zollbrecht, und Langenecker nickte mit dem Kopfe.

»So? No, nachher müssen wir halt die Sach aufnehmen. Wie heißt die Braut mit ihrem vollen Namen?«

Emerenz tat die Hand vom Mund weg und blickte zu Boden. »Emerentia Salvermoser«, sagte sie in singendem Ton, wie sie es in der Schule gelernt hatte. Der Pfarrer setzte sich an den Tisch und schrieb die Angaben nieder.

»Emerentia Sal .. ver ... moser. Schön. No, wie heißen die Eltern: Leben s' oder sind s' tot?«

»Der Vater hat geheißen Simon Salvermoser, und er ist gestorben«, antwortete die Braut.

»Wo is er g'storben?«

»Er ist gestorben zu Eisolzried den 17. Oktober 1899.«

»Mhm! No, und die Mutter?«

»Die Mutter heißt Genovefa Salvermoser, und sie lebet noch.«

»Was is d' Mutter für eine Geborene?«

Diesmal versagte die Antwort. Emerenz sah verständnislos auf ihren Bräutigam.
»I mein, wie d' Mutter g'heißen hat im ledigen Stand?« wiederholte der Pfarrer.
»Im ledigen Stand hat sie geheißen Genovefa Lichtensperger.«
»Und wo lebt sie?«
»Sie lebt in Unterbachern.«
»Also, hamm ma's ja! No, verwandt san die zwei Brautleut net mitanand? Könnt's ihr das bestätigen?« wandte sich der hochwürdige Herr an die Zeugen.
»Na, nix verwandt«, erwiderte Zollbrecht.
»Ledig san s' aa alle zwei. Net, daß oans scho verheirat war?«
»Nix, do feit si nix«, gab Langenecker zurück. »Si is ledig und er aa.«
»Ja, vom Andrä weiß ich's selber«, sagte der Pfarrer. »Und katholisch seid's auch alle zwei?«
»Scho«, erwiderte Andrä.
»Sonstige Ehehindernisse bestehen nicht; also wär' ma so weit, daß mir das kirchliche Aufgebot erlassen können. I hab g'hört, es pressiert euch ein bissel wegen der Übergab?«
»Ja, es waar ins scho ganz recht, bal ma net lang aufg'halten war'n«, meinte Andrä.
»No, bei uns geht's g'schwind g'nug«, sagte der Pfarrer, »wenn nur die Papier in Ordnung san, daß die weltliche Behörde kein Anstand macht.«
»I bi in Bezirksamt drin g'wen; der Assessa hat g'sagt, in a drei, a vier Wocha is alles beinand.«
»No, von mir aus seid's net aufg'halten; i will euch das erstemal verkünden am Sonntag nach Ostern und das zweite und drittemal z'gleich am zweiten Sonntag. Is so recht?«
»Ja, so hamm mir's aa g'moant«, erwiderte Andrä.
»Also, paßt's auf! I les' euch jetzt das Aufgebot vor; wenn was net stimmt, dann sagt's mir's! Halt, da fallt mir grad was ei! Die

Eltern vom Andrä weiß ich, aber wie hat denn d'Mutter sich ledig g'schrieben?«

»Barbara Finkenzeller.«

»Bar .. ba .. ra Finken .. zell .. er. So gebt's Obacht!«

Der Pfarrer las vor, langsam und mit guter Betonung:

»Zum heiligen Sakrament der Ehe haben sich versprochen der tugendreiche Jüngling Andreas Weidenschlager, ehelicher Sohn des Bartholomäus Weidenschlager, Bauer in Pellham, und der Barbara Weidenschlager, geborenen Finkenzeller, beide noch lebend, und die tugendsame Jungfrau Emerentia Salvermoser, eheliche Tochter des Simon Salvermoser, Bauer in Eisolzried, seligen Angedenkens, und der Genovefa Salvermoser, geborenen Lichtensperger, diese noch lebend. – War alles in Ordnung?«

Die Brautleute bestätigten, daß nichts gefehlt habe.

»So«, sagte der Pfarrer, »nachher können die Zeugen geh'n; die Brautleut bleiben noch ein bissel da bei mir.«

Zollbrecht und Langenecker entfernten sich, und nunmehr lud der geistliche Herr den Andrä und die Emerenz ein, auf dem Ledersofa Platz zu nehmen, während er sich ihnen gegenüber auf einem Sessel niederließ. Man merkte es dem hochwürdigen

Herrn an, daß er an die Ausübung seiner amtlichen Stellung und Gewalt heranging; sein Gesicht wurde ernst, die Stimme klang bedächtig und salbungsvoll, und seine Rede begleitete er mit abgerundeten Bewegungen der rechten Hand.

»Ihr wollt also das heilige Sakrament der Ehe eingehen«, hub er an; »wisset ihr auch, welch einen wichtigen Schritt ihr tuet?«

Andrä und Emerenz merkten, daß so eine Art Predigt kommen würde, und richteten sich zurecht, wie sie dies in der Kirche zu tun pflegten. Andrä drehte seinen Hut in den Händen und sah in eine Ecke des Zimmers, Emerenz saß etwas gebückt und blickte in ihren Schoß.

»Der Ehestand«, fuhr der Pfarrer fort, »ist unter allen Ständen der erste, älteste und verehrungswürdigste; er ist der Grund und die Quelle der menschlichen Gesellschaft. Wer den Ehestand antreten will, muß zuvor wohl bedenken, ob er imstande ist, ein Hauswesen geschickt zu führen, Kinder gut zu erziehen und sich und den Seinigen das tägliche Brot zu gewinnen. Wer heiraten will, der sehe nicht bloß auf Geld und Reichtum! Keine Heirat ist so gefährlich, als wie die Heirat nach Geld. Da fragt man nicht, ob die Person häuslich, tugendhaft, geschickt und ordentlich ist, sondern die einzige Frage ist: Wie viele Tausende bringt die Person an barem Gelde? Und noch zwei andere Punkte sind bei der Geldheirat recht bedenklich. Erstens, man macht den Reichtum gemeiniglich um viel größer, als er ist, und in dieser Sache wird oft entsetzlich gelogen. Oft macht man eine Person, die man gerne anbringen möchte, tausend Taler reich, da sie kaum die Hälfte aufzählen kann; und manchmal verspricht man eine großmächtige Summe entweder bar, oder in Fristen, und wenn es auf die Bezahlung ankommt, so sieht man kaum den sechsten Teil davon.«

Hier zwinkerte Andrä ein weniges mit den Augen und dachte bei sich, daß einer schön dumm sein müsse, wenn er sich zuerst keine Gewißheit verschaffe.

»Und zweitens«, sagte der hochwürdige Herr, »gesetzt auch, man erhält die Summe ganz, was nützt eine Person, die zwar reich, aber dabei zänkisch, stolz, verschwenderisch oder eine dumme Gans ist? Ein Beispiel: Ein gewisser Bürgerssohn auf dem Lande hatte von seinem Vater viele Güter ererbt, und er war der reichste im Orte. Er wollte eine recht Vornehme heiraten und nahm sich eine Frau aus der Stadt; diese brachte ihm Geld wie Laub. Allein sie hatte von der Hauswirtschaft so wenig Kenntnis wie ein neugeborenes Kind. Die Dienstboten hatten einen Hauptspaß mit ihr und betrogen sie vor ihren eigenen Augen. Einstmals kam sie in die Küche, und da sah sie, wie eben die Magd von der Milch den Rahm abschöpfte und aß. Die Frau fragte: Was tust du da? Die Magd antwortete: Ich muß ja die Milch abschäumen, und ehe ich den Schaum ins Feuer werfe, will ich ihn lieber essen. Damit ließ sich die junge Frau abspeisen. Man kann leicht denken, was das für eine Wirtschaft war. Bald danach kamen sie in Schulden und von den Schulden in die bitterste Not.«

Als Emerenz von dieser Dummheit einer Hauswirtin hörte, vergaß sie den Ernst der Situation. Zwar versuchte sie zuerst das Lachen zu unterdrücken, allein je mehr sie es hinunterwürgte, desto heftiger überkam es sie wieder, bis sie endlich nachgeben mußte und hinter der vorgehaltenen Hand in ein unbändiges Gelächter ausbrach.

Der Pfarrer hielt eine Weile inne und nahm eine Prise Schnupftabak, bis daß sich die Heiterkeit der Braut etwas legte. Dann fuhr er weiter: »Wer glücklich heiraten will, der heirate auch nicht bloß nach Schönheit. Nichts ist vergänglicher als Schönheit und besonders die weibliche. Durch eine einzige Krankheit, und oft schon bei dem zweiten Kindbett ist sie gänzlich verloren. Die vernünftige Liebe merkt vorzüglich auf die Schönheit der Seele, das heißt auf die Tugend und auf die schönen Eigenschaften, welche die Person besitzt. Ist das Weibsbild gottesfürchtig, sittsam, bescheiden und freundlich, liebt sie die Arbeit und versteht sie sich auf die Hauswirtschaft, so hat sie schon die allerschönsten Eigenschaften, welche mit keinem Golde zu bezahlen sind.«

Dem Andrä kam die Rede etwas lang vor, sie machte nicht genügenden Eindruck auf ihn. Er hielt den Hut vor sich hin und öffnete den Mund sperrangelweit zu einem Gähnen. Der hochwürdige Herr bemerkte dies wohl, allein er hegte durchaus nicht die Absicht, von dieser Rede, welche er seit mehr denn zwanzig Jahren jedem Brautpaare hielt, auch nur eine Silbe zu opfern. Er verstärkte seine Stimme und erreichte, daß Andrä in die vorige Stellung zurückkehrte.

»Drei Tugenden müssen im Ehestande fleißig beobachtet werden, die *Mäßigkeit*, die *Schamhaftigkeit* und die *Reinlichkeit.* Denn ohne diese wird die eheliche Liebe von keiner langen Dauer sein. Die *Mäßigkeit* macht alle Freuden angenehm. Wer recht gut und delikat essen will, der muß warten, bis er Hunger hat, und er muß zu essen aufhören, sobald der Hunger gestillt ist. So auch da. Die Unmäßigkeit in diesem Stücke hat ganz fürchterliche Folgen, besonders für die Mannspersonen. Die Lebensgeister werden vermindert, die Eingeweide geschwächt, das Gehirn ausgezehrt, die Augen verderbt und entzündet. Alle Ärzte bestätigen dieses. Ebenso fleißig sollen Eheleute auch trachten, unter sich die *Schamhaftigkeit* zu erhalten. Da meinen aber wieder viele Eheleute, diese Tugend habe unter ihnen keinen Nutzen mehr, und nach der Kopulation dürfen sie tun, was sie wollen. Allein, das bringt erstaunlichen Schaden. Sie geben ihren Hausgenossen viel Ärgernis und machen sich bei ihren besten Freunden verächtlich.«

Auch Emerenz zeigte jetzt einige Ungeduld. Sie richtete an ihrem Kopftuche, schnupfte oftmals auf und sah nicht mehr in ihren Schoß, sondern zur Decke hinauf. Dieses veranlaßte den

Pfarrer, wieder lauter zu reden, noch dazu, weil es gegen den Schluß hinging.

»Die *Reinlichkeit*«, sagte er, »ist eine reizende Tugend; sie steht besonders dem weiblichen Geschlechte wohl an. Nichts ist widerwärtiger als Unsauberkeit, und jede Frau soll sich hüten, daß sie durch keine schmutzige Gestalt sich grauslich macht. Diese Mahnungen beherzigt, bevor ihr in den Ehestand tretet, und nehmet euch vor, nach diesen Grundsätzen zu leben. Dann wird die eheliche Liebe von Tag zu Tag stärker, und ihr werdet einen dauerhaften Frieden und Segen in eurem Hauswesen haben. – So und jetzt könnt's geh'n«, fügte der Pfarrer hinzu.

Die Brautleute erhoben sich und trappten nach kurzem Gruße eines hinter dem anderen aus dem Zimmer. Sie schritten durch die Dorfgasse und achteten nicht der Schönheiten um sie herum. Es war ein wunderschöner Märztag. Man konnte meinen, die Erde atme in tiefen Zügen die klare Luft ein und gebe beim Ausströmen den frischen, kräftigen Duft wieder, von dem alles erfüllt war. Wie ein ausgelassener Junge plätscherte der Bach über die Kieselsteine, froh darüber, daß wieder Schneeglöckchen und Schlüsselblumen an seinem Rande wuchsen und in dem klaren Wasser sich spiegelten. Von dem zarten Grün der Wiesen hoben sich in langgestreckten, wellenförmigen Linien die tiefschwarzen Ackerfurchen ab, und über allem lachte ein blauer Himmel. Andrä und Emerenz schritten schweigend dahin; da und dort sah ihnen ein neugieriges Frauenzimmer nach; aus dem einen und anderen Hof klang ein scharfer Pfiff, und wenn Andrä sich umdrehte, nickte ihm ein Bekannter grüßend zu.

Als sie beim Reischlanwesen angelangt waren, erklärte Emerenz, daß sie ohne Aufenthalt nach Watzling gehe, sie habe keinen Appetit und wolle sich nicht noch länger verhalten.

Andrä hatte dagegen nichts einzuwenden und ließ die Braut ihres Weges ziehen.

Er selbst schritt langsam in den Hof und rief einem Knecht zu:

»Du, Jakl, bal moring 's Wetta aushalt, nacha fanga mir mit da Gersten o.«

Siebentes Kapitel

Wenn man von Pellham nach Prittlbach geht, sieht man links von der Straße, außerhalb des Dorfes, ein kleines, unansehnliches Haus. Das große, weit vorspringende Strohdach könnte einen anheimeln, aber dieser Eindruck wird gestört durch die Unsauberkeit und Unordnung, welche man sonst bemerkt. An dem einen der beiden Fenster hängt windschief ein schmutzig aussehender Fensterladen, die anderen fehlen, an der Mauer hängen dicke Spinnweben, und vor dem Hause liegen in buntem Durcheinander allerlei Feldgeräte, übel gehalten und schadhaft; die Stalltüre hängt schlecht in den Angeln, und man sieht durch den klaffenden Spalt zwei magere Kühe auf unreinlicher Streu liegen. Man heißt es hier beim »oberen Stackl«, und das Häusel gehört dem Johann Angermayer, oder, wie man ihn kurzweg heißt, dem »Stacklhans«. Er hatte einmal in besseren Verhältnissen gelebt. Das war noch zu Lebzeiten seiner Frau, die eine sparsame und fleißige Hauswirtin gewesen war. Damals sah das Anwesen nicht so verlottert aus, und war auch kein Reichtum vorhanden, so fehlte es doch niemals am Notwendigen. Aber die Frau starb bald nach dem ersten Kinde, und der Stacklhans nahm eine ledige Schwester zu sich, die ihm das Hauswesen ohne Freude und ohne richtiges Verständnis führte. Er selbst wurde ein Wirtshaushocker. Zuerst ging er zum Trinken, weil es ihm daheim bei dem alten Zankeisen nicht gefiel, und später, weil er es so gewohnt war und nicht mehr anders konnte. Das Gütel kam herunter, und nachdem der Gerichtsvollzieher das erstemal da war, mußte er seinen Besuch öfter wiederholen. Der Stackl-

hans frettete sich von einem Termin zum anderen durch und verließ sich darauf, daß seine Gefreundeten hilfreich beisprangen.
Der Bauer weiß kein ärgeres Unglück, als von Haus und Hof zu kommen, und deswegen hatte sich der Hans mit seinem gläubigen Vertrauen bis jetzt noch nicht verrechnet. Er blieb bei allen Drangsalen guten Mutes und war so heiteren Gemütes wie einer, dem fünfzig glatte Kühe im Stalle stehen. Von Haus aus war er ein witziger Mensch, und der Wirt sagte oft, daß es erst lustig werde, wenn der Stacklhans bei der Tür hereingehe. Die Späße gingen bei ihm nicht aus; wenn er keine neuen mehr wußte, fing er wieder mit den alten an, und er fand stets dankbare Zuhörer. An jedem Tisch wurde er zum Sitzen eingeladen, und die Leute fingen das Lachen an, noch vor er den Mund auftat; denn sie wußten, daß etwas Lustiges kommen werde.
Diese Gaben brachten dem Johann Angermayer manche Annehmlichkeiten; nicht selten hielt ihn der Wirt zechfrei, und auch von den Gästen fand der eine und andere, daß anregende Unterhaltung mit einer Maß Bier nicht zu teuer erkauft sei. Außerdem war der Stacklhans wegen seiner Talente Hochzeitlader geworden. Das ist ein Amt, bei dem man vor allem eines guten Mundwerkes bedarf, und es bildet bei richtiger Ausnützung eine gute Einnahmequelle. Solange die Einladungen dauern, hat man beim Wirt freien Tisch; alles, was der Hochzeitlader ißt und trinkt, geht auf die Rechnung der Brautleute; die Eingeladenen lassen etwas springen, und die Hochzeit selber trägt gut fünfzig Mark. Angermayer hatte sohin einigen Grund, sich über die vorhabende Heirat des jungen Reischlbauern zu freuen. Die Anzahl der Verwandten und Gefreundeten war eine große; es mußten weit über zweihundert Personen geladen werden, und manche wohnten drei Stunden und noch weiter weg.
Die Vorbereitungen brauchten reichlich zwei Wochen und, da fast alle Geladenen wohlhabende Bauern waren, mußte ein schönes Trinkgeld zusammenkommen. Dies waren günstige Aus-

sichten, und der Stacklhans konnte mit Fug und Recht schmunzeln, als er seinen langen Bratenrock anzog, um nach Wunsch des Brautpaares mit der Ladung zu beginnen. Er steckte einen Strauß von Rosmarin auf den Hut und eröffnete seine Tätigkeit, indem er sich in das Wirtshaus begab und eine gewaltige Zeche machte. Erst in später Nachmittagsstunde erinnerte er sich, was seines Amtes sei, und ging in das Haus des Ökonomen Peter Weiß, welcher Bürgermeister von Pellham war.

Als diesem die Ankunft des Hochzeitladers gemeldet wurde, holte er seine Bäuerin aus der Milchkammer und beide erwarteten nun mit würdigem Ernste, was ihnen verkündet würde. Johann Angermayer stellte sich vor sie hin, zog seinen Hut und begann: »Zum heiligen Sakrament der Eh' hat sich versprochen der ehrbare Jüngling Andreas Weidenschlager und die tugendsame Jungfrau Emerentia Salvermoser. Dieweil Gott der Allmächtige das ehrsame Brautvolk hat erfordert, daß sie alsbald das heilige Sakrament der Eh' antreten, so sollte ich anstatt dem ehrbaren Jüngling Hochzeiter, wie auch wegen der ehr- und tugendreichen Jungfrau Hochzeiterin, euch freundlich in die Hochzeit laden von Gottesgnaden zum löblichen Pfarrgotteshaus in Pellham, allwo Rast hält der heilige Jakob wie auch Gott und unsere liebe Frau, da werden sie am künftigen Donnerstag vor Kantate ihre priesterliche Einsegnung erhalten mit heiligem Amt, das uns ein hochgeweihter Priester singt vom Anfang bis zum End, bis er uns aufgewandelt das Allerheiligste Altarsakrament. Darnach wird er uns geben den Sankt Johannessegen, den uns Christus der Herr hat selbst hergericht und hergeben, und wenn wir dieses alles haben verrichtet in Ehren, so gehen wir zum Herrn ehrengeachteten Martin Schinkel, Wirt und Gastgeber alldort, in seine Behausung, und da wer'n wir eine hellklingende Musik hören, wie auch zu Ehren ein ehrliches Mahlgeld geben, denn über das Mahl gibt man vier Mark, wie es ist in aller Hochzeiten der Brauch. So seid ihr als Vetter und Base auf das allerfreundlichste geladen ein, zum Hochzeiter am Donnerstag früh zu Bier, Brot und Branntewein.«

Die Weißischen Eheleute hatten aufmerksam zugehört und kein Wort von dem Spruch verloren, obwohl dies nicht leicht war. Denn der Stacklhans sagte ihn schnell herunter und hielt sich nicht lange auf, wenn ein Satz zu Ende war und ein anderer anfing. Er machte bloß eine Pause, wenn ihm der Schnaufer ausging, aber dann tat er es mitten in einem Worte und kümmerte sich nicht darum, daß es auseinandergerissen wurde.

Als Johann Angermayer schwieg, dankte der Bürgermeister und versprach, zu kommen; die Bäuerin machte den Hochzeitlader darauf aufmerksam, daß sie Nudeln gebacken habe, und händigte ihm mehrere ein, nachdem er seine Zusage erteilt hatte. Unter der Tür verhielt sich der Stacklhans noch ein weniges und äußerte sich günstig über die Eigenschaften des Brautpaares. »Es san alle zwoa richtige Leut'«, sagte er, »der Andrä mag arbeten und kennt si aus. Wann ma's richti betracht', hat er scho zwoa Jahr lang an Hof regiert. Der alt Reischl is nix mehr g'wen, des woaß ma ja. O'g'schafft hat der Jung, jetzt g'hört's eahm aa zu, daß er 's Sach kriagt.«

»Was is denn d' Hochzeiterin für oane?« fragte die Weißin, »i ho vernomma, daß sie a Schwester is von da Schneiderbäurin z' Watzling. Do waar scho Geld dahoam.«

»Ja, Geld g'rad gnua«, antwortete Hans, »do feit sie nix. Der Schäfa, der Feichtl, den kennt's ja, der hot ma g'sagt, daß sie a ganz a Schware is, de hat Geld wia Heu. Und a sunst is sie a richtig's Weibsbild. Fleißi, sparsam, und ko mit'n Viech umgeh'. Des letzte halbe Jahr is sie bei ihrer Schwester g'wen, und d'Schneiderbäurin is koa Guate, wia'r i hör.«

»Ja, g'wiß it«, sagte die Weißin.

»No aba mit der Emerenz is sie wohl z'frieden g'wen. Sie lobt sie stark und sagt, daß so oane net glei wieda auf'n Hof kimmt, als wia d' Schwester.«

»Des is recht«, fiel der Bürgermeister ein; »i gunn's an Andrä, daß er a richtige Bäurin kriagt. Des is was wert.«
»I glaab's wohl«, sagte Hans, »des spür i aa; bei mir waars aa anderst, bal de mei no lebet; aba jetzt is scho, wia's is. Also pfüat Good, i geh wieda, ich muaß heunt no viel umanand.«
Er reichte dem Bürgermeister die Hand und bemerkte mit Wohlgefallen, daß ein Geldstück dabei hängen blieb. Er sah es nicht an, aber er fühlte an der Größe und an dem kantigen Rand, daß es eine Reichsmark sei. Nach kurzem Gruß entfernte er sich und ging in das nächste Haus, wo er den gleichen Spruch mit dem gleichen Tonfall heruntersagte. Während Johann Angermayer also in den Vorfreuden der Hochzeit schwelgte, ging im Reischlhofe alles im gewohnten Geleise. Die Tage verstrichen ohne Aufregung und ohne bemerkenswertes Ereignis. Sie brachten nichts als rechtschaffene Arbeit. Die Saatzeit war gekommen. Sonne und Wind hatten den Boden getrocknet, und die fruchtbare Erde harrte des Samenkorns. In aller Herrgottsfrüh mußte Andrä hinaus zur Arbeit. Mit gewichtigen Schritten ging er über die langgestreckten Schollen und streute den Sommerweizen über das Land. Hinter ihm fuhr der Knecht mit der Egge, und war ein Tagwerk bestellt, dann kam ein anderes an die Reihe, auf dem wohl Hafer oder Gerste angebaut wurde. Jeden Abend setzte sich der Bräutigam steinmüd auf die Ofenbank und dachte nicht an die Emerentia Salvermoser, sondern daran, was am nächsten Tage zu schaffen sei. Die ehr- und tugendreiche Braut mußte sich mehr mit der vorhabenden Hochzeit beschäftigen, denn sie richtete ihre Aussteuer zusammen und sorgte dafür, daß nichts fehle. Als ihr Kammerwagen von Watzling nach Pellham fuhr, bot er einen stattlichen Anblick und alle Leute sagten, daß die künftige Reischlin ein schönes Sach beieinander habe.
So war der Hochzeitstag erschienen; Donnerstag vor Kantate, als man den 30. April schrieb. Des Morgens um acht Uhr und

schon früher fuhr ein Wägerl nach dem andern beim Gastwirte Martin Schinkel vor, und von jedem stieg ein festlich gekleidetes Paar herunter. Auf der Landstraße und über die Waldwege her sah man viele Leute gehen; alle kamen zum Ehrentage des Andreas Weidenschlager und versammelten sich vor seinem Hause. Wir sahen manchen Bekannten darunter. Die zwei Zeugen Zollbrecht und Langenecker, den Bürgermeister Weiß, welcher schon gestern die standesamtliche Trauung vorgenommen hatte, und in aller Mitten: den Schlauberger Nepomuk Feichtl. Er kam nicht als geladener Gast, sondern nur als Zuschauer. Obwohl er verstimmt war, daß man ihn mit Absicht übergangen hatte, wollte er doch nicht verfehlen, diese Hochzeit zu sehen, welche vorzüglich sein Werk war. Vom Wirtshaus her nahte sich jetzt ein kleiner Zug. Voran schritt der Hochzeitlader, hinter ihm kamen die Braut mit der Kranzeljungfrau Notburga Langenecker, dann die alte Mutter der Hochzeiterin mit der Schneiderbäuerin. Als sie am Reischlanwesen anlangten, stand Andrä neben den Eltern und dem Kranzeljungherrn bereits draußen. Der Hochzeitlader trat vor, entblößte das Haupt und sagte den Urlaubsspruch: »Ich bitte euch, ihr wollet sein ein wenig still, aber nicht meinetwegen, sondern weil ich wegen dem ehrbaren Jüngling Hochzeiter etliche Worte vorbringen will. So laßt euch aber meine Worte nicht verdrießen, denn ich werde es machen kurz und auch bald beschließen. Denn das weiß der ehrbare Jüngling Hochzeiter auch gar gut, daß sich das viele Gespräch nicht mehr recht schicken tut, und darum hat mich der ehrbare Jüngling Hochzeiter heute früh schon so freundlich gebeten, ich möchte doch anstatt seiner reden und diese Stell vertreten. Wie er aber heut in der Fruh ist gestanden auf, da hat er sich schon gereinigt und mit dem Wasser gewaschen seinen Mund, und er hat sich besprengt mit dem heiligen Weihwasser und hat in Andacht gesprochen im Namen Gottes des Vaters und des Sohnes und des Heiligen Geistes. Dann ist er niedergefallen auf seine Knie und hat mit weinenden Augen und aufgereckten Händen gebetet zu seinem heiligen Schutzpatron zwei Vaterunser und Ave Maria. Heute werde ich dem ehrbaren Jüngling Hochzeiter noch etliche traurigen Worte zu Herzen reden, denn er will heut seinen ledigen Stand verlassen. Jetzt ist er noch da; weil er aber heut in anderen Stand tut kommen, so tut er von euch allen freundlichen Urlaub nehmen. Er nimmt Urlaub von den Knechten und von den Dirnen, er nimmt Urlaub von der ganzen Gegend und der hier umliegenden Nachbarschaft. Wenn er einmal, sagt er, in seinem ledigen Stand einen Menschen beleidigt hat, so laßt er euch alle im Namen Jesu von Herzen bitten, ihr sollt es ihm doch verzeihen, denn er tut ja auch das Gleiche. Er nimmt jetzt Urlaub von Wasser und Land, er nimmt auch Urlaub von seinem so schönen ledigen Stand. Und jetzt nimmt er noch einmal Urlaub von diesem Haus und Hof, von seiner eigenen Heimat und Herberg; er nimmt Urlaub von seinen so schönen Jünglingstagen und dem schönen Ehrenkranz, den er auf seinem Hut tut tragen.

Jetzt aber, ehrbarer Jüngling Hochzeiter, ich hab mich gewendet hin und her, ich sehe Vater und Mutter. Das bringt dir große Freud, weil deine herzlieben Eltern sind noch bei Leben, und noch keines ist in der Ewigkeit. Tu dich noch einmal zu deinem herzliebsten Vater wenden, empfange ihn bei den Händen und sage aber auch ›'Gelt's Gott‹ daneben für alles, was er dir hat gegeben. Besonders um deine Heimat, welche er im Schweiße seines Angesichtes für dich erworben hat. Wende dich aber auch noch einmal zu deiner herzliebsten Mutter und empfange sie bei den Händen und sage auch ›'Gelt's Gott!‹ daneben für alles, was sie dir hat gegeben. Dann denke zurück, daß sie dich hat neun Monate unter ihrem Herzen getragen. Sie hat dich mit den größten Schmerzen geboren und hat dich als ein unmündiges Kind aufgezogen. Denke zurück an jene Stund, wo sie dir das Essen hineingegeben mit dem Finger in den Mund, und versprich ihr fürwahr, daß du sie willst nicht verlassen in aller Not und aller Gefahr, in aller Trübsal, Angst und Not, daß du willst teilen mit ihr jedes Stücklein Brot. Jetzt, ehrbarer Jüngling Hochzeiter, werde ich meine Rede bald beschließen, weil wir in das löbliche Pfarrhaus dahier abreisen müssen. Ja, dorthin werden wir reisen und gehen. Wir wollen deiner längst verstorbenen Freundschaft eingedenk sein und ihnen ein andächtiges Gebet aufopfern. Lasset uns beten zwei andächtige Vaterunser und zwei Ave Maria.«

Johann Angermayer sagte mit großer Geschwindigkeit die Gebete her, und alle Anwesenden murmelten sie nach. Dann fuhr der Hochzeitlader fort: »Jetzt wollen wir das ehrsame Brautpaar begleiten in das löbliche Pfarrgotteshaus. Da wird der geistliche, hochgelehrte Herr Pfarrer machen ein festes Band, das niemand als Gott allein auflösen kann. Nach demselben werden wir uns begeben zu dem ehrengeachteten Herrn Wirt, der wird uns rechtschaffen zu Essen und Trinken hergeben, und jetzt zum letztenmal, wenn noch ein fröhlicher Jüngling ist da in Ehren, so laßt er sich mit einem frischen Juhschrei hören!«

Der Kranzeljungherr Kaspar Finkenzeller ehrte den alten Brauch und stieß einen gellenden Juchzer aus. Die hellklingende Musik begann einen lustigen Marsch zu blasen, und der Zug setzte sich in Bewegung zur Kirche. Als das junge Paar in das Gotteshaus eintrat, setzte der Herr Lehrer an der Orgel mit einem mächtigen Choral ein. Die Töne durchbrausten den hellen, freundlichen Raum und erweckten einen feierlichen Eindruck. Durch die hohen Fenster schaute die Frühlingssonne herein und warf einen goldenen Schein auf die Steinfliesen vor dem Altar, als nunmehr Andreas Weidenschlager seine harte, schwielige Hand in die der Emerentia Salvermoser legte und mit einem lauten, vernehmbaren »Ja« bekräftigte, daß er die Emerenz nehme als sein eheliches Weib und nicht von ihr lassen wolle, bis daß der Tod sie scheide. Der hochwürdige Herr Pfarrer zelebrierte nach der

Trauung ein Amt, und als dieses beendet war, zogen das junge Paar und alle Hochzeitsgäste zur Wirtschaft des Martin Schinkel.

Im Saale des oberen Stockwerkes war das Mahl bereitet. Der Raum war groß genug, daß die zweihundert geladenen Personen Platz fanden, aber er war niedrig. Die Musiker auf der Tribüne mußten sich in acht nehmen beim Aufstehen, daß sie nicht an die Decke stießen, und wenn sie einen recht lauten Marsch anhuben, bröckelte über ihnen der Kalk ein wenig herunter. Sie achteten nicht darauf und freuten sich wie ihre Zuhörer, daß die Töne beisammen blieben und einen starken Krawall machten. Es bedurfte einiger Zeit, bis alle Gäste an den weiß gedeckten Tischen sich niedergelassen hatten; insbesondere die Weibspersonen standen im Wege herum und ließen sich hin- und herschieben, bis sie ihre Plätze gefunden hatten. Der Stacklhans eilte auf und ab und kommandierte wie ein Feldherr in der Schlacht. Er hatte für jeden ein treffendes Wort, und seine kurzen Ansprachen, welche er insbesondere an die ledigen Frauenzimmer richtete, erregten große Heiterkeit beim männlichen Geschlechte. Endlich

saßen alle in guter Ordnung und richtiger Reihenfolge.
Am Ehrentische, zunächst der Musiktribüne, waren das neuvermählte Paar, der Kranzeljungherr und die Kranzeljungfrau, die Eltern des Hochzeiters, die Mutter der Emerenz und die sonstigen nächsten Verwandten und Angehörigen. Außerdem aber Hochwürden, der Herr Pfarrer Staudacher, und sein Kooperator, der Herr Benediktus Vierthaler, ein junger Mann, welcher noch der geistlichen Behäbigkeit entbehrte.
Während unter den übrigen Gästen sich bald eine lebhafte Stimmung bemerklich machte, kam am Ehrentische keine rechte Unterhaltung in Gang. Andrä saß bolzengerade auf seinem Platz und redete kein Wort; Emerenz sah nicht rechts noch links und achtete bloß darauf, daß sie beim Essen nichts auf ihr Brautkleid verschüttete. Die Alten waren in der feierlichen Stimmung noch nicht aufgetaut, und keiner konnte den Anfang finden zum Diskurieren; die jüngeren aber hielten sich bescheiden still, wie es sich geziemt.
Einzig der Herr Pfarrer sorgte für die Unterhaltung und machte seine Späßchen, wie er dies bei solchen Anlässen immer zu tun pflegte. »Heute hab' ich wieder was Schönes angestellt«, sagte er, »ich habe einer Jungfrau ihren ledigen Stand genommen, von dem sie gar so ungern geschieden ist. Gemerkt hat man es freilich nicht, so schnell hat sie ›ja‹ gesagt.«
Andrä schmunzelte, und Emerenz lachte geschämig in ihr Sacktuch hinein. »Und die Kranzeljungfrau«, fuhr der Herr Pfarrer fort, »die hat erst ein trauriges Gesicht gemacht. Das weiß ich ganz genau, was sich die denkt hat. ›O, mein Gott‹, hat sie still gesagt, ›wenn nur das Unglück auch bald über mich käm'.‹«
Alle am Tisch lachten respektvoll über diese Reden und schauten auf Notburga Langenecker, welche rot wurde und ihren Kopf einzog. »Ja, ja, die Madeln!« sagte der hochwürdige Herr wieder, »die sind anders tapfer! Da könnten sich die Mannsbilder ein Beispiel nehmen. Alle fürchten sich heimlich vor dem Heira-

ten, aber keine laßt sich schrecken, wenn es dazu kommt.«
Durch die Heiterkeit kam gleich mehr Schwung in die Gesellschaft. Nach dem zweiten Gang fing der alte Reischl ein Gespräch mit dem Schneiderbauern an und erzählte ihm, daß er seinem Vater vor zehn oder zwölf Jahren einen Stier abgekauft habe, mit dem er wohl zufrieden gewesen sei. Die Reischlin erbarmte sich über das alte Mutterl, die Genovefa Salvermoser, und forderte sie freundlich auf, recht tüchtig zuzugreifen. »Tua nur g'rad essen, Muatta«, sagte sie, »es is dei Ehrentag, so guat wia der unser. Des waar it recht, bal du hung'rig aufstandst.«
Und dabei gab sie ihr ein Stück Rindfleisch und einen Löffel voll Blaukraut auf den Teller.
»Na, na«, sagte die alte Salvermoserin, »laß no guat sei, Reischlin. I ko's nimma so vertrag'n, als wia früherszeiten. I bi halt scho z'alt.«
»Wia alt bist denn, Muatta?«
»Oanasiebazgi wer i an August.«
»Du bist aba no g'sund beinand.«
»Is nimma so feini mit da G'sundheit. Sehg'n tua i schlecht, der Mag'n is nix mehr, weil i scho lang nix mehr richti beißen ko, und mit die Füaß hon i aa'r a Kreuz. Wia's halt is, bal mi alt werd.«
»Ja, und durchg'macht werst halt aa dein Teil ham? Wia viel Kinder hast denn bracht?«
»Sechsi hon i g'habt, Reischlin. Vier Deandl'n und zwoa Buab'n. De Buab'n san mir g'storm als a ganz junga. Der ältest is drei Johr alt g'wen, und der zwoate hat grad vier Wocha g'lebt. De Deandl'n hon i durchbracht.«
»Des woaß i«, antwortete die Reischlin, »des hat mi d' Emerenz g'sagt, daß ihrer vier Schwestern san.«
»Ja, vieri san eahna«, bekräftigte die Salvermoserin, »de ältest, de Mariann, is Kloiberbäurin z' Unterbachern. Sie hat it kemma

kinna, weil sie im Wochabett liegt. De zwoate, de Apollonia, hot an Ziaglerbauern vo Weichs g'heiret. No siech'st ja, sie sitzt ja hiebei, und d'Schneiderbäurin is de dritt. Jetzt san s' allsamt verheiret.«

»Des is a Glück, bal ma de Madeln richti versorgt hat.«

»Ja, da hast recht, Reischlin. Ma ko it mehra toa, als daß ma s' richti aufziagt und daß ma'r eahna d' Arbet lernt. Wia's sie's nacha derrat'n, des is a Glückssach.«

»No, bei ins, do fehlt nix«, sagte die Reischlin, »du werst sehg'n, d' Emerenz hat's guat troffa. Der Andrä is a sparsamer, nüachterner Mensch, und sie is a guate Hauserin. Des hon i glei kennt, beim erstenmal, wia sie 's Sach o'g'schaut hat.«

So kamen sich die zwei alten Bäuerinnen näher und vertrauten einander an, was ihnen als das Wichtigste erschien.

Auch sonst wurde die Unterhaltung lebhafter. Die schmetternde Musik und das Bier brachten ein richtiges Leben hinein. Kellnerinnen und Metzgerburschen liefen mit den gefüllten Schüsseln und den Maßkrügen eifrig hin und her, die Bekannten riefen sich über die Tische hinweg derbe Scherzworte zu, und überall hörte man lautes Gespräch und fröhliches Lachen. Nur Emerenz und Andrä saßen beim letzten Gange noch gerade so schweigsam da wie beim ersten.

Als das Mahl zu Ende ging, ließ der Stacklhans durch die Musik mehrmals ein Zeichen geben, daß Ruhe eintreten solle. Allmählich legte sich der Lärm, und die Gäste horchten auf den Hochzeitlader, welcher sich in der Nähe des Ehrentisches hingestellt hatte und mit der Abdankung begann. Er rief mit lauter Stimme: »Stille eine kleine Weil! Still! Ich bitt euch anstatt dem ehrbaren Jüngling Hochzeiter, wie auch wegen der ehr- und tugendreichen Jungfrau Hochzeiterin im Namen der allerheiligsten Dreifaltigkeit, Gott der Vater, Gott der Sohn und Gott der Heilige Geist. Nicht meinetwegen, sondern es ist dem ehrsamen Brautpaare daran gelegen. Jetzt laßt sich das ehrsame Brautpaar gar schön und freundlich bedanken gegen den hochwürdigen, hochgelehrten Herrn Pfarrer und Seelsorger dahier. Dieweil er sich heut hat so viel bewürdigt und hat sich nicht verweilt und hat ihnen das heilige Sakrament der Ehe mitgeteilt. Sie lassen sich aber auch bedanken gegen den ehrengeachteten Herrn Martin Schinkel, Wirt und Gastgeber dahier, dieweil er sich heute hat so viel bemüht und hat uns das Hochzeitsmahl mit Speis und Trank geziert. So wollen wir ihnen beiden miteinander ihre Titel und Namen verehren und lassen ein kräftiges Vivat hören!«

Hier blies die Musik einen Tusch, und der Stacklhans fuhr weiter: »Jetzt laßt sich das ehrsame Brautpaar wiederum gar schön und freundlich bedanken gegen die ehr- und tugendreiche Jungfrau Notburga Langenecker, dieweil sie sich heut hat so viel bemüht und hat uns als Kranzljungfrau die Hochzeit so schön geziert, so wollen wir ihren Titel und Namen verehren und lassen ein kräftiges Vivat hören. Und wiederum laßt sich das ehrsame Brautpaar gar schön und freundlich bedanken gegen den ehrengeachteten Josef Weidenschlager, dem Hochzeiter seinen herzliebsten Vater, dieweil er ist uns so treulich beigestanden und ist aber auch da zugegen in Ehren und hat uns das Hochzeitsmahl helfen in Freuden verzehren, so wünschen wir ihm ein gesundes und langes Leben. Vivat, ihr Herren Musikanten, und laßt euch hören! Jetzt laßt sich das ehrsame Brautpaar wiederum gar schön und freundlich bedanken gegen hohen und niedern Stand, er mag sein arm oder reich, er mag sein Bürger, Bauer oder Handwerksleut, welche uns heut haben geben die Ehr und sind einige gekommen so weit in die Hochzeit daher. Es wird euch aber alle wiederum treulich ersetzt und erstattet werden. Vivat, ihr Herren Musikanten, laßt euch hören.«

Die Musik blies zum vierten Male einen kräftigen Tusch, daß die Fensterscheiben klirrten. Der Stacklhans ließ sich einen Maßkrug geben und erfrischte seine Stimme durch einen tiefen Schluck. Dann begann er wieder zu reden: »Jetzt, meine lieben

Vettern und Baseln, will ich euch noch was sagen. Jetzt werde ich auf jeden Tisch eine große Schüssel und einen Teller darauf tragen, denn das tu ich dem Hochzeiter z'wegen. Es soll jeder Vetter und Basel schöne Taler einlegen, oder wenn einige darunter wär'n und einen Fuchsen her tragen, so kunnt halt der Hochzeiter mit die versoffenen Musikanten und dem gefressenen Hochzeitlader auch noch eine Nachhochzeit haben. Und die Hochzeiterin tut mir auch schon alleweil winken, ich soll ihr einen Hafen voll Geld zubringen, und wenn sie gar einen bösen Mann tat kriegen, so tat sie ihm doch dieweil eine Schüssel oder ein Haferl lassen an Kopf ani fliegen, so kunnt sie halt doch wieder zum Hafner laufen, und kunnt ihr wieder andere Schüssel und Haferl kaufen.«
Hier mußte der Stacklhans aussetzen, weil die Gäste so herzhaft lachten. Selbst die ganz alten Männer und Weiber zeigten eine laute Fröhlichkeit, obwohl sie das alles seit vierzig und mehr Jahren auf jeder Hochzeit gehört hatten. Dem Stacklhans seine Vorfahrer hielten alle diese Rede, welche vor vielen Jahrzehnten ein Zimmermann niedergeschrieben hatte; und auch dieser hatte sie nicht frei erfunden, sondern überkam sie von dem Hochzeitlader, in dessen Amt er eintrat. Viele Geschlechter waren gekommen und gegangen, hatten geheiratet und waren gestorben, aber die Rede war geblieben und auch die Freude an den wohlgelungenen Späßen, welche sie enthielt.
Herr Angermayer beobachtete mit Vergnügen die Wirkung, die seine Worte hatten, und fuhr erst fort, als das letzte Frauenzimmer ausgekichert hatte. »Jetzt, meine lieben Vettern und Baseln«, sagte er, »will i enk noch was sagen, was sich heunt in der Hochzeitkirch hat zugetragen. Wie die Jungfrauen sind zum Opfer gangen, da ist der allerschönsten ein Tröpferl hinter der Nasen ro g'hangen, da hab i g'rad nachi guckt, und hinter'm Altar, da hab i geseh'n, da hat sie es weggeputzt. Aber jetzt tut s' fuchswild auf mich außer spitzen, und hinter der Nasen

fangt's schon wieder an zum schwitzen. Wenn ich da hätt' eine lange Stangen, tät ich's enk schon zeigen, ich tät schnurg'rad darauf eini langen. Von die bösen Weiber darf ich nicht viel sagen, dieweil einer tut eine böse Ziefer haben. Ich mein' doch, ich sollt keine so böse Ziefer nicht kriegen, wo die Männer gleich ganze Nächt müssen in der Strohhütten liegen. Wenn s' nachher heim tun kommen und wollen ein Wort sagen, da nimmt oft eine gleich ein Spanscheitel und tut es ihm um den Buckel rum schlagen.«

Mit dem Vers hatte der Stacklhans wieder ins Schwarze getroffen. Ein jeder Gast stieß seine Nachbarin an und gröhlte laut hinaus, wenn sich diese geschämig stellte.

»Ruhe! Pst! Seid's a weng'l staad!« mahnte der Hochzeitlader.

»Von die versoffenen Manner darf ich nicht viel reden, denn da bin ich selber schon oft dabei g'wesen, aber heunt hamm mir ein', der schreibt sich Beim, der geht gleich zwei Tag vor der Hochzeit nicht heim, und ein' hamm mir, der schreibt sich Kern, wo es brav zum Fressen und Saufen gibt, da ist er gern; wenn's aber heißt: zahl' aus, da wird er gleich sein beim Wirtshaus hinaus. Und ist aber eine grete (gerade) Jungfrau da und tut noch nicht hinken, die laßt aber mich schön trinken. Und ist ein fröhlicher Jüngling da in Ehren, der laßt sich mit einem frischen Juhschrei hören.«

Hiemit endete der Stacklhans. Die Kranzeljungfrau erhob sich am Ehrentische und brachte ihm den Krug zum Trinken; Kaspar Finkenzeller aber zeigte sich als fröhlicher Jüngling. Er drückte die Augen zu und juchzte heute zum zweitenmal.

Der Hochzeitlader machte jetzt, wie er es angekündigt hatte, mit einer Schüssel die Runde an allen Tischen. Jeder Gast warf seinen Geldbeitrag hinein, der in Papier eingewickelt war, und Stacklhans sagte jedem einzelnen Vergelt's Gott für das Brautpaar.

Als alle gespendet hatten, stellte er die gefüllte Schüssel auf den

Ehrentisch gerade vor Andrä und Emerenz hin. Dann eilte er mit wichtiger Miene zur Türe hinaus, denn es kam das Hauptstück der Hochzeit.

Die Frau Wirtin hatte nach altem Herkommen dem Brautpaar ein Geschenk bereitet; die Kreuzigungsgruppe, schön geschnitzt und bemalt, unter einem Glassturz. Dieses Geschenk wird von jedem Ehepaar hoch in Ehren gehalten. Es wird in der Schlafstube auf ein Postament gestellt, und nebenhin kommt unter Glas und Rahmen der Myrtenkranz, den die Braut am Hochzeitstage getragen hat. Da bleiben sie jahraus, jahrein und sollen die Eheleute erinnern an den Tag, wo sie die Hände zusammenlegten, um einen christlichen Hausstand zu gründen.

Ein so bedeutsames Geschenk muß mit geziemender Feierlichkeit überreicht werden, und der Stacklhans hatte Sorge getragen, daß der alte Brauch befolgt werde. Die Musik gebot Ruhe; alles erhob sich, nur am Ehrentische blieben die Gäste sitzen. Von der Türe her drang ein heller Schein durch den dämmerigen, mit Rauch erfüllten Saal. Der Kranzeljungherr schritt langsam herein; in jeder Hand trug er eine brennende Kerze. Hinter ihm schritt Barbara Weiß, die Tochter des Bürgermeisters, welche Johann Angermayer zu diesem Amte ausersehen hatte. Sie ging ängstlich und zaghaft; vor sich hielt sie mit beiden Händen eine Platte, auf welcher der Glassturz stand. Nach jedem Schritte blieb sie stehen und sang einige Verse mit dünner Stimme, welche aber in der lautlosen Stille gut vernehmlich waren. Die Melodie war eintönig und langgezogen, nur beim letzten Worte einer jeden Strophe ließ die Barbara Weiß den Ton um ein weniges tiefer hinaus. Sie sang:

Jetzt bin i halt herin,
Alle Leut schaug'n auf mi',
Erschrocken bin i,
Und weiß nimmer, wohin.

Aber schö singa ko i net,
Des sag i glei;
Wer mi net gern auflust,
Ko nausgeh dawei.

Aber Leut geht's auf d'Seit,
Und Leut geht's ma weg,
Denn i möcht ja g'rad wissen,
Wo d' Hozeiterin steckt.

Aba jetzt ho 'n is g'sehg'n,
Daß s'am anderen Tisch sitzt,
Daß sei wunderschön's Kranzei
Am Kopf so schö blitzt.

Des Kranzerl am Kopf
Is umad'um weiß;
Bis zu der Zeit a Jungfrau bleib'n,
Des kost' an Fleiß.

Hozeiterin, host g'heiret,
Werst as büaßen müssen;
Des wunderschö' Kranzei
Werd' abi müssen.

Hozeiterin, host g'heiret,
Hast Haus und Gart'n;
Was werd' denn auf di
Für an Elend wart'n!

Der Ehstand is a Wehstand,
Ja, wenn ma's betracht.
Er dauert oft länger,
Als an oanzige Nacht.

Der Ehstand is a Wehstand,
Ja, wenn ma's versteht,
Weil's oft hunderttausendmal
Übers Kreuz geht.

Hochzeiter, host g'heiret,
Jetzt bist halt a Mo.
Jetzt steht dir des Madel liab'n
Aa nimmer o.

Hochzeiter, host g'heiret,
Ko'st am Sessel sitz'n,
Bis in dreiviertel Jahr,
Derfst an Schnuller spitz'n.

Hochzeiter, host g'heiret,
Hast lang uma g'fischt.
Jetzt host halt de schöner,
Vo Watzling dawischt.

Wenn i d' Kranzljungfrau o'schau,
Muß i allawei lacha,
Weil's gar so a spitzinges
Maul ko macha.

Der Brautführer is dockerlnett,
s' Tanzen kann er net schlecht,
Liaben kann er aa für drei,
Den möcht i glei.

An Hozeitlader hamm mer,
Ja, wia ma si's denkt;
Wia r'er Hozeit hat g'laden,
Is eahm 's Hemmad raus g'hängt.

Barbara Weiß kam immer näher an den Ehrentisch heran. Der Kerzenschein beleuchtete ihr Gesicht, welches auch bei den lustigen Versen ernst blieb. Sie hatte die Augen fest auf den Glassturz geheftet und sah nicht, wie rechts und links von ihr die Zuhörer mit ehrlicher Bewunderung das schöne Schauspiel betrachteten. Am meisten Anerkennung fand sie wohl am Ehrentische. Die alte Salvermoserin und die alte Reischlin verloren sie keine Sekunde aus den Augen, und es wurde ihnen so feierlich zumut, wie in der Kirche, als der Lichterglanz immer näher kam. Der helle Schein fiel auf ihre ehrlichen, alten Gesichter, die sich scharf abhoben von dem dunklen Hintergrund und aus denen eine treuherzige Frömmigkeit sprach.
Barbara war jetzt auf zwei Schritte an das ehrsame Brautpaar herangekommen, als sie weiter sang:

Schaug' i hinum, schaug' i herum,
Schaug' i alle Eck aus,
Der Hozeiterin sei liaber Voda
Schaut nirgends mehr raus.

Z'Eielsriad am Friedhof,
Da liegt er begrab'n,
Is a Graserl drüber g'wachsen,
Ko ma'n aa nimmer hamm.

Z'Eielsriad im Friedhof,
Da steht a Lind'n,
Da ko d' Hozeiterin sein
Liab'n Voda find'n.

Als sie so des Verstorbenen gedachte, der am heutigen Ehrentage sichtbarlich fehlte, da zog die alte Salvermoserin ihr großes Sacktuch heraus und fing bitterlich zum Weinen an. Und auch die

Reischlin konnte sich nicht helfen und tat desgleichen. Auch sie wußte ja, wie es ist, wenn man einen Angehörigen zum Friedhof hinausgetragen hat. Die Emerenz, als ein junges Frauenzimmer ohne richtige Erfahrung, zeigte keine so große Rührung; aber sie schnupfte doch etlichemal auf.
Die Sängerin ließ sich von der Traurigkeit der Zuhörer so wenig unterbrechen, wie von der Lustigkeit, und fuhr weiter:

I ko ja leicht singa,
I derf mi scho prahl'n,
D'Kranzljungfrau de tuat ma
D'Musikanten schö zahl'n.

Jetzt wer i mei Singa
Halt bald beschließen,
Es kunnten oa da sei,
De kunnt's verdrießen.

Jetzt ko i mei G'schenk
Halt nimmer länger heben,
Jetzt muaß mir der Hozeiter
's Weiglas'l geben.

Sie stellte den Glassturz auf den Tisch vor die Brautleute hin und machte einen Schluck aus dem Weinglas, welches ihr Andrä hinschob. Dann sagte sie wieder:

Jetzt b'hüt enk Good, Brautleut,
Reicht's mir die Hand!
Ös reicht's mir's das letztemal
Im ledigen Stand.

Musikanten, ös Lumpen,
Ös Spißbuam, ös krumpen,

Ös liaßt's enk scho hör'n,
Wenn ma Zwanz'ger hätt'n.

Die Musik, welche hinter der Sängerin hergegangen war und bei jeder Schlußzeile die Melodie leise mitgespielt hatte, blies jetzt einen kräftigen Tusch und begab sich dann in den Tanzsaal hinaus, wohin ihr alle jungen Leute folgten. Andrä nahm die Emerenz bei der Hand und tanzte den ersten Landler mit ihr. Dann ging er wieder an den Ehrentisch zurück und hielt verständige Zwiesprache mit allen Bekannten, die ihn anredeten. Und er tat manchen tiefen Schluck dabei. Die Emerenz tanzte währenddem, daß die Röcke flogen; sie mußte einem jeden die Ehre geben, der sie darum ansprach; dem Bürgermeister, dem Kranzelherrn, dem Stacklhans und vielen Burschen aus dem Dorfe. Hie und da ging sie an ihren Platz, um zu verschnaufen und sich die Schweißtropfen aus dem krebsroten Gesichte zu wischen.
Feichtl hatte sich jetzt auch unter die Gäste gemischt. Er wollte eine Gelegenheit finden, mit Andrä über den Schmuserlohn zu reden. Der junge Ehemann tat aber so, als ob er ihn nicht sähe, obwohl Feichtl um den Ehrentisch herumstrich und mit Augen und Händen Zeichen gab. Als der Schäfer sah, daß er augenblicklich nicht ankommen könne, setzte er sich abseits in eine dunkle Ecke und wartete bei einer Maß Bier seine Zeit ab.
Er war durch das Benehmen seines Klienten nicht beleidigt; er wußte schon, daß er nur durch Zähigkeit und festes Auftreten zu seinem Guthaben gelangen könne. Ohne Feindseligkeiten ging das nie ab.
Er unterhielt sich in seiner gesprächigen Weise sehr lebhaft mit den Tischnachbarn, verlor aber den jungen Reischlbauern nicht aus den Augen. Als nun Andrä einmal hinausgehen mußte, folgte ihm Feichtl auf dem Fuße nach und erwischte ihn vor der Haustüre.

»Du, Andrä«, sagte er, »i ho mit dir was zu'n reden.«

»Kimm an andersmol, i ho jetzt koa Zeit«, gab der Hochzeiter zurück.

»I halt di net lang auf. Wos is denn mit mein Geld?«

»Mit dein Geld? Host du mir a Geld g'liecha?«

»Geh, frag it a so. Du woaßt recht guat, was d' ma schuldi bist.« – »I woaß durchaus gar nix.«

»So? Woaßt it, daß d' ma dreihundert Mark Schmuserlohn vasprocha host?«

»Wo steht denn dös?« fragte Andrä. »Host du was Schriftlichs? Des muaßt du aufweisen kinna.«

»I brauch nix Schriftlichs«, sagte Feichtl, »dös was mir ausg'macht hamm, gilt a so aa.«

»Do kunnt a jeda komma. Mach daß d' weiter kimmst, und halt mi net auf, du Hanswurscht!«

»Dir gib i no lang koan Hanswurschten ab, hast g'hört. Mei Geld will i.«

Andrä hörte nicht mehr auf den Schäfer; er schob ihn unsanft beiseite und ging in den Saal zurück.

Feichtl überlegte. So grob hatte er sich die Antwort nicht gedacht. Das ließ vermuten, daß der Reischl bereits den festen Entschluß gefaßt hatte, nicht zu bezahlen. Das ging auf einen Prozeß hinaus. Bloß wegleugnen, das tut der Andrä nicht; der muß irgendeine Ausrede gefunden haben, auf die er sein Vertrauen setzte. Hm. Wart amal, Manndei, des muaß i no rauskriag'n, und bal er mi net zahlt, geh i moring schnurg'rad zum Advikaten.

Feichtl setzte sich wieder auf seinen Beobachtungsposten. Am Ehrentische wurde es leer.

Der hochwürdige Herr Pfarrer ging zuerst, weil ihm gemeldet worden war, daß unten im Herrenzimmer ein gemütlicher Tarock zusammengehe.

Er sagte den jungen Eheleuten, daß er hoffe, sie würden ihm mit Kindstaufen eine gute Kundschaft werden, und brachte noch einige behäbige Scherze an. Dann entfernte er sich. Der Herr Kooperator hatte sich schon früher verabschiedet, weil er als junger Geistlicher sich noch bestrebte, den Ruf eines enthaltsamen und heiligmäßigen Wandels zu erlangen. Die Mutter der Emerenz und die alte Reischlin saßen bei der Frau Wirtin in der Küche, tranken Kaffee und führten kluge Reden über das Hauswesen.

Die Schneiderbäuerin hatte sich zu Bekannten gesetzt, die jüngeren Leute waren im Tanzsaal, und so traf es sich, daß einige Zeit bloß der alte Reischl und sein Sohn am Tische saßen. Dies benutzte Feichtl und ging zu ihnen. »Andrä«, sagte er, »du host mi beleidigt, aba i bi koana, der wo gern streit'. Sieh'gst, i geh no' mal her zu dir und sog d'as in Guaten. Dei Vata is an alter rechtsinniger Mensch, der muaß aa sag'n, daß i recht hab.«

»Laß mir mei Ruah«, erwiderte Andrä, »i ho mit dir nix z'reden. Balst du glaabst, daß d' was zun verlanga hast mit Rechten, nacha klagst.«

»Dessell kö'st schnell gnua hamm«, gab Feichtl zurück, »dös geht g'schwinder, als d' moanst. Und bal i amal mit an Prozeß kimm, nacha bist vaspielt, vor's d' ofangst, dös sag i dir. Aba siehg'st, i bi net a so, weil i dir's guat moan. Und dei Vata muaß mir recht geben, is it a so?«

Jetzt mischte sich der alte Reischl ein. »I woaß gar nix«, sagte er, »i bi net dabei g'wen, wia's ös mitanand g'redt habt's. Aba dessell kon i beeidigen, daß du ins de Salvermoserischen net hast z' verraten braucha. De hon i scho lang vor deiner kennt. Dena hon i scho vor a zeha Johr an Heißen o'kaaft.«

»Und überhaupts bist du ganz unverschämt«, schrie Andrä, »du valangst vo mir dreihundert Mark und von ihr host hundert Mark g'numma. Du host für sie, aba it für mi g'schmust, daß d'as woaßt.« – »So, geaht da Wind daher? A so redt's ös jetzt. Dös werd si ausweisen, ob enk de Emerenz bekannt war. Für was is denn nacha der Andrä zu mir kemma? Dös, was mi ausg'macht hamm, gilt, sinscht gor nix.«

»Host du was Schriftlichs?« fragte Andrä, »und host du net von ihr hundert Mark g'numma?«

»Dös geht die nix o«, erwiderte Feichtl, »dös is scho lang g'richtsmaßig, daß dös nix ausmacht. Das befreit den anderen Teil durchaus gar nicht, hat der Amtsrichta z' Dachau g'sagt, Freunderl. Du muaßt it moan, daß i 's G'setz it kenn.«

»Dös wer'n mi scho sehg'n, ob du so unvaschämt sei derfst«, sagte Andrä, und der alte Reischl fragte: »Zahlst du a G'werbssteuer? Du wirst ja g'straft, balst was valangst.«

»Dös wer'n ma sehg'n, ob i g'straft wer, dös hamm scho mehra daher bracht, und der Amtsrichta hat bloß g'lacht und hat g'sagt, das ist eine dumme Ausrede, hat er g'sagt.«

»Balst gar so g'scheidt bist, werst scho g'winna«, schrie Andrä wieder, »und jetzt machst, daß d'weiter kimmst. Du host an dem Tisch nix z'suacha, du bist it ei'g'laden, vastehst?«

Feichtl sah, daß er in Güte nichts erreichen werde; seine Gegner hatten sich schon ihren Plan gemacht, und er mußte heute damit

zufrieden sein, daß er die feindliche Stellung ausgekundschaftet hatte.
Er versicherte den zwei Reischlbauern noch, daß sie blutige Kosten zahlen müßten, und zog sich zurück.
Die zwei ließen sich dadurch nicht stören; sie tranken aus ihren Maßkrügen und taten so, als ob es auf der Welt keinen Nepomuk Feichtl gäbe.
Es war spät geworden. Viele Gäste hatten sich bereits verabschiedet, als Andrä und Emerenz gemeinsam die Wirtschaft verließen. Die Musik folgte ihnen die Stiege hinab, zur Türe hinaus und über den Hof und spielte einen lustigen Marsch nach dem andern, solange man dem ehrsamen Brautpaare nachschauen konnte. Die zwei schritten nebeneinander her in die schöne Frühlingsnacht hinein. Keines redete ein Wort; als sie am Reischlhof angelangt waren, sperrte Andrä die Haustüre auf, und Emerenz ging hinter ihm drein, als wäre es immer so gewesen.
Das war die Hochzeit des Andreas und der Emerenz Weidenschlager, geborenen Salvermoser.

Albert Langen.

Im Herbste 1897 war mein erstes Buch „Agricola" erschienen und durch Bruno Paul, der es illustriert hatte, war ich mit den Künstlern des Simplicissimus bekannt geworden. Wir saßen damals zuerst allabendlich im Café Heck mit den Mitarbeitern der „Jugend" zusammen und glaubten an unsere alles Veraltete verdrängende Bedeutung. Ich hörte öfter von Albert Langen erzählen als von einem smarten, über reiche Mittel verfügenden Verleger. Ihn selber lernte ich erst ~~als~~ ein halbes Jahr später kennen,

Albert Langen

Aus: Leute, die ich kannte. 1923

Im Herbste 1897 war mein erstes Buch »Agricola« erschienen, und durch Bruno Paul, der es illustriert hatte, war ich mit den Künstlern des »Simplicissimus« bekannt geworden. Wir saßen damals fast allabendlich im Café Heck mit den Mitarbeitern der »Jugend« zusammen und glaubten an unsere alles Veraltete verdrängende Bedeutung. Ich hörte öfter von Albert Langen erzählen als von einem smarten, über reiche Mittel verfügenden Verleger. Ihn selber lernte ich erst ein halbes Jahr später kennen, als ich ihn auf seine Einladung hin in der Redaktion des »Simplicissimus«, zu jener Zeit in der Schackstraße, besuchte.

Wir gefielen einander bei diesem ersten Zusammentreffen nicht.

Er war etliche Jahre jünger, aber viel gewandter wie ich, sehr schick angezogen, ein bißchen absichtlich pariserisch aussehend mit seinem kurz gehaltenen, wohlgepflegten Vollbart.

Er sprach rasch, fragte viel und gab sich gleich selber die Antworten; dabei musterte er mein Äußeres, das bei weitem nicht so pariserisch war und in dem sicherlich allerhand gegen sakrosankte Regeln verstieß.

Ich fürchte, daß er mich sehr bajuwarisch-bürgerlich einschätzte und mir höchstens eine gewisse einseitige, für Weltliteratur nicht in Betracht kommende Begabung zutraute. Wenn er mir überhaupt etwas zutraute.

Ich nahm ihn für einen verwöhnten reichen jungen Mann, der

Allüren hatte, mit denen ich innerlich auf einem grimmigen Kriegsfuße stand.

Kurz, wir befremdeten einander, und das sickerte auch in dem kurzen Gespräche durch.

»Hören Sie mal, Herr Thoma... Sagen Sie mal, Herr Thoma...«

Das klang so von oben herab und verletzte mich.

Ich konnte mich über jeden Bauern freuen, der mich duzte, aber hier erschien mir das Weglassen des Doktortitels als Absicht, die es keinesfalls war. Es entsprach einer rheinländischen Gewohnheit, die ich nicht kannte.

Obendrein erregte Langens Vorschlag, ich solle ihm für den »Simplicissimus« die Reproduktion der Paulschen Illustrationen ohne Entgelt gestatten, auch nicht mein Wohlgefallen.

Er kam mir allzu smart vor. Ich sagte ihm, daß das Sache des Verlegers sei, und daß man es diesem kaum zumuten könne.

Wir nahmen höflich auf ziemlich lange Zeit Abschied voneinander.

Im »Simplicissimus« erschienen wohl ab und zu Beiträge von mir, über die ich aber nur mit Korfiz Holm als Chefredakteur verhandelte. Und obwohl ich täglich mit Wilke, Paul, Thöny, Reznicek zusammenkam, sah ich Langen, der nicht ausging, fast ein ganzes Jahr nicht mehr. Kurz vor seiner Flucht in die Schweiz, die er nach dem Erscheinen des Wedekindschen Gedichtes über die kaiserliche Palästinafahrt ergriff, traf ich ihn mehrmals und ärgerte mich stets über seine sprunghafte Art, zu denken und zu sprechen. Meine Warnung vor dem Erscheinen der Palästinanummer beachtete er nicht, und er gab mir als kleinem Rechtsanwalt zu verstehen, daß er sich darüber denn doch von einer Autorität – dem alten Rosenthal – Rat erholt hätte.

Die Sache kam, wie sie unschwer vorauszusehen war. Der »Simplicissimus« wurde damals in Leipzig gedruckt. Die sächsi-

Albert Langen um 1909

sche Staatsanwaltschaft griff mit gewohnter Schärfe ein und zitierte Langen nach Leipzig. Er reiste sehr rasch nach Zürich ab in die Verbannung, die fünf Jahre währte und ihm viele Sorgen bereitete.

Ein Jahr später trat ich in die Redaktion des »Simplicissimus« ein. Noch im Sommer 1899 hatte mir Langen aus Paris geschrieben, daß ich ihm zu ausgesprochen süddeutsch und auch politisch nicht einwandfrei erschiene. Er halte mich für einen Anti-Dreyfusard. Diese Abwertung eines Deutschen von einem Deutschen war echt und recht bezeichnend für die törichte und kindische Art, Politik zu treiben, an der man in Deutschland krankt.

Bei uns hat jener ekelhafte Prozeß, über den in jeder Zeitung, auf jeder Bierbank und in jedem demokratischen Debattierklub das gleiche dumme Zeug geschwätzt wurde, die Gemüter nur darum erregen können, weil dem Allerweltsmichel Takt und politischer Verstand fehlten.

Es war das gleiche plappernde, sein eigenes Interesse nie verstehende Pack, das sich jahrzehntelang für die Polen begeistert hatte, und das sich nunmehr über die internste französische Schweinerei unglücklich gebärdete.

Ich hatte Langen gegenüber kein Hehl daraus gemacht, wie dumm und verächtlich mir die deutschen Spießbürger vorkämen, die monatelang die Namen Henry, Picquart, Esterhazy, Labori und Worte wie bordereau nicht mehr aus den ungewaschenen Mäulern brächten, und ich hatte ihm eröffnet, daß mir jeder Zwetschgenbaum in Deutschland unendlich interessanter sei wie ein Pariser Prozeß.

Die Tatsache, daß der Franzose von Zeit zu Zeit die Bestie spielen müsse, könne man auf jedem Blatte seiner Geschichte finden.

Aber Langen lebte in Paris, lebte im Umgange mit Björnson, der die oberste Revisionsinstanz in Sachen Dreyfus war, und so wirkte die Erinnerung an meine Ketzerei bei ihm nach.

Im März 1900 brachten es die Verhältnisse mit sich, daß ich mit Geheeb die Leitung der Redaktion übernahm.

Vorher fand große Beratung im »Anker« zu Rorschach statt, wohin Langen von Paris aus gereist war. Sie begann gemessen, ernst und feierlich, nahm aber bald, wie sichs für junge Leute schickte, einen fröhlichen Verlauf.

Dabei gefiel mir Langen gleich besser, als ich ihn sorglos und heiter sah, und gar, als ich erfuhr, daß er ziemlich leichtsinnig seine Sache auf nichts gestellt hatte.

Die Erzählungen von seinem großen Reichtum waren Märchen, über die er herzhaft lachen konnte.

Woher war das eigentlich gekommen, daß ganz München in ihm einen Krösus sah?

Zuletzt doch nur von seiner eleganten Kleidung. Er selber meinte, daß seine »chaussure« viel dazu beigetragen habe. Man sieht den Menschen viel mehr auf die Stiefel, als sich's harmlose Gemüter träumen lassen. Und Langen trieb einen wahren Kultus mit elegantem Schuhwerk.

Kam nun der Kredit davon, oder von was anderm, jedenfalls war er sehr nützlich und half dem jungen Verleger nicht viel weniger als ein großes Vermögen. Mich aber berührte es sympathisch, als ich sah, daß Langen tapfer und sorglos ein Unternehmen, das doch für viele etwas bedeutete, angefangen hatte.

Es kamen gefährliche Momente, bei denen unser gemeinsames Schiff sehr hart an Klippen vorbeigesteuert wurde. Aber es ging.

Bei unsern schweizer Kongressen, die bis 1903 regelmäßig im Frühjahr und im Herbste zu Zürich im Hotel »Baur au Lac« stattfanden, drängten sich zuerst mancherlei Bedenken auf, die aber rasch einem festen Vertrauen und einer unbekümmerten Heiterkeit wichen.

Am Ende war es in diesem Kreise von jungen Künstlern, die Vertrauen auf sich haben durften, nicht anders möglich.

1902, nach der ersten Preiserhöhung, gewannen wir schon hohe See und waren über die schlimmsten Untiefen weg.

Langen feierte den Anbruch einer besseren Zeit durch einen Ausflug an den Vierwaldstätter See. Als wir in Altdorf auf dem Bahnhofe standen, um nach Zürich zurückzukehren, wurde gerade der Gotthard-Expreß gemeldet. Ein fragender Blick? Das wäre doch fein, durch den Gotthard an den Lago Maggiore fahren! In der nächsten Minute stand Langen am Schalter und löste die Billette nach Locarno. Ohne Gepäck, ohne Wäsche, so wie wir waren, hinein in den Speisewagen des eleganten Schnellzugs, der eben angelangt war.

Das war reizvoll, so unbekümmert ins Land der Sehnsucht hinein zu fahren! Eine laue Frühlingsnacht in Locarno, ein fröhliches Suchen nach Quartieren, Freude an allem, was man sah, und Freude an uns selber. Am nächsten Morgen fuhren wir über den blauen See; die Sonne brannte herunter, bunte Farben überall, weiße Häuser zwischen immergrünen Büschen. Auf Isola bella blühten die Blumen.

Wie war das schön!

In irgendeinem Neste, ich glaube, es hieß Laveno, mußten wir Texte zu einigen Zeichnungen finden, die sofort nach München geschickt wurden.

Es war eine heitere Redaktionssitzung beim Chianti.

Vor der Osteria tanzten Mädchen zu den Klängen eines Orgelklaviers.

Am Abend, als die Sonne auf den Gletschern des Mont Cenis verglühte, stiegen wir in den Zug, der uns am nächsten Morgen nach Zürich zurückbrachte.

Auf dieser Fahrt, der schönsten in meiner Erinnerung, lernte ich Langen als heiteren, guten Kameraden kennen. Ich reiste mit ihm nach Paris und war zwei Monate sein Gast.

Im täglichen Verkehr lernte ich ihn erst recht schätzen.

Er war ein kluger Mensch, den allerlei Erlebnisse etwas mißtrauisch oder nervös gemacht hatten.

Dazu bedrückte es ihn schwer, daß er jetzt im Aufblühen und Wachsen seines Unternehmens zuletzt doch untätig oder hilflos in der Fremde weilen mußte. Wie viele Pläne hatte er geschmiedet, wie viele hatte er als zwecklos wieder aufgeben müssen!

Ingrimmig erfuhr er, daß der Leipziger Staatsanwalt alle sechs Monate die Verjährung der Strafverfolgung durch irgendeine Maßnahme verhinderte, und einmal kam er auf eine groteske, echt Langensche Idee.

Er wollte sich nach Norwegen auf das Gut seines Schwiegervaters Björnson zurückziehen und von dort aus die Meldung von seinem Tode verbreiten lassen. Er ließ sich verunglücken, in einem Fjord ersaufen, von einem Berge abstürzen, die Zei-

Ludwig Thoma als Redakteur, 1906

tungen sollten es ausführlich melden, und außerdem hätten Todesanzeigen in Kölner und Münchner Blättern erscheinen sollen.

Gegen den verstorbenen Albert Langen würde dann der eifrige Sachse in drei Teufels Namen die Verfolgung aufgeben. Er lebte sich in die Idee ein, gab den abenteuerlichen Plan aber zu guter Letzt doch auf und verzehrte sich weiter in Sehnsucht nach der Heimat und nach der schönen anregenden Tätigkeit.

So wie er war, jeden Tag mit neuen Vorhaben beschäftigt, litt er immer schwerer unter dem unfreiwilligen Aufenthalte in Paris.

Endlich schlug die erlösende Stunde.

Ein einflußreicher Herr aus Sachsen, der mit der Familie Björnson befreundet war, vermittelte die Einstellung des Verfahrens. Langen mußte dreißigtausend Mark erlegen und durfte nach Deutschland zurückkehren. Das war im Frühjahre 1903.

Er lebte auf und erschien mir nach kurzer Zeit gänzlich verändert.

Keine Spur mehr von Aufgeregtheit; sein lebhaftes Wesen, das er beibehalten hatte, wirkte erfrischend, und er, der nie Sinn für behagliches Stillsitzen gehabt hatte, war ein ruhiger, jede gute Stunde mit Geschmack genießender Mann geworden.

Etwas Sprunghaftes behielt er in seinen Ideen und Vorschlägen bei, aber niemand konnte darüber herzlicher lachen als er selbst, wenn man ihn mit Humor widerlegte. Auch das Konferenzenabhalten hatte er sich nicht abgewöhnt. Es war ihm nie wohler, als wenn er am Vormittag rasch in sein Büro eintretend alle Mann an Bord rief, Projekte machte, dies, das und jenes zur beschleunigten Ausführung anordnete, oder mit übereinandergeschlagenen Beinen im Klubsessel sitzend die Meinungen der andern anhörte.

Es mußte immer was los sein. Was schon begonnen und in der Ausführung begriffen war, lag sofort hinter ihm, und er mußte wieder Neuem zusteuern. Stets war er auf der Jagd nach aufstrebenden Talenten, wollte anregen, fördern, gründen.

Auch als das Geschäft sehr einträglich geworden war, hat er sich nie eine Sparbüchse angelegt. Sein Geld rollte. Wenn man etwas vorhatte und ihm einen Plan unterbreitete, griff er lebhaft zu, spann die Idee aus, und nie hörte ich ihn kleinliche oder ängstliche Bedenken entgegenhalten.

Auch äußerlich hatte er sich verändert.

Der schöne pariser Bart war weg, und das glattrasierte Gesicht zeigte Energie, Klugheit und einen stark ausgesprochenen Zug von Humor.

Das Beste an ihm war, daß er keine Hinterhältigkeit kannte, daß er nichts nachtrug, immer gerecht, ja großzügig blieb und vieles,

*»Simplicissimus«-Einbandzeichnung
von Thomas Theodor Heine*

was er hätte übelnehmen können, mit wirklicher Heiterkeit hinnahm.

Als er »Hidallah« gelesen hatte, ein Stück, in dem es allerlei Hiebe gegen ihn absetzte, konnte er gerade darüber herzlich lachen, und er blieb gegen meinen Widerspruch bei seiner nach meinem Dafürhalten übertriebenen Wertschätzung Wedekinds.

Daran änderte auch »Oaha« nichts. Im Gegenteil, ich erinnere mich wohl an sein schallendes Gelächter, als er las, wie er und Björnson darin geschildert waren.

Ich bat ihm im stillen manche ungünstige Meinung ab, zuweilen auch offen im behaglichen Zwiegespräch.

Dann schilderte er mir, wie unsicher seine Anfänge in München gewesen seien, wie er mehr als einmal nicht gewußt habe, ob er die nächste Nummer des »Simplicissimus« noch erscheinen lassen könne.

Daß wir davon nichts gemerkt hatten, ist ein schönes Zeugnis für ihn.

Auch die letzte und schwerste Probe hat er gut bestanden. Er sah dem Tode, der viel zu früh an ihn herantrat, mannhaft entgegen.

Er war erst neununddreißig Jahre alt, als er starb, und hatte noch viel zu geben, viel zu gründen und zu unternehmen.

Die Thronstütze

Ein Couplet fürs Variété

Immer nur so durchjeschloffen,
Nischt jelernt und viel jesoffen,
Roch ich sehr nach Biere.
Endlich bin ich durchjeschwommen,
Bin im Staatsdienst anjekommen
Mit 'ner sauren Niere,
Hopsasa, tralala!
Mit 'ner sauren Niere.

Doch da peu à peu die Kröten,
Die ich hatte, jingen flöten,
Weil ich's trieb zu tolle,
Hab' ich mich nich lang besonnen,
Hab' mich feste injesponnen,
Nahm mir eene Olle,
Hopsasa, tralala!
Nahm mir eene Olle.

So 'ne olle, fette, dicke,
So 'ne rechte plumpe Zicke
Aus dem Bürgerstande.
's is nich schön, mit ihr zu leben,
Darum hab' ich mich jejeben,
Janz dem Vaterlande,
Hopsasa, tralala!
Janz dem Vaterlande.

Führ' 'ne heftige Bataille
Mit der dummen Preßkanaille,
Leg' sie auf die Latte.
Will ich mir mal amusiren,
Laß den Jeist ich maltraitieren,
Den ich selbst nich hatte,
Hopsasa, tralala!
Den ich selbst nich hatte.

Scharf nach unten, mild nach oben,
Öffentlich den Herrgott loben,
Heimlich is man kalte.
Bald 'nen Tritt, un bald 'nen Orden,
Mancher ist schon so jeworden
Oberstaatsanwalte,
Hopsasa, tralala!
Oberstaatsanwalte.

Simplicissimus

(Zeichnung von Bruno Paul)

Zeichnung von Bruno Paul. Aus: Simplicissimus. Jg. 5 (1900), Nr. 23

Auf der Birsch

(Zeichnung von Ignatius Taschner)

Geht da Wind über d' Schneid'
Aba Bua'm, dös is g'scheidt,
Dös gibt a Birsch!
Heut' is a rechter Tag,
Heut' bal's a wengei mag,
Kriag'n ma'r an Hirsch.

I moan', er waar scho drent
Unta de Leitenwänd',
's is no net z'spaat.
Wechselt a'r über's Ries,
Hör'n ma de Stoanein g'wiß,
Seid's no grad staad!

Do sitz di her und lus'!
Do hätt'st an leichten Schuß,
Bal a dir kimmt.
Schaug'n net z' feini o,
Geh' no guat ani dro,
Daß 's 'n glei nimmt!

Tua no net gar so gach!
Bal' er di z'letzt no sach,
Ganget's ins schlecht.
Herrgott, jetzt hoscht'n g'feit!
Glei um an Schuach is 's z'weit,
Du bist da Recht!

Ludwig Thoma

Zeichnung von Ignatius Taschner.
Aus: Simplicissimus. Jg. 8 (1903/04), Nr. 28

An alle, die uns gratulieren

(Zeichnung von O. Gulbransson)

Liebes Publikum,

Zehn Jahre sind gewiß kein hohes,
Kein Alter nicht für mich und Sie.
Doch ist's nicht wenig für ein rohes
Und schwer geprüftes Hundevieh.

Drum kommt nur her zum Gratulieren!
Es bildet ja kein Hindernis.
Es wird euch alle nicht schenieren,
Daß euch das Luder öfter biß??

Geehrtes Fräulein. Ihre Gaben
Erfreuen das gemeine Biest.
Sollt' er Sie mal beleidigt haben,
So hoff' ich, daß Sie's nicht verdrießt.

Herr Staatsanwalt?! Sie sind ein Schmeichler!
Wenn nur kein Arg dahinter steckt!
Sie wünschen doch, Sie kleiner Heuchler,
Daß unser Hundchen bald verreckt?!

Na ja, nun schweigen Sie mal stille!
Von Anstand hat es keine Spur.
Gewiß! Doch ist es Gottes Wille,
Er schuf auch diese Kreatur.

Herr Pfarrer auch? Und Still gestanden!
Jetzt präsentiert mir das Gewehr!
Daß Hoheit uns für würdig fanden,
Ist wirklich unverdiente Ehr'.

Ach, daß kein Groll uns länger trenne,
Gelobt' ich gerne frommen Geist.
Doch wie ich dieses Hundsvieh kenne,
Hilft alles nichts. Das Luder beißt.

Peter Schlemihl

Zeichnung von Olaf Gulbransson.
Aus: Simplicissimus. Jg. 10 (1905/06), Nr. 1

Jägerfreude

(Zeichnung von E. Thöny)

Hat da Gamsbock wohl an schöna Bart,
Aba 's Kriag'n, mei Liaba, dös is hart,
Muaßt scho einisteig'n in d' Wänd und Graab'n,
In de schiachsten san s', dös derfst mir glaab'n!

Auf de Berg is jetza woltern kalt,
Und i woaß net, was enk Jaaga g'fallt,
I tat liaba scho herunt'n bleib'n,
Und von mir aus kunnt's da dromat schneib'n.

Na, mei Deandl, wer de Sach vasteht,
Hat koa Freud an nix, was leichter geht,
Mit de Madeln aa, dös laß dir sag'n,
Is koa G'spaß dabei, muaßt di net plag'n.

Ludwig Thoma

Zeichnung von Eduard Thöny.
Aus: Simplicissimus. Jg. 12 (1907/08), Nr. 36

München, 8. September 1913 | Preis 30 Pfg. | 18. Jahrgang Nr. 24

SIMPLICISSIMUS

Abonnement vierteljährlich 3 Mk. 60 Pfg.
Alle Rechte vorbehalten
Begründet von Albert Langen und Th. Th. Heine
In Oesterreich-Ungarn vierteljährlich K 4.40

Im Manöver

(Zeichnung von E. Thöny)

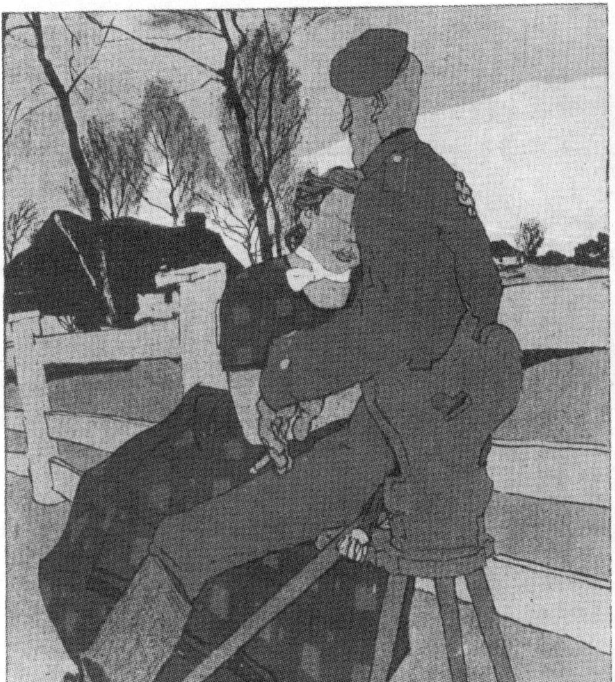

„Madl, geh', schneid net um,
Mach' mir a Freid!
Sei do net gar so dumm,
Sei a weng g'scheit!

„G'scheit sei, dös möcht'st du scho,
So waarst du g'sinnt!
Moring, da gehst d' davo —
Und i bleib hint."

„Aba mir hamm's do g'hatt,
Mir mitanand!
Zoag mir dei Liegerstatt,
Hab' an Vastand!"

Ludwig Thoma

Zeichnung von Eduard Thöny.
Aus: Simplicissimus. Jg. 18 (1913/14), Nr. 24

Münchner Karneval

Aus: Simplicissimus. Faschings-Nummer von Ferdinand Freiherrn von Reznicek. Um 1907

Joseph Nißler war als Sekretär
Angestellt beim Münchner Magistrat,
Wo man ein bescheidenes Salär
Und auch nicht zu viele Arbeit hat.

Seine Frau, geborne Maier, war
Unserm Nißler ehlich angetraut
Ungefähr seit viereinhalbes Jahr.
Und sie war dazu auch stramm gebaut.

Denn ihr runder Busen wölbte sich
Und zersprengte beinah das Korsett,
Daß so manchen gleich ein Wunsch beschlich
Und Gedanken auch an Fleisch und Fett.

Nißlers Wohnung lag am Goetheplatz,
Einen Zimmerherrn auch nahmen sie,
Heinrich Brinkemann. Er war aus Glatz
Und Beflissener der Pharmazie.

Er war durchaus, wie man sagt, solid,
Hat kein G'spusi zu sich hergebracht,
Zahlt' am Ersten pünktlich und vermied
Jeden Lärm und Unfug bei der Nacht.

Deshalb hatte ihn auch Nißler gern,
Und das Gleiche lag in ihrem Sinn;
Öfters sagte sie, als Zimmerherrn
Möcht' sie keinen andern als wie ihn.

Und so ging es, bis der Winter kam,
Wo man plötzlich auf Plakaten sah,
Daß der Karneval den Anfang nahm,
Und die Zeit der Bals parés sei da.

Eines Tages ging Herr Nißler aus
Auf die abendliche Kegelbahn;
Seine Frau war ganz allein zu Haus,
Und sie sagte: »Nun, Herr Brinkemann?

Nun, Herr Brinkemann, wie wäre es?
Wollen Sie das Münchner Leben sehn?
Wollen Sie mit mir auf Bals parés
Nicht ein wenig ganz verstohlen gehn?«

Brinkemann erwiderte mit Ja
Und erklärte gerne sich bereit;
Nicht in schlimmer Absicht. Es geschah
Wirklich nur aus bloßer Höflichkeit.

Andern Mittwochs wurde es vollbracht,
Denn es traf durch einen Zufall ein,
Daß der Ehemann in dieser Nacht
Sitzung hatte beim Gesangverein.

Brinkemann war innerlich entzückt
Von dem Treiben und vom Walzertakt,
Ja, er war der Prosa ganz entrückt
Und von einem schönen Geist gepackt.

Lirum, larum und tarumtata!
Seine Hände faßten ihren Leib,
Was er fühlte und auch, was er sah,
Bot ihm angenehmsten Zeitvertreib.

O, wie selig man im Walzer wiegt,
Und wie fröhlich man auch schottisch hüpft,
Wenn ein Busen uns am Fracke liegt,
Und ein Seufzer ihrem Mund entschlüpft!

Nach dem Balle ging's zum Domhotel,
Denn im Tanzen regt sich großer Durst,
Vor der Heimfahrt tranken sie noch schnell
Und vergnügten sich an weißer Wurst.

Endlich kam man heim. Herr Nißler war
Durch Verspätung leider nicht zu Haus,
Und ein weitrer Zufall bot sich dar,
Denn sie zog sich bei dem Heinrich aus.

Als nun endlich ihr Korsett entschwand,
O, wie wurde es dem Jüngling schwül!
Macht- und wehrlos wurde sein Verstand,
Und der Schluß war nur mehr ein Gefühl.

Seit dem Tag gehörten sie sich an,
Seine Schüchternheit ging ganz vorbei.
Selig wurde Heinrich Brinkemann,
Und Herrn Nißler wuchs ein Hirschgeweih.

Weit entfernt von jeglicher Moral,
Wurden sie im höchsten Grad frivol,
Sie genossen jetzt den Karneval,
Liebe, Tanz und vielen Alkohol.

Doch bekanntlich kostet es viel Geld,
Wenn man sich entfernt vom Tugendpfad;
Man vermißt auch Güter dieser Welt
Niemals mehr, als wenn man sie nicht hat.

Von der Sucht nach Mammon ganz verderbt,
Hat Frau Nißler ihren Schmuck versetzt,
Den sie von den Eltern einst geerbt
Und aus diesem Grunde hoch geschätzt.

Kaum war dieses Sündengeld verpraßt,
War das weitere die Folge nur.
Sie hat schleunigst den Entschluß gefaßt
Und versetzte ihres Mannes Uhr.

Auch das Ehebett verschont' sie nicht;
Sie versetzte es, wo legitim
Sich die Liebe gab als schöne Pflicht,
Als Verbindung zwischen ihr und ihm.

Nißler merkte diesen Bettverlust,
Der so unvermutet plötzlich kam;
Seines Schmerzes war er sich bewußt
Und ergab sich einem stillen Gram.

O, wie dieses ihm sein Herz zerriß!
O, wie dieses ihm an seinem Herzen fraß,
Wenn er tief gebeugt, voll Bitternis
Lang nach Mitternacht beim Biere saß!

Seine Frau beachtete dies kaum,
Dachte niemals an sein stilles Weh,
Sie erfüllte ihren Liebestraum
Und besuchte jeden Bal paré.

Brinkemann vergaß sich ebenso,
Und er fühlte sich nur hochbeglückt,
Wenn sein busenschöner Domino
Zärtlich sich an seine Kniee drückt'.

Lirum, larum und tarumtata,
Innig fügte sich nun Hand in Hand,
Und die Reize, die er glühend sah,
Waren aus Erfahrung ihm bekannt.

Aller Sitte spricht man lächelnd Hohn,
Es entschwindet der Moralbegriff
Bei der Geige wunderschönem Ton,
Bei der Klarinette schrillem Pfiff.

Über enge Treppen kehrt man heim,
Pst! und Pst! Und leise schließt man auf.
Und dann taucht man in den Honigseim,
Und die Liebe nimmt verbotnen Lauf.

Alles endet. Auch der Karneval,
Doch die Folgen bleiben. Man bemerkt,

Daß gebieterisch sich die Moral
Immer wieder durch Exempel stärkt.

Heinrich Brinkemann war jetzt verlumpt,
Ohne deutsche Jugendkraft, entmannt,
Lasterhaft und hohl und ausgepumpt,
Wie ein alter Krater ausgebrannt.

Und Frau Nißler? Ja, sie flüstert nun
Ein Geheimnis ihrem Mann ins Ohr,
Und sie muß dabei ganz schamvoll tun,
So, als käm's ihr selber richtig vor.

Staunen faßte unsern Sekretär,
Denn er fragte sich mit Recht sodann,
Ob er dieses Kindes Vater wär',
Und wieso? Und ganz besonders, wann?

Immer wieder hat er nachgedacht,
Tagesüber in dem Schreibbureau,
In dem Wirtshaus aber bei der Nacht.
Immer wieder fragt er: wann und wo?

Und er sprach nach jedem Liter Bier:
»Nein, es kann durchaus nicht sein! Ich weiß,
Dieses Kind ist keineswegs von mir;
Herrgottsakrament! Es wird ein Preiß'!«

Brief eines bayerischen Landtagsabgeordneten

Brief 24. Simplicissimus. Jg. 14 (1909/10), Nr. 29

An Hern Dobias Angerer Gabiedelforstand in Zillhofen
bosd Mingharding

hochwiern Här Gabidular
Kelobd sei Jessas Kristo!
Had 'n schon. Kloriha in ekshelsis Teoh.
Durch disses schreim schreiwe ich meinen hochwierningen und gelibden Forgesäzten und mermalingen Baichdfadder mid freidingen Gefiehle, das mier den Simbliesimus fon der Eusenban hinausgebuzt hawen durch den Beistand Gothes und der heuligen und insren unbeschreiblingen Orderer.
Rache ißt sieß schbricht der Här und disses fiehlen mier ahle und hawen auch einen freidenschmauß in der Weiswurscht und mit sär fille Weiswierschte abgehalden und Sembf und Bräzeln und den bolizeibresadent, wo mier haben miduhn lasen damid das er inser Wollwohlen bemergt. den disser Mentsch ist ins jez angenäm und halden mir ien fier eine dreie Säle und zuferläsigen Undergäbenen, wo ien auch inser ahlerhöxter barlamendsher der Orderer ein barmahl freindlich angelöchelt had und iem seine zwei gälben Zene fohler Giete gezeugt had. Fileichd befehrdern mir iem rechd ballt, wen wo sich ein Lohch äfnet wo mir iem underbringen kähnen den disser Mentsch ist ins angenäm.
Er had es dadurch fohlbrachd, das er im kadollischen Kasieno gewäsen ist, wo iem der bichler seinen Blahn gezeugt had, wie

mir jäz den Simbliesimus backen kähnen indem mier das Hauß Wiedelspach dazu beniezen, den hochwiern Her Gabidular, sie ferstengen mich schon, das mir disses forgehben das es fier den drohn ist und ist aber fier den Orderer, den wo disses Wiezblad iemer derbleggt das fille Mentschen plos lachen bald sie ien sehgen.

Der bolizeibresadent had es auch ferstanden und weis wo der Wind hergät und disser Wiend schtreichd aus dem Zändrum. Daturch ist der Simbliesimus auf der Eusenban ferbothen, das ien kein basaschier mer kauffen kahn und disses ist ein härliches Middel. den das weis mahn schohn, das ahle leithe fier das Gäld sär emfiendlich sind und mier hawen stez gesähen das die Räligohn ieren fästen Siez plos im Gäldbeidel hat. der Schreuner gät in den Rohsengrantz bald er klaubt, das in der Kirchen oder im bfahrhauß eine Arbeid zum folhenden ist und der Schlohser kniegelt gans forn beim Aldahr bald er schpant das fieleichd das Gieter rebahriert wird und der Waxziehger ist der bäste Kadollik wengen seine Kirzen und wo die freilein bfahrerkechin das fleusch hohlt mus der Mäzger ein Gebät zum Hiemel schteigen lasen haber so das man es mergt. Der buchdrugger had einen härlichen Klaubenseifer, intem er den Kierchenanseiger trukt und auch der Schpengler erwäkt sein Gewiesen weul er den bliezableider auf dem bfahrhauße fergohldet und ahles had Goth weuse eingeriechdet, das jäder Mentsch die Rähligon libt intem er seinen Gäldbeidel libt.

Durch disses mus es auch der Simbliesimus bemergen das die kadollische Rähligon kein lährer Schain ist sontern eine schtarke Einriechtung wo iere Kiender libreich begienschtigt haber iere feunde beschedigt.

Das hawen mier gut fohlbracht das mier der brässe einen Mauhlkorb hinhengen bald sie ins beußen mechte. Mier ahle sind sär freidig, das ins disses Werg so schän hinausgegahngen ist.

Hochwiern Här Gabidular jäz mus ich nach dissem frählichen

Ereugniese auch was drauriges schreim. Daturch das mier einen schtarken Kuhmer hawen, wie mir das niderne Folk ausschmirren kähnen mit dissen neien Schteiern wo mir durch inserne breissischen Klaubensbrieder erfuhnden hawen. Disses ist ser schwär. Mir hawen ahle Täg geheume Siezungen im Gasieno das mir einen schwiendel erfienden haber bis jez ist ins noch keiner eingefahlen, den wo mahn nichd bemergt.
Inserne greßten Erfinder hoggen gans draurig herum und hawen mier ins ahle ferlobt das mier nach Altäting ein gohldenes Schahf schtieften bald ins das Folk einen Schwiendel klaubt.
Es mus ein schtarker Schwiendel sein indem die Sotsi aufbassen haber mier wohlen auch einen grosen Schafhamel schtieften und gans fon Gohld.
Disses ist eine draurige bäriode wo nichd ein mahl inserne geischlingen Hären ahles herumdrähen känen und hawen doch auf dieses schtudirt, wo man heulige Liehgen heist.
Ich mus es ienen mit schmärtzen beriechden das jez fiele schimbfen gengen eunander und der Heum had gesagd das disser kwallfohle Kuhmer fon gewiese Leite herkohmt, woh bei die Gozöbersten heruhmschmeigeln und in Bärlin ahles bewieligen, damid das die Sohne der Gnahde ienen auf die greflichen Blatten scheunt und durch disse hadelige bagaschi in breißen und kadollische leitschiender und arme bärgwergbesiezer wo ihre Leite außauchen und eine hochmiedige Fozen aufsäzen gengen das niderne folk haber am drohne den Schpeichel schläggen und durch disse fornähmen Mähner wo oft noch Laußpuben siend und drekete Schlawiener und Roznassen, wo die Kadollikendage mit ierer sauthumen Fisasche ferhuntsen und ihre fierschten und Grahfengrohnen auf ahle budschamperl hinaufmahlen und durch disse schlamberte bagaschi had das Zändrum das Folk feraden und ferkaufft.
hochwiern Här Gabidulahr ich mus es ienen schreim, das durch disse Worde ein habscheilinger Schpetakl sich entstanten had

intem der bichler in die freis gefahlen ist und der Orderer had den Hädscher gekriecht und der Dahler ist plau gewohrn und seine Orwatscheln sind kald gewohrn und es ist ein Geschwätz gewäsen wie in dem gresten Sauschtahle bald gefuthert wierd. Den Orderer hawen mir mid Schbiridus eingeriem und er had aber geschnaggelt wie ein alder Schpillhan und had iemer noch einmahl gefragd hob mir das Folk feraden hawen, hob mir das Folk ferkaufft hawen und seine Nassenschpieze ist schnäweis gewäsen.

Haber da ist der Schedler aufgeschtanten und had geruhfen mir sohlen schtielle sein und gans meischenschtielle.

Und jez had der Schedler sanbf gelöchelt und had mit sießer Schtieme geschbrochen und had gesagd, Kündlein lihbet einahnder sagt er, und ich weuß ja das ier eich härzlich lihbet.

Jawoll had er noch einmahl gesagd indem der bichler nemlich seinen Gobf gebeideld had. Jawohl ier lihbet eich.

Disses Zändrum sagt er ist eine sär grose Familli und es kohmt sogahr in einer gleinen Familli for das es einen Schtreid gieb, haber nach einer gleinen Weule wiesen ahle das si eine Familli siend und ist ahles wider guth. So ist es auch bein Zändrum sagt er und die briederlein lihben sich wider.

Gelihbte sagd er inser Heum ist die Schtieme der fraien Naduhr haber Biechler ist das Lisbeln der Harbfe und mir schätzen ahle zwei Töhne und mir braugen ahle zwei Töhne intem das mir mit Graft zum Folke räden haber auch mit der Regierung lisbeln hoder umgekährt.

Gelihbte sagt er jez ist aber eine schlächte Zeit, indem das mir ahle zwei lisbeln missen und mir missen gans leuse lisbeln, damid das man es nichd genau ferstät, was mier sahgen und das mier es iemer wihder heruhmdrähen känen und das mahn ins nichz beweusen kahn.

Gelihbte sagd er mir hawen jäz eine sehr schmärzlinge Obaraziohn an inserm Folke for, intem mir iem seine Narung ferteiern

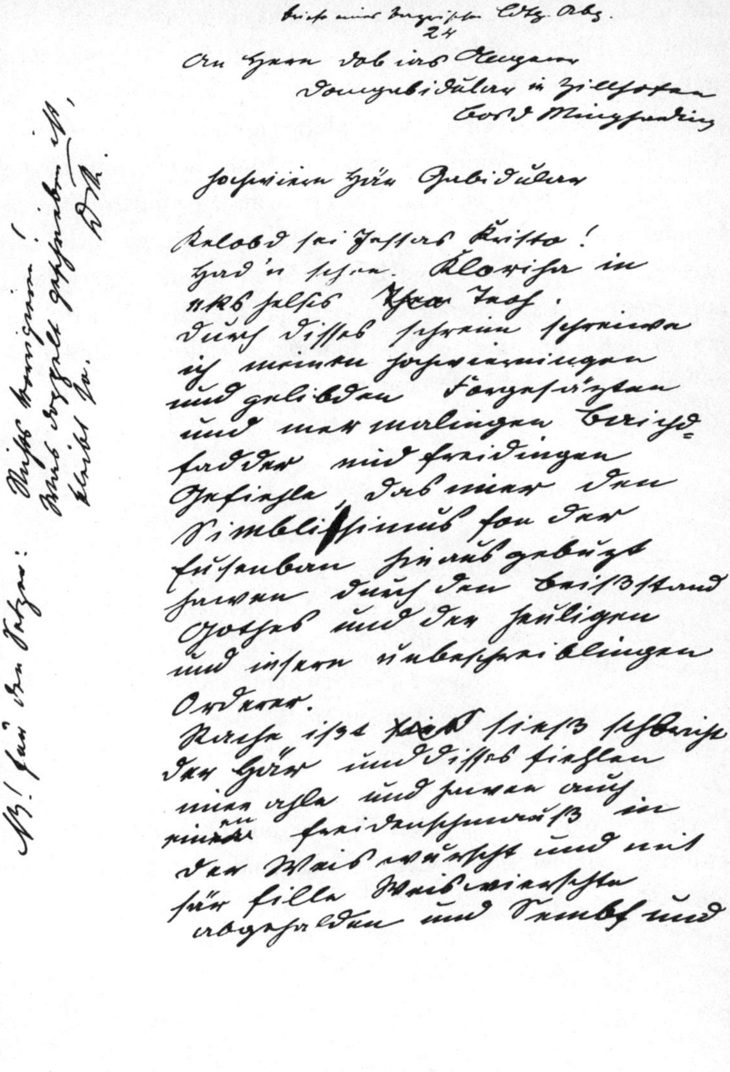

Filser-Brief

und ien iberhaubts außauchen und sagd er ier wieset ahle das mahn bei einer schmärzlingen Obaraziohn die Leite bedeiben mus das si es nichd soh schpiehren und mir sagd er missen ahlso auch das Folk bedeiben bei disser Mahgenoberaziohn und dierfen nichd laud räden damid das mier den Bahzihenden nichd aus dem Schlahfe erweggen und disses mus inser gelihbter Kohläge Heum bedengen und bei disser bäriohde derf er nichd als Ferdreter des Folkes so laud brillen. Sontern mier missen leuse aufdreten wi di Daschentiebe, das es das Folk nichd mergt wie mir es außäkeln, und iem die Gäldbeidel nähmen. Und mier wohlen ins im Gebät fereuningen, das ins die Ahlmachd ein Middel schengt, das mier das Folk einschlefern kähnen.

Oh du heulinger Sepasdian –
schigge ins einen Schwiendel!
Oh du heulinger Flohrihan –
schigge ins einen Schwiendel!
Oh ier fiersich Nodhälfer –
Schigget ins einen Schwiendel!
Oh ier heulingen Nodliegner –
Schigget ins einen Schwiendel!

Disse neie barlamändsliedanei hawen mir ahle mit bedriebten Härzen gebäthet. Hochwiern Här Gabidulahr bäthen sie es auch fir

ieren liben Jozef Filser
Kenigl. Abgeorneter.

Bayerische Bauern

1912

Die Zentrumspartei hat ein Flugblatt unter euch verteilt, in dem es euch erzählt, daß ich den Bauernstand vor der ganzen Welt verspotte, weil ich den Abgeordneten Joseph Filser erfunden habe.

Ich rede nicht für mich, aber ich meine, daß ihr nicht immer und überall von diesen Lugenschippeln angeschwindelt werden sollt, und deswegen will ich über die Sache reden. Es ist nicht wahr, daß ich in dem Joseph Filser einen Vertreter des Bauernstandes hinstellen will, sondern ich habe einen Zentrumsabgeordneten geschildert, der von den Pfarrern in den Landtag hineingeschickt worden ist und darin stimmen muß, wie es ihm der Pichler und Orterer anschaffen.

Es ist nicht wahr, daß ich ihn als Deppen – so schreibt der Zentrumsgeistliche – geschildert habe.

Der Joseph Filser ist ein schlauer Kerl, und er ist in dem, was er versteht, viel heller wie sein Kommandant Pichler, der höchstens ein paar Zeitungen mehr liest, aber an gesundem Menschenverstand ganz gewiß unter dem Filser steht.

Es ist nicht wahr, daß ich ihn als »Gauner und Spitzbuben« hingestellt habe.

Der Filser merkt recht gut, wie eingebildet, hochmütig und dabei dumm die großkopfeten Zentrumsherren sind, und er seift sie ein, wo es geht.

Wenn einer einen Ochsen für mehr verkauft, als er eigentlich

wert ist, so ist er deswegen kein Gauner, sondern ein gescheiter Kerl, den man wegen seiner Schlauheit lobt, und wenn der Joseph Filser die siebengescheiten Parteiherrgötter verkauft, so ist er erst recht kein Spitzbube, sondern ein Schlauberger, über den man sich freuen kann.
Auch ist er kein »ungehobelter, scheinheiliger, abgefeimter und ordinärer Kerl«, wie das Flugblatt schreibt.
So einer ist vielleicht der Ultramontane, der euch das vorgelogen hat.
In Tegernsee und an den anderen Orten haben viele Bauern das Theaterstück »Erster Klasse« gesehen, in dem der Filser vorkommt, und alle haben sich darüber gefreut und haben gelacht, weil sie recht gut gemerkt haben, daß darin nicht der Bauernstand, sondern ein Beamter verspottet ist, der zuerst gegen die Bauern hochnäsig ist, aber ganz und gar umschlägt, wie er erfährt, daß der Filser zu der großmächtigen Partei gehört.
Auch in den Briefen des Filser sind nicht die Bauern verspottet, sondern die ganz anderen Herren, die euch nur benutzen, um ihre Macht zu stärken; die Herren, die vor fünfzehn Jahren mit den gemeinsten Schimpfworten jeden Bauernbündler überschüttet haben, die jeden, der offen für die Bauern eingetreten ist, verleumdet und verfolgt haben, die in jedem Hause gehetzt und die Leute um ihr Brot gebracht haben.
Und die jetzt die Bauernfreunde spielen.
Denkt nur ein paar Jahre zurück!
Diese Herren ärgern sich, daß der Filser das Kind beim rechten Namen nennt und die Leute, die vor Hochmut stinken, an den Pranger stellt als lächerliche Kerle, die unsere bayerische Heimat vor der ganzen Welt blamieren.
Ich will euch nicht schön tun, ich habe keinen Grund, euch zu schmeicheln, und ich will ganz gewiß nicht, daß ihr mich in den Landtag schickt.
Wenn ich hier zu euch rede, geschieht es nur, weil ich nicht

Präsident Orterer. Karikatur von Arpad Schmidhammer

haben will, daß die Lügen dieses Zentrumsgeistlichen unwidersprochen verbreitet werden.
Es kann nicht leicht einer vor euch Bauern besser Farbe bekennen wie ich, und ich kann euch beweisen, daß ich vor keinem Stand mehr aufrichtigen Respekt habe als vor dem Bauernstand.
Ich habe mehr wie ein Buch vom bayerischen Bauern geschrieben, und in jedem muß zu lesen sein, daß mir auf der Welt nichts lieber und nichts wertvoller ist wie der bayerische Bauer.
Ich habe euer Leben geschildert und eure Arbeit, und ich habe es so getan, daß viele tausend Leute, die euch nicht kannten, etwas von meiner Verehrung und Liebe für euch fühlen.
Das erzählen euch die Schwindler freilich nicht, die sagen euch nicht, daß in meinem »Andreas Vöst«, »Wittiber«, »Hochzeit«

und in anderen Büchern die Gesundheit, die Kraft, die hohe Sittlichkeit des bayerischen Bauernstandes geschildert ist.

Und das sind die Bücher, in denen meine ernsthafte Meinung über euch steht.

Der Mensch, der das Zentrumsflugblatt geschrieben hat, weiß das recht gut, er weiß, daß keiner mehr für euch geschrieben hat als ich, aber das unterdrückt er, und er lügt euch vor, daß ich den bayerischen Bauern als Ausbund der Schlechtigkeit hingestellt habe. Weil ich eine Parteiführung, die nichts als Hohn verdient, nach besten Kräften verhöhnt habe, will er den Spieß umdrehen und tut so, als hätte ich euch verspottet. Das ist eine traurige Kunst, wenn einer im Priesterkleid das Schwindeln los hat.

Ich bin, seitdem ich selbständig denke, gegen das Zentrum gewesen, aber ich habe mir den Respekt vor braven Seelsorgern, die der Menschheit helfen wollen, bewahrt, und auch darum bedaure ich, wenn ein Geistlicher in seinem politischen Hasse so weit herunterkommt, daß er seinen Beruf als Lügner ausübt.

Und ihr Bauern werdet gerade so denken, wenn ihr es recht erkennt und seht.

Ludwig Thoma mit den Simpl-Künstlern auf dem »Pippinger Veteranenfest«, 1905

Die Simpl-Künstler beim Ganghofer-Schießen in Finsterwald, 1905

An die Sittlichkeitsprediger in Köln am Rheine

Aus: Simplicissimus. Jg. 9 (1904/05), Nr. 31. Beiblatt. Zeichnung von Olaf Gulbransson

Warum schimpfen Sie, Herr Lizentiate,
Über die Unmoral in der Kemenate?
Warum erheben Sie ein solches Geheule,
Sie gnadentriefende Schöpsenkeule?

Ezechiel und Jeremiae Jünger,
Was beschmeußen Sie uns mit dem Bibeldünger?
Was gereucht Ihnen zu solchem Schmerze,
Sie evangelische Unschlittkerze?

Was wissen Sie eigentlich von der Liebe
Mit Ihrem Pastoren-Kaninchentriebe,
Sie multiplizierter Kindererzeuger,
Sie gottesseliger Bettbesteuger?

Als wie die Menschen noch glücklich waren,
Herr Lizentiate, vor vielen Jahren,
Da wohnte Frau Venus im Griechenlande
In schönen Tempeln am Meeresstrande.

Man hielt sie als Göttin in hohen Ehren
Und lauschte willig den holden Lehren.
Sie reden von einem schmutzigen Laster,
Sie jammerseliges Sündenpflaster!

Sie haben den Schmutz wohl häufig gefunden
In Ihren sündlichen Fleischesstunden
Bei Ihrem christlichen Eheweibchen?
In Frau Pastorens Flanellenleibchen?

Peter Schlemihl

An die Sittlichkeitsprediger in Köln am Rheine

* Der Schriftsteller Dr. Ludwig Thoma hat sich heute in Stadelheim eingefunden, um die sechswöchige Haft abzubüßen, welche ihm wegen Beleidigung von Vertretern der Sittlichkeitsvereine zuerkannt wurde.

Dienstag 16. Okt. 06

bei trübem Herbstwetter trat ich heute meine Strafe in Stadelheim an. Nachm. 4 Uhr fuhr ich in Begleitung von Albert Langen hinaus in das Gefängnis Stadelheim. Der Verwalter empfing mich freundlich, ~~[illegible]~~ [illegible] mich auf die Hausordnung & ließ durchblicken, daß im Rahmen dieser bestimmten Vorschrift Erleichterung gewährt werden könne.

Zunächst will er mir gestatten 2 Zeitungen zu lesen (N. Presse & Frankf. Z.), aber erst Sonntag Marion zu sehen,

Stadelheimer Tagebuch

Brief an seine spätere Frau Marion

Strafanstalt Stadelheim, Ende November 1906

Liebstes Kätzle,
Ich mache mir heute schon den Speisezettel für meine Entlassung. Peter wird Dir 2 Hasen schicken. Da bitte ich um Hasenragout mit Knödel (viel Ragout).
Zuerst einige Schweinswürstel mit Kraut.
Und Obst; wenn es Weintrauben noch gibt, dann viel Trauben. Lade Langen mit Kätzle, Frl. v. Bülow und Geheeb ein. Denn wir wollen den ersten Abend doch bei uns daheim sein.
Einen Rat laß Dir noch wegen des Geräucherten geben. Laß es jetzt noch einmal mit Salz und Wachholder einreiben, doch nicht zu stark. Schneide Dir ein Stück herunter und koche es Dir als Surfleisch, damit Du siehst, ob es genügend salzsauer ist. Denn, daran liegt viel, halte mich nicht für gefräßig, liebstes Kätzle, wenn ich Dir so ins Handwerk pfusche. Es macht mir Zerstreuung in dem vielen, vielen Lesen und Arbeiten.
Das Lustspiel lege ich nun bald beiseite; denn ich muß Anregung und Lustigkeit um mich haben, wenn ich den Dialog herausarbeiten will.
Wir werden im Dezember viel ins Theater gehen. »Ernst«, »Lebensfest« usw. muß ich alles sehen; auch oft Musik hören, das regt mich am meisten an, und ich werde überall mein Notizbuch dabei haben.
Diese letzten Tage arbeite ich vielleicht noch eine juristische Sache aus; die Spitzfindigkeit und Verstandesarbeit geht eher,

wenn man ungeduldig ist. Das Lustspiel braucht aber Behagen und Ruhe und Tabakpfeife. Was Dich interessieren wird, ist mein Stadelheimer Tagebuch. Ich habe jeden Tag Einträge gemacht. Über meine Lektüre, Auszüge, eigene Gedanken, die kleinen Erlebnisse im Gefängnisse. Es werden an die 250 Seiten geschriebenes Quartformat, und es gibt mir ein vollständiges Bild. Ich werde mich zwingen, draußen die Sache fortzusetzen, denn es hat einen unschätzbaren Wert für die eigene Arbeit. Ja, sitzen wir nur erst in unserm Starenhäusle! An Arbeit fehlt es nicht.
Den Aufsatz für den März, Reden Kaiser Wilhelms II. habe ich fertig. Sage Langen, es sind etwa 64 Seiten beschriebenes Quartformat, und einiges ist Paprika. Dernburg wird kaum mehr für uns schreiben, wenn er diesen Artikel gelesen hat. Dabei habe ich mich jeder Beleidigung strengstens enthalten, und es fehlt auch nicht an Ernst neben der Bissigkeit. Jetzt leb wohl, mein kleines Mädel. Es hat mir gut getan mit Dir zu plaudern. Wenn wieder eine Woche vorbei ist, sind wir nicht länger getrennt.
Grüß Dich Gott, Liebling, und nimm 1000 Grüße und Küsse von

Deinem Dich liebenden Lucke.

Ludwig Thoma auf der Hochzeitsreise in Florenz. März 1907

Olaf Gulbransson, Ludwig Thoma, Marion (von links)

Ludwig Thoma und Marion

Die Reden Kaiser Wilhelms II.

Ein Beitrag zur Geschichte unserer Zeit
Aus: März. Halbmonatsschrift für deutsche Kultur. Jg. 1 (1907), Bd. 1

Ich suchte mich nützlich zu beschäftigen und las die Reden Seiner Majestät des Kaisers Wilhelm II.
Mich hatte dazu ein Gespräch veranlaßt, welches ich schon im Frühjahr 1905 in Florenz mit dem Geschäftsreisenden Emil Mücke aus Schöneberg hatte.
Mücke vertritt die Firma Gebrüder Schloßberg, mechanische Kleiderfabriken in Gladbach, Spezialität Buckskinhosen.
Er diente beim Train (Mücke sagt Träng) als ein Einjährig-Freiwilliger und ist auch sonst ein gebildeter Mann.
Ich saß eines Abends in Gesellschaft einiger Künstler bei Lopi in Florenz. Wir dachten an nichts, als sich am nächsten Tische ein Herr erhob und uns begrüßte, indem er zugleich sagte, er sei Deutscher. Diese Mitteilung war überflüssig, denn er trug die Haare glatt gescheitelt, er hatte hervorquellende blaue Augen, und die Vorderzähne standen auseinander.
Wenn man so aussieht, ist man Deutscher, auch wenn man nicht nach jedem Schlucke Rotwein den Taschenspiegel zieht und den Schnurrbart richtet. Was Mücke übrigens tat.
Nach kurzer Zeit wußten wir alles, – daß er in Buckskinhosen reist, beim Träng diente, seinen Kaiser liebt, und auch, daß nach Meinung aller gladbacher Kollegen Kaiser Wilhelm der größte Redner der Jetztzeit ist. Ich erinnere mich nicht mehr, ob ich ihm widersprochen habe. Ich erinnere mich nur an das Mienenspiel Mückes, als er die letzte Behauptung aufstellte.

Wie soll ich es beschreiben? Die preußische Geschichte von Fehrbellin bis Sedan spiegelte sich in seinen Augen. Husarenattacken und Trompeter von Gravelotte, Düppelstürme und Gebete nach der Schlacht und »Germans to the front!« zuckten über sein Antlitz.

Ich glaube wirklich, daß kein Chinese es gewagt hätte, ihn scheel anzusehen. Es müßte denn sein, daß er ihm gleichzeitig eine Partie Buckskinhosen abgekauft hätte.

Der kleine Kellner Giulio sah mit Schrecken auf den Fremden, der so mit einem Male furchterregendes Germanentum in die toskanische Kneipe getragen hatte.

Ich aber bedachte die Größe des Vaterlands, die zu mir aus diesem Geschäftsreisenden sprach, und ich faßte den Entschluß, die Reden des Kaisers einmal zu lesen.

Arbeit und Vergnügen verwischten jedoch den Eindruck, welchen Mücke und der preußische Ruhm auf mich gemacht hatten, und ich vergaß, was ich mir so ernsthaft vorgenommen hatte.

Da wurde die »Geißel der Verurteilung über mich geschwungen«, wie der Hofprediger Ohly in Berlin sagte; und in der Stille des Gefängnisses griff ich zu den Reden Kaiser Wilhelms II.

Ich las und las.

Und die Gestalt Emil Mückes tauchte vor meinen Augen auf; ich sah seinen Schnurrbart sich sträuben, und ich sah den Abglanz der preußischen Schlachtfelder auf seinen Zügen.

Philipp Reclam junior in Leipzig hat die Reden Kaiser Wilhelms II. verlegt. Johannes Penzler hat sie gesammelt und herausgegeben.

In zwei Bänden à eine Mark; im Katalog verzeichnet unter Geschichte und Philosophie.

Bismarck und Kaiser Wilhelm ausgenommen, hat kein Redner der letzten zweitausend Jahre Aufnahme in die Universalbibliothek gefunden. Seit zweitausend Jahren keiner.

Darf uns dies zu Vergleichen anregen? Sollte Emil Mücke zu wenig gesagt haben?

Die Reden Kaiser Wilhelms sind nicht abgeschlossen. Auf der letzten Seite des zweiten Bandes müßten die Worte stehen: »Fortsetzung folgt.«

Denn Philipp Reclam junior ist gewillt, mit seinen Schnellpressen dicht hinter dem Kaiser zu bleiben; und sobald der fünfzehnte Druckbogen gefüllt werden kann, erscheint der dritte Band.

Diese buchhändlerische Tat ist groß.

Man muß bedenken, daß im allgemeinen der Wert einer Rede erst dann gewürdigt werden kann, wenn sie gehalten worden ist.

Die Reden des Kaisers sind gesammelt und herausgegeben, wie auf dem Titelblatte zu lesen ist. Sie sind nicht *ausgewählt.*

Demosthenes war auch ein guter Redner. Er hat die Herzen der Athener zu rühren gewußt, und seine Worte sind der Nachwelt erhalten worden. Aber nicht alle.

Freilich, was er auf dem Markte gegen Philipp redete, das hat man festgehalten und überliefert. Aber wenn Demosthenes bei Glaukon oder Kallikles als Gast erschien und nach dem zweiten Gange sich erhob und sprach: »Geehrte Anwesende, ich trinke auf das Wohl der verehrten und tugendreichen Frau Kallikles«, so fand sich niemand, der die Worte der Nachwelt erhalten wollte.

Johannes Penzler, welcher die Reden Kaiser Wilhelms sammelte, hat auch solche Ansprachen, alle und jede, in den zwei Bänden verewigt.

Und der Leser findet zum Beispiel folgende Reden:

Straßburg, 21. August 1889

»Ich danke für den herzlichen Empfang, den ich hier gefunden. Ich bin zum dritten Mal in Straßburg und kann sagen, die Stadt heimelt mich an. Ich fordere Sie auf, mit mir zu trinken auf das

Wohl der Reichslande Elsaß-Lothringen, der Stadt Straßburg und des Statthalters und seiner Gemahlin.«
Jedoch der Leser darf sich nicht ungestört dem Genusse dieser Worte hingeben. Penzler sagt in einer Anmerkung (S. 65), daß der Reichsanzeiger Nr. 200 vom Jahre 1889 die Rede in anderer Form brachte. Nämlich in dieser:
»Ich erlaube mir, einige Worte des Dankes im Namen der Kaiserin und in meinem Namen an Eure Durchlaucht zu richten, für den so überaus herzlichen Empfang im Reichslande. Es ist bereits das dritte Mal, daß ich in Straßburg weile, und heimelt mich die Stadt in jeder Beziehung an. Ich trinke auf das Wohl der Reichslande, der Stadt Straßburg, des Statthalters und seiner Gattin. Sie leben hoch! – hoch!! – hoch!!!«

Man sieht, die Reden des Kaisers haben schon jetzt strittige Stellen, Kommentare und Kommentatoren.
Die Ergänzung des Reichsanzeigers ist lieblos. Sie will minder gutes Deutsch als authentische Fassung hinstellen.
Kaiser Wilhelm kann jenen Satz nicht gebildet haben, der so heißt: »Es ist bereits das dritte Mal, daß ich in Straßburg weile, und heimelt mich die Stadt in jeder Beziehung an.«
Wir ersuchen den Reichsanzeiger, fernerhin mehr Sorgfalt auf köstliche Güter der Nation zu verwenden, und wir ersuchen Johannes Penzler, den Reichsanzeiger mit Vorsicht zu zitieren.
Freilich, Emil Mücke könnte schreiben: »Ich schicke Ihnen 24 Stück Buckskinhosen, und sind dieselben in jeder Beziehung prima.«
Einen Toast beim Festmahle zu Ehren des Geburtstages der Königin von England sprach der Kaiser am 24. Mai 1890:
»Ich trinke auf das Wohl Ihrer Majestät der Königin von Großbritannien und Irland, Kaiserin von Indien, Chef des preußischen ersten Gardedragonerregiments. Gott erhalte, Gott schütze, Gott segne Ihre Majestät auch noch in den ferneren Jahren.«

Der Reichsanzeiger hat es hier unterlassen, andere Fassungen hereinzuschmuggeln.
Der Leser findet in den zwei Bänden viele Reden von der Bedeutung und dem Umfange der angeführten.
Wenn wir eine Erklärung für den leidenschaftlichen Sammeleifer des Herrn Johannes Penzler suchen, so können wir sie nur in seinem Glauben finden, daß alle Worte regierender Häupter der Ewigkeit gehören. In der Tat hat er nicht bloß den Trinkspruch des Kaisers auf den König von Siam festgehalten (Band II, S. 50), sondern auch die Antwort des guten alten Chulalongkorn.
Um der Wahrheit die Ehre zu geben, will ich beifügen, daß Chulalongkorns Worte erheblich kleiner gedruckt sind.
Der Historiker könnte unserem Johannes Penzler den Vorhalt machen, daß weder die Tischgespräche Friedrichs, noch die Ansprachen Napoleons in Buchform erschienen sind.
Was Friedrich zu Voltaire sagte, kann bedeutender gewesen sein als das, was Wilhelm II. zu Chulalongkorn sagte.
Ich betone: *kann.*
Immerhin, Philipp Reclam junior kennt die geistigen Bedürfnisse des deutschen Volkes: die Erfahrungen, welche er in seiner Universalbibliothek gemacht hat, geben ihm die Möglichkeit, genau zu wissen, was der Deutsche kauft und liest.
Und so dürfen wir annehmen, daß die Veröffentlichung der Toaste des Kaisers einem Herzenswunsche der preußischen Nation entgegenkommt. Und daß nördlich des Mains unendlich viele Emil Mückes wohnen.
Die Sammlertätigkeit unseres Johannes Penzler umspannt den Zeitraum vom 15. Juni 1888 bis zum 10. Dezember 1900.
Er überliefert uns im ganzen 406 Reden; bemerkt jedoch in der Vorrede, daß *nur* diejenigen Reden und Kundgebungen aufgenommen sind, deren Wortlaut in offiziellen und offiziösen Zeitungen mitgeteilt worden ist, oder deren Wortlaut er auf priva-

tem Wege von authentischer Seite erhalten hat.
Von den 406 Reden sind: 174 Trinksprüche, Toaste, gehalten bei Besuchen regierender Häupter, bei Empfängen in den Städten Deutschlands, vor Oberbürgermeistern und Angehörigen des Zivilstandes usw. 119 Ansprachen militärischen Charakters an Armeekorps, Regimenter, an Offiziere und an Rekruten. Der größere Teil ist gehalten bei Paradediners, Kasinofestlichkeiten, der kleinere bei Empfängen von Deputationen, bei Rekrutenvereidigungen usw. Es folgen 84 Reden und Ansprachen, welche Seine Majestät nicht in festlich geschmückten Sälen, sondern im Freien hielt, ferner Ansprachen an Arbeiter, Reden bei Kongressen usw., 29 Reden tragen offiziellen Charakter: Thronreden bei Eröffnung des Reichstags oder des Landtags.
Man sieht also, ungefähr zwei Drittel der Reden sind bei festlichen Mahlzeiten gehalten worden. Das Milieu schildert uns etwas grämlich der verstorbene Reichskanzler Fürst Hohenlohe. Er schreibt unterm 22. März 1890: »Ich saß gegenüber der Kaiserin und zwischen Moltke und Kameke. Ersterer wäre sehr gesprächig gewesen, wurde aber durch die unaufhörliche Musik gestört und war darüber sehr ärgerlich. Man hatte nämlich zwei Musikkorps einander gegenüber aufgestellt, und wenn eins aufhörte, fing das andere an zu trompeten. Es war kaum zum Aushalten.«

Arthur Schopenhauer sagt: »Der Stil ist die Physiognomie des Geistes. Sie ist untrüglicher als die des Leibes.«
Der Stil zeigt die formelle Beschaffenheit aller Gedanken eines Menschen, welche sich stets gleichbleiben muß, *was* und *worüber* er auch denken möge.
Der Stil Kaiser Wilhelms ist beherrscht vom Superlative.
In kurzen Trinksprüchen finden sich zwei und mehr; in keiner Rede fehlen sie gänzlich.
Der Kaiser legt seinen herzlichsten, tiefgefühltesten Dank zu

Füßen des Prinzen Albrecht von Braunschweig für huldreiche Worte; dem König Karl von Württemberg den herzlichsten, innigsten Dank aus tiefbewegtem Herzen für das soeben ausgebrachte Hoch.

Man darf nicht entgegenhalten, daß diese oder eine ähnliche Form gebräuchlich geworden sei für Verbindlichkeiten.

Diese Trinksprüche sind als Reden dem deutschen Volke vorgeführt von Johannes Penzler.

Und außerdem sind die Superlative in den größeren Kundgebungen Seiner Majestät entsprechend zahlreicher.

Der Superlativ ist auch als rhetorische Form nicht gut. Ein Gedanke soll einfach und wahr ausgedrückt werden. Der Superlativ ist überschwenglich und darum unwahr.

Er widerstreitet der Simplizität, welche als erste Forderung jeder Kunstform zu gelten hat. Der Kaiser liebt ferner das schmückende Beiwort; er fügt es zu jedem Hauptworte; und wo er begeistern will, häuft er die Adjektiva.

Voltaire sagt: »L'adjectif est l'ennemi du substantif.« Er will damit sagen, daß durch Beiwörter die Klarheit des Hauptwortes Schaden leidet.

Zudem: schmückende, ausmalende Beiworte lassen die Form schwülstig erscheinen; außerdem beweisen sie, daß ein Redner sich selbst nicht zutraut, eine Empfindung oder einen Gedanken knapp mit dem treffenden Worte auszudrücken. Wie uns die Sammlung zeigt, sind die meisten Kundgebungen des Kaisers Festreden und als solche zu beurteilen. Der deutsche Festredner von gewöhnlicher Qualität hat die Eigentümlichkeit, Schlagworte aus Festspielen oder Festgedichten in seiner Prosa zu verwenden. Kein andrer Stamm von Festrednern hat sich eine solche Menge klingender Phrasen geprägt wie der deutsche. Das trifft besonders auf schmückende Beiworte zu, die deshalb gänzlich ungeeignet sind, ein wirkliches, persönliches Empfinden wiederzugeben. Aber obgleich sie durch den allgemeinsten Gebrauch entwertet sind, heißt doch der Deutsche von heute eine Rede schwungvoll, feurig, wenn sie mit ihnen gespickt ist. Er unterscheidet sich hierin von seinen Vorfahren, denen der Satz galt, daß der *Gedanke* den Stil schön macht. Wer nun die festlichen Reden des Kaisers prüft, kann darin weder Eigenart des Empfindens, noch Eigenart des Ausdrucks finden. Wir sehen häufige Wiederholung von Worten, die hochgespannte Empfindungen ausdrücken sollen. Dadurch erhalten sie konventionelles Gepräge; die Worte wie die Gefühle.

Freilich, die Reden des Kaisers haben noch immer brausende Hoche entfesselt. Das ist augenblickliche Wirkung, hervorgerufen durch die persönliche Stellung des Redners, durch die festliche Stimmung.

Vielleicht auch durch äußerliche, rednerische Gaben des Kaisers.

Während einer Kaiserrede. Zeichnungen von Rudolf Wilke

Der schöne Anfang

Die brenzlige Stelle

Der Schluß: »Hurra – hurra – hurra!«

Aber diese bestimmen die Güte einer Rede nicht; sie können sie heben. Form und Inhalt sind das Maßgebende, und sie sind nicht abhängig von rednerischem Feuer. Die Veröffentlichungen der Reden des Kaisers rufen vielfache Deutungen hervor, beschwichtigende Erklärungen, nie den Beifall künstlerisch empfindender Menschen.

Wer damit zufrieden ist, daß die Zeitungen jubelndes Hoch der Tafelrunde verzeichnen, vergißt etwas Wesentliches; daß der Kaiser infolge seiner Stellung nicht so sehr zu der Versammlung spricht, aus deren Mitte er sich erhebt, als zu dem ganzen Lande.

Das hervorstechende Merkmal einer guten Rede ist, daß sie genau der Situation und den Hörern sich anpaßt.

Die Reden des Kaisers zeigen diese Anpassung nicht. Vielleicht mit der einzigen Ausnahme, daß der Kaiser alle Arbeiter per »ihr« anspricht. (Empfang der streikenden Bergleute 14. Mai 1889, Ansprache an Kruppsche Arbeiter in Essen 20. Juni 1890 usw.)

Sonst aber finden wir denselben getragenen Ton, gleichviel ob die Anrede politische Bedeutung hat oder nur an ein jubilierendes Regiment gerichtet, gleichviel ob sie gehalten ist vor dem neunzigjährigen Moltke oder vor zwanzigjährigen Studenten.

Die Rede, welche der Kaiser auf dem Antrittskommers des Bonner SC am 7. Mai 1891 gehalten hat, beweist vieles.

Es liegt in der Natur der Sache, daß die militärischen Ansprachen des Kaisers keinerlei Verschiedenheiten zeigen, und daß lediglich die angeredeten Verbände wechseln.

Heute ist es das zweite, morgen das zehnte Regiment, heute das sechste, morgen das fünfzehnte Armeekorps, einmal sind es tapfere Westfalen, ein anderes Mal treue Märker.

Das historische Moment bildet stets der Hinweis auf eine Schlacht, in der es diesem oder jenem Regiment vergönnt war, unter den Augen des glorreichen Kaisers Wilhelm die Feuertaufe

zu erhalten, die Fahnen zu entfalten und Lorbeeren in den Ruhmeskranz zu flechten.
Es gibt in Deutschland kein Städtchen, in dem nicht bei Veteranenfesten genau dasselbe gesagt worden wäre. »Just so und nicht mit ein bißchen andern Worten.«
Den alten Soldaten soll es Unterhaltung und Erinnerung geben, und man mag ihnen die Freude gönnen. Hier ist die Frage, ob die kriegerische Form der offiziellen Ansprachen nicht deshalb ungünstig wirkt, weil sie keinen ersichtlichen Zweck verfolgt.
Die militärische Ausbildung erfordert in Friedenszeiten ausdauernde, stille Arbeit, die durch eine Rede nicht gefördert werden kann. Wenn ein Feldherr vor der Schlacht die Truppen anspricht, will er ihnen kurz vor dem Angriffe Mut einflößen, und ein paar Stunden lang mag die Erinnerung an seine Worte die Leute anfeuern.
Wenn aber die todesmutigen Offiziere nach der Rede weiter nichts tun als hurra rufen und die Sektgläser leeren, so gibt das ein Mißverhältnis zwischen getragenen Worten und bedeutungslosester Handlung.
Marcel Prévost hat im »Figaro« unlängst geschrieben: »Wie ist es gekommen, daß die Völker von Deutschland wegrücken? Warum bemerkt man in allen Blättern der Welt ein Gefühl des Mißtrauens und der Antipathie? Weil die deutsche Kraft sich zuviel in Worten und Äußerlichkeiten verzettelt hat. Jeden Augenblick erinnern aufsehenerregende Reden daran, daß Deutschland sein Pulver trocken und seinen Degen geschärft hält.«
Der Franzose fügt eine Wahrheit hinzu, die unserem Emil Mücke verlorengegangen ist: »Wenn man stark ist und fortwährend von seiner Stärke spricht, so legt man schließlich das Beste von seiner Kraft in seine Worte. Man bemerkt es allmählich nicht mehr, wenn die wahre Kraft sich vermindert, weil man nur mit Schnurrbärten, Stiefeln und dem großen Säbel beschäftigt ist.«
Bilder können einer Rede besonderen Reiz verleihen, wenn sie

das Gesprochene anschaulicher machen und zugleich ungesucht vom Thema abliegende Kenntnisse oder Ideen des Redners enthüllen.

Gerade sie müssen deshalb selbst gefunden und selbst empfunden sein. Was man gemeinhin originell heißt. Der Kaiser gebraucht häufig bildliche Wendungen, aber sie sind nicht selbst geprägt; sie sind übernommen, und sie werden nicht immer in anschaulicher Weise angewandt.

Der Kaiser übergab am 4. Februar 1893 dem Generalobersten von Pape ein Geschenk des zweiten Garderegiments zu Fuß und sagte dabei u. a.:

»... Das Regiment hat sich eine Gabe ausgedacht, die zu überreichen mir obliegt; sie soll darstellen einen Grenadier des Regiments, der die des Tuches schon längst entbehrende Fahnenstange in der Hand hält, die von der Geschichte der blutigen Zeit ein beredtes Wort redet, die die Zeit durchgemacht hat, besonders die Zeit, der es Ihnen vergönnt ist nachzufliegen, und der es vergönnt ist, den blutigen Lorbeer um die Stirn zu schlingen.«

In Hamburg sagte der Kaiser am 18. Juni 1895: »... Gleich einer Windsbraut schallte mir der Jubel der Stadt entgegen ... ich erkenne in demselben den Ausfluß des Pulsschlags unseres gesamten deutschen Volkes...«

Ein anderes Mal: »Den Rahmen für die heutige Parade gab ein in Begeisterung aufflammendes Volk.«

Am 17. April 1890 beim sechzigjährigen Dienstjubiläum des Generalobersten von Pape:

»... denn wohl kaum je ist ein Preuße dagewesen, der so jeden Tag mit Gut und Blut im Krieg und im Frieden für seinen Herrscher gearbeitet hat.«

In der Abschiedsrede an den Prinzen Heinrich, der nach Ostasien fuhr, sagte der Kaiser am 15. Dezember 1897 u. a.:

»... sollte es aber je irgendeiner unternehmen, uns an unserm guten Recht zu kränken oder schädigen zu wollen, dann fahre darein mit gepanzerter Faust! Und so Gott will, flicht dir den Lorbeer um deine junge Stirne, den niemand im ganzen Deutschen Reiche dir neiden wird!«

In der Vorrede zum ersten Band sagt Johannes Penzler:

»Die Reden des Kaisers geben ein getreues Bild seines Wesens. Man vergegenwärtige sich, daß er fast immer unvorbereitet spricht, und halte damit zusammen den reichen Inhalt und die oft wahrhaft künstlerische Form seiner Reden, die nicht selten einen hohen Grad edelster Rhetorik erreichen.«

In Wahrheit geben diese Reden nicht einmal stets ein getreues Bild seiner tiefer wurzelnden Ansichten und Neigungen; sie geben häufig nur ein Bild der vorübergehenden Stimmung.

Da ist die Festrede auf den Fürsten Bismarck, welche der Kaiser am 26. März 1895 in Friedrichsruh gehalten hat. Der Schluß lautet:

»Wir aber, die wir mit Freude Euer Durchlaucht als Kameraden und Standesgenossen bewundernd feiern, in bewegtem Danke gegen Gott, der Sie unter unserm glorreichen alten Kaiser so Herrliches vollbringen ließ, stimmen ein in den Ruf, den alle Deutschen von der schneebedeckten Alpe bis zu den Schären des Belt, wo die Brandung donnernd tost, aus glühendem Herzen donnernd ausrufen, Seine Durchlaucht, der Fürst von Bismarck, Herzog von Lauenburg, lebe hoch! Hurra! Hurra!! Hurra!!!«

Penzler fügt als Anmerkung bei: »Das Hoch wurde auf Befehl des Kaisers von einundzwanzig Salutschüssen der Artillerie begleitet.«

Penzler hält dies für wesentlich.

Nun wissen wir aber aus Penzlers Sammlung und sonstwo her, daß diese Festrede nicht eine für alle Zeiten geltende Meinung des Kaisers kundgibt.

Wir kennen Reden, die keineswegs Bewunderung und Dank gegen Bismarck zeigen. Die Stimmung, welche in der Festrede zum Ausdruck gelangte, konnte nicht älter als ein Jahr sein.

Denn nach dem Besuche Bismarcks in Berlin, also nach der formellen Aussöhnung am 27. Januar 1894, sagte der Kaiser zu Fürst Hohenlohe: »Jetzt können sie ihm (Bismarck) Ehrenpforten in Wien und München bauen; ich bin ihm immer eine Pferdelänge voraus.«
Man kann in diesen Worten nicht Rührung und Freude über die Aussöhnung erblicken. Viel eher Genugtuung darüber, daß die Welt den Besuch Bismarcks als Demütigung beurteilen müsse.
Die Taten aber, welche für Bismarck auch den bewegten Dank aller Hohenzollern begründeten, lagen viele Jahre zurück. Viele Jahre vor der Festrede, aber auch viele Jahre vor dem 15. August 1892, an welchem Tage der Kaiser im Marmorpalais zu Hohenlohe sprach:
»Wenn die Leute glauben, daß ich Bismarck maßregeln, etwa nach Spandau schicken werde, so irren sie sich.«
Der verbindliche kleine Herr schrieb die Äußerung nieder und bemerkte auch, der Kaiser habe an diesem Tage frisch und munter ausgesehen.

Dem Fürsten Hohenlohe verdanken wir überhaupt viele kleine Erzählungen, die lehrreich sind und Personen wie Geschehnisse trefflich beleuchten.
Unter anderen auch diese: Als der Kaiser im März 1890 zu Ehren des Prinzen von Wales eine Rede gehalten und die Waffenbrüderschaft gefeiert hatte, da sagte Moltke zu seinem Tischnachbarn Hohenlohe: »Ein politisch Lied, ein garstig Lied.« Auch sprach er die Hoffnung aus, daß diese Rede nicht in der Zeitung erscheinen werde.
Der alte Feldmarschall hat gewiß dem Kaiser das Recht zugestanden, Politik zu treiben.
Sie sagte ihm nur bei solcher Gelegenheit und in solcher Art nicht zu.
Das nüchterne Geschäft der Politik schien dem Alten kein glück-

lich gewählter Gegenstand einer Festrede zu sein. Der Kaiser war sieben Monate vorher zum englischen Admiral ernannt worden. Eine Liebenswürdigkeit der Königin Victoria gegen ihren Enkel.

Wenn der Kaiser daraus politische Folgerungen zog und an den Akt großmütterlicher Zuneigung oder konventioneller Höflichkeit die Hoffnung auf ein Zusammengehen der englischen Flotte mit der deutschen Armee knüpfte, so mißfiel das dem Grafen Moltke. Er wußte, daß weder die Königin noch der Prinz von Wales die auswärtige Politik zu bestimmen hatten, und nach seinen persönlichen Erfahrungen sprachen solche Dinge, wie Regimentsinhaberschaften, Admiralsernennungen, Ehrensäbelverleihungen, nicht mit. Da war zum Beispiel Kaiser Franz Josef Inhaber des Kaiser-Franz-Gardegrenadierregiments Nr. 2. Auf die Ereignisse des Jahres 1866 soll diese Tatsache wesentlichen Einfluß nicht ausgeübt haben.

Erst Kaiser Wilhelm II. hat diese Akte höfischer Courtoisie in den Vordergrund gestellt; sie bilden ein hauptsächliches Moment in seinen politischen Reden, deren Wirkungen wir heute schon übersehen können.

Insbesondere die Wirkungen auf die deutsch-englischen Beziehungen.

Der Kaiser weilte am 5. August 1889 zum Besuche seiner Großmutter in England. Er verlieh ihr das erste Gardedragonerregiment und feierte die Königin beim Festmahle in Osborne; und als der Kaiser von Victoria am gleichen Tage zum Admiral of the fleet ernannt worden war, pries er beim Festmahl in Sandow Bai die britische Flotte als Faktor für die Aufrechterhaltung des Friedens.

Am 7. August 1889 beglückwünschte der Kaiser die Freiwilligen im Lager von Aldershot wegen ihrer vortrefflichen Haltung.

Am 30. Oktober 1889 besuchte der Kaiser das englische Admiralschiff im Piräus und sagte, daß Nelsons berühmtes Losungswort

nicht mehr notwendig sei, weil die Engländer alle ihre Schuldigkeit täten. Er erwähnte seine Ernennung zum englischen Admiral.
Am 22. März 1890 hielt der Kaiser in Berlin eine Rede zu Ehren der Königin von England und des Prinzen von Wales und erwähnte seine Ernennung zum englischen Admiral und die Waffenbrüderschaft in der Schlacht bei Waterloo; auch hoffte er, daß die englische Flotte mit der deutschen Armee gemeinsam den Frieden erhalten werde.
Am 10. August 1890 sprach der Kaiser auf Helgoland einen Toast auf die Königin von England.
Am 9. Juli 1891 traf der Kaiser in London ein und pries am 10. Juli die guten Beziehungen der beiden Mächte.
Am 2. Januar 1893 sagte der Kaiser in seinem Trinkspruch auf den Herzog von Edinburg, daß die Parole Nelsons ein Echo in dem patriotischen Herzen der deutschen Marine finden werde, falls einmal die englische und die deutsche Marine Schulter an Schulter gegen einen gemeinsamen Feind zu kämpfen haben würden.
Am 7. Juni 1894 brachte der Kaiser einen Trinkspruch aus auf das englische Regiment »Royal Dragoons«.
Am 26. Juni 1895 begab sich der Kaiser an Bord des englischen Flaggschiffes »Royal Sovereign«, erwähnte seine Ernennung zum Admiral und sagte, daß in der deutschen Flotte jeder Mann versuche, seine Pflicht zu tun, wie Nelson sagte.
Am 6. August 1895 weilte der Kaiser in Cowes.
Am 4. September 1898 feierte der Kaiser auf dem Waterlooplatze in Hannover die Waffenbrüderschaft der Engländer und Deutschen bei Waterloo und erwähnte Kitcheners Sieg bei Omdurman.
Hier enden die Aufzeichnungen Penzlers; das Verzeichnis der Besuche und Ansprachen in England ist lange nicht vollständig. Wir können heute ihre Wirkungen übersehen.

Ich forschte nach dem reichen Inhalt der Reden, denn ich hatte herzliches Vertrauen zu Johannes Penzler. Ich wurde enttäuscht. Von dem, was unser Leben reicher macht, von dem, was Wissenschaft erforscht und findet, von dem, was Fleiß und Können schafft, von den Sorgen und Mühen des Volks, von seiner friedlichen Arbeit und seinen friedlichen Erfolgen, von alledem steht wenig in diesen Reden. Die brennenden Fragen der inneren Politik werden in den Thronreden in der herkömmlichen Weise berührt; aber Thronreden sind Regierungsprogramme, stilisiert und redigiert von den Ministern. In den Reden, die der Kaiser persönlich verfaßte oder hielt, werden soziale, kulturelle Dinge, Fragen der Verwaltung, Angelegenheiten des Handels, der Industrie, des Handwerks kaum flüchtig erwähnt, geschweige denn eingehend behandelt. Über die Rechtspflege, deren Reform zum schreienden Bedürfnis geworden ist, findet sich in den zwei Bänden kein Wort, so wenig wie über weltbewegende humanitäre Fragen.

Alle bürgerlichen oder – hier richtiger gesagt – alle Zivilverhältnisse sind in diesen Reden perhorresziert.

Es ist, als ob die ganze deutsche Welt von heute mit Säbeln über das Pflaster klirrte.

Doch eine Rede fand ich in dem dichten Walde der Festmähler und Rekrutenvereidigungen, sie war überschrieben: »Rede über die Reform höherer Schulen«.

Eine Oase. Ich näherte mich ihr dürstend, und da las ich:

»... der letzte Moment, wo unsere Schule noch für unser ganzes vaterländisches Leben und für unsere Entwicklung maßgebend gewesen ist, ist in den Jahren 1864, 1866 bis 1870 gewesen. Da waren die preußischen Schulen, die preußischen Lehrerkollegien Träger des Einheitsgedankens, der überall gepredigt wurde. Jeder Abiturient, der aus der Schule herauskam und als Einjähriger eintrat oder ins Leben hinausging, alles war einig in dem einen Punkte: das Deutsche Reich wird wieder aufgerichtet und Elsaß-Lothringen wieder genommen. Mit dem Jahre 1871 hat die Sache aufgehört. Das Reich ist geeint; wir haben, was wir erreichen wollten, und dabei ist die Sache stehen geblieben.«

Ja, sie sind stehen geblieben, sie haben aufgehört. Unser vaterländisches Leben und unsere Entwicklung.

Bemerkenswert sind die historischen Hinweise des Kaisers.

Sie nehmen ausnahmslos Bezug auf Hohenzollernsche Hausgeschichte.

Geschichte, wie sie in den preußischen Mittelschulen gelehrt wurde, mit dem lieben Gott im Hintergrunde und ohne allzu strenge Prüfung des Materials.

Wenn der Kaiser rühmend vom Großen Kurfürsten oder von Friedrich II. spricht, begreift man den Stolz auf die Vorfahren. Der Satz: »Der Große Kaiser (sc. Wilhelm I.), des großen Ahnen (sc. Großen Kurfürsten) großer Nachfolger, hat das ausgeführt, was der andere (der Große Kurfürst) sich gedacht« (Band II, S. 226). Dieser Satz wird auch dem Herrn Geschichtsprofessor am Berliner Gymnasium etwas befremdlich vorkommen.

Der Große Kurfürst hat klaren Blick gezeigt; er hat seine Zeit verstanden, ein Prophet war er nicht.

Gute Politik hat nichts Divinatorisches an sich; wenn sie eine Zukunft von fünf Jahren übersieht, darf man sie ausgezeichnet heißen.

Den Zusammenhang zwischen Fehrbellin und Sedan zu finden, ist nur dem Verfasser eines Festspieles erlaubt.

Ein anderes geschichtliches Impromptu muß stärkeren Widerspruch finden. Am 6. August 1900 sagte der Kaiser in Bielefeld: »Woher ist es möglich gewesen, daß bei dem kurzen Rückblick auf die Geschichte unseres Landes und Hauses diese wunderbaren Erfolge unseres Hauses zu verzeichnen sind? Nur daher, weil ein jeglicher Hohenzollernfürst sich von Anfang an bewußt ist, daß er nur Statthalter auf Erden ist, daß er Rechenschaft abzulegen hat von seiner Arbeit vor einem höheren König und Meister, daß

er ein getreuer Arbeitsführer sein muß im allerhöchsten Auftrage.
Daher auch die felsenfeste Überzeugung von der Mission, die jeden einzelnen meiner Vorfahren erfüllte. Daher die unbeugsame Willenskraft, durchzuführen, was man sich einmal zum Ziel gesetzt hat.«
Der Versuch, die Geschichte des preußischen Volks als eine Historie Hohenzollernscher Vorsehung darzustellen, ist nicht glücklich. Die Wahrheit ist, daß die Erfolge von hervorragenden Männern, nicht zuletzt auch von dem Volke errungen wurden; die Wahrheit ist, daß nach Friedrichs II. Tode kein Hohenzoller unbeugsame Willenskraft gezeigt hat.
Die klägliche Geschichte der Jahre 1790 bis 1813 ist Hohenzollernsche Hausgeschichte, an der folgenden Erhebung hatte Friedrich Wilhelm III. das geringste Verdienst; er hatte nicht einmal den freien Mut, seinen Rettern dankbar zu bleiben.
An Friedrich Wilhelm IV. aber war nichts stark als sein bigotter Sinn, der so weit ging, daß dieser protestantische Herrscher die kirchlichen Hoheitsrechte des Staates preisgab und recht eigentlich der Urheber der ultramontanen Machtstellung wurde.
Seinem Nachfolger, Kaiser Wilhelm I., wird die Geschichte manche verdienstliche Eigenschaft, aber gewiß nicht unbeugsame Willenskraft oder Größe zuerkennen.
Niemand kann dem Kaiser das Recht bestreiten, der Verehrung für seinen Großvater Worte zu verleihen; aber er hat nicht die Macht, geschichtliche Wahrheiten umzustoßen.

Penzler läßt es sich nicht entgehen, die Philippiken gegen China ausführlichst und mit erläuternden Fußnoten zu bringen. Die Reden sind nicht vergessen; manche ihrer Kraftstellen werden noch heute bei passenden Gelegenheiten zitiert; die Meinung über sie war nie geteilt, also ist es überflüssig, hier von ihnen zu sprechen. Aber eine Merkwürdigkeit soll hervorgehoben werden.

Die Seepredigt des Kaisers, gehalten am 20. Juli 1900, am 7. Sonntage nach Trinitatis, an Bord der »Hohenzollern«.
»Sie zeigt den kaiserlichen Redner von ganz neuer Seite«, bemerkt Penzler.
Da hat er unrecht, denn die Predigt zeigt das längst Bekannte: das vollständige Aufgehen in einer Situation. Die Predigt zeigt dies stärker als irgendeine Kundgebung in den zwei Bänden. Sonntagmorgen auf dem Schiffe, die Matrosen versammelt, eine gewisse Stimmung von Himmel, Wasser und Gottesdienst, und der Kaiser legt den Herrscher wie den Soldaten ab und ist Prediger.
Er legt den Text unter: 2. Moses XVII, 11: »Solange Moses seine betenden Hände emporhielt, siegte Israel; wenn er aber seine Hände niederließ, siegte Amalek.«
Dann predigte der Kaiser folgendes:
»Wiederum hat sich heidnischer Amalekitergeist geregt im fernen Asien. (Die armen Chinesen!) An Preußen ist der Gottesbefehl ergangen: Erwähle dir Männer, zeuch aus und streite wider Amalek. An die aber, so zurückbleiben müssen, ergeht der Ruf

Ludwig Thoma

Gottes: hebet die Hände empor zum Himmel und betet! Man muß nicht bloß Bataillone von Kriegern mobil machen, nein, auch eine heilige Streitmacht von Betern. Oder glauben wir nicht an die heilige Macht der Fürbitte? Nun denn, was sagt der Text? ›Solange Moses seine Hände emporhielt, siegte Israel‹.«

»Sollten nicht auch unsere Gebete solches vermögen? Ja, der alte Gott lebt noch! Der große Alliierte regiert noch, der heilige Gott, der Sünde und Freveltaten nicht kann triumphieren lassen, sondern seine heilige Sache führen wird wider ein unheiliges Volk.«

»Der König aller Könige ruft: Freiwillige vor! Wer will des Reiches Beter sein? O, wenn es auch hier hieße: Der König rief, und alle, alle kamen! Der ist ein Mann, der beten kann! Amen!«

Ich habe die Predigt im Auszuge gegeben, jedoch kein Wort geändert.

Mir fehlt jedes Sachverständnis in solchen Dingen, und darum äußere ich meine Ansicht nicht.

Ich habe keine Ahnung, was ein Amalekitergeist ist; wenn er das Gegenteil von orthodox-protestantisch bedeutet, dann bin ich sofort bereit, ihn mir anzueignen.

Ich glaube weder an die Geschichte von Moses und Josua, noch an die Macht der Gebete. Ich glaube nicht einmal, daß die Matrosen nach der Aufforderung des Kaisers wirklich gebetet haben. Diese alten Seebären haben vielleicht geglaubt, daß der Amalekitergeist ein Schnaps sei, ähnlich wie der Karmelitergeist.

Aber das ist ihre Sache und kümmert mich wenig. Jedenfalls habe ich kein Recht, über Predigten zu urteilen. Ich leide an Zwangsvorstellungen. Wenn einer bloß »Melchisedech« sagt, dann sehe ich sofort einen Hofprediger vor mir, mit Stupsnase, kalten Haifischaugen, Schnittlauchfrisur und gelben Zähnen. Und dann ist es aus.

Ich weiß es. Diese Ausführungen sind unpatriotisch. Und Emil Mücke steht als Deutscher entschieden höher als ich.
Aber die Überzeugung habe ich: wenn ich königlich preußischer Hausminister wäre und meinem Herrn mit ganzem Herzen ergeben, dann würde ich die Sammlung des Johannes Penzler aufkaufen und aus dem Buchhandel entfernen.
Und ich würde glauben, eine überaus loyale Tat vollführt zu haben.

Marion, Ludwig Thoma, Albert Langen im Winter um 1909 (von links)

Ludwig Thoma, Peter Thoma, Georg Queri (von rechts)

Die Tuften im Winter

Aus einem Brief an Konrad Haußmann

Rottach, 25. I. 1911

... Ich hocke hier im schönsten Winter und in der schönsten Arbeit. Meine Bauerngeschichte [Wittiber] – Roman ist kein Wort dafür – wächst und kommt in den Saft, wie ein gut gesetzter Apfelbaum. Die Vorzüge, die Du einmal in Vöst gefunden hast, sind vielleicht gesteigert, die Fehler vermieden.

Es läuft nichts nebenher und jede Tendenz ist vermieden. Eine Menschengeschichte.

Phrasenlose Leidenschaften, die sich durchaus echt entwickeln, wirken und sich steigern. Und sehr altbayerisch. Wer dies Buch »Der Wittiber« gelesen haben wird, kann von sich sagen, daß er einiges von den Bajuwaren weiß.

Auch von ihrer Sprache.

Die Geschichte wird von selber größer, als ich wissen konnte, aber ich hoffe in 4–5 Wochen fertig zu sein. Manchmal schreibe ich ein Kapitel in 1–1½ Tagen, manchmal brauche ich eine Woche dazu. Jedes Kapitel ist für sich ein Bild...

Dionys Schermayr

Der Brunklbauer Dionys Schermayr geht mit allen Freunden zum Leichentrunk. Seine Frau Josefa (Seffi) geb. Gattinger, vom Kaindlhof in Langweid ist gestorben. Es sind an Kindern vorhanden:

Leonhard Sch.	der älteste	22 J.
Martin "		15 "
Magdalena Sch.		18 "

Dionys ist 46 Jahre alt.
Lob der Verstorbenen; besprechen der Leichenrede; die Vermögensverhältnisse werden besprochen.
Was soll er künftig tun? Heiraten – nein; aber eine Hauserin anschaffen. Es werden ihm gleich ein paar verraten. Die Freunde gehen. —
(Am Grabe:
Responsorien. Der fette Pfarrer im tiefen Baß, der Lehrer im Tenor.

Grabrede. Dann rasch ins Wirtshaus.
~~Der Al~~ Dionys trinkt mehr, wie sonst; setzt sich daheim in die leere Stube. und schaut mit gläsernen Augen ins Leere;

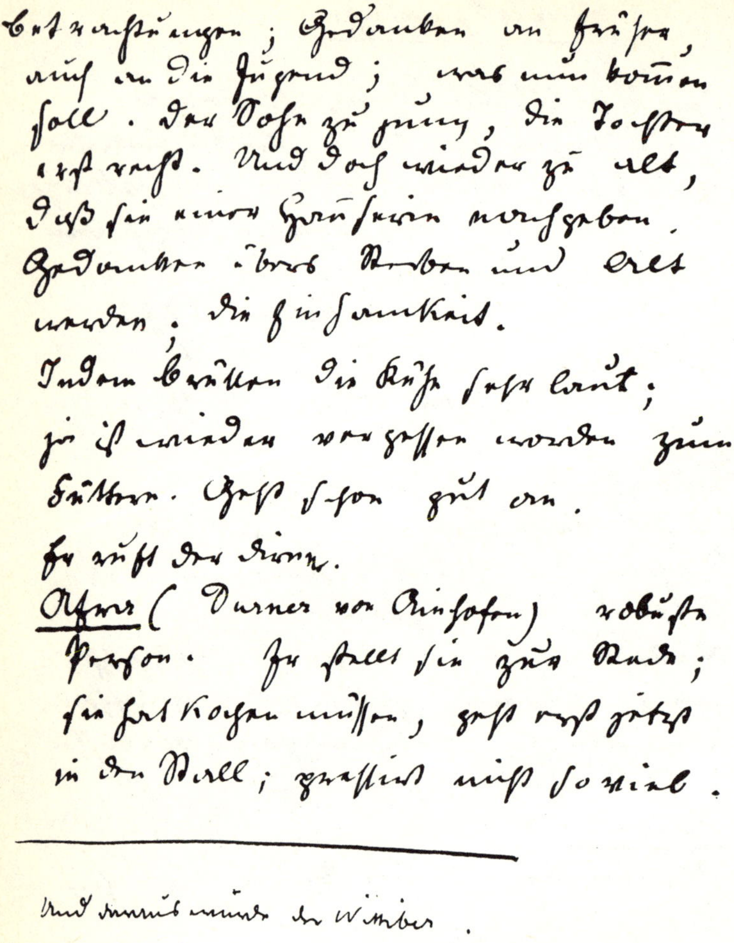
Betrachtungen; Gedanken an früher, auch an die Jugend; was nun kommen soll. Der Sohn zu jung, die Tochter ist recht. Und doch wieder zu alt, daß sie einem Hauswesen vorstehen. Gedanken übers Sterben und Alt werden; die Einsamkeit.
Indem läuten die Küh sehr laut; sie ist wieder vergessen worden zum Füttern. Geht schon gut an.
Er ruft der Dirn.
Afra (Dirne von Aichhofen) robuste Person. Er stellt sie zur Rede; sie hat kochen müssen, geht erst jetzt in den Stall; gefällt ihm nicht so viel.

Und daraus wurde der Wittiber.

»Dionys Schormayer«. Entwurf zum »Wittiber«

Der Wittiber

Zweites Kapitel
Aus: Das Bayernbuch. Hundert bayrische Autoren eines Jahrtausends. Herausgegeben von Ludwig Thoma und Georg Queri. 1913.

Der Schormayer trat tiefe Löcher in die weiche Dorfgasse, wie er jetzt an dem trübseligen Herbstnachmittage heimging, aber er achtete nicht auf den glucksenden Lehm, der ihm an den Stiefeln hängen blieb.

Wenn er vom Wege abkam und beinahe knietief in den Schmutz trat, fluchte er still und lenkte in die Mitte der Straße ein, aber bald zog es ihn wieder links oder rechts an einen Zaun, und er blieb stehen und brummte vor sich hin:

»Nix mehr is; gar nix mehr.«

»Himmelherrgott!« sagte er, wenn ein Windstoß in die Obstbäume fuhr und ihm kalte Regentropfen ins Gesicht schleuderte.

Ein Hund riß an der Kette und bellte ihm heiser nach; beim Finkenzeller öffnete die alte Mariann ein Fenster und rief ihm zu: »Derfst ma 's it übel ham, daß i net bei da Leich' g'wen bi; i hon an Wehdam in die Haxen und kimm it bei da Tür außi. I waar ihr so viel gern ganga, und derfst ma 's g'wiß glaab'n, i bi ganz vokemma, wia'n i dös g'hört hab, und weil sie gar so...«

Der Schormayer hörte sie nicht; er bog scharf um die Hausecke und war nun bald, unverständliche Worte murmelnd, an der Einfahrt seines Hofes.

Die Spuren vieler Tritte waren noch sichtbar; sie liefen mitten über den geräumigen Platz bis zur Haustüre, und bei ihrem Anblick raffte der Schormayer seine Gedanken wieder fester zusammen.

»Da hamm s' as raustrag'n. Ah mei! Ah was!«

Er faßte zögernd nach der Türklinke, als vom Kuhstall herüber eine helle Weiberstimme klang.

»Bauer!«

»Was is?«

»Schaugst it eina? D' Schellerin hat a Kaibi kriagt.«

»Was nacha?«

»A Stierkaibi.«

Die Stalldirne klapperte auf ihren Holzpantoffeln mit hoch aufgeschlagenen Röcken näher heran.

»Vor a Stund is 's kemma, und hat gar it viel ziahg'n braucha, und i ho mir z'erscht denkt, i schick umi zu'n Wirt, aba nacha is an Tristl sei Knecht da g'wen, und nacha...«

»Ja, ja! Is scho recht...«

Er trat ins Haus und schlug die Türe hinter sich zu.

Im Flötz stand noch der weißgedeckte Tisch, und darauf ein Kruzifix, auch war ein süßlicher Duft von Weihrauch zu merken, und so blieb der Schormayer nachdenklich stehen und schaute die Stiege hinauf, über die sie vor wenigen Stunden seine Bäuerin heruntergetragen hatten.

Er zog den Mantel nicht aus und hing den Hut nicht an den Nagel; wie er war, ging er mit schmutzigen Stiefeln in die Stube und setzte sich auf die Ofenbank.

Es wurde schon Abend, und die Fenster schauten wie große Augen in die dämmerige Stube herein; eine Uhr tickte laut und aufdringlich als das einzige Ding, was hier zu vernehmen war, und ihr Schlag und die Stille und dunkle Winkel erinnerten den Schormayer an seine Verlassenheit. Er dachte wohl nicht viel darüber nach und malte sich keine wehmütigen Bilder vor, aber er spürte die Einsamkeit, wie er sich so vornüber beugte und auf den Boden sah. Da waren einige weiße Flecken; und wie er

nachdachte, woher sie kämen, trat ihm lebhaft und deutlich die traurigste Stunde seines Lebens vor Augen.
Das waren Tropfen von Wachskerzen, und da herinnen waren die Weiber versammelt, als der Pfarrer die Leiche aussegnete.
Er hörte die Hammerschläge, die von oben herunter tönten, als sie den Sarg zumachten, und dann schwere Tritte auf der Stiege, und das Schleifen der Totentruhe, und die tiefen Stimmen der betenden Männer und die hellen der Weiber, und dann wieder durch die Stille eine fette Singstimme, der eine andere erwiderte mit fremden Worten, die er oft und oft gehört, aber heute sich erst gemerkt hatte:
»Requiescat in pa-ha-ce! A-ha-men!«
Eine zitternde verschnörkelte Stimme, und dann das Klirren des Weihrauchfasses, und gleich darauf ein weißer beizender Rauch, der viele zum Husten brachte.
Und ein Flüstern unter den Männern, die den Sarg aufhoben, und wieder viele dumpfe Tritte, und schreiende Stimmen durcheinander.
»Vater unsa, der du bischt in dem Himmel, geheiligt werde dein Name…«
Der Bauer fuhr zusammen, weil die Stubentüre aufging.
»Wos geit 's?«
»I bin 's«, sagte die Stalldirne, die auf Strumpfsocken hereinkam.
»Was willst?«
»I ho ma denkt, ob's d' as Kaibi net o'schaugst, weil 's gar so fei' is.«
»Morg'n nacha.«
»Und d' Kuah is aa guat beinand; gar it viel ei'brocha.«
»So?«
»Ganz leicht is ganga; i hätt an Tristl Knecht schier gar it braucht; aba no, mi woaß net.«
Der Bauer gab keine Antwort.

Zenzi ging ans Fenster und schaute hinaus; gegen die Helligkeit erschien ihre Gestalt so groß und mächtig, daß sie der Schormayer zum erstenmal daraufhin anschauen mußte. Die hatte einen Buckel wie ein starkes Mannsbild und dicke Arme und volle Brüste.

»Soll i dir a Kaffeesuppen kocha?« fragte sie.

»Na.«

»Aba d' Ursula werd so schnell it kemma, und i ko d' as leicht macha.«

»I mog nix.«

Zenzi trat zur Ofenbank; und wie der Bauer sie nicht wegschickte, setzte sie sich neben ihn.

Ihr Arm streifte den seinen, und eine Wärme ging von ihr aus, die ihm wohltat; den ganzen Tag hatte er das Gefühl gehabt, daß es ihn fröstle beim Alleinsein, und in der Stube hatte es ihn erst recht so überkommen.

Zenzi drehte den Kopf nach ihm zu; ihr sinnlicher, breit gezogener Mund und ihre flackernden Augen versprachen Dinge, die selten einer verschmäht.

Aber der Schormayer schaute sie nicht an.

»Wia lang is sie jetzt krank g'wen?« fragte Zenzi.

»A schlecht's Blüat hat sie scho lang g'hot«, erwiderte er, »aba g'leg'n is sie it länger wia 'r a viertl Jahr; dös woaßt ja selm.«

»An da Lungl hat 's ihr g'feit, gel?«

»Ja.«

»A meiniger Vetta, wo i in Deanst gwen bi, hot 's aa'r a so g'habt und is alle Täg weniga worn. Da is g'scheidter, bal oans stirbt.«

»Ja, ja.«

»Dös ko mi net anderst macha, und da waar i jetzt net a so trauri.«

»Dös vastehst du z'weni«, sagte er und streifte sie mit einem Blick.

»Moanst?«

»Wenn ma so lang vaheireth is mitanand, da g'hört ma so z'samm, daß ma si dös gar it anderst ei'bild'n ko.«
»Aba d' Freud ko aa nimmer so groß g'wen sei.«
»Was für a Freud?«
»No, a so halt«, sagte Zenzi und stieß ihn mit dem Ellenbogen an.
Er schaute sie wieder an; ihr Mund war zu einem sinnlichen Lachen verzogen, und ihre Augen wichen nicht aus.
»Ah mei!« sagte er. »An selle Dummheit'n denkt mi do net.«
»Waar ma scho gnua!« sagte sie. »Da denkat i freili dro. Für was is ma denn vaheireth?«
»Geah! Du bischt halt no jung und dumm. In Ehstand is ganz anderst als wia lediger.«
»Warum nacha?«
»Weil mi halt g'scheidter werd, und älter aa, und weil mi an was anders z' denka hot.«
»Du bischt do net z' alt.«
Zenzi rückte näher, und da faßte er mit einer groben Bewegung ihren Arm und drückte ihn fest.
»Herrgott! Aber Arm hoscht scho her!« sagte er.
»Da is was dro, gel?«
»Ja du bischt scho a Mordstrumm Weibsbild!«
Er griff nach ihrer Brust.
Sie kicherte.
»Geah du!«
»Was hoscht denn für an Schatz?« fragte er.
»I ho koan.«
»Ja, dös wer i dir glaab'n. Vielleicht bischt gar no bei'n Jungferbund?«
»Da kunnt i leichter dabei sei als wia anderne. I mag mit die Bursch'n nix z' thoa hamm.«
»So schaugst du aus!«
»Weil nix G'scheidt's rauskimmt dabei. Aba du bischt oana!

Hörst it auf? Hörst it auf?«

Sie lachte und wehrte sich gegen seine derben Griffe; er legte den Arm um ihre Hüfte und zog sie keuchend zu sich heran, und im Ringen fiel ihm der Hut auf den Boden.

Plötzlich machte sie sich mit einem Ruck frei und sprang in die Höhe. »Es kimmt wer!« sagte sie hastig und streifte ihren Rock zurecht.

Er sah verstört und mit blöden Augen nach der Türe und bückte sich, um seinen Hut aufzuheben, als Ursula eintrat. Sie warf einen schnellen Blick auf den Vater, der seine Verlegenheit verbergen wollte und den Staub vom Hute abblies, und dabei fuhr sie die Magd an:

»Was hoscht denn du da herin z' thoa?«

»I hon an Bauern g'sagt, daß mi a Kaibi kriagt hamm.«

»Na geh no wieda an Stall außi!«

»I geh scho.«

Der Schormayer kam ihr zu Hilfe.

»A Stierkaibi is, hoscht g'sagt? Gel?«

»Ja.«

»Und da Tristlknecht hat da g'holfa?«

»Ja. Da Toni.«

»Is scho recht nacha. Sagst eahm: i zahl eahm a paar Maß.«

»Jetzt mach amal, daß d' weiterkimmst; du hoscht di lang gnua vahalt'n da herin, moan i«, schrie Ursula.

»S' nachstmal sag i halt nix mehr, bal dös aa no net recht is; und so was geht do an Bauern o.«

Zenzi schlug die Türe hinter sich zu, und man hörte sie noch im Flötz schelten, und ein Stück weit über den Hof.

Der Schormayer hatte derweilen seine Fassung gewonnen, und der Ärger stieg in ihm auf.

»Daß du gar a so grob bischt mit ihr?« fragte er.

»Red' liaba it, Vata!«

»Wos? Derfst du mir 's Mäu biat'n? Gang dös scho o? Herr bin

i, daß d' as woaßt!«
»Und dös g'hört si amal it, daß des Mensch da herin steht.«
»So? Geaht mi dös nix o, was an Stall draußd g'schiecht? Dös waar mi des neuest! Bin i gar nix mehr, weil d' Muatta nimma do is?«
Jetzt hatte der Schormayer einen Boden unter sich und kam sich in seinem Rechte gekränkt vor. Und da schrie er, daß ihm die Halsadern schwollen:
»Da waar ja i der gar nix mehr auf mein Hof, und 's Mäu laß i mi no lang it biat'n von enk!«
»Dös hon i it tho.«
»Jo hoscht as tho! Aba probier 's grad nomal, na zoag i dir an Weg!«
»Mögst mi nausschaffa am nämlinga Tag, wo mi d' Muatta eigrab'n hamm?«
»Und i laß mir amal 's Mäu it biat'n!«
Der Lenz stand unter der Türe und schaute verwundert den Vater an, der zornig in der Stube auf und ab ging und die weinende Ursula anschrie.
»Was geit 's denn?«
»Dös is mei Sach!«
»Öhö!« machte der Lenz.
»Ja, gar nix öhö! Und Herr bin i, dös mirkt's enk all zwoa!«
Der Schormayer ging in die Schlafkammer, die nebenan war, und schmiß die Türe krachend ins Schloß.
»Was hot er denn?«
»I sag d' as scho an andersmal«, sagte Ursula weinerlich und ging hinaus; und droben hörte der Lenz sie murmeln und zwischen hinein sich schneuzen.

Aus einem Brief an Konrad Haußmann

Rottach, 20. November 1911

Der »März« ist ja nun, wenn schon nicht im Hafen, so doch in der G.m.b.H. Meine Segenswünsche hat er; leider sogar mehr Beiträge von mir, als mir gerade lieb und zuträglich ist. Denn ich stecke mitten in der Arbeit.

Was habe ich alles entworfen, begonnen, angelegt, zerrissen und zurückgelegt! Schauspiele und Komödien und jetzt bin ich an einem Volksstück, das stark werden wird, weil es stark werden muß.

Es soll heißen »Magdalena« und behandelt das Schicksal einer armen Bauerndirne, die in der Stadt diente, schlecht wurde und auf dem Schub heimkommt. Hier setzt das Stück ein, zeigt die redlichen Eltern, den Versuch, das Mädel zu bessern, die Unmöglichkeit, und zum Schlusse den gewaltsamen Tod der armen, dummen Person. Die Stellung, die das Dorf dazu nimmt, der Pfarrer, Mutter und Vater, die Verdorbenheit eines in den Schmutz getretenen Geschöpfes geben starke Momente genug.

Ich muß der lieben Muse Audienz geben und kann dem Scheusal Politik nicht viel Zeit opfern.

Aus einem Brief von Maidi von Liebermann

Rottach, 15. März 1919

... Ich arbeite nie nach Modell; das ist immer verfehlt. Man kriegt keinen Typ. Schriftstellerische Figuren müssen wie malerische Typen sein, Zusammensetzungen aus vielen Individualitäten, sie müssen eine ganze Rasse, einen Stand verkörpern. Nur dann sind sie treffend, können interessieren.

Abkonterfeien und abklatschen ist ein Notbehelf von Halbkönnern. Ich hab Dich von Herzen lieb, mein Mädel. Ich könnte aber aus Dir nie eine Romanfigur machen. Ging ich es an, so müßte ich es ganz ummodeln, um es zwingend wahr darzustellen. Denn nicht, daß es *einer* so gegangen ist, interessiert, sondern daß es *so einer* so gehen muß, ist künstlerisch zu beweisen...

Fast alle Leute leben in dem Irrtume, daß bestimmte Ereignisse und bestimmte Personen uns anregen können und müssen. Ganz falsch!

Sie können eine Stimmung hervorrufen, die in uns widerklingt und plötzlich eine längst erkannte, verarbeitete, durchlebte Mehrheit von Stimmungen aufwecken. Irgend ein fremder Mensch im Coupé, eine alte Frau am Bahnhofperron, der Ton einer Drehorgel, eine Regenstimmung geben uns plötzlich Bilder, Ideen, und das verbindet sich mit starken Eindrücken, von denen wir schon nichts mehr wußten, die irgendwo in uns geschlafen haben.

Meine Magdalena entstand fix und fertig im Kopfe, seiner Zeit, als ich in Egern die Fronleichnamsprozession durch die Felder ziehen sah. Die kleinen, weißgekleideten Mädel, die hinter dem Pfarrer hertrippelten, machten mir einen rührenden Eindruck. Was wird aus ihnen werden? Wie lange halten sie fest an dem Kinderglauben? Und plötzlich stand ein Schicksal von so einem armen Ding vor meinen Augen. Die Idee hielt mich fest, ich wollte mir daheim ein paar Notizen machen und schrieb die ganze Fabel des Stückes in einem Zuge hin.

Immer entstehen so die Sachen. Natürlich gehörte dazu eine Summe von anderen Gefühlen, Stimmungen, Erlebnissen. Ich lese Dir einmal vor, was Goethe darüber gesagt hat, der sich über die Frage nach seinen Modellen und Eindrücken amüsierte.

Wir wissen es doch selbst nicht, sagte er.

Nun, Du Liebe, Süße, Du mein Schatz, ich habe Dir damit von Dingen geredet, über die ich nur mit einem einzigen Menschen schon einmal geredet habe. Mit Ignatius Taschner. Sonst verschließt man das in seiner Brust. …

Entwurf zum Bühnenbild zur »Magdalena« von I. Taschner

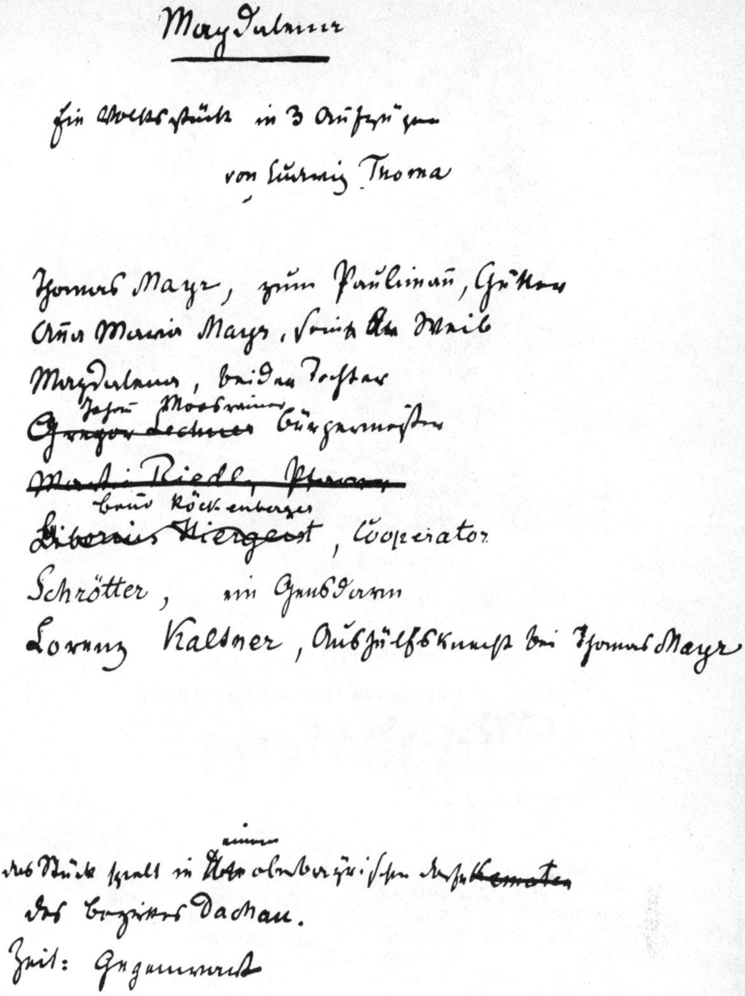

Magdalena

Ein Volksstück in 3 Aufzügen

von Ludwig Thoma

Thomas Mayr, zum Paulimann, Gütler

Anna Maria Mayr, seine Eheweib

Magdalena, beider Tochter

~~Gregor Lechner~~ Johann Moosrainer Bürgermeister

~~Martin Riedl, Pfarrer~~

~~Liborius Hiergeist~~ Benno Köckenbauer, Cooperator

Schrötter, ein Gendarm

Lorenz Kaltner, Aushilfsknecht bei Thomas Mayr

Das Stück spielt in ~~Ober~~ einem oberbayrischen Dorfe ~~Gemeinde~~ des Bezirkes Dachau.

Zeit: Gegenwart

»Magdalena«. Manuskript

Ignatius Taschner

K. Residenz-Theater.

München, Mittwoch den 6. November 1912.

Magdalena.

Ein Volksstück in drei Aufzügen von **Ludwig Thoma.**

Inszeniert von Herrn B a s i l.

P e r s o n e n:

Thomas Mayr, genannt Paulimann, Gütler	Herr Höfer.
Mariann Mayr, sein Weib	Frau Conrad-Ramlo.
Magdalena, beider Tochter	Fräul. Wimplinger.
Jakob Moosrainer, Bürgermeister . . .	Herr Nadler
Lorenz Kaltner, Aushilfsknecht bei Mayr	Herr Ulmer.
Benno Köckenberger, Kooperator . . .	Herr Graumann
Barbara Mang, Taglöhnerin	Fräulein Schwarz.
Martin Lechner, Bauernsohn	Herr Carey.
Valentin Scheck, Bauer	Herr Sedelmeier.
Johann Plank, Bauer	Herr Gura.
Ein Gendarm	Herr Miller.

Bauern, Weiber, Knechte, Mägde, Schuljugend.

Die Handlung spielt im Hause des Thomas Mayr in Berghofen, einem Dorfe des Dachauer Bezirkes.

Zwischen dem ersten und zweiten Aufzug liegen sechs Wochen, zwischen dem zweiten und dritten einige Tage.

Magdalena

Ein Volksstück in drei Aufzügen. 1912

Personen

Thomas Mayr, genannt Paulimann, Gütler
Mariann Mayr, sein Weib
Magdalena, beider Tochter
Jakob Moosrainer, Bürgermeister
Lorenz Kaltner, Aushilfsknecht bei Mayr
Benno Köckenberger, Kooperator
Barbara Mang, Taglöhnerin
Martin Lechner, Bauernsohn
Valentin Scheck, Bauer
Johann Plank, Bauer
Ein Gendarm
Bauern, Weiber, Knechte, Mägde, Schuljugend

Die Handlung spielt im Hause des Thomas Mayr in Berghofen, einem Dorf des Dachauer Bezirkes. Zwischen dem ersten und zweiten Aufzug liegen sechs Wochen, zwischen dem zweiten und dritten einige Tage.

Erster Aufzug

Wohnstube im Paulimannhause, die sehr reinlich gehalten ist. Rechts in der Ecke der Herrgottswinkel: ein Tisch, dahinter Bänke, die an der Rückwand und der rechten Seitenwand ange-

bracht und in der Ecke zusammengefügt sind. Darüber ein Kruzifix. Links in der Ecke ein Kachelofen, davor eine Bank. Weiter vorne ein Lehnstuhl, in welchem die kranke Mariann Mayr sitzt, ein Kissen unter dem Kopfe, über die Füße eine Decke gebreitet, daneben ein kleiner Tisch. Zwei Türen; eine rechts vorne, die in den Hausgang, eine links vorne, die in die Küche führt. Zwei Fenster in der Rückwand, gegen die rechte Ecke zu. Man sieht durch sie in die Dorfgasse; an der rechten Seitenwand, nahe der Ecke, ein Fenster, durch das die Sonne herein scheint. In der Rückwand, nahe dem Ofen, ein kleiner Wandschrank, neben der Türe rechts ein Kleiderrahmen. Im Herrgottswinkel einige Heiligenbilder. Einige Stühle.

Erste Szene

Thomas Mayr tritt von rechts langsam ein, in Hemdsärmeln. Er hat die blaue Arbeitsschürze vorgebunden und aufgeschlagen. Er nimmt seinen Hut ab und hängt ihn an einen Haken des Kleiderrahmens. Mariann hebt etwas müde den Kopf und lächelt ihm zu.

MARIANN Bist du da, Thomas?

THOMAS Amal nachschaug'n, wia's dir geht.

MARIANN Daß du weg'n meiner von der Arbet weggehst?

THOMAS I ko di net allaweil alloa lass'n.

MARIANN Dös hätt's net braucht. Kummt ja d' Nachbarin fleißig rüber.

THOMAS No ja, es treibt mi halt hoam.

MARIANN D' Nachbarin sagt, im Stall is all's in Richtigkeit, und an Gart'n hat s' mir aa 'gossen. Sie is scho a guat's Leut.

THOMAS Ja – ja.

MARIANN Wia steht's denn im Feld drauß'n? Kimmt d' Gerst'n guat rei?

THOMAS Net b'sunders; an Hagel spürt ma stark.

MARIANN Dös is arg.

THOMAS Von mir aus! Was frag i danach?

MARIANN Geh weiter! Was host d' denn?

THOMAS I sag's, wia's is; dös bekümmert mi ganz wenig.

MARIANN So muaßt d' net red'n; du bist ja sunst net so g'wesen.

THOMAS Sunst! *Ablenkend* Und was machst denn du? Geht's a bissel leichter mit'n Schnauf'n?

MARIANN M–m– es is allaweil dös gleiche.

THOMAS Hat der Dokta nix g'sagt, daß er dir helfa ko?

MARIANN Er red't halt so rum, weil er mir d' Wahrheit net sag'n mag. *Pause. Thomas setzt sich auf die Bank vor den Ofen, legt die Arme auf die Knie und schaut vor sich hin, dann wendet er sich Mariann zu.*

THOMAS *bekümmert* Muatta, moanst d', du werst gar nimma?

MARIANN *schlicht* Na, Thomas. Und es is g'scheiter aa, wenn's bald z' End geht. Schau, was is denn? Zu der Arbet taug i do nix mehr, und i mach dir grad Kosten.

THOMAS Daß du jetzt weg muaßt!

MARIANN Sag selber, was tua i do, wann i zu nix mehr nutz bin? Mi bekümmert's a so, daß du für'n Dokta so viel zahl'n muaßt.

THOMAS Wer red't von dem?

MARIANN Und mei Leich kost' di no mal a schöns Geld.

THOMAS Da braucht di nix reu'n.

MARIANN Wenn ma si do an jed'n Grosch'n hart verdeana muß.

THOMAS Es braucht di net reu'n; für wen soll denn i spar'n?

MARIANN *in sich gekehrt* Ja–ja. *Pause. Thomas rückt mit der Bank näher zu Mariann und nimmt ihre Hand in die seine.*

THOMAS Wia lang san mir beinander g'wesen, alte Mariann?

MARIANN *mit einem guten Lächeln* Auf Martini san's sieb'na-dreiß'g Jahr g'wesen, und etla Woch'n davor hast du's Sach übernomma g'habt.

THOMAS Mit viel Schuld'n, han? Und hast di do traut mit mir?

MARIANN Und du di mit mir. I hab ja aa nix g'habt als a Paar feste Händ.

THOMAS Is viel Arbet g'wes'n umadum, und is letz g'wesen, aber do schö.

MARIANN Und hat mi koan Tag net g'reut. *Pause.*

THOMAS Und jetzt willst d' geh?

MARIANN Woll'n? I wer halt aa net g'fragt.

THOMAS *herzlich* Bist mei guate Kameradin g'wesen.

MARIANN Dös Zeugnis muaßt d' mir geb'n, gel? *Ihre Hände betrachtend* G'arbet hab i allaweil gern.

THOMAS Und hast all's in Ordnung g'halt'n.

MARIANN *still* All's?

THOMAS Was si halt'n laßt. *Stärker betonend* Ja, Muatta.

MARIANN Aba jetzt werd's Zeit, daß i Feierabend mach.

THOMAS Und mi laßt d' alloa ...

MARIANN Vielleicht ... *Stockt* Vielleicht bist d' do net ganz alloa?

THOMAS *finster* Laß 's guat sei; über dös soll'n mir net red'n.

MARIANN I muaß red'n mit dir. I hab jetzt so viel Zeit zum Nachdenk'n, schaug -- und da denk i mir oft, ob mir net aa schuld san, daß unser Madl schlecht worn is.

THOMAS Wia denn? Hat de bei uns a schlecht's Beispiel g'habt?

MARIANN Aba in d' Stadt hätt'n mir's net nei' lass'n soll'n.

THOMAS Hamm mir net lang gnua g'red't, und sie hat net anderst mög'n, und d'Bauernarbet is ihr allaweil z' hart g'wesen.

MARIANN Weil sie schwach g'wesen is; jo, Thomas, von kloan auf.

THOMAS Muaß sie desweg'n schlecht sei? Es gengan andere aa'r in d' Stadt und bleib'n brav.

MARIANN Mir wiss'n ja net, was sie so weit bracht hat und was an Madl unterkemma is.

THOMAS Da gibt's koan Ausred.

MARIANN Wenn s' aba jetzt von alle Türen wegg'jagt werd,

muaß si do bei uns unterschliaf'n derf'n ... *Fängt bitterlich zu weinen an* Unser Kind!

THOMAS *steht auf, geht zu Mariann und legt die Hand auf ihre Schulter* Laß's guat sei, Alte! Geh ... mach's net no ärger! Du bist a so von nix andern krank wor'n.

MARIANN Wia dös in der Zeitung g'standen is, da is mir eiwendig was g'rissen.

THOMAS Um de is wert!

MARIANN Muaßt d' net schimpf'n!

THOMAS I schimpf net.

MARIANN I.bin halt d' Muatta und hab s' auf d' Welt bracht und hat mir oft derbarmt, als a Kloana ... und jetzt derbarmt s' mi erst recht.

THOMAS *setzt sich wieder auf die Ofenbank, seufzt und schaut düster vor sich hin* Dös derlebt ma an die Kinder!

MARIANN I siech s' oft vor meiner, wia 's an Kopf ans Fenster druckt und einaschaugt zu mir, ob s' denn gar nirgends mehr dahoam is... Wenn s' amal kummt und klopft drauß'n... bitt dir gar schö ... tua s' net verjag'n!

THOMAS Mir san g'straft auf dera Welt!

MARIANN *nach seiner Hand greifend* Tua s' net verjag'n! I woaß g'wiß, sie kummt amal und suacht a Hilf.

THOMAS Ja ... sie kummt amal.

MARIANN Wenn sie an Weg suacht, der z'ruckführt aus dera Abscheulichkeit ... und sie hat's ja net von uns, daß s' schlecht bleib'n muaß...

THOMAS Mariann...

MARIANN Und wenn i nacha nimma da bin, muaßt du für mi denk'n, daß...

THOMAS *unterbricht sie* Mariann, i bin net bloß weg'n deiner vom Feld hoamganga...

MARIANN *den Kopf langsam nach ihm wendend* Was sagst d'?

THOMAS I hab no weg'n was andern hoam müass'n.

MARIANN *erschreckend* Is scho wieder was...?

THOMAS Brauchst net derschreck'n ... es is nix Neu's g'schehg'n.

MARIANN Aba mit da Leni was?

THOMAS Der Bürgermoasta hat mir de Botschaft bracht..., daß d' Leni hoamkimmt...

MARIANN Hoam? Zu uns?

THOMAS *sehr gedrückt* Ja ... *Pause.*

MARIANN *zögernd und leise* Thomas ... is 's was Schiach's?

THOMAS A Schand is, Muatta... *Er sucht zitternd ihre Hand, mit unterdrücktem Schluchzen* Sie kummt am Schub. *Beide schweigen.*

MARIANN *leise* Vata!

THOMAS Sieb'nadreiß'g Jahr hamm mir hart g'arbet und san rechtschaff'n g'wesen, und hat uns jeder de Ehr lass'n müass'n ...und jetzt, weil mir alt san, g'hör'n mir zu de schlecht'n Leut!

MARIANN Dös ko neamd mit Wahrheit sag'n...

THOMAS Glaubst du, dös sag'n net alle?

MARIANN Sie wer'n's für an Unglück o'schaug'n.

THOMAS Na. Weil dös no koan troff'n hat. De sehg'n bloß d' Schand.

MARIANN Für de neamd was ko.

THOMAS Mir hamm s' aufzog'n; und lobt ma oan für guate Kinder, nacha farbt aa d' Schand ab. Es is net anderst.

MARIANN In unsern Haus is so richtig zuaganga wia'r in an jed'n.

THOMAS Wer siecht nei'?

MARIANN Na muaß unser Herrgott wiss'n, daß mir's Madl zum Guat'n hamm richt'n woll'n.

THOMAS Aba d' Leut wissen's net. Mögst du hör'n, was heut g'red't werd im ganzen Dorf? *Steht auf* I net. Scho, wia mir's der g'sagt hat! Der Schandarm bringt dei Madl daher! So dreckig hat er mir's hing'schmissen!

MARIANN *vor sich hinsehend* Wann kummt s' denn?

THOMAS Woaß i? *Grimmig* I hab scho g'moant, i paß ihr an Weg ab und hau s' z'ruck.

MARIANN *ängstlich* Des sell derfst d' net!

THOMAS Hab koan Angst! Der Bürgermoasta hat mir's schon ausdeutscht, daß i 's Recht net hab.

MARIANN Wo soll s' denn hin, wann s' mir z'rucktreib'n? Soll'n s' fremde Leut mit Füaß'n tret'n? A Viech müaßt di derbarma. *Thomas geht an ein Fenster und schaut hinaus, Mariann den Rücken zukehrend.* Wer soll s' denn auf'n recht'n Weg bringa, wann's mir net tean?

THOMAS *sich halb umkehrend* De liegt drin im Grab'n, und mir ziag'n s' nimma raus.

MARIANN Du woaßt dös net a so... Ös Mannsbilder wißt's dös net a so. I hab's Deandl aufzog'n und hab ihr 's Bet'n g'lernt mit'n Red'n.

THOMAS Dös hat de all's vergess'n . . .

MARIANN Auf a Zeit – vielleicht. Aba ganz vergißt sie so was net. *Kleine Pause.* Wia s' 's erst'mal mit da Prozession ganga is, da is sie hinter'n Pfarra daher trappelt, so fromm als wie de andern. Und wia'r i ihr dös weiße Kleidl anzog'n hab, da fragt sie mi: Is wahr, Muatta, daß i mit'n Himmivata geh derf? Ja, sag i, Lenerl, heunt gehst amal mit'n Himmivata.

THOMAS *ohne sich umzuwenden* Was woaß de no davo?

MARIANN Es fallt ihr scho wieda ei.

THOMAS *aufgeregt das Fenster öffnend* Horch!

MARIANN *sich aufrichtend* Kimmt 's Deandl?

THOMAS *hat sich hinausgebeugt* Na. Es hat mi täuscht.

MARIANN O mei, Thomas! Dös is a schware Stund!

THOMAS *setzt sich wieder* Wia'r uns der Bua tot aus'n Holz hoamtrag'n is wor'n, da hab i g'moant, es is uns des Ärgste g'schehg'n. Heut woaß i, daß dös a Leicht's war.

MARIANN Muaß 's Madl vo Prittlbach rüber?

THOMAS Ja. Z'erscht derf s' im Schubwag'n fahr'n.

MARIANN Nacha kummt s' jetzt den Weg daher, den s' so oft als Schuldeandl ganga is.

THOMAS Mit an Gendarm daneb'n, und vielleicht laff'n ihr d' Kinder nach.

MARIANN Wenn i aufsteh' kunnt, gang i ihr entgeg'n, und tat an Schandarm bitt'n, daß er s' mir laßt, und mir fand'n scho an Weg, wo uns neamd sehg'n kunnt.

Es klopft.

THOMAS Hat's net klopft? *Es klopft nochmal. Thomas steht auf, mit gepreßter Stimme.* In Gott's Nam! *Er geht zur Türe, als diese geöffnet wird und Kooperator Köckenberger auftritt. Köckenberger spricht in singendem, salbungsvollem Ton.*

Zweite Szene

KÖCKENBERGER Gelobt sei Jesus Christus!

THOMAS In aller Ewigkeit, Amen.

KÖCKENBERGER Hier ist eine Kranke, der ich Trost spenden soll?

THOMAS *nach Mariann hin nickend* Dös is sie.

KÖCKENBERGER Man hat mir aufgetragen, einen Besuch bei Euch zu machen.

MARIANN I dank halt schö, Hochwürden.

THOMAS San Sie g'wiß der neue Herr Koprata?

KÖCKENBERGER Ja ... jawohl. *Zu Mariann* Dem Anscheine nach sind Sie in einem bedenklichen Zustande?

THOMAS Seit sechs Woch'n liegt sie und kummt allaweil mehra von der Kraft.

MARIANN Ma muaß nehma, was kummt.

KÖCKENBERGER Man muß es mit christlicher Geduld hinnehmen, ja, und muß seine Gedanken vom Irdischen abwenden.

MARIANN Wollen S' Ihnen net setz'n, Hochwürden? *Thomas bringt einen Stuhl und stellt ihn gegenüber von Mariann hin.*

Köckenberger setzt sich und faltet die Hände im Schoß, die Finger gerade ausgestreckt.

KÖCKENBERGER Man muß seine Gedanken gänzlich abwenden von den Vergänglichkeiten dieses Lebens.

MARIANN *demütig* So guat's geht...

KÖCKENBERGER *eifrig* Nicht so gut es geht, sondern vollkommen. Sie müssen erfüllt sein von einer grenzenlosen Sehnsucht nach dem Jenseits...

Thomas ist still hinausgegangen.

Dritte Szene

MARIANN *demütig* Ja, Hochwürden.

KÖCKENBERGER Sie müssen einsehen, daß die Güter dieser Welt nichts sind im Vergleich zu dem Schatze, den es zu erringen gilt.

MARIANN Mir liegt gor nix dro, daß i sterb'n muaß.

KÖCKENBERGER Wie?

MARIANN I sag, daß i gern sterbat, wenn i...

KÖCKENBERGER *eindringlich* Sie verstehen mich immer noch nicht. Sie sollen sagen, daß Ihre Seele nach jenen Herrlichkeiten dürstet.

MARIANN Es is bloß weg'n oan...

KÖCKENBERGER *unterbricht sie* Sie sollen mit einer wahren Ungeduld behaftet sein, dorthin zu gelangen.

MARIANN *die Hände faltend* Ja ... Hochwürden.

KÖCKENBERGER Denn nur so kommt man in den Zustand der heilsamsten Reue, und man soll sich auch ein Bild machen von der schrecklichen Pein, die den Unbußfertigen erwartet. *Mariann nickt ehrfürchtig, Köckenberger rückt eifrig auf dem Stuhle hin und her.* Diese ist über alle menschliche Vorstellung entsetzlich, und selbst der heftigste Schmerz, den man etwa hier erleiden muß, gibt uns keinen Begriff von jenen Qualen.

MARIANN Ja – Hochwürden.

KÖCKENBERGER Jene Unglücklichen hören nichts als Heulen und Wehklagen; sie sehen nichts als Feuer, sie fühlen nichts als Feuer; sie befinden sich in einem Ozean von brennendem Pech. *Er nimmt die Brille ab und putzt sie.*

MARIANN Derfat i Eahna net was frag'n?

KÖCKENBERGER Fragen? Was wollen Sie fragen?

MARIANN Ob S' mir koan Trost net wiss'n in a Sach, de mi recht bekümmert. Es is weg'n unsern Kind.

KÖCKENBERGER Eine Tochter?

MARIANN Ja. Hamm S' g'wiß scho was g'hört? *Köckenberger zuckt die Achseln.* Und lauter Schlecht's.

KÖCKENBERGER Man hat mir erzählt, daß sie in der Großstadt untergegangen ist.

MARIANN Untergegangen? *Schweigt und blickt vor sich hin.* Es is hart, an dös glaab'n. Für a Muatta gar z' hart.

KÖCKENBERGER Es mag wohl bitter sein, aber in Ihrer Lage sollten Sie nicht mehr daran denken.

MARIANN Net dro denk'n! Wenn's Nacht werd und staad, hör i 's Madl ruaf'n, grad so, wia's als a Kind nach meiner g'schrian hat, i sollt eahm helf'n, und i moa, i muaß auf und zu ihr geh.

KÖCKENBERGER *etwas unruhig* Ja – – ja.

MARIANN Wissen S', Hochwürden: wenn ma'r a Kind aufziagt, de Angst bleibt in oan.

KÖCKENBERGER Das ist begreiflich, aber ich möchte Ihretwegen, daß wir uns zu jenen andern Dingen wenden.

MARIANN Derf i 's Eahna net verzähl'n? Vielleicht sehg'n Sie do an Ausweg.

KÖCKENBERGER *beunruhigt* N – ja...

MARIANN Sie san do a studierter Herr, bal S' aa no jung san.

KÖCKENBERGER Wenn es Sie erleichtert: in Gottes Namen; aber wir hätten unsere Gedanken auf Besseres richten können ... und...

MARIANN *ohne auf ihn zu hören* Leni hoaßt s', Magdalena. Und is als Kind recht liab g'wen und guat zum hab'n. Daß s' in der Schul net recht weiter kumma is, des sell is wahr.

KÖCKENBERGER Und habt Ihr sie zur Frömmigkeit angehalten?

MARIANN Wia's der Brauch is bei uns, und is nix übersehg'n wor'n. Freili, wia 's herg'wachs'n is, hat s' koa Freud zu da Bauernarbet g'habt; sie is ihr z' hart g'wen.

KÖCKENBERGER Das ist es eben.

MARIANN *demütig* Wie moanen S', Hochwürden?

KÖCKENBERGER Der Müßiggang ist die Quelle schlechter Begierden, sagt der heilige Bernhard.

MARIANN Sie is viel krank g'wesen von jung auf. *Köckenberger zuckt die Achseln.* Mir hamm s' zua'r a Nahterin in d' Lehr geb'n, und da hat sie si recht g'schickt zoagt, und späterszeit'n hat sie durchaus in d' Stadt nei' woll'n, weil halt da der Verdeanst größer waar.

KÖCKENBERGER *uninteressiert* M – hm.

MARIANN Und da is sie etliche Jahr drin g'wes'n, und mir hamm des Beste glaabt. Aba nacha hat sie an Mensch'n kenna g'lernt, der hat ihr's Heirat'n versprocha und hat s' um ihre paar Grosch'n bracht und hat s' verlass'n.

KÖCKENBERGER *wie oben* M – hm.

MARIANN Und nacha –– ja nacha muaß sie völlig an Verstand verlor'n hamm.

KÖCKENBERGER Und hat sich der Sünde ergeben?

MARIANN Is ins Unglück kemma – ja.

KÖCKENBERGER Sie ist vom Gericht gestraft worden?

MARIANN *leise* Ja. Am Johannistag hat uns d' Nachbarin d' Zeitung bracht. Da is drin g'standen.

KÖCKENBERGER Das sind die Folgen.

MARIANN Glaab'n Sie net, Hochwürden, daß mir s' wieder z'recht bring'n?

KÖCKENBERGER Ich weiß nur, daß Unlauterkeit eine Hauptstraße ist zum ewigen Untergange.

MARIANN Weil i mir denk, unser Herrgott ko net so schnell ferti sei mit an Mensch'n, und es müaßt eahm selber 's Herz weh toa, wann er siecht, daß so a G'schöpf nimmer in d' Höh derf.

KÖCKENBERGER *unmutig* Liebe Frau, ich kann Ihnen da gar nichts sagen. Wirklich nicht. Vor allem nichts, was Ihnen ein Trost wäre.

MARIANN Und i hätt'n braucht, wenn dös arme Madl jetzt daher kummt.

KÖCKENBERGER *aufmerksam geworden* Wer kommt?

MARIANN Ja, Hochwürden ... dös is uns aa no aufg'setzt. D' Leni werd heut no herbracht.

KÖCKENBERGER *aufstehend* Heute? Jetzt? *Mariann nickt. Köckenberger nimmt seinen Hut.*

KÖCKENBERGER Dann muß ich freilich gehen, und ich will lieber ein anderes Mal nachschauen.

MARIANN Weil d' Leni kummt?

KÖCKENBERGER Es ist mit meinem Kleide nicht vereinbar, und ich weiß auch wirklich nicht... *Er ist zur Türe gegangen.* Also ein anderes Mal. *Ab.*

Vierte Szene

MARIANN Da derf'n Sie net bleib'n? *Sie sieht vor sich hin und wischt in Gedanken verloren über die Decke. Thomas kommt leise herein, bleibt stehen und sieht ihr eine kurze Weile zu. Sie sieht auf und nickt ein paarmal ernst.*

THOMAS Der is g'schwind aus'n Haus.

MARIANN Vor uns laff'n d' Leut davo, Thomas.

THOMAS So? Der aa?

MARIANN Von sein G'wand hat er g'sagt, daß 's net da rei' paßt. Wenn ma da aa koa Derbarma find't!

THOMAS Arm gnua, wer's braucht! Na siecht er, wia rar dös is.

Kleine Pause. D' Nachbarin hat mir grad g'sagt, daß sie nimmer kemma ko.

MARIANN Desweg'n?

THOMAS *bitter* O na! Weil s' am Feld sei muaß, weil s' dahoam sei muaß. Und weil ... und weil! Aba ja net desweg'n! Jed's Wort a Lug und so hi'g'red't, daß ma's g'wiß kennt.

MARIANN Dös hätt i net glaabt von ihr.

THOMAS Ja, moanst denn du, sie ruck'n net allsamt weg? So weit, daß eahna Bravheit net o'stößt an uns?

MARIANN Jetzt host d' gar neamd im Stall, und mitt'n in der Arndt?

THOMAS Ah was!

MARIANN Wann i nur auf kunnt!

THOMAS Sei froh, daß d' da herin hockst. Siehgst wenigstens net, wia si d' Leut z'sammricht'n zu dera Gaudi.

MARIANN Han?

THOMAS *heftiger* 's ganz Dorf is lebendi. Als wenn a G'witter am Himmel stand, fahren 's vom Feld eina mit halbe Fuhren. Daß sie's nur ja net versamma!

MARIANN *ängstlich* Weg'n der Leni?

THOMAS Weg'n was sunst? So was muaß ma do sehg'n, wia's an Mensch'n schlecht geht! Derf's de braven Leut gruseln.

MARIANN Dös is aba net schö.

THOMAS Da bist g'stimmt, dös is des Allerschönst, wenn ma'r an andern sei Schand siecht. Da ko ma sei Ehrbarkeit an d' Sunn außa hänga. *Er geht gegen das offene Fenster im Hintergrund zu, bleibt aber einige Schritte davor stehen und schaut hinaus.* Da! Brauchst d' net weit schaug'n, wia d' Weiberleut am Zaun beinand stengan.

MARIANN Woher sie's no wiss'n?

THOMAS Frag an Bürgermoasta! *Gegen das Fenster zu redend* Ja! Gafft's no her und schlagt's d' Händ z'samm! Es ist scho a so, daß beim Paulimann d' Bagaschi dahoam is... *Er tritt zurück und setzt sich auf die Ofenbank.* Waar i a großer Bauer, na hätt ma's vielleicht hoamlicher mach'n könna, aba so derf ma de Leut a Freud lass'n.

MARIANN *sehr ängstlich* Wenn nur 's Ärgste vorbei waar!

THOMAS Da gibt's koa Vorbei. Mir san nix mehr, dös is gar wor'n.

MARIANN *schwach* I hab so Angst!

THOMAS *stützt den Kopf in die Hände* No nimma naus geh müass'n, und 's Dach über oan ei'fall'n.

MARIANN *leise* Thomas!

THOMAS Han?

MARIANN Geh, zünd an Wachsstock o und les mir was für!

THOMAS *erschrocken aufspringend* Fehlt's so weit, Muatta?

MARIANN *sehr schwach* I woaß net ... so Angst hab i.

THOMAS Und i muaß di no derschreck'n!

MARIANN Ja no ... du ko'st ja aa nix dafür. *Thomas ist zu dem Wandschrank gegangen und holt daraus einen Wachsstock, ein Gebetbuch und seine Brille. Er stellt den Wachsstock auf den kleinen Tisch neben Mariann, zündet ihn an und setzt sich auf den Stuhl, auf dem Köckenberger gesessen war, und schlägt das Gebetbuch auf.*

THOMAS Was soll i les'n, Muatta?

MARIANN I hab's a so ei'g'mirkt... Gebet in einer schweren Stund...

THOMAS *schlägt auf und liest nun langsam und stockend vor* Allergütigster Herr und liebreichster Heiland, in meiner tiefsten Not rufe ich zu dir, o Herr, daß du dich in deiner unendlichen Liebe erbarmen mögest ... mögest.

MARIANN *hat die Hände gefaltet* Erbarme dich unser...

THOMAS Und mich stärkest in dieser schweren Stunde meines Lebens ... meine Seele ist traurig in mir und will sich nicht trösten lassen ... lassen... *Er horcht auf, da von ferne her Lärm zu vernehmen ist, der näher kommt.* Gram und Trübsal wollen mich übermannen, und bitter sind die Leiden, die ich erdulde. Hilf mir, o Herr, nach deiner Barmherzigkeit... *Der Lärm kommt immer näher. Man hört Schreien und Pfeifen. Thomas steht auf, gepreßt* Jessas – Maria!

MARIANN *greift nach seiner Hand* Bleib bei mir!

THOMAS Muatta – dös geht uns o ... *Er legt das Buch weg und löscht das Licht aus und steht regungslos, nach dem Fenster hinsehend. Der Lärm ist nun ganz nahe. Man hört Rufe* D' Paulimann Leni! Schaugt's hi! D' Paulimann Leni! *Dazwischen Lachen, Pfeifen, Schreien. Die Türe wird geöffnet, und herein tritt Leni, gefolgt von einem Gendarm. Leni bleibt stehen und heftet die Blicke auf den Boden. Sie trägt schlechte städtische Kleidung, einen Strohhut mit einer großen, geschmacklosen Bandschleife, in der Hand eine kleine Tasche. Ihr Gesicht ist gerötet, und ihre Zeugstiefelchen sind stark verstaubt. Thomas tritt ein paar Schritte vor und sieht sie finster an.*

Fünfte Szene

GENDARM Sie sind der Gütler Thomas Mayr?

THOMAS Ja.

GENDARM Ich muß auf Befehl die minderjährige Magdalena Mayr hierher bringen und selbe Ihnen übergeben. *Ab.*

Sechste Szene

THOMAS *tritt näher an Leni heran, losbrechend* Bist d' da – du? *Faßt sie am Arm* Kimmst du so hoam? Du!

LENI *sich losmachend, wehleidig* N ... no!

MARIANN *mütterlich* Leni! *Außen Stimmengewirr. Man sieht Weiber und Kinder, die sich an die Fenster drängen und hört Worte.* Do steht s'! Schau hi, do steht s'! *Thomas geht an das offene Fenster und schreit hinaus.*

THOMAS Habt's ös da was zum gaff'n? Macht's, daß weiter kemmt's, oder i hau enk mit da Goaßl weg! *Einen Augenblick Stille, dann lautes Geschrei und Gelächter.*

LENI *stampft mit dem Fuße auf und dreht sich gegen das Fenster zu* Nein! So was G'scheert's! *Die Leute entfernen sich, es wird still.*

MARIANN *hat während der ganzen Zeit unverwandt Leni angesehen* Leni!

LENI *trotzig* Is ja wahr! So a g'scheerte Bande!

MARIANN Geh her zu mir!

THOMAS *faßt Leni hart am Arm* Host d' net g'hört?

LENI *schmollend und wehleidig* Laß mi do geh!

MARIANN *beschwichtigend* Geh, Thomas!

THOMAS *sehr barsch zu Leni* Zu da Muatta gehst hi, und tua den Huat runter – – oder i hilf dir.

LENI *schmollend* I tua'n scho runter. *Sie nimmt den Hut ab und nestelt an ihrem Haar. Der Hut fällt auf den Boden, und Thomas stößt ihn mit einem Fußtritt unter die Ofenbank. Dann geht er langsam hinaus.*

Siebente Szene

LENI N ... no! Mein Huat! *Sie hebt ihn auf und putzt ihn ab.*

MARIANN Kumm zu mir her!

LENI *sich trotzig nähernd* Is ja wahr! Was braucht er denn mit mein Sach a so umgeh und glei mit'n Fuaß stössen! *Sie ist langsam zu Mariann herangekommen und richtet an ihrem Hut. Mariann sieht sie bekümmert an.*

MARIANN *gütig* Madl, is dir recht schlecht ganga?

LENI Wenn d' Leut so ordinär san! Was geht's denn überhaupts de Leut o?

MARIANN Net dös! Ob's dir in da Stadt drin schlecht ganga is?

LENI Besser scho als wia do, wenn s' oan nachlaffa und schrei'n...

MARIANN *müde* Du redst allaweil vo dem! Geh, sitz di her zu mir!

LENI Warum denn?

MARIANN Weil i red'n muaß mit dir, schau! *Leni setzt sich zögernd auf den Stuhl neben Mariann. Mariann faßt sie bei der Hand.* Madl, was hoscht mir denn g'macht?

LENI *schmollend* Jetzt schimpf mi net du aa!

MARIANN I schimpf di net. Helf'n möcht i dir, daß d' wieder rechtschaff'n werst...

LENI *schnupft auf und schaut zur Seite, dann trotzig* I hab no neamd nix g'stohln...

MARIANN Du muaßt wieder zu da Reinlichkeit kemma und arbet'n und dei Brot redli verdeana.

LENI Dös ko neamd sag'n, daß i was g'numma hab.

MARIANN *streichelt ihr die Hand* Du vastehst mi scho, Madl. Un du derbarmst mi ja so viel! Wenn i di o'schau, ziagt's mir's Herz z'samm...

LENI *die Achseln rückend* N ... no!

MARIANN I siech di vor meiner, wia's d' no dös kloane Schuldeandl warst ... und wenn i aa net all's vasteh, was d' to host ...i hab koan Zorn über di ... na, g'wiß net, Madl ... grad Mitleid.

LENI *halb weinerlich* Was host d' denn allaweil?

MARIANN Weil i Tag und Nacht denk'n muaß, wia du so weit kemma bist... *Kleine Pause.* Gel, des hat di so ausanand bracht, wia di der sell im Stich hat lass'n...

LENI *lebhafter* Der Schuft!

MARIANN Und wia'r a dir dei Geld g'numma hat.

LENI Der gemeine Mensch! *Ausspuckend* Pfui Teifi!

MARIANN Aba schau, wenn di dös aa recht runterkümmert hat, nacha...

LENI *lebhaft unterbrechend* Überhaupt's g'hört er ins Zuchthaus, und dös hat mir a feiner Herr g'sagt, der wo sie auskennt auf de Gerichtssach'n. *Hochdeutsch nachahmend* Indem es ein Betrug ist, hat er g'sagt.

MARIANN Freili muaß dös a schlechta Mensch g'wes'n sei, aba...

LENI Weil er mir mei Sparkassabüachl g'nomma hat, damit daß er's aufhebt, und weil's uns mitanand g'hört, hat er g'sagt, wann mir heiret'n.

MARIANN *streichelt ihr wieder gütig die Hand* Hast dir was derspart g'habt, Madl?

LENI Dreiadachz'g Mark und zwanz'g Pfenning san's g'wesen, und i hab's unterschreib'n müass'n, daß eahm dös Geld g'hört, weil's überall so is, hat er g'sagt, wann ma heiret.

MARIANN Da bist d' arm dro g'wesen.

LENI Und ... und nacha hat er 's Geld rausg'numma und is durchbrennt. *Wieder hochdeutsch* Und das ist ein schwerer Betrug, hat der Herr g'sagt ... nach dem Gesetze.

MARIANN Aba schau, wann di dös aa recht runterkümmert hat... dös, was d' nacha to host, hat nix besser g'macht.

LENI Weil mi überhaupt's nix mehr g'freut hot.

MARIANN Hättst d' no richtig weiter g'arbet, da hättst ehnder drauf vergess'n.

LENI Zu was soll ma denn arbet'n, wenn oan' 's Geld auf de Weis g'numma werd?

MARIANN Oder waarst d' hoamganga!

LENI Was hätt i denn dahoam to?

MARIANN Muaß jetzt aa sei... *Leni schaut verdrossen zu Boden.* Aba no, was vorbei is, könna mir nimma anderst macha, und du muaßt halt tracht'n, daß jetzt wieda all's recht werd.

LENI Geh, fangst d' scho wieda o!

MARIANN I hab nimma viel Zeit, und mir müass'n do über dös

red'n.

LENI *schmollend* Da soll ma hoam geh, wenn ma nix als wia g'schimpft werd.

MARIANN Koa unrecht's Wort kriagst d' von mir.

LENI Ja … und d' Leut laff'n oan' nach, als wann i was g'stohl'n hätt. Überhaupts, was geht's denn de o?

MARIANN Fang net wieda von dem o!

LENI Na! De geht's alle mitanand nix o! Was brauch'n mir de Nama geb'n und a so nachi schrei'n?

MARIANN Moanst d' net, für uns is no ärger g'wesen? … *Leni schweigt trotzig und schnupft auf.* Für dein brav'n Vata, der si seiner Lebtag g'schund'n und plagt hat, und hat nia nix Unrecht's to?

LENI Für was braucht er denn nacha mein Huat so umanand schmeiß'n? *Mariann stützt müde den Kopf mit der Hand und schaut vor sich hin.*

Kleine Pause.

LENI I hab'n aa zahl'n müass'n… *Kleine Pause.*

MARIANN Host du über dös nachdenkt, was jetzt sei werd?

LENI N … na.

MARIANN Was d' jetzt o'fanga willst?

LENI I waar net hoam kemma, wenn i net müass'n hätt…

MARIANN Daß d' nimma in d' Stadt nei derfst, dös muaßt d' do selber wiss'n?

LENI Halt auf a paar Jahr net.

MARIANN *dringend* Deiner Lebtag nimma, Madl; dös muaß aus sei, und du derfst koan Gedank'n mehr an dös hamm. Es handelt sie um dös, daß du g'sund werst! Daß d' wieder sauber werst!

LENI *weinerlich* Gel, na sagst d', du schimpfst net.

MARIANN *wieder milder* Wia mir de Botschaft von deiner Straf' kriagt hamm, bin i krank wor'n, und siehgst scho, wia'r i dro bin.

LENI *weinerlich* Du werst scho wieder g'sund.

MARIANN Na, dös wer i nimmer. Aber i sag's net desweg'n, daß i dir's vorhalt. I hab an Vata bitt, er soll di dahoam lass'n, wenn i nimmer da bin. *Leni sieht zur Seite und schweigt.*

MARIANN Und di bitt i, daß d' dahoam bleibst und brav werst. Dös muaßt ma auf d' Hand vasprech'n.

LENI Anderne, wo's viel ärger treib'n, san net g'straft wor'n.

MARIANN *dringender* Madl, vasprich mir's ... es is ja bloß weg'n deiner...

LENI I ko aba de Bauernarbet gar it.

MARIANN De lernt si scho, wenn ma den recht'n Fleiß dazua hat, und da Vata geht dir scho an d' Hand.

LENI Du host aba selber allaweil g'sagt, daß i z' schwach bin dazua.

MARIANN *seufzend* I wollt, i hätt's nia g'sagt! ... *Dringend* Siehgst denn net, daß d' wieder rechtschaff'n wern muaßt? Bleib dahoam, arbet, vergiß all's, was amal unsauber g'wesen is ... da ... gib mir d' Hand drauf! *Sie hält ihre Hand hin. Leni legt die ihrige zögernd hinein. Sie sieht dabei zu Boden und schnupft ein paarmal auf.*

MARIANN Halt dei Versprech'n ... vielleicht werd's no recht!

LENI J ... ja.

MARIANN *zärtlich* Ruck näher her zu mir!

LENI I bin ja do!

MARIANN Ganz her! *Leni rückt mit ihrem Stuhl ein paarmal vor, so daß sie nun dicht bei Mariann sitzt.*

MARIANN *nimmt sie bei der Hand, sehr gütig* Woaßt d' no, wia's d' den erst'n Winta in d' Schul ganga bist, nach Prittlbach, und du bist so a kloana Zwazzel g'wesen ... und amal hat's so g'sturmt und g'schneit, daß i Angst kriagt hab, und i bin dir entgeg'n ganga, und beim Leitner bist d' hinter an Holzschupf'n g'stand'n und hast grad g'woant. Und da hab i g'sagt: Lenerl, tuast di fürcht'n? Und du host g'sagt: Jetzt nimma, weil i bei dir bin. Woaßt d' dös no?

LENI Dös is scho so lang her!

MARIANN Aba g'sagt hast d'as, und heut kunnt'st d'as wieder sag'n.

LENI *verständnislos* Was?

MARIANN Daß d' di nimmer fürchst, weil's d' bei mir bist.

LENI I fürcht mi ja net. *Kleine Pause. Mariann streichelt in Gedanken verloren Lenis Hand. Dann spricht sie wieder leise und gütig.*

MARIANN Und woaßt d' no, wia dei Schulkameradin, de kloane Kramerlis'l, g'storb'n is, und i bin mit dir ins Haus nüber, und d' Lis'l is in Sarg drinna g'leg'n. Woaßt d' dös no?

LENI Geh, was du für alte G'schicht'n daher bringst! ...

MARIANN Und da hab i dir verzählt, daß d' Lis'l jetzt nimma in d' Schul geht, sondern als a Engel singa derf, und da host du g'sagt: »Dös möcht i aa.«

LENI *ganz teilnahmslos* So?

MARIANN I bin so derschrock'n, weil i mir ei'bild't hab, wia dös waar, wann du so im Sarg drinna liegetst mit an wachsgelb'n G'sichtl... *Verloren vor sich hinblickend* Selbigs Mal waar mir dös als des größte Unglück fürkemma... I hab wohl net g'wußt, daß so was des beste Glück sei kunnt...

LENI Was für a Glück?

MARIANN *sich besinnend* Na ... na, Madl! I wünsch dir nix Schlecht's. Muaßt d'aba oft z'ruck denk'n an Kinderzeit'n und an dei alte Muatta...

LENI I denk scho dro...

MARIANN Woaßt d'as no, wia'r i dir 's erstmal Pfüad Good g'sagt hab? 's erstmal, wia's d' furt bist ... und ... i hab dir an Seg'n geb'n? ... *Sie führt ihre Hand an Lenis Stirne und macht ihr mit dem Daumen das Zeichen des Kreuzes auf Stirne, Mund und Brust, dabei die Worte sprechend* Im Namen des Vaters und des Sohnes und des Heiligen Geistes

– Amen! *Leni blickt stumpfsinnig zur Seite. Da bedeckt Mariann ihr Gesicht mit der Hand und fängt lautlos und bitterlich zu weinen an.*

Vorhang

Zweiter Aufzug

Stube wie im ersten Aufzug. Der Lehnstuhl, in dem Mariann gesessen hat, ist an die linke Wand gerückt. Leni steht vor einem kleinen Spiegel, der an der linken Wand hängt und richtet an dem schwarzen Bande, das sie um den Hals trägt. Sie betrachtet sich im Spiegel und dreht sich nach der Seite.

Thomas tritt von links ein, und Leni geht verlegen und hastig vom Spiegel weg.

Erste Szene

THOMAS *knurrig* Host du koa Arbet in der Kuchel?

LENI I muaß zum Ess'n herricht'n.

THOMAS Vor'm Spiegel da?

LENI Weil ma 's Band aufganga is. *Leni geht an den Tisch, sie holt aus der Schublade Löffel heraus und legt sie neben die Teller, die dort stehen.*

THOMAS Im Stall war i drauß; host d' wieder an Barren net ausg'wasch'n…

LENI I geh nacha umi.

THOMAS Nach jeder Mahlzeit g'hört a putzt, und so will i's hamm. Net, daß i jed'n Tag red'n muaß.

LENI I putz'n nacha glei, wenn i in der Kuchel ferti bin; i gib ma g'wiß de größt Müah'…

THOMAS Und wenn i net nachschau, g'schiecht nix.

LENI Hat d' Mangin aa g'sagt, daß i mi ganz guat g'stell zu der Arbet...

THOMAS De muaß 's ja wiss'n... *Er stellt sich an ein Fenster und schaut hinaus. Kleine Pause.*

LENI Vata, der Jud Männlein hat dir nachg'fragt.

THOMAS *ohne sich umzuwenden* So?

LENI Und der Bürgermoasta is aa da g'wesen.

THOMAS *sich umdrehend* Was will denn der?

LENI Er hat mir nix g'sagt, als daß er wieder herkummt, und g'fragt hat a, wann du hoamkimmst.

THOMAS Möcht i scho wiss'n, was der bei mir suacht.

LENI *gesprächig* Wia'r a bei uns außi ganga is, hab i g'sehg'n, daß er zum Wirtshaus ummi is, und da is der Männlein heraußd g'stand'n, und g'rad gnädi hamm sie's mitanand g'habt, und zu uns hamm s' herg'schaugt.

THOMAS *hat sich wieder dem Fenster zugekehrt* Was geht denn dös mi o?

Pause

LENI Vata, gel, der Männlein möcht' dir gern abkaff'n?

THOMAS Ko scho sei.

LENI *zaghaft* Dös sollt'st aba net toa.

THOMAS *sich umwendend* Han?

LENI Dös sollt'st net toa, daß d' 's Sach hergibst.

THOMAS Z'weg'n was net?

LENI I moan halt, es is do g'scheiter, du b'haltst as.

THOMAS Weil di du so guat zu der Arbet schickst?

LENI I gib ma ja g'wiß de größt Müah...

THOMAS Dös siech i. Jetzt is d' Muatta vier Woch'n tot, und wia schaugt's denn aus bei uns? Moanst d', i hab koane Aug'n?

LENI Wo schaugt's denn so aus?

THOMAS Du merkst as freili net. Und nacha de Dreingab', daß i a Taglöhnerin neb'n deiner hamm muaß, de di o'lerna soll.

LENI Sie lobt mi aba recht und sagt, daß i's jetzt scho ganz guat ko.

THOMAS Von dem G'red hab' i was!

LENI Derfst g'wiß glaab'n, daß i gern mei Arbet tua...

THOMAS Geh, hör ma'r auf! A Stund im Tag tuast d' so, als wenn's d' an Eifer hättst, und in der nächst'n hockst wieda umanand, oder stehst vor'n Spiagl...

LENI Nach und nach lern i 's scho bessa...

THOMAS Wenn 's Sach amal hi is. Na! Dös G'red hat koa Hoamat.

LENI *weinerlich* Was is denn nacha, wenn's d' verkaffst?

THOMAS *setzt sich auf die Ofenbank* Ja ... was is nacha? So is nix, und anderst weerd's nix ... *Pause.* Wenn ma mit dir red'n kunnt, und wenn's an Wert hätt, na saget i, genga ma furt von da ... wo anderst hi, wo di neamd kennt ... und neamd was woaß von dir...

LENI N ... no!

THOMAS Aba mit dir was Neu's o'fanga, dös waar ja no schlechta, und so weit kunnt'n ma gar net geh, daß uns 's G'red net nachlaffet.

LENI Gar so arg sollt'st d'as na do net macha!

THOMAS Net, moanst d'? I sollt's halt a so o'schaug'n kinna wia du und nix g'spür'n vo dem, was um mi rum is!

LENI D' Muatta hat's aa g'sagt. *Thomas schaut finster vor sich hin und schweigt.*

LENI Am letzt'n Tag hat sie's no g'sagt, daß ma dös vergess'n muaß, was amal g'wesen is...

THOMAS Vergess'n... ja...

LENI Und daß ma sunst net auf a Neu's o'fanga ko, wenn ma dös Alte net guat sei laßt...

THOMAS Dös host d' dir g'merkt, aba sunst net recht viel.

LENI Und daß mir beinand bleib'n soll'n, hat s' g'sagt und hat di no so bitt'.

THOMAS *aufstehend* Ja ... glaabst denn du, wenn dös net

waar ... wenn i net an d' Muatta denkat ... glaabst du, i gab de Leut da an Hanswurst'n ab? *Er ist nach vorn gegangen.* Tag für Tag an Verdruß und mi versteck'n, als wenn i was g'stohl'n hätt' oder an jed'n was schuldi waar? Na! *Er wendet sich gegen Leni.* Und wenn's d' Muatta net g'wißt hätt ... und wenn's i net wisset, daß du im Dreck derstickst, wenn i di weg laß...

LENI I will aba gar net weg.

THOMAS *mißtrauisch* Daß du jetzt auf oamal vom Bleib'n redt'st? De erst Zeit host d' allaweil furt woll'n und host d' soviel von deiner Nahterei g'sagt?

LENI Selbig's Mal hab i's halt aa net so überdenkt.

THOMAS Hätt' ma di no um Gott's will'n bitt'n müass'n, daß d' net davolaffst und dahoam bleibst?

LENI Jetzt vasteh i's halt bessa...

THOMAS Was vastehst d'?

LENI Halt, daß ... halt, daß 's do g'scheiter is, wenn i do bin und arbet...

THOMAS *trocken* So an Ei'sehg'n host du auf oamal?

LENI Und weil d' Muatta g'sagt hat, i sollt di net alloa lass'n.

THOMAS So?

LENI *weinerlich* Und jetzt is all's für nix, und du willst verkaff'n!

THOMAS Mach du dei Arbet und mach 's richti, und dös ander is mei Sach!

Zweite Szene

Lenz tritt ein, hemdärmelig, eine alte Soldatenmütze in der Hand.

LENZ Guat Morg'n, Paulimann!

THOMAS Was gibt's?

LENZ I hab dir sag'n woll'n, daß i mit'n Möslacker firti bin, und i möcht wiss'n, was d' jetzt o'schaffst.

LENI *die Lenz freundlich zugelacht hat, ohne daß dieser darauf achtet* Guat Morg'n, Lenz!

LENZ *trocken und ohne nach ihr hinzusehen* Guat'n Morg'n! *Wieder zu Thomas* I hätt ma denkt, ob i net an der Bachleit'n ackern soll?

THOMAS *überlegend* An der Bachleit'n?

LENZ Wenn's d' an Rogg'n o'bau'n willst, waar's jetzt g'rad recht und gang leicht.

THOMAS I ho's selber toa woll'n, aba wann du scho firti bist, is mir aa recht.

LENZ Du kunnt'st halt vierzehn Tag mit der Saat wart'n, daß si der Bod'n setzat.

THOMAS Also pack du's o!

LENI *wieder sehr freundlich* Lenz, mir ess'n fei bald! Net, daß d' wieda z' spat kimmst.

LENZ *gleichmütig* Is scho recht. *Zu Thomas* Nacha fang i heunt namittag o damit. *Er geht zur Türe und bleibt stehen.* Was i sag'n will, wia lang brauchst du mi no, Paulimann?

THOMAS Warum? Willst du scho wieda geh?

LENZ Ja – woll'n ... A guate Holzarbet kunnt i kriag'n... und du host mi ja g'rad zu der Aushilf g'numma.

LENI *lebhaft* Geh! Du ko'st do leicht bleib'n bei ins, wann di da Vata net gern her laßt! Host as vielleicht net schö?

LENZ *ohne im geringsten auf sie zu achten, zu Thomas* Woaßt scho: a guate Akkordarbet laßt ma net gern aus.

THOMAS Ja – ja.

LENZ Und i kunnt mir a schön's Geld dabei verdeana.

THOMAS *etwas bitter* Und gar z' gern bist d' wohl net da.

LENZ *dreht seine Mütze verlegen in der Hand* Warum? Mir hat nia nix g'fehlt bei dir.

THOMAS *resigniert* I vasteh di scho.

LENZ Wiaso?

THOMAS I vasteh di guat.

LENI Geh, werst d' do net so eig'nsinnig sei! Bleib halt bei ins, wann ma dir all's tuat. *Lenz schenkt ihr keinen Blick.*

THOMAS Mir waar's recht, wenn's d' da g'wesen waarst, weil i d' Dreschmaschin kriag.

LENZ Daß i halt scho mit'n Eichmüller g'red't hab...

THOMAS Ja no, i ko di net aufhalt'n.

LENZ Weil i scho g'red't hab damit...

LENI *sehr freundlich* Überleg da's no... *Lenz öffnet die Türe.*

LENI Und 's Ess'n is fei bald firti!

LENZ M – hm – ja ... *Ab.*

Dritte Szene

LENI *eifrig* Sollt'st 'n do bessa zuared'n, daß er bleibt!

THOMAS Da is nix mehr zum red'n!

LENI Ma legt eahm do nix in Weg! Daß er so g'schwind furt will?

THOMAS Er werd's scho wiss'n.

LENI Weil du g'sagt host, du vastehst'n guat?

THOMAS Daß er in dem Haus net sei mag. Dös is net hart zum vasteh'...

LENI Warum denn, bal er's ganz schö hot?

THOMAS Wia oft glaabst d' denn, daß der o'g'red't werd um dös? Was er hör'n muaß von seine Kameraden?

LENI Ja no!

THOMAS Und de ältern Leut wern eahm aa an Deuter geb'n.

LENI Was braucht er si um dös z' kümmern?

THOMAS Es is net a jed's a so, daß eahm all's gleich is.

LENI Du host halt no net richti mit eahm g'red't.

THOMAS Daß di du um dös bekümmerst?

LENI Weil du scho oft g'sagt host, daß er gar so fleißi is und si auskennt mit der Arbet.

THOMAS Na werd's aa wahr sei.

LENI Und g'sagt host, daß ma net leicht amal so an braven und nüachtern Mensch'n auftrifft...

THOMAS I schick'n ja net furt. Oda glaabst du, i freu mi auf de Zeit, wo i mit dir alloa haus'n muaß? *Leni schweigt.* Wenn i den ganz'n Tag von dahoam weg bin, dös ko ja schö wern.

LENI Vielleicht moant er, du verkaffst scho bald...

THOMAS Ah was!

LENI Dös werd überall'n verzählt. Hat's ja mir aa d' Mangin g'sagt.

THOMAS Dös is des wenig'st.

LENI Er werd halt moana, daß er do net bleib'n ko.

THOMAS Und i moan, du werst jetzt in da Kuchel was z' toa hamm.

LENI I geh scho. *Macht ein paar Schritte zur linken Türe hin, und bleibt wieder stehen; einschmeichelnd* Waar's net g'scheiter, du redest mit eahm, wenn du 's Anwes'n b'halt'n willst?

THOMAS Na! Dös waar net g'scheiter.

LENI Daß er si do auskennat!

THOMAS Wann di no du auskenna tatst!

LENI I sag's ja bloß weg'n deiner, weil's d' do z' alt bist, daß d' de ganz Arbet alloa machst.

THOMAS A solchene Sorg' host du um mi? Dös hätt' dir ehnder ei'fall'n soll'n.

LENI Und wenn's d' a richtige Hilf host, nacha b'halt'st aa 's Sach liaba.

THOMAS Jetzt geh amal zua! *Leni geht zögernd bis zur Türe und wendet sich hier wieder um.*

LENI Und... *Stockt* Und ... nacha kunnt ja dös aa 'r amal sei...

THOMAS Was?

LENI *verschämt* No ... daß i heirat.

THOMAS *verächtlich* Du?

LENI Warum nacha net?

THOMAS Wen denn? Wer sollt denn di heirat'n? A Handwerksbursch? Und da g'rad der schlechtast!

LENI *weinerlich* N ... no! Jetzt redt'st scho wieda aso mit mir!

THOMAS *nähert sich ihr* Bist du so dumm, oda g'stellst di g'rad aso? *Leni blickt zu Boden und zupft an ihrem Rock.* Woaßt du net, daß du allssammete verspielt host?

LENI I tua do nix mehr!

THOMAS Is dir dös nia ei'g'fall'n, wia's d' dös Leb'n g'führt host? Daß 's aus is? Daß 's nix mehr gibt für di?

LENI D' Muatta hat ganz anderst g'red't...

THOMAS Aba von dem nix, daß d' Leut dir z'liab all's vergess'n. Wenn wirkli a Mensch so hirnrissig waar, oder so schlecht, daß er di heirat'n möcht', glaabst denn du, ma lasset enk in d' Kirch eini?

LENI De hätt'n aa net 's Recht dazua.

THOMAS Host d' scho viel über dös nachdenkt? Wia's d' mit da Musi ausruckst und de ganz Freundschaft ei'lad'st? Woaßt d' scho an Hochzeita?

LENI Ma derf do red'n...

THOMAS Dappig red'n – ja. *Er setzt sich auf die Ofenbank.* Ah mei! Es is scho bald a so, wia d' Muatta g'sagt hat, daß mehra dei Dummheit schuld war als wia d' Schlechtigkeit.

LENI *hat etliche Male aufgeschnupft* Wenn ma si de größt Müah gibt und muaß si allaweil des Alte fürhalt'n lass'n.

THOMAS Du host as scho hinter deiner? Gel? *Winkt ihr mit der Hand ab.* Geh zua, und mach dei Sach' und traam vo was andern!

Leni geht ab und zieht die Türe zögernd hinter sich zu.

Vierte Szene

THOMAS *schaut vor sich hin, und schüttelt manchmal den Kopf* Na! ... Mögst d'as net glaab'n! De woaß heut no net, was s' to hat... *Es klopft.* Herein!

Fünfte Szene

Bürgermeister Lechner tritt von rechts ein, mit dem Hut auf dem Kopfe. Thomas bleibt sitzen.

BÜRGERMEISTER S' Good, Paulimann!

THOMAS S' Good.

BÜRGERMEISTER I bin heut scho amal da g'wesen und hab dir nachg'fragt.

THOMAS *gleichgültig* So?

BÜRGERMEISTER Weil i mit dir a weni was z' red'n hätt. Host d' Zeit?

THOMAS *immer kurz angebunden* Vo mir aus red!

BÜRGERMEISTER *nimmt den Hut ab und behält ihn in der Hand* I kimm net als Bürgermoasta, i kimm g'rad aso... *Er setzt sich auf einen Stuhl, der neben der Türe steht.* Bal's dir recht is, sitz i mi a weng nieder.

THOMAS Meinetweg'n...

BÜRGERMEISTER Wie geht's dir nacha? Bist d' halt recht verlass'n?

THOMAS M – hm.

BÜRGERMEISTER Es is a Kreuz, oaschichtig sei, wenn ma'r amal älter werd und ma is dös halt gar nimmer g'wohnt. *Thomas schaut ihn an, ohne zu antworten. Pause.* Es hat uns allesamt recht bedauert, daß dei Mariann so bald sterb'n hat müass'n. Allesamt im Dorf.

THOMAS So?

BÜRGERMEISTER Weil ma des Weibet's gern g'habt hat; is schon wahr.

THOMAS Du aa?

BÜRGERMEISTER I mach da koan Ausnahm; derfst d'as g'wiß glaab'n.

THOMAS I ho's g'merkt.

BÜRGERMEISTER *ohne darauf zu hören* Weil a jeder sagt, daß sie a brav's Leut g'wes'n is, und a richtig's Leut, und a fleißige

Hauserin. Durchaus!

THOMAS Sagt's ös?

BÜRGERMEISTER Alle mitanand. Und red't ihr neamd was Schlecht's nach weg'n dera Sach.

THOMAS *feindselig, aber ruhig* Was für a Sach?

BÜRGERMEISTER No – woaßt d' scho. Aba ma denkt si, dös hätt an andern aa passiern könna, und is scho de best'n Leut' g'schehg'n, daß amal a Kind net g'rat.

THOMAS Was geht's denn enk o?

BÜRGERMEISTER Z'letzt g'hört ma do z'samm in der Gmoa und bekümmert si um dös, wann den ander'n an Unglück trifft.

THOMAS *höhnisch* A – freili!

BÜRGERMEISTER Und nacha red't ma halt; net? Weil ma'r a Derbarmnis hat mit enk. Mit dir aa. Derfst d'as g'wiß glaab'n, Paulimann!

THOMAS Bist du desweg'n kemma?

BÜRGERMEISTER Han?

THOMAS Ob du desweg'n kemma bist, daß d' mir dei Derbarmnis da eina bringst in d' Stub'n? De ko'st drauß'd lassen. I mag 's net.

BÜRGERMEISTER Du host an Zorn auf mi, aba da host du koan Ursach dazua.

THOMAS *bitter* Na! Gar koane.

BÜRGERMEISTER Was i als Bürgermoasta hab toa müass'n, des sell derfst d' mir net für übl hamm ... dös waar des gleiche g'wen bei an jed'n.

THOMAS Net wahr is.

BÜRGERMEISTER *begütigend* Ja no, über dös kon i net streit'n, Paulimann. Aber des sell muaßt du glaab'n, i derf als Bürgermoasta net hantier'n, wia'r i mog. I ho meine Vorschrift'n.

THOMAS *winkt verächtlich mit der Hand ab* Hör' ma'r auf!

BÜRGERMEISTER Du werst as net anderst wiss'n.

THOMAS I woaß, daß ma's so und a so macha ko.

BÜRGERMEISTER Dös is! Dös hat ma davo, bal ma si für an Amt hergibt.

THOMAS Is scho recht, ja!

BÜRGERMEISTER I sag mei Sach', wia'r i's denk, weil i an aufrichtiga Mensch bi ... und i moan dir's nur guat, und hat koana a größers Bedauern mit dir, als wia'r i.

THOMAS Na mach i mei Danksagung... *Er steht auf.* San mir jetzt firti?

BÜRGERMEISTER I hab ja no gar net o'g'fangt.

THOMAS *setzt sich wieder* Ah so... Host d' no was anders zu'n auspack'n als wia dei Kümmernis?

BÜRGERMEISTER *lauernd* Ma hört, daß du verkaff'n willst?

THOMAS I?

BÜRGERMEISTER Ja. Daß da Jud Männlein dein Hof kriag'n soll zum Z'trümmern?

THOMAS Da woaßt du mehra wia'r i.

BÜRGERMEISTER Hat ma's da Männlein selber ei'b'stand'n...

THOMAS Desweg'n braucht's it wahr sei.

BÜRGERMEISTER Ma hört dös nämli von alle Leut... Und ... ah ... da hab i mir denkt, vor dei Anwes'n z'trümmert werd, es kunnt's oana in der Gemeinde kaff'n und beinand lass'n.

THOMAS Host d' dir denkt?

BÜRGERMEISTER A richtiga Mensch, der wo a Geld auf da Hand hot und di baar auszahl'n ko.

THOMAS Der richtige Mensch waarst du?

BÜRGERMEISTER I sag net na...

THOMAS Da hätt'st du aa de Fahrt, über de mir g'stritt'n hamm...

BÜRGERMEISTER Ah mei!

THOMAS Wo's d' an Prozeß vaspielt host.

BÜRGERMEISTER Dös hon i lang vagess'n.

THOMAS Du bist der net, der wo so was vergißt... Host's aa wieder hoamzahlt.

BÜRGERMEISTER Dös hat koan Bezug auf dös... *Da Thomas verächtlich mit der Hand abwinkt...* Na! Durchaus gar it! Und de G'schicht'n hamm koan Wert. Du kennst mi, daß i zahl'n ko, und machst a schön's Angebot.

THOMAS *barsch* I mach koans.

BÜRGERMEISTER *begütigend* Überlegst da's halt. Es muaß ja net heut sei!

THOMAS Es werd gar nia.

BÜRGERMEISTER *wie oben* So muaßt d' jetzt aa net red'n, schau! Und net g'rad bockboanig sei! Du derfst ma's glaab'n, i moans nur guat mit dir.

THOMAS *höhnisch* Des sell woaß i.

BÜRGERMEISTER Und verkaff'n muaßt d' ja do.

THOMAS So? Muaß i?

BÜRGERMEISTER Was willst d' denn sunst? Du bist alt, tuast dir hart mit'n Wirtschaft'n, und morg'n ko'st d' sterb'n. Was is denn nacha, bal de ander... *Mit dem Kopf nach der Türe links hinnickend* ...'s Anwes'n erbt? Und muß's auf Schnall und Fall hergeb'n. Da werd s' net viel dafür kriag'n.

THOMAS Wenn sie's hergibt.

BÜRGERMEISTER Du bild'st dir do net ei', daß de am Haus bleib'n ko?

THOMAS Dös werst d' ihr net verbiat'n kinna.

BÜRGERMEISTER I alloa net.

THOMAS *erregter* Und alle mitanand net.

BÜRGERMEISTER I sag net vom Verbiat'n, aba i moan, si tat si a weng hart, wenn's neamd im Dorf leid'n will.

THOMAS *lauter* Ah! So viel Kuraschi habt's ös geg'n an oa'schichtig's Weibsbild!

BÜRGERMEISTER Geh zua! Dös Dischkrier'n hat koan Wert.

THOMAS *schreit* Na muaßt ma du net so kemma, als wann's d' ma du 's Häusl abdrucka kunntst!

BÜRGERMEISTER Von dem hon i nix g'sagt.

THOMAS Hint'n rum, wia ma's g'wohnt is von dir…

BÜRGERMEISTER Es is net guat red'n über de Sach, und dir brauch i nix sag'n; du woaßt as so guat als wia'r i!

THOMAS Gar nix woaß i!

BÜRGERMEISTER *erregter* Wenn's d' as net anderst hamm willst, na sag' i dir's pei'g'rad. *Deutet mit der Hand nach der Türe* De Schand tuat uns weh, daß so oane im Dorf is.

THOMAS *schreit laut* Dir?

BÜRGERMEISTER Da gibt's koan, vom Pfarra bis zum letzt'n, der net dös nämli sagt.

THOMAS Vo mir aus red't's zua!

BÜRGERMEISTER Weil ma dös net woaß, so lang Berghofen steht.

THOMAS Red't's zua, sag i! Schimpft's beim Bier, wenn s' b'suffa seid's… Da! *Er schnalzt mit Daumen und Mittelfinger* Net so viel paß i auf.

BÜRGERMEISTER Du bist aa net alloa Herr auf da Welt!

THOMAS *schlägt auf die Bank* Aba da herin! Wen kümmert dös, was in mein Haus is?

BÜRGERMEISTER Sie geht aa naus unter d' Leut…

THOMAS Net wahr is!

BÜRGERMEISTER War s' net in der Kirch'n?

THOMAS *zwingt sich zur Ruhe* Beim Begräbnis von ihra Muatta. Hätt s' enk frag'n müass'n, ob s' ihr de letzt Ehr geb'n derf?

BÜRGERMEISTER *kalt, die Achseln zuckend* Ma siecht's net gern.

THOMAS *schreit* Waarst d' halt wegblieb'n! Du und de ander Bande! I hätt enk net braucht.

BÜRGERMEISTER *immer zurückhaltend* Mit'n Schimpf'n is gar nix g'richt. Du tuast g'rad so, als wenn's d' mi net verstand'st … I möcht di hör'n, wenn dös bei an andern fürkemma waar.

THOMAS Da wurd'st weni hör'n…

BÜRGERMEISTER M … hm … is scho recht…

THOMAS I hab mi um mei Sach kümmert, und net um ander Leut. Und dir stand's aa besser o!

BÜRGERMEISTER *höhnisch abwinkend* Ah – was!

THOMAS Paß no du auf dei Haus auf!

BÜRGERMEISTER *wie oben* Geh zua! Für dös kriagst d' nix!

THOMAS Magst d'as net hör'n? Gel? Hat net dei Madl a ledigs Kind?

BÜRGERMEISTER Dös geht neamd was o.

THOMAS Ah so! Da is 's anderst!

BÜRGERMEISTER *erregter* G'stell di net a so! Du woaßt recht guat, daß dös net herg'hört.

THOMAS Da hat dir dei G'scheitheit nix g'holf'n.

BÜRGERMEISTER Daß junge Leut' Dummheit'n macha, dös woaß ma, und wenn's oan aa net freut, dös kummt amal vom Jungsei ... aba desweg'n is mei Resi do rechtschaff'n.

THOMAS *höhnisch* Und brav!

BÜRGERMEISTER *sehr erregt* Und brav! Jawohl! De hat ihra Lebtag von der ehrlich'n Arbet g'lebt und net vo da Schlechtigkeit. Und was sunst is, dös geht den o, der wo s' amal heiret ... aba sunst neamd.

THOMAS Na muaßt d' di aa net um mi bekümmern.

BÜRGERMEISTER I tat mi scho net kümmern, wann i net a Verantwortung hätt'.

THOMAS A Verantwortung host du für mi?

BÜRGERMEISTER Na, aba für dös, daß de Sach' net gar z'weit geht. Du woaßt net, gel, daß mir bei alle Gemeinden rundum an Nama kriag'n, weil's des erstmal is, im ganz'n Bezirk, daß so oane da is.

THOMAS Was liegt denn da mir dro?

BÜRGERMEISTER Aber ins! Geh' nüber ins nächste Dorf! Schrei'n dir's de Buab'n auf da Straß'n nach, was mir san.

THOMAS No zua!

BÜRGERMEISTER Ja! No zua! Unsere Bursch'n derleid'n net gar so viel!

THOMAS *schreit* Ah so! Host da s' scho wieda abgricht? Host da s' scho wieda aufg'hetzt?

BÜRGERMEISTER Da braucht's koa Hetz'n ... de steck'n scho lang d' Köpf z'samm und frag'n, warum g'rad unser Dorf dös schlechtast sei muaß. Und dös geht mi o als Bürgermoasta.

THOMAS Freili! Wenn's d' dir a so nimma gnua bist für a Schlechtigkeit, na kimmst d' als Bürgermoasta.

BÜRGERMEISTER Du werst mir koa Schlechtigkeit nachweis'n kinna!

THOMAS *immer erregter* Sei staad ... du! Di kenn i guat. Du host ma's nia verziech'n, daß amal der kloa Bauer Recht kriagt hat geg'n den groß'n...

BÜRGERMEISTER Jetzt kam er mit dem daher!

THOMAS Weil's wahr is! Lüag du ander Leut' o mit deine scheinheilig'n Sprüch! Mi net. I woaß lang, was du für oana bist!

BÜRGERMEISTER Hab i dei Weibsbild aufzog'n?

THOMAS Auf da Paß bist g'stand'n und host g'wart, ob's d' mi net treff'n ko'st.

BÜRGERMEISTER Hab i dei Weibsbild aufzog'n?

THOMAS Und g'rad taugt hat's dir ... gel? Wia de G'leg'nheit kemma is... Du host g'wißt, wia arm und krank mei Wei da herin g'leg'n is ... und host a Lustbarkeit g'macht aus meiner Schand!

BÜRGERMEISTER Bin i schuld...?

THOMAS *laut schreiend* 's Mäu halt! Bist du net von oan Haus zum andern g'loff'n, und host 's ei'g'sagt, wia r' a Hochzeit?

BÜRGERMEISTER Dös muaßt du beweis'n!

THOMAS Ja du! Und mitt'n beim Tag hat's sei müass'n, damit das ganze Dorf sein Spaß g'habt hat...

BÜRGERMEISTER Schimpf de in da Stadt, de s' raus g'schickt hamm!

THOMAS Waar's an anderer g'wesen, du hätt'st Mittel und Weg g'fund'n...

BÜRGERMEISTER I bin net bewandert g'wesen in dera Sach. 's

nachst Mal mach i 's besser, wenn s' da s' wieder amal hoamschick'n…

THOMAS *geht auf den Bürgermeister los* Derfst du mi auszahna? *Der Bürgermeister tritt zurück.* Wenn s' ma s' 's nachst Mal hoamschick'n, sagst du? Und z'erscht host ma droht mit deine Lausbuab'n, de des Weibsbild net da lass'n woll'n!

BÜRGERMEISTER I laß mi vo dir schlecht macha…

THOMAS Und i mi zum Lapp'n! In mein eigna Haus! 's nachst Mal machst d'as anderst, host d' g'sagt? Mach's wieder so! *Er macht noch einen Schritt auf den Bürgermeister zu.* Aber es is nimma wia selbigsmal, wo i mi net rühr'n hab derf'n.

BÜRGERMEISTER Schrei zua! I geh…

THOMAS Und sag de andern, sie soll'n ma wieda Haberfeldtreib'n … aber der erst, der mir zum Fensta rei schreit … den schiaß i nieder wia'r an Hund… *Packt den Bürgermeister an der Brust* Sag's eahna!

BÜRGERMEISTER *schrill* Laß aus, sag i!

THOMAS *ihn schüttelnd* Hol deine Hetzhund! Du Pharisäer, du scheinheiliger! *Der Bürgermeister macht sich frei.*

BÜRGERMEISTER Vo dir laß i mir koan Nama net geb'n… *Er geht zur Türe.* Von so an net…

THOMAS Hol s' allsamt!

BÜRGERMEISTER Dös ander werst d' ja sehg'n!

THOMAS Probiert's as no! *Der Bürgermeister schlägt die Tür zu.*

Sechste Szene

Leni kommt von links und bleibt an der Türe stehen.

LENI Was gibt's denn?

THOMAS *schaut zornig nach der Türe rechts, durch die der Bürgermeister abgegangen ist, ohne auf Leni zu achten* Di kenn i und deine Hoamlikeiten, du Feinspinner … aber jetzt is s' anderst…

LENI Hat's was geb'n?

THOMAS *bemerkt sie erst jetzt* Was suachst denn du do?

LENI Wann ma'r enk bis in d' Kuchel außi schrei'n hört...

THOMAS Dös werd di nix o'geh...

LENI Hat da Bürgermoasta mit dir g'stritt'n?

THOMAS M – hm – ja ... g'stritt'n... *Grob* Waarst d' no herin g'wes'n und hättst d' all's g'hört ... vielleicht gang dir a Liacht auf!

LENI Soll i 's Ess'n einabringa? *Thomas ist ans Fenster gegangen und dreht ihr den Rücken zu, ohne zu antworten. Von rechts tritt Lenz ein und hängt seine Soldatenmütze an den Rahmen.*

LENI *freundlich zu Lenz* Geh fei nimma außi! Es is scho zun Mittag macha...

LENZ *gleichgültig* I woaß scho... *Leni links ab.*

Siebente Szene

LENZ *sich räuspernd* I hab ma 's jetzt überlegt, Paulimann... *Thomas, der die Hände nach rückwärts verschränkt hält, wendet sich nicht um und gibt keine Antwort.*

LENZ I ko de Akkordarbet net hint lass'n...

THOMAS *sich langsam umdrehend* Han?

LENZ I sag, daß i de Holzarbet o'nimm, weil's halt für'n ganz'n Winter is.

THOMAS *mürrisch* Ja ... ja.

LENZ Und nacha steh i bei dir auf Micheli aus...

THOMAS Mein'tweg'n gnua!

LENZ Weil du g'sagt host, i soll no dableib'n, wenn d' Dreschmaschin kummt, aba...

THOMAS G'wiß net! I halt di net auf.

LENZ Ja no ... i hab ma denkt, wann du notwendi an Aushilf brauchst, kunnt ja mei Bruada auf a Zeitlang kemma...

THOMAS I brauch'n net. *Lauter* I brauch überhaupt's neamd!

LENZ *freimütig* Dös waar mir z'wider, wann mir net guat ausanand kummat'n...

THOMAS Warum net im Guat'n?

LENZ No ... daß du an Zorn hätt'st auf mi, weil i net bleib...

THOMAS I hab koan Zorn...

LENZ Mir kimmt's aso für...

THOMAS Dös moanst d' grad... *Bitter* Mei Liaba, i will net, daß im Dorf umanand g'red't werd, als wann oana in dem schlecht'n Haus da z'ruckg'halt'n wurd'...

LENZ I hoaß dei Haus net schlecht...

THOMAS Net!

LENZ Na ... und i red a nix rum...

THOMAS Nacha red'n anderne. *Er wendet sich wieder um.*

LENZ *gekränkt* Vo dem woaß i nix ... und bekümmer mi net drum... Hat ma no neamd nachsag'n kinna, daß i was aus 'n Haus trag... *Kleine Pause.*

THOMAS *sich umwendend* Du! Du kimmst do mit de junga Bursch'n z'samm?

LENZ Moanst d', weg'n dem?

THOMAS I moan was anders. Sagst d' eahna, sie soll'n sie net auf'n Bürgermoasta verlass'n...

LENZ *versteht ihn nicht* Was?

THOMAS Ja ... ja ... sie soll'n sie net z'viel trau'n, sagst d' eahna!

LENZ I vasteh di net...

THOMAS Denkst d' halt a weng nach! Und dös sag' eahna von mir: es kunnt amal schlechter ausgeh', als sie glaab'n...

LENZ Was woaß denn i von de Bursch'n? I laff net damit rum. *Er bricht ab, da Leni mit dem Essen hereinkommt. Sie stellt die mit Kraut und Knödeln gefüllte Schüssel auf den Tisch.*

Achte Szene

LENI Geht's halt her! *Thomas geht langsam an den Tisch und setzt sich auf die Bank, das Gesicht dem Zuschauerraum zugewendet. Lenz bleibt rechts, Leni links vom Tische stehen. Lenz macht das Kreuz und spricht mit eintöniger Stimme das Gebet.*

LENZ Himmlischer Vater, segne uns Speis' und Trank, die wir von deiner großen Güte empfangen haben... *Leni betet nun auch laut mit...* und gib uns Gnade und Gedeihen dazu, damit wir zu deinem Lobe gereichen mögen. Amen! *Beide machen das Kreuzeszeichen und setzen sich, Lenz rechts, Leni links. Thomas hat nicht mitgebetet, sondern finster vor sich hingeschaut.*

LENI *zu Thomas* Vata – fang o!

THOMAS Was?

LENI Ess'n sollst d'...

THOMAS Ja ... iß! *Er stößt den Teller zurück, steht auf und geht links ab.*

Neunte Szene

LENI *ihrem Vater nachsehend* Was hat a denn? *Lenz gibt keine Antwort. Er nimmt sich Kraut und Knödel aus der Schüssel und fängt zu essen an.*

LENI Woaßt du, warum er so zorni is?

LENZ *mit vollem Munde* I net.

LENI Der Bürgermoasta is voring da g'wes'n, und da müassen s' was g'habt hamm mitanand. *Lenz antwortet nicht, sondern ißt weiter.*

LENI I bi ganz daschrock'n ... a so is zuaganga... *Sie nimmt sich heraus und ißt. Pause.* Wia schmeck'n dir nacha de Knödl?

LENZ Wia s' halt schmeck'n.

LENI De hab fei i kocht.

LENZ *gleichgültig* So? *Pause.*

LENI Du, Lenz, was hab' da denn i to?

LENZ Nix.

LENI Daß d' nacha so häßli bist auf mi?

LENZ *gleichgültig* I?

LENI Ja … red'st nia mit mir, und wann i di was frag', gibst d' ma gar it o!

LENZ *mit vollem Mund* I hab koa Zeit zun Red'n.

LENI Net amal an Gruaß gibst d' ma z'ruck.

LENZ Da is mir nix bekannt.

LENI Erst gestern bist d' hintern Stadel ganga, und i hab dir nachg'schrian … ob's d' net was zun Vespern mitnehma magst … und du host gar it umg'schaugt.

LENZ I muaß auf mei Arbet schaug'n.

LENI *schmollend* So viel Zeit hätt'st d' scho g'habt … aba sie wern die halt aufg'red't hamm geg'n mi?

LENZ *grob* Mi red't neamd auf.

LENI Ja … i woaß scho. I hab di scho g'sehg'n am Sunntag.

LENZ Siehgst mi jetzt aa!

LENI I hab di scho g'sehg'n, wia's d' nach da Kircha bei da Glonner Marie hibei g'stand'n bist.

LENZ Ko leicht sei.

LENI Wia si de draht hot, als wenn s' woaß Gott was für oane waar!

LENZ *brummt* M – hm.

LENI G'rad gnädi hat's des Weibsbild g'habt, und gar net g'wißt hat s', wia s' geh muaß vo lauta Ei'bildung. *Lenz gibt keine Antwort und ißt.*

LENI Und nacha, wia'r i bei da Tür außi bin, habt's herg'schaugt und habt's g'lacht.

LENZ So?

LENI Jawohl! I hab's deutli gnua g'sehg'n.

LENZ Werd ins halt was g'freut hamm.

LENI De moant vielleicht, sie derf mi auszahna.

LENZ Du werst ihr 's Lacha net verbiat'n könna.

LENI De braucht si gar it so aufführ'n, über mi... De soll si no selber bei da Nas'n nehma! *Kleine Pause.* D' Mangin sagt's aa, daß de gar koan Ursach net hat. *Lenz nimmt sich wieder aus der Schüssel heraus.*

LENI Von dera werd gar nix Guat's g'red't.

LENZ Von mir aus.

LENI Ja ... is dös vielleicht net wahr, daß zu da Glonner Marie a jeder an's Kammerfensta hat kemma derf'n?

LENZ *höhnisch* Dös nimmst ihr *du* für üb'l?

LENI I sag g'rad, daß si de net so aufführ'n braucht über mi. *Pause.* Vielleicht bist du aa scho bei ihr g'wen?

LENZ *trocken* Na.

LENI *neckisch* Du sagst as halt net?

LENZ *kauend* Sag'n tat i 's aa net.

LENI Da brauchetst dir fei nix ei'bild'n auf de! Mit ihre Summermirln!

LENZ I bild ma scho nix ei.

LENI Und mit ihre fuchsrot'n Haar! Da gibt's scho anderne.

LENZ *grob* Herrgott! Laß mi amal mit Ruah ess'n! Was paß denn i auf d' Weibsbilder auf?

LENI *neckisch* Paßt du gar it auf?

LENZ Waar ma z'dumm! *Leni steht auf und rückt in die Bank hinein neben Lenz.*

LENI *kokett* Dös glaab i dir fei net, daß du dir gar nix bekümmerst um d' Madeln.

LENZ Na glaabst d'as halt net!

LENI Du bist a recht a Hoamlicher... gel? Du g'stellst di g'rad aso, als wann's dir nix o'gab.

LENZ M – hm ... ja...

LENI *stößt ihn mit dem Ellenbogen an* Wia muaß denn oani ausschaug'n, de wo dir g'fallt?

LENZ *grob* Jetz sag i dir's no'mal, daß i zun Ess'n herin bi und net zun Dischkrier'n.

LENI *dumm verschämt* Du bist aba oana! *Pause.*

LENI *zutulich* Du, Lenz, host dir's net anderst übalegt?

LENZ Was?

LENI No ... mit'n Furtgeh? *Sie lacht Lenz an, der nicht darauf achtet; Leni rückt näher zu ihm.*

LENI Wer woaß, wia's amal geht, wenn's d' dableibst!

LENZ I bleib net.

LENI Du werst halt glaab'n, daß da Vata verkafft! *Lenz antwortet nicht.* Er verkafft aba net, sinst hätt a mir scho was g'sagt... *Pause. Leni wartet auf Antwort und fährt erst fort, da Lenz unbekümmert weiter ißt.* Und weil er si mit'n Bürgermoasta so z'kriagt hat, woaß i's g'wiß.

LENZ Was geht denn dös mi o?

LENI I hab ma denkt, du gehst desweg'n ... *Stockend* Und wann's d' as inne werst, daß da Vata 's Anwes'n b'halt, hab i ma denkt, nacha bleibst d'.

LENZ *höhnisch* Moanst du?

LENI No ja ... weil's nacha do anderst is...

LENZ Da bischt weit irr. *Leni scheint die Zurückweisung etwas zu verstehen, zieht ihren Teller von ihrem früheren Platz zu sich herüber und ißt ein wenig.*

LENI Host d' no gar nia Obacht geb'n, daß da Lechner Martl jed'smal nach'n Feierabend beim Zaun hibei steht?

LENZ Na.

LENI Und er schaugt allaweil nach mir umma.

LENZ Schaugst d' halt wieda hi.

LENI I mag net ... aba wahr is. *Dumm kokett* I glaab, der möcht was.

LENZ I vergunn's eahm.

LENI Geh! Wia du daher red'st... Hätt'st d' mi halt in da Stadt drinna sehg'n soll'n ... in mein blau'n Kleidl mit rote

Schnür … da bin i fei schö g'wen!

LENZ So?

LENI Anderst scho als wia d' Glonner Marie mit ihr'n g'scheert'n Kopftüachl … und an woll'na Unterkittl. *Lenz brummt etwas Unverständliches, indes er mit vollen Backen kaut.*

LENI Und Hemmata han i g'habt … net so grob, als wia de … *Zupft an ihrem Ärmel* … ganz feine … Vielleicht hätt i dir guat g'falln…

LENZ *sehr grob* G'wiß net!

LENI *immer noch zutulich* Hätt'st mi no g'seg'n!

LENZ *mit der Hand abwehrend* I dank schö dafür!

LENI *halb beleidigt* N … no!

LENZ Solchene hab' i ma gnua g'seg'n, wia'r i Soldat war.

LENI Was für solchene?

LENZ *legt seine Gabel weg* Wia du oane warst! Aba i hab mi nia abgeb'n damit. Da bin i ma z' guat g'wen für solchene!

LENI *weinerlich* Sei do net gar so abscheuli zu mir! Was hab i dir denn to?

LENZ I sag da's g'rad, daß di amal auskennst!

LENI Von erst'n Tag o bin i freundli g'wen zu dir und ho dir nia koan unrecht's Wort geb'n.

LENZ M – ja!

LENI Und is dös vielleicht net wahr, daß i dir dei Sach' g'flickt hab?

LENZ Hab i dir's o'g'schafft?

LENI Vergelt's Gott hätt'st d' aa sag'n derf'n, und so grob brauchet'st d' net sei mit mir!

LENZ *erregter* Weil i mei Ruah hamm möcht!

Leni schnupft ein paarmal auf und macht ein weinerliches Gesicht.

LENZ Moanst d', i merk's net scho lang, daß du mir schö tuast? Aba du spannst as net, daß mir dös z'wider is!

LENI *sehr weinerlich* Dös is dir z'wider?

LENZ Ja. I muaß da's scho pfei'grad sag'n, weil's d'as sunst net kennst! Glaabst denn du, i mag mit dir ins G'red kemma?

LENI *weinend* Hör amal auf!

LENZ Waar mir scho z' dumm, daß de Bursch'n hinter mir drei'-lach'n, g'rad als wann i was hätt mit dir!

LENI *mit erstickter Stimme* N ... no!

LENZ Du muaßt da scho an andern raussuacha! Koan richtig'n Mensch'n net! Da behaupt i mein Charakta... *Leni wischt sich mit dem Handrücken über die Augen.*

LENZ Und daß d'as woaßt, desweg'n geh'n i ... weil ma dös z' dumm werd. Bloß weg'n deiner mag i nimmer bleibn!

LENI *zornig, unter Tränen* Geh halt zua! I brauch di net... i ho scho anderne g'fall'n ... i wer scho oan find'n.

LENZ Find no zua! *Er leert mit dem Löffel den Teller aus, schleckt ihn ab und legt ihn auf den Tisch.* Aba mir werst d' jetzt mei Ruah lass'n.

LENI I brauch di net.

LENZ Is scho recht... *Er steht auf und fängt wieder eintönig zu beten an.* Himmlischer Vater, wir danken dir, daß du uns Unwürdige gespeiset hast und deiner Gnaden teilhaftig machest und nimmer aufhörest, deine Wohltaten gütig mitzuteilen. Amen! *Er geht nach der Türe und nimmt seine Mütze vom Nagel herunter.*

LENI *sich hastig die Tränen abwischend* Geh no weita! Mi hamm scho Besserne mög'n als wia du! An dir liegt ma gar nix dro! *Lenz geht ohne Antwort hinaus.*

LENI *ihm nachschreiend* An dir liegt ma gar nix dro! *Sie sieht nach der Türe, legt sich in den Tisch hinein und fängt laut zu weinen an.*

Vorhang

Dritter Aufzug

Stube wie in den beiden vorhergehenden Aufzügen. Sonntagsstimmung. Man hört die Kirchenglocken läuten, die bald verstummen. Leni sitzt auf der Ofenbank, näht an der Bluse, die sie bei der Heimkehr getragen hat, die letzten Stiche, hält sie vor sich hin und streicht sie glatt. Von rechts tritt Barbara Mang ein, in sonntäglichem Gewand mit Kopftüchel. Sie trägt ein Gebetbuch in der Hand. Leni sieht unordentlich und verstört aus.

Erste Szene

BARBARA Guat Morg'n, Leni!

LENI Guat Morg'n!

BARBARA I ho di g'rad frag'n woll'n, ob's d' mi net brauchst.

LENI Heut net.

BARBARA Bist d' scho firti mit da Arbet?

LENI *mürrisch* I bin scho firti. *Pause.*

BARBARA In da Kircha bin i g'wen; da hat's heut anderst viel Leut geb'n.

LENI So?

BARBARA *gesprächig* Ja, weil da neue Koprata zun erst'nmal predig'n hat derf'n, durch dös, weil da Herr Pfarra krank worn is. De ganz Kirch'n is g'steckt voll g'wen. *Leni antwortet nicht und packt ihr Nähzeug zusammen.*

BARBARA *anzüglich* I woaß gar it, was er g'habt hat. Grad von Ärgernis hat er predigt. *In geziertem Hochdeutsch* Daß diesen Übles geschiecht, die wo Ärgernis geben. Waar scho bald aso g'wen, als wann er auf was g'spitzt hätt'.

LENI *gleichgültig* Was moanst d'?

BARBARA No ja! Weil er grad allaweil 's Ärgernis daher bracht hat. Und d' Glonner Marie hätt'st d' sehg'n soll'n. De hätt' si aso bald an Hals auskegelt, so hat s' oiwei umag'schaugt auf mi her.

LENI Vo mir aus.

BARBARA Weil s' eahm denkt hamm werd, i sag da's wieder. Aba de bal i amal alloa derwisch, nacha frag i s', ob sie vielleicht glaabt, frag i s', daß bloß ander Leut an Ärgernis geb'n und ob's z' Berghofa net mehra gibt, frag i s', de wo si aus dera Predigt was außa nehma hätt'n kinna. Ja ... aso frag i s'.

LENI Zweg'n meiner brauchst d'as net frag'n.

BARBARA Weil's wahr is. Zweg'n was muaß denn de oiwei zu mir umaschaug'n?

LENI Vielleicht müassen si de Berghofer nimmer gar so lang ärgern über mi.

BARBARA Was host d' denn?

LENI A so halt!

BARBARA Du red'st ja, als wann's d' nimma dableib'n mögst.

LENI Mög'n! Mög'n tua i g'wiß net.

BARBARA So waar i net. Erst recht gab i net nach. Du host dei Straf ausg'halt'n, und de andern geht's nix o.

LENI *müde* J–ja.

BARBARA Und von so oana lasset i mir scho durchaus gar nix g'fall'n, de wo si z' allererst schama müaßt. *Leni steht auf und nimmt Nähzeug und Bluse an sich.*

BARBARA Was feit denn dir?

LENI Nix.

BARBARA Dös sagst d' grad; i kenn's guat.

LENI *ungeduldig* N ... na! Mir feit nix.

BARBARA Und nacha brauchst d' mi heut net?

LENI Na.

BARBARA I hätt da gern g'holfa.

LENI Da Vata ißt heunt aso net dahoam. Er geht auf Arnbach umi, hat er g'sagt, zu sein Bruada.

BARBARA Ja ... und ...

LENI Und der ander steht heunt aus.

BARBARA Der Lenz?

LENI Ja.

BARBARA Siehgst d'as, na is 's do wahr! Weil d' Hotzin zu mir g'sagt hot, da Lenz, hat s' g'sagt, bleibt aa koan Tag nimmer da drent, sagt s'. So? Heunt steht er aus?

LENI Is ja Micheli!

BARBARA Daß der auf oamal geht?

LENI Er werd scho an andern Platz hamm.

BARBARA D' Leut hamm g'sagt, daß er überhaupts ganz bleib'n möcht, und du host as ja aa'r amal glaabt.

LENI I?

BARBARA No ja! Weil mir halt g'red't hamm über dös. Net? Und i hab nix anders net denkt, als daß er's so an Sinn hot.

LENI Geh, laß ma mei Ruah!

BARBARA Weil du g'sagt host, wer woaß, wia's amal geht, und daß er dir g'fall'n tat.

LENI Der?

BARBARA Net grad oamal hamm ma davo g'red't, daß er a sauberner Bursch is und ... wia ma halt red't.

LENI *heftiger* Der is ma z' g'scheert!

BARBARA Ah so?

LENI Ja. Auf den paß i gar nix auf! Der braucht si nix ei'bild'n. Da hon i scho Feinere kennt als wia den!

BARBARA *neugierig, lauernd* Is er g'wiß grob g'wen geg'n deiner?

LENI *wieder verschlossen* I woaß it, vo was du oiwei red'st.

BARBARA No ... weil's d' halt 's letzt Mal ganz anders g'sinnt g'wen bist ... net? Ma sagt grad vo dem...

LENI Jetzt bin i aso g'sinnt.

BARBARA I sag dös, daß er aa nix Guats hot, wann er liaba a Deanstbot bleibt und si von de Leut aufhetz'n laßt...

LENI Von mir aus tuat er, was er mag.

BARBARA Nacha geh'n i.

LENI Adjä!

BARBARA Braucha tuast d' mi net, host d' g'sagt?

LENI Na! *Barbara Mang wendet sich zum Gehen und macht ein paar Schritte gegen die Türe rechts, bleibt stehen und kehrt sich wieder Leni zu, die langsam nach links abgehen will.*

BARBARA Du! Paß auf!

LENI *mürrisch* Wos denn!

BARBARA *lauernd* D' Leut red'n vom Lechner Martin, als wann's da was geb'n hätt'.

LENI *hastig* Vom Lechner?

BARBARA I hab nix glaabt, weil i dös überhaupts net mag, dös G'schwatz überanand, und weil i sag, daß d' Leut überhaupts gern lüag'n.

LENI *verlegen, erschrocken* Hamm s'...? Was hamm s' denn g'red't?

BARBARA *mit gespielter Entrüstung* Dös mag i dir gar net sag'n ... na! De machen's a bissel gar z' braun ... und Sach'n bringen s' daher, wo si inseroans gar nimma auskennt...

LENI Hätt' vielleicht da Lechner Martin was sag'n mög'n über mi?

BARBARA I woaß aa net so g'nau... *Lauernd* Warum? Bist du mit eahm beinand g'wen?

LENI *wieder bockig* Waar ma scho z' dumm!

BARBARA Dös sell lasset i mir net g'fall'n, daß mi oana so rumziagt ... g'rad hauf'nweis san d' Leut beinand g'stand'n, und Ausdrück hamm s' g'habt.

LENI Geg'n meiner?

BARBARA I mag dir's net sag'n ... und überhaupts bin i wegganga, weil i dös net leid'n ko, wann's a so hergeht...

LENI Vo mir aus sag'n s', was s' mög'n. I muaß ja net da sei!

BARBARA *lauernd* Host du 's Furtgeh in Sinn? *Leni rückt unwillig die Schultern.* Du host ja nix z' fürcht'n, bal's net wahr is!

LENI I wer mi von de G'scheert'n da aso herstell'n lass'n!

BARBARA Arg is scho, wia unverschämt de Leit daher red'n...

LENI *mit einem plötzlichen Entschlusse* Du, Barbara ... Du derfst aba neamd nix sag'n!

BARBARA *eifrig* G'wiß net! Du kennst mi guat für dös!

LENI Du host amal g'sagt, daß du den Spenser von da Muatta hamm mögst?

BARBARA Den greana?

LENI I gib dir'n ... für a paar Mark.

BARBARA Aba dei Vata?

LENI Der braucht's ja net z' wiss'n ... und 's G'wand von da Muatta g'hört mei.

BARBARA *zögernd* A paar Mark, host d' g'sagt?

LENI I mag net oiwei da hocka ohne an Pfenning Geld ... und wann i furt bi, glaabt da Vata halt, i hab an Spenser mitg'numma.

BARBARA *neugierig* Mögst du scho bald weg?

LENI *wieder unwillig* Frag mi net aso aus! ... I geh scho amal.

BARBARA I ho jetzt koa Geld net bei mir ... bring i dir's halt nacha umma.

LENI Gibst d' ma's in da Kuchl.

BARBARA Is recht ... aba net, daß i an Vadruß kriag...

LENI *hat nach der Türe hin gehorcht, halblaut* Sei staad!

Zweite Szene

Thomas tritt ein von rechts, sonntäglich gekleidet. Er nickt kurz zum Gruß und hängt seinen Hut an den Rahmen.

BARBARA *laut und freundlich* Also na geh'n i ... und wann's d' mi brauchst, sagst d' ma's. Pfüad Good, Leni! *Zu Thomas* Pfüad Good, Paulimann! In da Kircha bist d' heut net g'wen?

THOMAS Na.

BARBARA Hätt'st d' den neu'n Koprata predinga g'hört.

THOMAS M – hm ... ja...

BARBARA Nacha pfüad Good beinand! *Rechts ab.*

Dritte Szene

THOMAS *zieht seinen Rock aus und hängt ihn an den Nagel* Morg'n in da Fruah muaßt d' mit in d' Bachleit'n zu'n Ruab'n klaub'n.

LENI *kleinlaut* Ja.

THOMAS Nach da Fuattazeit. Und heut an Na'mittag, wann i in Arnbach bin, daß d' ma net aus'n Haus gehst! I will nix hör'n.

LENI I geh net außi.

THOMAS *der sie jetzt erst ansieht* Was host denn du? Was machst denn du für a Trentsch'n?

LENI I mach koane.

THOMAS Weil i 's net siech! Is mir gesta'n scho so fürkemma.

LENI Wenn ma oiwei ei'g'sperrt is!

THOMAS Ah so! Dös hat sein Grund ... und laß da no nix traama, daß 's anderst werd!

LENI N ... na! *Lenz tritt von rechts ein, feiertäglich angezogen. In der linken Hand trägt er seinen Hut, mit der rechten trägt er einen kleinen Koffer, den er neben der Türe hinstellt. Bei seinem Eintritt zieht Leni den Kopf ein, sieht ihn scheu an und geht still nach links ab.*

Vierte Szene

THOMAS *freundlich* Bist d' zum Geh' g'richt?

LENZ Ja. *Er zieht sein Dienstbuch aus der Tasche.* Wenn's d' so guat waarst und tatst mir a Zeugnis schreib'n...

THOMAS *nimmt das Buch* An Lohn host d' kriagt?

LENZ Feit si nix.

THOMAS *im Buch blätternd* Drei Monat bist d' da g'wesen... und hast dei Arbet richti g'macht. I muaß di lob'n.

LENZ I bin aa gern da g'wen.

THOMAS Gern? Ja – ja.

LENZ *verlegen den Hut drehend* Wann i 's an Eichmüller net zuag'sagt hätt', und überhaupts ... wann i net...

THOMAS Is scho recht, Lenz. Mir brauchst d' nix verzähl'n.

LENZ Na, is wahr! Wann si dös net aso auftroffa hätt'...

THOMAS Du bist a richtiga Bursch und host dein Stolz ... und host recht, daß d' gehst. *Er geht näher zu ihm heran.* Glaabst denn du, wann's bei mir net mehr brauchet, als daß i mein Koffer nahm und an Huat aufsetzet, glaabst denn du, i bleibet?

LENZ *verlegen* Ja ... no!

THOMAS Na, mei Liaba! Am erst'n Tag waar' i furt, und mi hätt' neamd mehr g'sehg'n in Berghof'n. *Legt das Dienstbuch auf den Tisch* Es is nix Schön's, in an Haus leb'n, wo d' Leut koa Ehrbarkeit mehr suacha.

LENZ Dös muaßt d' na aa net glaab'n!

THOMAS Net? Mög'st du mir a Zuckerl geb'n? Aba dös friß i net. I g'spür's am Buckel, wenn ma d' Leut nachschaug'n.

LENZ Auf de passet i net auf.

THOMAS Dös sagst d' aso ... aba du selber host das ja nimmer derlitt'n, daß d' Leut mit de Aug'n blinzeln, wann s' di frag'n, wia's da bei mir g'fallt! Und die braucht nix druck'n... Ja, Mensch! Schand tuat weh.

LENZ *verlegen* Geh ... Paulimann! Wann's d' mir jetzt 's Zeugnis schreibest!

THOMAS Ja so! Gel, 's Zeugnis? *Er nimmt das Buch und legt es wieder hin.* Daß du überhaupts oans willst vo mir? Waar 's net g'scheidter, in dein Büachl stand mein Nama gar net drin?

LENZ I brauch mi nix z' schama ... i hab mei Sach to.

THOMAS I sag's ja grad weg'n deiner ... aba wann's d' willst, schreib i's. *Er geht an den Wandschrank, holt Tinte und Feder und seine Brille, die er aufsetzt, während er sich an den Tisch setzt.*

THOMAS Auf 'n erst'n Juli bist d' kemma?

LENZ Ja.

THOMAS Den Tag woaß i no guat. *Schreibt* Lorenz Kaltner ist bei mir eingestanden zur Aushilfe den ersten Juli... *Er setzt aus*... Selbigsmal is grad da Dokta dag'wen und hat ma's g'sagt, daß 's schlecht steht bei da Mariann... Die Frau, hat er g'sagt, hat sich in ihrem Leben zu viel geplagt ... ja, dös hat ma davo!

LENZ I ho mir aa nix Guat's denkt, weil s' so schwach g'wen is...

THOMAS Schwach g'wen ... ja! *Gibt sich einen Ruck und schreibt wieder* Also ... den ersten Juli und ist ausgetreten den ersten Oktober ... und war sehr treu und fleißig. *Er legt die Feder hin.* Dös schreibt ma heuntingtag's bei an jed'n ... aba bei dir is 's wahr.

LENZ I mach halt mei Danksagung, Paulimann.

THOMAS Nix zum dank'n. Dös Beste kon i dir net neischreib'n, daß du dir nia was host o'kenna lass'n, vor mir und da Mariann net ... von dera G'schicht.

LENZ Da hon i koa Recht it g'habt.

THOMAS Aba G'leg'nheit. Und de lasset si net a jeda auskemma. *Er gibt ihm die Hand.* Für dös dank i dir no b'sunders, und wann dir aa nix dro liegt, sag' i's do, daß i vor dir an Respekt hab.

LENZ *fährt sich verlegen durch die Haare* Ja no ... i sag' dir aa Vergelt's Gott!

THOMAS *gibt ihm das Dienstbuch* Da hast d' dei Büachl, und i wünsch Glück überall'n.

LENZ *herzlich* I dir aa ... daß 's da guat geht, Paulimann!

THOMAS *resigniert* Werd ma guat geh', ja! Wann i jetzt an Karr'n alloa schiab'n muaß!

LENZ I hätt' ja g'moant, du sollt'st mein Bruada auf a Zeit ei'stell'n.

THOMAS Daß er nach drei Tag den nämlich'n Grund zum Geh' hat wie du heunt? Na! Liaba racker i mi z'samm ... und wann's nimmer geht … mir is 's net z' fruah. Na! I woaß, du moanst as guat … aba i bleib alloa. Jetzt pfüad di!

LENZ Adjes! *Thomas ist ans Fenster getreten und schaut hinaus. Lenz bleibt an der Türe stehen und dreht verlegen seinen Hut in beiden Händen. Er kämpft sichtlich mit einem Entschlusse.*

LENZ Paulimann!

THOMAS *sich halb umwendend* No was?

LENZ *etwas stockend* Du host neuling zu mir g'sagt, daß i weg'n de Bursch'n … daß i de Bursch'n warna sollt, wenn's grad was … a so … an Sinn hätt'n …

THOMAS Selm war i zorni. I woaß scho, daß dös grad an Bürgermoasta sei G'red war.

LENZ *entschiedener* I woaß net, ob dös bloß a G'red' is.

THOMAS *sich ganz umwendend* Han?

LENZ Mir g'fallt de Sach net. Seit gestern is grad, als wenn oana in a Wespennest nei'sticht. De Bursch'n hamm was.

THOMAS *überrascht, aber ruhig* Ah, so moanst d'?

LENZ Es is net sauber.

THOMAS *drohender* Laß s' no! Sie wer'n si net gar so leicht toa mit mir.

LENZ Wenn aba … *Stockend* … wenn's aba anderst geht, als du moanst?

THOMAS Es werd so geh', daß i mei Recht behaupt'. A Buaberei laß i net ausüab'n an mir.

LENZ *unsicher* Ja … scho! Freili net! Aba …

THOMAS Da brauchst d' koan Angst hamm.

LENZ Es gibt halt Sach'n, wo ma si net dageg'n rühr'n ko!

THOMAS Sach'n?

LENZ Du woaßt halt no net, was 's geb'n hat?

THOMAS *lauter* Geb'n? Mit da Leni was?

LENZ I ko aa net red'n über dös …

THOMAS *dringender* Aba du woaßt … daß was fürkemma is?

LENZ Dös sag'n s' dir bald gnua.

THOMAS *schreiend* Herrgott! Mensch, marter mi do net her!

LENZ Schau!

THOMAS Red! sag i, und lass' mi net im Ung'wiss'n! San dir de Bursch'n so viel wert?

LENZ Net de Bursch'n. Na ... aba schau, i ko da aa nix geg'n d' Leni red'n ... sie hat ma nia nix to ...

THOMAS Ja, muaß i di lang bitt'n um dös?

LENZ *in sichtlicher Aufregung* Na! Des sell geht net!

THOMAS Aba o'fanga host d' kinna ... und mi hermartern!

LENZ Weil i mir denkt hab ... i muaß di warna ... und dös ander sag'n s' dir scho.

THOMAS *sehr dringend* Lenz! Red aus! Jetzt muaßt d' all's sag'n.

LENZ I ... i ko net.

THOMAS Na laß bleib'n!

LENZ Weil...

THOMAS Geh zua! Sag i. *Lenz geht langsam zur Türe hinaus.*

Fünfte Szene

Thomas sieht ihm nach und bleibt unschlüssig stehen. Er faßt einen Entschluß, geht zur Türe, nimmt seinen Hut vom Nagel und setzt ihn auf; bleibt wieder stehen, die Hand an der Türklinke, und schaut finster vor sich hin. Er geht zum Tisch, legt seinen Hut hin, sinnt nach und geht zur Türe links, öffnet sie und ruft hinaus.

THOMAS Leni! *Pause. Es kommt keine Antwort.*

THOMAS *lauter und ungeduldig* Herrgott! ... Leni!

LENIS *Stimme von außen, verdrossen* Was denn?

THOMAS *grob* Da geh amal eina! *Er tritt von der Türe zurück; Leni kommt scheu und langsam herein.*

LENI Was willst d' nacha?

THOMAS *schaut sie finster an* Mir hamm was z' red'n mitanand: kimm no her! *Leni kommt zögernd näher und heftet die Blicke auf den Boden.*

THOMAS Mir hat wer g'sagt, daß 's was geb'n hat mit dir…

LENI *furchtsam* Mit mir?

THOMAS Mit dir – ja! Schau ma no ins G'sicht! I brauch bloß naus geh', hat wer g'sagt, nacha derfrag' i 's von an jed'n…

LENI *aufsehend, lebhafter* Hat da Lenz…?

THOMAS Der – oder an anderner. *Kleine Pause.* Muß i nausgeh' und frag'n? *Er sieht Leni drohend an, die wieder zu Boden sieht. – Pause.*

THOMAS An Antwort will i!

LENI *zögernd und furchtsam* I woaß net, was du moanst…

THOMAS *faßt sie beim Arm, sich zur Ruhe zwingend* Du! Wenn's d' aa net viel Verstand host, des sell werst d' begreif'n, daß dir 's Lüag'n nix mehr hilft!

LENI *weinerlich* I woaß aba net…

THOMAS *mit unterdrückter Heftigkeit* Wenn's was geb'n hat … sag's! Es is bessa, als i derfrag's da drauß'n. *Er wartet auf Antwort. Leni schweigt und sieht nicht auf.*

THOMAS Is g'wes'n, was mag – red! Mach's mit mir aus!

LENI I woaß net, was du moanst…

THOMAS *zornig und verächtlich* Ah! Lüag du! *Er geht zum Tische hin und nimmt seinen Hut, wendet sich aber wieder gegen Leni.*

THOMAS Bist d' amal aus 'n Haus?

LENI *eifrig* Mit koan Schritt net, weil du g'sagt host, i derf net außi, und…

THOMAS Na is wer bei dir g'wen?

LENI *wieder zaghaft* N … na!

THOMAS *auf den Boden stampfend* Ob wer bei dir g'wesen is?

LENI *weinerlich* Dös is scho ausg'schamt, daß da Lenz so was behaupt' geg'n meiner, und daß a mir so was o'hängat, vor er geht, und...

THOMAS *sie verächtlich ansehend* Na muaß i d' Wahrheit drauß'n hör'n. *Er setzt seinen Hut auf und geht zur Türe. Indem er sie öffnet, tritt sein Nachbar Johann Plank ein. Leni ist zuerst zögernd, dann rasch nach links abgegangen.*

Siebente Szene

THOMAS *überrascht und unruhig* Bist du da?

PLANK *verlegen und aufgeregt* Ja ... i bin da ... hat mi net recht g'freut, 's Hergeh' ... aba weil i mir denkt hab, mir san allaweil guate Nachbar'n g'wen ... bin i jetzt herganga...

THOMAS Was is?

PLANK *hat den Hut abgenommen und glättet sich verlegen mit der Hand die Haare* I sag dir all's ... aba net, daß d' moanst, i bin gern her ... i ho ma denkt, es is dir liaba, wann i mit dir red, vor de andern kemma...

THOMAS De andern?

PLANK No ja ... der Bürgermoasta ... und i woaß net, wer vom Ausschuß no mitgeht...

THOMAS Zu mir her?

PLANK Freili ... zu dir...

THOMAS *heftig* Da muaß da Bürgermoasta erst sehg'n, ob i 'n einalaß!

PLANK Paß auf ... laß da sag'n ... i verzähl dir all's... Nach da Kirch' is da Ausschuß z'sammkemma, und da hamm s' de G'schicht fürbracht.

THOMAS *aufgeregt* Von mir was?

PLANK Vo dir? ... Na! Von dir net ... aba ... ko'st da 's leicht denk'n.

THOMAS *mit dem Daumen nach der Türe deutend* Vo dera?

PLANK *nickt bejahend, dann kratzt er sich heftig hinterm Ohr* Ah! Es is a Kreuz! Es is a Kreuz! I sag's ja, wenn ma Kinda hot, woaßt d' nia, wia's amal geht.

THOMAS *stampfend* Mach zua!

PLANK No ja ... sie hamm de G'schicht fürbracht... Hat denn dir no neamd was g'sagt?

THOMAS An Deuta hab' i kriagt... Schneid net lang' um!

PLANK *spricht stockend mit Pausen* Wia muaß i da's sag'n? Seit gestern auf 'n Abend is 's im Dorf, als wann d' Imp'n auskemman... An Lechner sei Martl ... kennst 'n scho... hat de G'schicht ausanand bracht ... no ja ... er is bei deiner Leni g'wen ... sie ... hat'n in d' Kammer ei'lass'n ... waar ja net so weit g'feit ... aba ... wia soll i da's sag'n ... no ja, sie hat a Geld von eahm verlangt.

THOMAS *schreit* Plank!

PLANK *freier* Da Martl is von ihr weg zum Bäcker Hans'n umi ... und verzählt's an Kamerad'n, und der verzählt's wieda ...und gestern nach Feierabend is scho des ganz' Dorf aufmahrig g'wen...

THOMAS *ruhiger* Vo wem hast du's?

PLANK Vo wem hab's i? Vo dem ... und dem ... von an Dutzed.

THOMAS *schreit wieder* A Lug is!

PLANK *kratzt sich hinterm Ohr* Ja schau!

THOMAS Da, wo du stehst, is vor etla Tag der Bürgermoasta g'stand'n! Hätt' ma d' Ohr'n voll g'red't, daß i verkaff'n muaß ... daß ma d' Leni net im Dorf leid't ... mit die Bursch'n hätt' a ma droht ... und jetz' waar's a so!

PLANK Nachbar ... i sag da...

THOMAS Dös trifft a bissel schö z'samm ... na, mei Liaba! Den Feinspinna kenn i ... a Lug is...

PLANK Laß da sag'n...

THOMAS Er braucht bloß 's Mäu aufmacha ... und ös müaßt's

as glaab'n!

PLANK *sich wieder hinterm Ohr kratzend* Es is a Kreuz! Es is a Kreuz!

THOMAS Aba i kimm eahm hinter seine Gang', dem Judas! Und auf da Stell sag i 's eahm... *Er will zur Türe. Plank vertritt ihm den Weg.*

PLANK Geh ... laß mi aa was sag'n... Du woaßt, i bi dei Feind net ... schau. Thomas! So was ko der Bursch it aus der Luft greif'n ... da is er gar it der Mensch dazua ... der war eahm net hell gnua...

THOMAS Der net! Aber der ander, der dahinter steckt ... Den kennst du z' weni!

PLANK Wia kunnt dös sei!

THOMAS Den kennst du z' weni!

PLANK I sag dir do! In da Fruah, von da Kamma weg is er zu'n Bäcker Hansen g'laffa und hat's brüahwarm verzählt. Der Bursch hot eahm gar it denkt, daß a so a Ramasuri d'raus werd! *Thomas schweigt und schaut finster vor sich hin.*

PLANK Und ... es is hart zu'n sag'n ... i will di g'wiß net beleidig'n ... aba nach dem, was scho amal passiert is ... braucht's oan z'letzt net gar a so wundern.

THOMAS *auffahrend* Da hab i enk!

PLANK Sag selm ... es is ja an Unglück, aba...

THOMAS Ös moant's, so oane is leicht nunterstöß'n, de scho im Rutsch'n is.

PLANK Wer sollt dös toa?

THOMAS De ko ma leicht mit Füaß'n tret'n, de scho am Bod'n liegt...

PLANK Nachba!

THOMAS *in großer Erregung* Und i ... moant's ös ... muaß zuaschaug'n mit bundne Händ ... wia ma s' ... wia ma s' auf'n Mist wirft...

PLANK *fährt sich über die Haare* Es is a Kreuz!

THOMAS Dös g'ringste Viech tat si wehr'n ... i derfat's nöt ...moant's ös.

PLANK Was sollst d' da sag'n?

THOMAS *faßt Plank am Arm und zieht ihn zum Lehnstuhl hin, der an der linken Wand steht. Sie sind im Laufe des heftigen Gespräches schon auf die linke Seite hinübergekommen.* Plank! Dir is aa dei Bäurin g'storm, und de mei hat ihr aufg'wart... bis z'letzt...

PLANK I woaß wohl ... i woaß wohl...

THOMAS *in höchster Erregung, schlägt auf die Stuhllehne* Da! Da herin is mei alte Mariann g'leg'n... Dös Letzte, was s' g'sagt hat ... laß 's Madl net furt! ... Wia ihra Hand in der mein kalt wor'n is ... no amal hat sie s' druckt ... und is a Bitt g'wesen ... Laß 's Madl net furt! ... *Schreit* Ja ... glaabt's ös ... i wehr mi net?

PLANK Ja ... mei Mensch ... du muaßt...

THOMAS Nix muaß i! *Zur Türe rechts herein kommen der Bürgermeister und Valentin Scheck.*

Achte Szene

PLANK *auf die Eintretenden blickend* Da san s' scho.

THOMAS *hat sich gefaßt und geht entschlossen auf den Bürgermeister zu* Host du was z' toa da herin?

BÜRGERMEISTER *ruhig und fest* Ja! I hab was z' toa. *Fragend zu Plank* Du host scho g'red't mit eahm?

PLANK I hab eahm halt g'sagt, was fürkemma is...

THOMAS *zum Bürgermeister* Was du z'sammg'log'n host!

BÜRGERMEISTER Z'sammg'log'n? I?

THOMAS Ja du! Wann du's aa no so fei o'gehst ... i kenn di!

SCHECK Paulimann! Dös sell hat koan Wert! Du muaßt'n hör'n.

THOMAS I hab'n scho g'hört...

SCHECK Dös werst du wiss'n, daß mir richtige Leut san... Da gibt's nix mit Lüag'n und a so...

PLANK *zu Thomas* Laß 'n sei Sach fürbringa!

BÜRGERMEISTER Es is bald ausg'red't. I hab an Ausschuß z'samm g'ruaf'n, weil dös mit deiner Leni fürkemma is.

THOMAS *schreit* Du lüagst!

BÜRGERMEISTER *nun auch zornig* Dös werd sie aufweis'n. Weil's fürkemma is, sag' i ... und weil de Bursch'n ganz off'n z'sammstengan und Drohunga daher bring'n.

THOMAS Mir?

BÜRGERMEISTER Dir! Ja ... daß s' liaba 's Haus ei'reiß'n, als dös Weibsbild im Dorf lass'n...

THOMAS Laß s' kemma!

BÜRGERMEISTER Na! Dös woll'n mir net! Für dös san mir da, daß koa Unglück rauskimmt ... desweg'n hon i an Ausschuß z'sammg'ruaf'n.

THOMAS Und host deine Lug'n fürbracht.

SCHECK Dös hat a net ... Mir hamm aso all's g'wißt.

PLANK *ruhig* Du muaßt as glaab'n, Thomas, daß dös ganze Dorf überanand is. *Thomas steht mit geballten Fäusten da und schaut Plank und die andern finster an.*

BÜRGERMEISTER Mir hamm den Bursch'n herkemma lass'n... an Lechner Martl ... und der hat de Sach b'steh' müass'n.

SCHECK Auf a G'red' alloa hätt'n mir nix geb'n ... und überhaupts...

BÜRGERMEISTER Da lass'n mir uns nix nachsag'n.

THOMAS *heftig* Red aus!

BÜRGERMEISTER Und der Ausschuß sagt ... alle mitanand ... *Zu den beiden andern* Is it wahr? ... *Plank und Scheck nicken zustimmend.* ... daß da nix anders gibt ... daß du dei Leni weg toa muaßt...

THOMAS *höhnisch* Auf da Stell?

BÜRGERMEISTER *ruhig und gewichtig* So schnell, als d' ko'st,

Paulimann.

SCHECK Sinst geht de G'schicht net guat.

BÜRGERMEISTER Und mir kennan da koa Verantwortung net übernehma.

THOMAS *sich zur Ruhe zwingend* Ös kemmt's zu mir ins Haus...

SCHECK Mir san für dös do.

THOMAS *schreit ihn an* Jetzt red i! ... *Zum Bürgermeister* Ös kemmt's zu mir her, in mei Haus ... und sagt's ... du bischt net Herr da herin ... du muaßt dös Weibsbild ... du muaßt dei Kind nausjag'n auf d' Straß'n ... *Losbrechend* Ja, bin i enker Lapp ... Derft's ös Schindluada treib'n mit mir?

PLANK G'wiß net! Dös will neamd.

THOMAS *keuchend* Net? Z'erscht bringt mir der da ... *auf den Bürgermeister zeigend* ... dös Weibsbild ins Haus ... schreit mei Schand im Dorf rum ... bringt s' da rei zu da krank'n Muatta ... i derf mi net wehr'n ... na! I muaß s' hamm ... und heut kummt er, i derf s' in mein Haus nimmer g'halt'n ... i muaß leid'n, daß s' draußd im Dreck derstickt ... Derf mi der zum Narr'n halt'n? Schaugt's mi z'erscht o! I vertrag nimma viel...

BÜRGERMEISTER *schreit* Bin i all's schuld? Woaßt du koan andern als mi . . .?

THOMAS Koan andern als di!

BÜRGERMEISTER Nacha geh zu de G'richtsherrn! Frag' de, was 's G'setz is! Warum s' dei Weibsbild aus der Stadt g'haut hamm...

THOMAS Und hamm sie s' nausg'haut, na is s' jetzt da! *Immer heftiger* Da herin in mein Haus! Dös ma'r i vadeant hab' mit meine Händ! Und wo s' dahoam is ... host d' g'hört ... dahoam!

PLANK *legt ihm beschwichtigend die Hand auf die Schulter* Geh! So könna mir it red'n!

THOMAS *ihn abschüttelnd* So net! Na! Hörst du net, daß er 's

G'setz daher bringt? Is dös mit 'n G'setz, daß ma bei oan ins Haus ei'bricht? ... *Sich aufrichtend* Und koan will i mehr hamm da herin! Macht's, daß naus kommts ... alle mitanand, sag i!

BÜRGERMEISTER *sich zum Gehen wendend* Na g'schiecht, was mag! I geh!

PLANK *hält ihn auf* Net! Bleib! *Beschwörend zu Thomas* Paulimann! Du muaßt an Zorn net Herr sei lass'n! Dös hat koan Wert! Schau, mir hamm ja das größt' Derbarma mit dir!

SCHECK Weil a jeda woaß, daß du a richtiga Mensch bist...

THOMAS Und enker Hanswurst! Moant's ös! Daß si der ... *auf den Bürgermeister zeigend* vor mi hi'stellt und mir an Befehl gibt...

BÜRGERMEISTER Von an Befehl is nix g'sagt wor'n ... aba i woaß, daß de Bursch'n Ernst macha. Schaug naus, siehgst as bald gnua!

THOMAS *schreit* Bist du fürs Gesetz?

BÜRGERMEISTER I muaß Acht hamm, daß a Ruah is in da Gmoa ... dös is mei Pflicht.

THOMAS *schreit* Bist du fürs Gesetz?

BÜRGERMEISTER *auch schreiend* I bin für dös, daß brave Leut net ins Unglück kemma weg'n schlechte...

THOMAS *auf ihn losstürzend* Derfst du mi schlecht hoaß'n, du Kerl!

SCHECK *dazwischen springend* Halt! Aso geht dös it.

PLANK *Thomas haltend* Laß guat sei!

BÜRGERMEISTER *zornig* San mir schuld, daß du a schlecht's Mensch host? Hättst d'as anderst aufzog'n!

THOMAS Ah, kimmst d' jetzt so? Zoagst d' jetzt dei G'sicht her?

PLANK *energisch zum Bürgermeister* Du hörst mit'n Schimpf'n auf!

BÜRGERMEISTER Muaß i mi an Kerl hoaß'n lass'n? In an sellan Haus?

THOMAS Schimpf zua! Vielleicht sagst d' Wahrhet aa no … daß koan anderner Mensch de Bursch'n aufg'hetzt hat wia du … mit deiner abkart'ten Lug!

BÜRGERMEISTER Mit meiner Lug…

PLANK Jetza … dös hat koan Wert… *Dem Bürgermeister abwehrend* … Laß mi red'n … Thomas, du derfst ma's glaab'n, es muaß an End hergeh … *Scheck, der nahe bei der Tür gestanden ist, geht von den andern unbemerkt hinaus.*

Neunte Szene

THOMAS *bitter zu Plank* Tuast du aa mit?

PLANK Weil's sei muaß! Mir kinnan do net zuaschaug'n, daß dös Ärgste g'schiecht… *Da Thomas eine ungeduldige Bewegung macht, eindringlicher* Was kam da raus, wann's de Kamerad'n mit da G'walt probier'n?

THOMAS I müaßt ma 's Recht nehma lass'n?

PLANK s' Recht!

THOMAS Vielleicht net? In mein Haus?

PLANK Aba du werst aa net leid'n, daß so was g'schiecht in dein Haus!

THOMAS Was g'schiecht?

PLANK Geh! Mögst ja du selm nimma drin bleib'n. *Thomas sieht ihn schweigend an.*

PLANK Und mir müass'n ins dageg'n stell'n. Dös muaßt ei'sehg'n … Dös derf amal it sei … und is no nia g'wes'n. Mir hamm Kinder im Dorf.

BÜRGERMEISTER *grob einfallend* Und mir leid'n amal koane, de si mit da Schand 's Brot vadeant.

THOMAS *auffahrend* Hat de koa ehrlich's Brot bei mir? Willst du dös sag'n? *Von der Straße heran dringt Lärm, der schon vorher undeutlich zu hören war; er schwillt jetzt stark an.*

BÜRGERMEISTER *nach dem Fenster deutend* Es sag'n 's dir scho de andern. Frag de da drauß'n!

THOMAS *wild um sich blickend* Ah ... so is 's g'moant? Hast da s' herb'stellt? *Plank stellt sich ihm in den Weg.* Weg von da Tür! *In diesem Augenblicke wird die Türe aufgerissen; Scheck kommt mit Martin Lechner herein. Ihnen nach drängen einige Burschen. Thomas bleibt regungslos stehen.*

Zehnte Szene

Der Bürgermeister geht den Eindringlingen entgegen.

BÜRGERMEISTER *fest und ruhig* Da Lechner Martl bleibt do... aba ös andern geht's naus!

EINER VON DEN BURSCHEN Mir san Zeug'n für dös...

BÜRGERMEISTER *energischer* Naus! Sag i. *Sie ziehen sich zurück, und Scheck schlägt die Türe zu.*

Elfte Szene

Scheck schiebt Lechner Martin vor.

SCHECK Da! Jetzt geh no füri und red! *Vor den Fenstern sammeln sich viele Leute an, hauptsächlich Burschen; aber auch Weiber und Bauerndirnen. Der Lärm ist allmählich verstummt. Thomas ist ein paar Schritte zurückgetreten und sieht den Burschen finster an. Martin redet zuerst stockend, später wird er dreister.*

BÜRGERMEISTER *zu Lechner* Host d' g'hört, du sagst jetzt dei Sach, als wia bei ins!

LECHNER Warum net? I sag's, wia's war, und brauch ma nix z' fercht'n.

BÜRGERMEISTER Dös brauchst aa net.

LECHNER Überhaupts hätt' i nix g'sagt, wenn net des ander g'wen waar ... aba dös geht na do it, daß ma'r a Geld verlangt!

THOMAS *scharf* Wer hot a Geld verlangt?

LECHNER *frech* Dei Leni! Daß d'as woaßt!

BÜRGERMEISTER Laß di auf nix ei und verzähl!

LECHNER Da is net viel zum verzähl'n. I ho mit ihr o'bandeln woll'n … no ja … wia's halt is … net … und de erst Zeit hot s' mir net o'geb'n … aba … am Donnerstag … no ja … da bin i zu ihr in d' Kamma … net…

SCHECK Und nacha?

LECHNER Und … no ja … nacha hat sie zu mir g'sagt … i soll ihr a paar Markl geb'n … indem … daß sie koa Geld gar it hot… *Alle schweigen. Thomas streicht sich mit der Hand die Haare in die Stirne und wiederholt die Bewegung immer wieder wie geistesabwesend.*

LECHNER *wieder verlegener* I hätt's liaba net verrat'n … aba de Bursch'n sag'n allsammete, daß i recht g'habt ho … weil dös amal ausg'schamt is.

BÜRGERMEISTER *ruhig zu Thomas* Glaabst du, daß der lüagt?

LECHNER Des werd sie net laugna kinna … und überhaupts kon i schwör'n auf dös! *Von außen wird wieder dumpfer Lärm vernehmbar. Thomas, der auf den Bürgermeister nicht hört, faßt Plank am Arm.*

THOMAS *heiser* Hans!

PLANK *gut zuredend* Schau, jetzt muaßt d' wohl toa, was recht is.

THOMAS *ruhig, mehr für sich hin* Was recht is … gel?

PLANK Ko'st ja dem Weibsbild net helfen.

THOMAS *wie oben* Und derf net halt'n, was i der alt'n Mariann versproch'n hab … muaß zuaschaug'n, wia ma s' nausjagt…

PLANK Was is aso?

THOMAS Nausjagt auf d' Straß'n, daß s' schlechta z'grund geht wia des ärmst Viech.

PLANK Geh, Thomas! So is 's koa Leb'n für di!

THOMAS *wischt sich mit dem Ärmel über die Stirne* Is wohl koans mehr. *Der Lärm auf der Straße, der in dumpfes Mur-*

meln übergegangen ist, schwillt stärker an und geht plötzlich in wildes Johlen und Pfeifen und Schreien über. Man sieht die Leute sich lebhaft nach der linken Seite der Bühne wenden und mit den Armen gestikulieren.

BÜRGERMEISTER *ist an das Fenster geeilt und reißt es auf, schreit* Was is dös? Schamt's enk net?

VIELE STIMMEN D' Leni! D' Leni! Da is s'!

BÜRGERMEISTER *beugt sich weiter hinaus; sehr laut* Ös da!

DIE STIMMEN Da is s'! D' Leni!

BÜRGERMEISTER *überschreit den Lärm* Sepp! Sepp! Du führst dös Weibsbild rei! Und ös laßt's as in Ruah! Habt's g'hört? *Der Lärm legt sich. Der Bürgermeister tritt vom Fenster zurück.* De soll's jetzt laugna, wenn s' ko.

SCHECK Is sie drauß'd g'wen?

BÜRGERMEISTER De werd glei do sei …

Zwölfte Szene

Die Türe geht auf; Leni kommt herein, hinter ihr fünf, sechs Bauernburschen, die nachdrängen. Draußen drücken sich die Leute an die Fenster, an dem offenen stehen sie Kopf an Kopf. Leni kommt zögernd vorwärts; sie trägt das Kleid, in dem sie heimgekommen ist, auch den Hut mit der schwarzen Schleife und die Handtasche. Die Haare sind unordentlich gekämmt und zerzaust. Sie bleibt furchtsam stehen und zieht den Kopf ein.

BÜRGERMEISTER Aha! De hat weglaff'n woll'n.

THOMAS *ruhig zum Bürgermeister* Du red'st koa Wort! *Er geht auf Leni zu.* Du! *Auf Lechner deutend* Woaßt du, was der sagt? *Leni wendet ihren Kopf langsam nach Lechner hin und schaut zu Boden. – Pause.*

THOMAS Daß du a Geld von eahm verlangt host.

LENI *sehr furchtsam* Is net wahr!

LECHNER *grob* Wos? Wia ko'st denn du so lüag'n?

LENI *wie oben* Net wahr is.

LECHNER *auf sie zutretend* Host d' net g'sagt ... a paar Markl muaßt d' hamm ... hast d' g'sagt...

THOMAS *reißt Lechner heftig zurück* Weg da, Kerl! *Ruhiger zu Leni* Willst du lüag'n, wenn dir a jeda d' Schuld vom G'sicht runter lest?

LENI *mit verhaltenem Weinen* Weil i furt hab woll'n ... weil's ma do nix hilft ... weil i schlecht bleib'n muaß...

THOMAS *schreit* Du!

LENI *wie oben* Weil mi da Lenz aa schlecht g'hoaß'n hat ... und weil i koan Pfenning g'habt hab zum Furtgeh'...

THOMAS *schreit* Und host mir dös to!

LENI Weil da Lenz g'sagt hat ... *Thomas hat blitzschnell sein Messer gezogen und sticht sie nieder. Sie bricht mit einem schwachen Schrei zusammen. Alle weichen entsetzt zurück. Plank ruft* Jessas Maria! *Draußen kreischen die Weiber, die Burschen rufen* Er hat s' derstocha! *Dann plötzliche Stille.*

THOMAS *dumpf* Jetzt reißt's as naus in d' Schand!

Vorhang

Erstaufführung von »Magdalena« im Münchner Residenz-Theater, 12. Oktober 1912

Aus Briefen an Maidi von Liebermann

Rottach, 8. September 1919

Gestern, d. h. heute nacht bin ich bis zwei Uhr am Schreibtisch gesessen. Die Arbeit ging gut voran, und ich dachte an meinen Schatz.

Es ist wirklich was Seltsames ums Schaffen. Dinge, an die man nicht dachte, Menschen, von denen man nichts wußte, tauchen vor einem auf, werden lebendig und kriegen Form und Farbe.

Die Erzählung schreitet wie aus sich selber heraus fort und fort, zieht ihre Kreise weiter, und mit einem Male ist alles, was man im voraus gedacht und geplant hat, überholt, geändert: Neues drängt sich auf, eines kommt aus dem andern, und als kriegte man Kinder, so stehen plötzlich wirkliche Menschen auf den Beinen und sollen – kurz oder lang – Leben behalten, in die Welt gehen und andere Menschen interessieren, erfreuen.

Sie gehören einem plötzlich nicht mehr; man hat sie aus dem eigenen Sinne geboren, und lösen sie sich erst einmal von der Phantasie los, dann treten sie uns selbständig gegenüber, schreiben uns Gesetze vor und zwingen uns ihre Geschehnisse auf.

Rottach, 17. Januar 1920

Daß Du meine ernsteren Bücher mehr liebst, freut mich. Aber die Gedichte mußt Du nicht anders nehmen, als sie gegeben waren. Sorglose Frechheiten. Zu den besten Sachen von mir rechne ich eine Geschichte im »Kälbchen«. Sie heißt »Onkel Peppi«. Und »Der heilige Hies« ist auch gut. Die »Hochzeit« lobe ich noch immer. Und wart nur, ich vermehre Dir Deine stolze Corona schon noch.

Ludwig Thomas Arbeitszimmer in der Tuften

Maidi von Liebermann (Seite 421)

beim Leichenbegängnis des bekannten und vergessenen Mannes kommen ~~von~~ ~~Leut~~ Verwandte, die man sonst nie sieht, ja deren Existenz man völlig vergessen hat.

Ein kleiner Beamter einer Sparkasse in Plattling taucht plötzlich als Onkel Heinrich auf und überrascht die Kinder des vergessenen Mannes durch sein Vorhandensein.

Wie alter Väter Hausrath verstaubt, und erst nun zerbrochen auf den Speicher stellt, so wirkt dieser Onkel Heinrich. Man erinnert sich ganz dunkel, daß von ihm irgend wo einmal die Rede war, und richtig, man entsinnt sich, daß Tante Maria, die nun freilich immer wieder als Familienchronik auftritt, von diesem Onkel gesprochen hat.

Da kommt er nun in einem schlecht sitzenden Gehrock u. mit einem Zylinder, den sicherlich noch ältere Verwandte schon bei Leichenbegängnissen aufgesetzt hatten, und mit einer Hose, die sich über den Schaftstiefeln hoch zieht, und

»Onkel Peppi«. Erster Entwurf

Onkel Peppi

Aus: Das Kälbchen. 1916

An einem schönen Sommerabend, als die Schwalben ungemein hoch flogen und sich mutwillig überschlugen und die Stare sich viel zu erzählen hatten und die Ochsen mit feierabendlicher Behaglichkeit recht breitbeinig einen mit duftendem Klee beladenen Wagen heimwärts zogen, kam der Kommerzienrat Schragl aus seinem schönen Landhause hervor, um im Garten zu lustwandeln.

Er legte die Hände auf den Rücken und wollte eben seines angenehmen Daseins froh werden, als er plötzlich zu straucheln anfing, umfiel und tot war.

Der schnell hinzuspringende Gärtner sah ihn schon als Leiche und stürzte mit der traurigen Meldung in das Haus.

Frau Lizzie Schragl, eine geborne Smith aus Hamburg, behielt immerhin noch so viel Fassung, um von dem Schreien der Dienerschaft unangenehm berührt zu werden und zu bemerken, daß taktlose Leute sich vor dem Gartenzaune ansammelten und neugierig auf den Ort des Schreckens hinstarrten. Sie befahl, daß der Verstorbene in das Parterrezimmer rechts vom Eingange getragen werde, und fand sich dann, als das geschehen war, dort ein und blieb die gebührende Weile mit einem vor die Augen gepreßten Taschentuche im Zimmer stehen, wankte hinaus und überließ es der treuen Köchin, alle in solchen Fällen nötigen Anordnungen zu treffen.

Die Seelnonne kam mit Fragen und Anträgen und Ratschlägen,

deren geschäftliche Nüchternheit die Witwe auf das peinlichste berührt hätte, und es war in der Tat schicklicher, daß sich das ungebildete Frauenzimmer mit einer Angestellten über alle diese Dinge beriet.

Der Schreiner kam mit der Bitte, für den hochgeschätzten Ehrenbürger einen Sarg aus Eichenholz anfertigen zu dürfen, der Schneider erbot sich, in kürzester Bälde einen schwarzen Anzug herzustellen; der Totengräber teilte mit, was ihm an Essen und Trinken während der Nachtwache zukomme, der Krämer hatte passende Kerzen anzubieten, und alle diese Angelegenheiten wurden von den Dörflern in einem sachlichen Tone vorgebracht, den die gnädige Frau nicht ertragen hätte.

Sie lag in ihrem Zimmer auf dem Diwan und vergrub das Haupt in die Kissen. Sie war noch viel zu überrascht, zu betäubt, um sich einer sanften Traurigkeit hingeben zu können.

Ihr erstes Gefühl, und es hielt noch immer nach, war das der Empörung über die Roheit dieser plötzlichen Schicksalsfügung.

Man weiß, daß der Tod, das Ende aller Dinge, einmal kommen muß, jedoch eine, wenn auch nur kurze Vorbereitung auf solche Vorkommnisse sollte man beanspruchen dürfen. Dieses zwecklose Hereinbrechen war das Verletzendste daran. Aber Schragl war auch im Leben nie eine zartfühlende Natur gewesen ... ja so ... was konnte der Ärmste dafür?

Es war ein törichter Zufall, es war das Klima, die Hitze, es war der Aufenthalt in diesem öden Dorfe, den sie nie, nie gebilligt hatte, auf dem nur Schragl mit seinem in gewissen Fällen einsetzenden Starrsinn bestanden hatte.

Wie oft hatte sie den Besuch eines englischen oder dänischen Seebades vorgeschlagen!

Aber nein! Man mußte sich in Oberbayern ankaufen, man mußte diese sentimentale Anhänglichkeit an die sogenannte Heimat über alle andern Rücksichten stellen, und nachdem man einmal dieses gräßliche Landgut gekauft hatte, mußte man Sommer für

Sommer mitten unter den Bauern zubringen, alle höheren Genüsse entbehren, sich von der Gesellschaft zurückziehen...
Ach!
Und das war nun die Folge davon. An der See wäre das doch nie passiert, jedenfalls nicht so bald, nicht jetzt!
Aber Schragl...
Gott, der Ärmste kam doch Zeit seines Lebens nie los von der Erinnerung, daß er als Sohn eines kleinen Gutsverwalters auf dem Lande aufgewachsen war. Es war sein Schicksal, unter dem sie oft – wie oft! – zu leiden gehabt hatte ... und das nun dieses Letzte, Bitterste herbeigeführt hatte. Und wie schrecklich es war, das, und alles, was noch kommen mußte, gerade hier zu erleben!
In der Stadt hätte man doch sogleich eine würdige Aussprache mit den Freunden und Verwandten haben können, hätte Verständnis und Beihilfe gefunden, hier lebte man auf einer Insel zusammen mit Wilden, die einem fremd blieben, fremd bleiben mußten, mit denen das Zusammensein in schweren Stunden nicht weniger gräßlich war als sonst.
Aber Schragl hatte dafür, hatte für zarteres Empfinden nie, nie Verständnis gezeigt, hatte ihre Klagen sogar mit einer gewissen Ironie abgewiesen und hatte sich immer der fixen Idee hingegeben, daß er zu diesen Leuten gehöre und das rechte Behagen nur in ihrer Mitte finden könne...
Ja so! Den Kindern mußte man telegraphieren, dem großen Verwandten- und Freundeskreise mußte man Mitteilung machen, und vor allem der Exzellenz mußte man es melden.
Es ging nicht an, den Kopf in die Kissen zu drücken und sich dieser drückenden, bleischweren Stimmung hinzugeben.
Sie lehnte sich ein wenig auf, drückte auf die Klingel und ließ sich wieder fallen.
Es klopfte, und da sie nicht fähig war, laut »Herein« zu sagen, schwieg sie und wartete, bis die Zofe unaufgefordert die Türe

leise öffnete und auf den Zehenspitzen in ihre Nähe kam.
Dann erst flüsterte sie: »Fanny ...!«
»Ja ... gnä ... Frau...«, antwortete das Mädchen mit verschleierter Stimme und richtete es so ein, daß es wie verhaltenes Schluchzen klang. Unendlich müde und gebrochen, fragte Frau Lizzie: »Hat – man ... weiß man –– schon – wann...«
Sie verstummte und ließ eine lange, dumpfe Pause eintreten.
»Weiß –– man ––– schon –– wann –– das – Begräbnis – statt – finden – wird –?«
»Ja –– gnä Frau –« Fanny paßte sich im Tone mit kaum glaublichem Takte der Stimmung an –– »Ja – gnä – Frau –« sagte sie so milde und weich und so von Schmerz durchzittert – »am Donnerstag – in der Früh um neun Uhr –«
Frau Lizzie erhob fast ungestüm ihren Kopf und fragte schärfer, als es ihre Rolle zuließ:
»Neun – Uhr!? – Was ist denn das wieder für eine ––?«
»Taktlosigkeit« wollte sie sagen, oder »Dummheit« oder »Bauernmanier« oder »tölpelhafte Rücksichtslosigkeit«. Sie sagte es nicht, sondern blickte nur ihre Zofe mit hilflosem Staunen an.
Und Fanny nickte beistimmend und schmerzlich, wie von einer neuen Härte getroffen.
»Ich habe es auch gesagt, gnä Frau, es ist doch keine Zeit für solche Trauergäste, wie wir sie haben werden, aber der Herr Pfarrer hat gesagt, es sei ohnehin spät genug für die Leute in der Erntezeit...«
»Für welche Leute?«
»Für die Leute im Dorfe«, erwiderte Fanny und zog verächtlich die Schultern in die Höhe. »Es sollen ja alle Vereine kommen und überhaupt alle Leute, und der Pfarrer sagt, mit dem Traueramt dauert es bis nach zehn Uhr, und das sei schon eine große Ausnahme und ginge eigentlich gar nicht, denn die Leute müßten zu ihrer Arbeit...«
»Man könnte die Arbeit nicht verschieben! Man könnte das nicht

tun einem Manne zuliebe, der so viel ... der viel zuviel für diese Leute getan hat! Ach!«

Frau Lizzie sagte es sehr bitter und setzte sich nun auf, und es schien fast, als hätte ihr die Empörung über diese Rücksichtslosigkeit mehr Kraft verliehen.

»Bleiben Sie da, Fanny«, fügte sie hinzu, »ich muß einige Telegramme schreiben, und die tragen Sie gleich auf die Post.«

Sie wollte aufstehen, hielt es aber dann doch für richtiger, sich mühsam zu erheben und sich, auf Fanny gestützt, mit müden Schritten zum Schreibtisch hinzuschleppen.

Hinfällig und wie zerschlagen, nahm sie einen Briefbogen und blickte ins Leere; sie empfand es doch als eine Last, so beobachtet zu werden, und sie entließ die Zofe.

»Gehen Sie einstweilen, Fanny. Ich werde Sie rufen.«

Als sie allein war, überlegte Frau Lizzie, wie sie in der wirkungsvollsten Weise dem Herrn Staatsrat Ritter von Hilling, Exzellenz, dem Manne ihrer verstorbenen Schwester Jane, die Trauerkunde mitteilen sollte.

Sie begann zu schreiben.

»Simon...« Nein! Sie strich den Namen durch. Sogar in dieser Situation wirkte er unvorteilhaft, und sie fühlte, wie so oft schon, daß man als Kommerzienrat und reicher Fabrikbesitzer nicht wohl hätte Simon Schragl heißen sollen. Sie strich also den Namen durch und schrieb:

»Mein heißgeliebter Mann...« – das war schon besser – »ganz plötzlich ... durch einen Schlaganfall –« nein! – sie strich auch den Schlaganfall durch ... »ganz plötzlich ... hinweggerafft...« ja, so war es recht ... »Beerdigung Donnerstag früh neun Uhr hier ... fassungslos ... Lizzie ...« Sie schrieb das Telegramm ab und fügte die Adresse mit dem ganzen Titel bei.

Nun an die Kinder. Ach Gott! Der arme Johnny ... die ärmste Beß! Hier seufzte sie tief auf und schrieb mit fliegender Feder. »Unser liebster Papa ganz plötzlich und unerwartet gestorben.

Kommt sofort!« Für Beß noch die Anweisung, sogleich ein Trauerkostüm zu bestellen.

Dann ein Telegramm an die Konfektioneuse, um ein Kostüm für sie selbst.

Das alles hatte Anspannung verlangt, und sie übergab der wieder eintretenden Zofe die Depeschen mit einer Geste, die deutlich ausdrückte, daß sie am Ende ihrer Kräfte angelangt war.

Sie blickte nicht um, sie reichte die Papiere nach rückwärts und ließ den rechten Arm sinken, indes sie ihren Kopf auf den linken legte.

Fanny blieb stehen. Sie hatte noch etwas vorzubringen.

»Was ist?« fragte Lizzie flüsternd.

»Gnädige Frau, Minna sagt, die Todesanzeige müßte gleich an die Zeitung geschickt werden, damit sie morgen drin steht, wegen der Herrschaften, die von weiter her kommen sollen...«

»Ich kann nicht«, stöhnte die Witwe, »ich kann jetzt nicht ... kommen Sie in einer halben Stunde ... vielleicht bin ich dann imstande ... gehen Sie, Fanny! Ich kann jetzt nicht ...«

Das Mädchen verließ behutsam das Zimmer, und Frau Lizzie warf sich wieder auf den Diwan und klagte das törichte, brutale Schicksal an, das eine Dame von zarten Nerven so unvermittelt in eine solche entsetzliche Lage brachte.

Wären nur die Kinder dagewesen! Aber wer hatte an so etwas auch nur denken können? Johnny mußte bei der Regatta sein, und Beß hatte sich schon wochenlang auf »Rheingold« gefreut. Immer waren sie hier, und gerade jetzt, wo sie einmal fröhlich und sorglos weggeeilt waren, mußte dieses Grausamste sich ereignen!

Ach!

2

Die Kinder waren angekommen, die ersten Blumenspenden trafen ein, und zahlreiche Telegramme langten an, in denen das Unbegreifliche schmerzlichst bedauert wurde. Die Exzellenz schickte eine von Bestürzung überströmende Kondolation mit der Nachricht, daß sie am Mittwoch abend bestimmt erwartet werden dürfe. Die Zeitung brachte die ganzseitige Todesanzeige, und nur der anstößige Name »Simon Schragl« störte in etwas die Vornehmheit dieser Bekanntmachung. Die Unterschrift der trostlosen Witwe Lizzie und der Kinder Johnny und Beß verwischte doch einigermaßen den Eindruck der Bodenständigkeit. Eine Brauereiaktiengesellschaft zeigte dazu noch das Ableben des bewährten Aufsichtsrates in größerem Formate an, und dicht darunter folgten die Beamten der Schraglschen Maschinenfabrik.

Unter »Hof- und Personalnachrichten« brachte die Zeitung einen warm empfundenen Nachruf und gedachte der Verdienste des tüchtigen Industriellen, der als Sohn eines kleinen Gutsverwalters in ein Eisengeschäft in Nabburg eingetreten war und sich durch eiserne Willenskraft zum Besitzer und Leiter eines großen Unternehmens emporgeschwungen hatte. Es war auch erwähnt, daß er sich mit einer Tochter des Generalkonsuls Smith aus Hamburg vermählt hatte und der Schwager des bekannten Staatsrates von Hilling geworden war.

Da auch in der Todesanzeige Hamburg, Antwerpen und Liverpool als von dem Trauerfall betroffene Orte angegeben waren, und da man die vielleicht noch stärker in Mitleidenschaft gezogenen Gemeinwesen Viechtach, Plattling, Straubing und Ebersberg sorgfältigst mit Schweigen übergangen hatte, war wirklich alles geschehen, was geschehen konnte, um das Distinguierte der verblichenen Persönlichkeit hervorzuheben.

Und noch etwas trat ein. Am Mittwoch, vormittags gegen zehn Uhr, langte ein Kondolenztelegramm aus dem Kabinette des

Landesherrn an, und es wurde vom Expeditor in Uniform persönlich überbracht.

Dieses Geschehnis rührte und stärkte zugleich die Witwe, die sich erst jetzt dazu brachte, ihr Zimmer zu verlassen und längere Zeit an dem Paradebette zu verweilen, auf dem mit dickem, gutmütigem und wachsgelbem Antlitz der arme Herr Kommerzienrat lag.

Später zog sie sich wieder zurück und überließ es Johnny, die Deputationen der Vereine zu empfangen, die sich erkundigten, wo sie mit ihren Fahnen Aufstellung nehmen sollten, ob der Veteranenverein oder die Schützengesellschaft den Zug eröffnen dürfe, und solche Dinge mehr. Johnny zeigte sich darin tüchtig, und er hatte eine viel bestimmtere Art, zu antworten und seinen Willen durchzusetzen als der Vater, dem zeitlebens die kleinbürgerliche Gemütlichkeit angehangen hatte.

Johnny war kurz angebunden und reserviert; er ließ sich nicht in lange Gespräche mit den Dorfleuten ein und schnitt ihre weitschweifigen Erklärungen einfach ab.

Dem einen und andern mochte der Unterschied zwischen Vater und Sohn vielleicht unangenehm auffallen, aber die Mama sah mit Befriedigung, daß Johnny sehr viel von ihr und der Smithschen Familie hatte.

Im Laufe des Nachmittags kamen einige Verwandte des Verstorbenen an, mit denen nun freilich nicht viel Staat zu machen war. Die Schwester des Kommerzienrats, die in ziemlich reifen Jahren geheiratet hatte, mit ihrem Manne, dem Apotheker Gerner von Straubing; dann ein Cousin des Verstorbenen, Amtsrichter Holderied aus Ebersberg mit seiner Frau, dann noch dessen Schwester, ein älteres Fräulein, das in München eine Pension leitete.

Frau Lizzie begrüßte sie und mußte sich bald mit einer Migräne entschuldigen. So traf Beß die Verpflichtung, bei den Verwandten zu bleiben.

Tante Marie, eben die Frau des Apothekers, hatte die Manier, gegen die hamburgische Engländerei, wie sie es nannte, zu opponieren und auffällig oft »Elis« statt »Beß« zu sagen.

»Elis«, sagte sie, »mir san amal Altbayern, und dei guter Papa, Gott hab' ihn selig, war ganz g'wiß einer mit Leib und Seel, und i hab mi oft g'wundert, daß er de ... i mag jetzt net zanken ... daß er de Engländerei da erlaubt hat und seine Kinder, du lieber Gott, die Enkel vom alten Schragl in Viechtach, mit solche Nama rumlauf'n hat lass'n. Als ob dös auch noch was wär! Johnny! Ma meinet scho, ös kommet's aus dem hinterst'n Amerika her, wo d' Roßdieb daheim sin und d' Schwindler und d' Petroleumwucherer. Und wenn ma scho, Gott sei Dank, im ehrlich'n Deutschland auf d' Welt komma is, na soll ma sein ehrlich'n deutschen Nama führ'n. Und Beß! Is denn dös aa no a richtiga Nama! So hoaß'n de Frauenzimma, de im Kil's Kolosseum ihre Negertänz aufführ'n. Na! Schau mi no o, und du brauchst ma's net übl nehma! I hab meiner Lebtag mei Meinung g'sagt, und g'rad, weil dei lieber, guter Papa da drin liegt, muß i dös sag'n. Denn i weiß g'wiß, und er hat mir's selber g'sagt, de Engländerei hat'n oft g'ärgert, und leider is er so schwach g'wes'n und hat nachgeb'n an Fried'n z' lieb. Freili, wer A sagt, muß B sag'n, und wenn ma einmal schwach is und nachgibt, na is 's Umkehr'n schwer, und auf de Weis is nach'm Johnny die Beß komma. Aba weißt, *mi* bringst d' net dazu, daß i de ... Engländerei, de hamburgische, mitmach, und i sag einfach Elis, und wenn dei Mama mi drum anredt, nacha sag i Liesl. Und i will dir bloß sag'n, wenn i so a saubers Madl wär, als wie du, nacha möcht i überhaupts net anderst heiß'n. A Liesl is do scho was anders als wie Beß ... Was sagst d'? Du hoaßt amal so? No ja, leider, daß dei lieber, guter Papa, Gott hab' ihn selig, nachgeb'n hat, aba weißt, a klein's bissel g'hör ich auch zur Familie, als Schwesta vom Papa und als dei rechtmäßige Tant, und da bin i halt so frei und sag mei Meinung, und dös is auch die Meinung von *unserer* Familie, zu der dein lieber Papa g'hört hat, und de er seiner Lebtag g'schätzt hat, wenn er auch der reiche Herr Kommerzienrat wor'n is. Denn dös kann i dir sag'n, Liesl, i weiß, dein' Papa is in *seiner* Familie, in seiner *alt'n* Familie am wohlsten g'wes'n, und wenn mir aa net in da Todesanzeig' drin g'stand'n sin, weil Lieferpohl viel vornehmer is, als wie Straubing, desweg'n hamm mir doch z'samm'g'hört, und der Herr Schragl von Viechtach hat so viel 'golt'n, daß ma kein' Mister Schragl drauß z' mach'n braucht... Was sagst d'?«

»Ich meine«, sagte der Amtsrichter Holderied, »du sollst dich und ... und d' Beß net aufreg'n...«

»Jetzt sagt er aa ›Beß‹! No, von mir aus könnt's ihr ja tun, was ihr wollt's, aba ich tu net mit. Und aufreg'n tu i mi gar net, i sag mei Meinung und i sag' Elis...«

Beß war zu gut erzogen, um den Streit durch eine Erwiderung in die Länge zu ziehen, und dann war am Ende das Herz des jungen Mädchens zu sehr bedrückt, und dann wußte es auch, daß man mit Tante Marie über viele Dinge nicht reden konnte.

Mama hatte oft genug zu Papa gesagt, daß Tante Marie ganz gewiß in ihrer Art eine tüchtige Frau sei, daß sie es aber ablehnen müsse, mit ihr über Lebensauffassungen zu streiten.

Schließlich war die brave Frau Apotheker auch von einer viel zu weichen Gemütsart, als daß die Verstimmungen zu starke Wurzeln hätte fassen lassen.

Und wie sie nun mit Beß oder in Gottes Namen mit Elis vom Garten herein wieder ins Haus trat und wieder in das Zimmer ging, in dem Herr Schragl mit dem unverändert gutmütigen Gesichte lag, zerfloß sie in Tränen und umarmte und küßte ihre Nichte, und sagte ihr, daß sie in ihr eine zweite Mutter habe.

»Ihr armen Kinder«, schluchzte sie, »ihr wißt's ja heut noch net, was ihr am Papa verloren habt's. So was merkt ma ja erst später im Leb'n, wenn ma Heimweh kriegt nach'm Elternhaus... O mei Simon! Wer hätt's denkt, daß i amal so vor dir steh'n muß? Jetzt kann i dirs nimmer sag'n, wie viel Dank ich dir schuldig bin, und so lang eins lebt, spart ma die gut'n Wort' und schamt si förmli, daß ma's ei'm sagt, und so viel Sach'n sagt ma, an de 's Herz net denkt...«

Ja, wie hätte man der Tante Marie bös sein können, die sich so natürlich gab in ihrem Schmerz, und die wieder so klug und so gefaßt war und an alles dachte, was in einem solchen Falle und in einem solchen Haushalt nötig war?

»Schau, Elis«, sagte sie, »wir müssen jetzt mit der Köchin reden, daß sie für morgen alles richt', denn ihr müßt morg'n doch für viele Gäst sorg'n, und dei Mama, ich will ihr ja g'wiß nix Bös's nachsag'n, aber des weiß i g'wiß, daß de net an so was denkt, und auf d' Dienstbot'n darf ma si net verlass'n. Und schau, Kind, wenn's auch a Trauerfall is, im Haus muß ma doch an Ehr' ei'leg'n, denn d' Leut' kritisier'n und frag'n net lang, ob ma gut oder schlecht aufg'legt war, und mit der Nachred sin de glei bei da Hand, und was a richtige Hausfrau is, Elis, und du hast g'wiß des Zeug dazu, siehgst, de muß ihr Sach in Ordnung hamm, und ob der Anlaß traurig is oder lustig, wenn amal Gäst' da sin, müssen s' merk'n, daß s' in an richtig'n Haus sin ... und jetzt geh'n wir zu der Köchin, und danach schau'n wir nach, ob die Zimmer in Ordnung sin, denn dei Mama ... du weißt scho, und i will nix g'sagt hamm...«

Und als tüchtige Frauenzimmer gingen Beß und Tante Marie in die Küche hinunter und schafften für den nächsten Tag an und gingen herauf und musterten Betten und Wäsche und vergaßen ihren Schmerz über diesen Dingen, die törichte Menschen Kleinigkeiten heißen.

Frau Lizzie aber saß an ihrem Schreibtische und legte in einem Briefe an Frau Schultze-Henkeberg in Hamburg, ihre treueste Freundin, die ganze Trostlosigkeit nieder, von der sie angeweht war. Und die stärksten Worte, die ein Bild von ihrem gebrochenen Dasein gaben, unterstrich sie zweimal und dreimal.

Mit dem Abendzuge traf Seine Exzellenz, der Staatsrat a. D.

von Hilling, ein. Mit ihm kamen sein Bruder, Oberstleutnant z. D. von Hilling, und dessen Gemahlin, eine geborene von Seldenberg. Der gleiche Zug brachte den technischen Betriebsleiter der Schraglschen Fabrik, Direktor Kunze, den kaufmännischen Leiter, Direktor Haldenschwong, den Präsidenten des Aufsichtsrates der Aktienbrauerei, Kommerzienrat Gäble, ferner zwei Korpsbrüder von Johnny und den Präsidenten des Ruderklubs.
Der kleine Bahnhof von Sünzhausen nahm sich bei dieser Fülle von eleganten Erscheinungen sonderbar aus, und die Beamten fühlten sich in ihrer Bedeutung gehoben, als sie mit diesen Herrschaften in dienstliche Berührung traten.
Der Bahnvorstand salutierte mit wirklicher Hochachtung, und der Stationsdiener nahm an der Schranke jedes Billett mit einer Verbeugung ab.
Und beide, Vorstand und Diener, sahen sich, als der Vorgang vorüber war, bedeutungsvoll an. Es ist schon etwas daran, an der Noblesse.
Den kurzen Weg bis zur Villa Schragl legten die Trauergäste, die von Johnny empfangen worden waren, zu Fuß zurück. Die Dorfkinder standen an der Straße und schauten sie mit großen Augen an, und an den Fenstern, unter den Türen standen neugierige Frauenzimmer und verfolgten sie mit ihren Blicken.
Die Mannsbilder hielten sich mehr versteckt und schauten hinter Wägen oder Holzhäufen oder hinter halb geöffneten Scheunentoren auf die Fremdlinge, und mancher, den die Jovialität des guten Simon Schragl irregeführt hatte, verstand erst jetzt, daß der Verstorbene doch ein vornehmer Herr gewesen war.
Frau Lizzie stand am Gartentore und kam der Exzellenz einige Schritte entgegen. Zu erschüttert, um sprechen zu können, faßte sie mit beiden Händen die Rechte des Staatsrates, fiel dann der Frau Oberstleutnant schluchzend um den Hals, tauschte Händedrucke mit deren Gemahl aus und nahm Handküsse und Beileidsworte der anderen mit Hoheit entgegen.

Dann wandte sie sich wieder an die Exzellenz und schritt an ihrer Seite durch den Garten.
Der Staatsrat, ein hochgewachsener schlanker Mann, dessen von einem gepflegten grauen Stutzbarte eingefaßtes Gesicht durch die leicht geöffneten Lippen und kreisrunde, wasserblaue Augen den Ausdruck eines fortwährenden Staunens erhielt, blieb nun mittewegs stehen und schickte einen Blick herum, der die ganze Gegend und die Blumen und die Rasenbeete und den Himmel und die rosaroten Wolken ernstlich zu fragen und verantwortlich zu machen schien, und sagte mit nachdrücklicher Betonung:
»Wie konnte das nur so plötzlich kommen?«
Er schüttelte langsam, in wohlabgemessenem Takte das Haupt, und da nur einige Frösche im Dorfweiher quakten, sonst aber von nirgendher eine Antwort kam, setzte er sich mit Würde in Gang und blieb erst wieder an der Türe des Hauses stehen.
Da warf er noch einmal einen vorwurfsvollen Blick rund um die Natur und wiederholte mit Betonung:
»Nun sage mir nur, arme Lizzie, wie konnte das so plötzlich kommen?«
Frau Lizzie seufzte tief auf und deutete mit schwerem Nicken des Hauptes an, daß auch ihr das Schicksal noch immer keine entschuldigende Erklärung gegeben habe. Nach mild-schmerzlicher Begrüßung der armen Beß betrat man das Zimmer, worin der gutmütige Schragl lag. Die Seelnonne und Tante Marie, die frische Blumen gebracht hatte, zogen sich in den Hintergrund zurück, und nun stand der Staatsrat dem Toten gegenüber.
Seine kreisrunden, wasserblauen Augen richteten sich auf das wachsgelbe Gesicht, und sie schienen zu fragen: »Wozu das alles?«
Er nahm den Rosmarinzweig, der in Weihwasser lag, und besprengte dreimal den verstorbenen Schwager.
Dann entfernte er sich und sagte vor der Türe, wieder kopfschüttelnd: »Ich verstehe das einfach nicht.«
Frau Lizzie geleitete den von so viel Unfaßlichem Erschöpften

nach den oberen Räumen und setzte eine halbe Stunde später dem Staatsrate und dem Ehepaare von Hilling Tee und kalte Küche im oberen Salon vor.

Die Direktoren und die jungen Herren wurden von Johnny in den Gasthof zur Post geführt, wo sich später auch die Verwandten von der Schraglschen Linie einfanden; die praktische Tante Marie hatte das angeordnet, weil sie die Köchin in den Zubereitungen für den wichtigen Tag nicht stören lassen wollte. Sie selbst zeigte übrigens eine immer stärker werdende Unruhe, fragte, ob abends noch ein Zug käme, und als man es verneinte, nahm sie Beß auf die Seite.

»Sag amal, Elis, habt ihr denn an Onkel Peppi kein Telegramm g'schickt?«

»Dem Onkel...?«

»No ja, mein' Bruder, an Bruder vom Papa?«

Beß wurde rot und verlegen und sagte zögernd, sie wisse es wohl nicht, aber vielleicht habe Mama...

»D' Mama? De hat do an niemand andern denkt, wie an den faden Staatsrat. Jessas, Jessas na! Daß aber i heut vormittag net g'fragt hab! I hätt mir's do wirkli denk'n könna, daß von euch niemand ... ihr wißt's ja womögli d' Adreß gar net... Jessas, was tut ma denn jetzt?«

»Ich weiß seine Adresse wirklich nicht«, sagte Beß.

»No freili net. Um den arma Peppi hat si ja nie wer kümmert, nit amal dei Papa. Sogar dem is recht g'wes'n – Gott verzeih mir die Sünd, wenn ich ihm unrecht tu – aber ich glaub wirklich, es is ihm recht g'wes'n, daß si der arme Peppi z'rückzog'n hat in seiner Bescheidenheit. Jetzt sag mir amal aufrichtig, Mädl, weißt du überhaupt, daß d' an Onkel hast?«

»Ich habe schon von ihm gehört«, antwortete Beß.

»Gehört ... ja ... so ganz von da Weit'n. Und was hast denn g'hört?« examinierte Tante Marie.

Beß, die wirklich in Verlegenheit gekommen war, wurde nun

doch etwas ungeduldig.

»Gott, Tante, wenn er sich schon nie nach Papa umgesehen hat, dann ist es doch begreiflich, daß wir Kinder wenig von ihm wissen. Papa hätte ihn doch sicher herzlich aufgenommen...«

»Hm!« machte die Frau Apotheker, »ich will dir was sag'n. Wenn sich die zwei Brüder allein troffen hab'n, anderstwo, weißt, und net daheim, nachher hamm sie sich alle zwei g'freut, aber in de Welt da rei is der gute Peppi net kommen, und dös kann ihm kein Mensch verübeln, denn dös Hamburgische hat net zu ihm paßt, und er net dazu, und dös wird er scho g'merkt hamm 's allererste Mal bei der Hochzeit. Aber daß ma 'n jetzt übergeht, daß ma ihm kei Sterbenswörtel wiss'n laßt, dös überwind't er net ... dös is ... ja, i sag bloß, daß i heut vormittag net dran denkt hab!«

Tante Marie zeigte sich so unglücklich und aufgeregt, daß Beß alle möglichen Vorschläge machte: ein dringendes Telegramm aufzugeben, ihn aufzufordern, mit Auto herzufahren...

»Ja mei, Mädl«, jammerte die Tante, »wo soll er denn in Plattling an Auto herkriegen? Und wenn er wirklich eins kriegen könnt', mit was soll er's denn zahlen, als bescheidner Sparkassenverwalter? Und wie soll er denn da herfahr'n, mitten bei da Nacht?«

»Tante, das Zahlen besorge ich schon, und du kannst ja im Telegramm andeuten, daß du die Kosten übernimmst. Und das mit der Nachtfahrt ist auch nicht so schlimm; in ein paar Stunden kommt man weit, und bis morgen früh ist er mit Leichtigkeit hier ...«

»Madl!« rief die Frau Apotheker und halste ihre Nichte und küßte sie ab, »Liesel! Du bist ganz dei Papa, Gott hab ihn selig, herzensgut und resch und gleich bei da Hand mit an Entschluß. Und recht hast. Mir telegraphier'n ihm dringend, und die Kost'n halbier'n ma, mein Mann is gern damit einverstand'n. Aba glei geh i auf d' Post. Sie wird um Gott's will'n net scho g'schloss'n sei?«

Beß sah auf die Uhr. »Wir haben noch eine Viertelstunde Zeit«, sagte sie. »Und ich komme mit dir, wenn es dir recht ist.«

Tante Marie zeigte sich herzlich damit einverstanden, und so gingen die beiden Arm in Arm zusammen durch die Dorfgasse zur Post.

Und die brave Frau Apotheker bat ihrer Nichte innerlich alle erregten Vorwürfe ab und hatte mit einem Male das hübsche Mädchen mit mütterlicher Zärtlichkeit ins Herz geschlossen.

»Und weißt, Elis«, sagte sie, »du mußt mir nix übelnehmen. I bin halt für deine Begriff an altmodische Frau und a bissel schnell bei da Hand mit 'n Red'n. Und schau, dös mit 'n Automobil, dös wär mir überhaupt net ei'g'fall'n. Unsereins is no an die alt'n Postkutsch'n g'wöhnt und denkt net dran, daß 's an andere Zeit is. Und wenn dös Telegramm wirkli z' spät kommt, na siecht der arme Peppi do, daß ma an ihn denkt hat, und i schreib's ihm scho, wie lieb du g'wes'n bist und wie resolut. Dös tröst 'n wieder. Und siegst ... Elis...« sagte sie zögernd, »wenn's di vielleicht scheniert, daß i dir an andern Nama gib, nacha ... no ja ... nacha sag i aa ›Beß‹ zu dir...«

»Nein, nein, Tantchen ... sag du nur Liesel!«

»Is s' wahr, Mädl?« rief die Frau Apotheker in starker Rührung und küßte die Nichte wieder ab, mitten auf der Dorfstraße.

Und dann schritt sie still neben ihr her und drückte ihren Arm fest an sich, und eine rechte Ruhe kam über sie.

3

Tante Marie hatte sich umsonst geängstigt. Herr Josef Schragl, Sparkassenverwalter in Plattling, hatte die Trauernachricht in der Zeitung gelesen und sogleich die Reise angetreten. So traf er mit einem Zuge, der für viele Leute nicht in Betracht gekommen wäre, am Begräbnistage morgens um halb sechs Uhr in Sünzhausen ein.

Und in gewisser Beziehung war das ein günstiger Umstand, denn so, wie er sich ansah, hätte der Herr Verwalter nicht zu der vornehmen Schar gepaßt, die am Abend vorher die Bewunderung der Sünzhausener erregt hatte.

Der dicke, kleine, vor Aufregung schwitzende Mann trug an diesem Sommertage einen schwarzen Überzieher, der wirklich ein verächtliches Stück von Garderobe war, und noch dazu trug er ihn höchst unschön, den unteren Knopf geschlossen, über der Brust sich bauchend und am Rücken breite Falten werfend.

Unter dem Mantel schob sich ein schwarzes Beinkleid vor, das zu kurz war, und also nicht schonend über die mit einer Spange geschlossenen Schuhe fiel, ja sogar bei heftigem Ausschreiten einen Teil der wollenen Socken bemerken ließ.

Sein Haupt war bedeckt mit einem Zylinderhute, den er seit Jahrzehnten bei Leichenbegängnissen trug, und der von vielen ungünstigen Witterungsverhältnissen arg mitgenommen war.

In der rechten Hand, die wie die linke in einem baumwollenen schwarzen Handschuh steckte, trug er einen Kranz, der die seltsamen Schönheitsbegriffe eines Plattlinger Landschaftsgärtners verriet, und obwohl an seinem Äußeren nichts zu schonen war, hatte er einen großen Regenschirm bei sich, dem keine Kunstfertigkeit eine annehmbare Form hätte geben können.

Der Herr Verwalter war aber gewiß darauf nicht bedacht gewesen. Er trug den Schirm, so wie er war und sich zusammenlegte, einfach als nützlichen Gegenstand.

Er ließ sich den Weg zum Trauerhause zeigen und zog vor sechs Uhr erst leise, dann stärker an der Türglocke, bis endlich die Köchin herbei eilte, der er sich zu erkennen gab als Bruder des Herrn Kommerzienrates.

Er wollte gleich zu seiner armen, beklagenswerten Schwägerin geführt werden, und als die Köchin bestürzt antwortete, daß ja die gnädige Frau noch im Bette liege, versicherte er treuherzig, das störe ihn nicht, und sie solle ihm nur das Zimmer zeigen.

Die Köchin sagte, sie wolle es versuchen und bei der gnädigen Frau anklopfen und sagen, daß der Herr ... der Herr Bruder vom gnädigen Herrn da sei, und er möchte nur einen Augenblick warten.

Aber der Herr Verwalter hatte kein Verständnis dafür, daß es auch in solchen Momenten noch solche Bedenken gäbe, und er stieg hinter der eilenden Köchin die Treppe hinauf und stolperte redlich über die Stufen, weil er nicht acht gab, sondern sich in Gedanken das Zusammentreffen mit der gebeugten Witwe überaus schmerzlich ausmalte.

Zum Glück hatte Tante Marie, die längst nicht mehr schlief, die Glocke und dann Gemurmel und Geräusch vernommen und öffnete die Türe und sah ihren Bruder die Treppe heraufkommen. Sie winkte der Köchin ab und eilte dem guten Onkel Peppi entgegen, umarmte ihn und vergoß zunächst reichliche Tränen.

»So, Peppi«, sagte sie, »und jetzt wartst an Aug'nblick drunt'n im Gang. Ich komm gleich nunter...«

»Aber d' Schwägerin...«

»Die siechst nacha scho. Jetzt geh abi, gel ... i mach mi g'schwind ferti... O mei, Peppi ... wer hätt dös denkt?«

Der Herr Verwalter, der in der einen Hand den Kranz, in der andern den Zylinder hielt, ließ sich noch einmal umarmen und ging dann gehorsam die Treppe wieder hinunter, stellte sich unter die offene Haustüre und schaute trübselig in den wunderschönen Morgen hinaus und bemerkte es kaum, wie fröhlich die Stare pfiffen und die Schwalben zwitscherten.

Nach einer kurzen Weile kam Tante Marie und sagte: »Jetzt laß dir nochmal Grüß Gott sag'n, Peppi! Gelt, das hätt'n mir alle zwei net denkt, daß mir aus an solchen Anlaß z'sammkomma müßt'n, und wenn mir einer g'sagt hätt', daß der arme Simon vor mir weg müßt, hätt' i 's net glaubt...«

»I wohl aa net«, sagte Peppi.

»Willst...?«

»Was meinst?«

»Willst d' jetzt nei' dazu?«

Er nickte, und sie faßte ihn unter und ging mit ihm in das Zimmer, darin jetzt der Tote aufgebahrt im Sarge lag.

Der Anblick erschütterte den Verwalter so, daß er Kranz und Zylinder weglegte und ein großes, buntkariertes Taschentuch hervorzog, um die Tränen, die ihm über die Wangen liefen, abzutrocknen. »Gel«, sagte Tante Marie, »so still und friedlich liegt er da, als wenn er schlafet?«

Peppi konnte nur nicken, und er gab sich Mühe, seinem Schluchzen Herr zu werden.

»Mußt net so weinen«, tröstete ihn die Schwester. »Schau, wenn's scho sei' hat müss'n, na war's so wenigstens am best'n. Er hat net leid'n müssen, hat nix g'wußt und war auf einmal weg. An schönern Tod hätt er sich selber net wünsch'n könna...«

Aber was helfen die Worte? Dem alten Manne fiel es mit einemmal schwer aufs Herz, daß er im Leben so wenig mit dem lieben Gefährten seiner Jugend zusammen gewesen war.

Neidlos hatte er ihm allen Erfolg gegönnt, aufrichtig hatte er sich darüber gefreut, und nur aus Bescheidenheit hatte er sich ferngehalten, nur in dem Gefühle, daß er zu dem Glanze nicht passe. Und so war er immer scheuer geworden und hatte wohl nicht bedacht, daß ihrer beider Tage gezählt sein könnten. Jetzt kam es über ihn, daß sie zu wenig warme Freundlichkeit ausgetauscht hatten, daß jeder sein herzliches Gefühl zu selten gezeigt hatte. Ja, hätte er daran gedacht! Den weitesten Weg wäre er gegangen, um noch einmal den Bruder zu sehen und ihm zu sagen, daß er allezeit sein Stolz gewesen war, daß er so viele Male seine Gedanken zu ihm geschickt hatte, lauter gute, freundliche Gedanken.

Er strich mit einer zärtlichen Bewegung dem Toten über das Haupt, und die Tränen rannen ihm über die runzeligen Wangen herunter und fielen auf den unmodernen Mantel und rollten in seinen Falten weiter.

Das griff die alte Schwester heftig an, und mit unterdrücktem Weinen bat sie: »Geh, lieber, armer Peppi, laß's jetzt gut sei! Sag ihm Bhüt Gott, gar z' lang wer'n mir alle zwei ihm net nachtrauern müss'n... Komm jetzt!«

Da legte der Verwalter seinen Kranz zu Füßen des Sarges und netzte seine Finger mit Weihwasser und machte auf Stirne, Mund und Brust des Toten das Zeichen des Kreuzes. An der Türe wandte er sich noch einmal um und schaute nach dem Bruder hin, und mit einem tiefen Seufzer sagte er: »Ja ... ja ... der Simmerl!«

Tante Marie faßte seine Hand und führte ihn durch den Gang hinaus ins Freie. Vor dem Hause setzten sie sich auf eine Bank, und lange schwiegen sie beide und sahen vor sich hin.

»Ja so ... d' Schwägerin...« sagte Peppi und wollte aufstehen.

Seine Schwester hielt ihn sanft zurück.

»Laß nur! Sie kommt nacha scho runter, und d' Kinder auch...«

Und da fiel ihr der letzte Abend ein, und sie erzählte dem Bruder, daß sie ihm telegraphiert hätten, und wie gescheit und kurz entschlossen sich das Mädel gezeigt habe.

»Die is ganz unser Simon und g'fallt mir schon recht gut. Weißt, grad so resolut, wie er allaweil war, net viel Wort', aber was s' sagt, hat Hand und Fuß. I hab ja a bissel Angst g'habt, du verstehst mi scho, daß die Kinder am End ... no ja ... a bissel hoch drob'n sei' könnt'n, a bissel ... wie *sie* halt ... oder wie *sie* wenigstens war, aber i muß sag'n, beim Mädel wenigstens is kei Spur davo. Vom Bub'n hab i net viel g'seh'n und g'hört, da weiß i noch z' wenig. Aber 's Mädel, i muß scho sag'n, da is mir 's Herz aufgangen. Ganz der Vater, wie er war als a junger. Resch und gutmütig, aa weich, aber net gern kenna lass'n, sondern Kopf hoch, wenn's wer siecht, gar kein Theater, verstehst, wie ... no

ja ... wie *sie* wenigstens früher war...«
Peppi nickte, ohne recht hinzuhören. Er war mit seinen Gedanken weit weg, in Nabburg, in der alten Zeit. Wie er den Bruder damals besucht hatte und der einen Sonntagnachmittag aus dem Geschäfte gehen durfte, mit ihm, und wie er ihm damals von seinen Plänen erzählte und so zuversichtlich war, und alles erfüllte sich dann später, noch viel schöner, wie er's gehofft hatte...
»Da is s' scho«, sagte Tante Marie und stand auf, um ein junges, schlankes Mädchen zu begrüßen, das aus dem Hause kam, und das also die Tochter war und Elise hieß oder Beß und dem alten Onkel die Hand ganz merkwürdig kräftig drückte.
Der Herr Verwalter machte ein paar linkische Verbeugungen und kam in Verlegenheit, denn Damen hatten auf ihn stets diese Wirkung, selbst die Plattlinger, und was er hier vor sich sah, war doch im Aussehen und im sicheren Benehmen etwas Vornehmeres, und so stammelte er wirklich etwas von Fräulein und Ehre, bis Tante Marie ihn auf den rechten Weg wies.
»Jetzt du bist gut, Peppi; sagt er zu seiner leiblichen Nichte Fräulein, und womögli sagt er ›Sie‹. Nimm's no fest beim Kopf, sie is scho 's Madl von unserm Simon...«
Das traute sich nun der Herr Verwalter nicht, aber er tätschelte einmal und noch einmal das Mädchen auf die linke Wange und murmelte so etwas wie »arm's Kind«.
Beß aber gewann aufs neue die Bewunderung der Frau Apotheker, indem sie die Befangenheit ihres Onkels auf die einfachste Weise behob.
»Lieber Onkel«, sagte sie so selbstverständlich, als hätte sie ihn seit Jahr und Tag gekannt, »lieber Onkel, du hast gewiß noch kein Frühstück bekommen und hast die lange Fahrt machen müssen...«
Der Herr Verwalter murmelte, daß er eigentlich nicht gefrühstückt habe und eigentlich nichts wolle, aber noch vor er ausge-

redet hatte, war das Mädel ins Haus gesprungen und in die Küche geeilt.

»Was sagst jetzt?« fragte Tante Marie ihren Bruder. »Is dös net a liabs Ding, a wundernetts?«

»Sie hat viel vom Simmerl, b'sonders die Aug'n...« sagte der Onkel.

»Und um an Mund und überhaupts und b'sonders im Benehmen. Du bist ganz verdattert g'wes'n und sagst Fräulein zu ihr, no ja ... halt a bissel leutscheu, wie's d' allaweil g'wes'n bist, aber sie! Lieber Onkel, sagt s', und glei fallt ihr wieder des Richtige ei, und g'sagt und toa is bei ihr oans. Na! I muaß scho sag'n, dös Madl kunnt gar net liaba sei, und i kunnt's net liaba hamm, wenn's mei eigens Kind waar, und gar nix G'schupft's und nix Verkünstelt's is dro, net dös G'ringste von *ihr*...«

Beß kam wieder und deckte wahrhaftig selber den Tisch mit einer blühweißen Leinwanddecke und sorgte dafür, daß heißer Kaffee kam und Eier und Butter, und sie nötigte den Onkel zuzugreifen und tat alles so reizend, daß Tante Marie mit strahlenden Augen dabei saß und ihr freundlich zulächelte.

Über den Herrn Verwalter kam ein wohliges Gefühl von Daheimsein und Zugehörigkeit, so daß er beinahe gesprächig wurde und von seinem letzten Zusammentreffen mit dem lieben armen Simon erzählte, und daß er Johnny, der dazu kam, schon viel herzlicher und freier begrüßte.

Das Gespräch blieb in Fluß, und mit Fragen und Antworten kam man sich immer näher.

Als eine halbe Stunde später der Herr Staatsrat aus der Türe trat, um einen verwunderten Blick auf die morgenfrische Natur zu werfen, sah er mit Staunen diesen Teil der Familie einträchtig beisammensitzen und sah, wie links Beß und rechts die Frau Apotheker jede eine Hand des schlechtgekleideten Individuums gefaßt hielten.

Er wollte nach einem leichten Kopfnicken in den Garten hinaustreten, aber Beß sprang auf und teilte ihm mit, daß Onkel Peppi angekommen sei.

Die kreisrunden Augen Seiner Exzellenz erweiterten sich noch etwas. »On ... kel ... so ... so ...?«

»Der Bruder von Papa«, ergänzte Beß.

»Der Bru ... so ... so?«

Und da waren auch schon die anderen zu ihm getreten, und der Herr Verwalter, im vollen Besitze seiner Sicherheit, streckte dem Staatsrate die Hand entgegen und sagte: »Grüß dich Gott, es freut mich sehr...« Wahrhaftig, er sagte: »Grüß *dich* Gott, es freut mich sehr ...« und fügte hinzu »oder eigentli, es is ja sehr trauri, daß mir uns bei dem Anlaß kennenlernen...«

»Mir uns kennenlernen«, sagte er.

Wenn Staatsräte überhaupt mit Sparkassenverwaltern zusammentreffen, und es ist wohl anzunehmen, daß dies selten geschieht, aber wenn es durch merkwürdige Zufälle ermöglicht wird, dann müßten eigentlich die Sparkassenverwalter in Verwirrung geraten. Hier aber ereignete sich das Unvorhergesehene; der Staatsrat war noch mehr als verwirrt, er war bestürzt, und das kam sicherlich von dem Umstande her, daß er von einem wildfremden Menschen, der mit Spangen geschlossene Schuhe und zu kurz gewordene Hosen trug, schlankweg geduzt wurde.

Der Herr Staatsrat blickte über die Verwandtschaft hinweg ins Leere, und das Erstaunen in seinen kreisrunden Augen steigerte sich bis zur Hilflosigkeit, und als er zu sprechen begann, stotterte er.

»Tja ... ja ...« sagte er, »so ... so ... so ... Bru ... Bruder des Verstor – be – nen ... tja ... ja ... ja. Ich ... ich ver ... stehe das alles nicht.«

Er zog sich zurück und erholte sich langsam und allmählich, als er oben, im ersten Stock, mit Frau Lizzie und den Oberstleutnants das Frühstück einnahm.

Die Behaglichkeit, die sich auch in gedämpften Stimmungen am reinlich gedeckten und gut besetzten Tische einfindet, kam über ihn, aber völlig konnte er sein Befremden über die Begegnung nicht überwinden.

»... Sag mal, arme Lizzie...« begann er, nachdem die allgemeinen Bemerkungen und Seufzer ausgetauscht waren, »... sag mal, wie ist das nun eigentlich? Ich wollte vorhin, so vor einer halben Stunde, in den Garten gehen, und unter der Türe tritt mir ein Mann entgegen, der alles andere als soigniert aussah, und begrüßt mich mit auffallender Herzlichkeit und sagt, er sei der Bruder von unserm teuren Verblichenen ... sag mal...«

Frau Lizzie stellte die Tasse, die sie eben zum Munde führen wollte, nieder. Sie war sichtlich überrascht, und sichtlich nicht angenehm. Und sie erzählte diesem Teile der Verwandtschaft, daß sie, wenn sie nun schon davon sprechen müsse, während ihrer Ehe immer und immer wieder bei dem anderen Teile der Verwandtschaft auf sonderbare Personen und Dinge gestoßen sei, die sie gerne taktvoll übersehen hätte, die sich aber nicht übersehen ließen. Und es war eine Schwäche von ihrem guten Manne, daß er manchmal prononcierte Neigungen für seine früheste Vergangenheit zeigte, sie vielleicht aus einer gewissen Opposition stärker betonte. Gott! Natürlich hatte niemand mehr als Frau Lizzie anerkannt, daß er als Selfmademan von seinem Entwicklungsgange mit Stolz reden durfte, und sie wäre sicher die letzte gewesen, die etwa einen Bruch mit seiner Familie gewünscht hätte, – aber seine Verwandten hatten es ihr wirklich nicht immer leicht gemacht. Wenn ihr Mann gewisse Ansichten und Gewohnheiten über die Forderungen der Gesellschaft stellte, das war immer noch eher erträglich, als wenn es seine Verwandten taten.

»Und was du sagtest ... Albert...« Frau Lizzie schloß den Satz nicht, denn Fanny trat in das Zimmer, und unmittelbar hinter ihr ein kleiner, dicker Mann in schwarzem Überzieher, der auf sie zukam und sie sogleich weinend, in überquellendem Schmerze

umarmte und tatsächlich den Versuch machte, sie zu küssen.
»Arme, arme Elis!« schluchzte er, »hamm ma unsern Simon verlor'n!«
Dann zog er ein sehr großes, buntkariertes Taschentuch hervor, schnaubte sich hinein und faßte nun auch die anderen vom gleichen Schmerze betroffenen Personen ins Auge. Er schüttelte allen die Hände und betrachtete sich als mit ihnen in Trauer innig vereint, und nichts hätte in ihm den Argwohn erwecken können, daß er beobachtet und abgeschätzt werde.
Er war arglos und schrieb jedes verlegene Hüsteln und Abbrechen der Unterhaltung und nichtssagende Worte und vielsagende Blicke einer tiefen Traurigkeit zu, was ihn wiederum so rührte, daß er sein buntkariertes Sacktuch nicht mehr aus der Hand brachte.
Als das Gespräch übermäßig lange stockte, kam in Onkel Peppi das Gefühl auf, nicht daß seine Trostworte hier überflüssig, sondern daß sie auch anderswo notwendig seien, und er riß sich gewaltsam von dem Anblicke seiner gebrochenen Schwägerin und des betrübten Staatsrates und der beiden andern lieben Verwandten los, und er ging und sagte zu seiner Schwester, daß es ein Jammer sei, anzusehen, wie der traurige Fall die arme Schwägerin angegriffen habe.
Und doch war es seine Schuld, wenn sie immer noch stärker angegriffen wurde.
Denn als nun die Dorfleute und die Vereine und die Geistlichkeit angekommen waren, als man den Sarg geschlossen hatte und die Hammerschläge durch das stille Haus geklungen waren, als Frau Lizzie mit wirklichem Schmerze inne ward, daß der Gefährte ihres Lebens sie für immer verließ, da sah sie doch noch mit tränenumflorten Augen, wie unmittelbar hinter dem Sarge neben Johnny und wirklich vor dem Staatsrate und dem Oberstleutnant der so überaus unvorteilhaft aussehende Schwager einherschritt.

Wie aber ein stattlicher Leichenzug die Gefühle der Hinterbliebenen zu erheben vermag, so kann die Störung des würdigen Eindruckes die Herzen beschweren.
Und Frau Lizzie war sehr niedergedrückt, denn sie hatte die bestimmte Empfindung, daß dem teuren Verblichenen, wie ihr, Abbruch geschehen war, und sie sagte sich im stillen, wie ganz anders die Bedeutung des Toten und der Familie hervorgehoben worden wäre, wenn die gerade für Leichenbegängnisse so geeignete Gestalt des Staatsrates allein oder flankiert von Johnny und dem Oberstleutnant hinter dem Sarge einhergeschritten wäre.
Für die Dorfleute aber – und das hätte ihn trösten müssen, wenn er die Gedanken seiner Schwägerin erraten hätte – für die Dorfleute war Onkel Peppi der durchaus richtige, in Tränen zerfließende und die Traurigkeit des Vorganges bezeugende Verwandte. Er ging mit gebeugtem Haupte durch die Dorfgasse, er weinte am Grabe, und er wurde ordentlich vom Schmerze gerüttelt, als die ersten Schollen auf den Sarg niederpolterten.
Darum trat jeder zu ihm und schüttelte ihm die Hand, während der Staatsrat abseits stand und nur flüchtiges Aufsehen erregte.
Nach dem Traueramte eilten die Sünzhausener heim, um möglichst rasch an ihre Arbeit zu gehen, die Verwandten aber kehrten in kleinen Gruppen in das Haus der Witwe zurück.
Man sprach ihr wiederum das innigste Beileid aus, richtete tröstende Worte an sie, drückte ihr die Hand, küßte ihr die Hand, und Onkel Peppi ließ es sich nicht nehmen, die arme Elis – so hieß nun einmal für ihn die Schwägerin – zu umarmen und sie auf die linke und rechte Wange zu küssen.
Dabei rührte sich aber in allen das der Trauer gänzlich abgewandte Gefühl eines tüchtigen Appetites, und sie setzten sich mit guten Erwartungen zu Tische. Das Mahl wurde gemeinsam eingenommen, und weil der Schmerz nicht weniger gesprächig macht als die Freude, so war bald eine lebhafte Unterhaltung im Gange.

Es war nicht verwunderlich, daß Onkel Peppi recht sehr auftaute und nach kurzer Zeit das Wort führte. Gerade, weil er sich am ungestümsten der Trauer hingegeben hatte, mußte er stärker als die anderen sein Herz erleichtern, und zudem hatte er als Jugendgespiele des Verstorbenen das Recht und den Anlaß, sehr viel zu erzählen.

»D' Marie weiß«, sagte er, »was unser Simmerl für ein ausg'lass'ner, lebhafter Bub war. I war ja allaweil der Stillere, und wenn i aa zwoa Jahr älter war, hab i ihm do nachgeb'n müss'n, d' Marie weiß, weil er g'walttätiger war, und wenn er si was in Kopf g'setzt hat, nacha hat's oafach sei müss'n, und nachgeb'n oder so, dös hat er überhaupts net kennt. No ja, bei unsern Vata selig hat aa der Simmerl dös meiste golt'n, und wenn amal was vorkemma is, d' Marie weiß, nacha war'n allaweil de andern schuld, aba der Simmerl gar nia, und i hab öfta für eahm Schläg kriegt. Aba dös hat nix g'macht, und i muß sag'n, wenn i dro denk, freut's mi no heut. Der Anführer war er allaweil, und wenn i amal net mittoa hätt mög'n, nacha is er scho so fuchsteufelswild worn, daß i gern nachgeb'n hab'.«

Tante Marie nickte bestätigend mit dem Kopfe, und die Nächstsitzenden hörten ihm freundlich zu, und so wurde der Herr Verwalter nach jedem Gange und jedem Glase Wein mitteilsamer, und er erzählte die Geschichte von der grünen Waschschüssel, in die Simon ein Loch geschossen hatte, und die Geschichte vom Apfelbaum, an dem neunundzwanzig wunderschöne Weinäpfel hingen, die eines Morgens weg waren, und immer war er als der Schuldige in Verdacht gekommen, und immer war es Simon gewesen. Und alleweil und überall hatte der Simon Glück gehabt, daheim, in der Schule, und später als Erwachsener im Leben.

Und er, der Onkel Peppi, war immer und überall zu kurz gekommen.

Nicht, als ob ihn das geärgert oder neidisch gemacht hätte, im

Gegenteil, er hatte es seinem Bruder von Herzen gegönnt, aber man sagt bloß. Der eine hat das Glück und der andere hat einfach keines ... d' Marie weiß.

Nach dem Essen reichte Johnny Zigarren herum, die aus dem Vorrate des Herrn Kommerzienrates stammten; edle Zigarren, die herrlich dufteten, und deren eine den schmauchenden Onkel Peppi nachdenklich stimmte, so daß er sich auf eine Pflicht der Höflichkeit besann und sich neben den Staatsrat setzte.

Da er schon den zweiten Tag von seiner Schreibstube entfernt war, paßte es ihm vortrefflich, daß er in diesem hohen Staatsdiener einen sicherlich verständnisreichen und interessierten Zuhörer fand, und er setzte der Exzellenz, die sich nicht retten konnte, und die auch von Frau Lizzie nicht mehr aus der Lage befreit werden konnte, haarklein auseinander, mit welchen Mühen die Verwaltung einer Sparkasse verbunden sei.

Die kleinste Einlage erfordere die gleiche sorgfältige Arbeit wie eine große, und das Schlimmste sei, natürlich, daß man es mit Leuten zu tun habe, natürlich, die von Geldgeschäften und verzinslichen Anlagen und von all dergleichen Dingen natürlich keine blasse Ahnung hätten, woher es dann auch komme, daß die Einleger häufig das sonderbarste Mißtrauen zeigten. Da wären zum Beispiel die Bauern, die auf die Schranne kämen. Einen Samstag legten sie das Geld hinein, den andern wollten sie es wieder herauskriegen, weil irgendwo in einer Sparkasse irgend etwas vorgekommen wäre. Und dann die Dienstboten, wenn heute Dienstboten überhaupt noch etwas sparen...

Frau Lizzie wollte ihn ablenken, ja, in Gottes Namen sogar seine Gesprächigkeit auf sich ziehen, allein Onkel Peppi wußte besser, was Staatsräten zugehört und was Staatsräte interessiert, und er gab dem Verblüfften, der allmählich in den Zustand einer stillen Verzweiflung geriet, ein lückenloses Bild von der umfassenden Tätigkeit eines Plattlinger Sparkassenverwalters.

Und der Erfolg spornte ihn an, so daß er immer munterer wurde

und seine Aufmerksamkeit allen anwesenden lieben Verwandten schenkte.
Und den Staatsrat hieß er Vetter Albert und den Oberstleutnant Vetter Kuno, und durch irgendeinen schlimmen Zufall hatte er herausgebracht, daß die Frau Oberstleutnant Wilhelmine hieß, und so nannte er sie Mina, und nach einigen Viertelstunden Minerl.
Es war ein Glück für viele, daß Onkel Peppi ein übergroßes Pflichtgefühl und eine heftige Sehnsucht nach seiner Sparkasse hatte und unbedingt mit dem Fünfuhrzuge abreisen mußte, um am andern Morgen wieder in Plattling einzutreffen.
Tante Marie machte den Versuch, ihn zurückzuhalten, aber er blieb fest und sah noch häufiger auf die Uhr als Frau Lizzie, und kurz nach vier brach er auf.
Er sagte zu Vetter Albert und zu Vetter Kuno und zum Minerl und überhaupt zu allen, daß er ungerne scheide, und daß er gerne bliebe, aber es warteten unendlich viele Arbeiten auf ihn.
Und wieder und noch einmal schüttelte er allen die Hände, und Frau Lizzie umarmte er, und wenn er mit ihr fertig war, fing er bei Vetter Albert wieder mit dem Abschiednehmen an.
Endlich ging er, und nur Tante Marie begleitete ihn. Die andern hatten sich von ihm zum Zurückbleiben bewegen lassen.
Am Gartentore wandte sich Onkel Peppi noch einmal um und grüßte zärtlich zurück.
Dann ging er fürbaß mit weitausholenden Schritten, bei denen sich das Beinkleid höher schob und die wollenen Socken sichtbarer wurden.
Die zwei Alten besuchten noch einmal den guten Simmerl und standen schweigend vor dem frisch aufgeworfenen Grabhügel.
Onkel Peppi konnte sich nicht mehr in eine recht tiefe Traurigkeit versenken; er hatte sie ausgegeben und war jetzt innerlich so zufrieden, daß er wohl anstandshalber einen Seufzer ausstieß, aber doch mit seinen Gedanken bei den angenehmen und lieb-

reichen Stunden verweilte, die er soeben durchlebt hatte.
»Weißt, Marie«, sagte er auf dem Bahnhofe, »i bin doch recht froh, daß i herkommen bin. Es tut ei'm wohl, wenn ma so mitt'n in da Verwandtschaft und bei Leut is, de ein' gern hamm. Da siecht ma, daß ma z'sammg'hört, und dös tröst' ein' scho wirkli. Und siehgst, i denk jetzt ganz anderst von der Elis, und daß i unsern Vetter Albert kenna g'lernt hab, dös freut mi b'sonders, und hoffentli gibt's amal a schönere G'legenheit, daß i 'n wieder siech … weißt, eigentli war i scho ung'schickt, daß i net öfter zu Lebzeit'n vom Simmerl herkomma bin. Ma bild' si halt was ei', und wenn ma bei de Leut is, siecht ma erst, wie gern daß s' ein' hamm … no ja … wenn's a bissel geht, such i d' Elis wieder auf…«
Tante Marie pflichtete ihm bei, und so stieg der Herr Sparkassenverwalter recht eigentlich glücklich und zufrieden in den Zug und winkte noch lange mit seinem verwitterten Zylinderhute zum Fenster hinaus.

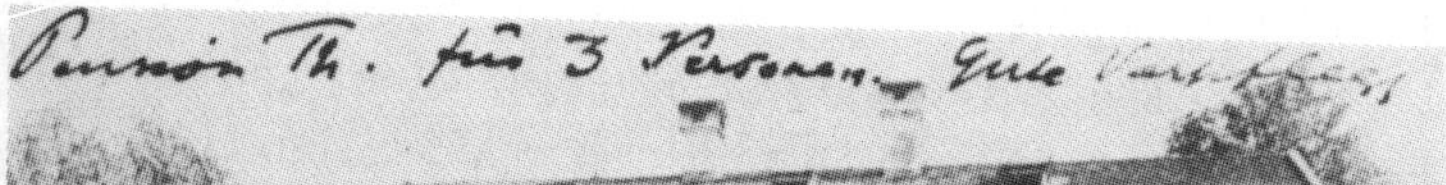

Ludwig Thoma vor der Tuften

Aus Briefen an Maidi von Liebermann

1. Januar 1920

... Neben dem Ludwig, den Du kennst und nicht kennst, gibts noch einen ernsteren, ders wirklich ehrlich mit der Arbeit meint und ders verdient, daß ihm später, wenns in Deutschland und in Altbayern wieder heller ist, ein gutes Andenken gewahrt wird.
Und der ernste Thoma schaut dem anderen Thoma über die Schulter und sagt: bloß schreiben, damit es unterhält, das sollst Du nicht, weil Du was Besseres kannst.
Leg das weg und laß es reifen. Und geh ans andere. Gib den Leuten ein liebes Stück Heimat. – Ja, siehst Du Mädel, an solchen Tagen und in solchen Stunden gehörst Du erst recht an meine Seite. Die doch nicht mehr so lange grün sein wird. Denk nach darüber am Beginn des Jahres 1920 und gib mir als liebe, liebe gute Frau Thoma mein Bussel, das ich verdiene...

Rottach, 2. Januar 1920

Ja, mein Mädel, so geht es. Das hatte ich im Herzen und im Sinn, und nun weiß ich erst, was mir da drinnen gesungen und geklungen hat. Einen ernsten Heimatsang will ich auf die Welt bringen, so grün und frisch, wie unser Wald ist.
Das andere war und ist erfunden, nicht gefühlt. Das mache ich nachher so nebenbei, und möglichst unbeschwert. Als Laune, nicht als Arbeit.

Im übrigen habe ich in der Umarbeitung schon 54 Schreibmaschinenseiten neu geschrieben. Jetzt lege ich es in die Schublade. Heb aber das Manuskript gut auf. Es ist später für Dich ein Andenken.
»Ich bin ein Bauernbub, hätte Geistlicher werden sollen und bin es nicht geworden. Ich habe vieles erstrebt, noch mehr erhofft und wenig davon erreicht. Aber zuletzt doch das Beste, Zufriedenheit nach viel Unruhe und Verzagtheit.« So geht der neue Lebensroman an und heißt »Kaspar Lorinser«.
In den hinein lege ich viel Erfahrung, viel Träumen, viel Wissen und Singsang und Glockenläuten. Da freut mich jede Zeile, weil ich weiß, daß jede was wert ist, heute und einmal später.
Gib Acht, Maidi, der Roman oder das Buch steht einmal im Bücherkasten von jedem, der gern deutsch ist. Klingts ruhmredig? Es ist bloß froh. Auch wenn man viel kann, muß mans Rechte finden, um es zu zeigen. Nach diesem Roman hat mein Herz seit 10 Jahren gesucht. Und hat ihn doch noch gefunden...

Meinem liebsten Mädel

Mein Herz mußt in die Irre geh'n,
Es mußt ihm alles Leid gescheh'n,
Nun nimm's in beide Hände!
Und halt es fest und schließ es ein!
Dann solls noch einmal glücklich sein
Und fröhlich ohne Ende.

Das Glück, das klopfte bei mir an,
Stand vor der Tür und wollt herein;
Ich hab ihm doch nicht aufgetan,
Da mocht's nicht länger draußen sein.

Es ging so leise, wie es kam.
Ich hört es nicht, ich sah es nicht,
Doch fühlt ich, wie es Abschied nahm.
In meiner Brust erlosch ein Licht.

Ludwig Thoma und Maidi von Liebermann

Aus Briefen an Dr. Josef Hofmiller

Rottach, 2. Januar 1920

Mit meinen Wünschen zum neuen Jahre verbinde ich eine Mitteilung, die Sie vielleicht freut.

Jetzt versuche ich meinen »Grünen Heinrich«. Sie haben mich ja schon mehrmals dazu animiert.

Freilich ich gebe nicht bloß Selbsterlebtes, aber doch nur Selbstgedachtes.

Seit vielen Jahren singt und klingt mir das im Herzen, aber es war ganz gut zu warten.

Einen guten Namen habe ich für den Helden, der doch ein Teil von mir sein soll. Er heißt Kaspar Lorinser. Klingt das nicht altbayrisch und gut deutsch?

Und gut deutsch soll das Buch werden, das verspreche ich mir. Aber auch altbayrisch.

So mag es mir helfen, über diese Zeit weg zu kommen.

Rottach, 5. Februar 1920

Es freut mich außerordentlich, daß Sie an dem Knäblein Lorinser, das noch Zeit zum Wachsen hat, einen so regen Anteil nehmen.

Bei Namen bin ich sehr gewissenhaft; ich besitze Kalender, Adreßbücher und eigene Notizen, die ich zu Rate ziehe, vor ich einen Helden taufe.

Ihre Namen, die Sie mir so liebenswürdig zur Verfügung stellten, gehören mit einer Ausnahme (Gschwendtner) der Ebene an. Oberbayern, Niederbayern.
Im Gebirg sind andere Namen daheim: z. B. Heiß, Höß, Rauchenberger, Schwarzenbeck, Sonnhofer, Neuner, Glasl, Schöttl, Six, Buchwieser, Buchberger, Kögl, Kögler, Hagn, Winkler, Sachenbacher, Halmbacher, die verschiedenen »thaler«, Leitner usw.
Sie sehen, die Namen hängen alle in gewisser Beziehung mit dem Berg zusammen. Pointner von Point, auch Berger; der Winkel, das Tal, das Gereut, der Bach, der Hag, die Leite, das Gasteig, der Steig usw. geben hier die guten, echten Bauernnamen.
Die Maier, die Huber gehören mehr dem Flachlande an, wo es die größeren Höfe gab, der Moser ebenso usw.
Nun hat es daneben noch schöne Namen, etwa Reiffenstuehl, Robogner, Schmerold, und auch mein Lorinser, der mir ausnehmend gefiel. Ich fand den Namen im Salzburger Adreßbuch. Er ist heute selten, und das gab auch einen Grund zu seiner Wahl. Ich wollte keinen sehr gebräuchlichen nehmen.
Mein Held heißt Kaspar Lorinser, und mit dem Hausnamen heißt er Hagn.
Dem Dorf habe ich keinen Namen gegeben. Die wirklichen gehen einem im Weg um, die erfundenen taugen nichts.
Nun möchte ich Ihren Einwand aber nicht leicht nehmen. Haben Sie den Namen im Rheinischen gelesen oder gehört, oder urteilten Sie nach der Klangfarbe? Mir klingt er sehr oberlandlerisch im Ohr. Ohne Anhaltspunkte dafür zu haben, hielte ich ihn für isarwinklerisch. Lori, Lorin sind Bauernhöfe, die ich kenne, Lorenser ebenso.
Ich will aber die Sache nochmal gut durchdenken und auch meinen braven Herrn Pfarrer von Egern bei einer Tasse Kaffee gründlich ausfragen. Er ist ein guter Kenner Altbayerns und ein trefflicher Historiker und Chronist.

Josef Hofmiller

Rottach, 8. Februar 1920

Jetzt haben Sie doch recht. Der Lorinser hat, wie mir Ganghofer nach sorgfältigem Suchen mitteilt, die Bedeutung: von Lothringen stammend. Außerdem kommt bei Heyse »Kinder der Welt« ein Kooperator aus dem Westfälischen vor, der Lorinser heißt. Jetzt kann der Teufel auf Stelzen gehen.

Mir hatte der Namen so gefallen, daß ich ihn mit zärtlichster Liebe aufs erste Manuskript gemalt habe.
Vorerst brauche ich ihn noch als Sporn und Antrieb; hinterher, wenn, um mit Keller zu reden, der Strickstrumpf fertig ist, kann ich den braven Oberlandler immer noch umtaufen.
Die Kindheit ist hinter ihm. Zur Zeit studiert er in Burghausen. Ich will ihn aber nicht allzu langsam durchs Gymnasium laufen lassen.
Angst habe ich vor seiner ersten Verliebtheit. Denn wir Altbayern sind weniger schrollenhaft, knotig und josefinisch wie die Alemannen, die samt und sonders eine seltsame Härte gegen das weibliche Geschlecht aufweisen. Ich möchte nur wissen, warum mir Lorinser so lenggrieserisch klang; irgendeine Ursache hat das, aber im Lauf der Zeit wird es sich schon aufklären.

Ludwig Thoma und Ludwig Ganghofer

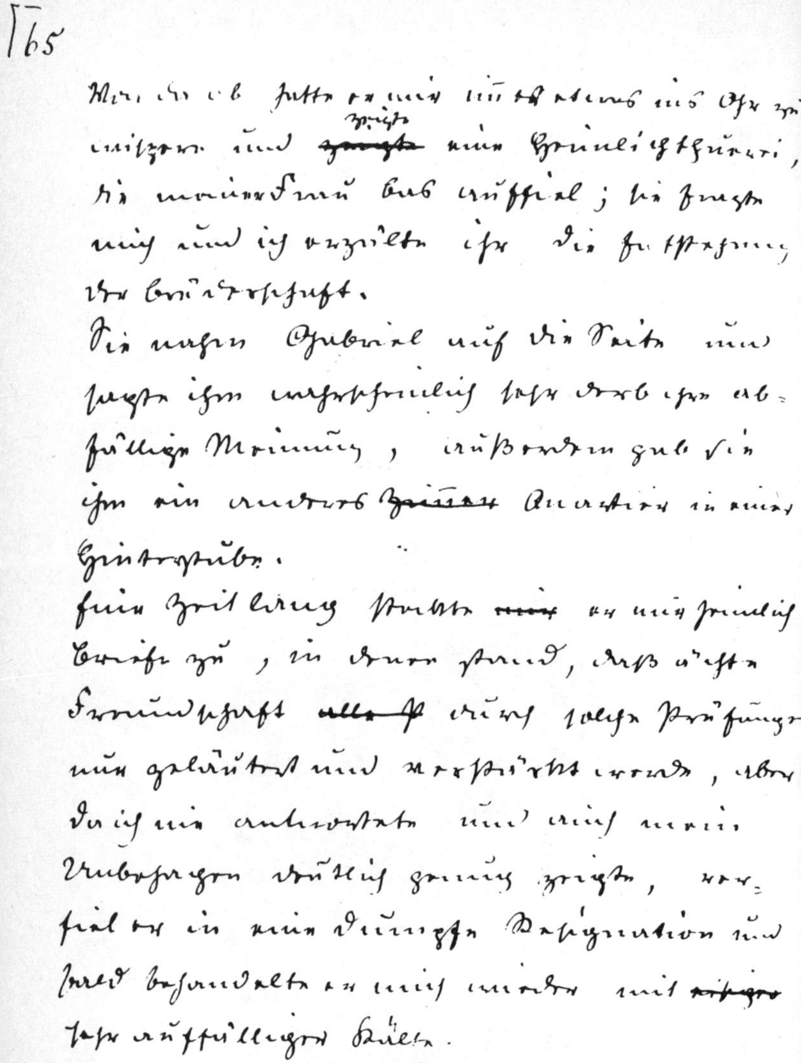

»Kaspar Lorinser«. Schluß des Manuskripts

Kaspar Lorinser

Romanfragment. Aus: Gesammelte Werke. Bd. 7. Erzählendes aus dem Nachlaß. 1922

Erstes Kapitel

Mein Vater war ein Bauer im bayrischen Oberland, mein Heimatdorf liegt auf einem langgestreckten Hügel, der auf waldige Vorberge stößt. Dahinter bauen sich die Felsenwände des Karwendels eine hinter der andern auf. Der erste Kamm bildet die Landesgrenze, darüber hinaus ist es Tirol, von dem man herüben allerlei Nachteiliges erzählte. Daß sie drüben langsam denken und reden, selten die Wahrheit sagen und es faustdick hinter den Ohren haben, obwohl sie viel frömmer tun wie die Herüberen. Trotz der üblen Nachrede kamen die Leute gut miteinander aus, trieben Handel und versuchten einander zu überlisten, auch schmuggelten sie fleißig heraus und hinein, aber ein wenig Gegnerschaft blieb erhalten.

Sie stammte aus früheren Zeiten her, wo die Tiroler ins Land eingebrochen waren und Vieh weggetrieben hatten. Etliche Male hatten sie es mit Erfolg vollbracht, anno neun und schon hundert Jahre vorher, nachdem sie gegen unsern Kurfürsten Max Emanuel aufgestanden waren. Viel Freundliches weiß die Tiroler Historie von den Bayern auch nicht zu melden, und die alten Beschwerden erhalten sich am frischesten an den Grenzen, wo man sich des Unterschiedes bewußt bleibt. Die Zwiespältigkeiten kamen indessen höchstens bei Tanzereien unter jungen Burschen zum Austrag, manchmal auch zwischen Jägern und Wildschützen droben in Kar und Gewänd. Sonst föppelte man sich gemächlich und rauchte herüben wie drüben den gleichen Tabak aus kleinen

Vierkreuzerpackeln. Drüben lieferte die k. k. Trafik, herüben der Schmuggler, der die Rollen halbzentnerweise über die Alpen hereinbrachte. In der Lebensweise gab es merkliche Unterschiede. In Tirol lebten sie sparsamer als im Bayrischen, hielten das Geld besser zusammen und schafften mühsamer und fleißiger. Trotzdem waren herüben die Häuser stattlicher, sauberer gehalten und deuteten auf größere Wohlhabenheit. Es wird drüben kaum eine Bäuerin, so wie es bei uns noch der Brauch war, die Hausaltane mit Seife und Wurzelbürste geputzt haben, und auf einen Nelkenstock, den man drüben auf die Brüstung stellte, kamen herüben viele.

In Tirol hatten sie mehr steinerne, bei uns mehr hölzerne Häuser. Und wie warm sahen die aus, wie viel Behagen versprachen die kleinen Fenster zwischen den braunen Balken, wenn der Schnee fußhoch auf den Schindeldächern lag und der blaue Rauch aus den Kaminen kräuselte, als rauchte drinnen die Gemütlichkeit selber eine gute Pfeife.

Es herrschte bei uns kein Reichtum, aber es gab keinen im Dorfe, der neben Prassern darbte. Man lebte auf gleichem Fuße, und es langte für jeden zur ausreichenden Nahrung wie zur Maß Bier im Wirtshause.

Auch in der Kleidung gab es kaum Unterschiede, bei den Weibern so wenig wie bei den Mannsbildern. Zum Prangen an hohen Festtagen, bei der Prozession oder bei Hochzeiten hatte jede einen Hut mit Goldschnüren und ein verziertes Mieder, das Miesbachischgehen der Männer in Joppe und kurzer Lederhose war von den Holzknechten und Jägern eingeführt worden. Mein Großvater erzählte, daß seinerzeit der Landrichter die grünen Krägen an den Joppen verbot, weil es Forstleute nicht leiden wollten.

Reiche Bauern, die mit ihrem Einflusse überwogen hätten, gab es in meinem Heimatdorfe nicht; zwei hatten Grundbesitz übers gewöhnliche Maß, und auf dem einen Hofe hieß man es auch beim Herrnbauern, aber alle zwei hatten tüchtige Schulden und mußten sehen, wie sie herumkamen.

Mein besonderer Freund, der alte Kreuzpointer, hatte neben dem Herrnbauern- noch einen stattlichen Einödhof, eine gute Stunde entfernt, besessen, aber mit lustigem Leben und einer unnützen Frau war er um beide gekommen und mußte froh sein, daß ihn sein Schwiegersohn in Austrag nahm.

Das kam im Oberlande zuweilen vor, wie überhaupt ein wenig Leichtigkeit bei den Leuten zu finden war. Mit dem Hypothekenwesen und der Bequemlichkeit, Geld aufzunehmen, kamen die Schulden in Mode. Nicht selten war das Abschwenden des Waldes, der bei schlechtem Wirtschaften immer zuerst daran glauben muß; und zwei Sägen im Tal sind von den Fehlern der Bauern groß geworden.

Es ist ein hochgewachsenes, starkknochiges Volk, viele blonde Langschädel darunter, viele scharf geschnittene Gesichter und Hakennasen, weshalb auch einige Gelehrte in heller Freude über diese Menschen und aus Liebe zu besonderen Theorien eingesprengte Sachsen oder Goten aus den Oberlandlern machen wollten.

Sie sind aber, wie ich glaube, vom gleichen Stamme wie die im Unterland, nur straffer erhalten bei ihrer leichteren Arbeit. Denn hart schaffende Leute waren und sind sie bei mir daheim nicht. Heu- und Grummeternte bilden Anfang und Ende der Mühseligkeit; und was im Stalle zu tun war, traf vornehmlich die Bäuerin.

Die Winterarbeit, das Herunterschaffen des Holzes vom Bergwald war auch nicht übermäßig schwer, und die Bauern hatten an vielen Tagen Zeit zum Eisschießen. Es wurde Eifer und Fleiß auf die Kunstfertigkeit darin verwandt, und aus andern Dörfern kamen sie, um sich mit unsern Besten zu messen. Daß dabei das Spiel um eine Mark ging, statt wie üblich um ein Nickelstück, wurde bewundert, und man sprach mit einem gewissen Respekte davon. Ich kann mich heute noch darüber wundern, wie selbstverständlich es die Weiber hinnahmen, daß ihre Männer sie daheim bei der Arbeit verließen und immer Zeit und Geld zu allerhand Vergnügungen hatten. Darin kann ein Forscher den ihm sympathischen Beweis einer unverfälschten Abstammung von germanischen Bärenhäutern finden.

Die Jagd bildete das Um und Auf lebhafter Interessen, gab Ursache zu Streit und Verdruß und nicht selten zur Vernachlässigung der Wirtschaft. Von Pächtern und Herren wollten unsere Bauern nichts wissen, und sie schätzten das Recht, mit der Büchse hinauszugehen, höher als Profit und Einnahmen. Einer machte den Hauptpächter, und acht oder zehn andere, darunter auch mein Vater, waren mitbeteiligt. Was geschossen wurde, sollte abgeliefert und der Ertrag gerecht verteilt werden. Aber darin gab es immer Streitereien und schlimme Mutmaßungen, und einer sagte dem andern nach, daß er ein Stück verschwiegen und mit dem redlichen Vertrauen Mißbrauch getrieben habe. Indessen war man stets einig, wenn man gemeinsam über die Grenze der anstoßenden Staatsjagd lief oder zur verbotenen Zeit eingewechseltes Hochwild erlegte.

Bloß Neulinge im Gendarmeriedienste, die von auswärts gekommen waren, gaben sich die Mühe, Nachforschungen zu halten, die älteren kannten die gelassene Ruhe, mit der man bei uns daheim alle staatlichen Organe anlog. Von dem schlauen, für recht und notwendig gehaltenen Zusammenstecken gegen die Obrigkeit zeugte das viel besprochene Haberfeldtreiben. In meiner Kinderzeit stand es noch in schöner Blüte, und es kam im Herbste so sicher wie Blätterfall. Aber da es nicht mehr Abwehr gegen Übergriffe, sondern Verhöhnung gesetzlicher Zustände war, artete es aus und ging in unerträgliche Roheit über.

Als das Geheimnis aus dem Bauernvolk hinaus zu allerlei Stadtgesindel kam, ließ es sich nicht mehr halten, und die Obrigkeit erreichte den lang ersehnten Erfolg, die im Namen Kaiser Karls des Großen aufrebellenden Missetäter in Strafe zu nehmen.

Zwei aus unserm Dorfe wurden überführt und eingesperrt, drei kamen mit dem Schrecken davon und schrieben es dem Umstande zu, daß sie sich in treuer Wahrung des alten Brauches tüchtig vermummt hatten. Obwohl sie ihre Rettung dem anständigen Schweigen ihrer Kameraden zu danken hatten, halfen sie redlich mit, wenn die Bestraften im Wirtshause gehieselt wurden.

Doch war es nicht von schadenfroher Spottlust veranlaßt, sondern vom Behagen am schlagfertigen Witze, der Gemeingut war; wer sich darin hervortat, durfte sich eines Ruhmes erfreuen, der ihn sogar überdauern konnte.

Wenn eines Mannes gedacht wurde, der in vergangenen Tagen im Dorfe gehaust hatte, handelte es sich fast immer um ein lustiges Wort oder einen treffenden Spaß, den man ihm zuschrieb, zuweilen um Kraftproben oder Verwegenheiten, selten oder nie um Auszeichnung im arbeitsamen Leben. Das wurde schneller vergessen, als man es in einer so engen und kleinen Welt meinen sollte, und ich wunderte mich schon als Bub darüber, wie bald und wie völlig alles Gewesene untergeht, wenn ich mit vielen Fragen an die Großmutter verwiesen wurde, die fast immer die Antwort hatte, es sei zu lange her, um sich noch daran zu erinnern. Ich glaubte, daß, wie die Geschlechter einander folgten, so auch Haus und Anwesen vom Vater auf den Sohn, vom Sohne auf den Enkel übergingen, und daß die lange Reihe hinaufführte bis zu dem Manne, der den breiten Dachstuhl über die Balken habe setzen lassen. Später war mir die Erkenntnis, daß sich nur wenige Familien im ererbten Besitze gehalten hatten, eine Enttäuschung, bis ich auch in diesem Kommen und Gehen eine Notwendigkeit des Lebens erkannte.

Was für ein lehrreiches und unterhaltsames Buch gäbe es, wenn einer bloß Haus für Haus Wechsel und Schicksale der Inwohner aufzeichnen würde! Es könnte uns seltsam anmuten, was für verschlungene Wege die Geschlechter aufwärts und abwärts führten, in welche Unruhe das Leben die Menschen stieß, die man in dieser Stille geborgen wähnte, in welche Weiten manche getrieben wurden, die hier fürs Engste geboren waren.

Und was blieb von denen, die viele Jahrzehnte im Dorfe recht laut und vernehmlich gelebt haben?

Ein paar schmiedeeiserne Kreuze, auf denen ihre Namen längst unleserlich geworden sind, und die verdrängt werden von den neumodischen Marmorklötzen. Aber auch auf diesen halten die Buchstaben kaum länger wie die Erinnerung an das, was denen unterm Boden einmal als das Wichtigste galt.

Eines bleibt und scheint unvergänglich zu sein: der Namen, mit dem das Haus nach dem ersten Inwohner oder seinem Berufe benannt wurde. Den übernimmt jeder, der später aufzieht, und er verliert gewissermaßen die eigene Persönlichkeit, um der neue Pointner und Bichler und Gschwendtner zu werden. Und es klang ganz adelig, wenn nach Viehausstellungen die Preise im Gebirgsboten standen: für Bartlmä Heiß, Lidl in Point, oder für Peter Mayr, Untergschwendtner in Gschwendt.

Daß ich Lorinser hieß, erfuhr ich erst, als ich in die Schule kam; bis zu dem Tag war ich der Hagn Kaspar, bin's auch fürs Dorf geblieben, und es wird sich darin nichts ändern. Mein Großvater wurde Hagn durch Einheirat; ehedem waren wir die Rauhecker am Berg, wie das alte Totenbuch ausweist. Es sind zwei Lorinser mit zwanzig andern aus der Gemeinde pro iustissima Patriae defensione in der Sendlingerschlacht anno 1705 gefallen, und der damalige Pfarrer hat dazu geschrieben: »Georgius Lorinser vom Rauhacker, ab uxore sua desideratissimus; Blasius Lorinser, juvenis optimus et innocentissimus. Sie mußten bei dem vielfältigen Schießen, unchristlichen Hauen und Ummetzgern der Kroaten ihr Leben lassen.«

Von den Taten und Schicksalen der zweiundzwanzig wußte man im Dorfe nichts, und den wenigsten war es bekannt, ob Angehörige ihrer Geschlechter in jenem Totenbuche eingetragen waren. Aber die Mordweihnacht wurde zum berühmtesten vaterländischen Ereignisse, und wohl noch zu Lebzeiten etlicher Mitkämpfer schuf sich das Volk unbekümmert um den wirklichen Hergang eine Legende, die es treuer hegte als die wohl beglaubigte Geschichte bayrischer Ruhmestaten.

Es schmückte die sagenhafte Gestalt des Schmiedes von Kochel mit allen Eigenschaften aus, die es liebt, mit riesigem Wuchse, Stärke und Tapferkeit; es pries ihn nicht als klugen Führer, sondern ließ ihn mit dem Morgenstern dreinschlagen und endlich selber tot zu Boden sinken.

So stellte es in die mit Aktenbergen belegte Historie des Erbfolgekrieges, in eine Gesellschaft, die jede admirable Opera und Lustbarkeit des durchlauchten Kurfürsten, jedes Karussell und jede Comedia gewissenhaft verzeichnete, eine Reckengestalt, sagenumwoben wie die des grimmigen Hagen von Tronje.

Daß es sie geschaffen hat, weiß das Volk nicht, es hält sie für echt und liebt sie als Sinnbild der eigenen Kraft und Treue.

In unserm Dorf gab es Aufführungen von Theaterstücken, in denen der Schmiedbalthes verherrlicht war, und ein Triftmeister aus der Nachbarschaft, der die Figur dazu hatte, stellte den Helden dar. Man rühmte noch lange nachher seine Erscheinung wie sein treffliches Spiel; auf mich als zehnjährigen Buben machten sie den tiefsten Eindruck, und ich betrachtete den biederen Mann mit scheuer Ehrfurcht, wenn er mir in der Dorfgasse begegnete. Es war mir nicht recht, daß der vaterländische Recke mit den andern ins Wirtshaus ging, denn es paßte nicht zu der hohen Vorstellung, die ich von ihm hatte.

Bei solchen Aufführungen zeigte sich, was später entdeckt wurde, daß in den Leuten viel schauspielerisches Talent steckte, aber damals dachte kein Mensch an seine Ausnützung. Später kam die Überzeugung auf, daß es guten Verdienst abwerfen könnte, wenn man einem Publikum, das keine Eigenart mehr hatte, mit Ursprünglichkeit aufwarte. Unter denen, die mit Juhu und Schuhplatteln die Völkerkunde der Berliner und Neuyorker mehrten, war ein Vetter von mir, der aber bald einsah, daß sich die Dollars noch leichter versaufen wie verdienen ließen, und wieder rechtschaffener Holzknecht wurde.

Anderen ist die Bewunderung ihrer prachtvollen Naturwüchsigkeit schlechter bekommen, aber das war alles nicht in der Zeit, von der ich zunächst erzählen will.

Zweites Kapitel

Ich kam einen Tag vor heiligen Dreikönig zur Welt und wurde Kaspar getauft nach dem Weisen aus dem Morgenlande, dessen Namen als der erste an die Türen geschrieben wird. Mein Göd war ein Einödbauer, der zur Freundschaft meiner Mutter gehörte und im Abendlande für einen Weisen galt, wenigstens in der nächsten Umgebung. Er las vieles aus Büchern, Kalendern und Zeitungen heraus und deutete sein tiefes Wissen mit dunkeln Worten an, ohne es jemals offen hinzulegen. Er hatte sich ein hintersinniges Mißtrauen gegen alles und am meisten gegen das, was sich klar und selbstverständlich geben wollte, erworben. Die Hebamme trug mich am kältesten Tag des Jahres in die Kirche und legte mich hinterher beim Oberwirt zum Aufwärmen auf die Ofenbank, dort stahl mich der Kreuzpointner, der immer gute Einfälle hatte, und trug mich heimlich zum Kainzenwirt, wo mich der Göd mit Freibier loskaufen mußte.

Die Taufgesellschaft hatte ihren Spaß daran, und mir schadete es nicht. Nach Landesbrauch und -unsitte, allen Lehren medizinischer Größen zuwider, wurde ich mit Mehlbrei aufgezogen, tat aber der Wissenschaft nicht den Gefallen, die Richtigkeit ihrer Warnungen zu bestätigen, sondern gedieh und kam zu festen Knochen.

Allzu viel Aufmerksamkeit wird auf meine Unterhaltung nicht gewandt worden sein. Die Nachbarlisl, ein vierzehnjähriges Mädel, dem ich oft anvertraut wurde, hat sicherlich nicht jede weinerliche Miene durch Schellenklingeln in ein Lächeln verwandelt. Sie zog mich gewöhnlich im Kinderwagen herum und war darauf bedacht, nicht ganz ums eigene Vergnügen zu kommen.
Der Wagen stand lange Jahre im Flötz unter der Stiege und leistete noch vier nachgeborenen Geschwistern seine Dienste. Er bestand aus vier grün angestrichenen Brettern, rollte auf niederen Rädern und konnte ohne große Gefahr für den Passagier umgeschmissen werden. Wenigstens nach Lisls Meinung, die ausgeprobt war. Man lag in der kleinen Truhe offen da und war vor den Strahlen der Sonne durch keinen Mullvorhang geschützt, man konnte Arme und Beine frei bewegen und auch einmal den Versuch machen, die Zehen ins Maul zu stecken. Wenn die Lisl bei der Heuarbeit helfen mußte, schob sie mich unter eine Haselnußstaude am Rain, wo ich still liegen und auf die Musik hören konnte, die Bienen und Hummeln um mich herum machten. Schrie ich gar zu jämmerlich, dann kam Lisl herüber und beruhigte mich, indem sie mich tiefer ins Buschwerk schob. Unser Schnauzl lag neben mir im Gras, und indes er anscheinend gleichgültig ins Weite sah oder nach lästigen Fliegen schnappte, gab er genau acht auf den hilflosen Kerl, der mit seinen kleinen Händen nach Sonnenkringeln haschte.
Er blieb mir ein guter Freund und ließ sich von mir die Haare zausen; er wedelte wohlwollend mit seinem Schweifstummel zu meinem Lallen und blieb sich stets seiner Würde als der Ältere und Gescheitere bewußt.
Meine ersten Gehversuche sind in keiner Familienchronik eingetragen, meine ersten Schuhe sind nicht aufgehoben worden, denn im Bauernhause ist das Natürliche kein wichtiges Erlebnis.
Eines Tages stand ich auf meinen Beinen, und wieder über eine

Weile wagte ich mich allein ins Freie und gelangte auch einmal über die Tennenbrücke auf den Heuboden. Darin war es seltsam dämmerig, und wo die Verschalung nicht dicht schloß, drangen Sonnenstrahlen durch die Klumsen, und in den breiten goldenen Streifen tanzten feine Staubkörper. In der Mitte des Bodens war ein großes viereckiges Loch, durch das man das Heu hinunter warf. Als mich die Mutter zum ersten Male in der Tenne erwischte, warnte sie mich eindringlich vor dem unheimlichen Abgrunde. Ich fürchtete mich davor, kletterte aber immer wieder über die Berge von Heu und huschelte mich in ein Nest, wo es mir gruselig und wohlig zugleich war. Wie konnte ich erschrecken, wenn plötzlich unsere Katze fauchend vor mir stand, mit feurigen Augen, weil ich ihren Jungen zu nahe gekommen war! Und wie kauerte ich mich zusammen, wenn dicht über mir der Regen auf die Schindeln trommelte! Ich wuchs bald in den Bubentrotz hinein, der sich gegen die Aufsicht des Weibervolkes auflehnt und zu den Mannsbildern hält. Mein um vier Jahre älterer Bruder Hansgirgl ging mir darin mit seinem Beispiele voran. Der stellte sich als von mir angestaunter Schulbub breitbeinig in die Küche und fragte, ob mit dem Essen nichts vorwärts ginge, als hätte er das Wichtigste vor.

Wir mußten unsere Freuden in der Arbeit der Erwachsenen, im Zuschauen und Nachahmen finden, denn Spiele und Spielzeuge, die so trefflich auf die Phantasie der städtischen Buben wirken sollen, hatten wir nicht. Wir kamen darum nicht zu kurz. Es gab bei den Handwerkern im Dorfe viel zu sehen, bei der Arbeit im Felde fanden wir unsere Lustbarkeit, auf allen Fuhrwerken durfte ich aufsitzen, und da ich auf Worte und Gebärden Acht hatte und sie gerne nachahmte, eignete ich mir nicht lauter Wohlgesittetes an. Die Mutter verwies es mir auf ruhige Art, die eindringlich genug auf mich wirkte. Ich erinnere mich nicht, daß ich grobe Schimpfworte von ihr gehört hätte, aber immerhin wäre sie leichter zum Zorne zu bringen gewesen wie mein Vater,

der ein stiller, wortkarger Mensch war und immer nachdenklich seine Pfeife rauchte.
Sein schweigsames Wesen flößte uns Respekt ein, und es blieb immer eine wirksame Drohung unserer Mutter, daß sie es dem Vater sagen werde. Wenn ich im Streite mit den Geschwistern eine große Maulfertigkeit zeigte, horchte er zu und schüttelte verwundert den Kopf. Es galt als ausgemacht, daß ich die seltene Gabe vom Großvater mütterlicherseits hatte, der als Wirtshausdisputierer einen Ruf genossen hatte.
»Er ist ein sektischer Bub«, sagte mein Vater zu Nachbarn und Jagdgenossen, die zum Heimgarten in unsere Küche kamen.
Ich mußte ihnen erzählen, wie der Urtlmüller mit dem Schlitten umgeworfen hatte, wie er im Schnee gelegen und lange nicht in die Höhe gekommen war, ich machte den Wagner nach, der beim Reden stark schnaufte, oder den hinkenden Schneidergesellen. Wenn sie aus vollen Hälsen lachten, kam ich in Eifer und konnte mir nicht genug tun, bis die Mutter abbot.
Einiger Anteil an meiner Erziehung traf die Großmutter; sie lebte im Austrag bei ihrem Sohne schräg gegenüber von uns, und da dieser zwei schon halb erwachsene Mädeln hatte, wartete sie herüben, wo es mehr Kinder gab, auf. Sie war aus der Tölzer Gegend, wo die Franziskaner ihren Einfluß bewahrt hatten, und hielt auf Herkommen und Brauch.
Mit neugierigen Kinderaugen sah ich ihre Hantierungen im Stalle, die Unheil abwenden sollten, und sie kargte nicht mit Unterweisungen in uraltem Aberglauben, der einen wichtigen Bestandteil ihrer Rechtgläubigkeit bildete. Den unscheinbarsten Vorgängen schrieb sie Bedeutung zu, und oft schlug sie Lärm, wenn meine allzu sorglose Mutter darin etwas übersehen oder leicht genommen hatte. Von ihren Lehren blieb etliches Gute an mir hängen, wozu ich die bäuerliche Ehrfurcht vor Brot rechne. Ich mag es heute noch nicht sehen, wenn man einen Laib Brot verkehrt auf den Tisch legt oder mit dem Messer hineinsticht, –

unserm Herrgott in den Leib, wie die Großmutter sagte.
Obwohl die Alte gerne dabei war, auf meine Fragen ausführliche Antworten zu geben und daran lange Nutzanwendungen zu hängen, brachte ich sie oft genug dazu, daß sie auf das letzte Warum keine Erklärung mehr hatte. Sie machte den auch unsern Gelehrten wohlbekannten Versuch, mich vom Hauptwege abzubringen und seitwärts ins Gestrüpp zu führen, aber sie war nicht gewandt genug, um die dazu notwendigen verwirrenden Nebel aufsteigen zu lassen.
Wenn sie ihre Niederlage bekennen mußte, pflegte sie seufzend zu sagen, man habe mich als Wickelkind auf den Kalender gelegt, und darum sei ich so übergescheit und mühsam geworden.
Allmählich kam die Zeit, wo mir Wißbegierde als Tugend angerechnet werden mußte.
An einem stillen, feierlichen Herbsttag, an dem die Kuhglocken von allen Wiesen verlockender klangen wie je, ging ich neben meinem Bruder mit dem Schulranzen auf dem Buckel ins Dorf. Mein Vater stand unter der Haustüre und rauchte, und es kam mir so vor, als lachte er ein wenig. Beim Abschied hatte er mich auf den Kopf getätschelt und gesagt: »Jetzt geht's dahin...« Die Mutter hatte mir das Jöppel zugeknöpft und den Hut gerade gerückt und hatte noch an mir herumgezupft und mich dann mit einem »In Gotts Namen, Bub!« gehen lassen.
Und nun stapfte ich neben dem Hansgirgl her, der mir schon nach etlichen Schritten allen Mut nahm, indem er mir sagte, daß der Lehrer die Hiebe hinten aufmesse, der Kooperator aber lieber Tatzen hergebe.
Er redete so, als ließe sich's nicht vermeiden, und müsse bloß nach der Art verschieden als Reichnis hingenommen werden. Ich überlegte schon, ob ich mich nicht durch den Heckenzaun, in dem ich etliche Löcher kannte, auf unsere Wiesen retten sollte.
Dort hütete Nannei, die jüngere Schwester der Lisl, unser Vieh, und ihre Gesellschaft war mir noch nie so begehrenswert erschie-

nen wie an dem Tag. Ich schaute sehnsüchtig zu ihr hinüber, da schrie sie: »Abcschütz, gehst in d' Schul und lernst nix!« Und sie streckte die Zunge heraus, so lang sie sie hatte.

Das brachte mich von meinem Verlangen ab, und ich ging weiter und kam im Schulhause an, wo ich mich von einer großen Schar von Buben und Mädeln umringt sah. Die andern Neulinge standen, wie ich, stumm und betreten herum; die älteren lärmten und balgten sich und zeigten uns auf jede Weise die Überlegenheit der gedienten Mannschaft.

Einige liefen die Stiege hinauf und rutschten auf dem Geländer herunter, bis es plötzlich unheimlich still war. Der Herr Lehrer trat unter uns.

Er war mir ja nicht unbekannt. Öfters schon hatte ich ihn mit Scheu betrachtet, wenn er an unserm Hause vorübergegangen war, und ich hatte es meistens aus einem Verstecke, in das ich geflüchtet war, getan.

Zuweilen war es mir nicht gelungen, und ich war seinen Blicken ausgesetzt geblieben, und er hatte mich lachend angeschaut, als wollte er sagen: »Wart nur, du kommst mir nicht aus!« Und da war er mir wie ein Menschenfresser vorgekommen.

»Nur lauter!« sagte er jetzt zu mir. »Wer bist du?«

»Der Hagn Kaschbei«, antwortete ich verzagt.

»Da herin bist du der Kaspar Lorinser ... so heißt du, und so wirst du aufg'rufen. So, das merkst du dir, und jetzt setz dich auf die Bank und paß auf alles gut auf!«

So war, ohne daß ich es ahnte, der erste leise Ruck geschehen, der mich von daheim loslöste. Ich lernte die Geheimnisse der Fibel kennen und malte die Tafel voll Buchstaben, ich drang im Lesebuch vor bis zu den lehrreichen Geschichten Christophs von Schmid, und daheim erzählte ich ihm nach, wie froh der überkluge Bauer war, daß die Eichel kein Kürbis war, als sie ihm auf die Nase fiel.

Und weder der Hansgirgl mit seinen sicheren Reichnissen behielt recht, noch die Nannei mit ihrem Spott, als sie die Zunge herausgestreckt hatte. Der Abcschütz lernte was, und der Schüler Kaspar Lorinser erwarb sich nicht bloß Kenntnisse, sondern teilte sie auch andern mit, denn er besaß ein lehrhaftes Wesen, das ihn antrieb, die Menschen seiner Umgebung auf die Höhe seines eigenen Wissens zu bringen. Es war aber auch ein Schwindelgeist in ihm, der sich damals nur anzeigte und erst später prächtiger gedieh, und der ihn alles neu Angeflogene wie längst Bekanntes und Wohlverdautes darstellen ließ.

»Ein sektischer Bub«, sagte der Vater, der mein aufmerksamer, schweigend vor sich hin rauchender Zuhörer blieb; die Weiberleute gaben weniger acht und rasselten respektlos mit Schüsseln und Pfannen in den Vortrag hinein.

Drittes Kapitel

Die Jahre vergingen im regelmäßigen Wechsel der Geschehnisse, und was sich im Dorfe durch Geburt und Tod änderte, geschah so allem Natürlichen und Erwarteten angemessen, daß es fast unmerklich einen Teil der Verdrängung des Heute durch das Morgen bildete. Der Kreuzpointner, den das veränderliche Schicksal zum Philosophen gemacht hatte, pflegte zu sagen, das ganze Strapazieren habe keinen Wert; in fünfzig Jahren gebe es andere Leute und andere Schubkarren. In der kleinen Welt merkt einer die vanitas vanitatum so deutlich wie in der großen. Ich kam in der Schule gut vorwärts und zeigte Anlagen, die meinen Lehrer Wenglein bewogen, eines Tages bei uns einzukehren und dem Hagn zu eröffnen, er halte es für seine Pflicht, mit ihm über meine Zukunft zu reden. Er sei gewiß nicht voreilig und gleich geneigt, in jeder tüchtigen Begabung ein ungewöhnliches Talent zu erblicken; vor allem aber wisse er sich frei von der törichten

Meinung, daß man im Bauernstande nicht auch helle Köpfe brauchen könne.
Wie stehe es aber mit mir? Es sei doch keine Aussicht, daß ich als der Jüngere das Anwesen erhalte, und so müsse ich Knecht bleiben, wenn mir nicht ein Zufall Besseres biete. Hätte ich Geschick zum Basteln, so würde er raten, daß man mich ein Handwerk lernen ließe, aber nach seiner Meinung fehle mir dafür jede Begabung, während ich zu anderem Talent und Neigung in ungewöhnlichem Maße zeige. Kurz, man müsse recht ernsthaft erwägen, ob man mich nicht studieren lassen könne. Die lange Rede dieser Standesperson versetzte meinen Vater in ein tiefes Staunen, was sich dadurch zeigte, daß ihm die Pfeife immer wieder ausging, so oft er sie auch anzündete. Als meine Mutter, die im Stall gearbeitet und sich erst schicklich zurecht gemacht hatte, in die Stube kam, überließ er ihr den Platz am Tische und zog sich auf die Ofenbank zurück, wo der Tabak in Brand blieb. Erst jetzt kam ein Zwiegespräch zustande, denn bis dahin hatte Herr Wenglein allein gesprochen. Meine Mutter war hocherfreut über das rühmliche Zeugnis, das man für mich in dem Vorschlag erblicken mußte, aber sie sagte ohne Umschweife, daß sie mich aus eigenen Mitteln nicht studieren lassen könnten. Sie redeten hin und wieder und überlegten, wo sich eine Möglichkeit auftun könnte, und man sah wohl, wie viel dem Lehrer daran gelegen war. Da kam die Großmutter dazu, die vom Guggenbichler aus mit scharfen Augen bemerkt hatte, wie Herr Wenglein in unser Haus eingetreten war, und die gleich etwas Besonderes dahinter vermutet hatte. Als sie erfuhr, um was es sich handle, erhob sie einen freudigen Lärm, denn sie hatte sich's lang schon im geheimen gewunschen, daß aus mir ein geistlicher Herr werden sollte. Das verstand sie nach gebräuchlicher Meinung unter Studieren. Sie brachte gleich viele Pläne zum Vorschein, an die meine unerfahrene Mutter nicht gedacht hatte.
Da waren die Herrn Patres in Tölz, denen man vielleicht zeigen

konnte, was sie an mir gewännen. Oder man sollte dem Pfarrer die Sache ans Herz legen. Es sei schon vielen auf diese Weise geholfen worden; so wisse sie es gleich von einem Taglöhnerbuben von Irschenberg, der dann später auf eine große Pfarrei ins Unterland gekommen sei und seine zwei Schwestern zu sich genommen habe.

Außerdem ließ die Großmutter eine lange Reihe von Verwandten aufmarschieren und prüfte sie auf ihre Fähigkeiten zu dem guten Werke. Aber da schaute nicht viel heraus. Die einen verwarf sie gleich, sobald sie die Namen nannte, andere hatten Kinder, die dritten hatten kein Geld, wieder anderen war kein rechtes Gemüt für so was zuzutrauen. Schon wollte sie ihre Blicke unwillig von der Verwandtenschar abwenden, als sie zuletzt noch auf einem Ehepaar haften blieb, das dem Hörensagen nach in guten Verhältnissen in Burghausen lebte.

Die Frau war aus unserer Gegend und mit den Lorinsern weitschichtig verwandt, ihr Mann hatte ein Geschäft, und vor Jahren hatten sich die beiden durch einen Reisenden nach den Verwandten erkundigen lassen.

Herr Wenglein sagte, da leuchte ein Stern in finsterer Nacht, denn in Burghausen sei ein Gymnasium, und wenn die Leute auch kein Geld aufwenden wollten, könnten sie mich doch in ihrem Hause aufnehmen.

Mein Vater wurde gefragt, was er von der weitschichtigen Base halte, und ob er glaube, daß man sie gewinnen könne. Es stellte sich aber heraus, daß er von ihr nichts wußte, und daß er sich keine Meinung über diese Dinge gebildet hatte. Er war in sich gekehrt auf der Ofenbank gesessen und hatte sich gewundert, zu welchem Aufruhr ich da Anlaß gegeben hatte.

Er sagte jetzt: »Das is ein sektischer Bub«, und versank wieder in Nachdenken.

Die Großmutter gab Herrn Wenglein zu verstehen, daß von meinem Vater nichts zu erhoffen wäre, und bat ihn, daß doch er an die Verwandten schreiben und sie über diese wichtige Sache aufklären möchte. Das versprach der Lehrer und ging.

Ich war nicht daheim, als so über mich verhandelt wurde. Der Hansgirgl hatte sich den Fuß gebrochen, und deswegen mußte ich als Kühbub auf die Rauchalm, und es hätte mir nichts Liebe-res geschehen können. Als Sennerin war die Ecker Lisl, meine ehemalige Kindsmagd, droben, und ich mußte ihr fleißig helfen.

Doch hatte ich freie Zeit genug und lag stundenlang hinter der Alm auf Grasbuckeln, von denen man weit ins Flachland hinaus-sah. Die Isar zog sich wie eine silberne Ader durchs Land, ver-schwand hinter Hügeln und kam wieder hervor. Wie dunkle Felder eines Schachbrettes lagen die Wälder unter mir: sie zogen sich zusammen, liefen in dünnen Streifen an Dörfern vorbei und dehnten sich weiter draußen gewaltig aus, daß kein Platz mehr für anderes blieb; zur Rechten, gegen Osten hin, blinkten wie Edelsteine ein paar Seen herauf, und dahinter erstreckte sich eine lange Kette von Bergen, die sich im Dunst verloren. Wolken-schatten legten sich auf helle Wiesen, huschten weiter über Kirch-türme und Häuser weg, und hinter ihnen drein lief goldener Sonnenglanz und trieb sie weiter.

Da lag ich und horchte auf das Rauschen der Bäume, und waren es auch kindliche Gedanken, mit denen ich mir die Welt da unten ausschmückte, sie knüpften doch Fäden zwischen ihr und mir, die mich nie mehr losließen und zäher hielten wie dicke Taue.

Meine Tätigkeit freute mich. Ich kam mir sehr wichtig vor, wenn ich die Kühe heimtrieb, wenn ich beim Butterrühren half oder Holz zutrug, und ich war froh, daß der Schulanfang noch in weiter Ferne lag. Da kam eines Mittags die Nanni herauf mit der Botschaft, ich müsse gleich heim, und sie habe den Auftrag, heroben zu bleiben. Auf unsere erstaunten Fragen, warum man mich hole, sagte Nanni, sie wisse es nicht genau, aber sie habe gehört, ich müsse auf geistlich studieren. Lisei und ich meinten, sie habe wieder einmal was nicht verstanden und dumm ausgerichtet, aber wie ich erhitzt vom schnellen Abstieg heimkam, erfuhr ich, daß es damit seine Richtigkeit hatte.

Die Großmutter führte das Wort und teilte mir mit, was für ein großes Glück sich für mich aufgetan habe, und wieviel Dank ich dem Herrn Lehrer schuldig sei. Der Kaufmann Redenbacher in Burghausen und seine Frau, ein unsriges Basl, hätten sich bereit erklärt, mich bei sich aufzunehmen, weil ihnen als kinderlosen Leuten der Wunsch meiner Eltern recht gelegen gekommen sei.

»Jetzt is alles in Ordnung, und du kommst auf Burghausen und werst mit der Gotts Hülf ein hochwürdiger Herr«, schloß die Großmutter.

Ich war so verblüfft, daß ich mich ohne ein Wort zu sagen an den Herd setzte und bald den Vater und bald die Mutter anschaute.

»Ja, Kaschbei«, sagte diese und strich mir übers Haar, »wer hätt sich denkt, daß du so ein Glück machst?«

Nun kam es mir zum Bewußtsein, was man mit mir vorhatte.

Ich sollte fort von daheim zu fremden Leuten und sollte alles verlieren, was mir gewohnt und lieb war. Da hielt ich nicht mehr an mich und weinte laut hinaus. Die Großmutter geriet in Ärger über meine Blindheit, die mich das große Glück nicht sehen ließ. Hunderte wüßten nicht, was sie tun müßten vor Freude, und ich hocke da und flenne. Freilich könne ich es noch nicht recht verstehen, was es heiße, ein Geistlicher zu sein, und was es bedeute fürs ewige Leben. Ein Tölzer Pater habe bei einer Primiz gesagt, daß ein neugeweihter Priester über den Engeln stehe, und es sei bekannt, wie viel Kraft der Segen von einem solchen habe. Ein Paar Schuhe sollt man durchgehen, um zu einer Primiz zu kommen. Und was für eine Ehre sei es für die ganze Verwandtschaft und was für ein Trost, einen geistlichen Fürbitter zu haben! Und

wie gut gehe es den hochwürdigen Herren auch auf dieser Welt! Viele gebe es, die mehr Grund und Boden hätten wie ein großer Bauer. Sie kenne selber ein halbes Dutzend und mehr.
Sie redete immer eifriger in mich hinein und fragte meine Mutter: »Warum redt's denn ihr nix? Dem Buben muß man doch zeigen, was es für ihn heißt...«
Meine Mutter arbeitete am Herd, mein Vater saß am Tisch, vornübergebeugt, die Ellenbogen auf die Knie stützend; wenn ich zu ihm hinüber sah, wandte er den Blick ab und schüttelte bedächtig den Kopf.
Ich wischte mir mit dem Hemdärmel die Tränen ab und sagte recht entschieden, als Punktum hinter alle verlockenden Hoffnungen:
»I mag net...«
Die Großmutter begann gleich zu jammern, aber meine Mutter unterbrach sie.
»Kaschbei«, sagte sie ruhig und bestimmt, »so geht das net. Wenn sich dein Herr Lehrer die Müh gibt und kommt zu uns her und redet uns zu und schreibt nachher einen Brief an das Basl und bringts auch zuwegen, daß die Verwandten so was auf sich nehmen, dann kann so ein Bübel wie du net einfach seinen Kopf aufsetzen und sagen: I mag net. Die erwachsenen Leut müssen's besser verstehen, was dein Glück und dein Vorteil is, und sie müssen weiter denken wie du, und wenn du einmal die Gottesgab hast, daß du mit dem Lernen zu was Rechtem kommen kannst, so dürfen wir net zuschauen, daß du's wegschmeißt, weil's dich net freut. Daß dir 's Fortgehen hart ankommt, glaub ich schon; uns is 's auch nix Leichtes, und mir wern Langweil nach deiner ham. Aber des is net die Hauptsach. Als a Junger muß man sich den Stecken schneiden, an dem man im Alter geht. Und wenn du später amal als ein gringes Knechtl dein mageres Brot hättst, wie müßt dich da die G'legenheit reuen, die versäumt worn is. Und schuld hätten

mir, net du. Denn mir hätten die G'scheitern sei müssen. Jetzt denk ernsthaft, daß sich die Leut dir z'lieb um die Sach angnommen hamm ... und du mußt ihnen dankbar sein. Morgen früh geh'n wir miteinander zum Herrn Lehrer und zum Herrn Pfarrer ...«

Ihre Worte zeigten mir, daß es ernst war, und daß es für mich kaum mehr ein Entrinnen gab. Da wurde mir das Herz schwer, und als ich abends ins Bett schloff und dachte, wie ich unter fremde Leute müsse, da weinte ich die Kissen naß. Im Einschlafen war es mir, als knarrten die Bretter, und es käme wer ans Bett und eine harte Hand striche mir übers Gesicht. Da es in meiner Kammer nach Tabak roch, wird es wohl der Vater gewesen sein.

Am andern Morgen mußte ich mein Feiertagsgewand anlegen und mit der Mutter ins Dorf gehen. Sie war fröhlich und guter Dinge und sagte zu mir:

»Nimm's net so hart, Kaschbei! Die Fremd macht Leut, und mit dem Daheimhocken is net alles gewonnen; da bleibt's auch net am alten Fleck und akkrat so, wies einem g'fallt. Lern was und werd was, so bist am besten dran.«

Ich war schon mehr getröstet und hatte mir ausgerechnet, daß ich bis Micheli doch noch viele schöne Tage auf der Alm hätte.

Herr Wenglein nahm uns freundlich auf.

Als ihm die Mutter erzählte, daß ich mich weinend gesträubt hätte, sagte er:

»Ah was! Das war bloß so in der ersten Überraschung. Unser Kaspar ist doch ein heller Kopf und fürcht sich nicht vor dem Lernen...«

Er stellte mir auch vor, wie schön es würde, wenn ich als Student in der Vakanz heim käme, das gefiel mir gleich, und ich schlug herzhaft ein, als er mir die Hand reichte und mir das Versprechen abnahm, ihm Ehre zu machen.

Wir kehrten dann im Pfarrhof ein. Die Fräulein Pfarrerschwe-

ster kam gleich aus der Küche heraus und gab meiner Mutter die Hand.
»Ja, Hagin«, sagte sie, »wer hätt sich jetzt so was denkt! Schaut mir nur einer den kleinen Kaspar an!« Sie führte uns über die Stiege hinauf zum Herrn Geistlichen Rat. Er saß am Schreibtisch, auf dem viele dicke Bücher und Hefte lagen, wie auf den Stühlen und auf dem Ledersofa.
Er stand auf und rief: »Also, da is ja der große Gelehrte in spe! Brav, Kasperl, brav! Hab's schon g'hört, daß du dich gut anstellst, und der Herr Lehrer hat die größten Hoffnungen. No, man weiß nie, was in einem Buben steckt; oft recht wenig, hie und da recht viel. Es is scho manche Leuchte der Wissenschaft mitten unter lauter Gimpel auf der Schulbank g'sessen. Jetzt müssen mir's halt abwarten, ob der Kaspar Lorinser seinem Entdecker Ehre machen wird...«
Meine Mutter sagte, ich würde mir hoffentlich alle Mühe geben, damit ich einstmals dem Priesterstande angehören dürfe. Da lachte der Herr Geistliche Rat.
»Meine liebe Hagin, das is weit vorausgerechnet. Jetzt lassen wir ihn einmal mensa mensae deklinieren, nachher kommt vielleicht das amo amamus und sonst noch allerhand dazwischen. Tut's dem Buben den G'fallen und macht's net jetzt schon einen Primizianten aus ihm, wie's hie und da der Brauch is. Da gibt's Leut, die rechnen auf zwölf und mehr Jahr voraus, was bei der Primiz einmal alles g'essen und trunken wird, und di sin dann beleidigt, wenn die Hoffnung ins Wasser fallt. Ich hab's schon erlebt, daß einem die Säu und Gäns und Enten vorg'worfen worn sin, die man nicht schlachten hat dürfen. Jetz müssen wir bloß auf eins hoffen: daß der Kaspar ordentlich studiert. Den Speiszettel für die Primiz können wir allaweil noch aufsetzen ...«
Als wir heimkamen, ließ ich mir kaum Zeit zum Essen und eilte wieder zur Rauchalm hinauf, wo die Lisl große Augen machte, als ich ihr erzählte, was so plötzlich über mich bestimmt worden

war. Sie traute sich kaum mehr, mir eine Arbeit zu schaffen, die nicht zu mir passe, wie sie sagte. Ich hatte selber das Gefühl, daß in allem kein rechter Ernst mehr war, und ich dachte immer an den nahen Abschied. Jedes gelbe Blatt, jede Herbstzeitlose, die aus dem Boden schaute, mahnte mich daran.

Ich mußte öfter ins Dorf hinunter, um die Hemden zu probieren, die eine Störnäherin für mich anfertigte, und den Anzug, den mir mein Göd machen ließ.

Ein wenig freute ich mich doch über das Aufsehen, das ich erregte. Wer mir begegnete, redete mich an, und oft kam eine Bäuerin aus ihrem Hause heraus, wenn ich vorbeiging und rief: »Ja, Kaschbei, jetzt werst d' gar geischtli! Aber da werd dei Muata an Stolz hamm!«

Sie hatte ihn, wie ich glaube, aber sie ließ sich's nicht so ankennen wie meine Großmutter, die jetzt viel außer Haus war und von einem Heimgarten zum andern ging und so tat, als wäre sie selber eine Hauptperson der alleinseligmachenden Kirche geworden.

Da wir bei einem frühen Schneefall schon um Mitte September von der Alm heimtrieben und ich noch zwei Wochen daheim zu bleiben hatte, wollte sie, daß ich sie bei ihren Besuchen begleiten sollte, aber ich weigerte mich, vom Hause wegzugehen.

Mein Herz klammerte sich an alle Dinge darin an, und das Kleinste und Unbeachtete gewann jetzt für mich Bedeutung. In der Küche fühlte ich mich geborgen, wenn ich am Herd saß, dem Vater gegenüber.

Wir redeten wenig miteinander, aber wir hatten das Gefühl des Beisammenseins, und das war so beruhigend und so anheimelnd. Wenn es dunkelte und der Vater sich mit einem brennenden Span die Pfeife anzündete, leuchtete sein bärtiges Gesicht aus dem Finstern heraus, und ich sah, daß er seine Augen forschend auf mich richtete.

Dann kam der Abschied. Ich mußte lang vor Tag aufstehen. Die

Mutter hatte einen besonders guten Kaffee gekocht und setzte mir Kücheln vor, die sie eigens für mich gebacken hatte.
Ich brachte aber kaum einen Bissen hinunter und wischte nur immer die Tränen ab, die mir die Backen herunterliefen. Alle standen um mich herum; sogar die Cenzl, meine jüngste, vier Jahre alte Schwester war aus dem Bette gekrochen und im Hemd in die Küche gelaufen. Meine Mutter wollte mich trösten, aber sie hatte selber nasse Augen.
Es klopfte ans Küchenfenster. Die Großmutter stand draußen und rief, es sei Zeit zum Aufbrechen, der Postwagen könne nicht mehr lange aussein.
Als sie hereingekommen war, hörte sie nicht auf zu treiben, so daß mein Vater etwas vor sich hinbrummend meinen Reisesack nahm und sagte, er wolle mich begleiten, und sonst brauche niemand mitzugehen. Ich nahm Abschied von der Mutter, die nach dem Weihwasser langte und mir das Kreuz auf die Stirn machte.
»Sei brav und komm g'sund wieder!«
Alle schüttelten mir die Hand, und die Cenzl weinte so laut, daß man bloß auf sie und nicht auf die Reden der Großmutter achtete.
Draußen war es noch dunkel, und ein kalter Wind schlug mir den Regen ins Gesicht, als ich neben dem Vater zum Postwirtshause ging. Wir mußten noch eine halbe Stunde in der Gaststube warten, in der es nach Bier und kaltem Rauch stank.
Ich saß neben dem Vater, und er legte mir die Hand aufs Knie, redete aber nichts. Eine Stallaterne stand auf dem Tisch und gab einen trüben Schein. Endlich hörten wir den Wagen heranpoltern; der Hausknecht kam herein und sagte, es sei Zeit zum Einsteigen. Als ich in der Postkutsche saß, schob der Vater den Reisesack unter den Sitz, und indem er mir die Hand drückte, sagte er:
»Das hätt's alles net braucht.«

Die Pferde zogen an; ich preßte das Gesicht ans Fenster und schaute hinaus. Der Hausknecht stand mit der Laterne neben meinem Vater, dessen Gestalt groß und mächtig in die Dunkelheit ragte.
Dann bog der Wagen um die Ecke.
Behüt dich Gott, du liebe Heimat!

Viertes Kapitel

Ich fuhr mit der Bahn nach Rosenheim und innabwärts nach Marktl. Jede Station erschien mir mehr als trostlose Fremde, und das Gefühl von Abschiedsschmerz, das Unbehagen, das mich heute noch überkommt, wenn ich den Pfiff einer Lokomotive höre, stammt von jener trübseligen Reise her. Ich fühlte nicht, daß, was zur Linken und zur Rechten an mir vorüberflog, ein Teil der Heimat war, das Land, das sich vor meinen Blicken ausgedehnt hatte, als ich droben vor unserer Almhütte lag.
Es war Fremde.
Der Lärm im Rosenheimer Bahnhof wirkte verwirrend auf mich ein; ich mußte aussteigen und im Wartesaal fast eine Stunde zubringen. Die Leute drängten sich an die Schenke und holten Bier und Würste. Mir aber schien es ganz unbegreiflich, daß heute ein Mensch auf Essen und Trinken bedacht sein konnte.
Als ich wieder eingestiegen war, drückte ich mich fröstelnd in eine Ecke. Es regnete, und schwere Tropfen klatschten an die Fenster, die von Windstößen geschüttelt wurden. Ein Kalb stand draußen ans Geländer angebunden und blökte kläglich; da kam ein tiefes Mitleid mit dem verlassenen Tiere über mich, und ich konnte den Ton lange nicht vergessen. Die Leute, die ins Kupee hereinkamen und gleich eine lärmende Unterhaltung führten, kamen mir roh und gewalttätig vor; ich zog mich scheu vor ihnen zurück.

In Marktl stieg ich aus und schleppte meinen Reisesack zum Burghauser Postomnibus, der hinterm Bahnhofe hielt. Da kam ein kleiner Mann auf mich zu, der eine Brille auf hatte und stark schielte.

»Ist das der Kaspar?« fragte er mich. Ich stotterte eine Antwort, und er sagte mir, er sei der Kaufmann Redenbacher und habe mich abgeholt.

Im Omnibus redete er kaum mehr etliche Worte mit mir; ein Kapuzinerpater saß gegenüber, mit dem er sich eifrig unterhielt.

Der Pater war ein lustiger Mann, der alle Augenblicke seine Tabaksdose aus der Kapuze holte, um zu schnupfen.

Mir kam es sonderbar vor, daß ein heiliger Ordensmann ganz so wie andere Leute von gewöhnlichen Dingen redete und laut lachte, und ich hätte mich vielleicht noch mehr darüber gewundert, wenn ich nicht wie ein kranker Vogel dagesessen wäre und nachgedacht hätte, wie ich diesem Elend auf die schnellste Weise entrinnen könnte.

Ich wollte weglaufen, sowie sich das Wetter besserte; den Weg würde ich schon finden, immer den Bergen entgegen; und war ich ihnen erst näher gekommen, konnte ich leicht über Miesbach heimfinden.

Der Gedanke war kaum in mir aufgetaucht, so wurde er schon zum festen Entschlusse, und ich atmete beinahe froh auf, als ich soweit war.

Beim Rütteln und Stoßen des Wagens stellte ich mir vor, was meine Leute sagen würden, wenn ich nun plötzlich daher käme; wenn auch die Großmutter schimpfte und die Mutter unwillig wäre, – dem Vater würde es recht sein, das wußte ich.

Warum sollte ich unter den fremden Menschen leben, die mir schon jetzt nicht gefielen?

Der Herr Redenbacher am wenigsten.

Ich hatte vom ersten Anblicke an eine Abneigung gegen ihn,

ohne mir Rechenschaft geben zu können, was mir an ihm mißfiel, und sie blieb mir, obgleich mir das kleine Männchen nie etwas Böses zufügte.

Aber es war von Anfang an etwas zwischen uns, was auch ihn abhielt, mir herzlich entgegenzukommen.

Er war gegen jedermann überhöflich und hatte eine Kunstfertigkeit darin erlangt, mit allen Menschen über die nichtigsten Dinge lange Gespräche zu führen; in meiner Gegenwart blieb er immer wortkarg; gewöhnlich sprach er dann nur in abgebrochenen Sätzen und schien einen unangenehmen Rest mit Gewalt zu verschlucken, wobei er die Lippen lautlos bewegte.

Er sah mich nie an, aber ich bemerkte oft, daß er einen schielenden Seitenblick auf mich warf, in dem sich keine Neigung verriet.

Das alles beobachtete ich erst späterhin genau, aber auf jener ersten Fahrt durch den langen Marktler Wald regte sich in mir ein starker Unwillen gegen ihn, der mich in meinem Vorhaben bestärkte. Es war schon dämmrig und lange Wolkenfetzen hingen bis zu den Türmen der Burg herunter, als wir an der Bergstraße hielten, die steil abwärts in die Stadt führt.

Der Postillon legte den Hemmschuh ein; pfeifend und knirschend rutschte der Omnibus langsam vorwärts; dann ging es über holpriges Pflaster vor einen Gasthof, wo wir endlich haltmachten. Herr Redenbacher hielt seinen Schirm gegen den peitschenden Regen vor sich hin, ich tappte verdrossen und von einem plötzlichen Jähzorn gegen diese Reise erfüllt hinter ihm drein. In einer engen Gasse hielten wir vor einem Laden, dessen Auslagfenster durch ein paar Petroleumlampen beleuchtet waren. Wir traten ein, und da lief uns eine dicke, gutmütig aussehende Frau entgegen, die mich sehr herzlich begrüßte und mir den triefenden Wettermantel abnahm.

Ich mußte in dem kleinen Ladenzimmer auf einem ledernen Kanapee Platz nehmen; es war eingeheizt, und der Ofen strömte eine behagliche Wärme aus; nicht minder auch die gute Base, die mir die Hand tätschelte und sich nach allen möglichen Leuten im Dorf erkundigte.

»Jetzt laß dir's nur bei uns gefallen, Bübl«, sagte sie. »Ich weiß wohl, wie's einem zumute ist, wenn man zum erstenmal aus dem Nest muß; hab's selber durchg'macht und bin lang nicht fertig g'worden mit'n Heimweh, aber du mußt net verzag'n, mir helfen schon z'samm...«

Und sie half mir auch alle kommenden Tage so herzlich und zutraulich wie am ersten Abend, an dem ich mich in einer seltsamen Gemütsverfassung und in peinigender Ungewißheit befand.

Denn es galt mir doch als fest ausgemacht, daß ich beim ersten Sonnenschein aus der Stadt flüchten wollte, und jetzt war ich wieder irr geworden an meinem Vorhaben.

Es erschien mir als grobe Undankbarkeit gegen die Base, und als eine Kränkung, für die ich keine Entschuldigung wußte. Da ich aber nicht gleich von meinem Plane, der mich froher gestimmt hatte, abstehen wollte, nahm ich mir vor, auf jeden Fall etliche Tage auszuharren und dann meine Gönnerin offen zu bitten, daß sie mich ziehen lassen sollte.

Auch dieser Entschluß verlor Tag um Tag an Festigkeit, je mehr ich mich an den Gedanken gewöhnte, daß ich am Ende doch was Rechtes lernen könnte, und daß es eine schönere Heimkehr wäre, wenn ich als Student und nicht als verzagter Ausreißer meinen Leuten wieder vor die Augen käme.

Und so blieb ich denn in Burghausen.

Künstler haben die Stadt immer malerisch genannt, Soldaten und Offiziere haben sie ein Schindernest geheißen, die Beamten haben sie gemieden; und wer nicht mußte, ist nicht hingegangen.

Sie hat eine reiche Vergangenheit und eine reiche Geschichte von Mißhandlungen. Sie war Residenz, guter Handelsplatz, war hoher Amtssitz, war Garnisonsstadt.

Davon ist ihr nichts geblieben; jetzt ist Burghausen ein stiller Grenzort, und von allen Besitztümern hat es bloß mehr die alte Jesuitenschule, das Gymnasium.

Aber damals hauste oben auf der Burg noch das tapfere Jägerbataillon, und Markt und Gassen waren erfüllt vom fröhlichen Soldatentreiben.

Das gefiel mir gleich ausnehmend gut.

Es lag der Schimmer der großen Siege darauf. Offiziere und Unteroffiziere trugen die Ehrenzeichen, und wenn an besonderen Tagen das Bataillon auf dem Stadtplatze aufgestellt war, Mann an Mann, eine unbewegliche Mauer, bis eine Stimme, hell wie ein Trompetensignal, das Kommando gab und die Bajonette in scharfer Zickzacklinie aufblitzten, dann stand ich staunend unter den dicht gedrängten Zuschauern und meinte, nun hätte ich etwas vom Ruhme des Vaterlandes gefühlt.

Allein bevor ich vom schmerzlichen Heimweh zu anderen Empfindungen kam, brauchte ich lange Zeit.

Die Stadt drückte mit ihren engen Gassen auf mich. An der breitesten Stelle des zwischen Fluß und Schloßberg eingeklemmten Ortes war ein mit runden Steinen gepflasterter Platz, in den die lange Hauptgasse, die Gruben, einmündete. Die führte ihren Namen mit Recht; sie war wie eine dumpfe Grube. Die hohen Häuser waren eng aneinandergepreßt und den gegenüber liegenden so nahe gerückt, daß sich die Leute einander in die Stuben sehen konnten. Im engsten Teile lag die Gemischtwarenhandlung von Kastulus Redenbacher.

Das Haus hatte eine schmale Front, in der neben der Ladentüre und einem Auslagefenster kaum mehr Platz war für den Eingang.

War man ins Innere geschlüpft, dann stand man vor einer Stiege, die so steil in die Höhe führte, daß man zum Emporklimmen gerne das an der Wand hängende fettige Seil benützte. Oben führte ein Gang auf eine Altane hinaus, die über dem schmalen

Uferwege hing, der die Rückseite des Hauses von der Salzach trennte. Zuweilen glitten Lastschiffe, mit Zementfässern oder Salzsäcken beladen, den Fluß herunter, denen ich gerne und lange nachsah.

Drüben überm Wasser lag eine andere Welt, das Ausland Österreich. Dieses nahe und doch ferne Ufer regte immer meine Phantasie an, ich meinte, die Leute dort drüben müßten anders sein, anders leben, und ich wollte den Armen mein Mitleid schenken, da sie es doch sicher schlechter getroffen hatten.

Es verging einige Zeit, bis ich zum erstenmal über die Brücke in den österreichischen Ort Ach kam, der aus wenigen Häusern bestand.

Die männlichen Einwohner hatten fast alle Militärkäppis auf, kamen ziemlich salopp daher und waren schmächtig und klein; wer von ihnen keine Pfeife im Maul hatte, rauchte eine Virginia. Davon bekam ich einen bestimmten und bleibenden Eindruck vom Aussehen des Österreichers, den ich erst viel später korrigierte.

Der einzige Kommis Redenbachers, der aus Braunau stammte, war nicht dazu angetan, meine Meinung zu verbessern.

Er hieß Gabriel Hotowy und hatte ein blatternnarbiges Gesicht, das durch vorstehende Augen und schlechte Zähne entstellt war. Er war mein Zimmernachbar, und schon am ersten Tage sagte die Frau Bas zu mir, ich sollte mich mit dem Gispel nicht zu viel abgeben, denn er habe bloß Dummheiten im Kopfe. Anfänglich konnte ich ihrem Rate leicht folgen, denn Gabriel, der mittags an unserm Tische aß, sah recht hochmütig über mich weg und zeigte mir gegenüber eine unnahbare Größe. Es dauerte aber nicht lange, so schenkte er mir in übertriebener Weise seine Freundschaft und sein Vertrauen und machte mich zum Mitwisser seines Hasses gegen den Tyrannen Redenbacher.

Er war am Ende ein armer Kerl, der von sieben Uhr früh bis neun Uhr abends im Laden stand, nie einen freien Tag hatte und selten ein freundliches Wort hörte. Wunderlich war es, wie schnell sich in unserm Umgange die Rollen vertauschten, indem nun der um viele Jahre Ältere mir eine gewisse Überlegenheit einräumte. Ich war für den in der Hintergasse einer Kleinstadt aufgewachsenen Menschen ein Gegenstand der Bewunderung, denn seine Vorstellung vom Gebirge und seinen Bewohnern war mit einer übermäßigen Romantik ausgeschmückt.

Oft äußerte er seine Sehnsucht, einmal die freie Luft der Berge atmen zu dürfen, und dazwischen klang sein Wunsch nach einer kleidsamen Tracht und nach dem Umgange mit kernigen Sennerinnen durch.

Eines Abends kam er nach Ladenschluß in meine Stube, wo ich noch arbeitete, und indem er sagte, er weihe mir von nun an brüderliche Liebe, fiel er mir um den Hals und gab mir einen Kuß.

Von da ab hatte er mir immer etwas ins Ohr zu wispern und zeigte eine Heimlichtuerei, die meiner Frau Bas auffiel; sie fragte mich, und ich erzählte ihr die Entstehung der Brüderschaft.

Sie nahm Gabriel auf die Seite und sagte ihm wahrscheinlich sehr derb ihre abfällige Meinung, außerdem gab sie ihm ein anderes Quartier in einer Hinterstube.

Eine Zeitlang steckte er mir heimlich Briefe zu, in denen stand, daß echte Freundschaft durch solche Prüfungen nur geläutert und verstärkt werde, aber da ich nie antwortete und auch mein Unbehagen deutlich genug zeigte, verfiel er in eine dumpfe Resignation, und bald behandelte er mich wieder mit sehr auffälliger Kälte.

Aus einem Brief an Dr. Josef Hofmiller

Rottach, 31. Juli 1920

Ihre freundliche Teilnahme hat mir sehr wohl getan und ich danke Ihnen für Ihren Brief.

In Ganghofer ist ein braver, edler Mensch hingegangen, ein treuer Freund, ein furchtloser Mann.

Mir war er der letzte Repräsentant einer lieben Vergangenheit, bei dem ich immer Heimat fand, wenn ich ihn besuchte.

Unsere Väter haben sich gekannt und geschätzt; der seine war Aktuar meines Großvaters. Meine Mutter freute sich über seine ersten Erfolge auch im Gefühle der Zusammengehörigkeit. Ich selber bin ihm erst 1902 begegnet, aber wir schlossen rasche und dauernde Freundschaft, die in achtzehn Jahren nie getrübt war.

Die zwölf Jahre Altersunterschied machten ihn zum Vertreter einer anderen Zeit mit anderen künstlerischen Zielen. Aber seine strengen Kritiker haben stets das übersehen, was ich an ihm schätzte und bewunderte. Eine unversiegliche Freude am Fabulieren, eine überquellende Phantasie und – wenn nicht Strenge, dann ganz gewiß lauterste Ehrlichkeit.

Sein Leben war Glück und Sonnenschein; sogar in dieser Zeit, die ihm so schwer fiel wie irgendeinem, fand er durch die Gründung einer behaglichen Heimstätte inneren Frieden.

Er war einer von den ganz wenigen, die sich am Erfolge anderer neidlos und herzlich erfreuen können.

Um den Mann ist schade.
Sie erkundigten sich nach dem »Grünen Heinrich«. Der ruht, bis wieder der Herbst ins Land kommt. Ich nahm was Leichteres vor, etwa in der Art der »Wilderer«. Auch eine Jägergeschichte; sie spielt am Tegernsee mit Bauern, Jägern, Sommerfrischlern. Sie ist eben fertig geworden. Jetzt pausiere ich, und im Herbst will ich wieder an Ernsteres gehen. Dem grünen Kaspar tat es gut, daß er in den Kasten kam. Ich gehe dann wieder freier an die Arbeit.

Ludwig Thoma bei der Weihe der Ersten Bayerischen Landesschützenfahne, 1920

Aus einem Brief an Käthe Hübner

Rotes Kreuz, 20. August 1921

Heute vor vierzehn Tagen bin ich im Roten Kreuz operiert worden (Bruch- und Magengeschichten).
Die Operation ist gut verlaufen, doch bin ich noch angegriffen und schwach und muß mich daheim langsam erholen. Hier kann ich kaum einen Bissen essen. Deshalb schrieb ich Bertha, sie soll kommen und es mit Dir arrangieren. Ich muß Mamas Küche haben, langsam, allmählich.
Hilf der Bertha, daß sie Mittwoch pünktlich dort sein kann, ich hab' die Hilfe nötig; vielleicht kannst Du sie ablösen. Ich kann nicht weiteres schreiben, da ich zu erschöpft bin. Verzeih den alten Bogen, ich sah es erst jetzt. Nochmal schreiben geht nicht. Gruß Adam und Dir.

Aus einem Brief an Fürst G. von Donnersmarck

Rottach, 25. August 1921

Daheim! Gestern fuhr ich mit Auto heraus, und wenn's auch eine Anstrengung war, so ist der Gewinn doch groß. Alles ist hier anders. Ich bin in sorgsamster Pflege, herrlicher Luft, freue mich über jedes Geräusch draußen und herin und höre, fühle, atme Heimat. In der Zeitung war eine törichte Notiz, ich hätte bedenkliche Herzschwäche; die hatte ich von der ersten Stunde an nicht. Immer normal. Nur der Magen muß aufgepäppelt werden.

Für Ihre prachtvollen Enziane und für das Rittersche Werk sage ich Ihnen innigen Dank. Es war eine große, liebe Namenstagsfreude.

Und nun schicke ich Ihnen einen lieben Heimatgruß!

Trauerzug durch den Garten der Tuften

Das Grab im Friedhof von Egern

Ludwig Thoma: Leben und Werk

Zusammengestellt von Richard Lemp

21.1.1867	Mittags 11 Uhr kommt L. Th. im Hause des Verlegers Lang in Oberammergau zur Welt und wird um 3 Uhr nachmittags vom Pfarrer J. A. Daisenberger katholisch getauft. L. ist das 5. Kind des Kgl. Oberförsters in der Vorderriß Max Thoma (geb. 7.11.1822 in Rottenbuch) und seiner Ehefrau Katharina, geb. Pfeiffer, einer Schwabenwirtstochter aus Oberammergau (geb. 22.11.1831; verheiratet 14.12.1857). Seine Paten sind seine Tanten, die Verlegerswitwe Maria Lang und deren Schwester Theresia Lang. L. Th. verbringt seine Kindheit im Forsthaus in der Vorderriß, betreut von Viktoria Pröbstl; er erhält Vorschulunterricht von der Erzieherin Mathilde Kempter.
26.8.1873	Der Vater wird auf eigenen Wunsch als Kgl. Parkmeister nach Forstenried, einem Dorf südlich von München, versetzt.
Okt. 1873 –Aug. 74	L. Th. besucht die Volksschule in Forstenried.
26.9.1874	12.30 Uhr stirbt der Vater an einem Herzschlag; er hinterläßt die Witwe mit 7 unmündigen Kindern und einer jährlichen Pension von 1841,14 M. L. Th. bekommt als Vormund den Oberappellationsgerichtsrat Karl Decrignis und nach 1884 Ludwig Freiherrn von Raesfeldt, Kreisforstmeister in München, später Oberforstrat in Landshut.
Dez. 1874 –Aug. 75	Eine Tante, Ehefrau des Geometers Paulus in Landshut/Pfalz, nimmt L. Th. auf. Dort besucht er die Volksschule. Die Mutter pachtet den neuerbauten Gasthof »Zur Kampenwand« in Prien am Chiemsee; jährliche Pacht: 400 Gulden.
1875/76	L. Th. besucht die Lateinschule in Landshut/Pfalz.
1.7.1876	Einzug der Mutter in Prien.
1877	L. Th. in der 2. Kl. des Kgl. Studienseminars Neuburg/Donau.

1877/78	L. Th. wiederholt die 2. Lateinkl. an der Kgl. Studienanstalt Burghausen.
1879–1885	L. Th. am Kgl. Wilhelmsgymnasium in München, wo er 1 Klasse wiederholt. Er ist bei dem Kgl. Professor a. D. Hubert Merk, Rumfordstraße 25/IV r., (der »Hauptmann Semmelmaier« in den »Lausbubengeschichten«) und bei dem Postassistenten Wilhelm Ruppert und dem Hauptmann a. D. Peter Geißler, Frauenstraße 2/III, (die »Onkel Joseph« und »Wilhelm« in den »Erinnerungen«) in Pension.
1883	Die Mutter pachtet den Gasthof »Zur Post« in Traunstein.
1885/86	L. Th. besucht die 4. Gymnasialklasse der Kgl. Studienanstalt Landshut. Er wohnt bei den Glockengießer-Eheleuten Spannagl in der Unteren Freyung 594.
4.8.1886	L. Th. erhält das Abiturzeugnis. Deutsch: gut, Mathematik: ungenügend.
1886/87	L. Th. auf der Kgl. Bayer. Forstlehranstalt in Aschaffenburg, die er nach 2 Semestern und aktiver Studentenschaft beim Corps Hubertia verläßt.
1887/88	L. Th. Student der Rechte an der Ludwig-Maximilians-Universität München. Aktiv im Studentencorps Suevia, München.
21.2.1888	L. Th. verliert sein Band der Suevia, infolge eines Mißerfolgs bei einer externen Reinigung.
23.10.1888–25.6.1890	Studium der Rechte an der Friedrich-Alexander-Universität Erlangen.
1.8.1890	L. Th. erhält das Befähigungszeugnis zum Eintritt in den juristischen Vorbereitungsdienst.
1.9.1890–31.5.91	Rechtspraktikant am Kgl. Amtsgericht Traunstein.
6.12.1890	Mündliche Doktorprüfung an der Universität Erlangen. Thema der Dissertation: »Zur Lehre von der Notwehr«.
1.6.1891–1.3.92	Rechtspraktikant am Kgl. Landgericht Traunstein.
3.8.1891	Approbation zum Dr. jur. an der Universität Erlangen.
1892	Die Mutter kauft den »Gasthof zur Post« in Seebruck am Chiemsee um 65 000 M. und betreibt mit ihren Kindern Peter und Luise die Posthalterei.
4.3.1892–31.1.93	Vorbereitungspraxis am Kgl. Bezirksamt Traunstein.
1.2.–1.3.1893	Rechtspraktikant im Stadtmagistrat München.

1.3.– *1.9.1893* Vorbereitungspraxis bei Rechtsanwalt Dr. Theodor Loewenfeld in München.

Dez. 1893 L. Th. legt die 2. Prüfung für den höheren Justiz- und Verwaltungsdienst in München ab. Gesamtnote II, unter 303 Prüfungskandidaten erreicht er den 176. Platz.

Am Stammtisch in der Münchner Bierwirtschaft »Regensburger Wurstküche zum Herz« in der Nähe des Hofbräuhauses lernt L. Th. den Redakteur der Augsburger Abendzeitung, Joseph Ritter, kennen, der die ersten Beiträge im »Sammler«, der belletristischen Beilage der Augsburger Abendzeitung, vermittelt.

2.6.1894 Die Mutter stirbt im Alter von 63 Jahren in Seebruck.

30.8.1894 L. Th. stellt Antrag auf Zulassung als Rechtsanwalt beim Kgl. Amtsgericht Dachau.

17.10.1894 Die Zulassung wird erteilt. L. Th. hat Wohnung und Kanzlei bei Schneidermeister Max Rauffer, Augsburger Straße 13;

1895 L. Th's erste Veröffentlichung im »Sammler«: die Erzählung »Der Truderer«. Th.'s Geschwister verkaufen die »Post« in Seebruck um 85 000 M., geben die Posthalterei auf und lösen den Pachtvertrag »Zur Post« in Traunstein.

3.9.1895 Viktoria Pröbstl zieht nach Dachau und führt den Haushalt von L. Th.

1896 Im 1. Jg. der von Georg Hirth gegründeten Zeitschrift »Jugend« erscheinen 6 Gedichte von L. Th.

1.4.1897 L. Th. gibt die Rechtsanwaltskanzlei in Dachau auf und übersiedelt nach München; er wohnt in der Augustenstraße 19/I GH.

7.4.1897 Zulassung in Dachau gelöscht und in die Liste der beim Kgl. Landgericht München II zugelassenen Rechtsanwälte eingetragen. Kanzlei am Marienplatz 26/II. L. Th. beginnt sein erstes dramatisches Werk, das Lustspiel »Witwen«.

Nov. 1897 L. Th.'s erstes Buch »Agricola. Bauerngeschichten« mit Illustrationen von Bruno Paul und Adolf Hölzel erscheint in Passau.

Dez. 1897 L. Th. findet Anschluß an die Künstler um die 1896 gegründete satirische Zeitschrift »Simplicissimus« im Café Heck am Odeonsplatz.

1898 Im »Simplicissimus« Jg. 3 (1898) erscheinen 3 Gedichte von L. Th.

1.4.1899 Wohnung und Kanzlei am Promenadeplatz 17/II.

Aug. 1899 Der Verleger Albert Langen, der von 1898–1903 im Exil im

Ausland lebt, bietet L. Th. die ständige Mitarbeit als Redakteur des »Simplicissimus« an.

15.9.1899 L. Th. verkauft die Kanzlei an seinen Socius Rechtsanwalt Emil Göring um 8000 M. Kanzlei in der Kaufingerstraße 36/II. L. Th. wohnt in der Lerchenfeldstraße 5/II.

Dez. 1899 L. Th. beendet das Lustspiel »Witwen«, das erstmals am 5.8.1958 in der Bearbeitung von Georg Lohmeier am Münchner Residenztheater aufgeführt wird.

Im »Simplicissimus« Jg. 4 (1899/1900) erscheinen 40 Beiträge von L. Th.

März 1900 L. Th. wird Redakteur des »Simplicissimus« und veröffentlicht bis 1921 – meist unter dem Pseudonym Peter Schlemihl – und deren Sonderausgaben 798 Beiträge in der satirischen Zeitschrift.

April 1900 Zusammentreffen mit dem Verleger Albert Langen auf einer Redaktionssitzung in Rorschach am Bodensee.

Im »Simplicissimus« Jg. 5 (1900) erscheinen 58 Beiträge und eine Sonder-Nr. »Der Burenkrieg« von L. Th.

Feb. 1901 L. Th. schließt die Arbeit an der Komödie »Die Medaille« ab. Es erscheint der Band »Assessor Karlchen und andere Geschichten«. Beginn der Niederschrift der Bauerngeschichte »Hochzeit«.

April 1901 L. Th. fährt mit Reinhold Geheeb nach Stuttgart, radelt mit Eduard Thöny und Rudolf Wilke nach Bonn und reist weiter nach Berlin. »Der Sammler« bringt den Vorabdruck der »Hochzeit«. Es erscheint »Grobheiten« (Schlemihl-Gedichte aus dem »Simplicissimus«).

24.8.1901 Uraufführung der »Medaille« am Münchner Residenztheater. Regie: Jocza Savits.

L. Th. schreibt die Komödie »Die Lokalbahn«, ursprünglicher Titel »Friedrich Rebholz«.

27.9.1901 L. Th. reist wegen einer ihm »unerträglichen Verbindung« über Wien nach Berlin und bleibt dort mit Unterbrechungen bis März 1902. Mitarbeiter an Ernst von Wolzogens Kabarett »Überbrettl«. Fortführung der Arbeit an der »Lokalbahn«.

28.11.1901 Premiere der »Medaille« in Berlin.

Im »Simplicissimus« Jg. 6 (1901/02) erscheinen 63 Beiträge von L. Th.

1902 Bekanntschaft mit Ludwig Ganghofer.

April 1902	Reise nach Paris zu Albert Langen. Bekanntschaft mit Auguste Rodin.
6.5.1902	Radtour nach Italien (Venedig) zusammen mit Rudolf Wilke, Bruno Paul, Eduard Thöny, Ferdinand Freiherr von Reznicek, Reinhold Geheeb.
Juni–Aug. 1902	L. Th. lebt mit seiner Schwester Bertha, dem Bruder Peter und Viktor Pröbstl beim Six-Bauern in Finsterwald am Tegernsee.
20.8.1902	L. Th. sendet die »Lokalbahn« an Albert Langen und das Münchner Residenztheater (Josza Savits).
10.10.1902	Die Bauerngeschichte »Der Menten-Seppei« erscheint als erster Beitrag in den »Münchner Neuesten Nachrichten« Jg. 55, Nr. 470
19.10.1902	Uraufführung »Die Lokalbahn« am Residenztheater München. Regie: Josza Savits.
29.10.1902	Premiere »Die Lokalbahn« am Hoftheater Stuttgart. Zusammentreffen mit Baron Puttlitz, Conrad und Friedrich Haußmann.
21.11.1902	Viktor Pröbstl stirbt in Allershausen bei Freising.
	Im »Simplicissimus« Jg. 7 (1902/03) erscheinen 61 Beiträge von L. Th. Es erscheint die Bauerngeschichte »Hochzeit«.
9.1.1903	L. Th. lernt auf der Kegelbahn des Künstlerhauses den Bildhauer und Grafiker Ignatius Taschner (geb. 9.4.1871 in Lohr am Main) kennen und schließt mit ihm Freundschaft.
Jan. 1903	L. Th. reist nach Wien zur Aufführung der »Lokalbahn« am K. u. K. Hof-Burgtheater.
März/ April 1903	Aufenthalt in Rom. Albert Langen kehrt aus dem Exil zurück.
Herbst 1903	Es erscheinen »Neue Grobheiten« (Schlemihl-Gedichte aus dem »Simplicissimus«), »Die bösen Buben« und »Das große Malöhr im Juni 1903«, beide Bände mit Illustrationen von Th. Th. Heine; 5 Reisebriefe in den Münchner Neuesten Nachr. (18.3.–6.5.). Der Erzählungsband »Wilderer« ist fertiggestellt.
4.11.1903	L. Th. beginnt mit dem Bauernroman »Andreas Vöst«, ursprünglich unter dem Titel »Der Pfarrer von Erlbach«.
23.11.1903	Reise nach Karlsruhe zu einem Vortrag im Kaufmännischen Verein.
1.12.1903	L. Th. und Ludwig Ganghofer zur Jagd in Garmisch.

21.–23.12.	L. Th. schreibt die Geschichte »Der heilige Hies«.
1903	Im »Simplicissimus« Jg. 8 (1903/4) erscheinen 53 Beiträge von L. Th.
15.2.1904	L. Th. fährt mit Ignatius Taschner nach Nürnberg und lernt im Hause Faber Castell Maria Feist-Belmont aus Frankfurt, die spätere Maidi von Liebermann, kennen.
30.3.–Ende Mai 1904	Radtour mit Eduard Thöny und Rudolf Wilke nach Südfrankreich, Algier (Oase Biskra) und Italien.
Juli–Okt. 1904	Niederschrift der »Lausbubengeschichten« in Finsterwald. Zusammensein mit Ignatius Taschner, der den »Heiligen Hies« illustriert.
Okt. 1904	L. Th. schreibt das Gedicht »An die Sittlichkeitsprediger in Köln am Rheine«, es erscheint im »Simplicissimus« Jg. 9, Nr. 31, und bringt L. Th. eine Haftstrafe von 6 Wochen Gefängnis ein.
Nov. 1904	Es erscheinen »Lausbubengeschichten«, »Die Wilderer«, »Der heilige Hies« und das Simplicissimus-Flugblatt »Die Prinzessin Luise von Koburg ...«. Im »Simplicissimus« Jg. 9 (1904/05) erscheinen 26 Beiträge von L. Th.
1905	L. Th. wohnt in München, Franz-Joseph-Straße 9/II; den Haushalt führt seine Schwester Bertha.
8.2.1905	»Pippinger Veteranenfest« im Arzberger Keller, arrangiert von L. Th. und Ignatius Taschner.
26.3.1905	Verhandlung vor dem Landgericht Stuttgart wegen Beleidigung der Polizei in Königsberg.
23.4.1905	L. Th. beendet den »Andreas Vöst«.
6.5.1905	L. Th. gibt aus Anlaß der Vollendung des »Andreas Vöst« eine Einladung, zu der Albert Langen die Tänzerin Marietta di Rigardo (verh. Maria Schulz, geb. Maria Trinidad de la Rosa; verh. mit dem Berliner Komponisten und Schriftsteller Georg David Schulz; geb. 12. oder 25.5.1880 in Quiapo auf Manila, gest. 14.8.1966 in München) mitbringt.
8.–21.5. 1905	Radtour an den Gardasee und nach Florenz.
Mai–Juli 1905	L. Th. schreibt für den Komiker und Kgl. Hofschauspieler Konrad Dreher den Schwank »Der Schusternazi«.
26.6.1905	Urteil des kgl. Landgerichts Stuttgart wegen Beleidigung von Vertretern der Sittlichkeitsvereine durch die Presse: 6 Wochen Gefängnis.
2./3.7.1905	Zu Ludwig Ganghofers 50. Geburtstag arrangiert L. Th. beim

Six-Bauern in Finsterwald das »Ganghofer-Schießen«, an dem neben den Simpl-Künstlern auch G. D. Schulz und seine Frau Marietta teilnehmen;

8.9.1905	L. Th. entführt heimlich Maria Schulz aus Berlin
25.11.1905	Uraufführung »Der Schusternazi« im Theater am Gärtnerplatz in München. Regie: Hans Neuert; Titelrolle: Konrad Dreher. Es erscheinen »Andreas Vöst«, »Pistole oder Säbel? und anderes«, »Die Gräfin von Montignoso ...« (Simpl-Flugblatt), »Peter Schlemihl« (Gedichte). Im »Simplicissimus« Jg. 10 (1905/06) erscheinen 41 Beiträge. L. Th. wohnt in München, Leopoldstraße 71/0 (bis 31.3.1907).
13.1.1906	Prozeß vor dem Kgl. Landgericht München I wegen des Simpl-Flugblatts »Fort mit der Liebe!«. L. Th. wird freigesprochen.
17.2.1906	Der »Simplicissimus« geht ab Jg. 10 aus dem Besitz Albert Langens in eine GmbH & Co. über; L. Th. wird Gesellschafter mit einer Stammeinlage von 2100 M.
15.4.1906	L. Th. fährt mit Marion und Albert Langen an den Bodensee, nach Tübingen und Ulm. Besuch bei Hermann Hesse, Emil Strauß und Ludwig Finckh. Gründung der Zeitschrift »Süddeutschland. Halbmonat-Schrift für deutsche Kultur«, die dann unter dem Titel »März« erscheint.
20.8.1906	Marions Ehe mit David Georg Schulz wird geschieden.
Aug.–Okt. 1906	Der 2. Band der »Lausbubengeschichten« unter dem Titel »Tante Frieda« entsteht. L. Th. kauft 3 Tagwerke Grund auf dem Tuftenfeld in Rottach am Tegernsee.
16.10.–27.11.1906	L. Th. verbüßt 6 Wochen Gefängnis in der Strafanstalt Stadelheim in München; er schreibt das »Stadelheimer Tagebuch«, das posthum 1922 erscheint. Pläne für den Hausbau auf der Tuften.
19.10.1906	Erste Entwürfe für die Komödie »Moral« unter dem Titel »Papa Beermann«. Im »Simplicissimus« Jg. 11 (1906/07) erscheinen 46 Beiträge von L. Th.
8.1.1907	Das 1. Heft der Zeitschrift »März« erscheint, herausgegeben von L. Th., Hermann Hesse, Albert Langen und Kurt Aram. Hausbau auf der Tuften nach Plänen von Ignatius Taschner. Ausarbeitung der »Moral«.
23.3.1907	L. Th. räumt die Wohnung Leopoldstraße 71/0.
26.3.1907	L. Th. heiratet Marion vor dem Standesamt München I (Eintragung I/232).

27.3.–20.4.1907	Hochzeitsreise nach Italien (Florenz und Bologna). Im »März« Jg. 1 (1907) erscheinen 44 Beiträge, im »Simplicissimus« Jg. 12 (1907/08) 47 Beiträge von L. Th. Es erscheinen »Kleinstadtgeschichten« und »Moritaten«.
3.1.1908	L. Th. liest im Hotel Bayerischer Hof in München aus seinen »Kleinstadtgeschichten«, u. a. zusammen mit Thomas Mann, Fritz von Ostini und Karl Ettlinger.
8.4.1908	Übersiedlung in die Tuften in Rottach am Tegernsee.
12.9.1908	Niederschrift des Lustspiels »Moral« beendet. Im »Simplicissimus« Jg. 12, 2. Hj., Nr. 35 erscheint der erste »Brief eines bayerischen Landtagsabgeordneten« (Jozef Filser); 1908–1914 erscheinen 41 Filser-Briefe mit Illustationen von Eduard Thöny.
4.11.1908	Rudolf Wilke stirbt in Braunschweig.
20.11.1908	Uraufführung »Moral« im Kleinen Theater in Berlin. Regie: Viktor Barnowsky. Im »März« Jg. 2 (1908) erscheinen 25 Beiträge, im »Simplicissimus« Jg. 13 (1908/09) 38 Beiträge von L. Th.
Jan. 1909	L. Th. in Wien zur Premiere von »Moral« am Deutschen Volkstheater.
30.4.1909	Albert Langen stirbt in München.
11.5.1909	Ferdinand Freiherr von Reznicek stirbt in München. Im »März« Jg. 3 (1909) erscheinen 34 Beiträge, im »Simplicissimus« Jg. 14 (1909/10) 43 Beiträge von L. Th.
Jan. 1910	L. Th. schreibt den Einakter »Erster Klasse«.
März–April 1910	Aufenthalt in Bozen.
12.8.1910	Uraufführung »Erster Klasse« auf der Bauernbühne Michel Dengg in Egern. Regie: L. Th.
Aug. 1910	L. Th. schreibt den Einakter »Das Säuglingsheim« und beginnt die Dorfgeschichte »Der Wittiber« unter dem Titel »Dionys Schormayr«. Im »März« Jg. 4 (1910) erscheinen 25 Beiträge, im »Simplicissimus« Jg. 15 (1910/11) erscheinen 30 Beiträge von L. Th. Es erscheint das Simpl-Flugblatt »Die catalinarische Verschwörung in München« von L. Th. und Eduard Thöny.
14.2.1911	L. Th. trennt sich von Marion.
2.3.1911	L. Th. beendet den »Wittiber«; er beginnt den Einakter »Lottchens Geburtstag«.
April 1911	Aufenthalt in Paris. Marion übersiedelt nach München.
Juni 1911	L. Th. beginnt das Schauspiel »Die Sippe«. Ignatius Taschner illustriert den »Wittiber«.

30.6.1911	L. Th.'s Ehe mit Marion wird gerichtlich geschieden.
Juli 1911	Die Zeitschrift »März« wird GmbH. L. Th. wird Gesellschafter mit einer Stammeinlage von 10000 M. Ausarbeitung des Puppenspiels »Das Duell«.
5.11.1911	Uraufführung von »Lottchens Geburtstag« in Stuttgart.
20.11.1911	L. Th. beginnt mit dem Volksstück »Magdalena«.
	Im »März« Jg. 5 (1911) erscheinen 34 Beiträge, im »Simplicissimus« Jg. 16 (1911/12) erscheinen 36 Beiträge von L. Th.
	Es erscheinen der Bauernroman »Der Wittiber« und das Lustspiel »Lottchens Geburtstag«, das Simpl-Flugblatt »Das aufgläste Barlahmend ...«
Jan. 1912	Überarbeitung von »Magdalena«.
Sept. 1912	Ignatius Taschner fertigt das Bühnenmodell zu »Magdalena«.
12.10.1912	Uraufführung von »Magdalena« im Kleinen Theater in Berlin. Regie: Viktor Barnowsky.
	Im »März« Jg. 6 (1912) erscheinen 7 Beiträge, im »Simplicissimus« Jg. 17 (1912/13) 35 Beiträge von L. Th.; außerdem »Kirchweih. Simpl.-Gedichte«, »Jozef Filsers Briefwexel. 2. Buch«, »Münchner Karneval. Lustige Verse«, »Magdalena. Volksstück«, das Simpl-Flugblatt »Das neie Barlahmend«.
Jan. 1913	L. Th. entwirft das Lustspiel »Die kleinen Verwandten«, überarbeitet die Burleske »Das Säuglingsheim« und beginnt die Burleske »Dichters Ehrentag«.
13.3.1913	Uraufführung »Das Säuglingsheim« in den Kammerspielen in München. Regie: Eugen Robert.
März 1913	Aufenthalt in Berlin und anschließend in Rom.
April 1913	Wiederaufnahme der Arbeit an dem Schauspiel »Die Sippe«.
Juli 1913	Dr. Theodor Heuss wird verantwortlicher Redakteur des »März«.
25.11.1913	Ignatius Taschner stirbt in Mitterndorf bei Dachau.
29.11.1913	Uraufführung »Die Sippe« im Kleinen Theater in Berlin. Regie: Viktor Barnowsky.
	Im »März« Jg. 7 (1913) erscheinen 23 Beiträge, im »Simplicissimus« Jg. 18 (1913/14) 33 Beiträge von L. Th.; außerdem »Das Säuglingsheim«, »Die Sippe« und der Erzählungsband »Nachbarsleute«; zusammen mit Georg Queri gibt L. Th. das »Bayernbuch. 100 bayrische Autoren eines Jahrhunderts« heraus.
14.1.1914	Der Volksschauspieler und Theaterdirektor Michl Dengg stirbt in Egern.

29.1.1914	L. Th. vollendet das Lustspiel »Die kleinen Verwandten«.
April 1914	Aufenthalt in Italien (Rom und Sorrent).
7.5.1914	L. Th. spricht bei einem öffentlichen Lichtbildervortrag, den der »Dt. Hilfsverein für die politischen Gefangenen und Verbannten Rußlands« im Münchner-Kindl-Keller veranstaltet. Komitee: L. Th., K. von Amira, L. Ganghofer, G. Hirth, Th. Mann, L. Quidde, G. von Vollmar.
25.6.1914	L. Th. vollendet den Bauernschwank »Brautschau«.
14.7.1914	L. Th. vollendet den Einakter »Dichters Ehrentag«.
Herbst 1914	L. Th. überbringt den bayerischen Truppen an der Vogesenfront Liebesgaben. L. Th. schreibt den Einakter »Der erste August«.
Dez. 1914	L. Th. schreibt den Einakter »Christnacht 1914«.
	Im »März« Jg. 8 (1914) erscheinen 11 Beiträge, im »Simplicissimus« Jg. 19 (1914/15) 23 Beiträge von L. Th.
Jan. 1915	L. Th. überbringt den bayerischen Truppen in Belgien und Nordfrankreich Liebesgaben.
1.–22.4. 1915	L. Th. ist freiwillig als Sanitätsmann im II. Bayer. Kraftwagen-Transport-Zug des Roten Kreuzes beim 41. Reserve-Armee-Korps an der Westfront.
ab 26.4. 1915	L. Th. an der Ostfront in Galizien und Rußland.
6.6.1915	L. Th. wird mit dem Eisernen Kreuz II. Kl. ausgezeichnet.
Aug. 1915	Er erkrankt in Brest-Litowsk an der Ruhr.
1.9.1915	L. Th. kehrt in die Heimat zurück.
Dez. 1915	L. Th. beginnt die Weihnachtslegende »Heilige Nacht.«
	Im »März« Jg. 9 (1915) erscheinen 6 Beiträge, im »Simplicissimus« Jg. 20 (1915/16) 3 Beiträge von L. Th.
März 1916	»Heilige Nacht« vollendet. L. Th. schreibt zusammen mit Ferdinand Kahn das Filmexposé »Das Geheimnis der Kantstraße«.
18.3.1916	L. Th. beendet den Münchner Schwank »Der alte Feinschmekker«, den er für Konrad Dreher unter dem Pseudonym »Hans Georg Vogelsang« schrieb; ursprünglicher Titel »Alter schützt vor Torheit nicht«.
März/April 1916	Niederschrift der Erzählung »Onkel Peppi«.
Mai 1916	L. Th. beendet den Novellenband »Das Kälbchen« und beginnt »Die Dorfchronik von Armetshofen«.
Juli 1916	L. Th. schreibt die Lebensgeschichte von Ignatius Taschner.
21./22.9. 1916	Niederschrift des Lustspiels »Waldfrieden«.

21.10.1916	Uraufführung von »Dichters Ehrentag«, »Brautschau« und »Die kleinen Verwandten« im Residenztheater in München. Regie: Fritz Basil.
1.11.1916	Uraufführung von »Der alte Feinschmecker« im Intimen Theater in Nürnberg. Regie und Titelrolle: Konrad Dreher.
Dez. 1916	Historische Studien zu einem »Roman aus dem Jahre 1705«.
	Im »März« Jg. 10 (1916) erscheinen 2 Beiträge, im »Simplicissimus« Jg. 21 (1916/17) 8 Beiträge von L. Th.; außerdem »Brautschau. Dichters Ehrentag. Die kleinen Verwandten. 3 Einakter«, »Das Kälbchen. Der umgewendete Dichter. Onkel Peppi. Heimkehr«, »Das Aquarium und anderes«, »Heilige Nacht«, »Der alte Feinschmecker«, »Franz von Kobell und Karl Stieler: Petzmaier's Zitherspiel. Oberbayerisches. Ausgew. von L. Th«.
16.2.1917	L. Th. beginnt die Sommergeschichte »Altaich« unter dem Titel »Die Sommerfrische«.
Febr. 1917	Niederschrift der »Erinnerungen« (mit Unterbrechungen bis 1919).
Mai 1917	Differenzen mit der Redaktion des »Simplicissimus«.
Juli/Aug. 1917	L. Th. schließt sich der Dt. Vaterlandspartei an.
23.–25.9. 1917	Reise nach Berlin.
24.9.1917	L. Th. spricht nach Admiral Tirpitz auf der Versammlung der Dt. Vaterlandspartei.
17.11.1917	L. Th. spricht auf einer Versammlung der Dt. Vaterlandspartei in München.
22.–29.11. 1917	L. Th. fährt von Wien aus an die Italienfront.
30.12.1917	»Altaich« vollendet.
	Der »März« Jg. 11 (1917) bringt 4 Beiträge von L. Th. und stellt sein Erscheinen ein; im »Simplicissimus« Jg. 22 (1917/18) erscheinen 7 Beiträge von L. Th.
Jan. 1918	Fortsetzung der »Erinnerungen«.
4.2.1918	L. Th. beginnt den Entwurf zu einem Lustspiel »Fremde Welt« und zu einer Komödie »Unentwegt« (Nicht überliefert!).
24.4.1918	L. Th. beginnt die altmünchner Novelle »Lola Montez«.
Ende Mai 1918	L. Th. schreibt eine Skizze »Die Bucherbauern«, erste Idee für den Roman »Der Ruepp«.

Juni/Juli 1918	Niederschrift des Einakters »Gelähmte Schwingen«.
Juli 1918	»Lola Montez« abgeschlossen.
10.8.1918	Wiedersehen mit Maria (Maidi) Liebermann von Wahlendorf (geb. Feist-Belmont; geb. 11.9.1884 in Frankfurt/Main, gest. 22.11.1971 in Bad Wiessee) bei einem Konzert von Leo Slezak in der Überfahrt in Egern. Es beginnt der Kampf um die Ehe mit Maidi. L. Th. schreibt in 3 Jahren, vom 27.8.18–13.8.21 an Maidi 828 Briefe und 13 Karten und erhält von ihr 197 Briefe, 12 Karten und 17 Telegramme. (Für jede Einsicht gesperrt bis 1997!)
Dez. 1918	L. Th. schreibt am 2. Teil seiner »Erinnerungen«.
7.12.1918	Aufenthalt in Berlin zusammen mit Maidi von Liebermann. Niederschrift der »Berliner Eindrücke«.
	Im »Simplicissimus« Jg. 23 (1918/19) erscheinen 6 Beiträge von L. Th.; außerdem »Altaich. Eine heitere Sommergeschichte« und »Gelähmte Schwingen. Lustspiel«.
Jan. 1919	»Erinnerungen« werden abgeschlossen.
28.3.–12.4.1919	1. Entwurf des autobiographischen Romans »Kaspar Lorinser« unter dem Titel »Hans Georg«.
26.–29.4.1919	Reise nach Stuttgart zu Maidi von Liebermann.
Mai/Juni 1919	L. Th. arbeitet an »Cato«, einer römischen Komödie mit antikem Stoff, die über Entwürfe nicht hinauskommt.
Juli 1919	Wegen Aufgabe der Zulassung wird L. Th.'s Eintragung in der Liste der Rechtsanwälte beim Landgericht München II gelöscht.
Aug.–Nov. 1919	Niederschrift des Romans »Münchnerinnen« in verschiedenen Fassungen und unter verschiedenen Titeln.
5.10.1919	Helene Taschner stirbt in Mitterndorf.
21.11.1919	Georg Queri stirbt in München.
13.12.1919	L. Th. erhält feierlich das Band der Studentenverbindung »Suevia« zurück (vergl. 23.2.1888); er wird Mitglied des Tegernseer Chorphilistervereins Visigothiae-Rostock. Vorsitzender: Apotheker Salzberger in Miesbach. Unter dieser Deckanschrift liefert L. Th. seine anonymen Beiträge für den »Miesbacher Anzeiger«. Im »Simplicissimus« Jg. 24 (1919/20) erscheinen 7 Beiträge von L. Th.
Jan. 1920	L. Th. arbeitet den Roman »Münchnerinnen« erneut um und stellt ihn zurück. Er bleibt Fragment und erscheint erst 1922.

Febr.–März 1920	L. Th. arbeitet am »Kaspar Lorinser«.
13.4.1920	L. Th. beginnt unter dem Titel »Sommerliebe« den Roman »Der Jagerloisl«.
20.5.1920	1. Fassung des »Jagerloisl« beendet.
15.7.1920	Der 1. Artikel im »Miesbacher Anzeiger« von L. Th. erscheint anonym.
24.7.1920	Ludwig Ganghofer stirbt im Alter von 65 Jahren in Tegernsee.
30.7.1920	»Der Jagerloisl« ist abgeschlossen, »Kaspar Lorinser« stellt L. Th. zurück, er bleibt unvollendet.
17.8.1920	L. Th. schreibt den Prolog zur »Ganghofer-Gedächtnisfeier« in Egern.
27.8.1920	L. Th. arbeitet an der Humoreske »Papas Fehltritt«.
Aug.–Sept. 1920	Der Band »Leute, die ich kannte« entsteht.
1.11.1920	Besuch von Dr. Josef Hofmiller in der Tuften (vgl. Hofmiller: Herbsttage bei L. Th.).
26.11.–19.12.1920	L. Th. schreibt die Bauerngeschichte »Margeth«.
30.12.1920	L. Th. beginnt die Bauerngeschichte »Die Dachserin«.
	Im »Simplicissimus« Jg. 25 (1920/21) erscheinen 6 Beiträge, im »Miesbacher Anzeiger« Jg. 1920 29 Artikel von L. Th.
4.1.1921	L. Th. beginnt den Roman »Der Ruepp« unter dem Titel »Der kalte Eid«.
4.4.1921	L. Th. schreibt das Vorwort zum Nachlaßband von Ludwig Ganghofer »Das wilde Jahr. Fragmente aus dem Nachlaß«. (Im Druck ersch. Berlin: Grote 1922.)
22.4.1921	»Der Ruepp« wird abgeschlossen. L. Th. schreibt Erinnerungen an bekannte Leute (Björnstjerne Björnson).
25.7.1921	L. Th. fährt nach München zur Untersuchung durch Prof. Dr. Gottfried Boehm, Facharzt für innere Krankheiten, der die Notwendigkeit einer Operation am Magen feststellt.
5.8.1921	L. Th. übersiedelt in das Krankenhaus (Krankenpflege- und Heilanstalt des bayer. Frauenvereins vom Roten Kreuz, Nymphenburgerstr. 163); er verfaßt sein Testament, nach dem Maidi Liebermann von Wahlendorf die Haupterbin wird und jedes seiner Geschwister 200000 M. erhalten soll.
6.8.1921	Operation durch Prof. Dr. Ludwig von Stubenrauch. Diagnose: Magenkrebs.

18.8.1921	Im »Miesbacher Anzeiger« Jg. 1921 erscheint der 171. und letzte Beitrag von L. Th. unter dem Titel »Wie lange noch?«.
24.8.1921	Heimkehr in die Tuften.
26.8.1921	Abends 9.30 Uhr stirbt L. Th.